LOS MARES DEL ALBA

LOS MARES
DEL ALBA

Mar Cantero Sánchez

PLAN B

1.ª edición: octubre, 2017

© Mar Cantero Sánchez, 2017
© 2017, Sipan Barcelona Network S.L.
Travessera de Gràcia, 47-49. 08021 Barcelona
Sipan Barcelona Network S.L. es una empresa
del grupo Penguin Random House Grupo Editorial, S. A. U.

Printed in Spain
ISBN: 978-84-17001-20-9
DL B 18627-2017

Impreso por RODESA

A mi madre, por transmitirme su pasión por la Historia desde que era pequeña y por haber disfrutado de esta novela desde el primer borrador.

A Altea y sus alrededores, por la magia que envuelve a los recién llegados y por las extraordinarias historias que aún guarda de su pasado. A las ciudades de Valencia y Cartagena, a la isla de Ibiza, y a todos los mágicos lugares y espacios en los que está inspirada esta novela. Ahora sé que la vida me llevó a ellos para escribir la extraordinaria historia de Alba, ya no tengo dudas.

A mis lectores y lectoras. Sin vosotros, ninguna mujer sabia podría sentir que su sabiduría se le devuelve con creces, algo que siempre conseguís que me ocurra.

Y a Alba, porque quizá formas parte de mí o yo de ti, pues ningún personaje ha absorbido mi vida como tú lo has hecho, por el día y por la noche, en el sueño y en la realidad. Sí, como dicen algunas culturas, la reencarnación existe, es posible que haya escrito mi propia vida en esta novela.

¿Quién eres? ¿Cuál es tu nombre? Quisiera saber cómo es tu rostro y qué te ha traído hasta estas palabras que son mi historia. Si estás aquí, si tienes mi voz entre tus manos, es porque eres importante. Solo tú has encontrado el lugar en el que estaba escondida mi vida, esperándote, a pesar de la distancia temporal que nos separa. No lo dudes, pues solo a ti te está destinado conocer mis secretos.

Ahora sé que cada uno de nosotros tiene un destino que cumplir y que, a pesar de que ya haya sido escrito, podemos rebelarnos a él, aunque pronto sabremos que lo que nos está destinado es el mejor final que podríamos imaginar. No obstante, no subestimes el valor de lo que está escrito, pues lo que se escribe en la tierra es ley en el universo.

Te confieso que he vivido de una forma diferente a como se esperaba de mí. Pero no solo yo, otras muchas también descubrieron la libertad, entre el miedo y la ignorancia. Me equivoqué muchas veces. Quizá te ha ocurrido también a ti. No te aflijas, pues los errores son los pasos de tu auténtico camino y solo tú puedes descubrir en qué dirección caminar.

Nací mujer y he vivido en una época de hombres. Ellos disponían de nuestra vida. Siempre había uno dispuesto a ordenar, decidir o comerciar con el destino de su hija, hermana o esposa. Esta es una época en la que el pensamiento es inútil, no está permitido volar con las alas de la imaginación. No sé si sabes lo que significa vivir encadenada al desprestigio de pertenecer a un sexo marginado, esclavizado y sometido a la fuerza, al abuso de poder. Solo con escribir esta palabra, sexo, me estoy jugando la vida. Este es un mundo en el que no importa, de las palabras, su verdadero significado. Gobiernan el miedo y la desconfianza. Y los que temen intentan acabar con el desarrollo de nuestras mentes, quitándonos la vida si hace falta, y hasta la dignidad, que en ocasiones es mucho peor.

En mi tiempo, la mayor libertad de las mujeres han sido sus emociones. Los sentimientos y sensaciones que sentimos han sido la brújula del viaje de la vida y, aunque no todas supieron dejarse guiar, las que lo hicimos fuimos conocedoras de un mundo que existía, dentro del mundo conocido, en el que cada mujer es libre desde su nacimiento. Un mundo al que tú perteneces, en el que hombres y mujeres asumen su libertad como el primero y más importante de sus derechos y en el que la fuente universal que todo lo crea te ha dado lo más grande que se le puede dar a un ser humano, la vida.

Yo he sido el humilde medio por el que el universo ha querido enseñar este derecho, ahora, cuando solo los hombres creen tener alma y poseer en sus manos la verdad. Pero no hay una única certeza. Tan solo es verdadera la sabiduría que ocultas en tu corazón. Descúbrela y descubrirás el secreto de la vida, tendrás el conocimiento universal entre tus manos. Recházala y renegarás de todo lo que eres. Pero antes, mírate en el espejo donde se oculta tu alma.

En el tiempo de mi vida, alcancé la liberación de los límites de mi propio cuerpo. Me escapé de mi piel y algunas veces lo hice para reunirme contigo en un futuro que es tu presente. Tu horizonte tiene el mismo color azul que han visto tantas veces mis ojos. Muchas cosas habrán cambiado entre mi tiempo y el tuyo, mas no te sorprendas de lo que leas, porque no existen misterios para el corazón que no puedan ser desvelados. Esta es la respuesta a todas tus preguntas. Escucha mis latidos, que te narran con palabras sinceras lo que ocurrió realmente. Seguro que conoces muchas historias. La diferencia que hace que que algunas palabras queden grabadas para siempre en un corazón es el propio corazón. Ha llegado el momento. Ahora que estoy al final de mi camino, te diré que yo fui una mujer sabia. Aún lo soy, lo seré siempre. Aunque aquellos a los que el miedo les obliga a ignorar el conocimiento que poseo preferirían usar un nombre mucho más común entre los mortales. Algunos preferirían llamarme...

Parte I
AMOR INVENCIBLE

I

La huida

Levante español, principios del 1600 (siglo XVII)

Al oír el griterío de la calle, su padre las llevó al almacén en la parte trasera de la casa. Levantó unas cajas de madera vacías y las colocó sobre cada una de sus hijas. La mayor se acurrucó debajo y se recogió el largo cabello entre los brazos. Sin perder tiempo, el hombre colocó unos sacos de harina encima de la caja, tras comprobar que no fueran demasiado pesados para que la niña pudiera levantarlos cuando quisiera salir de su escondite. Se agachó para susurrarle las últimas palabras que le diría... *Ve hacia el mar*... Después, salió echando la cortina que separaba el almacén del resto de la casa.

Su esposa le esperaba dentro. Entre sollozos, le dijo que temía por sus vidas. La consoló diciéndole que las había escondido bien, que no las encontrarían. Pero ¿y ellos?, pensó la niña, que podía escucharles desde su escondite. Aceptaban su muerte a cambio de su vida y la de su hermana pequeña, que había empezado a llorar bajo su caja. Le gritó para que se callara. Estaban lejos. Si hubiera estado a su lado, habría apretado su mano con fuerza para consolarla, pero su padre las había escondido a cada una en una esquina del almacén. El hombre pensó que, si encontraban a una, se conformarían y no buscarían a la otra. Salvar sus vidas era para él lo más importante aquella noche.

Las voces que provenían de la calle se hicieron más cercanas. Desde la oscuridad, la niña los imaginó abrazados junto al fuego, asustados, esperando a que entraran y se los llevaran. Los segundos se hicieron interminables. Deseó que todo acabase cuanto antes, pero al mismo tiempo lo temía, intuía que el dolor no había hecho más que empezar. Estaba helada. Se calentó las manos con su propio aliento. Su hermana se había callado. Hubo un silencio repentino que le pareció aterrador.

Escuchó un golpear impaciente en la puerta. Después, los pasos de su padre, que fue a abrir. Una multitud entró en la casa. Los gritos se hicieron tan cercanos que no podía entender sus palabras. Oyó suplicar a su madre y después, otra vez el silencio. Unos pasos de un caminar dominante se acercaron. Luego, un ruido casi imperceptible y la sensación de que algo había saltado encima. Quien hubiera entrado, miraba la caja que había sobre ella. Podía sentir su mirada.

—¡Ahí dentro solo hay un maldito gato! —exclamó una voz—. ¡Habrán huido!

Recordó al gato sucio y delgado que había estado merodeando por la casa durante días, esperando a que alguien lo acogiera. Tanto su padre como su madre decían que debía haber alguna razón para que el animal estuviera allí, siempre dando vueltas por el jardín o sentado en la puerta esperando comer. Ahora ya sabía cuál era esa razón.

No supo cuánto tiempo permaneció acurrucada bajo la caja y los sacos. Cuando el polvo de la harina empezó a hacerle la respiración impracticable y sintió ganas de toser, lo evitó con todas sus fuerzas, apretando la boca e intentando no respirar. Un aire frío entró bajo la caja. La puerta de la casa había quedado abierta y golpeaba repetidamente sobre el quicio. Su padre les había hecho jurar que no se moverían en toda la noche. Hasta que no viera un rayo de sol, no debían salir de la casa. Estiró una pierna y después la otra, no había sitio para estirar las dos a la vez, y permaneció todo lo quieta que pudo. El cansancio empezó a vencer al miedo y se quedó dormida con un lado de la cara sobre el frío suelo.

Entre sueños escuchó que alguien entraba de nuevo en la

casa y hacía ruido, moviendo los muebles y abriendo los cajones de la alacena. Seguramente continuaban buscándolas, no sintió miedo, estaba en ese estado entre el sueño y la realidad en el que uno es al fin valiente y la vida no es más que un sueño. Deseaba dormir. Ni siquiera se acordó de su hermana. Se oían gritos lejanos y había un espeso olor a carne quemada. Pensó en sus padres. Los amaba profundamente. ¿Qué les habrían hecho aquellos hombres? Intuyó que nunca regresarían y se durmió.

Una cucaracha le rozó la cara. Emitió un grito sordo y se movió, cambiando de postura. Sintió náuseas, llevaba muchas horas sin comer, su padre las había escondido antes de la cena. Veía luz. Intentó moverse hacia arriba, levantando la caja y los sacos, que cedieron fácilmente. Escuchó el ruido cuando cayeron al suelo al ponerse de pie.

Entre la penumbra buscó con la mirada la cortina que separaba el almacén de la casa. La descorrió y un doliente rayo de sol le hirió los ojos, pero sintió una inmensa alegría de que hubiera amanecido de nuevo. En la ingenuidad de su niñez, había llegado a creer que aquella noche jamás acabaría y que nunca volverían a ver una nueva mañana. Encontró la caja de su hermana. Retiró los sacos y la levantó sacándola de allí. Estaba medio dormida. Era todavía muy pequeña. Ella también, tenía solo diez años, pero era la mayor y sabía que, como tal, debía comportarse.

Las dos hermanas salieron del almacén, cuidadosas y en silencio, sin saber qué se encontrarían afuera. La casa estaba revuelta. Los cajones del mueble tirados en el suelo. El fuego se había apagado y el caldero, en el que horas antes su madre cocinaba su cena, había desaparecido. De nuevo sintió náuseas. Quizá era el hambre o quizá, el miedo.

Al ver la casa en ese estado, su hermana empezó a llorar. Le rogó que se callara, tenían que salir de allí sin que nadie las viera y las otras casas estaban bastante cercanas. Se asomó a la puerta, el campo estaba despejado. Tiró de su mano y echó a correr. Mientras lo hacía, le pareció que la pequeña aldea estaba vacía. Era muy temprano, nadie se habría despertado todavía tras aquella noche tan larga, pero ella sentía algo más. Parecía que detrás de las puertas cerradas no existía la densidad de ningún ser, como si todas las casas estuvieran solas y vacías de gente. Sus vecinos no estaban allí, el pueblo estaba vacío.

Un olor nauseabundo a fuego y a carne quemada penetró por su nariz como un aviso de algo que intuía y que había olvidado. Frenó sus pasos, su hermana la miró interrogante. No estaba segura de hacia dónde corrían. Miró al cielo y vio el humo, una nube gris que poco a poco se extinguía con su pestilencia. Las últimas palabras de su padre, que habían entrado en sus oídos sin ser entendidas, vinieron a su memoria como respuesta a sus dudas... *Ve hacia el mar...*

No sabía qué era el mar, pero debía obedecerle. Tiró del bracito de su hermana y corrieron en dirección opuesta al espeso humo, abandonando para siempre el pueblo y la casa donde habían nacido y habían sido tan felices. No solo se alejaban de la casa y del pueblo sino también de su infancia, la cual dejaban en aquel lugar para siempre. Desde entonces, no volvió a ser niña.

Caminaron durante dos días, con el estómago vacío y doloroso, y por la noche se refugiaron en la hendidura de una cueva. La pequeña ya había dejado de llorar. El primer día lo pasó llorando a cada rato, cuando se acordaba de la noche anterior, del miedo, del frío, del hambre y de sus padres. De vez en cuando, su hermana mayor le decía alguna cosa para consolarla.

—No llores, pronto llegaremos al mar.

La niña la miraba expectante, deseando que le hablara de ese mar desconocido que parecía ser la solución a sus problemas. ¡Pero cómo podía hacerlo! Sabía lo que le habían contado sus padres. Habían vivido junto a él durante su niñez y lo añoraban tanto como la época feliz de su infancia, de sus padres ya muertos, de sus hermanos perdidos, pero nunca olvidados, de los recuerdos que se guardan en un lugar especial de la memoria para echar mano de ellos en los momentos duros. La última noche, mientras su madre removía la sopa en el caldero, los dos repitieron cada una de las cosas que siempre les habían dicho. A Ana y a ella les encantaba oírles contar que existía una inmensidad azul de agua cálida y acogedora, en la que ellos y sus hermanos se bañaban y jugaban a menudo. Una inmensidad azul por la que una vez habían visto pasar un barco de madera que se alejaba hacia lo que parecía el fin del mundo, donde acababan los ríos, las montañas y todas las cosas, y donde ya no existía más tierra que pisar.

Durante aquel relato, Isabel solía cerrar los ojos para dejarse llevar por su imaginación y así ver con claridad el barco que se alejaba valiente hacia una línea imaginaria llamada horizonte. Pensaba que sus padres eran muy sabios pues contaban historias que nadie conocía y eran los únicos del pueblo que habían vivido antes en otro lugar. Desde su inocencia, las niñas pensaban que ellos conocían el mundo que, para ellas, se reducía a las pequeñas y viejas calles del pueblo.

El camino hacia el valle era difícil y tortuoso. Las ortigas habían hecho mella en sus piernas bajo los vestidos y apenas podían seguir caminando sin pararse a cada momento a rascarse vigorosamente, escamándose la piel enrojecida. Cuando paraban, Ana volvía a sollozar, porque ya no le quedaban lágrimas, y le hacía preguntas a su hermana.

—¿Cuándo comemos?, ¿Cuándo volverán padre y madre?

Isabel la miraba manteniéndose firme en su silencio. Ya no sabía qué decirle, había probado con todas las frases consoladoras que se le habían ocurrido. Su hermana la veía grande, a pesar de que solo tenía tres años más que ella, y la había admitido como una nueva madre a la que llorar y gemir en busca de consuelo. Isabel también era una niña, sentía hambre y frío, y estaba cansada de tirar de las dos y, además, llevaba dentro la amargura de intuir que sus padres nunca volverían. Seguramente habían sido sus cuerpos los que desprendían la nube de pestilencia que habían olido y visto, al salir del pueblo. Estaban solas en un mundo que no conocían ni comprendían. En algunos momentos se preguntaba para qué seguir, pero inmediatamente una voz interior le exigía continuar bajando hacia la sombra azul que vislumbraba a lo lejos y que quizá no era el cielo, sino el mar que por tanto anhelo buscaba.

Siguieron caminando, el atardecer se extinguía sobre sus cabezas. Con el frío, comenzaron a dolerle todos los huesos. Necesitaban descansar. Llegaron hasta un lugar en el que el suelo estaba cubierto de piedras redondas y blancas. Cogió una y la sintió suave, entre las manos, que se le mancharon de un harinoso polvo blanco. La lanzó a la lejanía y escuchó el ruido del agua al caer. No tenían sed. Habían bebido agua en el río, por cuya orilla habían llegado hasta allí. Aquel suelo de piedras no sería muy cómodo para dormir, entraron en la oquedad de una cueva abandonada. Había restos de pescado malolientes y las cenizas de un antiguo fuego. Parecía hacer menos frío que en su pueblo, pero el aire de la noche las obligó a estornudar un par de veces. Se adentraron por un pasillo de roca que iba hacia el interior y allí encontraron un lugar mejor para pasar la noche, más oculto del aire húmedo y nocturno. Sentadas y apoyadas sus espaldas en la pared, una junto a la otra, cogidas de la mano, se adormecieron en la oscuridad.

Antes de dormirse completamente, Isabel tuvo tiempo de pensar que alguna vez escribiría lo que les había ocurrido la noche que unos hombres se habían llevado a sus padres. Solo habían pasado dos días, pero para ella habían sido una eternidad y creía que aún les quedaba mucho camino por delante hasta encontrar el mar, que empezaba a sospechar como algo imaginario e irreal, pero enseguida se arrepintió del deseo de escribir su historia porque temió que eso provocara que los mismos hombres las encontraran y se las llevaran a ellas también. Decidió que escondería la historia en algún lugar de aquella cueva, a salvo de las manos de quienes pensaban que leer y escribir era cosa del diablo.

Despertó al sentir el sol que entró iluminando el interior rocoso. Salió sin despertar a su hermana, aliviada al poder pasar unos minutos sin oír sus sollozos. Ante ella se extendía una inmensidad azul más grande de lo que nunca hubiera imaginado. El mar... corrió tropezando sobre las piedras blancas de la playa. El sonido era impresionante, las olas rompían rugiendo salvajes e indómitas. La espuma blanca le salpicó la cara y empezó a sentir frío. Se inclinó para atrapar un poco de agua entre sus manos y fue entonces cuando escuchó una voz tras ella.

—¡No la bebáis! No es dulce.

Se dio la vuelta y vio a un hombre que la miraba con asombro. Se asustó, era posible que las hubieran seguido hasta allí.

—¡No tengáis miedo! No voy a haceros daño.

No confiaba en sus palabras, pero estaba tan cansada y tenía tantas razones por las que deseaba hacerlo que se le agolparon en la cabeza, una tras otra, hasta que la tensión de su cuerpo fue cediendo y dejó que se acercara.

—¡Estáis mojada! —exclamó el hombre con un tono amable—. ¿Queréis venir conmigo a mi casa? Necesitáis comer y descansar.

Descansar... Aquella palabra la convenció. Recordó que su hermana dormía aún dentro de la cueva, fue a por ella y las dos siguieron los pasos de aquel que había aparecido en sus vidas de repente. Le siguieron caminando por la playa hasta llegar a una casita blanca en la que un gran perro negro salió a recibirlos con alegría. Las niñas no dejaban de mirar al hombre, como si quisieran controlar cada uno de sus movimientos. Quizá porque aún no confiaban del todo o porque, sencillamente, no podían desviar a otro lugar su mirada. El color de su piel era oscuro y sus ojos de un marrón tan intenso que, cuando las miraba, se sentían adormecer. Su pelo canoso contrastaba con su piel joven y firme. Era alto y fuerte, de ancha espalda y brazos gruesos, pero al mismo tiempo, su cuerpo resultaba tan grácil que al caminar parecía no pisar el suelo. Y lo que más confianza les inspiraba era su pacífica sonrisa.

Les dio un plato de sopa con pan y un pescado a cada una, provocándoles una apacible sensación de hogar. También les dio mucha agua dulce y mucho silencio. Un silencio que aliviaba sus mentes, envueltas en una vorágine de terrores y recuerdos tenebrosos. Las acostó en su cama a las dos juntas y allí, en el interior de su pequeña casa, en el silencio de aquella temprana mañana y al calor del fuego que crepitaba tranquilo, las niñas volvieron a quedarse dormidas.

Isabel tuvo un bello sueño. Sus padres, su hermana Ana y ella corrían por la inmensa playa de rocas negras hacia el mar. Se metían en el agua y no sentían frío. El sol calentaba su rostro con una placidez y un gozo que nunca había sentido. Todos reían alegres jugando entre las olas. Entonces sintió que los observaba desde muy lejos hasta convertirse los tres en un punto muy lejano en el horizonte.

Despertó sobresaltada. Ana dormía y el fuego seguía crepitando tranquilo. Se sentía descansada, como si hubiera dormido durante muchos días seguidos. Sintió la vejiga hinchada, se levantó de la cama y salió de la casa. El perro negro estaba tumbado en la puerta. Abrió los ojos y la siguió con la mirada, pero no se movió. Sintió que estaba allí para cuidarlas y que seguiría en el mismo lugar cuidando de su hermana. Caminó una distancia prudente y, escondida tras unos matojos, descargó su vejiga. Al regresar a la casa vio al hombre sentado en la playa. Estuvo unos minutos mirando desde atrás su enorme silueta. No se movía, solo le vio alzar la cabeza una vez para mirar el cielo. La luna lo iluminaba todo. El mar se veía de color plata y estaba tranquilo, apenas se oía el rumor de las olas. Al fondo, en el lugar en el que las había encontrado, se veían unas sombras y se oían risas y cantos. Isabel se acercó y se sentó a su lado. Él la miró recibiéndola con su mágica sonrisa, pero no dijo nada, le dio a beber agua caliente en el que nadaban unas pequeñas hojas secas y que tenía gusto a hierbabuena. El líquido la reconfortó tanto que se sintió capaz de hablarle para satisfacer su curiosidad.

—¿Quiénes son? —le preguntó mirando hacia las sombras que emitían sonidos alegres junto a las rocas.

—Son mujeres sabias. Vienen a Cap Negret cada luna llena. Veo como se acercan hasta la playa en sus barcas, desde las playas más lejanas, para hacer sus rituales sobre las piedras. Allí fue donde os encontré.

—¿Por qué lo hacen? —preguntó curiosa.

—Debe ser un lugar mágico. Quizá por las rocas negras de la playa.

Isabel bajó la mirada. Por un momento, los gritos y risas de las mujeres le habían hecho olvidar por qué estaba allí. La danza de las sombras en las paredes de las rocas, tras el fuego a cuyo alrededor bailaban aquellas mujeres, la había trasladado a un presente en el que aún no había querido estar. Asistir a su día a día significaba aceptar que lo que habían vivido no había sido un mal sueño. La realidad le era tan dura que ni siquiera había podido llorar, sintió el deseo de explicarle todo, como si el momento que compartían, junto a un fuego recién apagado y aún humeante, mirando las mujeres que creían estar solas, hubiera hecho que se sintiera cómplice de un bello secreto. Le habló con lágrimas en los ojos, sin atreverse a mirarle y apretando con fuerza el cuenco caliente entre sus manos.

—Se llevaron a mis padres. No sé adónde. Él me dijo que viniera hasta el mar.

Joan la miró con su sonrisa reconfortante.

—Lo supe en cuanto os vi. Dos niñas solas, perdidas. Imaginaba algo así. —De nuevo miró a las mujeres que saltaban con las olas y emitían gemidos de gozo y risas. Él volvió a hablar—. Me llamo Joan. ¿Cuál es vuestro nombre?

—Isabel.

—Isabel —repitió—, no tenéis nada que temer de mí.

Sus palabras la aliviaron tanto que se quedó mucho tiempo disfrutando junto a él de la noche clara y apacible, mientras bebía el líquido caliente a sorbitos para alargar el momento. Le parecía que hiciera años que no había tenido un instante de paz. Pensó que le gustaría quedarse con él, en la casita blanca de la playa, toda la vida. A lo lejos se erigía el imponente peñón de Ifach, y más cerca, en la playa de Cap Negret, se oían risas y gritos de júbilo que expresaban un placer intenso. No le molestaron sus bailes ni sus gemidos salvajes, pues se mostraban con orgullo de su feminidad, como seres totalmente libres. La libertad le parecía un don precioso y escaso. Tiempo después, Joan le dijo que el destino hacía regalos en compensación a las pérdidas. Isabel se sentía enormemente agradecida por haberle encontrado y, al acostarse, rezaba y daba gracias a Dios. Sin embargo, sin que pudiera evitarlo, su corazón y su memoria albergaban un bajo instinto que se asomaba a la superficie durante la noche, en sus pesadillas. Era un sentimiento de odio que le obligaba a pensar en aquellos que le habían arrancado de cuajo lo que más quería y necesitaba, sus padres.

II

El despertar del corazón

Joan fabricaba aguas perfumadas que vendía en los mercados de los pueblos cercanos. Sabía recoger y secar flores y hierbas que preparaba en jarabes o aceites para casi todos los males del cuerpo y del espíritu. Sabía también hacer collares de conchas y piedras, figuras de madera que servían de juguetes a los niños y extraños instrumentos de sonido con las cañas del río. Pero estas maravillas no eran las únicas que realizaba Joan; por las noches, se ocupaba también de que las niñas tuvieran una educación.

Desde el primer día supo que ambas sabían leer y escribir. Bajo el suelo de su casa, guardaba algunos libros viejos y rotos que de vez en cuando sacaba para que los leyeran. Eran historias sencillas de gente común y corriente, o también historias de héroes y caballeros, libros tan inocentes como ellos mismos pero que, sin embargo, guardaba como si fueran las herramientas del mismo diablo.

Al anochecer, sentados los tres junto al fuego en la playa, las niñas le escuchaban hablar de otras épocas, de reyes y reinas, de otros lugares y otras culturas. Parecía que hubiese conocido el mundo, aunque él aseguraba que jamás había salido del lugar en el que había nacido y en el que siempre había vivido. Isabel tuvo la tentación de preguntarle por qué vivía tan solo, pero tuvo miedo de lastimarle. Imaginó que había tenido un amor perdido y roto, por algún mal hombre y una mujer traidora, aunque muy bella, como las de los libros. Le imaginaba roto por el dolor de la pérdida, jurándose a sí mismo no volver a confiar jamás en una mujer, ni en un amigo.

Cada día crecía la admiración y el cariño que sentía por él. Había pasado algún tiempo y había llegado a convertirse en el héroe de su recién adquirida pubertad. Él había asumido su papel, como si se hubiera visto obligado a ello por una fuerza mayor, pero lo hacía con tanta alegría y tanto amor que le desbordaba, tanto que a veces le odiaba y sentía envidia al mismo tiempo, de ver que era el hombre más alegre que había conocido. Isabel no disfrutaba de la paz de aquellos días. Dentro de sí misma, continuaba albergando el deseo de vengar a sus padres con la muerte o el dolor de sus asesinos, cuando conociera sus rostros y supiera sus nombres. Era tan fuerte el odio y la rabia que sentía, cuando se despertaba envuelta en sudores y con el terror de sus sueños aún temblando en su cuerpo, que gritaba como un animal al que han hecho daño. En esas ocasiones, Joan la abrazaba para que su cuerpo se calmara y le besaba la frente, con la misma ternura con la que lo hacía su padre, y en la oscuridad, ella jugaba a imaginar que era él y le ayudaba a olvidar lo amargo de sus recuerdos.

Nunca se preguntó si su hermana recordaba también aquella noche horrible. Ella nunca sufrió sus pesadillas, ni parecía tener tampoco el deseo interior que había empezado a creer como una obligación únicamente suya, como hermana mayor que era. Un día le preguntó a Joan por qué nunca iban al mercado del que había sido su pueblo. Él le respondió diciendo que se tardaba casi dos días en llegar hasta las montañas. La niña recordaba muy bien lo tortuoso y duro del camino, pero sus ansias por regresar crecían con cada latido de su corazón y empezaba a buscar en su mente la manera de volver y saciar su curiosidad. No sabía cuándo ni cómo lo haría, pero cada día se encerraba más en la seguridad de que regresaría pronto. Cuando aquel pensamiento le rondaba en la cabeza, presentía la mirada de Joan sobre ella, con el rostro serio como nunca solía estarlo, sin juzgarle ni reprocharle nada, pero sufriendo por ella al adivinar su rencor. Isabel sabía que, si le contaba sus pensamientos, él no estaría de acuerdo. Además, no necesitaba decírselos, él ya los conocía y los rechazaba antes de que ella le hubiera hablado de ellos. Él había sido su salvador y ahora era toda su vida, y temía que sus pensamientos fuesen a lastimarle, mucho más que la pérdida de aquel amor inventado que quizá solo había ocurrido en su imaginación.

Desde el primer día, Ana, que se mostraba como una niña feliz, había jugado a preguntarle al perro su nombre pues Joan nunca les dijo cómo se llamaba, pero este siempre le contestaba con una profunda inspiración o un sonoro bostezo, abriendo su enorme boca. Los juegos, incluso la lectura de los libros en la quietud de la noche, pronto dejaron de interesar a Isabel, con el lógico enfado de Ana, que no parecía entender que su hermana mayor había crecido y empezaba a disfrutar con otras cosas. Habían pasado dos años desde que Joan las encontrara en la playa. Su cuerpo había cambiado, era más alta y esbelta, y la largura de su pelo castaño le había alcanzado la cintura. Su pecho se había erguido y hacía ya tiempo que sangraba durante dos o tres días, una vez cada mes.

Joan se daba cuenta de los cambios que se producían rápidos en el cuerpo de la niña y en su mente también, alterada casi siempre por la idea de regresar al pueblo donde había nacido. Él parecía entenderlo e incluso, a veces, se molestaba en explicarle a Ana que tres años era una gran diferencia entre ambas en aquel momento, pero que llegaría un día en que sería como si tuviesen la misma edad.

Cada mañana le acompañaban al mercado. Le seguían a pie, tras el carro que él llevaba tirando de dos grandes vigas delanteras, como si fuese un caballo. El perro negro las acompañaba siempre de cerca, quizá más cerca de Ana que de Isabel, porque era más pequeña y parecía querer protegerla.

Aquel día, llegaron al recinto amurallado de la ciudad de Altea, la más cercana a su casa en la playa. Al llegar a la plaza, Joan saludó a los demás comerciantes que ya sea afanaban en colocar sus mercancías. Todos le conocían, aunque era un hombre al que le gustaba trabajar en solitario y recorrer varios pueblos distintos, sin afianzarse en ninguno concreto. Hacía varios años que visitaba aquella bella ciudad para vender sus aguas perfumadas en la plaza, junto a la iglesia.

Desde que las niñas vivían con él, sabía lo importante que era que nadie pudiera saber en qué lugar se encontrarían cada día. Jamás decía a dónde irían al día siguiente, e intercalaba las idas a los mercados con los días en los que se quedaba en casa trabajando en la elaboración de sus aguas, ungüentos y juguetes. Ganaba menos dinero y ahora tenía una familia que alimentar, pero el miedo era mucho más fuerte que el hambre. No podía arriesgarse a que nadie las encontrara. Desde que Isabel le contara lo ocurrido la noche que sus padres desaparecieron, él se había ocupado de mantenerlas ocultas el tiempo que le fuera posible, hasta que crecieran y se convirtieran en mujeres, cuando pudiesen cuidar de sí mismas.

Familias enteras se afanaban en presentar sus productos para ponerlos a la venta de la forma más llamativa posible. Joyeros, alpargateros, sastres, libreros... en la plaza se vendían todo tipo de cosas y a ella acudían toda clase de personas para adquirir lo que necesitaban. Las dos niñas ayudaban a colocar sus frascos de perfumes de variados olores y colores, los ungüentos hechos de hierbas, especias y arcilla, y las figuritas de animales de madera, que hacían que los más pequeños se quedaran parados ante su carreta.

Isabel paseaba entre la gente, llevando entre sus manos un pequeño frasco transparente, lleno de una de las aguas perfumadas que ella misma había fabricado, bajo la mirada atenta de Joan. Lo destapaba, acercándose a los hombres y a las mujeres mejor vestidas, pues sabía que ellos tenían dinero para comprar lo que, para la mayoría, era inútil. Solo los que no tenían que ocuparse en conseguir dinero para comer eran capaces de apreciar el maravilloso placer de oler bien ante el olfato de los demás. Con la gracia de su amable carácter y su dulce sonrisa, con su cuerpo, que ya empezaba a verse bien formado, se acercaba a ellos festivamente para atraer su atención, diciéndoles algún elogio.

—¿Habéis pensado alguna vez en la importancia de tener

un buen olor, señor? ¡Qué bien le quedaría este aroma a vuestro vestido, señora!

La mujer pasó junto a ella, negándose a oler la fragancia, y lo hizo tan rápida que Isabel se encontró con el frasco destapado frente a un muchacho, como si se lo estuviera ofreciendo a él, en lugar de a la mujer que ya se alejaba.

El muchacho se acercó, lo olió e hizo un gesto de aprobación.

—¡Es un olor maravilloso! —exclamó sonriéndole—. Si tuviera dinero lo compraría para saber cómo huele sobre vuestra piel.

Supo que se había ruborizado porque sintió el calor en sus mejillas. Se dio la vuelta con aire distinguido y se escondió rápida tras el carro, guardando el frasco y fingiendo que tenía mucho que hacer. El muchacho la siguió y le preguntó su nombre.

—Isabel —respondió en voz muy baja.

Sentía que algo bloqueaba su garganta y que las palabras se habían perdido no sabía dónde. Continuó haciéndole preguntas, pero ella no tenía tiempo apenas de asimilarlas porque se sentía azarada. El muchacho estuvo junto a ella, tras el carro, el tiempo suficiente para ser advertido por Joan, que se acercó espantándole.

—¿Deseáis comprar una de nuestras aguas? —le preguntó con el rostro serio, estirando su cuerpo para parecer más alto y fornido.

El muchacho negó con la cabeza y se alejó sonriente, mirando a Isabel mientras caminaba hacia atrás. Tenía el pelo negro y los ojos grises. Era mucho más alto que ella y sus pies eran grandes y estaban cubiertos por unas buenas botas. Esto era lo que mejor recordaría después, puesto que se había pasado aquellos minutos mirando hacia abajo para no toparse directamente con su mirada. También recordaba que su nombre era Daniel y cuando se marchó se dio cuenta que estaba sonriendo y su propia sonrisa le era muy agradable. Apenas le había visto, ni mirado siquiera, pero su corazón no dejaba de latir como nunca lo había hecho, alegremente, como si le hubiese ocurrido algo muy bueno. Cuando se preguntó a sí misma el qué, no supo responderse.

No volvió a verle hasta el mes siguiente. Él había acudido al mercado y la esperaba en el mismo lugar en el que la había conocido. Esta vez, Isabel no salió de detrás del carro. Joan permaneció más cerca de ella que ningún día, perdiendo a veces a Ana de vista, cosa que nunca se había permitido hacer.

—Ahí tenéis a vuestro enamorado…

Aquella frase de Joan resultó ser una gran revelación. Fue como comprenderlo todo de golpe. Ahora sabía lo que buscaba Daniel con su eterna sonrisa, mirándola desde lejos, sin apartar la mirada, apoyado en una pared con un palito en la mano, dando cortos golpecitos en el suelo.

Pasaron varias semanas hasta que una tarde le descubrió merodeando por la playa, detrás de la casa. Mientras le miraba lejana, junto al cesto de la ropa recién lavada que se disponía a tender, Isabel se sintió valiente y se atrevió a hacer algo de lo que nunca se hubiera creído capaz. Levantó un brazo, agitando la mano y le saludó. Él le respondió rápido, con el mismo gesto y su sonrisa amplia. Caminando despacio, entre miradas desviadas, se marchó conforme, como si ella le hubiera dado lo que él tanto esperaba. La muchacha le había sonreído. Sintió una bella sensación de complicidad totalmente nueva que le hizo muy feliz, como si compartieran algo y así era. Compartían un saludo, muchas miradas y una sonrisa. Ella continuó tendiendo la ropa sobre la cuerda. Cuando Daniel se convirtió en un punto casi invisible, se dio la vuelta y miró hacia la casa, porque intuyó un rostro vigilante tras de sí. No es que quisiera esconderse de nada, ni ocultar a nadie lo que sentía dentro de su pecho exultante, pero sí consideraba aquellos minutos como parte de su intimidad y temía que Joan hubiera estado asistiendo en silencio a un tiempo que debía ser solamente suyo y de Daniel. Pero no era Joan sino el perro negro, sentado en la puerta de la casa, que la miraba alegre como hacía siempre y, al ver que se daba la vuelta, emitió un ladrido.

Joan le advirtió del cuidado que debía tener con los hombres desconocidos. Sin embargo, también le dijo que la vida era hermosa y había que vivirla en toda su plenitud. Ella recibía aquellas charlas suyas como enseñanzas para su nueva condición de mujer, lo cual la hacía sentir bella por el hecho de haber crecido lo suficiente para llegar a aquel tierno momento. No se imaginó siquiera que para él fuese difícil la situación, pero lo era. Había pasado mucho tiempo protegiéndolas de cualquier persona que pudiera pensar en ellas como las niñas desaparecidas del pueblo de la montaña y, aunque se esmeraba en fingir que era su tío y contaba una historia inventada sobre la repentina muerte de sus padres por unas fiebres, las sospechas parecían crecer a su alrededor. Sabía que no debían dar lugar a habladurías y decidió no volver al pueblo de Daniel durante algún tiempo.

La niña le entendía, a pesar de no saber con certeza lo que había ocurrido aquella noche, ni siquiera le preguntó por qué el día que la avisó del cambio de planes para los días de mercado, pero le dolió tanto el hecho de no volver a ver a Daniel que pasó toda la semana sin hablarle y sin mirarle siquiera. Él, paciente como siempre lo era con ella y con Ana, no insistió en hacerla hablar y se mantuvo firme sabiendo que, si no regresaban al pueblo, Daniel regresaría a la playa.

Durante días se levantó esperando encontrar a Daniel saludándola desde lejos con su luminosa sonrisa y sus bucles oscuros agitados por el viento. Los días se le hicieron eternos y las noches, insoportables. El verano estaba llegando con el aviso del calor envuelto en los últimos días de la primavera. El mundo refulgía brillante ante sus tristes ojos, que lagrimeaban continuamente ante la idea de no volver a verle. Cuando ya casi empezaba a recuperar su vida de hastío y lamentaciones continuas sin su lejana presencia, una noche de luna llena de nuevo se envolvió en una manta para observar desde la playa a las mujeres sabias, reunidas para realizar sus conjuros y sus hechizos, o lo que hicieran antes de emitir aquellos gemidos que la sorprendían y que al mismo tiempo le resultaba tan placentero escuchar. Aquella noche, sin embargo, Joan no estuvo sentado a su lado. Como si supiera que prefería estar sola, se acostó dejando al gran perro negro a su cuidado.

Isabel escuchó las risas de las mujeres y apagó el fuego con agua para no ser vista. El aire era agradable y fresco, la luna se dibujaba enorme y plateada sobre un mar en calma. Aspiró un dulce perfume en la brisa, como si el fuego quemara incienso o algún otro tipo de hierba perfumada. Fueron llegando como siempre, primero unas en las barcas, después otras que bajaban desde caminos distintos, reconociéndose entre risas y abrazos, como si el hecho de acudir a la playa de las rocas, cada noche de luna llena, las hermanara. Sin duda lo hacía, ¿para qué, si no, se juntaban allí aquellas mujeres en la madrugada?

Cada vez eran más numerosas. Isabel se preguntó si no tenían miedo. Quizá sí, pero necesitaban realizar aquello como prueba de la única libertad de la que gozaban a solas, en sus disimuladas vidas de día, porque debían vivir en algún pueblo, en alguna casa y pertenecer a alguna familia. Se preguntó también si su madre habría acudido junto a ellas, de haber sabido de aquellos encuentros. Una lágrima recorrió su rostro mientras sentía una gran curiosidad.

Era la primera vez que podía ver en soledad aquel ritual y deseó verlo de cerca. Se levantó y recorrió el gran espacio que la separaba de ellas, acercándose lo más que pudo, ocultándose tras una roca. Tenía miedo. ¿Y si la descubrían y caía víctima de sus hechizos? Corrigió la estupidez de su pensamiento al pensar que las brujas existían, como hacían la mayoría de los habitantes de los pueblos que visitaban. Aquellas gentes creían en todo tipo de historias y cuentos sobre conjuros diabólicos y hechizos de amor. Se preguntó si no serían sencillamente mujeres encontrándose en la libertad que les proporcionaba la noche, la luna que las iluminaba y la playa. Eran mujeres nada más, se repetía para que el miedo no le evitara continuar allí, oculta tras la roca negra, y seguir asistiendo de cerca a uno de sus encuentros.

Las vio abrazarse unas a otras, besarse como si fueran hermanas que hacía mucho tiempo que no se veían, con lágrimas algunas, entre risas otras. Unas se presentaban como si fuesen desconocidas, pero siempre eran recibidas con abrazos y bailes alrededor del fuego.

—¡Recordad que nacisteis libre! —escuchó decir a una de ellas, tras abrazar a otra y mantener sus manos unidas, antes de empezar a bailar.

Isabel nunca había escuchado una frase tan rotunda, dicha de una forma tan enigmática y dulce, como lo dijo aquella mujer, que parecía dirigir la celebración. Después, otra fue repartiendo algo en las manos de las demás y comenzaron a desvestirse. Al principio se tapó la cara, avergonzada de la desnudez de sus cuerpos, que podía vislumbrar brillantes y luminosos en la claridad de la noche, pero después, las distintas formas onduladas de sus caderas, sus pechos descubiertos, erectos algunos, otros caídos y algunos casi inexistentes, hicieron sucumbir a su curiosidad. Se acarició los suyos, como si quisiera calibrarlos y se estremeció con el contacto de su piel bajo la tela del viejo vestido.

Las mujeres siguieron desnudándose, dejando sus ropas sobre las piedras. Algunas se sentaron en ellas, abriendo sus piernas y acariciando su intimidad con sus manos, entre las que tenían las hierbas que una de ellas acababa de repartir. Otras, quizá más pudorosas, entraban en el agua y dejaban solo la parte superior de sus cuerpos al descubierto. Fue entonces cuando comenzaron los sabrosos gemidos que le parecieron mucho más cálidos y sugerentes, al estar tan cerca. Su curiosidad aumentaba. ¡Qué era aquello que les proporcionaba tanto placer! ¿Por qué se tocaban y acariciaban hasta emitir sonidos lascivos que la avergonzaban y la hacían estremecerse? No pudo resistir más la curiosidad y caminó unos pasos para acercarse, aprovechando el momento de escasa vigilancia de las mujeres. Pudo ver con claridad a una que, con las piernas abiertas, se acariciaba entre ellas, frotando unas pequeñas hojas sobre el vello, que después introducía dentro de sí, provocando que sus gemidos aumentaran en volumen y en duración. Sus ojos obnubilados parecieron descubrirla. El corazón de Isabel estaba tan agitado que no supo qué hacer, si moverse o aparentar que ella misma era una roca, pero sintió que la mujer pudo escuchar su respiración entrecortada mientras le sonreía, como si con ello le permitiera asistir al placer que se estaba proporcionando a sí misma de aquella forma tan insolente y tan libre. Siguió mirándola. Toda su carne blanca temblaba con blandura ante los espasmos de placer. Tras su sonrisa, emitió un último gemido arrastrado que le pareció el final de algo, pero no supo de qué. La mujer se acercó al fuego y corrió a meterse en el agua junto a las demás.

Isabel se levantó asustada, pensó que la mujer iba a avisar a las otras y corrió en dirección a la casa, con tanta rapidez que el camino se le hizo extrañamente corto. Estaba perturbada por lo que había visto. Escandalizada, todo su cuerpo hervía de excitación como nunca lo había sentido. Temblaba y sudaba caminando cada vez más aprisa. Sus pies, dentro de las sandalias, se tropezaban entre la multitud de piedras de la playa. Una ola los alcanzó, refrescándola. Casi había llegado a la penumbra de la puerta cuando advirtió una presencia.

—Isabel —susurró alguien.

Iba a gritar cuando vio que era él. Daniel la cogió del brazo, la llevó detrás de la casa, donde comenzaba la arena entre los juncos. Sintió que el cuerpo del muchacho estaba muy cerca del suyo. Podía escuchar su respiración agitada entre la suya, aún más rápida tras la carrera. Aspiró su aroma, sus labios se precipitaron sobre los suyos, envolviéndola de dulzura.

Se descubrió sobre la arena, su cuerpo pegado al de él, besándose, tocándose, respirándose uno en el otro. Sintió un gran placer al tenerle tan cerca. Ambos cuerpos se envolvieron, las manos del muchacho la desnudaron y las suyas a él. Sentía su piel suave y el rozar de sus labios. Su lengua buscó cualquier parte de su cuerpo, todas. El amor les llenaba, se tenían por entero, cuando ya había creído que el futuro era no volver a verse nunca más. Los dientes blancos de él se asomaron en una sonrisa, haciéndola sentir segura. Sintió su cuerpo sobre ella que comenzó a agitarse apasionado, ansioso por descubrir cada rincón de su piel. Se dejó amar, mientras sus manos se aferraban al cuerpo de Daniel, anhelando sentirle en su interior. Después, ambos se dejaron arrastrar por un placer inmenso.

A lo lejos, los gemidos ajenos se confundían con los suyos, en un ritual colectivo de expresión y de sensaciones intensas, como si ellos también hubiesen sido hechizados. La luna alumbraba el cuerpo de Daniel, húmedo y palpitante, descansando junto al suyo, pegados el uno al otro, rebozados de arena y de deseo. Sintieron sed. Sus bocas estaban enrojecidas de intentar atrapar cada uno los labios del otro. Daniel volvió a besar los suyos y ella los sintió carnosos y abultados. No podían encontrar el agua que calmara la sed de sus bocas, pero el dulce sabor de la saliva ajena les saciaba.

Sus pechos se enardecieron al sentir la piel tersa de su amado sobre ella. Él apenas había salido de su cuerpo hacía unos instantes y ya deseaba volver a tenerle dentro. El muchacho cogió su rostro entre sus manos y la besó enloquecido. Ella le devolvió el beso y sintió como sus manos recorrían su cuerpo desnudo en una nueva búsqueda del placer que ambos codiciaban. Solo Daniel era capaz de calmar el ardor que sentía. Miró sus ojos claros y se detuvo en el perfil de su rostro, intensamente atractivo. El muchacho le devolvió la mirada, contemplando la belleza de aquella niña que empezaba a mostrarse al mundo como una mujer. Nunca había visto nada tan bello.

Volvió a entrar en su cuerpo, mientras ella le recibía abriendo sus piernas para facilitarle el camino. Y de nuevo se fundieron en un profundo y rítmico baile, mientras escuchaban el crepitar del fuego en la lejanía, mezclado con el rumor de las olas y los suspiros placenteros femeninos bajo la luna llena.

Se despidieron al amanecer, cuando ya no quedaba ningún rastro de la noche anterior. La despedida fue tan apasionada como su encuentro. Nunca se habían sentido tan vivos. Cuando él se marchó, Isabel caminó de nuevo hacia las rocas, al lugar que las mujeres habían abandonado, al aparecer la primera luz del día. Se acercó a las cenizas del fuego del ritual nocturno y descubrió junto a él unas hojas verdes y unas ramitas cortadas en trozos diminutos. Los cogió y regresó a la casa. Antes de entrar, suspiró de amor por última vez. Afuera, el sol se sobreponía a la luna con una dorada belleza. Cuando se metió en la cama, junto a su hermana, no sabía muy bien qué habían hecho Daniel y ella, pero se sentía como si caminara a unos centímetros del suelo, sobre el mismo aire, y como si la felicidad y la plenitud hubieran decidido vivir para siempre dentro de su pecho, que ocultaba su corazón.

—¿Habéis estado allí, Isabel? —le preguntó Joan con cierto reproche cuando ella le mostró las hierbas.

La muchacha asintió con la cabeza.

—¡Es peligroso! —gritó él.

—Lo sé —respondió recordando lo que había visto.

—Pero vuestra curiosidad fue mayor que vuestro miedo —acertó a decir Joan—. Ser así también es peligroso. El miedo es lo único que os mantendrá alejada del sufrimiento.

Bajó la cabeza, suplicándole con su gesto que diera por terminada la riña. Sabía que había actuado mal pues él sufría un gran riesgo acogiéndolas en su casa. Se sintió culpable por haber traicionado la seguridad que cada día les proporcionaba.

—Una de estas noches, alguien se irá de la lengua y las apresarán a todas. —Isabel le entregó las hierbas—. Espero que no volváis a ir —lanzó las hojas al suelo con desdén—. Es beleño. ¡Una hierba maldita!

—¿Por qué? —preguntó ella.

—Porque hace sentir el placer carnal y ver lo que está prohibido a los ojos de los hombres. Aquello que es un secreto y que solo puede desvelar el mismo Dios.

Su respuesta acrecentó su curiosidad. Desde aquella noche excitante y sorprendente, no pudo apartar de su mente la idea de volver a Cap Negret. Esperó que pasara el tiempo, mientras sentía que flotaba en una nube desde que se había sentido amada por Daniel y desde que le había amado, juntos sus cuerpos desnudos sobre la arena. Fue algo que tampoco podía apartar de su memoria y que la hacía sonreír a cada momento, sin saber por qué.

Pronto volvieron a verse y, como prueba de amor, Isabel le pidió que la acompañara a la aldea de sus padres. Quería estar allí de nuevo, ahora que se sentía atrevida y repentinamente valiente, perderse entre sus campos y sus casas para hallar, si le era posible, algún rastro de sus padres, asesinados hacía años. Pero él se encogió como un animal asustado y balbuceó una respuesta.

—¡No iría a ese apestoso lugar ni aunque me pagaran con oro! —exclamó.

—¿Por qué? —le preguntó contrariada.

—¿Es que no sabéis lo que pasó?

Isabel lo negó moviendo la cabeza.

—¡Esa aldea está maldita! ¡Ya no vive nadie en sus casas vacías! —dijo poniéndose rojo, mientras las venas de su garganta se tensaban al hablar—. Hace años mataron a todos sus habitantes. Murieron ardiendo en el fuego. ¿Y sabéis por qué?

—preguntó conociendo la respuesta.

Isabel esperó sin hacer ni un solo gesto a que él se lo contara.

—¡Los quemaron por brujos! —respondió en voz muy baja, mirando a ambos lados por si alguien le escuchaba—. ¡A todos! Hombres, mujeres y niños. ¡No se salvó nadie! Aunque algunos dicen que hubo unas niñas que pudieron escapar, pero nadie las ha visto jamás.

Estaba atónita. Supo que Daniel hablaba de ella y de su hermana. Quiso decírselo enseguida, pero sintió miedo. ¿Y si él era como aquellos que se habían llevado a sus padres? ¿Y si se lo decía a alguien?

—Puede que ellas sean brujas también y que hayan vuelto —dijo, asustándose de sus propias palabras.

Deseó gritarle que no era ninguna bruja y que sus padres tampoco lo habían sido. Quiso decirle que la verdadera razón de su muerte había sido lo que ella intuía como el único motivo posible, la escuela que sus padres habían abierto con el beneplácito de todos los habitantes de la aldea, en la que no se enseñaba nada malo a nadie, sino solo a leer y a escribir, haciendo su madre de profesora algunas noches, para que los niños y niñas del pueblo no cayesen nunca en la triste existencia de la ignorancia. Aquello era lo que había pasado y, al cabo de los años, lo recordaba cada vez con más distancia y con más deseos de hacer pagar a los asesinos por el sufrimiento de sus padres. Lo que nunca habría sospechado era que hubiese muerto más gente aquella noche. Recordaba la mañana que su hermana y ella habían abandonado sus calles embarradas, y ahora empezaba a entender por qué pudieron hacerlo sin ser vistas. Recordaba también la inquietud que sentía, tras intuir que alguien las observaba tras las paredes de las casas. Pensó que quizá alguien más se habría escondido y librado de aquella injusta muerte colectiva.

No hizo falta hablarle más. Por la expresión de Isabel, Daniel cayó rápido en la cuenta de que ella y su hermana eran aquellas niñas escapadas de la aldea maldita. La miró con dolor y con enfado.

—¿Por qué no me lo dijisteis... antes? —le gritó.

—¿Antes de qué? —le preguntó sintiéndose herida.

Sin duda se refería a aquella noche detrás de la casa. Le dio una excusa para la prisa repentina que le sacudió el cuerpo, haciéndole demostrar su nerviosismo, y le vio alejarse raudo por el camino. Ella echó a andar en dirección a la casa de la playa, recordando sus últimas palabras como prueba de que aún la amaba y de que quizá no volvería a verle.

—No os preocupéis, no diré nada a nadie. ¡Seré una tumba!

Isabel le esperó al día siguiente y al otro, y todos los días, pero él no regresó, y cada día su corazón se apretaba un poco más, haciéndose más pequeño, aumentando también su dureza. Él había sido su primer amor y lo había vivido intensa y rápidamente. Tuvo que utilizar de nuevo el escudo de firmeza y silencio, el mismo que había usado para asumir la muerte de sus padres. Así decidió asumir también la ausencia de Daniel y puso todas sus esperanzas en la noche de luna llena que se aproximaba, en la que acudiría a Cap Negret, esta vez para no regresar.

Nunca hubiera querido hacer daño a Joan, le dijo lo que había pasado y la decisión que había tomado. Y él le contó la suya. Al día siguiente, Ana, él y su perro negro saldrían de viaje hacia un lugar más seguro, donde permanecerían durante algún tiempo. Joan temía que el muchacho hablara, despechado como se mostraría al enterarse de que ella se había marchado. La idea volvió a golpearle el alma al pensar en él, en sus ojos, en su cuerpo desnudo y sabroso de arena y de sal sobre el suyo. Le deseó tanto que le dolió. Miró al mar, el sol empezaba a ocultarse, brillando naranja sobre el agua en calma. La luna, a un lado del cielo, esperaba paciente. Un saco con algunas ropas esperaba también sobre la arena. Se sentó con su familia, junto al fuego. Ana lloraba. Joan callaba y el perro negro permanecía tumbado mientras se despedía de él, acariciando su barriga de pelo grisáceo. Comieron pescado para cenar. Después de la cena, Isabel se marcharía para siempre.

III

Las mujeres sabias

Si el mundo la iba a considerar una bruja, mejor aprendería a serlo y, al menos, no moriría inocente. Aquel era el motivo que la impulsaba a estar allí, bajo la claridad nocturna de la luna. Ahora lo sabía. A su hermana y a ella, también las habrían matado de haberlas encontrado aquella noche. Esperó dormitando, entre continuos despertares, a que acabaran los gemidos y los bailes alocados. Cuando el cansancio las hubo vencido y algunas de ellas corrieron, con los rostros ocultos, hacia sus casas en diferentes pueblos, solo quedaron las que habían llegado hasta la playa en barcas de madera. Se levantó y se acercó hasta la débil luz del fuego casi apagado.

Al principio, su sombra inesperada las asustó. Después, cuando se fue acercando mientras temblaba por el miedo y el frío, caminando hasta dejar que vieran su rostro de niña, vio como se relajaban y la recibían con preguntas que esperaban respuestas. No les dijo quien era, ya habría tiempo después.

—Quiero ir con vosotras, para siempre —exclamó.

La que parecía la protectora de las demás rio ante su determinación y se acercó para verla mejor. Una de ellas dijo que recordaba haberla visto la última noche que acudieron a la playa. Otra se acercó y le retiró el pelo de la cara, asustándola con sus manos de uñas largas y descuidadas.

De lejos, le habían parecido mujeres. De cerca, le parecían todo lo que pudiera haber imaginado alguna vez. La mayoría estaban medio desnudas, o vestidas con viejos harapos y ropas desgarradas; el pelo, húmedo y despeinado, largo hasta superar la cintura; sus rostros delgados, con ojos de mirada profunda y recelosa; sus pechos, en libertad; y los pies, descalzos sobre las piedras blancas y duras. Sentadas con posturas escandalosas, la miraban acosándola con sus preguntas en voz alta o bien en su pensamiento. Conocía lo que querían saber, antes de escucharlo, y contestaba rápida a cada una, asustada al verse rodeada de aquellas que, pocas horas antes, chillaban entre risas y gozos desconocidos.

—¿Vos queréis venir con nosotras? ¿Por qué?

Miró a su alrededor antes de contestar. Tenía miedo de su reacción si les decía abiertamente lo que quería ser y lo que ellas le parecían. Se armó de valor y tragó saliva antes de hablar.

—¡Quiero ser una bruja!

—¡Shhh! —la mujer levantó su dedo índice y lo colocó junto a sus labios agrietados e incoloros—. ¡No volváis a decir eso! ¿Queréis que os oigan? —dijo echando una mirada rápida hacia la montaña—. No somos brujas. Venid con nosotras esta noche, si quieres, pero no podréis volver hasta la próxima luna llena —la miró y después miró a las demás—. ¿Estáis segura? —insistió.

Isabel afirmó moviendo la cabeza a ambos lados, cogió sus ropas y subió a la barca junto a ellas. Al alejarse, ignorando adónde se dirigía, sintió una asombrosa sensación de placidez. Entre el miedo y la curiosidad que la acompañaban, estaba el pensamiento confortable de alejarse de todo lo que le recordaba el dolor con el que había cargado desde niña. Sin poder sonreír con la boca, pero sí con el corazón, se preguntó si volvería la luna siguiente para quedarse, o si ya no regresaría a la playa, salvo para participar de las reuniones como una más entre ellas, las noches de luna llena.

Se hacían llamar mujeres sabias. Vivían en el interior de las cuevas, lejanas y a salvo de la búsqueda estéril de los cazadores de brujas. Estaban solas, sin hombres para protegerlas. Tampoco había ancianas entre ellas. La que parecía ser la mayor adoptó el papel de su protectora, llevándola a vivir junto a ella, a la cueva más confortable que había visto nunca.

Tenían mantas, colchones, sillas y algunos enseres necesarios para la vida diaria. Sus paredes estaban adornadas con pinturas coloridas de extraños símbolos que desconocía e imágenes de una mujer que brillaba con un halo de luz a su alrededor. La llamaban la diosa y le pareció que su rostro cálido era idéntico al que recordaba de su madre, aunque nunca dijo nada sobre ello por miedo a que la consideraran loca o a que le preguntaran por ella. Aún no le había dicho a nadie que sus padres habían muerto. Tampoco les dijo nunca que ella habría muerto igual, si su padre no la hubiera escondido bajo una caja de madera y unos sacos de harina, pero el pensamiento la atenazaba interiormente. Poco a poco, descubrió que cada una de ellas estaba allí por una razón y que atrás habían dejado una vida para ir en pos de su libertad. Se preguntó si valía tanto la pena ser libre como para recibir a cambio tanta soledad, lejanía y sufrimiento.

Echaba de menos a Joan y a Ana. Ahora que no estaban junto a ella, se daba cuenta de cuánto los necesitaba. Se consolaba diciéndose que pronto llegaría la nueva luna llena y, si quería, estaría de vuelta en Cap Negret. Sin embargo, la idea de que ya se hubieran marchado la carcomía por dentro. Aunque se decía a sí misma que Joan esperaría hasta estar seguro de que no ocurriría su regreso, a veces se dejaba arrastrar por la angustia y la desesperación. Imaginaba que Daniel les había delatado o que habrían tenido que huir, antes de saber con certeza si ella volvería.

El recuerdo de Daniel también la atormentaba. El olor de la arena sobre su piel, la noche que habían hecho el amor, la llenaba de nostalgia y la sacudía por dentro hasta que rompía a llorar desconsolada.

Al principio, ninguna de aquellas mujeres parecía hacerle mucho caso, como si su presencia les fuera totalmente ajena. Intuía que sería porque, antes de dirigirse a ella, querían estar seguras de que no las abandonaría al llegar el plenilunio. Las primeras semanas sintió una gran angustia y soledad. Vivía con ellas, estaba entre ellas, pero no se sentía una de ellas. Todas las noches lloraba y sus compañeras le permitían hacerlo sin decirle nada, pero también sin darle ningún tipo de consuelo.

Cuando estaba sola y se sentía perdida y dolorida por dentro, se acercaba a la imagen de la diosa y le hablaba en silencio. Era una mujer semidesnuda, desafiante y altiva, con el rostro tranquilo y una expresión de poder en su mirada. Sin embargo, a veces le recordaba tanto a su madre que le hablaba como si fuera ella. Le contó lo que había vivido desde que había muerto. Le habló de Joan y de Daniel. Le contó lo sola que se sentía, hasta que aquellas confesiones en soledad con la diosa hicieron que fuera sintiéndose mejor. Despacio, la paz y la calma se fueron apoderando de ella, hasta que un día, observando cómo saltaban y reían en la playa, ella también dejó escapar su risa.

Debió ser para ellas una revelación y, como si hubieran estado esperándola, a partir de entonces, pareció que hubieran descubierto su presencia. Empezaron a contar con ella para los quehaceres diarios y sus reuniones nocturnas, y lentamente se fue sintiendo una más.

La mujer que parecía querer protegerla se llamaba Alia, y un día le dijo que debía ocuparse directamente de la diosa. No supo a qué se refería hasta que le pidió que la acompañara a ver todas las imágenes que existían de ella. Para entrar en algunas de las cuevas, había que cruzar pasillos oscuros y angostos, casi a tientas, hasta llegar al interior. La diosa se hallaba presente en las paredes de piedra y en cada una de las pinturas siempre tenía el mismo rostro. Se preguntó cómo era posible si, como su protectora le había dicho, los frescos habían sido pintados por diferentes mujeres en diferentes épocas. ¿Por qué ninguna había inventado otro rostro para reflejar a aquella diosa pagana a la que todas adoraban?

—¿Es este su verdadero rostro? —preguntó con ingenuidad.

—Nadie lo sabe. Nadie la ha visto —respondió Alía.

—Entonces, ¿cómo pueden tener todas las imágenes el mismo rostro? —preguntó sin confesarle que la recordaba mucho al de su madre.

—El rostro de cualquier mujer es siempre el mismo —respondió.

Isabel no entendió bien lo que Alía quiso decirle, pero grabó en su mente aquella frase para meditarla más tarde, cuando estuviera sola, como le gustaba hacer con casi todas las cosas.

—¿Vos, no creéis en Dios? —la mujer sonrió.

—¿Preguntáis si creo en Jesús y en su madre, María?

Asintió, dudando si debía arrepentirse de haber preguntado. La mujer volvió a sonreír.

—Aún no estáis preparada para entender mis respuestas. Tened calma, todo se os dará a conocer a su debido tiempo.

Para ocuparse de la diosa se levantaba al amanecer, se daba un baño purificador en el mar y comenzaba su camino por las imágenes de las cuevas. No solo se ocupaba de mantener limpias las pinturas, también de que siempre tuvieran velas encendidas y flores para que la diosa supiera que pensaba en ella, no a la hora de pedirle favores, sino siempre, como si se tratara de una amiga a la que iba a visitar cada día.

Por la tarde, volvía a hacer el mismo recorrido para ver si todo continuaba en su lugar, para encender nuevas velas y confirmar que las ofrendas a la diosa seguían allí. A veces encontraba a alguna de ellas, arrodillada frente a la imagen. Entonces, hacía su trabajo en silencio y respetaba su soledad. A la diosa se le hablaba a solas.

Otras veces, era Isabel la que permanecía bajo la imagen, hablándole como si le hablara a su madre, hasta que un día, quizá después de haber visto hacerlo a las demás, se arrodilló y lloró delante de su cálido rostro. Después de aquello, empezó a pensar en la diosa como en algo más que una madre y una amiga. Empezó a creer que de verdad existía y que tenía todo el poder de Dios y que, al mismo tiempo, la comprendía como la mujer que era. Comenzó a sentirla como su semejante, hermanada con ella, y cada vez le fue más fácil hablarle, pero, sobre todo, se sintió más fuerte, amparada y comprendida, hecha a imagen y semejanza de una diosa que tenía cuerpo y rostro de mujer.

Isabel no había visto ni oído nada que pudiera parecerle cercano a la brujería, claro que ella aún era una niña, pero intuía que adorar la imagen de una mujer cercana y sabía podía ser considerado un motivo suficiente para arder en una hoguera. Y casi sin darse cuenta, llegó la siguiente luna llena.

Alía sabía que no se marcharía aquella noche y no le preguntó, para no perturbarla. Isabel se quedó en la playa, sentada en una roca, junto a las niñas y las mujeres que tampoco irían, y observó como las barcas se alejaban hasta perderse en la penumbra del atardecer. Suspiró cuando desaparecieron y sintió que su corazón saltaba bruscamente. No volvería a ver a Daniel. Su hermana y el hombre que había sido como su padre se marcharían. No sabía si los volvería a ver.

—¿Por qué algunas mujeres pasan tiempo aquí, si después regresan a sus mismas vidas de antes? —Sus preguntas seguían aumentando cada día y Alía volvía a ser la mujer que siempre le respondía con paciencia y una sonrisa leve en sus labios—. No entiendo de qué puede servirles entonces. ¿Acaso huyen de algo o de alguien?

—Quieren aprender, necesitan conocer una nueva forma de vivir.

—¿Para qué? —le preguntó como la niña insistente que era.

—Para ser felices —respondió Alía—. Ahora podrán serlo.

Las respuestas eran contestadas con sencillez para que pudieran ser fácilmente entendidas.

—Cuando llegué por primera vez a este lugar, yo también tuve que volver a nacer —le dijo con dulzura, mientras encendía las velas que iluminaban la imagen de la diosa.

—¿Sois un poco feliz aquí? —le preguntó Alía.

—No lo sé. Lo único que hago es encender velas y poner flores a la diosa.

—Con cada vela que encendéis, con cada flor y con cada mirada que le dedicáis, os acercáis más a vos misma.

No dijo nada más, tampoco se sentía capaz de seguir preguntándole. Durante días no entendió en absoluto sus palabras, pero poco a poco se fue dando cuenta de que decía la verdad. Siempre que miraba la imagen de la diosa y le hablaba, se hablaba a sí misma y curaba sus heridas lentamente, cicatrizándolas bien para que nunca más volvieran a abrirse. Más adelante, cuando la confianza en Alía había empezado a crecer dentro de su corazón, se atrevió a comentarle lo mucho que el rostro de la diosa le recordaba al de su madre.

—Es como ella —exclamó—, es su rostro el que veo en estas paredes cada día.

—Vuestros ojos lo ven así. Cada mujer ve la cara de la diosa a su manera porque necesitamos hermanarnos con ella. Así adquirimos la conciencia de la divinidad —añadió.

Aún era pronto para creer en su naturaleza divina. En la mente de Isabel, estaban grabados todo tipo de temores hacia lo desconocido. Las palabras de Alía la seducían por el poder que otorgaban a todas las mujeres de la tierra, cualquiera que fuese su origen, su raza o su condición social. Para Alía y para todas las demás, las mujeres eran como una sola, ahí radicaba su poder y su fuerza. A veces, cuando la miraba de cerca, el rostro de Alía podía llegar a no parecerse al de una mujer. Aunque no podía decir a qué se parecía. Sus rasgos se distorsionaban ante su vista y su piel se aclaraba haciéndose casi invisible. Ante la única luz de una vela encendida dentro de una cueva, su cuerpo entero parecía no tener silueta, se ablandaba ante su mirada como si fuera de un material maleable. Isabel no se asustaba por estas apariencias. Si su cuerpo temblaba de repente, solo tenía que recordarse a sí misma su pasado, para armarse de valor y recomponerse nuevamente.

—Estoy aquí para aprender —se decía, pero se preguntaba cuando empezaría a recibir las verdaderas enseñanzas.

Tras la luna llena, Alía le encomendó la tarea de practicar la vida con sus seis sentidos. Debía permanecer en silencio, permitiendo que las armonías divinas penetraran en su oído, cuando consiguiera que sus pensamientos y deseos se hallaran en reposo. Le explicó cuáles eran sus sentidos y cómo podía utilizarlos. Isabel se dedicó a contemplar, escuchar, acariciar, saborear y embriagarse del aroma de todo cuanto la vida y la naturaleza le ofrecían. Descubrió que contemplar era mucho más que ver. Los brillos instantáneos que el sol dejaba caer sobre el mar por la mañana; las sombras que proyectaba la luz de las velas sobre las paredes de las cuevas; la noche; el día; todo le parecía nuevo ahora que lo miraba con la ingenuidad del que descubre. Aprendió que escuchar tampoco es lo mismo que oír. Percibió con una nueva dimensión el sonido de las olas al romper contra las piedras; el canto de los búhos en la noche; su pausada respiración; sus pasos, sus palabras...

Practicó durante días con sus sentidos, disfrutando del sabor de la fruta y del pescado asado en el fuego. Su nariz se perfumaba con el aroma de las flores, de la sal, de su piel, del aire al amanecer. Sus manos palpaban las rugosas pieles de las rocas, las piedras entre sus dedos y el polvo blanco que desprendían, su pelo recién lavado y secado al sol. Y aunque al principio creyó que su intuición estaba oculta bajo su piel y su vida terrena, ya que no era consciente de haberla utilizado nunca, con la práctica de los otros cinco, este sentido se fue agudizando.

No hizo falta mucho tiempo para que, al pensar en alguien, sin necesidad de verlo ni de estar cerca, intuyera con gran exactitud su estado de ánimo, sus más íntimos pensamientos, su actitud ante el presente que estaba viviendo. Parecía extraño, pero fue más sencillo de lo que nunca hubiera imaginado. Alía le explicó que todas las personas poseían el don de la intuición. Creer que ella era un ser intuitivo desde el día de su nacimiento significaba atender y dejarse guiar por esa intuición. Quizá la había guiado todos los días de su vida, pero Isabel no lo sabía. Tampoco allí, la vida le daba la oportunidad de utilizarla.

Su vida entre aquellas mujeres transcurría sin sobresaltos, a salvo en aquella costa apartada. Entre ellas había una concordia que lo protegía todo, sus actos, sus pensamientos y sus palabras. Se respetaban unas a otras y, aunque a veces tenían opiniones distintas sobre los muchos temas de los que hablaban, ninguna pisaba el turno de otra para expresarse, ni se entrometía en la conversación hasta que no llegaba su momento. Las interminables risas y momentos agradables que vivió junto a ellas se impregnaron en Isabel para permanecer intactos en su corazón, durante el resto de su vida. Reinaba la armonía, aunque ninguna sabía de dónde procedía o quién la mantenía, se extendía de forma natural como si siempre se hubiesen conocido, como si siempre hubiesen sido hermanas.

—Todos, hombres y mujeres, provienen de la misma fuente —exclamó Alía con su voz tranquila y profunda—. Muchos no lo saben porque tienen miedo de saberlo. Importa muy poco si le llaman dios o diosa. Lo verdaderamente importante, lo que le otorga su gran poder a ese ser, es la fe.

Isabel no la tenía. Sentía que la había perdido la noche que la separaron de sus padres para siempre y aún después, cuando sus pesadillas y sus horribles recuerdos se mezclaban con su imaginación agitada y dispersa. La había perdido el momento que perdió a Daniel y la noche que se separó de Joan y de Ana.

—Si no tenéis fe —le preguntó Alía—, ¿por qué habláis a diario con la diosa?

—Para intentar comprender el dolor y la angustia que a veces se apoderan de mí —respondió sincerándose por primera vez—. O quizá porque ruego que me dé fuerza para seguir adelante en mi soledad. Soy feliz entre vosotras, pero estoy sola, al fin y al cabo, sin padres, sin familia. Me siento sola en un mundo en el que ya no hay lugar para mí.

—La diosa está en vuestro corazón. Cuando os habláis a vos misma, también le habláis a ella —le dijo su maestra—. Si la diosa tiene algo en cantidad infinita, es paciencia. Sabe esperar el momento en que la encontraréis.

Le parecían preciosas sus palabras, pero las negaba un instante después de una nueva decepción, a más sufrimiento. No quería volver a confiar. Alía lo sabía y esperaba. Ella también, como la diosa, era una mujer paciente. Isabel se armó de valor, debido a la confianza que Alía le entregaba cada día, y le dijo la verdadera razón por la que había acudido a ellas.

—Si mis padres murieron por brujos, sin serlo, yo quiero ser una bruja de verdad y vivir por ellos —exclamó en voz alta, como se había dicho a sí misma tantas veces en el silencio de su alma, intuyendo que se engañaba, pero sin ser capaz de reconocerlo aún.

—Esa no es la razón por la que habéis venido —le respondió su maestra—. Esa es la razón que os dais para justificar vuestra presencia entre nosotras.

—¿Creéis saber todo lo que ocurre dentro de mí? —Se sintió herida, puso la palma de su mano sobre su pecho, mientras se deshacía en lágrimas.

Alía no contestó. Se limitó a mirarla sonriendo como solía hacer, con su rostro lleno de paz que, en un instante, se convertía en un rostro extraño que, cuanto más tiempo miraba, menos humano le parecía. Retiró su mirada y Alía continuó hablando.

—No lo sabéis aún, pero un día conoceréis la verdadera razón. Cuando llegue el momento.

No se sintió conformada, pero respetó sus palabras porque quería alcanzar la sabiduría cuanto antes y porque quizá su maestra tuviera razón. Ni sus pensamientos, ni sus sentimientos, ninguna de sus emociones, parecían estar en orden y dudaba de si alguna vez lo habían estado. Solo cuando se divertía riendo, bailando en la playa o jugando con las otras niñas y mujeres, se sentía en paz. Era cuando se olvidaba de todo, hasta de sí misma, y se limitaba a vivir. Pero el mero hecho de existir le parecía absurdo, a pesar de que toda la instrucción recibida se refería siempre al hecho de vivir con sencillez. Algo que no era capaz de comprender aún.

Entre las mujeres sabias aprendió los poderes de las hierbas, a mezclarlas según las distintas necesidades, si eran para sanar, para sedar, calmar o estimular. Aprendió también a cultivarlas y a recoger las que nacían silvestres. Algunas las hervían y les servían de alimento. Los hinojos y las borrajas frescas, recogidas en los recodos de los caminos en la primavera tras los días de lluvia.

Poco a poco, fue reconociéndolas por sus nombres y propiedades, por su color, su olor y su tacto. Aprendió a acelerar el crecimiento de las plantas con la energía que emanaba de sus manos; a entender los pensamientos y el comportamiento de los animales, e incluso a hablar con ellos; a escuchar el viento, el mar y toda la naturaleza, que necesitaba de su fuerza y energía como ella necesitaba de la suyas. A dominar el frío y el calor; a traer la lluvia, aunque aún no había logrado convertirla en nieve, como le gustaba hacer a Alía cuando quería sorprenderlas. Comprendía con exactitud las razones de los giros de la luna y de la sublevación de las aguas del mar, y la conexión que había entre todo eso y las mujeres. Aprendió el arte de la respiración y el gran poder de la mente y de los pensamientos. Practicó hasta adentrarse en lo más recóndito de su mente, allí donde se modelan los sueños, donde las mujeres sabias guardan los ingredientes de su sabiduría, para llevar a cabo su poder y ejercerlo sobre el mundo.

Practicó también con los colores, los sonidos, las formas y las amorfas entidades de la verdadera luz. Aprendió a levantar una pirámide de piedras, puestas una sobre otra, con la sola fuerza de su propio peso. ¿Cuántas veces intentó cerrar una herida, sin embargo, sin éxito? ¿Cuánto esfuerzo y tiempo gastó en múltiples y fallidos intentos? En cada uno de sus fracasos, se sentía hundida. Si no era capaz de cicatrizar una herida pequeña sin dejar marca, ¿cómo iba a ser capaz de sanar un cuerpo enfermo alguna vez? Le parecía tan imposible llegar a lograrlo que nunca lo lograba.

—Creer que es posible, es el camino —le decía Alía, pero Isabel no podía creer que de sus manos emanaban una energía y un poder innatos, que esperaban aletargados a que los descubriera—. Solo tenéis que imaginarlo. Recordad, niña, la paciencia está dentro de vos, mientras persista en vuestro corazón la más mínima nube de duda, no podréis hacerlo.

Sus hermanas trataban en vano de hacerle entender que el camino de la curación no estaba fuera de sí, sino dentro. Su gran error era creer que la Diosa era quien le haría tener éxito, o que Ella y la madre naturaleza la harían capaz de curar. No fue hasta que comprendió que todas las capacidades estaban dentro de sí misma, desde el mismo día de su nacimiento, que lo consiguió.

Encontraron un gato herido cerca del pueblo. Había sido apaleado cruelmente por las manos viles de alguien que creía en su naturaleza diabólica. El animal tenía una gran herida abierta en una de sus patas traseras. Cerró los ojos llena de ira. Puso sus manos sobre la carne sangrante, respiró, dominando el ritmo de su respiración, a pesar de la urgencia de los maullidos de desesperación del animal. Sintió que regresaba a su niñez, al momento en que la vida se le presentaba como una continua oportunidad de aprendizaje y descubrimiento. Se recordó cobijada entre los brazos de su madre, oliendo su piel, sintiéndola fresca. Ese era el momento en el que la diosa le había dado todo cuanto poseía, y que parecía haber olvidado. Lo recordó en apenas un instante. Abrió los ojos sabiéndose capaz de curar por su gracia y su eterno amor hacia sus hijas.

—Recordad, Isabel, la magia es solo para los que creen en ella —le recordó su maestra.

Miró bajo sus manos y el pelo negro del animal apareció brillante y perfecto sin mancha alguna ni huella de la herida. Lo cogió y lo atrajo hacia su pecho, acariciando la suavidad de su pelaje para que se calmara, mientras permitía que la energía de sus brazos aminorara la inflamación de los golpes en todo su cuerpo. El animal la miró y maulló débil, expresando el último de sus dolores en su cuerpo, aunque aún le quedaba la tristeza interior tras haber sufrido la cruel paliza. Isabel lo miró y su rostro se llenó de amor hacia él. Sintió su tristeza y una lágrima resbaló por su mejilla, ante la mirada atenta de las demás, que sonreían tras comprobar que estaba lista para sanar, igual que ellas. El gato se calmó, se silenció y comenzó su ronroneo de agradecimiento. Lo bajó al suelo y se alejó corriendo un poco despistado.

Desde entonces pudo curar cualquier cuerpo enfermo, desde el más grave y hasta el más leve. Y aprendió también a provocar cualquier dolencia, siguiendo el camino de vuelta del mal desde que la enfermedad fue causada hasta su final. Aprendió a provocarla siguiendo el camino contrario, aunque juró no hacerlo nunca para continuar siendo una digna hija de la diosa.

IV

El poder de la diosa

Había descubierto cuál era la razón por la que estaba entre ellas y se mostró impaciente por contárselo a su maestra.

—Lo sabéis ahora, que sois una mujer sabia —le dijo esta, sin que Isabel supiera interpretar verdaderamente sus palabras—. Pero ahora callad, nos lo diréis a todas esta noche —exclamó sonriente—. ¿O todavía no queréis venir?

No estaba segura. Tenía regresar, ver la que había sido su casa, temía que Daniel aún continuara esperándola cada luna llena, como le había visto hacer en sus sueños dormida y en sus sueños despierta.

—No debéis tener a la vida —dijo Alía, adivinando sus pensamientos. Respiró, dándose tiempo para decirle algo que consideraba de suma importancia que Isabel supiese en ese preciso momento—. Es cierto lo que se dice —sonrió—, que las mujeres sabias no tememos a la muerte. Sin embargo, tampoco tememos la vida.

De nuevo su rostro se desdobló ante los ojos de su discípula, pero esta vez Isabel no apartó la mirada. Era una mujer sabia y tenía el valor suficiente para recibir y aceptar a su maestra sin importar cómo se mostrara ante su inocencia. Vio como se desdibujaba el óvalo de su cara, como sus ojos se vaciaban y los dientes le desaparecían de la boca. La vela que iluminaba a la diosa se apagó, pero la claridad nunca se fue de la cueva.

Alía emanaba un halo de luz a su alrededor, en todo el contorno de su cuerpo, como un arco iris brillante que no le dejaba ver más que su delgada y alta silueta. La vio alcanzar un fósforo y encender la vela de nuevo con sus dedos alargados, con un movimiento de su mano, seguida de una cola de luz y color. La vela iluminó de nuevo la estancia. Alía la miró, estaba quieta frente a Isabel, que se mantenía firme, aunque todo su cuerpo temblaba y sentía la piel rugosa por el estremecimiento. Entonces, le habló.

—Eso que habéis visto es mi espíritu. Todas lo tenemos. Pudisteis haberlo visto antes, desde el mismo instante de vuestro nacimiento tenéis esa capacidad, pero el miedo os lo impidió. No permitáis ahora que el miedo os impida también vivir.

Isabel nunca olvidó sus palabras. Se grabaron con un hierro candente en su alma.

La barca avanzaba sobre el agua en calma. No encendieron las antorchas porque la claridad de la luna hacía la noche especialmente visible. Isabel no se sentía del todo bien. La oscuridad no la asustaba, le resultaba cómoda, pero aún la acompañaba la sensación de necesitar esconderse; siempre y en cualquier lugar, intentaba ocultarse de cualquier cosa.

Alía le había dicho que la noche de San Juan sería como salir de su escondite de una vez y para siempre. No estaba segura de comprender lo que quería decir, pero, como solía hacer desde que había ido a vivir entre las mujeres sabias, guardó sus palabras en su mente y en su corazón, para masticarlas y digerirlas durante los días siguientes, hasta haberlas comprendido. Era una sencilla forma de darse tiempo para crecer, para ser más sabia y mantener todo su conocimiento. Tampoco sabía a qué podía referirse su maestra, cuando le dijo que aquella noche desnudaría su alma, despojándose del disfraz protector con el que se había vestido.

No era una noche cualquiera. Desde hacía años venía ocurriendo aquel encuentro en distintas partes del mundo. Al principio había sido una noche pagana, mundana, no solo para ellas, también para los que durante el año rezaban en las iglesias y que, en San Juan, se transformaban en simples mortales sin Dios ni credo. Era cuando la gente se reunía en el centro de las plazas y hacían hogueras con sus viejos enseres. Más tarde, crearon muñecos con cuerpos de paja que representaban al hombre más acaudalado del pueblo. Como protesta, quemaban su cuerpo falso entre la algarabía de los necios que no recordaban que, a veces, las hogueras eran reales y en ellas ardían cuerpos inocentes.

Se celebraba el solsticio de verano en una noche que guardaba un poderoso equilibrio entre las fuerzas sutiles, pero la Iglesia no tardó en cambiar aquella fiesta que tanto gustaba a la gente, para bautizarla en un día sagrado, sin saber que con ello aumentaba su poder. Se contaban muchas leyendas sobre aquella noche. Se hablaba de apariciones de santos y santas, de extraños monstruos que salían del mar con cuerpo humano y cola de pez, de almas que regresaban para regocijarse entre sus familiares. Pero, sobre todo, se contaban historias sobre brujas.

Isabel pisó la orilla y sintió la dureza de las piedras bajo el agua que le cubría los tobillos. No hacía frío, era una hermosa noche. Corría una tímida brisa muy agradable. Las olas rompían con un bello y suave sonido. Era bueno, pues ocultaría sus voces.

Tenía miedo. Regresaba al lugar de donde había salido sin nada y ahora volvía llena de una sabiduría que no podía contar, ni mencionar siquiera, pero que marcaría los pasos que diera en su vida. Allá le dirigió una mirada poderosa de apoyo, de auténtico entendimiento entre ambas. Se comunicaban a través de los hilos de la mente, igual que con las demás, estaban allí, primero por ellas mismas y después, para recibir a otras mujeres que decidían unirse a su familia.

Las vieron llegar y acercarse a la hoguera de una en una, de dos en dos. No eran muchas, las suficientes para entender la gran necesidad de libertad que sufrían las mujeres de todas las edades y de toda condición. Le llamó la atención una de ellas, las ropas que llevaba eran un signo de su alta cuna.

Sin embargo, estaba allí, pidiendo a gritos ser una mujer. Un hecho natural que el mundo de los hombres había hecho tan complicado y tan temido. Ser una mujer era lo mínimo que debía ser y cuán lejos estaban algunas de conseguirlo. Se preguntó por qué y la respuesta fue la misma una vez más, por el miedo de los hombres.

Los hombres temían a las mujeres y hacía tiempo que lo sospechaba. Las temían porque pensaban que ellos debían ser los mejores, los más sabios, los más fuertes. Las temían porque un día se dieron cuenta de que la mente de la mujer era como la suya, pensante, porque si las mujeres aprendían, leían, escribían y pensaban, podrían querer la misma libertad que ellos, querer ser solo mujeres y no su propiedad. Ellos lo temían porque, para seguir dictando las leyes que solo les protegían a ellos, tenían que ser los únicos con poder para hacerlo. Leyes en el mundo, en sus casas, en sus camas, que les otorgaban todo el poder. Su solo nombre le provocaba un leve mordisco en el estómago. Poder, era la palabra de la que iba a hablar aquella noche en la que desnudaría su alma.

El fuego crepitaba en el centro del círculo que todas formaban, de pie, con las manos con las palmas hacia arriba, en señal de recogida de los dones que la diosa quisiera entregarles. Una cadena irrompible, no de espacio, sino de almas. Cualquiera que se hubiera acercado no habría podido pasar entre dos de ellas. Aunque ni siquiera se tocaban, la fuerza era tan grande de que le hubiera sido imposible cruzar el círculo.

Las recién llegadas estaban atrás, ocultas tras los cuerpos desnudos de las mujeres sabias. Se protegían de la extensa visión del fuego y de las imágenes que en él se les aparecían, de las voces que cada una escuchaba a su lado. A veces eran susurros, otras veces gritos. La diosa clamaba con alegría al cielo y a la tierra, dándoles la bienvenida a su casa, a su corazón, y solo las mujeres sabias estaban preparadas para recibirla en toda su magnificencia.

Isabel sentía la brisa del mar. Su cuerpo desnudo empezó a sufrir leves espasmos por el frío. Comenzó a percibir que algo o alguien que no era de este mundo estaba tras ella. Miró a las demás para intentar ver en sus rostros que ellas también lo percibían. No fue así. Solo ella, durante aquel instante, estaba siendo visitada por el espíritu de la diosa. Comprendió entonces que habían llegado su momento. Alía no la miraba, todas habían cerrado los ojos. Se preguntó si sería para no ver la presencia que sentía cada vez más cercana a su espalda. Sintió miedo y tiritó con más fuerza. Escuchó junto a su oído una voz cálida que habló rápida y susurrante.

—¿Por qué? —preguntó.

Isabel dijo en voz alta su respuesta, instantánea, impensada, no sabida. Y como si una fuerza superior se hubiera apoderado de ella, gritó con fuerza.

—¡PODER!

Se refería al poder auténtico. A ese poder con el que era posible conseguirlo todo y hacer que el camino fuera sencillo y sus pasos caminaran rápidos hacia su final. Escuchó a las demás decir después sus respuestas en total desorden. Se sorprendió de la respuesta de Alía, la cual ya habría dado tantas veces, en otras noches de San Juan como aquella.

—¡PAZ! —gritó.

Su mente le contó que, antes de ser una mujer sabia, había sido una mujer rebelde. Isabel miró a la hoguera y entre las llamas azules vio la imagen de Alía que le sonreía, la noche que había llegado a la playa de Cap Negret por primera vez. Su rostro parecía muy joven y era muy hermosa. Y en su pecho ardía la llama de la desobediencia. Ahora parecía distinta, tenía una mirada calmosa que proporcionaba paz a todos los que mi-raban. Su admiración por ella creció hasta no tener límites.

Cuando bajó los brazos, el círculo de energía desapareció y escuchó la algarabía que formaban las mujeres recién llegadas, que habían permanecido detrás. Era el momento de abandonarse al placer. El momento de reivindicar su libertad y condición, de representar su auténtico papel de mujeres, de animales, de naturaleza. Recordó las veces que las había mirado, oculta tras las rocas, y se preguntó si aquella noche habría también una niña que las espiara, con el deseo de tener algún día el valor de marcharse con ellas.

La luna reflejaba un camino plateado sobre el agua. Las montañas desprendían su aroma vehemente a azahar. El mar, el aroma de la sal. La brisa era cálida de nuevo. Alá comenzó a repartir las hierbas. Todas sabían ya qué hacer con ellas. La mayoría se sentaron en las piedras, abriendo sus piernas para entregarse al placer sublime y divino. Las demás miraban con una asombrosa diversión por el hecho de compartir con ellas algo que consideraban pecaminoso y prohibido. Dentro de sus bocas se deshacía el agua de la libertad, al ver el placer de las demás ante sus ojos. Algunas, llevadas por un deseo irrefrenable de conocerse, de explorarse, se metían en el agua para ocultar sus dedos profundizando en el interior de sus cuerpos. Era la visión del placer lo que les provocaba el deseo. Así lo había creído Isabel, antes de que las hojas verdes que le dio Alá tocaran siquiera sus labios. No necesitó ahondar más. Su mano quedó suelta junto a su cuerpo rígido, de pie sobre las piedras, se lanzó al suelo en un intento fallido de mantener el control. Sintió como las hojas caían por sus piernas. Fue entonces cuando su alma comenzó a desnudarse.

Aquellas mujeres se equivocaban creyendo que era placer carnal lo que sentían. El placer de los cuerpos era ya poco para ellas. Sintió que ella era poder. No había nadie antes ni después de sí misma. La diosa le enseñó que podía hacer cuanto quisiera. Se lo había concedido, sin pedirle nada a cambio, porque confiaba en ella. Lo sentía, con una fuerza irrefrenable, su alma comenzó a moverse dentro de su cuerpo hasta liberarse por la boca. Fue una desagradable sensación al principio, pero después empezó a sentir el mayor placer que una mujer podría sentir en su interior. No había cuerpo, tan solo libertad. Una furia poderosísima la arrastraba y la empujaba hacia arriba, sobre el mar, sobre la tierra, por encima de las mujeres. Se conoció con la totalidad entre sus manos, que estaban llenas y nunca lo estarían tanto. Ahora tenía que vaciarlas. Ya lo tenía todo, tenía que ir retirando lo que no quería para dibujar su camino. ¡Qué más podía pedir! Tenía en sus manos todo el poder de la diosa. Y era tanto...

Voló sobre el mar con rapidez y maestría. Primero hacia

arriba, después hacia abajo, luego a ras del agua, hasta ver los grandes peces que nadaban raudos bajo la luna, como monstruos ajenos al mundo de los hombres. La espuma le salpicaba el rostro y ella volaba hacia donde quería con gran velocidad. Después, deseó lentitud y empezó a planear. Podía ver el fuego de la hoguera, cuyas llamas crepitaban. Quiso volar hasta lo más alto, por encima de la noche y de Cap Negret, del mundo entero. Vio ciudades que jamás hubiera imaginado que existieran, en las que había muchas personas viviendo vidas diferentes. Vio lugares maravillosos llenos de plantas y de animales salvajes y se sobrecogió ante su majestad y libertad. Vio a personas que sufrían o reían, en lugares tan distintos unos de otros, que su mente apenas tenía tiempo de asimilar tantos sonidos, olores, tactos, sabores e intuiciones. Le pareció tan hermoso que se conformó, pensó que aquel era su regalo, la prueba del amor que la diosa sentía por ella, pero no acabó ahí.

Voló más rápido aún y mucho más alto. Con la yema de sus dedos pudo rozar el brillo de la luna y fue como si cientos de plumas le acariciaran el rostro. El mar se convirtió en una mancha azul. Las estrellas se le revelaron inmensas, nacían y morían en tan solo un instante, y el ruido era tan ensordecedor y la luz tan cegadora que creyó que iba a morir, y lo aceptó resignada y feliz, pero tampoco acabó ahí su aventura. Continuó volando por encima del universo y llegó a donde no había nada. Allí su mente dejó de comprender. Ya no podía pensar. Sentía todo con sus sentidos enormemente agudizados y eso era todo lo que podía hacer. Como si ya no tuviera entendimiento. Después voló hasta el espacio vacío que existe entre el universo y aquella inmensa y, al mismo tiempo, pequeña nada. Supo que, allí, ni los tamaños ni las medidas existen. Ninguno de sus sentidos volvió a traducirle una sensación, como si todos se le hubieran muerto, o mejor, como si nunca hubieran existido. Solo la intuición la guió hacia una bella y esplendorosa luz en la que se adentró.

El rostro de su madre se le apareció en calma, con una paz incomprensible. No sonreía, no se movía, era como una de aquellas imágenes de la diosa que había pintadas en las paredes de las cuevas. No podía abrazarla pues no tenía cuerpo. No lloró al verla, no rió. Ella tampoco. Por primera vez, sintió una gran paz y conoció un nombre que solo se atrevería a pronunciar en soledad. Supo entonces que la diosa creía en ella y le demostraba su confianza con aquel hermoso regalo. No la defraudaría.

De nuevo voló con una rápida y poderosa brusquedad hacia el mar. Regresó a su cuerpo y descansó, escuchando su respirar jadeante hasta oír su voz expresarse en un aullido brutal. Abrió los ojos, un hilo de saliva le caía de la boca. A su lado estaba Alía, esperándola, protegiéndola en su primer vuelo. Ninguna dijo nada, pero las dos sabían que el don que le había sido otorgado era uno de los de mayor vigor y dominio.

Se sintió terriblemente cansada, casi magullada. Alía le acercó su vestido, callada, dudaba de si Isabel estaría preparada del todo para recibir tanta inmensidad. Se sentía responsable. Cuando esta se levantó, corría un aire gélido. Respiró con profundidad, alzó los brazos para enviar una orden al universo y comenzó a nevar. Miles de fríos copos cayeron sobre el agua y sobre las barcas, el amanecer de su regreso a casa. Tal era su poder. Había conseguido crear la nieve de la nada. Tras las risas y alegres gritos de júbilo, se despidieron de las que habían decidido quedarse y subieron a las barcas. Regresaban exhaustas.

El hombre que marcaría sus pieles para siempre las esperaba en el interior de una de las cuevas, con sus agujas y su tinta negra. Venía por ellas, las mujeres que habían cruzado los umbrales de la naturaleza para encontrarse con todo el poder de la diosa. Isabel sentía cierto recelo ante su presencia. La idea de llevar un dibujo bajo su piel, hasta que la muerte descompusiera su cuerpo, la mordía por dentro, a pesar de que se sentía muy orgullosa de llevar una marca que la identificara como miembro del grupo de mujeres sabias que tanto le había dado y enseñado. Sus maestras, sus amigas, sus hermanas. No había de qué preocuparse. Su cuerpo siempre estaría cubierto por la ropa. Además, ya había corrido múltiples riesgos, haciendo las cosas más sencillas y para ella totalmente normales, como el hecho maravilloso de leer un libro.

Duró casi tres horas. Al principio sintió un dolor extraño, soportable pero picante al mismo tiempo. Después, se acostumbró al dolor hasta que dejó de sentirlo. Durante dos días, su piel escupió la tinta que le sobraba, dejando manchados sus cabellos cuando dormía. Sobre el dibujo se le formaron unas pequeñas costras, apenas vistas bajo la melena, que después fueron cayendo dando lugar a una piel levantada, blanquecina y escamosa que le picaba levemente.

Un día, el picor desapareció y en su lugar quedó una preciosa forma pequeña que adornaba su cuello desnudo, bajo su cabello. Tener la piel marcada significaba haber alcanzado la máxima sabiduría interior y conocer cómo utilizarla, pero suponía también el deber de tener un extremo cuidado a partir de entonces. Debía ocuparse de ocultar el dibujo a los ojos humanos, nunca debía olvidarlo. La decisión de llevar un dibujo en su cuerpo le enseñaría a guardar una obligada cautela. Si alguien lo veía, moriría como habían muerto sus padres. Si alguien la veía ejerciendo sus poderes, también. El dibujo que la identificaba como mujer sabia era un recordatorio del cuidado que siempre debía tener.

Nadie vio su dibujo, salvo el tatuador. Ella tampoco vio nunca el de ninguna, ni siquiera cuando se bañaban desnudas en el mar. Aquella noche volvió a adentrarse en las frescas aguas nocturnas bajo las estrellas. Se sentía libre y se sabía poderosa. Ya nunca estaría bajo el yugo de ningún hombre, de ninguna sociedad. Solo ella dirigiría su vida. Era completamente libre para marcharse, o regresar.

Al amanecer, cuando el fuego ya no ardía y las barcas se preparaban para el regreso a las cuevas, se secaba el cabello junto a sus compañeras. Miró al horizonte. Allí donde debía aparecer el sol, una cálida sensación de amor incondicional la obligó a darse la vuelta. Miró entonces hacia las montañas, a la derecha empezaba a vislumbrarse su casa, abandonada desde la marcha de Ana y de Joan. Sintió un escalofrío, algo o alguien estaba tras ella, alguien que había salido del mar sin hacer ruido, sin decir nada. Se acercó, alzó su cabello, besó el dibujo de su nuca con su aliento y continuó su camino. La diosa le daba su bendición con un beso. Estaba preparada para regresar al mundo.

—Por las almas gemelas que se encontraron y por las almas perdidas, aquellas que no están preparadas aún para reencontrarse. Por nuestras hermanas, para que hallen el camino de su libertad y por nuestros hermanos, para que comprendan la sabiduría que se encierra en su corazón.

Escuchar la tenue voz de Alía, recitando las oraciones a la diosa, la conmovía. Las lágrimas asomaban a sus ojos y sentía su corazón a punto de romperse en cientos de pedazos. Era una niña todavía, aunque había vivido tres dolorosas separaciones. Las palabras de su maestra refiriéndose a las hermanas, a los hermanos, a las almas gemelas que aún no están preparadas para unirse eternamente, evocaban su reciente pasado como puñaladas en su corazón. Toda su carne parecía volverse blanda e insostenible bajo la piel que se estremecía. Un sabor agrio se revolvía dentro de su boca para después caer por el interior de su pecho hasta yacer en su vientre, como un pedazo de alimento descompuesto que buscaba pudrirse en su interior. Tan repugnantes eran sus recuerdos que le amargaban los nuevos sabores de su presente.

Alía lanzó con sus finas manos blancas algunas flores al mar. Solía decir que al mar hay que darle siempre algo a cambio. Isabel sentía una gran conexión y cercanía con ese mar que la había acogido en la niñez y que seguía siendo el vigía de su recién estrenada juventud. Era joven, pero ya tenía edad suficiente para dar a luz y para ser sabia.

Las demás parecían entregarse completamente al rezo, al recogimiento de un momento de oración a la diosa, en un atardecer de un cielo inmenso rosado y púrpura, cuando el sol se escapaba con sigilo de sus miradas. Pero el pensamiento de

Isabel, se empeñaba en cobijarse bajo la tristeza y la frustración, sin permitirle asistir con atención a las plegarias.

Alía dijo que el silencio era una necesidad para ellas. Explicó que era allí donde reencontrarían la conexión perdida. A veces le costaba entenderla, pero el tiempo daría claridad a sus palabras. Se resistía a dejar que su mente divagara en los recuerdos que tanto daño le hacían, sabía que pronto se marcharía de allí, de la costa en la que se había sentido acogida. Desconocía cuál sería su destino. Alía solo le había pedido que confiara en ella y ya no le costaba ningún esfuerzo. Se había acostumbrado a su presencia, su valor y su fuerza. Su sabiduría era un ejemplo y una bendición para su corta edad. Quería por ello degustar del momento pues sabía que no habría otro. No volvería a verse envuelta entre su cálido abrazo. No temía al destino, pero se retorcía de rabia ante la idea de una nueva separación.

Su maestra se levantó, la brisa removió sus cabellos castaños, sus ojos aparecieron adormilados, su mirada intensa se posó sobre ella. Isabel se levantó ante un leve movimiento de su mano. Las demás entrelazaron las suyas formando un círculo a su alrededor, dejándolas a las dos en el centro. La magia comenzó a ocurrir. Con palabras imperiosas, aunque también tiernas, su maestra le contó al mar que había llegado el momento de partir.

—Mare Nostrum, guiad su alma hasta el lugar que la vida ha elegido para continuar con su aprendizaje. Conducid su mente hasta el espacio que acogerá sus pedazos para reconstruirlos. Llevadla hasta la persona que le enseñará su nuevo camino. Meced su viaje con vuestra espuma blanca, en señal del pacto que mantendrá con vos y con la naturaleza, hasta la eternidad.

Una ola refrescó sus pies. El mar escuchaba. El círculo se rompió cuando la noche ya había caído sobre la playa. Subieron a las barcas y regresaron a las cuevas en las que dormiría por última vez. Al alba, se adentraría en un viaje que Alía le aseguró que sería muy especial.

—Os envío al único sitio donde tendréis libertad para expresar sus dones y su poder. Estaréis a salvo y hallaréis la forma de manifestaros como mujer sabia.

No durmió nada durante la noche. Al amanecer, recogió las pocas pertenencias que Alía y sus hermanas habían preparado para su viaje y esperó la barca que la recogería para llevarla a un barco mucho más grande. No se despidió. Las mujeres sabias saben lo inútiles que son las despedidas, porque si nada es para siempre, tampoco lo es la ausencia.

V

Eivissa

Una mujer gruesa y desarreglada, con el cabello enmarañado y de carácter confuso, la esperaba en la playa. La abrazó al verla, en un ataque de maternidad infiltrada desde su interior, y le arrugó las mejillas con la fuerza incontrolable de sus dedos rechonchos.

Le contó muchas cosas en el corto trayecto desde la playa hasta la casa, le dijo que se llamaba Floreta, que había perdido a sus hijos y que las quería a todas como si fueran pedazos de su carne voluminosa y fláccida. Tanto se creía la madre, que hasta refunfuñaba si desobedecían alguno de sus consejos. Hacía de sirvienta y de madre para todas. Parecía algo turbada por los recuerdos, a veces, y a su lado se encontraba arropada. Era extraño, pero le gustaba estar con ella, a pesar del mal olor que despedía y de su manera de hablar grosera y tosca.

Era amable, pese a su deslenguado vocabulario, amorosa y tierna. Con sus manos rugosas, le acarició el pelo, mientras admiraba su brillo. Le contó también que había venido de Mallorca por orden de un tribunal, tras haber sido injuriada, denunciada y condenada al exilio en la isla. Era una superviviente y estaba orgullosa de serlo. Habían pasado muchos años desde aquello y su dolencia mental se debía a haberse visto obligada a abandonar a su familia, hijos, padres y hermanos, a los que adoraba mucho más desde su lejanía.

No le dijo cuánto la comprendía, ni lo mucho que se identificaba con ella y con su dolor. No le habló de Ana y de Joan, porque seguía temiendo que alguien quisiera encontrarlos pero, tras escucharla, no pudo resistir echarse a llorar al entrar en la casa. La mujer la acarició y la acurrucó bajo sus axilas peludas, sudorosas y pestilentes, con una tierna sensación de confraternidad. Lloró mientras ella continuaba diciendo palabras feas para referirse a aquellos que la enviaron lejos de los que amaba. Isabel se apretó contra su cuerpo y agarró sus carnes sobresalientes con las manos, apretándola y soltándola, como un gato que ronronea mientras afila sus uñas hasta hacerle daño. Después, y por requerimiento expreso de la mujer, comenzó a golpearla con sus puños apretados, en el pecho, en los brazos, en la cara, mientras ella le instaba a seguir haciéndolo con más ganas y fuerza.

—¡No me hacéis daño! —gritó—. ¡Seguid pegándome hasta sacar esa rabia que lleváis dentro!

Cuando al fin se tranquilizó después de llorar, la rechoncha mujer le enseñó sus carnes enrojecidas por sus golpes, con una sonrisa abierta de dientes, medio podridos, y un hedor fuerte a ajo y a cocina. Se sintió totalmente avergonzada por haberle pegado y haber llorado con desesperación ante su risa y sus instigaciones, pero se sentía aliviada y descansada al mismo tiempo.

—Perdonadme si os he hecho daño.

—¿Daño? ¡Esto no es nada, *xiqueta*! —respondió casi agradecida—. Daño es esto.

Se desabrochó la blusa y se dio la vuelta para mostrarle su espalda sacrificada.

—¡Doscientos latigazos! —exclamó—. ¡Por bruja! ¡Doscientos latigazos, me dieron sin parar!

Se atrevió a acercar la mano a una de las gruesas cicatrices, la rozó con la yema de sus dedos. Eran tremendas protuberancias de piel flácida que le cruzaban la espalda desde el inicio en el cuello hasta el final, dibujando una maraña de dolores hacia las caderas y la cintura. Le pareció repulsivo y su imaginación voló hasta el momento espeluznante. Sintió una compasión ilimitada.

Floreta volvió a darse la vuelta con la blusa caída y los pechos desnudos, como dos cántaros rebosantes de alimento. Algunas cicatrices se los habían alcanzado. Señaló una junto a su pezón derecho.

—El látigo llegó hasta aquí.

Rio después con una carcajada sonora y limpia. Cómo podía reírse de su pasado, era un misterio para Isabel.

—Lástima que el pasado se me haya quedado marcado en la piel. Si no fuera así, ya lo habría olvidado. Y vos debéis hacer lo mismo mientras tengáis oportunidad —le recriminó—. Llorad cuanto queráis, pero sacad de dentro eso negro que lleváis en el alma, *xiqueta*. Un día u otro, os vais a dar cuenta de que no os ha servido para nada, salvo para sufrir.

Tras decirle aquello la condujo al interior de la casa, a una sala llena de gente, en la que se sintió aún más sola que a su llegada. Sentada junto al fuego del hogar, estaba la que sería su nueva maestra.

Isabel nunca había visto una piel del color de los arándanos, tan dura e impenetrable, ni tampoco una carne tan sólida. Yemalé parecía un animal salvaje, fiera e insolente. Ante sus ojos de niña, le parecía que tanta belleza se desperdiciaba en un cuerpo sin alma, sin corazón. Se dirigía a ella con sus palabras parcas y concisas, carentes de un cariño que ella exigía con perseverante anhelo.

—¿Cuál es vuestro nombre? —le preguntó con una mirada dominante y un sutil acento extranjero.

La idea de que ella guiara sus pasos era lo mismo que si una pantera negra lo hiciera. La imaginaba perfecta en la transmisión de sus enseñanzas, pero incapacitada para la comprensión y las necesidades humanas de su nueva pupila. Sintió unas irremediables ganas de llorar en su presencia.

—Isabel —contestó en voz muy baja, casi inaudible.

Era un cuerpo palpitante y sudoroso que se le acercaba con su caminar arrogante y refinado. La miró sin hablar, observó a la muchacha desde distintos ángulos, sin moverse de la posición que había tomado en un principio. Mientras le dirigía su mirada, Isabel se sentía hundida en el miedo. Temía su rostro,

— 67 —

aunque no podía dejar de mirarla, pues su cruel belleza lo eclipsaba todo a su alrededor. Mirarla de cerca significaba verla siempre por primera vez.

Unos días más tarde, le contaron que había venido de África, secuestrada cuando era una niña por piratas españoles, infames recordatorios de aquellos a los que ahora recibía en su casa con grandes festejos. Tanto se había acostumbrado a tratar con piratas que hasta se había enamorado de uno de ellos. Pertenecía a la tribu más antigua del desierto y, aunque nunca se lo había dicho a nadie con sus propias palabras, todos sospechaban por su aspecto altivo y su manera benévola de proceder ante casi todas las cosas que era la hija de un rey.

Decían también que no aparentaba la edad que en realidad tenía. Era probable que pasara de los cuarenta, edad que para cualquier mujer blanca significaría que las marcas del tiempo habían hecho mella en su piel, mientras que la suya se mantenía tersa ante cualquier tacto.

—Isabel fue el nombre de una reina —dijo, con un menosprecio visible mientras se dejaba acariciar por las fuertes manos del capitán del barco, que había anclado en la playa de noche y a oscuras, como suelen hacer los quieren ocultarse.

Un buen número de hombres deslenguados y sucios habían invadido la casa con su permiso. Ella abría sus puertas a su amor, reencontrado con gran generosidad, lo que incluía a las mujeres que vivían con ella, salvo a Isabel. Esta había llegado a la isla con un propósito más especial que todas ellas y Yemalé lo sabía. Una carta escondida en el forro de su vestido le había servido como salvaguarda durante todo el viaje.

Isabel sintió sobre ella la mirada de algunos de los hombres que se reunían en la sala y en el jardín descuidado, poseído por plantas moribundas, pero ninguno se atrevió a dirigirle una de sus palabras o pensamientos, que ella imaginaba licenciosos.

—Para mí, no es el nombre de ninguna reina, sino el de mi madre —respondió la muchacha, superando su temor.

Su nueva maestra expresó su conformidad ante su presencia al ver el símbolo en la carta, cuidadosamente doblada, que le entregó. Reconoció la marca de Alía en el dibujo. Más tarde, Isabel sabría que también había sido su maestra.

No la leyó en su presencia, le pidió que se sentara junto a ella y su amante, en una sala que mostraba una generosidad sexual intemperante. Los cuadros y las estatuas de cuerpos desnudos, las paredes forradas de calidez en el color y hasta las cortinas, pesadas y tajantes, se enseñoreaban obscenas. Todo en su casa había sido preparado para el disfrutar de la carne.

Se preguntó qué aprendería allí acerca del espíritu. La semejanza con su memoria íntima y anímica junto a Alía era ahora una ilusión. Encontrar entre aquellas tórridas paredes a la diosa, una quimera inconcebible. Se sintió sola, desamparada y triste. Volvió a ser la niña indefensa que huía junto a su hermana pequeña, de la montaña hacia el mar.

—Ahora ya no es de nadie —le contestó con la misma terquedad—. Debéis cambiarlo si no queréis que, a vuestro regreso, alguien pueda reconoceros.

Isabel eligió el nombre de Alba, en recuerdo del amanecer que despuntaba cuando su hermana y ella escaparon de la muerte hacia la libertad. A Yemalé no le pareció bien el cambio, intuía que le devolvía a la memoria un momento del pasado que no quería olvidar y la reprendió por primera vez, por no cumplir con la regla más importante que una mujer sabia debía seguir de manera incuestionable. Pero agradeció a Alía que no le hubiese enviado a una niña temerosa y llorona sino a alguien que, a pesar del miedo, reunía el valor suficiente para decir lo que pensaba.

—El pasado no existe. El futuro tampoco —exclamó con arrogancia, con su acento cálido y seco como las arenas del más árido de los desiertos—. Una mujer sabia vive el ahora, como si fuera la balsa a la que se agarra fuertemente con sus brazos, para no hundirse. El agua del recuerdo puede ser salada o dulce, pero, sea cual sea su sabor, podéis ahogaros en ella.

Le había hablado con gran sabiduría, intuyendo sus más íntimos anhelos. Ambos sabores, dulce y salado, atrapaban a

Alba en un oleaje de evocaciones inmarcesibles. No obstante, había elegido aquel nombre y con él se quedaría.

En la sala se celebraba una fiesta en la que todos estaban alegres. Las otras mujeres, acompañantes constantes de Yemalé en la casa, se divertían mezclándose con los piratas, que a ella le parecían demasiado atemorizadores para acercarse siquiera a uno de ellos.

Se había acostumbrado a vivir rodeada de mujeres y ahora todos aquellos hombres atrapaban su mirada, a pesar de que luchaba consigo misma por apartar sus ojos de ellos. Aún tenía el miedo dentro de su cuerpo, tras haber vivido en las cuevas cercanas a Cap Negret, pero en Eivissa las mujeres sabias parecían estar a salvo. Yemalé se dejaba tocar y besar apasionadamente por un hombre. Su rostro era casi tan atractivo y perfecto como el de su amada. Durante el viaje apenas si le había visto, pues permaneció encerrada todo el viaje en un almacén que le habían asignado como camarote. No se atrevió a salir, aquellos hombres la asustaban.

Se llamaba Joao y era portugués. Era joven, mucho más que su maestra y tan sorprendente, que se descubrió a sí misma mirándole, antes de avergonzarse y permitir que se enrojeciesen sus mejillas. Llevaba el rostro pintado de un color rojo oscuro y llevaba el pecho descubierto bajo una camisa blanca medio desabrochada. Un gran colgante alargado pendía del lóbulo de su oreja, atravesado con oro brillante. Su cabello era más largo que el de ninguna mujer, lo llevaba recogido con un pasador de plata, dejando que cayera sobre la espalda, en una gran cola de pelo negro y brillante.

Pero aquella noche, Yemalé le había pedido aquel pasador y él se lo había quitado rápidamente para regalárselo. Alba sentía un poco de su amor, al observar cada uno de sus gestos hacia ella, con envidia y con la ilusión de ser amada así alguna vez. Comparar el amor de los dos con la gran mentira que había vivido con Daniel le producía un dolor íntimo que hacía que se le nublaran los ojos.

—¿Por qué está llorando esta niña? —preguntó el capitán a Yemalé, al ver sus ojos enrojecidos.

—Vive presa de sí misma —respondió su maestra, sabiamente.

—Eso tiene fácil solución —exclamó el pirata, alzando la voz, con la mirada puesta en ella—, lo irreparable son unas cadenas de hierro en las muñecas y en los tobillos. —Su acento portugués sonaba tan dulce como una canción.

—Os equivocáis, mi amor —respondió su amada, sonriente—. Las cadenas más fuertes son las del rencor. Ni siquiera el amor puede atar con tanta fuerza.

—Ni siquiera un amor como el nuestro —le sonrió él a su vez, con ternura, regresando a su mundo de amor y olvidándose de Alba.

Yemalé le besó con tanta pasión que el cuerpo de la muchacha se estremeció y se sintió casi mareada. Decidió alejarse de ellos y no volver a su lado en toda la noche.

Tras cenar los sabrosos manjares y beber una copa del vino rojo que le sirvieron, el sueño la obligó a bostezar repetidamente. Subió las escaleras para dirigirse a su habitación. Hacía tiempo que la mayoría de los invitados se habían ido retirando, adentrándose tras las múltiples puertas de los pasillos. Su alcoba estaba al fondo de uno de ellos.

Caminó entre candelabros que estaban en el suelo, con las llamas de las velas apagadas y la cera, caída y endurecida. Se agachó a coger uno para encenderlo, cuando escuchó una música que hipnotizó con rapidez sus sentidos. Unos sonidos rítmicos de percusión la transportaron a lugares lejanos. El exotismo de aquella extraña música la impulsó a atreverse a abrir la puerta.

Ahora la oía mucho más alta, el ritmo la atrapó sin compasión y se sintió completamente rendida ante los sonidos insólitos. Dio unos pasos lentos y, cuando quiso darse cuenta, estaba dentro de la habitación de su maestra.

La cama estaba en el centro, alta y grande, con un dosel del que colgaban gasas en colores terrosos bordados con hilos de oro. Joao estaba tumbado sobre ella, desnudo. A su lado, había un espejo del tamaño de una mujer y junto a él, una mesa con una jofaina y una jarra de plata. Yemalé se refrescaba, vestida aún con la túnica azul que había cubierto su cuerpo durante la fiesta.

Alba se reflejó en el espejo. Su maestra sonrió al verla y se dio la vuelta, mostrando su aspecto siempre esplendoroso. Avanzó tras ella para cerrar la puerta, que había dejado abierta, víctima de su ensimismamiento. Regresó y cogió su mano, divertida, llevándola hacia la cama. La obligó a sentarse junto al cuerpo desnudo del capitán, que le sonrió y continuó en su postura, con una rodilla levantada, los brazos estirados hacia los lados y el cabello largo, extendido sobre los almohadones.

No supo qué le producía mayor éxtasis, si la música, la visión de la belleza de Yemalé, que se colocó frente a ellos descalzándose, o el cuerpo del capitán descansando sobre la cama. Su rostro rojo, de blanca dentadura, le sonrió con placidez. Alba sintió su cuerpo inmóvil, rígido, pero al mismo tiempo suave y húmedo. No hubiera podido irse de allí, aunque hubiese querido. Además, no quería.

Yemalé trajo una cesta y la dejó en el suelo. La destapó y corrió al centro de la sala. Comenzó a bailar mientras una serpiente asomaba la cabeza, observándolo todo a su paso. Sacó su lengua en una sacudida rápida. A Alba le pareció espeluznante su manera de arrastrarse por el suelo, acercándose rápida a sus pies negros con las plantas de piel blanca, que danzaban ajenos a su cercana presencia.

Bailaba la misma danza que la serpiente, movía la parte inferior de su cuerpo sin que la cabeza se elevara ni se moviera un ápice. Su rostro estaba relajado pero su mirada era orgullosa y dominante, como si quisiera hacer magia con su cuerpo. Sus ojos se posaban en los de Joao de manera constante. A veces desviaba la mirada hacia ella y en sus labios aparecía una sonrisa.

Joao se había movido y se había sentado al lado de Alba, mirando ansioso el cuerpo de su amada, que se contoneaba, grácil y elegante, ante él. Pudo ver su miembro aún erecto y desvió rápida la mirada, dirigiéndola hacia el aterrador animal, que empezó a buscar a Yemalé, ansioso. Era de un tamaño temible, se enroscaba y se desenroscaba en su camino hacia sus pies de uñas pintadas. Estaba petrificada. La serpiente había alzado su cuello y sacaba su lengua repetidamente, siempre tras una sacudida violenta de su cuerpo hacia las piernas de su maestra.

Temió por su vida. Miró a Joao en señal de súplica, él le devolvió la mirada con cierta duda, también. Quiso alertarla, pero el hombre sujetó su brazo en una de las pruebas de mayor confianza que había visto nunca.

La música continuaba y las caderas de Yemalé se agitaban, de un lado a otro, balanceándose al ritmo frenético de la percusión y del riesgo. Gozaba, le pareció que de su boca salía un gemido de placer y se le escaparon unas gotas de saliva al prepararse para lo que hizo, un instante después. Paró su cuerpo, se quitó la túnica por encima de su cabeza y se la lanzó a su amante, dejándose caer al suelo en un único golpe seco, bajo el medio cuerpo alzado del animal.

La música había cesado. En el silencio, Alba podía escuchar su propia respiración y la del hombre, quieto a su lado. La bestia se acercó posándose sobre el vientre de Yemalé. Se arrastró sobre su cuerpo, rozando su ombligo en el que una piedra brillaba esplendorosa. Con su gruesa capa de piel blanquecina, cruzó por encima del vientre para continuar su camino, dejando un rastro invisible salvo para los que habían contemplado con excitación el final de su baile. Después, el animal quedó como muerto a su lado.

Alba sintió la mano fuerte de Joao que apretaba con miedo su brazo. Ella temblaba, él miraba el cuerpo tendido de su amada, esperando en unos segundos interminables un gesto que le hiciera saber que seguía viva.

Los colgantes de su cabello sonaron débiles y al fin la vieron moverse. Joao corrió al suelo para acogerla entre sus brazos. Sus cuerpos se entrelazaron entre besos y gemidos, él de temor, ella de satisfacción, respirando ambos agitados. La levantó y ella se agarró a su cuerpo con sus piernas musculadas. La dejó sobre la cama sin dejar de tocarla, de rozarla y de besarla. Sus cuerpos se colocaron en una posición para amarse, piel blanca entre piel negra. El colchón empezó a moverse y la ropa de la cama se deslizó suave debajo de Alba, y se dio cuenta de que aún permanecía allí. Hasta entonces se había sentido como si hubiese estado dentro de un sueño.

La serpiente seguía en el suelo con el cuerpo inmóvil. Se acercó y, ayudándose de la túnica de Yemalé, la arrastró hasta meterla en la cesta. Después de taparla se preguntó de dónde había sacado el valor para hacerlo. Solo entonces se percató de la presencia de un hombre negro que estaba sentado junto a la puerta y que tocaba con sus manos un instrumento de percusión, hecho de piel de cabra, que olía fétidamente.

Abrió la puerta y se dio la vuelta. Desde la cama, Yemalé le sonrió, parando durante un instante su actitud apasionada, para observarla. Había visto lo que acababa de hacer, había contemplado su gesto de valor y se sintió satisfecha.

Aquella noche, Alba no pudo dormir, pensando en lo que había visto. Quería aprender a bailar así, quería ser capaz de mover el cuerpo como lo había hecho Yemalé. Deseaba también tener el cuerpo de un hombre desnudo sobre su cama. Un hombre que la amara de verdad, a pesar de todo, del tiempo que pasó en la isla, de sus enseñanzas, de sus poderes, los cuales aún no había sabido despertar. Deseó ser su maestra, aunque sabía que era imposible. Sin embargo, no estaba segura de si se atrevería a pedirle nada. Lo que aún la separaba de ella era su temor ante la magnitud de su presencia. No estaba acostumbrada a personalidades tan excelsas. Comprendió que el error había sido suyo y dejó que lo ocurrido aquella noche la cambiara. No solo su nombre era ahora diferente. Todo en ella se había transformado.

Yemalé amaba los atardeceres. Decía que era entonces, cuando el cielo abría una puerta para que los humanos se conectaran con la diosa. Era su afición a los placeres de la carne, lo que habitualmente destacaba en ella, pero a veces mostraba una parte de sí misma, espiritual y etérea, que le descubría un estado anímico casi místico que se consumaba en todo su esplendor cuando estaba entre naturaleza.

Desde el interior de la pequeña barca, se podía escuchar el balido de las cabras salvajes que habitaban Es Vedrà. Era una de las muchas puestas de sol en las que se acercaban hasta el islote para recoger las famosas hierbas con que las mujeres de la casa, incluida ella, preparaban los brebajes de salud, como solían llamarlos. Los vendían a los habitantes del pueblo que creían en su sabiduría. En la isla, podían preparar e investigar con nuevas recetas sin temor a la confusión y a la ignorancia de los lugareños. Eivissa había sido, desde hacía tiempo, el lugar en el que confinaban a las mujeres que, como Floreta, habían sido descubiertas ayudando a alguien con sus artes de sabiduría, no sin antes sufrir un injusto castigo, pero al menos, allí podían desarrollar el conocimiento que la diosa y la naturaleza les daba, sin miedo a ser descubiertas y denunciadas.

Yemalé no hablaba. Para ella las palabras se dormían a veces, permitiendo así que se produjera el silencio. Remaba con sus brazos desnudos y la falda remangada, dejando ver sus pantorrillas musculadas de piel oscura y brillante, mientras miraba hacia atrás, al aproximarse a la orilla. La madera chocó contra las rocas, saltó sobre las piedras y se ocupó de enganchar la cuerda en un saliente.

Tenían tiempo para escalar por entre algunas de las rocas del islote, antes de que cayera la noche, y descubrir entre los recovecos de la piedra las hierbas que habían ido a buscar. Yemalé le explicaba sus propiedades, sus sabores y aromas, mientras le enseñaba cómo debía cogerlas, utilizando una navaja. Le enseñó que en Es Vedrà había nacido especies vegetales que no existían en ningún otro lugar, hierbas, flores y arbustos que habían surgido de la nada gracias a la mezcla de los pólenes de plantas lejanas. Habían venido como pasajeras del viento o de las patas de algún ave que había viajado hasta allí desde algún lugar lejano. También los insectos podían haber hecho un gran trabajo, sembrando el lugar de multitud de aromas que se entremezclaban con el olor de la sal al salpicar de las olas.

A su paso en el ascenso, ayudadas de una cuerda anudada a la cintura que las enlazaba una a la otra, subían atrevidas por el lado más accesible del islote, permitiendo el galopar asustado de las cabras salvajes que corrían hacia abajo alejándose. El sonido de sus patas sobre la piedra era agradable. Todo en aquel lugar hacía estremecer los oídos de Alba con sonidos templados y serenos. El silbido del viento y la constante pregunta de su maestra, que miraba hacia abajo para saber si estaba bien y podía continuar subiendo. En un descuido, la tocó para librarse de una caída. Se agarró a su pierna, en un ademán de superviviente ante el vacío, y tuvo la sensación de retener, en la palma de la mano, el músculo de un animal salvaje a punto de saltar sobre su presa.

Una vez que consiguieron lo que habían ido a buscar, descansaron jadeantes, para respirar frente al mar que tanto amaban, por culpa de tantas cosas. Para Yemalé, el océano que acariciaba las playas de su primera tierra la había llevado hasta la isla que ahora consideraba su casa. El mar le traía también a su amante en muchas ocasiones que ella consideraba siempre una fiesta.

Alba había llegado surcando aquel mar, el mismo al que la había enviado su padre para salvar su vida y junto al que había vivido con Joan y su hermana durante la niñez. La mujer se mostró encantada e interesada cuando su discípula le dijo el nombre por el que el pueblo romano había llamado a aquellas mismas aguas. Y aunque carecía del conocimiento de la historia de aquel imperio y de lo mucho que había influido en aquella cultura, se mostró interesada y repitió el nombre varias veces, regocijándose con el significado de aquellas dos palabras... *Mare Nostrum, mar nuestro.*

—En este mar se ha vertido mucha sangre, quizá por eso es tan cálido.

—Podéis enseñarme tantas cosas como yo a vos —le dijo agradecida.

Alba la miró con asombro.

—¿Y qué podría yo enseñaros?

—Cada ser posee una sabiduría diferente que no debe

compararse con la de otro, pues con la falta de una de ellas, no podría completarse el círculo de vida que, de otra manera, habría sido diferente —explicó ante la sorpresa de su discípula.

Yemalé no sabía leer ni escribir. Durante meses, Alba estuvo mostrándole la forma y la función de cada una de las letras hasta que consiguió aprender a unirlas y formar palabras. Después, hubo de aprender a adquirir con rapidez su significado mientras las nombraba con sus labios torpes y su lengua espesa, que se trababa en la laboriosa sonoridad de algunas consonantes. Cuando supo comprender al mismo tiempo que leía, le brotó espontánea su necesidad por escribir. Coger la pluma entre sus manos le parecía hermoso, pero la tinta que emborronaba el papel por no haber sido bien sacudida antes le ocasionaba a veces un leve disgusto.

Alba se sentía feliz de poder darle algo a cambio de toda su sabiduría, la cual compartía con ella con la mayor generosidad. La cultura era lo único que ninguna de aquellas mujeres podía llevar en su mente como algo propio y que mucho menos se atreverían a intentar transmitir, pero sus padres y Joan le habían enseñado, y a ella le tocaba ahora devolvérsela al mundo. Era la manifestación de uno de los círculos de vida de los que le había hablado. Círculos en los que las personas entrelazan sus vidas y, al mismo tiempo, cada una de esas vidas se entrelaza con otras que también se vuelven a entrelazar, en un sinfín de círculos vivientes.

Le enseñó también a bailar como las serpientes. Aprendió a moverse de una forma que nunca hubiera imaginado que podría agitarse el vientre de una mujer. Su ombligo, una parte de sí misma que hasta entonces le había pasado inadvertida, había cobrado a través de aquella danza un significado sagrado y, al mismo tiempo, mundano y sensual. El oscuro hueco no era únicamente el recuerdo de la unión con su madre antes de nacer, señal que le hubiera bastado para parecerle la parte más importante y amada de su cuerpo, sino que, además, allí residía el centro de su fuerza. De los músculos en tensión, cuando se obligaba a apretarlos con todas sus fuerzas, brotaba

— 77 —

todo el vigor de su cuerpo. Con aquel ejercicio descubrió que era capaz de levantar más peso del que había levantado hasta entonces. También era capaz de escalar por las rocas de Es Vedrà sintiendo la mitad de cansancio que en días anteriores. E incluso le servía para sentirse fuerte cuando los recuerdos alteraban su espíritu. Mientras apretaba sus músculos, intentando llevar el ombligo hacia el interior, hasta ver como se reducía la curva de su vientre sintiéndola plana, los malos pensamientos que pretendían devolverla a los momentos en los que el mundo olía a fuego y a carne quemada, a lamento lejano y a incomprensión, desaparecían ante su insistencia en lograr mantener aquella postura, potenciando su poder espiritual bajo la práctica de la perseverancia, realizada en esa actitud corporal.

Cuanto más lo practicaba, más comprendía su valor y su gran utilidad para la vida, hasta que fue capaz de utilizarlo en cualquier momento que lo necesitara. Bien por debilidad anímica, bien por cansancio físico, siempre que quería, interiorizaba su ombligo y su fuerza interna se desplegaba por todo su cuerpo, inundando también su mente y su alma, haciéndola resistente de nuevo.

Mientras bailaba, moviendo el vientre y las caderas como Yemalé le había enseñado, aprendía que el mundo de los recuerdos se basaba en sensaciones y que cambiar una actitud en la vida era como cambiar de un movimiento rítmico a otro. Cuanto más lo practicaba, más se devolvía a sí misma al presente y dejaba de vivir para siempre en el pasado. Día a día, fue abandonando los tiempos ya lejanos, para empezar a apreciar que existía un presente nuevo que merecía ser vivido. Cada balanceado de sus caderas significaba un paso hacia delante. Cada comprensión de las enseñanzas de su nueva maestra, cuando rompía los confortables silencios para hablarle directamente a su espíritu, la llevaba irremediablemente a convertirse en una mujer. Su mente, al fin, pudo ubicarse a la altura de su cuerpo en su crecimiento imparable y, aunque tenía muy pocos años, esto la ayudó a madurar.

—La serpiente es el símbolo de la sabiduría —le dijo un día, tras haber practicado juntas su baile—. Algún día estaréis lista para bailar con ella.

—Siempre había creído que era el símbolo del mal —respondió Alba, feliz de que su corazón hubiera intuido hacía tiempo aquella certeza.

—En las culturas más antiguas de África, la diosa aún se venera y en sus manos lleva dos serpientes como símbolo de la sabiduría que posee. El poder de los hombres y de la Iglesia cambió su significado, convirtiendo a la serpiente en la representación del diablo.

—¿Por qué? —preguntó consternada. No entendía el temor que los hombres tenían a reconocer que las mujeres eran dignas de la inteligencia y el conocimiento.

—Hace tiempo que dejé de hacerme esa pregunta, pero los hombres juegan con los dioses a su antojo, cambiando su apariencia y su simbología según su conveniencia. Ignoran que el alma de la fuerza universal no puede alterarse, pues está dentro de cada uno de nosotros.

Yemalé tenía razón. Las personas intercambiaban su conocimiento cuando eran libres de hacerlo, transmitiendo su sabiduría de unos a otros, haciendo que el ciclo de la vida de los hombres y mujeres se completara. Como ocurría con un libro, cuando una persona regalaba aquello que poseía y que tenía mayor valor, completaba su ciclo de vida pues hallaba una razón para haber vivido. Solo la transmisión del conocimiento, era ya un motivo loable para agradecer el propio nacimiento.

Nunca más buscó la compañía de Floreta salvo para pasar un día de ocio y de risas compartidas entre todas. No permitió nunca más que su dolor se mezclara con el suyo. Aprendió a llorar sola, cuando comprendió que las lágrimas eran tan necesarias como las risas y que en una vida se habían de dar las dos en un continuo equilibrio, para que ninguna cuerda se tensara demasiado hasta romperse.

En el tiempo en que Yemalé era abandonada de nuevo por su pirata, a la espera de que este regresara con nuevos regalos y nuevas fiestas, para ella y para todas las habitantes de la casa, era completamente suya y esta creencia la hacía sentirse importante. No había nadie con quien su maestra prefiriese compartir su tiempo más que con su discípula. Al principio, sabía que lo hacía impulsada por la petición de Alía, pero pronto fue admitiendo la idea de que disfrutaba realmente de su compañía. Había asumido que era su pupila y como tal la trataba. Era tenaz en todo su aprendizaje, obstinada en que practicara las veces que hiciera falta hasta conseguirlo, hasta que empezó a darse cuenta de que no eran necesarias muchas veces, pues Alba, cada día que pasaba necesitaba menos esfuerzo. El aprendizaje llegó a hacérsele tan común que un día solo necesitó su instrucción una vez para comprenderla y realizarla. Fue el mismo día que las dos supieron con dolor que su tiempo en la isla se acababa.

VI

La sabiduría

Yemalé se hizo mujer muy pronto, apenas con nueve años y su cuerpo no parecía el de una niña. Sus caderas se habían redondeado y sus pechos tenían los pezones erizados casi todo el día, sin que el calor siquiera pudiera evitar tal efecto. Ella era para todos el despertar de la naturaleza que renacía y se reflejaba en la heredera que un día seguiría dirigiendo sus corazones hacia donde siempre habían ido, hacia una eterna juventud de espíritu y una acomodada alegría que colmaba a los habitantes de la ciudad de múltiples bendiciones. Tantas veces habían sido atacados y vencidos, que ahora solo les quedaba la esperanza de creer que pronto sus costumbres volverían a ser una realidad, y era en ella en quien todos habían puesto sus ilusiones. Aquella noche, cuando la sangre lunar había brotado de su cuerpo bendiciéndola a ella y a toda su tribu, la vistieron de blanco y la llevaron hasta el altar que había permanecido oculto, desde un tiempo que ninguno de ellos era capaz de recordar.

Mientras caminaban en silencio, con las antorchas aún apagadas para que nadie pudiera verlos, la llama de sus corazones se encendía con la idea de que el altar oculto de la diosa no hubiera sido destruido, como les había ocurrido a todos sus altares, a todos sus templos, durante años, durante siglos en los que otros pueblos, más numerosos y más fuertes que ellos, debido al poder que les otorgaban sus armas y su salvajismo, los habían invadido y prohibido celebrar el culto lunar.

Su madre, como todos los demás, se preguntaba si aún seguiría en pie. Se preguntaba también qué tendría que pensar si no era así, si el simbólico altar hubiera caído ante su mirada. Se dijo que nada importaría pues el paso del tiempo destruye todo lo que es materia, pero nada podría con la luz ancestral que guardaba en su corazón. Intentaba inculcarle ahora a su hija la misma idea, que era una mujer y, por tanto, un ser poderoso, digno de ser respetado y admirado. No había nada ni nadie por encima de ella, como no lo había por encima de ninguno de sus súbditos.

La vio tan alta a pesar de su corta edad, con su ropa blanca iluminando su piel, la más oscura y bella que se había visto entre los de su tribu, pero aún tan inocente. Se enfrentaría esa noche a la realidad que tanto dolor les había causado. No era justo si las personas tenían que morir por defender a la diosa, pensaba. No era justo tampoco que la diosa permitiera que otros pueblos les impusieran sus leyes y sus creencias. Nunca lo habían logrado a pesar de su sumisión. Aunque su apariencia era la de adorar al único Dios que sus invasores les habían enseñado, allí estaban los atrevidos, los osados, los que aún eran capaces de ausentarse de sus casas durante la noche para rezarle a la diosa verdadera e implorar por su salvación. Miró hacia atrás y vio sus rostros iluminados por la luna. Sonreían. Se sintió tranquila y apretó con fuerza la mano de su hija mientras continuaba adelante.

Llegaron a la cueva. Estaba cubierta por unas grandes zarzas. Los mismos hombres que se habían ocupado de ponerlas allí para ocultar la entrada se ocuparon de quitarlas. Uno de ellos entró y encendió la primera antorcha. Sintió que la mano de la pequeña la retenía. Le sonrió para alejar el temor de su mente y avanzó agarrando su manita con fuerza. Un largo y ancho pasillo se iluminó. Se sintió de nuevo como en su niñez, cuando acudir a aquel lugar era una fiesta que empezaba al amanecer y se extendía durante el día hasta la noche. Ahora solo podían acercarse en la oscuridad, aunque bendecidos por su fiel reflejo. No siempre ocurría así. No siempre que una niña iba a ser bendecida por la diosa, brillaba la luna llena. Una vez más, no había duda de que su hija era especial. La luna había completado su ciclo al mismo tiempo que su sangre. Era una prueba más de que ella sería libre.

Caminaron un rato hasta adentrarse bajo la montaña. Eran un grupo cada vez más numeroso. Eran muchos los que anhelaban regresar a la fe que se había mantenido unidos durante tanto tiempo a pesar de su sufrimiento. Miró a su hija, que caminaba valiente. Cuánto se parecía a su padre, muerto ya hacía dos años, en la última invasión sufrida en la ciudad.

… *Un pueblo no puede defenderse sin armas, pero tampoco puede construirse el mundo con ellas…* ¡Le había dicho esa frase tantas veces en la intimidad, cuando sus ojos brillaban por la incertidumbre! Él era su jefe, el esposo de la que todos llamaban reina y, sin embargo, estaba atado de pies y manos como todos los demás hombres en aquella mazmorra, cuando le vio por última vez.

Sin duda él tenía razón, pero cuánto le hubiera gustado tener un ejército poderoso que les hubiera salvado de la muerte. Ahora solo les quedaba rogar a la diosa con todo su corazón, por la libertad de sus hijos.

Antes de entrar, el templo emitió un extraño sonido ante su presencia. Su madre le había explicado que era por el contacto del aire. Y ella se lo explicó a su hija también para apaciguar su temor, pues parecía que era la misma diosa quien las saludaba, a su llegada. Le explicó también que el templo había sido levantado así por los maestros constructores, para emitir un sonido que asustara a los extraños que pretendieran acercarse al altar y así huyeran asustados. Pero ellos sabían lo que significaba.

Se acercaron. La piedra blanca y rectangular que era el altar se mantenía en pie entre otras dos piedras. Soltó la mano de la pequeña y se arrodilló destapando su cabeza. Después, hizo lo mismo con su hija. Quitó el velo de gasa que protegía su pelo para que la diosa pudiera verla en su plenitud. Su cabello negro descansó enérgico sobre su espalda. La pequeña se arrodilló también, a la vista de todos los que tanto la amaban. Se sintió orgullosa de haberla traído al mundo y de haberla educado libremente en su condición de mujer.

Todos se arrodillaron tras ellas. La niña miró hacia atrás, en un intento de saber que no estaba sola. Después miró a su madre, que había dibujado en la arena del suelo una luna con una rama y había empezado a hablar con voz templada.

—Amada diosa, adorada en todos los pueblos civilizados desde los tiempos antiguos, desde Babilonia hasta Palmira, madre, hija y espíritu sagrado, venimos hoy a presentaros nuestros respetos y a mostraros la nueva madurez que crece aún en la esclavitud de nuestro pueblo. Sabéis que somos obligados a fingir adoración a otro dios, pero nuestros corazones se nutren de tu leche materna, cada día que vivimos sin libertad. Os rogamos por la libertad de nuestra fe y con esperanza os pedimos la bendición para vuestra hija y sucesora, aquí en la tierra, para que sea la fiel transmisora de vuestra fe en el futuro, a sus hijos y a los hijos de sus hijos, y a cuantos deseen aprender de su sabiduría, para que nunca sean borradas de la faz de la tierra vuestras enseñanzas.

La pequeña no entendía demasiado bien las palabras de su madre, pero jamás olvidaría su rostro delgado mientras hablaba en voz alta junto a ella, ni tampoco la elegancia de sus gestos. Era un ejemplo para su pueblo. De mayor quería ser como ella y permanecer siempre a su lado. Amaba a su madre también por lo que significaba para su pueblo.

—¡Oh, diosa nocturna que vivís en la oscuridad donde se fragua la luz! Sois como una semilla humilde, latente, que crece protegida bajo la tierra mientras se desarrolla la vida. De la misma manera, os mantenemos invisible y secreta para que sigáis creando vida y esperanza, porque sabemos, entendemos y aceptamos que la luz no existiría sin la oscuridad; por eso, os adoramos sin rostro, sexo, ni nombre. Yo he sido vuestra sacerdotisa lunar desde que mi madre me eligiera para representaros en la tierra, y hoy elijo a mi hija para que, cuando alcance la madurez, sea ella quien os represente. Si lo permitís, está dispuesta a aprender lo oculto y lo inexplicable, aquello que ahora nos está prohibido, pero que una vez fue el manantial del que bebían nuestras mentes. ¡Amada diosa! Seguimos sin comprender por qué los hombres y los pueblos que nos gobiernan, bajo la dureza de sus armas, se interponen en nuestra fe. Creemos que es por miedo, pero tampoco queda tiempo ya para preguntas, solo esperamos respuestas. No sabemos si ella podrá mantener el culto aquí, en nuestra amada Taif, o si lo llevará a otro lugar del mundo, pero lo importante es que sea bendecida por vuestra mano para que nunca, pase lo que pase a su alrededor, ocurra lo que ocurra en su vida, olvide que ha nacido para ser la transmisora de la libertad.

Su madre había llamado al rectángulo blanco la piedra lunar. Dijo que estaba hecha de un material que no pertenecía a este mundo y que había caído una noche sin estrellas. Pero le dijo también que nada de lo que era visto era importante. Le explicó que la piedra era tan solo una de las infinitas maneras de representar al gran espíritu sagrado, y que incluso el nombre que le daban, diosa, era para no olvidar nunca que su sexo era bendito, igual que el de los hombres, y que nunca nadie podría cambiar lo que la diosa había hecho, crearlas de la nada.

—Ha llegado la hora —exclamó el hombre que las protegía.

Afuera esperaba una barca en la playa. Su madre la ayudó a subir y después subió ella, tras despedirse con calurosos abrazos de todos ellos. Algunos lloraban, otros sonreían con expresión de admiración y gratitud en sus rostros. Habían decidido que la huida era la única protección que podían tener en aquel momento. Cuando subieron al barco, la pequeña se asustó al ver a los hombres mugrientos que miraban con recelo la pulcritud de sus ropas blancas. Su madre la tranquilizó.

—No temáis, hija. Estos hombres van a llevarnos a una ciudad en la que viviremos libres.

Sonrió tranquila. Uno de ellos las llevó bajo la cubierta y allí, junto a unas cajas llenas de fruta madura y olorosa, se durmió apoyada en el regazo de su madre. Antes, se sintió triste. Se acordó de su ciudad amurallada con sus fuentes y manantiales de agua cristalina y pura. Los árboles frutales, los vergeles y jardines. El palmeral en el que había jugado tantas veces. La fresca brisa mientras recogían los dátiles.

Nunca supo a ciencia cierta por qué huyeron, pero le bastaba que su madre lo hubiera decidido para saber que era la mejor decisión y sabía que algún día, cuando fuera mayor, entendería por qué.

Había llegado el momento, Yemalé se mantenía fiel a la promesa de transmitir las enseñanzas de la diosa y lo hacía con su discípula Alba, que también era un ser especial y que aprendía fielmente, con la rapidez del vuelo de una gaviota. Algunas mujeres no habían venido al mundo para ser madres, pero siempre serían maestras. La sangre era lo de menos, era el espíritu y el corazón en donde se marcaba la sabiduría con fuego candente. No obstante, sentía nostalgia. Echaba de menos el lugar en el que había nacido, aunque como esclava, y la alegría de sus gentes. Se preguntó si algún día podría volver. Mientras tanto, recorría el mundo sin pertenecer a lugar alguno, sin raíces y sin esperanzas de tenerlas de nuevo. Solo podía echarlas fuertemente en el corazón de los que amaba y protegía.

Desde los acantilados, Es Vedrá parecía la cabeza de un caballo gigante que nadaba en la profundidad del mar. Un caballo de los primeros tiempos de la vida, cuando los animales debían ser, sin duda, diferentes. Imaginó, mientras dejaba que el silbido del viento penetrara en su cabeza, el triángulo mágico que formaba el islote con el peñón de la costa en la que había vivido su infancia y la costa suroeste de Mallorca, de donde provenía Floreta.

Allí estaban las tres al atardecer, esta última como testigo de su aprendizaje. Yemalé llamaba al mágico lugar triángulo del silencio, porque hasta las gaviotas perdían la orientación cuando entraban en él y eran alcanzadas por su energía. Todo ello haría más fácil el ejercicio, en el que ocuparía la mente de uno de los animales que surcaban el mar, desde lo alto del acantilado. No se trataba de ser capaz de volar ni de pensar como una gaviota, ni de que su vista alcanzara a un pez nadando entre las aguas. Se trataba de todo eso y, además, de ser otro, de sentir sus sensaciones, sus sentimientos, de saberse capaz de sentir exactamente lo que sienten otros, hombres o mujeres, animales o plantas, e incluso, ser un sonido de la naturaleza.

Intentó comprender el mensaje, como solía hacer con todo lo que su maestra le enseñaba, pero se sintió confundida cuando esta se colocó tras ella, dejando que sintiera su cuerpo fuerte tras su espalda. Su aliento calentaba su cuello. Le cogió las manos ayudándola a abrir los brazos para desplegarlos como si fueran alas. Las puntas de sus pies apenas rozaban la tierra, que se desprendía hacia abajo. Desde allí, el islote y el mar quedaban lejos. Una caída en falso hubiera significado la muerte.

Se acercó un poco más al borde, donde casi no había tierra sobre la que sostenerse. Yemalé la sujetaba. Floreta atendía al momento en silencio y eso era más de lo que se le podía pedir a una mujer como ella. Su maestra tampoco hablaba salvo con su propia respiración. Durante un segundo su condición humana la asaltó con un pensamiento de angustia, creyó que iba a lanzarla hacia el precipicio y su cuerpo se despeñaría en el acantilado como cualquier cuerpo humano. Al fin y al cabo, eso es lo que era.

—No —susurró su maestra adivinando sus pensamientos—. Vos no sois solo un ser humano. Sois también una mujer.

Cuando hubo dicho aquello, su alma se tranquilizó y su cuerpo pareció querer flotar en la profundidad del vacío, pero entonces la retuvo, como si aún no hubiese llegado el momento. La juventud es siempre impaciente.

—Cerrad los ojos —le pidió.

Lo hizo y escuchó el reclamo de dos gaviotas que pasaron muy cerca. De nuevo le susurró al oído.

—Solo tenéis que imaginarlo.

Puso su mano sobre el ombligo de Alba y esta recuperó

toda la fuerza. Su cuerpo se puso rígido. Una leve presión de su presencia y su pie derecho dio un paso, necesario para dejarse caer juntas en el abismo. Abrió los ojos ante la magnificencia del viento, sus brazos se desplegaron, nunca había alcanzado a ver tan lejos con su mirada, sus oídos eran capaces de captar hasta el movimiento más insignificante de un insecto sobre la tierra. Se dejó caer con rapidez en el vacío, hacia la inmensidad azul y, cuando el aroma del mar la inundó con su cercanía y pudo sentir el agua salpicándole el rostro, se alzó subiendo de nuevo hacia el cielo.

Nunca había sentido aquella plenitud. En ninguno de sus ejercicios había sentido que poseía el mundo, ni siquiera su primera noche de San Juan, cuando la diosa le entregó su poder. Volar le proporcionaba la sensación de ser dueña de la tierra.

Miró a Yemalé. Volaba muy cerca. Sus plumas eran blancas y cientos de gotas de agua se posaban sobre ellas. Emitió un graznido para devolver a Alba a la realidad de su vuelo. Le había embargado de tal modo la experiencia, que se había olvidado de desplegar sus alas para no caer. Poco a poco fue adentrándose en las sensaciones, compartiéndolas y dándose cuenta de que un leve movimiento de extensión de sus alas la mantenía en el aire sin necesidad de realizar ningún esfuerzo. Era muy parecido a nadar. Había que dejarse llevar por el aire, del mismo modo que con el agua. Envidió a las aves. ¡Cómo hubiera deseado quedarse para siempre siendo una de ellas! Ser siempre la totalidad que era entonces.

Sintió hambre y se lanzó en picado hacia el mar en un movimiento intuitivo, metió la cabeza en el agua y sacó un pez en su boca. Lo tragó sin el menor signo de repugnancia, sin ninguna consideración por el animal, que aún se movía cuando atravesó su garganta. Después se preguntó por qué lo había hecho. Su parte humana reaccionaba. Se dio cuenta que un animal toma decisiones con una rapidez que siempre envidiarían los humanos, porque saben lo que quieren en el momento en que lo quieren.

Soy yo, hoy, pero no me preguntaré nunca más quién seré

mañana... pensó con palabras rápidas, como los pensamientos de las aves. Su mente humana había empezado a mezclarse con su alma animal. Chilló y su sonido fue el de una gaviota que surcaba el aire sobre el islote. Yemalé le devolvió el sonido, con otro que ya no le pareció idéntico. Identificó perfectamente su significado. La instaba a regresar al acantilado, la tarde oscurecía. Lo lamentó, aunque aquella no sería la última vez que volviera a entrar en otro ser de la naturaleza.

Aún no había salido del cuerpo de la gaviota y ya anhelaba volver a estar dentro. Batió sus alas con rapidez y sus brazos regresaron a su forma original. Pisó tierra firme sintiendo sus plantas sobre el suelo enfriado por el anochecer, agarrándose sus dedos fuertemente a la tierra como si aún fuesen garras. Apareció en cuclillas delante de Floreta, que nunca había sido capaz de hacer aquel viaje, aunque lo envidiaba. A veces, el miedo no permite disfrutar de lo inimaginable. Ella no se sentía tan humana entonces, o bien no amaba tanto la vida como para temer perderla.

Reconoció el cuerpo fibroso de Yemalé a su lado, esperándola. Le sonrió.

—Nadie puede saber nunca que somos capaces de hacer esto. Quizá no sentís aún este grado de felicidad que siento yo —suspiró—. No os aflijáis. Llegará el día.

Su seriedad la sobrecogió. Confiaba en su maestra y se prometió a sí misma que nunca la abandonaría, después de dejarse abrazar por ella. Era tal el cúmulo de sensaciones pletóricas y tan vívidas, que aún sentía su piel estremecida. Su maestra recogió su cara con sus manos y con sus dedos atrapó una lágrima que se escapó de sus ojos.

—Tenéis un gran poder que supera el mío. Desconozco por qué la diosa se ha fijado en vos, pero lo ha hecho —dijo con determinación.

—Pero, ¡tiene que haber una razón! —exclamó, quejándose al vacío.

—Lo sabréis cuando Ella así lo decida —movió la cabeza, lamentándose de algo que no llegó a decir—; estos prodigios que sois capaz de hacer son solo para mostraros que os ha elegido. Sin embargo, ninguno de ellos es vuestro auténtico poder.

—¿Y cuál es, entonces? ¿Cuándo voy a descubrirlo?

—Vuestro poder será aquel que sea más útil a vuestro propósito. Descubriréis los dos al mismo tiempo, porque ese poder no será más que la forma en la que debéis andar el camino.

—Tampoco sé qué camino debo tomar.

Yemalé suspiró, hallando una respuesta para darle a su discípula.

—El que os sea más incómodo será el camino que os está esperando. Sois muy joven aún, lo sé. Los demás no han de actuar así, adentrándose en aquello que les asusta. Al contrario, se alejan de lo que temen, pero nosotras debemos acercarnos al miedo para encontrar la paz.

—¿Paz? —preguntó con lágrimas en los ojos—. ¡No hay paz dentro de mí!

—No es vuestra paz la que habéis de encontrar. Es la paz de todas las que vendrán después de vos. No puedo deciros más, porque ignoro lo siguiente.

Alba bajó la mirada. Tomó una decisión rápida, ahora que había aprendido a decidir como lo hacían los animales, impulsada por la necesidad, sin sopesar lo bueno ni lo malo, sino sencillamente orientándose desde su instinto y su deseo. Resolvió no volver a permitir verse arrastrada por el dolor ni por la nostalgia de ningún recuerdo. El presente empezó a convertirse en su única vida, la única que realmente importaba ser vivida.

—¿Sois vos la mujer sabia más poderosa de todas las que han entregado su espíritu a la diosa? —le preguntó.

—Hay poderes mucho mayores que el mío —respondió—. Hay mujeres sabias que, tras haber alcanzado la sabiduría de la diosa en toda su plenitud, son capaces de realizar prodigios que muchos achacan a la acción de la naturaleza, o a la mano divina, e incluso al poder del azar. Existen otras, en cambio, que realizan sus obras de manera más personal.

—¿La diosa permite utilizar nuestro don de esa forma? —preguntó Alba, interesada—. ¿Me está permitido utilizar mi poder para alcanzar lo que deseo?

—Siempre es válido que utilicéis vuestro poder para ayudaros vos misma —sonrió con cierta condescendencia—. Sé que habréis oído decir que los poderes que otorga la diosa deberían usarse solo para el bien de los demás, pero decidme, ¿qué es el deber?, ¿quién lo ha creado o quién dice hacia dónde ha de dirigirse?

Alba no supo responder. Yemalé continuó.

—¿Quién sabe lo que se debe o no se debe hacer? El deber es un engaño, creado por los que están inseguros de sí mismos. Un ser seguro de sí sabe muy bien que utilizará su poder siempre para hacer el bien, pero, en primer lugar, ha de estar el suyo propio. ¿Cómo podría nadie ayudar a otro, sin haberse ayudado antes a sí mismo?

La había entendido. Le estaba diciendo que primero sanara su espíritu, su mente y su cuerpo. Solo así podría ayudar a los demás.

—Y si mi deseo no es ayudar a otros... —exclamó con temor ante su atrevimiento.

—Lo será —respondió.

—¿Cómo estáis tan segura? —insistió Alba.

—Ahora necesitáis ayuda para cerrar una herida muy profunda que aún sangra. Pero ayudaros a vos misma es ayudar a otros. No sois vos solamente. Formáis parte de un todo con la diosa. Por eso, ayudar incluso a la parte más pequeña de vos es lo mismo que ayudar a los demás.

No se quedó satisfecha. Aún le quedaban tantas cosas por comprender. Yemalé continuó hablándole como si lo hubiera adivinado.

—Alía también fue mi maestra y me enseñó que yo era quien tenía que descubrir mi propio poder, como hizo ella, como habréis de hacer vos.

La sorprendió que hubiese sido discípula de Alía, ya que esta la había enviado a la isla para aprender de ella.

—Creí que vos habíais sido su maestra.

—No, ella lo fue. Pero habéis de saber una cosa. Para ser maestra habéis de ser siempre aprendiz.

—Decidme entonces por qué la diosa me ha entregado un

poder, sin decirme cuál es, ni cómo puedo utilizarlo. ¿Por qué me pide tanto esfuerzo? ¿Es que no he sufrido ya bastante?

—Lo hace así porque es tan importante lo que experimentaréis al descubrirlo como el poder en sí. El camino y el destino son una misma cosa.

A veces las palabras de su maestra volaban sobre su cabeza persiguiéndola día y noche, hasta que llegaba un momento para cada una de ellas. Entonces entraban en su corazón y se quedaban allí para siempre. Eran sus palabras tan importantes, que por eso practicaba aún más el silencio, porque es necesario el equilibrio y solo el vacío pesa tanto como pesa una palabra. *El sonido y el silencio equilibran el mundo...*, le había dicho.

Ocurría cuando bailaban, a veces con música, a veces sin ella, con un ritmo único que golpeaba desde el interior de sus mentes. Cada una con su imaginación, intuyendo que al fin serían una misma. Si en alguno de aquellos momentos en los que el baile les hacía alcanzar el éxtasis hubiesen sido capaces de interpretar lo imaginado con un instrumento de percusión, el ritmo hubiese sido exactamente el mismo. Y cuando dos seres piensan al mismo ritmo, es cuando se crea una comunión mucho mayor que la del amor o la unión carnal entre dos amantes. La imaginación es el lenguaje de la diosa y, por tanto, su voz es la voz de todas las cosas vivas y muertas.

En otros momentos la sorprendía saber tantas cosas. Algunas de ellas, nadie se las había enseñado, pero, a medida que pasaban los días en Eivissa, su mente era capaz de alcanzar límites que nunca hubiera imaginado que existieran. Y no solo le ocurría cuando bailaba o cuando, junto a Yemalé, participaba del silencio o de realizar cualquier acción en la naturaleza, sino también cuando estaba sola, o cuando hacía los sencillos quehaceres de la casa, junto a todas las demás.

Una mañana de verano en la que el sol despuntó muy temprano, se despertó entre sudores y deseos de ir a bañarse en las aguas del mar. Floreta también se había levantado y ya estaba en la cocina preparando el desayuno. La vio entrar y la recibió como siempre hacía, con un abrazo maternal. Le dio unas fresas recién cogidas del huerto y exclamó mirándola con una gran sonrisa:

—Estáis lista, niña. Hace días que veo ese fulgor en vuestros ojos.

—No entiendo vuestras palabras, Floreta —respondió Alba, ignorando a qué se refería.

—¡El fulgor de la vida! Os está llamando, niña. No podéis quedaros aquí eternamente. ¡La vida es para vivirla! Y la vuestra no está aquí.

Se sintió triste. La mujer le acarició la mejilla, deseando abrazarla de nuevo, pero se contuvo.

—Primero tenéis que volver, para averiguar lo que tanto necesitáis. Después, cuando lo sepáis y averigüéis en quién habréis de desplegar todo vuestro poder, será cuando descubráis cómo utilizarlo. Sí, no os sorprendáis —continuó tras adivinar sus pensamientos—. Es al revés de como creíais. Primero descubrid quién y después sabréis lo que habéis de hacer y cómo hacerlo.

Una lágrima cayó de su mirada y se la limpió con el borde de la manga suspirando voluptuosidad. Alba miró al suelo, sintió que al fin le habían mostrado el camino, pero ahora no quería caminar. Floreta le cogió la mano y levantó la palma para que la viera.

—Mirad esa letra que lleváis escrita en la palma de vuestra mano, desde el mismo día que nacisteis. Yo no sé leer, pero me dijeron una vez que es la letra eme. ¿Y sabéis cuál lleváis escrita en la planta del pie?

La muchacha negó con la cabeza.

—Una ese. ¿Y sabéis qué significa?

Alba volvió a negar.

—Muerte Segura. ¡Ese es vuestro destino! Aprovechad el tiempo en hacer lo que queréis, sea lo que sea. ¡No lo malgastéis! Y si no es bueno lo que hagáis, la diosa os juzgará. Nadie más lo debe hacer. Pero si es bueno —sonrió de nuevo— seréis la mejor de entre nosotras. Ya lo sabéis.

La tristeza de su corazón aumentó con cada una de las palabras de la mujer y con cada uno de sus propios pensamientos. Miró tras la ventana, el sol tenía un color anaranjado. Dejó la fresa sobre la mesa y se marchó sin decir nada. La afectuosa mujer le había mostrado que su camino era un camino de vuelta.

Joao y sus hombres aún tardarían en volver a Eivissa. Ellos la llevarían de vuelta a la península y al mundo real. Había empezado a temer ese momento. Temía dejar aquel paraíso y, sobre todo, temía volver a un mundo en el que los recuerdos volverían a dañar su piel y su carne.

En los últimos días, Yemalé la había dejado mucho tiempo a solas. Alba se preguntaba si lo hacía para que pudiera pensar en su regreso. Ambas sabían que no quería volver. Gastó el tiempo que le quedaba en la isla experimentando con mayor intensidad el sortilegio de la transformación, que tanto había atrapado su espíritu, desde el atardecer de su primer vuelo en el acantilado.

Adquirió tanta destreza, que solo necesitaba pensar en un pez para serlo y sentir en carne propia los peligros de la profundidad del mar. Cuando los lobos aullaban en el monte, se adentraba bajo el pelaje de uno de ellos y aprendía a correr descalza sobre la hierba helada en la frialdad de la noche y a degustar el sabor ácido de la sangre en su boca. Regresó una noche a casa con los dientes ensangrentados. Floreta y algunas otras mujeres se alejaron al verla, con la decepción en el rostro. Quizá les desagradaba que se entregara de una forma tan intensa a instruirse, en cada paso en el que Yemalé la guiaba. O quizá se sintieron horrorizadas al imaginar lo que había hecho. Era posible que sintieran cierta envidia, pues ellas no podían realizar tales prodigios, pero en realidad lo que ocurría es que consideraban a Yemalé como su guía, también, y a la muchacha como a una pupila más, sin darse cuenta que Alba había superado a su maestra. Yemalé sí lo sabía.

Alba no conocía en su totalidad la grandeza de su poder, latente dentro de sí. Ni siquiera se preguntaba por qué era capaz de hacer lo que hacía. Se entregaba en cuerpo y alma a todo lo aprendido, sin darse cuenta que cuando se metamorfoseaba en otros seres, a los que consideraba también sus hermanos, superaba el influjo de Yemalé, e incluso de Alía, con una maestría que ninguna de ellas podía igualar.

Aquel amanecer intentó entrar en el cuerpo de un pájaro, de los que alegraban la temprana mañana con sus cantos. El bosque, solo y fresco, limpio ante su mirada humana, la sorprendió con destellos de belleza. Se había sentado sobre una piedra, dejando que el borde de su vestido se mojara en un claro y sonoro riachuelo. Era en momentos como aquel cuando la naturaleza se le mostraba en toda su magnificencia. Era cuando se avivaba en ella el deseo de correr hacia la casa, despertar a Yemalé de su sueño perezoso y decirle que había cambiado de planes, que había decidido quedarse allí para siempre, entre ellas, para enseñar a las mujeres que viniesen después de ella, para aceptar la negación de su destino y encontrar allí una vida al fin apacible, el tiempo que la diosa le permitiera compartir su compañía. Pero nunca lo hizo. Al mismo tiempo que su deseo de permanecer en Eivissa, tenía la certeza de que su sino la esperaba en el lugar del que había venido. Soñaba con que quizá el mundo le reservaba ir a tierras lejanas, donde vivir historias como las que Joao les contaba, al calor del fuego en las madrugadas. Su corazón no quería perderse lo que le esperaba y, al mismo tiempo, una fuerza que se apoderaba de ella con brusquedad la arrancaba de aquel momento y lugar tan apacibles, para saber con dolor y con miedo que nunca podría aceptar una vida en paz como aquella. La diosa le había dado todo su poder, para algo más que para enseñar a otras a descubrir su camino. Había nacido para descubrir el suyo y ningún deseo de paz en su corazón podría cambiarlo.

Unos silbidos cortos y animosos guiaron su oído hasta descubrir con la mirada a un pequeño pájaro colorido que se movía alegre entre los juncos. No lo hacía dando saltitos, como solían hacer la mayoría de los pájaros que conocía, sino que movía sus patas, poniéndolas una tras otra, caminando hacia el agua. Le pareció tan bonito que lo eligió para entrar en él. Cerró los ojos y se dejó llevar por sus silbidos animosos. Fue rápido. Apenas un movimiento para intentar levantarse de la piedra y ya podía mirar el agua que inundaba sus patas rojas, entre el fresco musgo. Dio unos pasitos lentos sintiendo su cuerpo ligero y echó a volar.

Su vuelo era rápido. Hacía giros en el aire, cada vez más alto y con movimientos más desenvueltos. Se sentía viva, como le ocurría siempre que volaba, oculta tras la mirada de un animal capaz de surcar el cielo. Pero no era el bosque, lo que sobrevolaba su cuerpo. Una inmensa capa de arena fina y blanca serpenteaba en una costa sosegada, donde reinaban la quietud y la calma. No había árboles frondosos y verdes como los del bosque, sino altas palmeras onduladas, de cuerpos encorvados sobre el agua. Al fondo, la densidad de un follaje voluminoso y tupido se extendía desprendiendo un aroma dulce.

Nunca había visto un paraíso, no podía ser su imaginación la que guiaba su vuelo, sobre tanta belleza. Se adentró en la verde frondosidad, aminorando la velocidad y bajando al suelo rápida y hábil. Paró sobre la rama de un árbol inmenso. Miró hacia arriba. Su vista no alcanzaba la copa. Se preguntó si podía existir un mundo donde la naturaleza parecía triplicar su tamaño. Nunca había escuchado a Joao hablar de un lugar así, pero era posible que él conociera un paraíso semejante. No había silencio. Cientos de extraños sonidos, algunos alarmantes y otros más serenos, la apaciguaban. Miraba a su alrededor. Quería verlo todo. Estaba dentro de una vegetación de dimensiones gigantescas donde los ruidos eran tan espesos como el silencio del bosque del que había salido. No le preocupaba pensar en cómo regresaría a la piedra junto al riachuelo. El rumor de un cauce de agua, cercano e inmenso, penetró en sus oídos desde la lejanía.

Alzó el vuelo de nuevo, atravesando el follaje hasta salir de él. Descubrió un río con un caudal desmedido. En sus orillas, unos hombres se afanaban en lanzar unas barcas, hechas de caña y maderas unidas con cuerdas. Mujeres de pelo largo y negro, de piel morena y rasgos exóticos, mostraban su extraordinaria belleza con los pechos descubiertos, orgullosas, dejándolos caer fláccidos y libres con sus movimientos. Unos niños jugaban junto a ellas, mientras los hombres, con pelo liso y negro, cortado a la altura de la nuca, descubrían sus cuerpos desnudos y la musculatura de sus brazos y piernas.

¿Quiénes eran aquellas gentes y de dónde habían salido? Mejor dicho, ¿de dónde había salido ella? Uno de los niños gritó una palabra en una lengua desconocida y la señaló, alzando su mano. Los hombres y las mujeres admiraron por un momento al pájaro en el que se ocultaba, entre risas y gritos alegres. Nunca supo por qué los alegraba tanto la presencia de su vuelo sobre sus cabezas. Continuó siguiendo el borde del río y se vio a través de los ojos pequeños y vivaces del pajarillo coloreado, sobrevolando el bosque de nuevo. Cayó sobre los juncos empapándose en el riachuelo. Se levantó y escurrió la falda de su vestido, mientras su memoria intentaba dar un nombre a lo que había vivido.

Días después, cuando se cansó de darle vueltas, le contó a Yemalé la experiencia. Esta le dijo que nunca había experimentado algo que se asemejara a lo que le había contado, y que jamás había viajado a mundos distintos de los que hubiera dudado de su existencia. Alba no podía saber si el lugar y la gente que había visto existían, pero tampoco podía asegurar que no. Intentó calmar su ansia de conocimiento, tras decidir esperar la llegada de Joao. A él le contaría lo que había visto y le preguntaría si sabía de algún lugar que se le pareciera. Él le contestó que nunca había estado en un paraíso semejante, pero que había oído a los colonos de las indias que regresaban a España, cansados de tantos años lejos de sus familias, contar historias de gentes inigualables que tenían un aspecto parecido al que ella le relató.

Se alarmó de su poder. ¡Cómo podía haber visto algo que otros conocían, pero que estaba tan lejos que nunca podría acercarse siquiera! Joao le habló del tamaño colosal de las selvas de aquellas tierras lejanas y de la espesura blanca de su arena. De su mar calmado y transparente, y de pájaros y otros animales que aquellas gentes consideraban sagrados. Alba recordó la alegría de los niños al verla volar y se estremeció al evocar sus sonrisas y la libertad de sus juegos. No sabía si alegrarse o asustarse, pero no podía engañarse a sí misma. La diosa le había otorgado un gran poder. Se preguntó si sería capaz de expresarlo con orgullo y humildad, como sus maestras le habían enseñado.

VII

La amistad

Floreta tarareaba una nana mientras escurría un paño mojado en la jofaina. Se lo puso a la muchacha sobre la frente y volvió a destaparla, a pesar de su intento de taparse de nuevo. Sentía frío, pero todo su cuerpo ardía.

—¡No os podéis tapar, *xiqueta*! —exclamó como haría una madre—. Ni los doctores lo saben, pero para bajar la temperatura del cuerpo, es mejor que estéis como vuestra madre os trajo al mundo.

—Mi madre —dijo la niña apenas sin fuerzas.

—¿Habéis vuelto a soñar con ella? —preguntó.

Asintió con una media sonrisa, como si su recuerdo le devolviera la salud por un instante.

—Esos sueños vuestros —dijo a medias mientras tarareaba una canción—, algo os quieren decir los espíritus. Ya sé que Yemalé es vuestra maestra y ella es quien debe decidir cuándo hablaros de las cosas ocultas pero el diablo sabe más por viejo que por diablo.

Se sentó al borde de la cama para darle la vuelta al paño sobre la frente y continuar con su tarareo.

—*Xiqueta*, tenéis muchos dones y Floreta no sabe como debéis manejarlos, porque nunca llegará tan lejos mi poder. Pero esos sueños, de eso sí sé un rato, porque me han atormentado sueños nocturnos toda la vida y puedo deciros que son guías y algo están queriéndoos decir.

—¿Y qué me quieren decir, Floreta? —preguntó Alba mientras intentaba alcanzar la jarra de agua que había en el suelo junto a la cama.

Floreta la cogió y le sirvió un poco. Mientras bebía ayudada por sus manos, le volvió a hablar.

—Eso es, bebed, que el agua se llevará consigo el mal que hay en vuestro cuerpo. Soñar con la madre de uno, niña, sobre todo si está muerta y en paz desde hace años, quiere decir algo importante. Algo grande os espera en la vida. Quizá un gran amor...

Se rio y dejó ver su boca desdentada.

—No sé si mi madre está en paz, Floreta.

—¡Sí que lo está! —su voz se agitó—. Debéis creer que todos los muertos lo están y no se os ocurra nunca pensar en hacerlos volver. Esa magia es sucia y oscura y no se debe jugar con ella.

Alba miró hacia otro lado. No le gustaba cuando Floreta la reñía. Actuaba con ella como una madre, anticipándose al futuro, imaginando que, cuando fuera mayor y no estuviera a su lado, las tentaciones del mundo oculto la harían caer en lo que a veces les había oído llamar la sabiduría impenetrable.

Se dio la vuelta cubriéndose el pecho desnudo con los brazos. Miró hacia la ventana. El aire fresco de la tarde traía consigo risas y voces alegres. Yemalé y su amado portugués habían vuelto a reencontrarse.

—¡Ahí están! —exclamó contenta Floreta—. ¡Ya han llegado nuestros piratas de nuevo! ¿Vendrá esta vez uno para Floreta? —se rio cogiéndose la carne fláccida de un brazo—. ¿Pero quién va a querer esto ya?

Regresó a la cama y, poniendo serio su rostro, le dijo.

—Niña, escuchadme, aunque ya sé que no me queréis mirar. La que tiene que conseguir la paz ahí dentro sois vos.

Le señaló el pecho con su dedo índice grueso y ajado.

—Ahora me voy a la fiesta. Dormid. Luego subiré a veros.

No supo cuánto tiempo había dormido, pero le pareció muy corto el descanso. La habitación se había oscurecido y el aire que entraba por la ventana era un poco más frío. Su cuerpo estaba helado e hizo un gesto de agarrar la sábana para cubrirse. La música y las risas no muy lejanas la devolvieron al mundo. Sintió una presencia. Se asustó y miró rápida hacia atrás. Joao estaba de pie, junto a la cama. La miraba con sus ojos cubiertos bajo una franja de pintura azul que endurecía la expresión de su rostro. Alba no dijo nada. Esperaba que él hablara primero pero no lo hizo. Registró rápida el resto de la habitación con su mirada. Floreta no estaba. La voz de Yemalé se escuchaba abajo.

Le miró de nuevo, suplicándole con sus ojos que le hablara. Él se llevó el dedo índice a sus labios carnosos y le sonrió, sentándose despacio sobre el borde de la cama. Agarró la sábana con su mano, tostada como el resto de su piel, y la retiró del cuerpo de la muchacha lentamente. Esta recordó lo que le había dicho Floreta sobre la temperatura y le dejó hacer mientras su pecho subía y bajaba agitado. Joao se levantó, mojó un paño en la jofaina y lo escurrió.

Regresó a la cama y se sentó de nuevo. Lo abrió y lo puso sobre su cuerpo caliente y desnudo. El frescor la hizo gemir por la sensación del frío sobre su piel ardiente. Apenas podía respirar. Joao le refrescaba la piel con el paño, mientras miraba cada rincón de su piel, cada curva y cada pliegue. Dejó descansar su mano en el paño mojado sobre su vientre. Se mojó los labios y le sonrió. No habló, salvo con la intensidad de su mirada. Ella sentía su mano cálida por encima del paño. Él utilizó la otra para retirar el resto de la sábana hacia abajo, dejando su cuerpo completamente desnudo. La miró como si contemplase una noche estrellada. Su mano derecha continuaba con el paño mojado sobre el vientre de Alba. Se quedó quieto, admirando la visión de su cuerpo y de su rostro.

A Alba le pareció que su quietud duraba una eternidad. No supo nunca si lo hizo porque su cuerpo le deseaba o porque quería romper con aquel silencio atronador del momento, que se le antojaba desesperante y mágico a un mismo tiempo, pero alzó sus manos y las puso sobre la suya. Sus dedos grandes y largos se entrelazaron con los de ella, finos y delgados. Le sonrió. Sintió su protección y deseó que nadie más existiera. Leyó en sus ojos que él deseaba lo mismo.

De nuevo las risas que venían de abajo afloraron en sus oídos devolviéndola a un mundo de sonidos y vida. Joao arrastró el paño bajo sus manos y con él, la suya. Se levantó y se marchó rápido, cerrando la puerta tras su presencia. Se quedó sola de nuevo.

—¿Has despertado, *xiqueta*? —preguntó Floreta entrando repentinamente.

No le contestó. No sabía si debía sentirse avergonzada. Se dio la vuelta haciendo un ovillo con la sábana, entre su cuerpo excitado.

—Le he visto salir —exclamó sin mirarla, mientras fingía hacer algo con el agua de la jofaina—. Sé que no os ha hecho daño porque ese hombre no sería capaz de dañar nunca el cuerpo de una mujer, pero otra cosa es lo que haga con vuestro corazón, niña, y lo que es peor, con el corazón de su amante, vuestra maestra.

Alba la miró sin decir nada. No era culpable. Ni siquiera sabía si su corazón sentía algo, solo sabía lo que sentía su cuerpo.

—Pensad en ello, Alba —le suplicó—, mirad que ya no sé si os quiero más a vos o a ella, pero lo que sí sé es que para vos ese hombre no es nada todavía. Aún podéis parar el tiempo antes de que aflore el amor en vuestro corazón pero, para ella, es toda su vida. No tiene más alegría, viviendo exiliada en esta solitaria isla. Y vos no os vais a quedar aquí para siempre, porque este es su reino y vos tenéis que encontrar el vuestro.

Las palabras de Floreta se quedaron grabadas en su alma, aunque tampoco nunca tuvo la oportunidad de poner a prueba su lealtad hacia su maestra. Joao no volvió a mirarla nunca de frente. Hubo numerosos encuentros entre los dos después de aquel momento, pero jamás volvió a posar en ella su mirada.

—Mi capitán dice que si alguien se entera de esto nos quemarán a todas en la hoguera —exclamó Yemalé, mientras se afanaba en copiar la caligrafía de Alba con la suya, torpe e infantil, adecuada para la mano lenta de una principiante.

—Y tiene razón —exclamó Floreta—, leer y escribir es el mayor pecado para una mujer —rio fuerte—. ¡Ni todos los conjuros del mundo se pueden comparar al poder de entender lo que dicen estos libros!

En la biblioteca se sentía a gusto. Era el mejor lugar de la casa, el más cálido y acogedor. Todas se ocupaban de mantenerlo limpio y ordenado porque amaban los libros, incluso las que no sabían leer y las que temían aprender lo hacían porque habían oído de la importancia de las palabras y se conformaban soñando con el día en que reunieran el valor suficiente para aprender a entender su significado.

Aquella casa había pertenecido a una familia adinerada. Nadie sabía por qué se habían marchado de allí y tampoco importaba. Los libros se habían quedado como testigos mudos de su historia. Cuando Yemalé los encontró, estaban cubiertos de polvo y las arañas habían hecho sus casas entre ellos. Ella se ocupó de desempolvar las cubiertas de piel y las páginas olorosas de cada uno de ellos, aun sin saber si estaban prohibidos. Después, cuando fueron viniendo las demás, la ayudaron a mantener el lugar como estaba cuando Alba lo vio la primera vez. No se ocuparon de esconder los libros porque a la isla no acudía nadie. Vivían solitarias, entre sus letras negras, con la paz de sentirlos como compañeros, ocultos y exiliados del mundo, de la misma forma que ellas.

Aún no entendía por qué era un pecado tan terrible leer un libro de los que llamaban prohibidos. Su corazón se negaba a aceptarlo, a pesar del recuerdo de la muerte de sus padres. Recordaba su infancia, junto a Ana, en la escuela improvisada en un corral del pueblo. Su madre haciendo lo que ella hacía ahora, corrigiendo a los que se atrevían a intentar leer, delante de todos, bajo su atenta y maternal escucha, siempre dispuesta a ayudar con la gran paciencia que la distinguía.

Su padre acudía a veces y la relevaba cuando oscurecía, para que ella pudiera regresar a casa a descansar. Siempre se preguntó qué extraña razón impulsaba a sus padres a enseñar a leer y a escribir a aquellas gentes. Niños y mayores acudían a ponerse en sus manos sabias, arriesgando sus vidas y las de sus hijos. Después de su muerte, pensaba que ellos no habían logrado nada, a cambio del tiempo robado a su familia y a su seguridad. Que murieran de aquella horrible forma, la cual intuía, aunque nadie se lo había contado nunca, corroboraba el riesgo que enseñar a leer y a escribir suponía para la tranquilidad de su hogar. Alba adoraba a sus padres. Les recordaba a ambos como a ángeles a los que les habían robado injustamente la vida y hasta aquella tarde en la biblioteca, junto a Yemalé y sus nuevas hermanas, no supo por qué ellos habían improvisado aquella escuela junto a los bueyes y las gallinas del corral.

Por primera vez sentía dentro de sí la necesidad de transmitir lo que sabía y descubrió que sí recibía algo a cambio. Cada sonrisa, cada expresión de triunfo en los rostros de sus hermanas, sus ojos encendidos al entender el significado de las palabras que antes habían visto como trazos ilegibles de tinta negra, llenaba su corazón de satisfacción y sentía que quizá sí tenía una poderosa razón para vivir. Nada le había hecho volver a sentir la alegría dentro, desde que se había separado de Joan y de su hermana, desde la última vez que había visto a Daniel, salvo las risas de sus nuevas hermanas, que se ausentaban del mundo y de sus días para aprender a leer. Ante sus ojos se volvían niñas, incluida su maestra, que abandonaba con gracia su altivez para convertirse en su discípula. Alba no quería guardar su sabiduría para sí misma, al contrario, sentía que, al compartirla, aumentaba su tamaño. Cuanto más enseñaba, más sentía que sabía. Descubrió que para aprender es necesario enseñar, y al revés. Era un intercambio de emociones y pensamientos que llenaba los huecos de su alma.

Cuando se quedaron a solas, le contó a Yemalé su último intento de trasladarse al interior de un animal. El día anterior había caminado hasta la playa. Se había tumbado sobre la arena dejando que las olas mojaran sus pies y el borde de su vestido. Cerró los ojos mientras permitía que la calidez del sol le acariciara el rostro, hasta que su pecho hubo calmado su agitación. Buscó entonces el amparo en el cuerpo caliente de una gaviota. Su graznar inundaba su cabeza. Abrió un poco los ojos y eligió a una que volaba en círculos sobre la arena. Cerró los ojos y deseó ser ella, con toda la fuerza de su ser. Todo se oscureció durante un tiempo que le supo demasiado largo, hasta que sintió el sol ardiente quemándole la piel. Tenía sed y se acercó al borde de un pequeño río que se extendía entre un suelo árido y resquebrajado, sin vida. Un repugnante bicho de color negro caminaba rápido bajo sus pezuñas. Se dio cuenta que no era una gaviota, aunque no supo por qué se había adentrado en otro animal diferente al que había elegido. Tenía cuatro enormes patas con grandes garras. Sentía que su propia saliva le salpicaba el rostro mientras intentaba beber el agua del río. Tardó mucho en saciarse. Abrió los ojos y vio su nuevo rostro reflejado en el agua. Era un animal muy bello, con una gran cabeza y unos ojos verdes de mirada profunda, adornados con una línea negra a su alrededor. Guardaba dentro de su boca unos afilados colmillos. El pelo de su cuerpo era de color marrón claro y sus patas se movían gráciles sobre el suelo duro y agrietado. Levantó la cabeza mirando al horizonte vacío. El espeso aire caliente la desconcertaba, movió las orejas hacia atrás. Era capaz de distinguir sonidos entre un denso silencio. Percibía aromas que se mezclaban en su nariz y le servían de guía.

Aplacó la terquedad de una mosca con un movimiento rápido de su larga cola. Estaba cansada. Hubiera querido tumbarse a descansar junto al río, pero en su memoria guardaba la imagen de la última vez que había comido. Nunca había sentido un hambre tan desesperada. Había pasado demasiado tiempo. Su instinto le decía que una presa fácil andaba cerca. Fue entonces cuando lo vio, apenas un punto negro a lo lejos, que se acercaba. Se sentó a esperar, agazapada entre unas retamas inmóviles, contemplando con sigilo como se agrandaba el punto en el horizonte.

Bostezó. Deseaba dormir, pero sacudió la cabeza para despejarse. Debía estar alerta. De nuevo el hambre la mordió por dentro, recordándole que tenía que hacer un último esfuerzo.

Su presa se acercó al agua. Se agachó y bebió un poco de agua en el hueco de su mano. Había llegado el momento. El estrecho cauce les separaba. Saltó con un único movimiento rápido y perfecto, con el que casi alcanzó la otra orilla. La presa tuvo aún tiempo de echar a correr. La siguió aumentando la velocidad, pero descubrió que también era rápida y ella estaba muy cansada. Un último esfuerzo, pensó, y aumentó más la velocidad. Podía sentir la tensión de sus músculos con cada movimiento de sus patas y escuchar el corazón que le golpeaba desde dentro. Ahora estaba más cerca. Faltaba muy poco para alcanzar la presa. Tuvo miedo.

La oscuridad regresó a sus ojos por unos instantes y cuando volvió la claridad supo que se había convertido en la presa del extraño animal que había sido instantes antes. Sabía cómo era su cuerpo porque lo había visto desde otros ojos. Su piel era aún más oscura que la de Yemalé, tenía el cuerpo delgado, esbelto, desnudo, salvo por un trozo de piel de animal que cubría su sexo. Había dejado sus pertenencias junto al río, pero no lo recordaba. En aquellos momentos solo pensaba en correr. Sentía el corazón como si una mano se lo hubiera arrugado, aplastándolo bajo la piel tersa y dura. También ahora podía sentir sus músculos en tensión. Intentaba estirar las largas piernas lo más posible para alargar su carrera, pero al mismo tiempo sabía que poco a poco se iría paralizando. Ni su cuerpo ni su pecho aguantarían mucho más. El tiempo pareció detenerse. Sintió la necesidad de mirar hacia atrás, escuchaba el correr del animal que la perseguía, pero quería saber lo cerca que estaba de alcanzarla. Sin embargo, mirar hacia atrás hubiera sido correr en busca de la muerte. Los instantes perdidos en girar la cabeza habrían sido suficientes para perder la vida. No sabía dónde dirigirse, aunque sabía adónde no debía ir. No al poblado. No junto a su familia. Decidió seguir corriendo para alejar al animal de ellos y supo que ya no regresaría a su lado. Por un momento, se rindió ante su destino. Sus jadeos se convirtieron en silencio. El corazón le golpeaba ahora más fuerte. Las piernas fueron aflojando lentamente la tensión de los músculos y el cansancio se hizo imposible de detener. Fue reduciendo la velocidad, al tiempo que su temor aumentaba. Nunca había sentido un miedo tan grande ni tan fuerte. Se resignaba a morir, pero temía con todas sus fuerzas el dolor de ser devorada. Cayó al suelo tropezando con sus propios pies. Tuvo tiempo de taparse el rostro, antes de sentir una gran sombra silenciosa que se abalanzaba sobre su cuerpo.

Alba despertó sobre la playa sobresaltada, como le había contado después a Yemalé.

La amistad es el amor más difícil de mantener despierto, puesto que los amigos no entregan sus cuerpos ni se dan placer, como hacen los amantes. Por eso, si no hay un pilar de deseo en el que mantenerse, la amistad se duerme y, aunque nada es para siempre, duele creer en una amistad que ya no existe.

Floreta no cesaba de llorar por las esquinas de la casa. Se sorbía los pesares, al tiempo que mascullaba sus razones sobre que todos los hombres eran malos, aunque a ella, según decía, le gustaban bastante.

—¡Cómo diablos! —exageraba—. ¡Así son todos ellos y sus miradas! Que, por culpa de sus ojos, ávidos de encontrar más belleza de la que ya poseen, rompen todo lo que tanto nos cuesta construir a las mujeres. ¿Y qué hacen estas tijeras abiertas sobre la mesa? ¡Traerán una desgracia! —preguntó en voz alta esperando que alguien le respondiera.

—¿A qué os referís, Floreta? —preguntó Alba mientras la ayudaba a preparar los brebajes que cada mes evitaban que la diosa concediera hijos a quien no los deseaba.

—Unas tijeras abiertas sobre una mesa —exclamó con ellas en la mano— algo van a cortar.

—¿Por qué habláis así de los hombres?

—Hablo del capitán, niña —afirmó mientras apretaba la mano de la muchacha sobre el almirez, para enseñarle una vez más como debía aplastar el ajo, tras haberle sacado el rejo para que no repitiera y pudriera el aliento de la mujer que se lo bebiera—. Hablo del hombre que al final es como todos por dentro, aunque por fuera se pinte el rostro de un color distinto cada vez.

—¿Y por qué volvéis a hablarme de él, Floreta? Ya tuvimos antes esta conversación —insistió ante su visible deseo de sincerarse con ella—. Sabéis que yo no quiero nada con él, pues, ¿qué es lo que tanto os aflige?

—¿Pero es que no lo sabéis aún? ¿No os ha dicho nada vuestra maestra?

Alba abrió más los ojos, en un intento de ver más allá de lo que la vista le mostraba y descubrió la expresión de la mujer, de madre adoptiva, contrariada y despechada por una decisión que ella desconocía.

Entonces lo supo. Como si el universo le dictara las palabras exactas una a una, supo que Yemalé había preparado ya su marcha. Soltó el almirez, que cayó al suelo golpeando la paz de la cocina, y subió las escaleras que la guiaban hasta ella. Abrió la puerta sin llamar. Nunca antes se había atrevido.

Estaba sentada junto a la ventana, con una carta entre sus manos. La miró desafiante. En sus ojos no había ni un atisbo de lágrimas y en su rostro asomaba una expresión de poderosa frialdad.

—¿Por qué me echáis de vuestro lado? —le preguntó, casi fue una súplica para que no lo hiciera.

El corazón de Alba retumbaba en su pecho mientras esperaba la verdad como respuesta. No le respondió. Alzó una carta en su mano y la acercó a la llama de una vela. Alba vio como ardía, sin saber qué era ni qué tenía que ver con ella, aquel gesto con el que su maestra concluía algo importante. Sabía que lo que se acaba con fuego se acaba para siempre. Su mano no temblaba, ni su cuerpo demostraba tensión alguna, mientras dejaba que las palabras escritas ardieran. Su actitud ante Alba era de indiferencia, de altivez, como en el principio de su llegada. De nuevo la trataba como si aún desconociera su alma, pero ella ya no era la misma niña asustada ante su poder y su belleza. La princesa de piel de arándano ya no podía intimidarla.

—Esto que el fuego concluye son las palabras de Alía, que

vos misma trajisteis al llegar a esta casa. No había podido leer-las hasta que me enseñasteis a entender su significado. Las he guardado durante todo este tiempo. —Sus ojos retaban la aparente calma de Alba—. ¿No queréis saber lo que decía?

Le dolió como una punzada mortal que diera ese sobrenombre a quien ya formaba parte de su pasado.

—¡Mi maestra sois vos, Yemalé! —exclamó como iluminada—. ¡Mi maestra y mi hermana! —suplicó una vez más—. ¡Decidme qué es lo que ocurre!

—¿Es que no sentís curiosidad? ¿Tan poco humana pretendéis llegar a ser? —se burló de ella severamente.

No necesitaba saber lo que Alía había dicho de ella, pues sabía que de sus labios solo brotaba la belleza.

—Alía no escribió esa carta para mí. Y yo respeto su intimidad y la vuestra. No necesito saber.

—¿Mi intimidad, decís? —alzó la voz, tanto que se le quebró desde el alto nivel de su ira y destemplanza. Su cuerpo fuerte, cubierto con una túnica negra con brocados dorados, se colocó frente a ella, y fue como si las trompetas de un ejército empezaran a sonar. Alba sintió que había dado comienzo a su propia guerra—. Mi intimidad ha sido traicionada por vos, mi única y más amada discípula. ¿Cómo es posible que vengáis a mi alcoba a desafiarme? ¡Os ordeno que os marchéis de mi casa y de mi isla! ¡Os ordeno que desaparezcáis de mi vida y borréis mi nombre de vuestros labios! Los míos, ya no recuerdan el vuestro.

Se sintió mareada, como si algo muy malo y destructivo se le hubiera enraizado dentro. Deseaba luchar en contra del fuerte dolor que se agarraba a su pecho. Un sabor amargo le devolvió la sensación de estar viva. La puerta se abrió sola y despacio. Yemalé había alzado la mano para abrirla. Utilizaba una pequeña muestra de su poder desafiante para invitarla a abandonar su vida. ¿Dónde estaban su amor y su amistad, ahora? Fue como si todas sus palabras y sus enseñanzas se escaparan huidizas entre sus dedos. Todo dejó de ser real en un instante. La confianza huyó por la puerta abierta, antes de que saliera.

Yemalé escuchó sus pasos y ni siquiera la miró. Alba nunca la habría imaginado tan cobarde. Una torre de fortaleza y autenticidad caía junto a sus pies y en su lugar se edificaba un palacio donde moraba la falsedad y la tristeza. Se preguntó si algo de lo que le había dado había sido real. Su amor, su amistad, su sabiduría, sus sabios consejos y su forma sutil de sugerirle a la magia que actuara para ella, desaparecían ahora tras una túnica negra y dorada, brillante como las lágrimas en sus ojos.

¿Y qué permitiría Yemalé, a su única discípula, llevarse consigo? ¿Acaso le daría al menos la compasiva, aunque dolorosa, llave del recuerdo? Tampoco dejaría que, en su memoria, su maestra viviera como la que había sido, una audaz y mágica mujer que había tocado el corazón de su discípula con el suyo.

Se dio la vuelta antes de salir, buscando un último recuerdo, digno de la amistad que creía haber tenido.

—No sé qué es lo que os está rompiendo por dentro porque no me lo habéis dicho —le explicó gastando sus últimas fuerzas en estas palabras que le dirigía, sabiendo que eran las últimas que escucharía de sus labios hacia ella—, pero por encima de ese dolor que ahora sentís, está la certeza de mi inocencia. Temo preguntaros una vez más, porque temo vuestra respuesta, pero más me asusta vuestro silencio, porque este no permite que os pueda aclarar la verdad.

—¿Es eso lo único que os importa? ¡Queréis aparentar inocencia por encima de todo! Esa es vuestra pose ante la vida, pero no sois tan inocente. ¿Por qué no empezáis a daros cuenta?

Tuvo la certeza de que su maestra no se permitiría a sí misma perdonarla. A pesar de que desconocía el motivo, quiso pedirle perdón.

—Perdonadme, lo que sea que creéis ahora que os he hecho, porque creedme, no sé cuáles son vuestros pensamientos, pero insisto, creed que me cortaría una mano antes de haceros daño pretendiéndolo.

Se alejó de nuevo mirando su espalda y su pelo negro trenzado en una cinta dorada, como última imagen que vieran de ella sus ojos, pero, un paso antes de cruzar el umbral, su voz sonora la alcanzó con una pregunta cargada de ironía.

—¿Realmente os cortaríais una mano, antes de hacer daño a vuestra maestra?

Calló, respondiendo en la inquietud de su interior solitario y triste. Alba supo en aquel momento que nadie era más importante que ella misma y así debía ser, así lo había aprendido de Yemalé, pues así se lo había enseñado. Porque solo de esta manera un ser humano puede amarse, para permitir que otros lo amen y poder amarlos.

Había sido una buena discípula y había aprendido bien la lección. No le había hecho a Yemalé ningún mal. Ella también lo sabía, aunque su corazón había preferido seguir confiando en los ojos culpables de su amante. No estaba siendo justa. Se sentía más fuerte si actuaba así, con una cobardía que nunca había creído tener y ahora se descubría ante Alba y ante sí misma con la simpleza de una mujer, llena de miedos, de intolerancia, de orgullo y de celos de un amor que todos los hombres y mujeres mendigan alguna vez en la vida. Estaba dentro del pozo en el que nunca habría imaginado que pudiera caer.

Tantas palabras sobre el amor y la libertad de amar, sin lazos ni cadenas, habían huido hacia el mar frente a la casa. Las olas y la espuma se lo llevarían todo. Desde la cubierta del barco, Alba podía escucharla repetir su última pregunta.

—¿Os cortaríais la mano, antes de hacer daño a vuestra maestra? ¿A la que os amó como a una hermana? ¿A la que os entregó la llave de toda su sabiduría? —la oyó decir, a través de los oídos de su poder de mujer sabia. Yemalé se expresaba totalmente fuera de sí misma, de su alma y de su razón, con palabras que nunca habían sido pronunciadas.

Se marchó dejando sobre las playas de Eivissa la ilusión de haber sido niña primero y mujer sabia después, en la pericia de sus manos. Una sacudida le dobló el cuerpo y un amargo vómito salió y cayó al agua, ensuciando el azul de su inocencia. Se sentía sucia, llena de ira y de impotencia, e incluso se lamentó de su belleza, un don que le había otorgado la diosa, porque creía que la hermosura de su rostro y de su cuerpo era la culpable de haber perdido lo que más quería, a su maestra y amiga. Odió a todos los hombres, incluido al capitán que la llevaba de vuelta. Él no significaba nada para ella, solo era el causante de haberla perdido. Decidió que no volvería a dignarse a mirarle siquiera y así lo hizo. Joao dejó de existir en aquel mismo instante.

Reconocer en aquellos momentos lo que comprendió después, que la única culpa de aquel desgarro de su separación era de Yemalé, con su cobardía y la absurda pretensión de engañarse a sí misma para siempre, le había sido imposible entonces. Confiaba en que, al final, su cordura y su inteligencia prevalecerían sobre su miedo y su orgullo, y tendría que reconocerse responsable de haber perdido la amistad más real que había tenido en su vida. No fue así en la suya. La diosa la recompensó por haber pagado con su dolor, por culpa de su naturalidad y su inexperiencia.

Aquel día, cuando Yemalé se miró en el espejo y se dio cuenta de lo que había hecho, en lo más hondo y escondido de su mirada, no pudo soportar la frustración. Desde entonces, hubo un espejo roto en su alcoba, en el que nadie volvería a mirarse jamás.

VIII

La expulsión

Polop, año 1609...

—¡Qué Alá nos proteja! —exclamó el anciano morisco entre sollozos.

Se limpió los ojos con las mangas de su túnica, mientras permitía que su hijo y su nuera le amarraran a la silla con unas cuerdas.

—¿No podréis llevarlo todo el tiempo? —se lamentó la mujer.

—Daniel me ayudará —respondió.

Su esposa le miró compungida.

—¡No puedo dejarlo aquí! —exclamó el hombre.

La mujer miró al anciano. Apenas se sostenía en la silla. Era demasiado viejo y estaba enfermo. No resistiría el viaje. Pensó que era una gran pérdida de tiempo y un esfuerzo inútil llevarlo con ellos, pero lo harían. Comprendía a su esposo. Era un buen hijo y un buen padre, y no podría dar un ejemplo tan vil a su único hijo.

—Lo sé —afirmó—. Se retrasa. ¿Y si no llega a tiempo?

—Entonces iré a buscarle.

—Pero, ¿cuándo? Los guardias esperan. El plazo se ha acabado.

Su esposa se había vestido con sus mejores ropas. De sus orejas colgaban aros de plata y de su cuello pendía una gran medalla, quería ocultar a los guardias y a todos los cristianos viejos el gran dolor que se había asentado en su corazón desde hacía tres días. El hombre sintió temor, no era bueno que mostraran sus alhajas durante el camino. Ambos habían oído hablar de los asaltos y robos, a pesar de la custodia de la guardia y de las promesas del virrey de velar por su seguridad.

Les dieron el aviso un martes y el viernes ya estaban listos para empezar el camino, largo y caluroso, a finales del mes de septiembre, hasta el puerto de Denia. En su cintura, habían colgado varias cestas con alimentos y agua; varios panes, embutidos y alguna salazón. Aunque les provocaría mucha sed, era lo único que no era perecedero y podría aguantar el calor del viaje. No llevaban nada más. El edicto del Rey sobre la expulsión les aseguraba la comida durante el viaje en barco.

Se ajustó los trozos de tela que había anudado a su talle, en donde había escondido joyas y dinero. Empezó a colgarse las cestas que llevaría con todas las alpargatas que pudo cargar de su taller, clausurado a la fuerza en mitad del trabajo. Aspiró el olor del calzado nuevo y recordó las tardes del estío cuando, tras regresar del mercado, se dedicaba a lo que más amaba de su trabajo, la fabricación. Aquel taller había alimentado a su familia desde que lo heredó de su padre.

Dio una de las cestas al viejo, que se abrazó a ella como si fuera un tronco en medio del agua. Para su padre, también era doloroso dejar su hogar al final de sus días. Seguro que no recordaba cuando había llegado siendo un muchacho. No había conocido al padre de su padre y no quería que a su hijo pudiera ocurrirle lo mismo.

Este sí recordaba su infancia y, en aquellos momentos, se sobreponía a cualquier otro recuerdo el día de su bautismo en la parroquia del pueblo. El sacerdote bautizó a todos al mismo tiempo, padre, madre, hermano y él mismo, que era el menor de la familia, echando agua helada sobre sus cabezas. Él no sintió nada. Mucho había oído hablar hasta ese día, sobre la conversión. Mucho habían temido todos que Alá desatara su ira contra la familia, pero no ocurrió nada.

Desde entonces, habían vivido en paz, entre otros de su

misma condición, en la parte alta del pueblo, donde estaban los demás talleres, que ahora también estaban vacíos. Después, fundó su propia familia y Dios tuvo a bien darle un hijo varón, fuerte y sano como él, de ojos y cabello claro como su esposa. Un poco díscolo debido a su juventud y a los tiempos revueltos en los que vivían. Podía decir que había sido un hombre feliz la mayoría de sus días y ahora se sentía hundido porque no podía otorgar a su hijo la misma paz de entonces.

Vio llegar a Daniel sudoroso y sucio. Dio gracias al Señor porque había llegado a tiempo y no había huido a las montañas, como habían hecho otros hijos de algunos de sus vecinos y amigos. La muerte era el destino de los que huían, pretendiendo quedarse en España, refugiados de sus perseguidores el mayor tiempo posible, pero sin un buen fin para su historia. Lo abrazó y empezó a colgarle las alforjas y las cestas con rapidez, llenas de ropa y alpargatas. Era su último trabajo, el cual pensaba vender a precio rebajado, al llegar a Berbería, pero que les mantendría vivos hasta que ambos pudieran encontrar un empleo. Ya no soñaba con volver a ser artesano, se conformaba con lo que Dios quisiera otorgarle y sabía que, tras esta dura prueba, su familia y él se harían más fuertes.

—¡Creí que no vendríais, hijo mío! —su madre lo recibió amantísima entre llantos—. ¡Creí que nos dejabais, pero no lo quería creer! ¡Dios no nos ha abandonado!

Daniel se dejó colgar las cestas a la espalda y sobre los hombros llevaba en su cinturón la daga del padre de su abuelo, como única arma que llevaría en su huida. Su padre la sintió, al anudarle las fundas de tela con las últimas joyas. Le miró con firmeza y en sus ojos leyó la incertidumbre y la incomprensión, al saber que había planeado dejarlos solos en el momento más crucial y terrible de sus vidas. Había pensado en abandonarles, le miró con tristeza, pero no dijo nada.

Daniel tampoco tuvo nunca ocasión de decírselo, pero habían sido precisamente sus ojos profundos y negros los que le habían hecho arrepentirse y regresar a tiempo de abandonar España con ellos, y no unirse a la lucha de algunos jóvenes y viejos que se negaban a marcharse de la única tierra que conocieron. No se sintió capaz de soportar la vergüenza que el hombre sentiría, si se convertía en un vulgar bandolero, y no podría volver a mirarle jamás. Y aun así, viviría con la tortura de imaginarse su mirada y su rostro henchido de deshonor.

Su padre dio gracias al cielo en silencio y le pidió que le ayudara a colgarse la silla del viejo sobre su espalda. Cerró su casa y su taller, echando la llave, cuando escuchó la última orden de la guardia, antes de acercarse hasta la plaza. Después la guardó bajo la ropa, contra su pecho. La llevaría junto al corazón hasta el día de su regreso. Si él no volvía, lo haría su hijo y si no, su nieto. La llave sería guardada durante las generaciones que hicieran falta, hasta que su familia regresara a su casa y a la tierra a la que pertenecía.

Miró al mar que se extendía a lo lejos con un reflejo azul grisáceo. Sus ojos enrojecieron y una triste congoja le hizo enmudecer. Temió que nunca volviese a mirarlo desde aquella orilla.

Cuando llevaban medio día caminando, Daniel ya se había arrepentido cien veces de no haberse quedado en las montañas. Era él quien cargaba ahora al abuelo sobre su espalda para que su padre descansara, pero no era el peso del viejo, lo que le aplastaba el corazón, sino la idea de no volver a verla.

Ver asustados a sus padres durante los días que duró el camino no fue agradable. Corrían a esconderse tras los árboles, oía sus voces apagadas y sus peticiones de auxilio a los guardias, cada vez que veían acercarse a hombres a caballo.

Habían oído que a los viejos cristianos les satisfacía raptar a las mujeres y a los niños, robarles las joyas y el dinero, e incluso matarlos. Para ellos, no eran más que escoria. Y aunque los guardias iban delante del grupo, siempre había quien esperaba para atacar a los que caminaban al final. Pero nada de eso le importaba, si acaso por ellos, nada más, pero por él, hubiera solicitado que algún cristiano le arrebatara la vida, para no seguir dando los pasos que le alejarían para siempre de ella.

El ambiente en el puerto era irrespirable, centenares de personas esperaban desde hacía horas para subir a los barcos. Una multitud cristiana estaba allí para contemplar la expulsión y apenas les permitían pasar por los caminos marcados hasta los barcos. A su paso, les insultaban y escupían, tiraban de los pañuelos que cubrían las cabezas de las mujeres y les ofrecían víveres miserables, a cambio de los bebés y niños más pequeños. Hubo quien vendió a su hijo por un cesto de higos calientes y medio podridos, pero muy olorosos. ¿Quién era él para juzgar a aquellas madres? Hacía días que sus víveres se habían acabado y no había nada en sus estómagos.

La bajeza y ruindad de los cristianos estaba en sus miradas. Se burlaban de ellos con vileza, mientras se atrevían a acercarse lo suficiente como para ponerse en peligro. Uno de ellos, exaltado y medio borracho, escupió sobre el rostro de su madre.

—¡Que Alá os proteja ahora! —gritó el hombre, tras haberse quedado a gusto con la ofensa.

Daniel empuñó la daga y la sacó rápido de su cinturón, pero su padre, atento a cualquier movimiento que pudiera ponerles en peligro, le sujetó con una fuerza que nunca había utilizado con su hijo. Daniel vio como su madre se limpiaba el esputo y sus ojos se llenaban de lágrimas. Siguieron adelante con el silencio como respuesta. Fue la primera vez que sintió la humillación de sus padres en sus entrañas. Guardó la daga y, con un gesto de rabia y de negación delante de sus progenitores, se arrancó la cruz de su cuello, lanzándola al mar. Su padre bajó la mirada, le comprendía más de lo que quería mostrar.

Los días en la oscuridad del sótano del barco se hicieron interminables. Los marineros apenas permitían que nadie subiera a cubierta. Cuando emprendieron la navegación, el abuelo aún seguía vivo, pero pronto sus ojos se cerraron. No pudieron avisar a su padre porque solía desaparecer durante horas, para estar con los demás cabezas de familia. Daniel le acompañó en una ocasión, pero no volvió, no quería formar parte de un grupo desvencijado de hombres enfadados y maltrechos, que se organizaban con la intención de protegerse los unos a los otros y a sus familias. Él no quería ayuda ni protección.

Su abuelo siempre había sido un hombre grande y ahora era del tamaño de un niño, tendido sobre la túnica de seda roja. Le ataron una cuerda a sus pies y alrededor del cuello. Daniel pidió a los marineros que lo sacaran de allí. Estos le recibieron mejor que la muchedumbre del puerto, hablaron con él y le permitieron subirlo para atarle a una piedra y lanzarle al mar. Cuando miró el vasto mar azul sintió que no había nada ya en lo que pudiera sostenerse. Era imposible que Dios escuchase los ruegos de los que viajaban hacinados bajo los marineros cristianos. ¿Cómo iba a escuchar Dios sus lamentos, estando tan lejos del mundo?

Su padre recibió la noticia de labios de su esposa. Se lanzó de rodillas al suelo y se rasgó la túnica, en señal de duelo y de resentimiento. Dijo algunas palabras en su lengua natal y sus ojos lloraron la pérdida del hombre que le dio la vida. Ante la presencia de todos, que lo reafirmaron con sus gestos de protesta y descontento, profirió blasfemias contra su dios cristiano y renegó de él para el resto de su vida.

Daniel pensó que jamás volvería a creer en dios alguno. Y lucharía contra quien fuera, incluido su propio padre, si alguna vez pretendía hacerle creer lo contrario.

Berbería era una tierra hostil. Los habitantes de Argel odiaban a los recién llegados por creerles cristianos conversos, traidores a su fe. Daniel caminaba sin rumbo por las calles de la ciudad. Se adentró en las callejas que cercaban el puerto, donde colgaban lámparas de aceite ardiendo, también durante la noche, pues había lugares indecorosos en los que nunca se dormía. Tabernas atestadas de hombres; mujeres cristianas en las puertas de las casas de lujuria; niños que vendían productos prohibidos bajo el amparo de la oscuridad. La ciudad recibía en su puerto a gentes de toda clase y condición, hombres en su mayoría, que hablaban lenguas distintas y vestían ropas diferentes, rezaban a dioses distintos y tenían costumbres muy diferentes a las suyas.

El alboroto atrajo su atención haciéndole olvidar, por unas horas, su tristeza. Pero las calles iluminadas se acabaron y se encontró en un callejón oscuro. Escuchó pasos tras él, que pronto se hicieron más rápidos y, en un momento, sintió que le golpeaban por detrás dos hombres a los que no podía ver, que intentaron vaciar sus bolsillos sin encontrar lo que buscaban.

No intentó huir, vio como se alejaban y tuvo la fuerza necesaria para levantarse y seguir a ciegas sus pasos, agudizando el oído para no perderles. Pensó que, si le veían tras ellos, volverían a golpearle lo suficientemente fuerte como para acabar con su vida. Quería morir.

Al llegar a una pequeña cala, los hombres advirtieron su presencia. Pudo ver sus siluetas y rostros, tostados por el sol y tatuados con extraños dibujos. Uno de ellos tenía las dos orejas agujereadas con dos grandes aros de oro. Le miró con altivez, tenía el rostro pintado de rojo y su cabello era tan largo como el de una mujer.

—¿Qué queréis, muchacho? —le preguntó, con un melodioso acento.

—¡Quitadme la vida! —gritó nervioso—. ¡Golpeadme hasta matarme, señor, porque no quiero seguir viviendo!

—Debéis estar ebrio —respondió el pirata, asombrado—. No tenéis más de veinte años.

—¡No estoy borracho! —gritó, Daniel, de nuevo—. Estoy tan sobrio como un recién nacido y os ruego que me arranquéis la vida.

El hombre pareció mostrarse afectado por las palabras del chico. Daniel pensó que quizá entendía lo que era sentir dolor en el corazón y desear morir.

—¿Y por qué queréis morir, muchacho? —preguntó, acercándose—. ¿No preferís ver el mundo antes?, ¿conocer gentes que hablan otras lenguas?, ¿amar a distintas mujeres?

—No, señor —negó con la cabeza—. Nunca podré amar a otra mujer.

—¿Por eso queréis morir?, ¿por una mujer? —preguntó el hombre. Daniel sintió que se reía de él y se avergonzó.

—Muchacho, ninguna mujer merece la muerte de un hombre —exclamó el otro, acercándose también—. Si no os ama, buscaos a otra. Hay cientos donde elegir y seguro que mejores que esa —el hombre rio.

—Ella me ama y me lo ha demostrado, soy yo quien le ha faltado a ella. Y la vida me ha quitado la posibilidad de volver a verla, porque no puedo regresar nunca más a mi país.

—Ahora entiendo —exclamó el hombre del rostro pintado—. Sois morisco.

Daniel asintió.

—Si queréis puedes volver a ver a esa mujer, aunque no es fácil ni cómoda la vida que os ofrezco, pero, al menos, en ella existe la posibilidad de regresar a vuestra tierra alguna vez, aunque os aseguro que no seréis bien recibido.

Daniel sintió bailar a su corazón dentro de su pecho. Irguió su cuerpo, hasta el momento doblado por el miedo y la desesperación, y agudizó el oído y la mente para seguir escuchando al hombre que le daba una esperanza.

—Soy capitán de un navío portugués. Podéis venir con nosotros, España no es nuestro próximo destino, pero pronto nos acercaremos a sus islas del Este. Quizá desde allí, podáis acercaros a la península. Pero tenéis que venir ahora mismo, si así lo deseáis. No hay tiempo para despedidas. ¡Decidíos!

De los labios de Daniel brotó una afirmación y, antes de que se diera cuenta, se vio acompañando a los hombres a la gran embarcación en la que viajaría por distintos mares. No volvió a ver a sus padres, sin embargo, su corazón volvió a respirar el aire de la vida, gracias la idea de volver a verla y rogar su perdón.

Sintió que su cuerpo revivía de repente. Un hambre voraz le sacudió el estómago y tenía la boca seca. Sentía sed de vida nuevamente.

IX

El regreso

Había acudido a la ciudad amurallada de Altea muchas veces, con su hermana y con Joan, y con su perro sin nombre, a vender en el mercado. Como la mañana que conoció a Daniel. Su corazón se sentía henchido de una memoria doliente que se prohibió recuperar en aquel momento.

Empezó a trabajar en la limpieza de una posada, a la que acudían toda clase de caminantes de lugares lejanos y desconocidos. La dueña era una mujer de edad madura, acostumbrada a tratar con los hombres. Alba aprendió de ella, primero con miedo y con desagradables tropiezos, aguantando callada lo que quisieran decirle, sus faltas de respeto, sus abusos con palabras feas y ansiosas, sus miradas grotescas y vulgares. Después, con medias sonrisas para contener sus fuerzas desmedidas, sus tocamientos, que la torturaban cada día, sus asquerosas maneras de comportarse con ella. Había cambiado, era más alta y su cuerpo se había moldeado con unas suaves curvas que la hacían muy atractiva. Su cabello se había oscurecido y sus ojos verdes brillaban en su rostro blanco de piel rosada. Hasta su nombre era distinto. Con tantos cambios, no sería fácil que alguien pudiera reconocerla.

Por las noches lloraba con amargura, el recuerdo de sus días en Eivissa y, a veces, el recuerdo de la delicadeza de un pirata ya olvidado, le hacía recordar que no todos los hombres eran grotescos, sucios y arrogantes, como los que acudían cada noche a la posada.

Se preocupó de no dar ninguna muestra de sus poderes. Pero cuando sabía que nadie podía verla, barría el suelo con insistencia hacia adentro o hacia fuera. Hacia el Este, para escuchar a los guías ancestrales que habían vivido en el pasado. Hacia el Oeste, para embargarse de la sabiduría del futuro. Le preguntaba a la escoba mientras rodeaba el palo con sus dedos. Formulaba una pregunta y esperaba la respuesta. Al remover el suelo, el polvo y las pelusas se convertían en voces que le revelaban secretos.

—Siempre estáis barriendo, muchacha —le dijo un día la mujer que le daba cobijo, a cambio de su trabajo—. ¡Venid a ayudarme con las mesas!

Un hombre se quedó mirándola, obnubilado al ver a una joven de tan extraordinaria belleza. Sus ojos claros le atravesaron la piel, erizándola. Por un momento le pareció que le había hechizado. Temió ser descubierta, pero no habían sido sus poderes ocultos, los que lo habían atrapado, sino la aparente paz en su mirada.

Era mayor, ante sus ojos aún tan jóvenes. Corpulento y alto, vestía con ropas finas y caras, le pagó con monedas de más y no exigió la vuelta de ellas. Ante su mirada anhelante, Alba le devolvió la mejor de sus sonrisas y se descubrió a sí misma como una mujer normal, coqueteando con un hombre por primera vez.

Él regresó varias veces, por lo que supuso que viviría cerca de allí. La miraba sin hablarle y ella se dejaba llevar del gozo recién descubierto que le provocaban sus ojos, sus gestos y su sonrisa.

Una noche de junio, el pueblo celebraba su fiesta de San Juan. La dueña le pidió que se quedara al cuidado de la posada mientras ella salía. No había nadie, todos habían acudido a la hoguera, hecha con viejos muebles de los que querían desprenderse. Ellos no lo sabían, pero estaban cumpliendo un ritual, en el que se desprendían también de todo lo que ya no querían en sus vidas.

Absorta, veía crepitar el fuego de la plaza, desde la ventana. Podía sentir estremecerse su piel por el calor, a través de la reja. Tanto, que se desabrochó el escote, se acarició el cuello y sintió la piel enrojecida bajo sus dedos.

Abstraída en la visión del baile de las llamas, no escuchó que la puerta se abría. Sintió una presencia que la miraba y se dio la vuelta. Vio a Daniel, con los ojos llenos de amor y de deseo. Le sonrió, pero ella, sorprendida, no le devolvió la sonrisa. Aún sentía el dolor que le había causado su marcha, como un puñal afilado que le atravesaba eternamente el pecho.

El muchacho corrió hacia ella y Alba intentó escapar de sus brazos, que pronto la alcanzaron para abrazarla. Comenzó a besarla con tanta insolencia que ella se revolvió de la rabia, al sentirse pegada a su cuerpo. Alba también deseaba entregarse a sus besos y vivir el amor que tanto había echado de menos, pero el dolor y el rencor le impedían permitirse ni un instante de felicidad.

Intentó soltarse de sus brazos, que la asían firmes pero tiernos. Sintió cuánto le amaba, el alma se le quiso escapar por entre sus dientes para gritarle un te amo al oído, pero no lo hizo.

Notó que su espalda chocaba despacio contra el suelo frío, él estaba sobre ella e intentaba parar su cuerpo, que se sacudía bajo el suyo, con una rabia estremecedora. Leyó en sus ojos que solo quería abrazarla y sentirla cerca, después de tanto tiempo, besarla con un profundo amor en sus labios enrojecidos y abultados de deseo.

Daniel leyó la pasión en su mirada, pues no supo ocultarla ante el tacto de sus manos, pero su rabia no le permitió la calma y continuó resistiéndose entre sus brazos.

Alba vio una sombra acercarse tras él. Daniel movió sus labios para susurrar un perdón, pero la sombra le atacó desde arriba, con un golpe seco sobre la cabeza, antes de que pudiera hablar. Sintió como se tensaba su cuerpo y después, su rostro cayó sobre el escote abierto de su vestido. Notó un reguero de sangre cálida que bajó hasta rozar uno de sus pechos.

El hombre que había venido durante las últimas noches buscando estar en su presencia le había golpeado y ahora le quitaba el peso de su cuerpo de encima. En sus ojos estaba la calidez de quien creía haber salvado a una mujer de un destino atroz, peor que la muerte. No podía saber cuánto se equivocaba. El muchacho que yacía en el suelo, con el lado derecho de la cabeza sangrando, era su amor.

La ayudó a reponerse, con un agradable respeto y, mientras se alejó un momento para traerle un vaso de anís que la ayudara a recuperar el color de las mejillas, Alba cerró los ojos y alzó la mano en el aire, provocando con su poder que Daniel se despertara.

Este se levantó lento, agarrándose la cabeza, en un torpe intento de mantenerse en pie y de reconstruir los hechos. La miró, estaba sentada, esperando al hombre que la había salvado.

—¡Marchaos, rápido! —le pidió sofocada.

Escuchó los pasos que se acercaban y huyó. Cuando el hombre regresó a su lado, el amor de su vida había escapado.

El caballo galopaba ágil y firme, guiado por el hombre, a cuya cintura, se agarraba fuertemente. Atravesó la puerta de la muralla y dejó atrás las antorchas encendidas de la ciudad para adentrarse en la negrura de un camino que bordeaba el mar y que llevaba a la cima de la colina. Las puertas de hierro, altas y negras, se abrieron gracias a la ayuda de un criado que esperaba indolente su llegada. Con su brazo derecho la ayudó a bajar. Ella sintió el aroma de su piel, entremezclado con el olor del cuero de sus botas y de la silla de montar.

El criado se llevó el caballo a los establos y el hombre caminó hacia la casa, invitándola a acompañarle. Alba nunca había visto un lugar tan grande, ni siquiera la vieja casa de Eivissa, abandonada y descuidada. En una de las ventanas más altas asomaba la tímida luz de una vela. Su baile nocturno le resultó acogedor.

Una criada los recibió y abrió la puerta a su paso.

—Buenas noches tengáis, señor —exclamó sin recibir respuesta.

Como si ya supiera lo que tenía que hacer, la mujer de piel

ajada y cuerpo grueso, esperó de pie pacientemente a que el hombre se quitara las botas, sentado en un diván de la entrada. Después, este le pidió a la muchacha que le siguiera. Alba miró hacia atrás, antes de dirigirse a la escalera. La criada limpiaba las botas con su delantal, mientras con su pensamiento renegaba de su existencia.

Entraron en una sala oscura, el hombre cerró la puerta y, por unos instantes, estuvieron en la más absoluta oscuridad. Pronto encendió un candil iluminando la estancia. La sala parecía una biblioteca, algunos libros adornaban sus paredes y, en el centro, había una mesa de madera con una silla tras ella, no muy lejos de la ventana.

Dejó el candil en la mesa. Sobre ella, había una pluma y un tintero. Acercó otra silla y le pidió que se sentara.

Al sentarse, pudo ver su rostro de nuevo, con la suficiente claridad. Tenía una cicatriz junto a la oreja derecha, su pelo era negro como sus ojos. Su mirada, agradable, aunque insistente. Alba bajó la suya demostrando un pudor que no sentía, pero que sabía que era necesario fingir en un momento tan cercano.

—¿Tenéis nombre, muchacha? —le acercó un vaso de agua y, mientras lo bebía, intentó explicar con cierta torpeza, para qué la había llevado a su casa—. Ahora todos duermen, pero mañana veréis que somos una gran familia. Tengo una hija y un hijo. Vos, debéis tener unos años más que ellos solamente.

Alba dejó la copa vacía sobre la mesa sin responder y él continuó hablando.

—Mi esposa está enferma. Necesita una mujer que la acompañe y la ayude en los absurdos caprichos que tiene, desde que se siente morir.

De nuevo, la miró deleitándose en su rostro. Se levantó y se acercó a ella. Con su mano, cogió su barbilla e hizo girar su rostro para verlo desde ambos lados. Alba se sintió incómoda y él lo notó.

—Perdonad —exclamó—. No pretendía molestaros. Solo admiraba vuestra belleza.

Alba mantenía una expresión impasible. Intentaba averiguar qué era lo que iba a proponerle desde que había empezado a hablar.

—Me gustaría que os quedarais aquí, en mi casa, para hacer compañía a mi esposa y atenderla en lo que os pida —explicó, sentándose de nuevo frente a ella, esperando una respuesta que no recibió—. Podéis quedaros también de ayudante de la cocinera, si así lo preferís. ¿No era eso lo que hacíais en el pueblo? Pero creo que para una mujer tan bella como vos, el trabajo que os ofrezco es más adecuado. Tendréis además una alcoba y comeréis con mi familia. Conviviréis con nosotros como una más. —De nuevo la contempló, esperando una señal de aprobación de su parte—. Bien, ahora espero una respuesta.

—Cuidaré a vuestra esposa —respondió.

El hombre sonrió con satisfacción.

—Ahora es tarde. Mañana hablaremos de los detalles. Será mejor dormir ahora. —Salió de la habitación, dejándola sola.

Alba levantó la vista y miró a su alrededor. Los libros la rodeaban, colocados pulcramente en los estantes de las paredes. Una alfombra cruzaba el suelo, solitaria. No estaba segura de si él volvería y estaba muy cansada. Se levantó de la silla y se echó sobre la alfombra, que la recibió cálida. En apenas unos instantes, se quedó dormida.

Cuando el hombre regresó, se sorprendió al verla durmiendo sobre la alfombra. Sintió compasión por ella, pretendía dormir en el suelo como un perro desvalido. Se agachó y la cogió en sus brazos para llevarla hasta su alcoba. Mientras la dejaba sobre la cama, se dio cuenta de que no le había dicho su nombre.

X

El descubrimiento

La luz del amanecer que entraba por las contraventanas la despertó. Estaba en una confortable cama con un mullido colchón, sábanas limpias y varias mantas que la cubrían. El resto de la habitación lo ocupaban un armario de madera oscura, una chimenea frente a la cama, una jofaina, un candelabro pequeño y un crucifijo sobre su cabeza. Hubiera deseado dormir para siempre entre aquellas sábanas limpias, pero la criada entró, abriendo las ventanas.

—¿Cómo os llamáis, niña? —le preguntó, con total confianza.

—Alba.

—Yo soy el ama de esta casa desde que la señora enfermó —exclamó, dándose aires de grandeza—. Yo soy quien da las órdenes y quien dirige a los demás criados. Levantaos y bajad a la cocina a desayunar. La señora no tardará en despertarse y tenéis que ocuparos de ella. ¡Qué alivio! ¡Ya no tendré que soportar sus quejidos nunca más! —exclamó, mientras retiraba las mantas de su cuerpo, obligándola a levantarse—. ¡El cielo ha escuchado mis plegarias!

Murmurando, se acercó al armario y lo abrió.

—Elegid uno de estos vestidos. También hay zapatos y todo lo que una mujer necesita para llevar debajo. ¿Es que estáis sorda? —le gritó, al ver que no se movía.

Se levantó de un salto. La mujer se marchó y al fin volvió a verse sola en la habitación. Cuatro vestidos colgaban del armario, los más bonitos que había visto jamás. Se vistió con uno de ellos y metió los pies dentro de unos incómodos zapatos. No supo qué hacer con toda la ropa que había en los cajones y que se suponía que debía llevar bajo el vestido, así que la dejó donde estaba.

Sentía un hambre voraz y bajó a la cocina, pero antes miró por el gran ventanal y vio la playa que se extendía inmensa en un fondo lejano. Desde allí, su vista no alcanzaba a ver la pequeña casa en la que había vivido junto a Joan y su hermana, pero su corazón le dio un vuelco al saber que estaría vacía y sola, o quizá habitada por una nueva familia.

La cocinera le preparó un tazón de leche caliente y un pedazo de bizcocho. Sobre la mesa había una cesta llena de naranjas. Al salir se llevó una, se la acercó a la nariz para olerla y después la ocultó en el bolsillo de su vestido. El ama la llevó a la habitación de la señora y le dijo que entrara. La estaba esperando.

—Llamadla señora y todo irá bien. ¡No lo olvidéis! Y hablad solo cuando ella os hable, nada más. ¡Y por nada del mundo se os ocurra llevarle la contraria!

Alba llamó con timidez a la puerta y escuchó una voz, con un tono enfermizo y débil. Suspiró y entró, cerrando de nuevo. Sintió una ligera presión en el pecho, su nuevo camino comenzaba.

Su nombre era Álvaro de Abrantes. Tenía mucho dinero y poder en el pueblo. Su familia era de alta cuna, su esposa se lo refirió en cuanto la aceptó en su casa, con la intención de que nunca llegase a creer que podía formar parte de ella.

La señora no podía moverse. Su cuerpo estaba tan débil que el criado que cuidaba de los caballos y el jardinero acudían siempre que se les llamaba, para trasladarla, sentada en una silla. Solía colocar unos almohadones tras su espalda, para que su cuerpo estuviera erguido durante el día y por las noches hacía lo mismo al acostarla. También se encargaba de vestirla y desvestirla, y de ayudarla a hacer sus necesidades en el bacín, lo cual era la parte del trabajo que le parecía más insoportable. No le hablaba si la señora no se lo pedía aunque, en más de una ocasión, estuvo tentada de decirle la verdad, cuando le decía que era una lástima que no pudiera leerle un libro. Sus horas junto a ella, habrían sido más apacibles sin duda, con la lectura de un buen libro entre sus manos, pero temía que, a pesar de desearlo, se lo recriminara, pues solo algunas mujeres de alta cuna sabían leer.

Algunas noches, la señora se ponía nerviosa, víctima de ataques, o sencillamente por culpa de verse imposibilitada. Escupía, mordía y lanzaba improperios a cuantos pretendían acercarse a ella y parecía no quedarse nunca satisfecha, ni siquiera al ver que los demás sufrían con su comportamiento, sobre todo sus hijos y su esposo. Cuando se ponía tan exigente que la tranquilidad de todos corría peligro, Alba levantaba lentamente los dedos índice y corazón, unidos y en punta, y daba una orden con su mano, oculta tras ella, para que no pudiera verla. Después, solo tenía que colocarse frente a ella de nuevo y fingir un bostezo para que la cabeza de la mujer cayera sobre el almohadón, tan rendida y plácidamente, que al despertar se mostraba mucho más suave y educada. Así, Alba conseguía su propio tiempo para descansar y para llevar la vida interior que necesitaba, para adecuarse a su reciente destino.

Cuando esto ocurría en el jardín, se atrevía a dar un breve paseo entre la rosaleda o se sentaba al borde de la fuente, escuchando lo que le transmitía el ritmo incansable de sus aguas. En el jardín, recuperaba la energía perdida en el cuidado de la mujer que la apreciaba tan poco, a pesar de haberla aceptado a su servicio. La energía oscura de una persona que mostraba constantemente su desaprobación por todo lo que la rodeaba, con gestos y desmanes de desprecio, la hacía sentirse muy cansada durante todo el día y aquellos ratos en la soledad del jardín eran un bálsamo que la ayudaba a reponer las fuerzas y la calma suficiente para continuar cuando se despertara.

Cuando la familia quiso saber de sus orígenes, contó la historia que ya había imaginado en su mente como suya, para cualquiera que le preguntara sobre su origen y sobre el lugar de su nacimiento. No les habló nunca de Ana y de Joan, ni de su estancia entre las mujeres sabias. Apareció ante ellos como la desconocida que venía de un pueblo lejano, abandonada a su suerte al haberse hecho mayor, por unos padres adoptivos que nunca la quisieron bien y que la habían criado, mientras su madre verdadera, casada con un hombre rico cuyo nombre desconocía, se había hecho cargo de enviarles el dinero de su manutención hasta que se hizo mayor y se alejó de ellos para siempre. No era una historia demasiado increíble, de hecho, la había robado de labios de otra mujer. Aquellos eran tiempos de desamores y desprestigios que se cedían siempre a cambio de mantener limpia la reputación de una dama. Al fin y al cabo, eran todas esclavas, ricas o pobres, señoras o criadas, todas las mujeres vivían su vida bajo el yugo de un hombre.

Apenas podía sostenerse con sus brazos, casi todo se le caía de las manos, por lo que debía ser ayudada incluso para comer. Alba acudía a cenar con ellos y se sentaba en la misma mesa que sus hijos. Primero se ocupaba de que la señora comiera y después comía ella, cuando la familia había acabado. Al principio sintió que era un trabajo degradante, por la forma despectiva en que la mujer la trataba, pero pronto empezó a contemplarlo como la posibilidad que le daba la vida de ayudar a alguien.

Tenían un hijo llamado Vidal que la miró con ojos lascivos y envidiosos nada más conocerla, y una hija, Elena. Habían nacido el mismo día y, aunque entre ellos hubiera más diferencias que semejanzas, podía vislumbrarse un hilo invisible que los unía, con la sutileza de una tela de araña, pero con igual fuerza poderosa, aunque apenas podían soportar el uno la presencia del otro.

Alba solo necesitó mirar a Vidal una vez para saber que sentía unos grandes celos de su hermana, en lo más escondido de su corazón. Varias veces le descubrió espiando, tras la puerta de su habitación, o escudriñando su desnudez bajo su ventana, al anochecer. Él era la parte oscura de aquel par de almas. Elena, por el contrario, era toda bondad y serenidad. Congeniaron rápidamente y pronto se hicieron inseparables.

Pero Vidal no era culpable, su alma había elegido la carga más dura y difícil de llevar en la Tierra, precisamente por lo mucho que amaba a su hermana. Era bello contemplar cómo un alma podía decidir acarrear los peores sentimientos dentro de sí, únicamente por amor. Pero esto había ocurrido en el cielo, mientras Alba se preguntaba cómo era el amor en la Tierra, si podía ser igual de real, lleno de fortaleza, incólume y poderoso. No era ese amor el que había conocido. Había vivido el amor temeroso de Daniel, el amor temporal de Yemalé, y ambos le habían hecho olvidar amores más auténticos como el de sus padres, el de Joan y Ana, el amor de Alía, su primera maestra.

¿Cómo podía ser que lo malo siempre tuviera mayor solidez en el alma que lo bueno? ¿Acaso el ser humano no es capaz de elegir los sentimientos con que quiere rellenar su pecho?, se preguntaba. En la mente de Alba, siempre había una pregunta sin respuesta, la cual iba sustituyéndose por otra y después por otra, y así, infinitamente.

—No es malo —le dijo aquella tarde, refiriéndose a su hermano, cuando comprobó que su madre se había dormido, dejándose caer sobre los almohadones que Alba acababa de colocar bajo su cabeza—. Tiene miedo de ser bueno.

—Os entiendo —dijo acercándose a ella, alejándose de la ventana desde la que aspiraba el perfume de la tierra mojada y la lluvia en el aire—. Sé que algunos hombres intentan demostrarse a sí mismos que son fuertes y valientes, ocultando su bondad a ojos ajenos.

—Sí, eso quería decir —respondió complacida la muchacha—. Padre es un ejemplo de ello. Él es un hombre tierno dentro de casa, pero fuera de ella es autoritario y distante, y se comporta así para poder realizar bien su trabajo, ya que cada día tiene que tratar con hombres muy poderosos e influyentes. Pero habéis expresado mucho mejor que yo lo que le ocurre a mi hermano. Habláis tan bien, Alba, es increíble que...

Calló arrepintiéndose de lo que iba a decir. La muchacha le hizo un gesto para que no se detuviera.

—No me atrevo a decíroslo.

—¿Por qué? ¿Aún no confiáis en mí? ¿Es que no somos ya como verdaderas hermanas?

—Sí, es solo que temo haceros daño con mis palabras.

—Vos nunca haríais daño a nadie —le sonrió.

—A veces siento que me conocéis mejor que yo misma —confesó Elena.

Alba bajó el rostro y miró a la ventana, evitando esta vez su mirada. En ocasiones, temía ser descubierta. Tenía solo dos años más que ella, pero la calma que siempre inundaba su pensamiento la hacía dueña de una intuición profunda.

Elena continuó hablando, tras cerrar el libro que sostenía entre sus manos.

—Quería decir que vuestra forma de hablar es de persona educada y, sin embargo, ni siquiera sabéis leer. —Alba miró el libro y sus letras doradas, sobre la piel negra de sus cubiertas—. A mí me enseñó mi padre personalmente. Lo hizo al mismo tiempo que mi hermano Vidal aprendía con un tutor. Guardo recuerdos muy agradables de su enseñanza. Madre no quería que lo hiciera, pensaba que yo debía ser educada en la ociosidad, como las otras hijas de familias nobles, pero padre lo hizo sin decirle nada a nadie y gastó su tiempo en transmitirme esta maravillosa enseñanza. —De nuevo cogió el libro entre sus manos y exclamó—. No imagináis las lecciones que se encierran en los libros —le sonrió—. No sé cómo habría podido vivir si no hubiera aprendido a leer —miró a la muchacha, intentando averiguar cómo sería vivir sin conocer la sabiduría que entraña la unión de las letras, hasta conformar palabras.

—El señor es un hombre bueno —aseguró Alba, recordando cómo la había acogido en su familia hacía ya un año.

—¡Es el hombre más bueno del mundo! —corrigió Elena, con una sonrisa y un suspiro en su pecho—. Quisiera no tener que separarme nunca de él, pero el tiempo pasa rápido y pronto tendré que dejar esta casa —suspiró mirando a su alrededor.

Antes de que Alba pudiera preguntarle por qué, exclamó con entusiasmo...

—¡Voy a casarme! ¡Dentro de dos semanas será la fiesta de compromiso! Asistiréis, ¿verdad?

—No creo que eso sea posible —respondió—, pero os felicito.

—Hablaré con padre —afirmó Elena, con el gesto contrariado—. Quiero que mi hermana mayor esté conmigo en el día más importante de mi vida —le sonrió, de nuevo cogiendo su mano.

Alba se lo agradeció, aunque a veces su amor le pesaba. Era un amor consentido como ella misma, como su educación, que no permitía que la vida nunca contradijera sus expectativas y deseos, pero no rebelándose, sino conformándose con todo aquello que le trajera la vida. Creía que los demás eran como ella, incapaces de ver objeción alguna, ante la felicidad que irradiaba su persona. Para ella la vida era fácil y sencilla. No solo porque hubiese tenido una infancia feliz, en la comodidad y tranquilidad de su hogar, en donde los papeles de cada uno eran respetados y mantenidos fielmente, sino porque había nacido sin la capacidad para ver lo malo de las cosas. No sentía por tanto, tampoco, ningún temor ante el futuro. Por ello, y aunque no conocía al hombre que sería su esposo, aceptaba de buen grado el deseo y la orden de su padre de casarse con un hombre influyente de Valencia.

—Es bueno que me case antes de que madre...

Se resistió a terminar la frase. Alba sintió lástima, la enfermedad de la mujer le provocaba una gran tristeza. Las personas que gozaban de salud no imaginaban cuanto sufrían los cuerpos enfermos, y esto mismo ocurría con las mentes. Una mente tranquila era algo difícil de encontrar. Ella se esforzaba por mantener la suya ajena a sus recuerdos y disfrutar del presente de paz que la vida le había regalado. Pero desde que supo la noticia del compromiso de Elena, la hacía sentirse incómoda y mantenerse alerta.

La incomodaba tener que deslizarse en mitad de la noche por los fríos pasillos de la casa y bajar las escaleras después, cerciorándose con un gesto de poder con su mano alzada de que todos dormían un sueño plácido, incluidos los criados y los perros, que descansaban junto a la puerta de entrada.

Ya estaba acostumbrada a ocultar la verdad, pero aún así, hubiera deseado tener la pequeña libertad de entrar en la biblioteca durante el día y leer pacíficamente un libro como hacía Elena. Pero temía que cualquiera de los miembros de la familia no viera con buenos ojos que una de sus criadas no fuese analfabeta.

Era posible puesto que un hombre o una mujer, educados en la creencia de que la ignorancia está del lado de Dios, veían la lectura y la escritura en el lado del diablo. Ninguna mujer sencilla había crecido con la posibilidad de leer un libro en calma, sin miedo, sin culpa. Y los hombres padecían del mismo mal, pues solo a los ricos se les permitía la cultura. La pobreza y el hambre no daban tiempo para aprender a leer ni para desear hacerlo. Además, estaba el desconocimiento. ¿Quién puede añorar aquello que desconoce?

Las personas que veía cada día cuando se acercaba a comprar al mercado, los niños que corrían por las calles embarradas y frías en el invierno, y sucias y malolientes en el verano; las mujeres que barrían en las puertas de sus casas, sin saber que entre sus manos sostenían la mayor herramienta de concentración de poder que cualquier mujer puede utilizar en su propio beneficio y en el de otros; los hombres que trabajaban en un campo ajeno, a cambio de su sustento y el de su familia; los que salían al mar cada noche para no regresar durante días; la criadas que sostenían la sombrilla que protegía del sol a sus señoras, mientras su cabeza ardía bajo el calor de la tarde; los niños que cada día luchaban por controlar y dirigir a un animal que les triplicaba el peso y la fuerza, acarreando mercancía de un lugar a otro, sin tiempo para jugar ni correr libremente; los limpiabotas que enjugaban lo más bajo de los hombres, sin saber que los pies les cargan con cada paso de la energía de la naturaleza; los mendigos que se abandonaban al dolor y a la miseria en cualquier esquina; todos ellos vivían sin saber que se les había negado un derecho y un deber del ser humano, la libertad de su pensamiento.

Se preguntó si, de haberlo sabido, habrían cambiado en algo sus vidas. Si el destino estaba ya marcado por los designios de Dios, o si, por el contrario, como había dicho Jesús, los hombres eran dueños de elegir su camino. ¿Pero dónde quedaba el libre albedrío del que hablaba la Biblia, cuando se había crecido sin las herramientas adecuadas para aprender a pensar por sí mismos? De nada servía creer que cada uno de ellos tenía en sus manos la capacidad de crear su destino. No podrían siquiera tomar una decisión, mientras su único afán fuese encontrar el alimento para el día siguiente.

Se descubrió por primera vez decepcionada ante la idea de un conocimiento libre. Quizá la verdadera libertad no estaba solo en permitir que los libros pudieran ser leídos o escritos por todas las personas del mundo que quisieran hacerlo. Primero había que liberar a aquellos seres, cubriendo sus necesidades básicas de alimento y de higiene, y después, la educación podría llamar a sus puertas. O quizá era al revés, y era gracias a la educación y al deseo del conocimiento por lo que ellos mismos se liberarían y lograrían cubrir sus necesidades.

De nuevo recuperó la consciencia de estar ocultándose en la oscuridad de la noche. En todo aquel tiempo junto a la familia de Don Álvaro de Abrantes había aprendido bien a defender la realidad de un pasado que había imaginado, pero del que le faltaban las sensaciones, las emociones del recuerdo. Sabía desfigurar la verdad de su corazón y de sí misma. Era duro no poder gritarle al mundo que ella era diferente, que podía hacer cosas que otros ni siquiera eran capaces de imaginar, y que le esperaba un futuro en el que debía descorrer el velo que cubría los ojos de su alma a su auténtico poder. Sabía que, como todas las mujeres sabias, debía crear un nuevo camino por el que nadie hubiera caminado antes. Una nueva manera de permitir que el poder que la diosa estaba dispuesta a cederle, con toda la magnificencia de su amor universal, se manifestara para el mundo. ¿Pero cómo?, se había preguntado muchas veces, equivocándose siempre una más. No era con la razón como se creaba lo verdadero, debía dejarse llevar. Había escuchado muchas veces la forma, de labios de sus maestras, cuando le habían mostrado sus caminos de poder y lo había practicado junto a ellas, pero es muy difícil comprender cuando aún no se ha experimentado. Es similar a imaginarse lo que se siente durante el acto de amor, antes de haber saboreado lo que ofrecen y entregan dos cuerpos, ansiosos de deseo.

Por todo ello, solía llevarse un libro durante la noche a su alcoba. Se arriesgaba demasiado, pero el ansia de conocer el mundo con su imaginación la impulsaba a sacar cada día más libros de la maravillosa biblioteca que Don Álvaro poseía.

El borde de su camisón se deslizó acariciando la fría cerámica del suelo por el que pisaban sus pies desnudos y ágiles. Abrió la puerta de la biblioteca y entró. Encendió una vela y se sintió a gusto, entre los libros, como si unos familiares y amigos cercanos la recibieran.

Acarició las cubiertas suaves, colocadas ordenadamente. Acercó su nariz y respiró la vida que había en ellos. Algunos estaban impresos, otros estaban escritos a mano, a modo de cuadernos cosidos. Los sintió vivos, mientras arrastraba sus dedos sobre ellos, esperando que se revelara el que quería ser leído. No había que forzarlos, ellos elegían el momento y se manifestaban vírgenes hasta que, una vez leídos, eran como prostitutas de mano en mano proporcionando placer. ¿Cómo habrían sido las personas que los escribieron? ¿Qué poderosa necesidad los había impulsado a plasmar sus pensamientos, para regalárselos a un mundo en el que tan pocas personas sabían apreciar su valor y su belleza?

Acercó su oído y escuchó el susurro de miles de palabras escondidas, de cientos de ideas ocultas, erróneas o justas, millones de emociones enaltecidas y exageradas, en cada frase escrita. Estaban vivos a pesar de sus cuerpos inertes.

Un relámpago iluminó la belleza serena de la estancia. El murmullo de sus secretos se apagó ante el rumor de una lluvia incandescente. Tras el pétreo sonido del trueno, el jardín se iluminó y una figura se mostró esplendorosa tras la alta verja. Un hombre agarraba el hierro con sus manos, se mantenía aferrado, mirando el resplandor de la vela lejana que le indicaba un lugar donde fijar su mirada.

Alba exhaló un soplido tenue y, a pesar de lo lejos que se encontraba de la vela, su llama obedeció, apagándose. Se acercó a la ventana y esperó a que otra luz en el cielo le revelara su rostro. Le vio, mojado bajo la lluvia, frío, perdido y anhelante. La mirada llorosa, las manos cerradas se agarraban al hierro forjado que le separaba de ella, con una cruel resistencia. La agitó con rabia. La miraba con el mismo amor de la primera vez en el mercado, aunque con todo el dolor del tiempo vivido sin ella. En sus ojos latía el arrepentimiento.

Alba se sintió a salvo en la penumbra. Se concentró para llegar hasta él con su corazón y su mente, mientras rozaba con las yemas de sus dedos el vacío que les separaba. Deseó abrir la puerta y dejarle entrar, y recibirle con el ansia de su cuerpo. Pensó que no era posible amar a alguien con tanta fuerza, con un desgarro tal que le hacía notar las vísceras en sus entrañas. Imaginó con los ojos del deseo que le guiaba de la mano hasta su alcoba, allí le quitaría la ropa mojada y le metería en su cama, junto al calor de su propio cuerpo, desnudo frente al fuego del hogar.

¿Por qué no dejarse llevar por el hermoso placer que una vez se habían otorgado el uno al otro, cuando aún eran inocentes? Sabía que no existía en la tierra, ni aún en todas las mágicas experiencias que había vivido, una pasión tan poderosa y memorable como la que hay entre dos amantes verdaderos. ¿Por qué no regalarse entonces la magnitud del amor y dejarle marchar al amanecer, como hacen los amantes prohibidos? Nadie en la casa tenía por qué enterarse.

De nuevo su corazón se acercó lo suficiente para leer lo que susurraban sus labios mojados, abultados y oscuros por el frío. Se abrieron y vocalizó un perdón inaudible. Alba sintió que su corazón se abandonaba al amor enorme que sentía. No le había olvidado, tampoco el dolor de su ausencia, que todavía sentía como una traición. Su corazón no le había perdonado, ella tampoco lo haría. La había dejado sola, desamparada con todo el amor que tenía para darle, en el hueco de sus manos, después de que se le hubiera entregado con el esplendor de su niñez.

Se sintió dilapidada, malgastada, como si toda su sangre joven desapareciera de sus venas y se encontrara ante una vejez repentina. Huyó tras la mesa y se sentó en la silla de Don Álvaro. Sobre la mesa, un papel esperaba la caída de unas palabras en la pulcritud de su vacío. Nunca se había atrevido a tocar aquellos mágicos instrumentos, pero su mano se acercó a la pluma con rabia, pensando en su derecho para usarla. La hundió en la tinta espesa, que removió con eficacia y dejó que una primera gota cayera. Necesitaba expresar su angustia reprimida.

...Que la lluvia borre de mi piel los signos de tu abrazo,
y que las palmas de tus manos ardan,
por la fuerza de un rayo, en este mismo instante...

El cielo tronó como si se abriera en dos mitades. Por la ventana, vio a Daniel apartando sus manos del hierro, que se había vuelto candente y abrasador ante su contacto. Profirió un grito desesperado que nadie más que ella escuchó.

Alba levantó el papel en su mano. Vio la escritura húmeda, como si la lluvia hubiera mojado las letras, que se volvieron borrosas y se difuminaron hasta desaparecer, junto a la angustia que reflejaban, para después regresar tan solo en parte, convirtiéndose en restos de letras, en signos ilegibles para cualquier mirada, salvo para la suya, que las había escrito desde la profundidad de su alma.

Sintió un fuerte golpeteo de su corazón en su pecho. Había descubierto cuál era la más alta expresión de su poder. La diosa le había dado una de las más bellas y magnas herramientas para manifestarlo al mundo. Más fuerte y poderosa aún que el dominio de la naturaleza o la contemplación del universo, pero también más peligrosa. Solo debía utilizarla para lo realmente importante.

A partir de ahora la diosa no le permitiría deshonrar el nivel de su poder, ocupándolo en necesidades exiguas. En su buen juicio hallaría la diferencia. Se dio cuenta que las palabras que había escrito y que habían desaparecido fugaces y súbitas, dejando en su lugar aquellos signos indescifrables, se habían cumplido. Después, su rabia y su frustración le devolvieron con más fuerza que nunca su condición humana. Se acercó de nuevo a la ventana, levantó su brazo y, con un gesto de oportuna arrogancia, corrió las cortinas. La luz de un relámpago iluminó las ventanas, ciegas ante la mirada de Daniel, que seguía bajo la lluvia clamando su perdón, de rodillas en la tierra, con las manos hundidas en el barro para intentar calmar el dolor de sus palmas.

Cuando Alba subía las escaleras que la llevaban a su alcoba, escuchó su voz, que la llamaba en un último quejido, pero sus oídos se habían cerrado como lápidas frías y rígidas. El conjuro estaba hecho. Se sintió poderosa. Al fin había encontrado el camino y, por mucho que conjurase a la magia por otros medios, la escritura sería siempre la expresión de su auténtico poder.

XI

El invitado

Todo había sido preparado exquisitamente para la celebración del compromiso de Elena con Don Pedro de Azaga, al que Don Álvaro de Abrantes debía numerosos favores. Era casi treinta años mayor que ella, educado y refinado, pero con el rostro de un color verde blancuzco como el veneno.

Alba sintió un dolor en el pecho nada más verle. Su capacidad para sentir en su cuerpo las sensaciones que pertenecían al futuro de Elena la obligaron a agarrarse por un instante a la silla de la señora. Ella no fue presentada al invitado. Como una sirvienta más, aunque vestida con ropas elegantes, hubo de mantenerse callada, tras la silla de la mujer, hasta que la cena estuvo preparada y todos se hubieron sentado.

Elena estaba sentada con la espalda erguida como le habían enseñado. Llevaba un vestido escotado, cubierta la piel con un encaje de chantillí en color crema, pero que, a los ojos insistentes de su futuro marido y señor, parecía invisible, haciéndola sentir incómoda. Su mirada lasciva y su sonrisa de triunfo hicieron que se sintiera de nuevo pequeña, como cuando su madre la abofeteaba por haberse manchado de barro el vestido, jugando con Vidal en el jardín.

Alba daba cucharadas de sopa de ave a la señora, limpiando sus labios después, con una servilleta bien doblada. Esta se mostraba sonriente, a duras penas, con el invitado, e intentaba mantener firme su cabeza, mientras los hombres hablaban del compromiso en términos de contrato.

Todos empezaron a comer, menos Alba, a quien ningún criado había traído un plato ni había llenado su copa de vino. Don Álvaro lo advirtió y exigió con enfado a un criado que le sirviera para que ella pudiese cenar también. Fue la primera vez que el señor pareció fijarse en ella, desde la noche que la había rescatado.

—Elena sabe leer y escribir —se sinceró con su invitado—, yo mismo le enseñé cuando era pequeña.

—No puedo tomar eso como una virtud en una mujer —contestó este, mirando a Elena de arriba abajo, para comprobar la calidad de la mercancía que estaba a punto de comprar.

—Sin embargo, lo es —afirmó su padre—. Es muy gratificante escuchar su voz cuando lee poesía. Podréis comprobarlo vos mismo muy pronto —se esforzó en sonreír.

—¿Está sana? —preguntó el invitado, mirándola de nuevo.

Elena bajó su rostro hacia su plato, avergonzada y confusa. No tenía permiso para hablar durante la cena por estricta petición de sus padres, y tenía el deber de escuchar calladamente y aceptar cualquier pregunta que Don Pedro hiciera sobre ella, incluso si le resultaban vergonzosas.

—Como una rosa en primavera —asintió la madre, haciendo un gran esfuerzo en contestar ella misma.

—¿Y ha tenido sus ciclos normalmente? —continuó preguntando, cada vez más incisivo.

—Sin ninguna duda —volvió a responder la madre.

—Este punto tendrá que aparecer en nuestro contrato —miró a Don Álvaro—, quiero tener mis propios hijos.

—Es lo justo —asintió, bebiendo un trago de vino.

En los ojos de Elena asomaron unas tímidas lágrimas. Apretaba los labios en un intento de mantener la compostura y no caer en la desesperación. Alba sintió su desazón y su vergüenza. La compadeció porque había nacido mujer, contradiciendo lo que le habían enseñado sus hermanas. Estas, alejadas del mundo y de las costumbres ancestrales e injustas de los hombres, podían hablar de la magnificencia de ser mujer con la libertad de no pertenecer a nadie, pero no todas las mujeres tenían la misma suerte. Ser la hija de un hombre poderoso y con un nombre era una dura sentencia y una cruel obligación.

Elena se repetía a sí misma que sus padres hacían lo mejor para ella y permitían que el hombre hiciera aquellas preguntas humillantes, porque habían decidido que tendría un gran futuro.

Sintió un miedo intenso mientras la miraba como a un trozo de carne que fuera a comerse. Se sintió desnuda, con sus partes íntimas desprotegidas a pesar de la gruesa tela de su vestido. Su futuro marido era capaz de robarle no solo la dignidad, a una mujer, sino hasta el alma. Pero a pesar de todo, se repitió a sí misma que sus padres lo hacían por su bien. Se dijo que sería muy feliz en su nueva casa, aunque se sintió desvanecer, con este último pensamiento.

—También sé cuidar el jardín —exclamó, con una sonrisa forzada y un hilo de voz tembloroso, en un intento de no sentirse ridícula sin participar de la conversación.

Se hizo un largo silencio. Todos parecieron esperar la reacción del hombre, que la miró frío y enojado. Elena volvió a bajar la mirada. La lágrima que antes no había llegado a aflorar de sus ojos cayó dentro del plato, a la vista de todos.

Alba quiso levantarse y acercarse hasta ella, abrazarla y llevarla lejos. Don Álvaro y su esposa esperaron pacientes. Vidal sonrió entre dientes, disfrutando del error de su hermana, mientras ella se desesperaba por dentro. Sus manos temblaban, tomó una cuchara tintineante y la hundió en la sopa. Se bebió su propio llanto.

Después, el invitado continuó hablando como si la frase de Elena nunca se hubiera producido. Dirigiéndose a su padre, exclamó.

—Sabéis que poseo una finca en la ciudad. La casa es lo suficientemente grande como para que vivan siete familias en ella y está en el mismo centro. Vuestra hija tendrá tanto espacio que no echará de menos la vida de algarabía y libertad, un tanto impropias de su condición, que ha tenido aquí, en el campo.

—Me alegra oíros hablar así, Don Pedro. No quisiera que Elena no se sintiera feliz en su nueva casa —afirmó mirando a su hija, que a duras penas intentó sonreírle.

Miró a su padre con un gesto de súplica para que no la utilizara para pagar los favores que el hombre de piel azulada y mirada pétrea le había hecho. Deseó que se mostrara como un padre una vez más y, al menos, le preguntara su opinión sobre aquel matrimonio concertado, pero no lo hizo.

Él también habría deseado haberle evitado, a ella, la persona que más amaba en el mundo y la única razón de su oscura existencia, no tener que pasar por lo que él pasó en su juventud. Él también había servido de moneda de cambio para los negocios de su padre y había sido casado a la fuerza con la mujer enferma que comía frente a él y que, a pesar de la expresión de su rostro siempre impasible que le hacía sentirse enjuiciado cada día de su vida, se esforzaba por mantenerse en su posición de madre y señora ante un futuro yerno, mayor incluso que ella, en edad y en la severidad de su rostro.

—Sabéis que podéis quedaros en mi casa el tiempo que queráis —la conversación continuaba entre ambos hombres.

—No tendré más remedio que abusar de vuestra hospitalidad, al menos por esta noche. Supongo que habéis oído los rumores. Hay un bandido rondando los alrededores que asalta a los viajeros para robarles su dinero y sus joyas.

La señora hizo un gesto de desaprobación ante el cambio de tema tan repentino.

—Lamento asustaros, señora. A vos y a vuestra hija —miró de nuevo a Elena, como si quisiera atraparla y morderle bruscamente entre sus pechos—, pero es un comentario que escuché en la taberna del pueblo, cuando paré a asearme.

—Lo he oído —asintió Don Álvaro—, pero no tenéis de qué preocuparos. Mañana os acompañaré a Valencia y a mi regreso me ocuparé yo mismo de organizar la captura de ese malhechor. Es un morisco, hijo de una familia expulsada, que ha regresado sabe Dios por qué. Se esconde tras una máscara y se dedica a vender la mercancía robada a los piratas que algunas noches atracan a su paso hacia las islas del Este.

Alba no pudo evitar mirar a Don Álvaro con el deseo de que continuara su relato y se cruzó con sus ojos, que se perdieron en un largo instante. Él la había mirado muchas veces, pero siempre oculto tras el descuido de ella, a salvo de miradas ajenas, protegido de ideas maliciosas que habrían degradado a la muchacha y a sí mismo.

Al verlos, su esposa tiró de un manotazo la copa de vino medio vacía, empujándola con su mano cerrada de dedos retorcidos e inútiles.

—¡Llenadme la copa! —le exigió, con su mal genio.

Álvaro regresó a la conversación con su invitado como si aquel instante no hubiera existido.

—¿Puedo ir con vos, padre? —preguntó Vidal—. ¿Me permitiréis acompañaros en la captura del morisco, cuando regreséis de Valencia?

—Es una aventura peligrosa, muchacho —respondió el invitado—, haréis mejor quedándoos en casa, protegiendo a las mujeres.

—Don Pedro tiene razón —asintió, mirando a su hijo—. El enmascarado es un hombre peligroso.

—Pero me gustaría ir y saber lo que se siente... —Vidal sonrió, pretendiendo agradar a su padre y a Don Pedro.

—No es nada agradable detener y mandar a la horca a un hombre, por muy mal hombre que sea. Será mejor que os quedéis en casa —le respondió su padre, contrariado.

Vidal se tragó su rabia. Una vez a solas, Don Álvaro pudo disculparse con su invitado, por la breve sublevación de Vidal en la mesa. No quería que Don Pedro se llevara una idea errónea de la educación que les había dado a sus hijos.

—Disculpad la intromisión de mi hijo. Es demasiado espontáneo cuando se entusiasma con algo y, evidentemente, estaba un poco nervioso por vuestra presencia.

—No tenéis que disculparos. No es con vuestro hijo, con quien voy a casarme, sino con vuestra hija, y de esta, me satisface mucho su modestia y su silencio, aunque también haya sido espontánea y se haya entusiasmado en algún momento de nuestra charla.

—Me temo que la culpa es de la mala salud de su madre. Por su enfermedad, no estamos habituados a recibir invitados.

Selló, con un apretón de manos, un trato que ningún hombre habría podido ya romper y ofreció una copa de licor a su invitado.

Al regresar a la tranquilidad de su alcoba, Alba abrió la ventana para respirar el aire de la noche. Vio una figura femenina, se escurrió entre las sombras dibujadas a la luz de la luna, en el jardín trasero. Estaba demasiado lejos para ver su rostro, pero reconoció sus movimientos. Era Elena, que abrió la puerta de atrás y echó a correr, adentrándose en la espesura del campo descuidado que separaba la finca de la playa. Imaginó adónde se dirigía. Cogió su capa y salió de la habitación. Al llegar a las escaleras, escuchó las voces de los hombres en la biblioteca.

—Solo espero que mantengáis a vuestra hija igual de virtuosa que la he visto hoy —exigió el invitado en un tono beligerante y temible.

—¿Acaso dudáis de mi palabra? —preguntó Don Álvaro—. Es a mi hija a quien voy a entregaros. Sé como es, por fuera y por dentro.

—Se oyen muchas cosas que están ocurriendo en la comarca acerca de los extraños cambios que experimentan algunas mujeres de familias influyentes —mantuvo un breve silencio mientras se bebía la copa de un solo trago—. Se habla incluso de brujas —susurró.

Alba se alarmó al escuchar aquella palabra.

—¿Brujas? Siempre se ha hablado de brujas por aquí. Es una vieja leyenda, pero solo eso.

—Es posible, pero he oído que el Santo Oficio al fin ha tomado en serio las peticiones de aquellos que dicen haberlas visto o haber sido testigos de sus encuentros.

Álvaro recordó la última vez que el Santo Oficio había estado a punto de acudir al pueblo. Él le había brindado su casa, como debía hacer todo buen noble, pero, tras haber realizado durante semanas los preparativos necesarios para alojar al cortejo, había llegado un mensajero avisando de que al final no acudirían.

Se había ocupado de eliminar de la casa cualquier detalle decorativo que, a los ojos de un inquisidor, pudiera parecer diabólico. Revisó su biblioteca, retirando los títulos que pudieran dar lugar a malos entendidos. Los llevó él mismo una noche, guiando a su jardinero y a su lacayo, que cargaban con la cesta, hasta la barca que esperaba en la playa, para trasladarlos al barco donde permanecerían hasta la marcha del inquisidor. También las máscaras de ébano y las figuras de marfil, traídas de África, colocando en su lugar oscuros crucifijos de madera, que pertenecían a la familia de su mujer y que él se había negado a poner, por ser unas piezas lúgubres y sombrías. Las cortinas de todas las ventanas de la casa, las mantelerías, las colchas, e incluso sus ropas, tuvieron que ser sustituidas por otras en telas oscuras del verde al negro.

El barco huyó con los enseres, a pesar de haber pedido el pago por adelantado por su custodia temporal, y seguramente fueron vendidos en alguna ciudad de Europa.

—Una reunión nocturna de mujeres en una playa no es cosa del diablo, amigo mío.

—Así que vos también las habéis visto.

Alba no podía creer lo que estaba oyendo. Tenía que avisar a Alía y a sus hermanas, ellas creían mantener ocultas sus reuniones nocturnas.

—No las he visto nunca, pero he oído hablar de ello desde que soy un niño.

Si la Inquisición se enteraba de los rumores, enviarían a uno de sus fanáticos miembros y se vería obligado a actuar bajo su manipulación. Ya había sido bastante desastre que Su Majestad dictaminara el decreto de expulsar a los moriscos, dejando a muchas familias sin mano de obra para sus tierras. Él conocía a sus trabajadores y sus familias.

Esta vez no perdería los nuevos libros que había adquirido en los últimos años pues estaban escondidos en un lugar seguro dentro de la casa. Confiaba en que su invitado no dijese nada al llegar a Valencia. La decisión de marchar con él al día siguiente era sin duda la más acertada. A su vuelta, él se encargaría personalmente de la captura del enmascarado.

—No está de más que haya una investigación. ¿O acaso estáis en contra de la presencia del Santo Oficio en vuestras tierras?

—¡Por supuesto que no! Pero dudo que tenga tiempo para ocuparse de unas cuantas mujeres inocentes. Está demasiado ocupado con los moriscos. ¿No os parece?

Alba abrió la puerta despacio y se ocupó de cerrarla también sin hacer ruido. Corrió ligera entre los frutales del jardín trasero, que desprendían un delicioso aroma nocturno. Atravesó el campo hasta alcanzar las luces del fuego encendido de la playa.

Elena se asustó pues pensó que la había seguido. Alba se despojó de sus ropas, para que su piel se fundiera con el aire de la noche y así confundirse con la naturaleza. El brillo de la luna tornó su piel blanquecina y luminosa. Sintió que Elena escudriñaba cada uno de sus movimientos mientras esperaba el momento de abandonarse al poder de la diosa. Ella también se quitó el vestido, a pesar de su visible timidez. Alba le sonrió, dándole permiso para continuar. Alía repartió las hierbas en las manos de todas y Alba las utilizó, delante de ella, sin el menor signo de pudor. Hacía mucho tiempo que había comprendido que no podía avergonzarse de sí misma. Deseó que Elena se marchara a las cuevas aquella noche, que fuera capaz de rebelarse a su destino.

—Agradezco a la diosa que aún nos tengáis en cuenta en algunas noches claras, pero lo que aprendisteis aquí ya está aprendido —le explicó Alía al despedirse—. Ahora es el mundo quien ha de enseñaros su lección.

—Lo sé, pero estas noches serán siempre el reflejo de mi alma atormentada por el pasado.

—No permitáis que ese tormento dure más tiempo o no viviréis lo que hayáis de vivir.

—He oído rumores. Se habla de todas nosotras. ¡Tened cuidado! —le rogó.

—Yo también los he oído —sonrió—. Lo que haya de ser, será.

—No —Alba reclamó su cuidado.

Alía agarró sus manos trasmitiéndole su calma.

—Sabéis que no podemos dejar de encontrarnos con la diosa.

Alía se separó de ella y caminó con torpeza dentro del agua hasta una de las barcas. Alba vio como se alejaban cuando la luna ya había desaparecido del cielo y el sol despuntaba. Elena y ella regresaron a la casa en soledad.

En el camino, quiso explicarle que era libre, que solo ella misma era la dueña de su destino, a pesar del deseo de sus padres. Quiso darle a conocer lo que ella había aprendido una vez, pero se dio cuenta que no se puede desear por los demás. Si Elena había decidido volver, era porque necesitaba aprender su propia lección y para ello elegía vivir un destino que no deseaba.

XII

El enmascarado

No podía saber si era él, salvo por el pulso tenaz de su corazón. Desde que había escuchado a Don Álvaro y a su invitado hablar durante la cena, supo que, pese al temor y a la incertidumbre, tenía que averiguarlo e ir hasta la cueva en la que se ocultaba. Pero al comenzar la subida por la escarpada pendiente, se preguntaba si valdría la pena el riesgo.

Había pasado mucho tiempo desde la última vez que le vio, bajo la densa lluvia, en la puerta de la casa, cuando exhaló un perdón, mil veces pronunciado, que ella no había querido aceptar. Ni un solo día, durante el año transcurrido desde aquella noche, se había permitido tener ni un pensamiento para él, para su recuerdo, para el inagotable deseo de su cuerpo y de su alma. Fue impensable el olvido, a pesar de sus afanosos esfuerzos, pero su corazón se había endurecido con el paso del tiempo y de su ausencia.

Se sentó en un saliente de la ladera. Miró hacia arriba, tardaría en subir, al menos un par de horas más, si el frío y el viento le permitían avanzar. El mar se extendía como una lengua gris, pacífico y triste. Se ajustó la capa marrón, tiritaba. Podría subir en un instante, si quisiera, era cierto. Podría haber hecho uso de sus poderes cada día mayores y más incontrolables, pero no quería arriesgarse a que la viera.

¿Y si no era él?, ¿y si lo era? Podría resultar igual de peligroso. En sus recuerdos, Daniel era un hombre que no habría sido capaz de aceptar su condición de mujer diferente, aunque era maravillosa la duda. Su corazón se alegraba al imaginar que hubiese cambiado, que sus prejuicios, sus miedos y sus dudas respecto a ella hubieran cambiado con el tiempo y las experiencias vividas.

Le imaginó lejos, en alguna tierra extraña donde sin duda habría encontrado a otras mujeres, comparando a cada una de ellas con su rostro, con su manera de amarle como lo hizo la noche en la que, siendo aún niña, se había entregado a él con la inocencia y con el instinto que ambos llevaban dentro.

Se estremeció al recordar su cuerpo rodeando el suyo. De nuevo la asaltó la duda. Podía no ser él, ¿y si se equivocaba? Se arriesgaba demasiado y lo sabía. Sintió miedo, pero su cuerpo se levantó y continuó escalando por la ladera, anhelando alcanzar la cima. Un pequeño murciélago sobrevoló su cabeza. Miró abajo, agarrándose con dificultad al suelo que se extendía verticalmente. El pueblo había encendido sus luces. Elena se preguntaría cuándo tendría que decirle la verdad a su padre si tardaba en volver a casa.

—Un día y medio con su noche —le había dicho al despedirse—. Volveré al final de ese día.

Elena pareció comprenderla bien. Esperaba que no se hubiera equivocado. Si lo hacía, si daba la voz de alarma antes de tiempo y le contaba a su padre la verdad, a su regreso de Valencia, correría peligro.

La oscuridad cubría el camino bajo sus pies, adivinado en la pendiente, que se estrechaba entre las rocas. Temió no ser capaz de subir el tramo que la separaba del que había sido su único amor verdadero, el único que conocía, o bien del peligro, si se trataba de otro hombre. Tuvo la tentación de volar hacia arriba en un salto en el espacio, pero se aguantó pues sentía una mirada sobre ella. Las manos le dolían al agarrarse a las rocas y a las ramas, pues tenía la piel arañada y sangrante.

Daniel, o quien quiera que fuese el enmascarado, la estaba viendo desde hacía tiempo y la miraba con tanta insistencia que desequilibraba su escalada. Se balanceó y buscó, entre las oscuras piedras, un hueco en el que colocar su pie. Sus piernas estaban cansadas y no lo encontró. Decidió volver a ponerlo en el mismo lugar e intentarlo de nuevo. Resbaló, unas piedras se desprendieron y un puñado de arena le cayó sobre el rostro. La mirada se le nubló. Apenas le quedaban unos cuantos pasos, pero era incapaz de dar ninguno hacia delante. Se sintió perdida, estaba a punto de precipitarse al vacío, cuando sintió una mano que levantó su cuerpo, agarrándola por la cintura.

Como si no pesara, un fuerte brazo la levantó hasta el final de la escarpada ladera. Allí, la dejó despacio sobre el suelo para que descansara. Aún no había tenido tiempo de limpiarse los ojos y apenas veía nada entre la oscuridad y la arena que le escocía los ojos. Se los restregó, intentando inútilmente que el dolor desapareciera. Entonces sintió su cara entre dos grandes manos calientes, de grandes dedos que levantaron uno de sus párpados para dar un soplido. Después, hizo lo mismo con el otro. Fuerte, doloroso, aliviante. Se cerraron rápidos en cuanto las manos la soltaron. El dolor en ellos aún la atenazaba. El miedo le impedía abrirlos, mientras deseaba que el momento fuera interminable.

¿Y si no era él?, ¿y si lo era? Su corazón temía ambas posibilidades. Ningún sonido, ninguna palabra, solo una respiración agitada y rápida entre los silencios de la suya.

Alba miró al suelo cuando el dolor pasó. Miró hacia atrás y vio el precipicio por el que había subido. Vio unas botas grandes y unas piernas ocultas bajo una capa larga y oscura. El hombre la ayudó a levantarse y caminó junto a ella, hacia una cueva que se abría misteriosa. Después la soltó y su silueta desapareció en el interior.

Sintió miedo, pero entró. Dentro, la oscuridad era total. Su oído se agudizó, la respiración masculina seguía a su lado. Intentó dar un paso lento, mientras arrastraba la mano por una de las paredes. El brazo fuerte del hombre frenó sus torpes pasos. Su cuerpo se pegó al de ella y se vio atrapada entre él y la pared. De nuevo pensó en la posibilidad de que fuera otro hombre. ¿Y si le hacía daño? Allí estaba, dejándose guiar por su intuición, el único de los sentidos que jamás se equivocaba.

Cuando sus ojos se acostumbraron a la oscuridad, pudo ver una débil luz al fondo. Le miró y vio sus ojos, tras una máscara de cuero negro. Le bastó una mirada para reconocerle. Su pelo era más oscuro, sus ropas estaban polvorientas, su expresión seria, y avejentado el sufrimiento en su mirada. No dijo nada. La levantó en sus brazos y se sintió acogida y segura. Se inundó de amor y de su aroma, mientras él se adentraba en la cueva con ella en su regazo.

Recorrieron un largo pasillo oscuro, en el que un sonido de gotas de agua acompañaba al de sus pasos. Después, una estancia iluminada por un fuego acogedor. Se quitó la capa soltando su cuerpo con una mano. Él estiró rápido la capa sobre el suelo y la dejó encima.

Se tumbó, estaba cansada. Él se agachó a su lado. Ella ya no tenía dudas, pero él no la había reconocido aún. No sabía quién era, ni por qué estaba allí. Solo veía a una mujer cansada y malherida por la subida que necesitaba sentirse segura.

—No voy a haceros daño —exclamó con un extraño acento, traído sin duda de alguna tierra lejana en la que habría vivido.

Su voz alentó el corazón de Alba. Retiró el pelo de su cara y miró a los ojos del enmascarado.

—Soy yo, Isabel.

El rostro del hombre pareció llenarse de una luz inequívoca. Su estómago gritó pidiendo su amor. Levantó una mano y le acarició el rostro.

—Isabel —repitió, como si la pronunciación de su nombre le ayudara a recordar su rostro.

Sus pulgares bajaron por su cuello, rozando su piel y estremeciendo todo su cuerpo. Acarició su escote con el dorso de su mano. Su boca se entreabrió frente a la suya. Siguió bajando hasta acariciar su pecho, después la cintura, rodeó su talle con su brazo y la atrajo hacia sí con destreza.

—Isabel —volvió a decir, susurrante.

—Soy yo, mi amor —susurró ella.

Nada había cambiado entre ellos. El pasado no importaba. El presente se formaba en ese instante, sobre aquella capa, frente al fuego, entre las paredes cálidas y seguras de la cueva, oculta y alejada del mundo.

Le besó y fue como fundirse en su interior, comprendiendo cuánto había sufrido con la distancia, con su terca actitud de indiferencia fingida. Se desnudaron el uno al otro en silencio. Su cara aún continuaba oculta por la máscara negra, que le otorgaba un aire de cierta ferocidad. Su cuerpo la acogió sobre él, en un maravilloso baile que proyectaba sombras en la pared de la roca, sombras que bailaban abrazadas. Una mujer a horcajadas, sobre un hombre sentado en el suelo. Alba disfrutó mirando las sombras que se movían rítmicas, entre el crepitar del fuego.

Hicieron el amor tan largamente como pudieron. Él no quería aliviar su deseo para que aquella noche nunca terminara. Durante horas se amaron una y otra vez, tras breves descansos. No hablaron, no se preguntaron. Solo se amaron como se aman los amantes verdaderos, a través del tiempo y del espacio, en numerosos y breves encuentros imborrables en la memoria, sabiendo que volverán a separarse y a reencontrarse de nuevo, una vez más, que nunca será la última.

Habían nacido para aprender mundos distintos. Entre sus brazos, mientras admiraba como subía y bajaba su pecho, ante el placer de sentir su cuerpo sobre el suyo, Daniel lo comprendió todo. Él existía solo porque ella le amaba. Había seguido viviendo por la única idea de volver a estar dentro de ella.

Toda la magia del mundo se concentró en el instante en que gritaron de placer en un mismo momento. Un aire helado entró en la cueva y el fuego se apagó, haciendo desaparecer las sombras. Afuera, la lluvia caía incesante. Su piel se erizó al escuchar su sonido. Un aroma a tierra mojada les inundó. Hacía frío, pero sus cuerpos desnudos no pudieron separarse. Sintió su aliento sobre sus pechos. Alba cerró los ojos para escuchar la lluvia y dejó caer su rostro sobre él, sintiendo sus manos, que acariciaban la lisura de su cabello. Ambos desearon que el resto del mundo no hubiera existido.

—Soy converso. Morisco, como nos llaman los cristianos viejos, por eso me escondo aquí. He vuelto porque, sin vos, la vida es una tortura —necesitaba contarle su historia desde que la vio la última vez en la taberna, cuando había ido a implorar su perdón.

Había escuchado muchas historias sobre las familias de españoles que habían cedido su religión, su cultura, sus tradiciones y hasta la dignidad de sus nombres, por la alegría de permanecer en sus casas y en sus tierras. El regreso a tierras africanas era duro. Allí, eran mal recibidos pues no eran musulmanes, ni tampoco cristianos. Muchos fueron maltratados y otros perecían en el mar o en el camino, por la crudeza del viaje, e incluso había quienes habían sido vendidos como esclavos. No podía imaginar un destino peor para el hombre que amaba y se alegró de tenerlo a su lado. Ahora podía comprender mejor las razones que le habían llevado a tener tanto miedo, cuando supo el pueblo donde nació.

—Tenéis que iros —le rogó con lágrimas en los ojos—. He venido sin estar segura de que erais vos. ¡Tenía que avisaros! Varios hombres vendrán, saben dónde os escondéis y os encontrarán.

—Mi amor... —exclamó él, percibiendo el cuerpo de ella desnudo en su regazo—. He regresado por vos. No podía vivir sin vuestro perdón.

—¡Perdonadme vos a mí, amor mío! —le besó intentando absorber su alma con sus labios—. Ahora puedo entender vuestro temor.

—Supe que os habíais marchado a las cuevas y fue entonces cuando mi familia y yo fuimos expulsados a Berbería. En África, una noche caminé sin rumbo por las calles hasta encontrarme con un par de hombres que me golpearon en un callejón oscuro, para robarme lo que no tenía. Pero en lugar de huir de ellos, tuve la fuerza suficiente para seguirles, anhelando que volvieran a golpearme tan fuerte que acabasen con mi vida. ¡Quería morir! —Alba sintió que su corazón saltaba mientras escuchaba el relato de su amado. Le abrazó con fuerza y permitió que él continuara. Escucharle la hacía sentirse viva—.

Pronto aprendí que la vida no es lo más valioso que posee un hombre y fue en ese momento cuando me convertí en un bandido, capaz de matar, de robar y de engañar por dinero. ¿Podréis perdonarme por esto también?

—Ya lo he hecho —respondió—. Me habéis hecho comprender que sin perdonar a quien se ama, no se puede vivir. Ojalá me fuera tan fácil perdonar a otros, de los que no conozco sus rostros, ni sus nombres.

—Regresé la noche que os encontré en la taberna. Solo hacía unas semanas que había vuelto a España. Recorrí el reino por las montañas, viví escondido junto a otros forajidos, robando como había aprendido con los piratas, pero ahora en tierra firme. Y no paré hasta regresar y encontraros. ¡Clamé al cielo por vuestro regreso! Era posible que ya hubierais vuelto a la que fue vuestra casa en la playa. Fui hasta allí pero ya no vivía nadie. Entonces me embarqué de nuevo con los piratas portugueses. Su capitán me aceptó entre sus hombres.

Alba supo de quién estaba hablando, aunque la sorprendía que fuese posible tal coincidencia.

—Contadme más sobre ese capitán y el tiempo que pasasteis en su barco —le pidió.

—Su nombre es Joao y es conocido por su elegancia y galantería con las mujeres. No estuve mucho tiempo en su tripulación, solo hasta conseguir el valor suficiente para regresar.

—Y yo no os perdoné entonces tampoco, cuando aparecisteis bajo la lluvia, en la puerta de la casa del hombre que me acogió.

—Sentí como un puñal en el alma vuestra mirada muerta, y volví a marcharme, hasta regresar otra vez porque hay algo muy fuerte que me une a vos y que no sabría nombrar siquiera.

—Así me sentía yo también, mi amor, muerta porque os había perdido —se lamentó—. Olvidemos el pasado si es posible y amémonos una vez más, antes que despunte el día y tengamos que separarnos.

Sintió el cuerpo de Daniel de nuevo sobre ella y deseó que la eternidad cupiera en un instante. Se amaron, interrumpidos por un llanto que no pudieron evitar, buscando con ansia un placer que querían gozar y perpetuar al mismo tiempo. Se dijeron lo que nunca habían podido decirse y, después de amarse, se amaron una vez más, porque no querían separarse el uno del otro, pues les dolía el cuerpo al pensar en la separación, como si les arrancaran un miembro de cuajo, sentían el correr de la sangre en un espacio vacío que nunca nadie podría cerrar. ¿Qué haría ahora, para vivir cada día, al despertar en su cama vacía sin él? ¿Cómo podría continuar con sus días y noches, con los largos minutos de su existencia, sin tenerle cerca una vez más? Lamentó que la vida les negara su unión y solo les permitiera encontrarse siempre en la oscuridad y la huida. De nuevo la diosa llevaba su ánimo a un límite que quizá esta vez sus fuerzas no soportarían.

Vio sus ojos claros, limpios y brillantes, su piel morena, su cuerpo fornido y rasgado con una gran cicatriz en su pecho. Amó cada palmo de él. Su rostro seguía siendo el de un niño, a pesar de las heridas de su cuerpo. Aunque en su mirada ya no se reflejaba la inocencia, ni la alegría de saber que el futuro aun estaba por llegar.

Estuvo tentada de decirle la verdad, de comunicarle quién y qué era ella, en qué se había convertido en las cuevas de la playa y después, en Eivissa. Quiso decirle que había algo más, dentro de sí misma, que solo alguien que la amara como él lo hacía podría aceptarlo, aun sin comprenderlo. Quiso alzar su mano y demostrarle cómo podía hacer que el fuego ardiera de nuevo o cualquier otro prodigio que él deseara. Pero un miedo mucho mayor que el que sentía al pensar en perderle evitó que sus labios se despegaran para dejar salir la voz de su garganta.

¿Por qué no podía confiarse a él? Era Daniel quien estaba a su lado, el hombre que la había amado desde niña y que la amaría siempre. ¿Acaso no era con la verdad, con que se unían los amantes? Intentó hablarle con la mirada, pero él no la entendió. Quiso decirle también que conocía al pirata portugués de rostro pintado. Quiso hablarle de él, de Yemalé y del daño que esta le causó, pero no encontró una razón para explicarle su estancia allí, salvo la verdad.

Al amanecer, Alba escribió una nota en un trozo de roca desprendida de la cueva.

—¿Sabéis escribir? —le preguntó sorprendido y apenado, pues él no conocía el arte de la escritura.

—Hay muchas cosas que no sabéis de mí —respondió.

—Quisiera tener tiempo para conocerlas todas.

—Entregadle esto a vuestro capitán.

—¿Qué es? —preguntó, tomando el pedazo de roca en sus manos.

—Es solo un ruego para que os proteja. Quiero que sepa que os amo y por ello le pido que cuide de vos y os mantenga a salvo, hasta que podamos reencontrarnos.

Era cierto. Sobre el pedazo de roca había escrito una frase... *Cuidad a este hombre como si fuera yo misma...* y después su nombre, Alba. Con eso bastaría para que un hombre inteligente como era Joao supiera que tenía que proteger al muchacho, incluso con su propia vida. Estaba segura de que lo haría.

Daniel la ayudó a vestirse porque ella no se sentía capaz de marcharse. La arropó con su capa y la acompañó hasta la salida de la cueva. El sol empezaba a asomarse, pero aún hacía frío. El aire era sonoro, como si susurrara una amenaza.

—Os prometo que escaparé en cuanto mis ojos ya no alcancen a ver vuestro rostro.

Se besaron de nuevo y se mordieron en pequeños pellizcos de sus labios. Daniel tuvo que arrancarse con brusquedad los brazos delgados de ella, que seguían aferrándose a su cuello, para obligarla a bajar por la ladera, desagarrándose el alma. Le oyó llorar con amargura, mientras bajaba. Ella también lloraba. Al llegar abajo, escuchó un grito aterrador que brotó de la voz de su amante y de su propia voz, a un tiempo. El dolor los unía, mucho más que el amor. No miró hacia arriba. Montó sobre su caballo y sin necesitar golpear sobre su vientre, el animal cabalgó por su propia voluntad, hasta llevarla de nuevo a la casa del señor de Abrantes.

Era solo un muchacho que había compartido junto a él y sus hombres momentos de gloria y otros de la más horrible degradación humana. Le había visto matar, siempre en su propia defensa, pero lo había hecho con rabia, con amargura y con odio. Joao conocía bien cuánto podía cambiar un hombre en el instante en que se enfrentaba a la muerte, a la suya o a la del otro. Muerte humana, al fin y al cabo. De todos los cuerpos brotaba la misma sangre, al ser atravesados con la hoja de un cuchillo o de una espada. Todos olían a sangre requemada y burbujeante, tras la batalla, y el olor de la madera de la cubierta se entremezclaba con el aroma a sal y a sangre derramada. El muchacho morisco también habría sentido, como él la primera vez, el horror de haberle arrancado de cuajo el alma a un hombre. La desazón en su mente después de la lucha enloquecedora y aberrante. Joao había creído que podría acostumbrarse. Había soñado con el día en que su memoria no guardase los rostros y lamentos de sus muertos. Así los llamaba en su interior, porque eran sus muertos, los hombres que habían abandonado la vida por su mano. Imploraba a un Dios en el que no creía para que llegara el día en que su mente descansara tranquila durante la noche, sin sus despertares, envuelto en lágrimas y en sudor, por el recuerdo de los últimos instantes de aquellos hombres, que permanecían grabados en su corazón a fuego vivo. Pero no había ocurrido aún. Seguía recordando con todo detalle cada mueca, cada respiración, cada mirada de súplica o de una inquina incomprensible entre hombres desconocidos.

No se sentía orgulloso de su vida, ni lo estaría jamás, pero tampoco podría estarlo aquel muchacho si continuaba ese camino. Pero él no sería quien le apartaría de tan despreciable destino, pues no había conocido otro. Él también había sido un muchacho la primera vez que mató a un hombre y lo había hecho con tan torpe crueldad que desde entonces se contentaba con hacerlo cada vez más rápida y limpiamente, como único consuelo a sus noches agitadas.

Daniel aprendería lo mismo a su lado, pero no por ello era digno de su amor. La piel mojada, los ojos brillantes por la fiebre. No podía olvidar su cuerpo de niña sobre la cama, su mano sobre él para evitar que continuara deseándola, con su juventud ilusa e incauta a la vez. Por culpa suya, Yemalé, su reina africana, la expulsó de Eivissa y había sido lo mejor que le ocurriera. No quería perder la cabeza por una mujer y Alba era de esas mujeres por las que podía perder hasta la dignidad. Prefería acudir cada temporada a consolarse en los brazos de su reina, toda pasión y lujuria, toda experiencia en hacer que un hombre sintiera el mayor placer que pudiese imaginar, en lugar de sufrir por el amor verdadero. Con Alba sería así, de ella sí se podría enamorar. Por esa niña, un pirata inclemente y tenaz ante sus hombres aspiraría a un amor real e incluso a una familia. Se rio de sí mismo por pensar de esa forma. Sin duda, el muchacho morisco era mejor pretendiente para una mujer como ella, en cuya mirada él nunca encontraría respuestas. Era enigmática y sabia, pero su aspecto rebosaba una inocencia que podría endeudar su corazón.

No obstante, no veía nada en él que fuera diferente a lo que él mismo había sido. No encontraba en sus palabras tímidas, en su voz aguda aún, en su cuerpo joven, en su mirada perdida, la más pequeña señal de merecer que ella le amara tanto como para pedirle que le cuidara como si fuera ella misma. Deseó que fuera su cuerpo y su presencia quien hubiera subido a su barco en la playa de Eivissa. Lanzaría a todos y cada uno de sus hombres por la borda y se perdería con ella a la deriva para la eternidad. De nuevo se rio en silencio. Alba era capaz de hacerle perder la razón y este último deseo lo demostraba, pero la realidad era otra, una nueva estrategia, un océano desconocido, un próximo abordaje y entre el desorden, el caos, el miedo y la batalla, un ruego... *Cuidad de este hombre como si fuera yo misma...*

Tiró al suelo con rabia el trozo de roca y después se acercó para pisarla con la suela de su bota. Sintió dolor en la planta del pie, pero continuó apretando hasta partirla en pedazos tan pequeños que le hicieran olvidar que había recibido su ruego.

XIII

El saludador

Desde la noche en la que descubrió también cuál era el medio por el que expresar su poder, cada una de las palabras que había escrito se había convertido en un deseo cumplido. No habían sido muchas, apenas quería nada, salvo vivir un tiempo de paz que nunca antes había vivido, en una casa en la que se acostaba cada noche con la seguridad de que, al día siguiente, tendría una buena comida en su plato, un lecho en el que descansar y un techo bajo el que cobijarse. A pesar del trabajo, del esfuerzo que era aguantar los desprecios de su señora enferma, era feliz porque tenía cubierto todo lo necesario. A veces se engañaba a sí misma pensando que aquellas personas la empezaban a considerar un miembro más de su familia, pero entonces la señora le tiraba el plato de sopa a la falda o lanzaba cualquier objeto que estuviera cerca de sus manos contra su persona. Estos gestos de desprecio de la mujer, a pesar de sus cuidados, la devolvían a una realidad que le dolía por dentro. No obstante, era feliz junto a Elena. Su amistad era una reserva de cariño en la que se revolcaba como un perro feliz sobre la tierra húmeda, cuando peor se sentía, cuanto más pequeña la hacían sentirse las malas caras y las palabras groseras de la señora, que cada día enfermaba más, de cuerpo y alma. Muchas veces se había preguntado por qué tanto odio, pero su respuesta siempre había sido la misma. La señora no la odiaba a ella, sino a la vida que le había tocado vivir. En una ocasión, llevada totalmente por su desesperación, había llegado incluso a preguntarle lo que nunca una señora de su nombre habría preguntado, de estar en su sano juicio.

—¡Decidme, muchacha! —le ordenó sin siquiera darle un nombre, como había hecho desde su llegada—. ¿Conocéis a alguien que pueda luchar contra mi mal? Antes vivíais en el pueblo y sin duda escuchasteis de alguien capaz de curar los males ajenos.

Alba temió responder. Se quedó en silencio, esperando a que la señora volviese a hablar de un modo más arriesgado, especificando a qué se refería. De la comisura de sus labios, cayó un hilillo de saliva que Alba corrió a limpiar. La mujer la retiró de un cruel, aunque débil, manotazo.

—¡Apartad! ¿Es que no sabéis todavía que os soporto porque no me queda más remedio? ¡Fuera! —se dejó caer sobre los almohadones, visiblemente cansada—. Os he hecho una pregunta y quiero que me contestéis.

—No sé a qué os referís señora.

—¡Sí lo sabéis! —gritó.

De nuevo se esforzó por mantener la cabeza erguida sobre su cuello fino y arrugado, que parecía que iba a quebrarse de un momento a otro.

—Decidme si conocéis a alguien que pueda ayudarme con este mal que me está llevando a la muerte, tan lentamente que ya no puedo soportar la vida, alguien que pueda hacerlo desaparecer. ¡Hablad! Sé de dónde os trajo el señor. A mí no podéis engañarme con esos aires de finura y esos gestos delicados. Esos que tanto os esforzáis en dejar ver. Yo no soy tan ingenua como mi hija, a la que tenéis completamente hechizada.

Alba sintió temor ante su última palabra, aunque pronto se dio cuenta de que solo era una forma de hablar. Se mantuvo en silencio de pie, frente a la mujer, que continuó hablando cada vez más irascible y frenética.

—Ahora estamos solas y podéis decírmelo. Seguro que en esa taberna sucia y maloliente conocisteis a alguna de esas mujeres, capaces de curar y librar de una enfermedad degradante como la mía y de una muerte totalmente injusta —la miró con desdén y de nuevo le gritó—: ¡Hablad, mujer, por Dios! ¡A qué esperáis! ¿Acaso tenéis miedo? ¡Nadie puede oíros, salvo yo!

—Señora, no sé de qué me habláis —respondió resistiendo el deseo de su corazón de curarla ella misma, de enseñarle cómo podría sanar despacio, pero de forma segura, si ponía un poco de su parte con su mente y su corazón. Pero sintió su desprecio. Y aunque sabía por qué la despreciaba, se sintió herida.

—¡Está bien, maldita! —respondió la mujer a su silencio—. Si no queréis decírmelo, tendréis que verme morir un poco cada día. Os quedaréis a mi lado y tendréis que soportar el pestilente olor de mis huesos, que se pudren dentro de mi carne. Dios me ha castigado por mi amargura, lo sé. Me ha castigado a morir despacio y a vivir el resto de mis días bajo el cuidado de unas manos inmundas como las vuestras porque nadie quiere cuidar de mí. Ni siquiera mi hija. Ella solo quiere a su padre. ¡Qué necios, ambos! Y mi hijo no se atreve a mirarme siquiera, pero no le culpo. Yo también me horroricé al ver morir a mi padre de una vejez prematura que nunca comprendí. Ahora me toca a mí y muero, mientras me descompongo por dentro. ¡Pero vos, muchacha inmunda, lo soportaréis a mi lado! —rio con crueldad—. ¡Ese será mi consuelo! Pensar que tendréis que soportarme hasta mi último aliento. ¡Maldita mujer! No sabéis cuánto os desprecio, por ser tan bella y tan joven, por tener tanta salud que os atrevéis a restregármela, cada día, con vuestra presencia.

Alba apenas podía soportar callada tanto desprecio sin razón, pero a pesar de la rabia, solo fue capaz de sentir lástima. Se acercó y le colocó los almohadones bajo su cabeza. Esta vez la mujer se dejó hacer. Cerró los ojos y descansó durante un rato, mientras Alba seguía callada junto a la ventana, mirando al jardín en el que las rosas empezaban a florecer. Echó de menos sus días con Alía y sus hermanas, su amistad perdida con Yemalé, los abrazos blandos y maternales de Floreta... Una lágrima cayó sobre el dorso de su mano mientras calmaba su alma del momento insufrible que acababa de vivir hacía tan solos unos momentos.

La señora emitió un ronquido sordo. Su boca estaba abierta y su saliva caía inexorable sobre su falda. No corrió a limpiarla, esta vez. Devolvió su mirada al jardín y alzó la mano con el deseo de contemplar un pequeño rastro de belleza. Sus dedos se irguieron en consonancia con el despuntar de los capullos rojos del más bello de los rosales. Vio cómo se abría lento y rápido a la vez, en una pequeña flor, de color rojo oscuro con pétalos de terciopelo, bajo la ventana. Habría aspirado su tierno aroma de haber estado cerca y recordó muchas más cosas que aún le eran dolorosamente lejanas.

La muchedumbre se agolpaba haciendo un círculo a su alrededor. Entre gritos de asombro y de temor, se empujaban unos a otros para ver mejor al hombre que, entre espumarajos, intentaba seguir respirando. Cerca de la iglesia, otros hombres habían encerrado al perro en una jaula. Al pasar, Alba le había mirado a los ojos. Era negro, de cuerpo mediano y de aspecto diabólico, como había escuchado decir a una mujer que se había acercado a verle. Encerrado entre los negros barrotes, con el cuerpo tembloroso y frío, tenía los ojos apesadumbrados y legañosos, con un rastro de saliva que goteaba continuamente de su lengua, en su boca abierta y jadeante.

Sintió en su corazón la tristeza por la muerte inminente del animal, aunque era cierto que estaba enfermo y también que había mordido a su amo. Se preguntó cuántas veces habría sido el amo quien le había hecho daño a él, a golpes, a tirones de una cuerda atada a su cuello, a patadas en su pequeña barriga. Su pelo negro estaba salpicado de heridas. Sus orejas estaban llenas de bultos amarillos que le chupaban la sangre a aguijonazos. Nadie lo habría lavado nunca. Olía al gallinero en el que dormía. Tenía la mirada perdida en busca de una salvación inaudita, pues la muerte lo acechaba en forma de un gran cuchillo que sostenían sus vigilantes en sus manos. Su corazón se angustió, no por su muerte, sino por su vida. Recorrió cada uno de sus días en el instante en que vio sus ojos ausentes y, aunque aceptaba su fin inevitable, se lamentó de que los demás no pudieran sentirle como lo que era, un hermano más en la gran rueda de la naturaleza. Un ser igual que ellos, nacido en la Tierra que la diosa había elegido para él.

Elena tiró de su brazo y continuaron caminando con rapidez hacia el centro de la plaza, chocaron con los lugareños, que desprendían un olor pestilente de sus viejas y sucias ropas y que, al verlas, dejaban un espacio libre a su paso. Se colocaron delante de todos, muy cerca del hombre enfermo y del saludador,[1] que apreció su llegada con un gesto de satisfacción en su rostro. Las esperaba.

Por la mañana, Alba había ido a visitarle a la posada, por encargo de Elena. Cuando le habló de la llegada al pueblo de un hombre que traía consigo elixires y ungüentos, su corazón saltó de alegría imaginando que podía tratarse de Joan. El deseo de volver a verle, a él y a su hermana, crecía un poco más cada día y, aunque mantenía oculto todo lo referente a ellos, incluso su existencia, su alma no podía olvidarles.

Después, cuando supo que se trataba de un saludador, había intentado negarse a ir, pero Elena le había rogado con lágrimas en los ojos que fuera en su busca. Su madre era para ella un pedazo de su ser y no iba a permitir que muriera sin hacer lo que fuera necesario para salvarla. Si para ello tenía que tratar con gente de moral dudosa, lo haría. No obstante, aquel hombre tenía credenciales del mismo inquisidor de Aragón, que seguro les enseñaría cuando fuera a la casa.

A Alba no le gustó su mirada. Cuando entró en la alcoba de la posada y él se levantó de su catre para recibirla, sintió que la desnudaban sus ojos. Pero no era su cuerpo, lo que sintió mancillado, sino su ánimo. Sus ojos negros no se desviaron de ella ni de su rostro un solo instante. Parecía querer beberse sus pensamientos.

—¿Sois el saludador Julio Almirón? —le preguntó.

1. Saludador. Embaucador que se dedica a curar o precaver la rabia u otros males, con el aliento, la saliva y ciertas deprecaciones y fórmulas.

—El mismo —dijo el hombre, extendiendo sus manos hacia ella.

Alba se retiró y él recibió su gesto con enojo. Había adquirido el hábito de tocar a las personas durante sus más de veinte años como dador de salud y recibió con desagrado el atrevimiento de la mujer que, además, se atrevía a mirarle directamente a los ojos.

—Vengo de parte de la familia de Don Álvaro de Abrantes, para rogar vuestra presencia en su casa, en cuanto os sea posible —explicó Alba, atrapando su mirada para saber si podía confiar en él.

—¿Y qué busca tan digna familia en este, su pobre servidor? —sonrió con falsedad.

—Decidme cuando podréis acercaros con vuestro don para devolver la salud a la señora de la casa. Padece un grave mal desde hace años y ningún físico ha sabido darle cura.

—Dejadme pensar... —se sentó de nuevo en el catre, mirándola desde todos los ángulos posibles, pretendiendo averiguar qué veía en ella que no era capaz de definir—. Puedo ir mañana mismo.

—Bien, os esperarán allí en cuanto despunte el día. El señor os pagará bien. No tenéis de qué preocuparos. Y os pagará aún mejor si lográis devolver la salud a la señora.

—No siempre es posible devolver la salud a todos los enfermos.

—Lo sé —asintió ella, que sabía que había una posibilidad entre mil, de dar la curación—, pero, aunque sé que no lo conseguiréis, la familia solicita expresamente vuestra presencia.

Alba se alejó hacia la puerta caminando con rapidez. Antes de que se marchara, el saludador sintió un arrebato de indignación hacia ella, que le había desarmado como si fuese una aparición divina y exclamó con un recuperado fervor.

—Podéis venir con alguien de la familia esta tarde a la plaza a presenciar mis curaciones, si queréis. Yo estaré allí y os aseguro que daré salud.

Lo miró con lástima. El hombre se esforzaba en recobrar su dignidad ante una auténtica mujer sabia y, aunque familiarizado con las fuerzas ocultas, sin duda, puesto que había reaccionado tan dócilmente, no supo descubrir qué era ella realmente.

Junto a aquella mujer desaparecía su capacidad para fingir que, gracias a sus dones, estaba por encima de la mayoría de los seres de este mundo. Se sintió incómodo. Nunca le había ocurrido nada parecido. Incluso su voz había cambiado en tan pocos minutos. Empezaba a sentirse como antes de que comenzara todo, cuando su amo le había conseguido la licencia de saludador, firmada por el Inquisidor Mayor de Aragón, a cambio de sus favores económicos a la Iglesia. Había sido mucho tiempo atrás, cuando sabía que nunca sería capaz de curar a alguien, porque no tenía ninguna de las marcas que decían tener los que podían. No había nacido en Viernes Santo, ni era el séptimo de una familia de hijos varones, ni tenía la señal de Santa Quiteria en el paladar, ni su saliva era curativa en ningún caso. Pero su amo se rio de él cuando le confesó los miedos que le embestían.

—¡Eso no importa, muchacho! ¡La mayoría son unos impostores! —rio el hombre—. Lo importante es que ahora tenéis un oficio. Podréis ganaros la vida dignamente, cuando yo ya no esté en este mundo, y mientras, podéis acompañarme a recorrerlo.

Su amo era cabo de escuadra de un capitán importante y cuando fue tan viejo que ya no pudo seguir con sus viajes, en los que le llevaba a él como mozo, se vio obligado a comprar una licencia a la Iglesia. Parecía sentirse responsable y quería dejarle con un oficio con el que pudiera valerse por sí mismo. Al fin y al cabo, le había recogido con tan solo once años y no había esperado ni siquiera unos días. La primera vez que se metió en su cama durante la noche y a pesar de su reticencia, le obligó a hacer cosas que nunca hubiera imaginado que existieran. Habían pasado treinta años y desde entonces se había sentido tan sucio e infame que había levantado un muro a su alrededor, mostrando solo la imagen de sí mismo tras la que se sentía fuerte y a salvo de la crueldad humana. En todos estos años, él también se había vuelto cruel y ajeno al dolor de los otros, a pesar de dedicar su vida a curarlos. Claro que esto no lo hacía realmente. Las veces que alguien se había curado había sido por pura casualidad. Lo sabía, pero, a pesar de ello, continuaba. Habían sido aquellas ocasiones las que habían corrido el mundo precediendo su llegada, allá por donde quisiera ir. Había recorrido Europa y regresaba con la arrogancia de una estoica y fornida reputación, que sabía que sería inquebrantable. Poco importaban las curaciones que consiguiera esta vez. Como siempre, días antes de su llegada, había vuelto a marcar en su cuerpo la rueda de Santa Catalina con una aguja sobre la piel, que cicatrizaba insistente hasta que la costra se le caía y tenía que volver a marcarse. Ya ni siquiera sentía dolor. Elegía siempre el mismo lugar para lograr que algún día la cicatriz se convirtiera en la prueba de su auténtica naturaleza de saludador. Era lo mismo de siempre, un pueblo más, alejado del mundo, perdido entre los caminos infinitos, con gentes olvidadas de Dios y de su Iglesia. Era un lugar más, en donde cobraba una bolsa de monedas por adelantado, pues solo iba donde le llamaban con antelación. La rabia, mal de amores, dolor de órganos e incluso peste. Había visto de todo, había arriesgado su vida en tantos lugares que ya no temía a la muerte. Se sentía inmune al sufrimiento físico y al dolor moral. Y ahí era donde radicaba su fuerza. Pero con la mujer desconocida que esperaba su respuesta de pie, frente a él, cubierta con un vestido largo azulado y una capa marrón, no supo cubrirse con su máscara de engaño y se sintió tan extenuado que tuvo que sentarse en el catre y repetir aquella frase, rogándole al cielo que ella desapareciera.

De nuevo la vio en la plaza aquella tarde, se quedó prendado de la profundidad de sus ojos, pero pronto desvió su mirada para dedicársela al hombre que, entre alaridos y forcejeos, parecía haber recuperado la fuerza para continuar moviéndose. Su cuerpo se convulsionaba y sus ojos enfebrecidos miraban a un lugar ajeno a este mundo.

Elena se tapó con la palma de su mano y volvió su cabeza

hacia Alba, que continuaba mirando hacia el centro de la plaza. El hombre tenía la cara llena de heridas que supuraban un líquido verdoso. De su boca, brotaban sonidos guturales aspirantes a palabras, o a súplicas. Era pasmoso ver como el saludador estaba quieto ante él, sin hacer nada, mientras el hombre se retorcía en el suelo, sujeto por los brazos fuertes de sus parientes, que le habían arrastrado hasta allí. Estaba sentado en su silla y parecía esperar a que el rabioso se calmara.

Alba pensó que por sus venas corría la sangre más fría que había conocido y se preguntó cómo alguien incapaz de sentir compasión pretendía curar. El rabioso pareció calmarse por unos instantes. Ante el asombro de todos, se levantó, tirando hacia atrás a los hombres corpulentos que le sujetaban y se dirigió hacia ellas.

Elena se destapó los ojos durante el silencio general y le miró de nuevo. Se sintió morir. La sangre de sus venas pareció congelarse por el miedo. El hombre casi alcanzó a tocarla, cuando Alba se puso entre ella y su atacante, impidiendo que la alcanzara. De su boca brotó un esputo espumoso que le cayó en la mejilla. Alba se limpió con rapidez mientras escuchaba el grito desaforado del enfermo, que balbuceó una palabra que solo ella y el saludador estaban lo suficientemente cerca para escuchar.

—¡Bruja! —escupió.

Nadie le entendió, salvo el saludador, que conocía lo que aquella enfermedad podía producir en la mente humana, una capacidad de percepción del mundo mucho más clara, que no proviene del interior, sino de las presencias invisibles. Quizá los ojos inyectados en sangre del rabioso habían sido capaces de ver las almas protectoras que la acompañaban, o sencillamente, había percibido su grandeza en la emanación de los colores de la aureola que rodeaba el relieve de su figura.

El saludador se quedó mirándola, creciéndose ante su sorpresa. Ahora sabía a lo que se enfrentaba. Recuperó las ganas de hacer su trabajo y se arrojó sobre el hombre, al que ya habían logrado paralizar sus parientes. Puso sus manos a ambos lados de la herida de su cara, sintió una vez más la repulsión que le provocaba el aspecto de esta, purulento y verdoso. A pesar de las arcadas, sacó su lengua, alargándola para que todos los presentes pudieran verla y lamió la herida ponzoñosa, escupiendo después en el suelo la secreción para no tragarla. Repitió la acción tres veces en cada herida del rostro y después hizo la señal de la cruz sobre cada una de ellas.

Tras el ritual, exigió en voz alta que trajeran al animal que había mordido al hombre. Dos hombres lo sacaron de su jaula y, entre tirones y patadas, llegaron con él a la plaza. Recogería la sangre del animal en un frasco y echaría un poco sobre cada una de las heridas del enfermo, para que la sangre del perro otorgara la curación del hombre, con su muerte como recompensa.

Cuando uno de ellos levantó su cuchillo para clavarlo en su cuerpo huesudo, Alba echó a correr, perdiéndose entre las gentes, sintiéndose incapaz de ver lo que sabía que iba a ocurrir. No se dio cuenta que había dejado a Elena sola. Esta la vio marcharse y la siguió. No la sorprendió que Alba fuera tan sensible ante la muerte de un animal. A ella tampoco le satisfacía verlo, y se sentía agradecida y fascinada porque su amiga se había puesto entre ella y el rabioso para protegerla.

Cuando la alcanzó, fuera ya de la plaza, pudo ver unas lágrimas gruesas en sus ojos y un fuerte temblor en sus manos. La abrazó mientras caminaba y le agradeció lo que había hecho. La sentía cada día más cerca, era la hermana que no había tenido y bendijo a su padre por haberla traído a su casa y a su vida.

—Dicen que en Valencia entró en un horno encendido y se quedó más de una hora dentro, y cuando salió, su piel ni siquiera había enrojecido.

Elena susurraba los prodigios que había escuchado decir a las gentes del pueblo sobre el saludador, mientras él comía en la cocina, esperando que le llamaran para visitar a la señora. Esta escuchaba con oídos atentos a su hija, mientras Don Álvaro sostenía junto a ellas la licencia.

... A cualquiera que lea el contenido de esta licencia, Comisarios, Familiares, Rectores, Vicarios, Justicias y Jurados de todo el Reino, que, por mi mandado, como Inquisidor Mayor de la ciudad de Zaragoza, doy fe de haber examinado a Julio Almirón, saludador, de cuantas cosas en esta Santa Casa se saben, y así ordeno a cualquiera, que le ayude y favorezca, permitiéndole ejercer con dignidad su oficio...

—El fuego no es capaz de dañarle, madre. Dicen que puede coger carbón encendido sin quemarse la palma de la mano. Alba os puede contar lo que hizo ayer. ¡Sanó la rabia en un hombre, lamiendo sus heridas purulentas!

—¿Y el hombre, recobró la salud? —preguntó la señora, ansiosa de recibir un sí por respuesta.

—¡Claro, madre, sin ninguna duda! Mucha gente lo vio.

La señora miró a Alba con el rostro lleno de esperanza. Esta asintió, sin decir una palabra. No tenía corazón para decirle lo que en realidad pensaba, que era un falso saludador.

—Veremos lo que puede hacer por nosotros —dijo Don Álvaro, suspirando por su temor a que no fuera más que una quimera.

A su lado estaba Vidal. Callado también y siempre atento a cualquier movimiento de Alba, con su mirada siempre puesta en ella, en su cuerpo y en cada uno de sus gestos.

—Alba, haced pasar al saludador.

Mientras el hombre pronunciaba en voz alta sus ensalmos, ella pensaba en el gran poder que tenían las palabras. Cuando terminó de hablar, de debajo de sus ropas sacó una cédula[2] ya escrita, que colgó del cuello de la señora con un cordón. Esta la retiró de un manotazo, riéndose de la ocurrencia del hombre.

—Pero ¿qué creéis que vais a conseguir, colgándome esto al cuello?

2. Cédula. Documento que se daba en las parroquias para que constara haber cumplido con el precepto pascual.

Alba volvió a colocárselo, rogándole que no se lo quitara. Si iba a creer en algo de lo que el hombre iba a hacer en su presencia, era en la fuerza poderosa de aquellas palabras escritas, pero para que pudieran otorgarle bienestar, era imprescindible que la señora al menos lo permitiera.

—Señora, os ruego que confiéis en el saludador —le pidió con dulzura.

—¡Madre, por favor, haced caso de lo que os dice! —le rogó Elena.

Don Álvaro asistía a lo que él mismo veía como una auténtica farsa. Intentaba mantener la tranquilidad mientras observaba el cuadro que conformaban el hombre y sus pertenencias, las cuales había sacado de sus alforjas y extendido sobre el suelo frente a él. Un frasco de hierbas, un pedazo de manteca envuelta en un trapo blanco, cruces, piedras y ramas de olivo.

Sacó las hierbas del frasco y comenzó a pasarlas por encima de su esposa mientras recitaba unas oraciones. Después, colocó una cruz sobre cada uno de sus hombros, que se cayeron dos veces porque apenas podía mantenerse erguida en el respaldo de la silla. Lanzó al aire las piedras, dejando que cayeran al suelo de forma que le pareció una majadería. Pidió a la señora que sostuviera entre sus manos las ramas de olivo.

Todo aquello le hacía parecer insensata y estúpida, pero a pesar de su visible reticencia, accedió a participar, tras los ruegos de su hija. Altiva y orgullosa, aguantó la representación y el cansancio, hasta que el saludador le alcanzó el pedazo de manteca y le exigió que lo comiera. La mujer lanzó su boca contra el pedazo sangriento que el hombre le ofrecía sobre una tela blanca. La señora hizo un mohín con su boca ante el sabor amargo del alimento y lo escupió sobre las ropas que tan escrupulosamente vestía el curandero.

—¡Echadlo de aquí! ¡Fuera de mi casa! —le pidió a su esposo con su voz colérica—. ¡No voy a comer eso! ¡Sacad de aquí a este tramposo!

—¡No permito ser insultado! —gritó el hombre, defendiendo su honra mientras alzaba en su mano la licencia del inquisidor—. ¡Aquí están mis credenciales!

—¡Fuera! —exigió la mujer.

Alba acompañó al saludador hasta el jardín. Caminaba rápida delante de él para guiarle sin error hasta la puerta, mientras le escuchaba lanzar improperios contra los señores de la casa por haberle invitado para después tratarle peor que a un perro. Antes de irse, él la sujetó de la muñeca tan fuerte que logró hacerle daño.

—¡Esperad, muchacha! Alba, os llamáis, ¿verdad?

No contestó. Intentó zafarse, pero su mano la apretaba demasiado fuerte.

—Sé que no sois como ellos —exclamó jadeante y malhumorado, echando una rápida mirada hacia la casa—. No sé lo que sois, pero os veo distinta. Hay algo en vos que... —calló un instante—. No importa. Si algún día queréis encontrarme, podéis hacerlo en Valencia. ¿Habéis estado alguna vez en la ciudad?

Negó con la cabeza.

—Buscad a Nadara. Ella os llevará hasta mí.

Don Álvaro salió al jardín y la llamó, tras ver que el hombre la tenía en sus manos. El saludador soltó la muñeca de la muchacha, que corrió hacia la casa con el miedo en los ojos. Antes de entrar, vio la mirada complacida de Don Álvaro, que se sentía orgulloso de haberla defendido del impostor.

Alba se asomó a la ventana para verle marchar, pero solo vio a una insólita ave negra que surcaba el cielo en dirección al pueblo, mientras lanzaba un graznido impertinente.

XIV

El inquisidor

La tormenta amainó a su llegada a Valencia. Había llovido bastante y el suelo empedrado de las calles estaba encharcado. Al doblar la esquina que llevaba a la casa de Don Pedro de Azaga, en el centro mismo de la ciudad, comenzó el repiqueteo de las campanas de la Catedral. El caballo negro de Don Álvaro se distrajo y resbaló con sus patas traseras. Por un momento pareció que iba a desbocarse. Este agarró con fuerza las bridas y tiró de ellas hacia sí para controlar al animal, que rápidamente reaccionó ante su orden y continuó el trote delante de la comitiva.

—¿Hay algún festejo? —preguntó, alzando la voz para que Don Pedro pudiera oírle.

—¡No! —contestó este—. Hoy llega el nuevo inquisidor mayor. Habrá una Misa Mayor.

Al entrar, un lacayo se acercó rápido con una escalerilla para ayudarle a desmontar. Don Álvaro la rechazó y bajó del caballo como siempre lo había hecho, dejándose caer hasta que las suelas de sus botas tocaron el suelo encharcado. Su amigo se dejó atender por su sirviente, utilizando la escalerilla que acababa de poner bajo su pie derecho.

El señor de Abrantes detestaba tales manifestaciones de debilidad, que parecían haber aparecido como un nuevo uso en la educación de la aristocracia, cada día más decadente. Por un momento, dudó de si había elegido al mejor hombre para esposo de su amada hija.

La chimenea estaba encendida. Se sentó en un sofá frente al fuego. Un criado les sirvió una copa y trajo una carta para Don Pedro.

—Debe ser respondida de inmediato, señor —le dijo—. Un mensajero está esperando vuestra respuesta.

Don Álvaro escuchó despreocupado cómo su amigo rasgaba el papel con un cuchillo, mientras se acomodaba en el sofá, recibiendo el calor del fuego con gusto.

—Lo lamento, sé que sois mi invitado, pero he de sacaros de la comodidad de esta sala, ahora mismo.

—¿Qué ocurre? —se levantó, interesado.

—Ni siquiera puedo daros tiempo para tomar un refrigerio. Cambiémonos esta ropa mojada antes de salir —respondió, mirándose las botas húmedas—. Es una carta del nuevo inquisidor, escrita de su puño y letra. Hemos de acudir al auto de fe que se celebra hoy. Anoche fue la procesión de la Santa Cruz Verde, la Misa se estará celebrando en este momento, por eso sonaban las campanas. Aún podemos llegar a tiempo.

Don Pedro subió delante de él las escaleras, hasta la habitación de invitados donde podría vestirse con ropa seca y más elegante que la que había usado para el viaje. Mientras subían, le explicaba alterado lo que, según sus elucubraciones, debía haber ocurrido.

—El nuevo inquisidor debe estar llamando a todos los alguaciles y familiares de la Inquisición. Sin duda quiere conocerme lo más pronto posible. No tenía noticias de su llegada, ha debido ser durante mi estancia en vuestra casa. De todas formas, temo que Fray Jaime Bleda no sea como el inquisidor anterior. Tendré que asistir a todos los actos a los que me solicite; si no, perderé las concesiones que me otorga. Sé que lo comprendéis y os agradeceré vuestra compañía, si me la concedéis. Aprovecharemos para pedirle esa licencia de lectura para vos y estoy seguro que os la concederá, si os ve allí esta tarde —añadió.

—Por supuesto —asintió Don Álvaro, complacido.

Nada le gustaría más que obtener esa licencia y no tener

que volver a arriesgar sus libros, cuando el Santo Oficio decidiera visitar su casa de nuevo. La recompensa de leer lo que quisiera y tener en su biblioteca los libros que estaban prohibidos para la mayoría compensó su malestar debido al cansancio del viaje y a lo poco que disfrutaba en ese tipo de actos.

Había acudido gente incluso de fuera de la ciudad. Don Álvaro no comprendía qué podían encontrar de bueno, al contemplar la desdicha ajena. Mercaderes y comerciantes intentaron venderles alhajas y baratijas a su paso. Un mendigo se afanaba por hacerse escuchar en medio del jolgorio de la multitud, alzando la palma de su mano pidiendo limosna.

—¡Cuidad bien vuestro dinero! —gritó Don Pedro antes de llegar a la plaza—. Los ladrones callejeros aprovechan para lucrarse a costa de otros.

No se habían preparado asientos, más que para la nobleza, los miembros de la Iglesia y la aristocracia. En este último grupo se encontraban ellos. Ni siquiera habían tenido tiempo de almorzar antes de sentarse. El día continuaba frío y húmedo. Álvaro se ajustó el sombrero y miró al cielo nuboso, confiando en que la lluvia no descargara sobre el primer auto de fe del nuevo inquisidor en la ciudad.

—Imagino que Dios no lo permitirá —exclamó Don Pedro, mirando al cielo también.

En el fondo estaba deseando que lloviera para poder librarse.

—Este auto de fe es un proceso al libro, pues es un escrito lo que se condena y no a un hombre.

—Sin embargo, es un hombre el que está sentado en el asiento del reo —replicó Don Álvaro.

—Así es.

A Don Pedro no le gustaba que su amigo hiciera alarde de su irónica forma de ver el mundo, en su presencia. Tampoco en presencia de otros, pues no siempre eran bien entendidas sus palabras.

—Es el librero —añadió—, ni siquiera es el autor, pero lo

que se juzga hoy, además de lo escrito, es el hecho de que ese hombre —dijo señalando al reo, alzando su mandíbula— ha pasado por alto la nueva ley de denunciar un libro que, además de falso por su blasfemia, no ha sido impreso en España, sino fuera del reino.

Don Álvaro se vio obligado a recordar las nuevas prohibiciones.

—¿Y de qué habla, el libro? —preguntó bajando la voz, puesto que el público pareció silenciarse, al comienzo del acto.

—No lo sé. La carta del inquisidor no decía nada sobre ese asunto. Supongo que es irrelevante para el caso.

—¿Cómo puede ser irrelevante lo que diga el libro, en un proceso al libro?

De nuevo Don Álvaro se comportaba irritante. Don Pedro se vio en la necesidad de darle una lección.

—Lo importante es el hecho de que este hombre no ha entregado, a su debido tiempo, la lista de libros prohibidos que le llegaron para vender en su librería. Obviamente se trasluce de este hecho que es culpable.

—Obviamente —repuso Don Álvaro—, es tan obvio como que el libro está prohibido, aunque no sepamos por qué.

Se mostraba como si él fuera el único ser pensante en toda Valencia. Y lo hacía debido su origen, alto y digno del mayor respeto, pero pueblerino, al fin y al cabo. En la ciudad las cosas no se hacían siempre por una razón. Decidió dejarlo por imposible y cambiar de tema con rapidez.

—Ahí está Fray Jaime Bleda —señaló con disimulo.

Estaban lo suficientemente cerca para contemplar su rostro impertérrito. Era joven. Quizá demasiado para su nuevo cargo. Llevaba un hábito y estaba sentado en el palco principal, en el centro mismo de la plaza, siendo el foco de atención de todos los asistentes. Tenía la mirada puesta en el reo, asistiendo con verdadera atención al desfile de cargos que un asistente leía en voz alta.

Este temblaba de frío. El saco bendito no le abrigaba lo suficiente. Le pareció un gesto de mal gusto obligarle a vestir con él y a tocar su cabeza con el gorro picudo, que ridiculizaba su imagen, haciéndole parecer culpable, antes incluso de ser juzgado. Un cartel de madera colgaba de su cuello. En él se leía la palabra «Desobediencia» bajo una gran cruz roja. Tenía las manos atadas y las alzaba en un gesto de oración, al que le obligaban las cuerdas que unían sus palmas.

El inquisidor decano hizo sonar la campanilla de nuevo, antes de leer los nuevos cargos de los reos siguientes.

—Acaba de llegar y parece que ya han cambiado las cosas —dijo Don Pedro—. Generalmente, el populacho grita y se altera tras leer los cargos del reo. Los que le conocen gritan en voz alta sus cuentas pendientes. Los que no, simplemente gritan lo que oyen a otros, porque ellos mismos se alteran con la tensión del juicio. Sin embargo, hoy hay un extraño silencio.

Fray Jaime Bleda parecía imponer el mutismo de toda la multitud con su sola presencia.

—¿Quiénes son los otros reos? —dijo, refiriéndose al grupo de ocho hombres que estaban de pie, por no haber asiento para todos ellos.

—Son músicos. Miembros de una orquesta.

—¿Y por qué están aquí?

—Se les acusa de utilizar la frecuencia atemperada en sus conciertos. Dicen que va en contra de las leyes de Dios. Hay unas leyes para la música, como para todas las artes. No seguirlas puede llevarte a la hoguera —miró de nuevo al cielo, al tiempo que se ajustaba la capa.

La tarde se había oscurecido y la luz de las teas apenas iluminaba ya el rostro amargo de los reos, que esperaban a que se dictara sentencia. Todos habían abjurado durante los interrogatorios y probablemente fueran absueltos de la pena capital y condenados a castigos menores.

Un relámpago iluminó la plaza, seguido de un trueno cuyo sonido asustó al populacho. Se oyeron breves gritos y murmuraciones sobre si podían ser una respuesta divina. La lluvia comenzó a caer de súbito con fuerza. La multitud empezó a mostrarse alterada y el silencio que antes había reinado, ahora languidecía ante la mirada atenta del inquisidor, que continuaba escuchando la lectura de los cargos.

El inquisidor decano, encargado de leerlos, aceleró su ritmo de lectura para terminar lo más pronto posible. Mientras, algunos frailes se acercaron al inquisidor mayor y colocaron sobre él una capa negra para proteger su coronilla de la lluvia. La negritud de la tela ensombrecía su rostro. La aristocracia permanecía sentada y lo haría mientras los miembros de la Iglesia no hicieran intención de marcharse.

Un nuevo relámpago seguido de un estruendo hizo temblar la plaza. Los sobrecogió, pero el inquisidor no pareció alterarse en absoluto. El secretario terminó e hizo sonar de nuevo la campanilla. La multitud ya había comenzado a marcharse. Corrían y saltaban sobre los charcos del empedrado suelo, para cobijarse de la lluvia y de las manifestaciones sonoras y luminosas que tanto los asustaban.

Los reos continuaban en pie, con la ropa empapada. Los picos de sus gorros habían caído hacia abajo por el peso del agua en la tela mojada, mientras esperaban la absolución prometida. Don Álvaro esperaba escuchar la voz de Fray Jaime Bleda al fin, pero no ocurrió como había imaginado. El fraile hizo un gesto con su mano huesuda y el decano corrió a poner la oreja junto a su boca. Ante la expectante espera de la nobleza y la aristocracia, condenó a los reos a relajación en la horca.

Se oyeron los gritos y llantos de estos, tras escuchar su sentencia. Pedían suplicantes su absolución, pues ya se habían retractado de sus delitos en los días anteriores. El mismo Don Pedro hizo un gesto de desaprobación ante lo ocurrido. Don Álvaro no comprendía.

El Inquisidor Mayor se levantó. Los frailes que le protegían con la tela negra sobre su cabeza intentaron seguirle, a duras penas, en su rápida carrera. El auto de fe había terminado, pero la tormenta acababa de desatarse.

—¿Qué sabéis de él? —preguntó Don Álvaro, a la mañana siguiente, interesado en el nuevo inquisidor.

Acompañaba a Don Pedro para presentar sus respetos. Él pretendía conseguir algo más de aquella visita, la licencia para leer los libros prohibidos, pero no podía negar que la tarde anterior el hombre había despertado en él una gran curiosidad.

—Es de Algemesí, fue párroco de moriscos durante mucho tiempo. Quizá por eso, el Marqués de Denia ha confiado en él como calificador del Santo Oficio, porque conoce a los moriscos y se muestra impasible con su expulsión. Ha escrito un libro en el que insta a tratarlos con toda dureza y hubo algunos rumores que precedieron a su llegada. Otro fraile fue encargado para resumir el libro antes de dárselo al Rey. Al parecer, era demasiado denso para los ojos de su Majestad.

—No ha debido ser de su agrado —asintió Don Álvaro.

—¿Del agrado del Rey?

—No, me refiero al inquisidor. No debió gustarle que otra persona se encargara de censurar lo que él había escrito.

—Supongo que no. Quizá por eso tiene ese aspecto de estar muerto en vida.

Ante su cuerpo enjuto y aparentemente frágil, Don Álvaro vio como la mano blanca y alargada del inquisidor se estiraba con el dorso cerca de su boca. Se agachó e hizo el gesto de besarle la mano.

—¡Nuestro Señor os guarde muchos años! —exclamó Fray Jaime Bleda, con un tono de voz exangüe.

Parecía un hombre débil físicamente. Vestía un nuevo hábito de tela más gruesa y, bajo las mangas, dejaba ver las muñecas delgadas de sus brazos, con unas antiguas cicatrices en ellas, seguramente causadas por las heridas, tras haber llevado cuerdas durante varios días, penitencia de la que solo algunos eran capaces.

Un criado trajo vino y sirvió una copa a cada uno. Fray Jaime Bleda la rechazó con un gesto que parecía ensayado. Agradeció el sabor fuerte y espeso del vino en su boca. Esperaba que, a lo largo de la conversación, Don Pedro hiciera alguna mención al auto de fe, pero no lo hizo. Sí habló, sin embargo, de su petición de la licencia de lectura que, para su sorpresa, le fue concedida en ese mismo instante.

—Tengo entendido que en vuestra comarca aún quedan moriscos fugitivos —exclamó el fraile, dirigiéndose por primera vez a Don Álvaro, mientras firmaba la orden.

—Así es —respondió—, pero me encargaré personalmente de ello a mi regreso.

—Que así sea —exclamó Bleda—. Esos malditos han acabado del todo con mi paciencia.

—Podemos estar contentos de cómo se está llevando a cabo la expulsión —añadió Don Pedro.

—Sí, el cielo está de nuestro lado. Además del Rey... —sonrió el fraile.

—Me pregunto si el Rey tiene también en cuenta a los amos de las tierras. No podemos trabajar por falta de manos que realicen la labor.

Fray Jaime cambió su expresión por otra nueva de indignación, más dura que la anterior.

—Por supuesto —asintió—, y si así no fuera, no temáis, yo se lo he recordado a Su Majestad. Ese problema está contemplado en la obra de mi autoría y trabajo que ahora mismo tiene en sus manos.

—Quiero expresaros mi más sincera gratitud —le dijo, agradeciéndole la licencia.

—Don Álvaro ha crecido entre moriscos, no se lo tengáis en cuenta —rio Don Pedro, en un intento de que la concordia regresara a la charla.

—Entonces ya tenemos algo que nos une —dijo el fraile sonriendo—. Yo también he vivido mucho tiempo entre ellos y por eso precisamente los conozco bien. He pasado años intentando inculcar a Cristo en sus corazones —miró hacia el suelo y se agarró a la cruz de madera que colgaba de su pecho, con un cordón negro anudado al cuello—. Y Dios sabe que no lo he conseguido. «Torpe es toda parte que no cuadra ni se conforma con un todo», San Agustín —añadió, mirando al techo con un aire de repentina divinidad.

Cogió la licencia de lectura y la ató con una pequeña lazada. Se acercó a él y, mirándole intensamente, se la ofreció mientras decía:

—Sé que estaréis allí donde os necesite.

Don Álvaro sintió que su corazón le daba un vuelco y supo que se había vendido. Se preguntó si los libros eran tan importantes para él como para vender su alma al diablo.

Fray Jaime Bleda se despertaba cada día antes del amanecer. Sus múltiples quehaceres como Predicador General de la Orden de Predicadores, Calificador e Inquisidor Mayor del Tribunal de Valencia, no le permitían remolonear, como habían hecho sus antecesores, según los rumores que habían llegado a sus oídos. Él se sabía un hombre diferente. Era un miembro de la Iglesia por convicción. Había llegado hasta allí guiado por la misma mano de Dios, que antes le había negado crédito y prestigio. Le estaba agradecido por las duras pruebas que había tenido que soportar y que ahora le engrandecían ante las miradas ajenas. Todo el mundo sabía que había pasado sus mejores años siendo clérigo de moriscos. Esto no le avergonzaba, al contrario, debía servir para que todos comprendieran su afán por la expulsión de estos, ya que él era el único que sabía con certeza lo imposible de la misión en la que muchos otros se empecinaban, como él mismo había hecho antes: cristianizar a un moro. Era quizá debido a su impudicia, la cual pervivía en su naturaleza desde el momento mismo en el que eran engendrados, lo que no les permitía recibir a Cristo como debían hacerlo. Sabía que todos fingían haberlo conseguido. Así se lo mostraban en su iglesia aquellos muchachos plenos de juventud que, tras escuchar su sermón, acudían a sus templos ocultos en cuadras y pajares, escondidos ante sus ojos cristianos. Y no solo era ese su pecado. También acusaban sus cuerpos la inmundicia de sus deseos físicos ante las mujeres, eternas pecadoras, cabecillas de casi todas las fechorías e infracciones contra el pudor y la virtud. Otros eran sodomitas. Lo sabía por sus miradas tiernas entre sus semejantes y por un gesto que expresaban y creían que él no conocía, pero no era así. Sabía muy bien quiénes se abandonaban al pecado nefando. Él lo sabía absolutamente todo de sus feligreses, aspirantes a cristianos nuevos. Por el tacto, reconocía la señal que les alertaba de la semejanza de sus gustos, un toque de la mano, para avisarse unos a otros de lo que eran y preferían. Como le había expresado al Rey en su obra, ese mal vicio lo adquirían en los baños, los cuales utilizaban incluso en invierno, cuando no había necesidad alguna de que el cuerpo tocara el agua. Habían sido demolidos en su mayoría, pues causaban el calor libidinoso que llevaba a los hombres a una lascivia que les afeminaba los ánimos; aun así, los moriscos buscaban nuevos lugares para el regocijo de su cuerpo. Y no había cura para un cuerpo malogrado de tal forma. Solo la castración o la relajación podían purificar el alma de semejante depravación.

Muchas veces se preguntó por qué lo arreglaban todo a gritos, no importaba cuál hubiera sido la altura de su cuna, todos parecían expresarse por igual, como si siempre les fuera la vida en ello, aunque se tratara de nimias estupideces. Luego estaba su acento, el cual le causaba una repulsión que nunca había intentado ocultar. Como clérigo de su Iglesia, se había involucrado tanto en su empeño en cristianizarlos que incluso había intentado enseñarles a hablar correctamente, pero había sido del todo imposible, pues existían sonidos de letras que ellos eran incapaces de pronunciar, o quizá contravenían alguna ley de su dios, oculta a su saber, pero no a sus ojos. Quizá creían que la pronunciación de aquellas letras causaría su condenación a los infiernos. ¡Qué equivocados estaban en su torpeza! Era así como se condenaban: si no abrazaban la fe en Cristo, el mismo diablo vendría a por ellos, antes incluso de que él los condenara a la hoguera por sus herejías. Sabía que muchos desearían manchar la gracia bautismal, profanarla y ensuciarse en la fuente del Santo Bautismo si pudieran, pues, aunque mostraban su regocijo al ser bautizados, todo eran falsas demostraciones para que él pudiera dar cuenta de ello, pero en el fondo de sus corazones y de sus casas, de sus familias y de sus costumbres, seguían sin comer cerdo ni criar a estos animales, y perpetuaban el rezo al dios que ellos consideraban el único, erróneamente. En realidad, todas sus muestras de gratitud hacia él y hacia su Iglesia, durante los años en los que intentó inútilmente confiarles su fe en Cristo, habían sido una inmensidad de heces y abominaciones de herejías.

Por todo lo sufrido en aquel pueblo inmundo al que había sido destinado, en nombre de la proclamación de la fe, trabajaría ahora con una consideración especial con hombres como Don Álvaro de Abrantes. Él era un buen ejemplo de lo que podía ocurrirle a un buen cristiano si pasaba demasiado tiempo entre moriscos, permitiendo que realizasen sus ritos y costumbres y que desarrollaran su cultura a su antojo. La visión del mundo que tiene un hombre cuando ha nacido rico, sin duda era diferente, pero inexacta. Al señor de Abrantes, solo le preocupaba que sus cosechas fuesen abundantes y para ello solo se tenía que molestar en que no les faltase el alimento y el pago por su trabajo que previamente hubiesen acordado. Pero hombres como él eran los que habían impedido que Fray Jaime llegase mucho antes al tribunal de Valencia. Sin saberlo, su forma de ser, indiferente, no ayudaba en nada a contribuir en defensa de la fe cristiana. Había algo más importante que sus cosechas y sus tierras, ahora sin mano de obra que las trabajara. Decía ocuparse de la economía del reino, pero no era ese su mayor interés, sino solamente el provecho propio. Ni él ni ninguno de los hombres acaudalados que había conocido se había ocupado de escudriñar la vida de los moriscos que trabajaban sus tierras, ni en contar sus errores y pecados. Y si algunos lo sabían, lo callaban, porque lo único que les interesaba era cobrar sus rentas y zafras. Ya se ocuparía él de arrancarle de cuajo, si hacía falta, esa opinión suya tan desacertada. Los moriscos eran una peste mortífera. Se ocuparía personalmente de vigilarle, ahora que iba a convertirse en el suegro de Don Pedro, quien ya era su fiel servidor, para que se molestara al menos en perseguir a los moriscos fugitivos que habían vuelto al reino o se habían escondido en las montañas para no ser expulsados. Una banda de ladrones y asesinos que había que aniquilar, porque ya no tenían salvación ninguna y porque él había decidido que su misión en el mundo desde su nombramiento era limpiar la peste de la herejía en todo el reino.

Antes de que las campanas congregaran a maitines, Fray Jaime estaba sentado en la silla, en el interior de su celda, esperando comenzar el día.

XV

La visita de la muerte

Ahora que conocía su poder y había empezado a dominarlo, se daba cuenta de que no era lo suficientemente sabia como para no cometer errores. Quizá era necesario cometerlos para aprenderlo todo en la vida, se dijo en un intento de calmar la pesadumbre que sentía. Se creía culpable. Había deseado con tanta fuerza que Elena no se casara con aquel hombre, ni se marchara a Valencia todavía, que no había pensado en cuales podrían ser las consecuencias. Tras haber visto de cerca a su futuro esposo, Alba tuvo la certeza de que sería muy desdichada a su lado. Al día siguiente, hablaron e intentó hacerle comprender que el matrimonio debía ser siempre por amor. Ella, que la había acompañado en las últimas noches de luna llena en la playa de Cabo Negro, no podía permitir que hicieran de su vida un juego semejante. Pero la fe ciega que tenía en su padre y en lo que él creía mejor para ella le impedían ver la realidad tal y como era.

—Él no lo habría elegido si no fuera bueno para mí, querida. No debéis preocuparos. Estaré bien.

—Sé que es vuestro padre, pero vos misma habéis visto cómo es el hombre con el que os vais a casar.

—Apenas le conocimos durante la cena. No podría decir nada de él, ni malo ni bueno.

—¿Y vais a confiar toda vuestra vida y vuestro futuro en alguien a quien no conocéis?

—Mi padre le conoce. Con eso me basta.

Aquellas eran sus palabras, pero su forma de ser había cambiado de forma radical desde entonces. Siempre había sido alegre y estaba dispuesta a sonreír, o a reír a carcajadas, pero ahora tenía el rostro oscurecido por la desazón interior que sentía y que pretendía ocultar, bajo la fe en su progenitor que ella misma se imponía, demostrando ser la mejor hija que podía ser. Pocas fueron las veces que volvió a sentarse ante su piano y, cuando lo hizo, fue siempre para tocar alguna triste melodía. Apenas la había visto con un libro entre las manos en los últimos días, tampoco se comportaba de la forma libre y jubilosa de antes, apenas quería ni siquiera conversar con Alba y, por supuesto, no volvió nunca más a la playa de Cabo Negro desde aquella cena. Deambulaba por el jardín ensimismada en las rosas que Alba se esforzaba en mantener siempre abiertas y vivas para que las mirara y percibiera su color y su aroma, intentando transmitirle un nuevo bienestar a su amiga y casi hermana del único modo que esta le permitía, desde el silencio.

Que la vida traiga un hecho cambiante,
que frene las raíces del tiempo,
para que mi hermana se rebele
ante su cruel destino.

Había escrito aquel verso con la intención de lograr que Elena no se marchara siguiendo los dictados de su padre. La luz entró en cada uno de sus trazos y pareció que se adentraba en el papel, como en un relieve interior, para acabar alzándose sobre él sin apenas tocarle. Alba permaneció mirando cómo sus palabras se convertían en órdenes para el universo. Sintió lo que tantas veces había intuido, que la palabra es el poder de la diosa en el mundo. Una vez escritas, desaparecieron para convertirse en signos que solo ella era capaz de comprender, como miembros de una nueva caligrafía desconocida y lejana. Siguió mirando sus propios trazos hasta que volvieron a caer como gotas de lluvia y fue entonces cuando temió no haber sido lo suficientemente explícita, esta vez, en su mandato.

Parecía que su cuerpo se resistía a abandonar el mundo. Los criados se movían nerviosos de la habitación a la cocina, trayendo toda clase de ungüentos y brebajes, todos ellos inútiles. Alba aspiró su aroma, acercando el frasco a su nariz, comprobando que su utilidad era nula, pero no podía preparar uno, como le hubiera gustado hacer. Era ya tarde para intentar curar aquel cuerpo corrompido por la enfermedad.

Se retiró a la cocina para elaborar un lenitivo para las escoceduras que la mujer tenía en su piel, pensando que al menos le aliviaría el dolor. La suavidad de los pétalos de rosa, la lisura de unas gotas de aceite de oliva y el frescor de unas hojas de hierbabuena machacadas, servirían para aplacar el escozor, dando frescor a la piel y un dulce aroma a las costras sangrantes que aceleraban su descomposición por la falta de aire, entre las sábanas del lecho.

Repartió un poco entre las manos de Elena y entre las suyas, para que entre las dos aplacaran el escozor. Tuvieron que desnudarla, por lo que alejaron a los criados y les prohibieron entrar en la alcoba, incluida la fiel ama, que pululaba por los pasillos con el aliento a punto de salírsele por la boca.

—¿Por qué se le habrá puesto así? ¡Antes no tenía nada de esto! —exclamó Elena angustiada.

—Creo que está expulsando el mal por la piel.

—Eso puede significar una mejoría...

El rostro de Elena pareció alegrarse. Miró a Alba, esperando escuchar un sí que nunca llegó.

—O puede significar lo contrario —dijo alertándola, pues intuía que su madre no pasaría de aquella noche.

Su rostro se entristeció volviéndose aún más niña. Los ojos se le empañaron de lágrimas. Empezaba a prepararse interiormente para la pérdida.

—Tendré que avisar a mi hermano, pero no sé donde puede estar. Siempre que mi padre se marcha, él desaparece durante días y vuelve en cuanto se entera de su regreso.

—No os preocupéis ahora por Vidal. Vuestro padre no tardará en llegar. El mensajero ya le habrá avisado.

—Alba, quiero daros las gracias por no haberme dejado sola en estos momentos.

—Soy yo quien tiene que agradeceros tanto —exclamó, mirando su rostro, rebosante de dulzura—. Sois como una hermana para mí.

Elena le sonrió. Después bajó la mirada hacia su madre, que parecía ausente, y comenzó a rezar. Cuando se acabó el ungüento, Alba se lavó las manos en la jofaina y le arrancó unos pétalos a una de las rosas blancas que alegraban la estancia. Se sentó sobre la cama y se acercó al rostro de la señora medio desvanecida. Ante la atenta mirada de Elena, siempre dispuesta a aprender de su sabiduría, entreabrió los labios de la mujer con sus dedos y colocó los pétalos entre ellos. Luego volvió a juntarlos.

—La delicadeza de las rosas le hará más apacible la muerte.

Durante la noche, se quedó despierta junto a la señora como había hecho desde el día de la marcha de Don Álvaro, cuando había empeorado rápidamente. Su hija dormía en el suelo, sobre unas mantas, a los pies del lecho.

El sonido de la lluvia aliviaba mansamente los ánimos y se mezclaba con la respiración entrecortada y seca de la señora. Sintió que la mujer la llamaba con la voz de su pensamiento. Se levantó y se sentó a su lado. Aún parecía desvanecida, pero Alba escuchaba su voz cada vez más alta.

—Os escucho —susurró, riéndose después de su estupidez. No necesitaba hablar con la voz que salía de su garganta, sino solo con la de su voluntad. La señora le habló sin emitir sonido alguno y ella pudo escucharla perfectamente.

—¡Sanadme! —le gritó, en el mismo tono agresivo que solía utilizar con ella—. ¡Sanadme, si tenéis poder para hacerlo!

Sintió que un escalofrío recorría su espalda. El rostro de la mujer parecía inerte, con los ojos mirando al techo, pero en su pensamiento se sucedían los gritos y las quejas.

—¡Estoy harta de este dolor! Ese ungüento que habéis hecho ha aliviado mis heridas. ¡Haced otro que devuelva la salud a mi cuerpo! —continuó, gritándole con desprecio—. ¿O acaso no sois tan poderosa como parecéis?

No le contestó, por miedo a equivocarse con sus palabras. Temió por su vida. ¿Y si se recuperaba y la acusaba después? La mujer no pareció escuchar sus preguntas y continuó gritándole desdeñosa y soberbia, con su pensamiento.

—He visto lo que hacéis con las rosas. He sentido el sopor que me absorbe cuando levantáis los dedos haciendo no sé qué signo con la mano. Sé también que las noches de luna llena os escapáis a la playa a encontraros con otras mujeres y que os lleváis a mi hija con vos. ¡Sanadme! ¡Os lo ordeno!

Su poder no funcionaría ante sus amenazas. Solo había una forma posible de curar su cuerpo y era a través de la fe. Pero ya era muy tarde.

—Solo vos podéis devolver la salud a vuestro cuerpo.

—¡Decidme cómo! ¡Hablad!

—¿Cómo puedo confiar en vos? —preguntó Alba—. ¿Cómo puedo confiar en que después no me descubriréis?

—¡No podéis! —gritó la mujer—. ¡Pero lo haréis! ¡Sanad mi cuerpo y nadie sabrá lo que hicisteis!

La miró de nuevo. El rostro estaba lánguido y sus párpados tranquilos, ajenos a lo que acontecía dentro de su mente. Sintió lástima. La compasión la hizo volver a su estado natural de poder y cogió la mano de la mujer entre las suyas. El frío le traspasó el ánimo, pero continuó enfrentándose a sus dudas.

—Lo intentaré, pero necesito vuestra firmeza —le dijo, con su pensamiento. Solo necesitaba conectar con la mente universal de la diosa para hacer uso de todo su poder. Tan solo se trataba de elegir. Respiró, intentando recuperar el aliento—. La magia es solo para quien cree en ella. El poder que poseéis en vuestro interior es mayor que todo el poder que encierra el mundo. Solo tenéis que creerlo.

La señora emitió un ronquido sordo con la garganta y sus pensamientos se convirtieron en tristes insultos hacia Alba. Se olvidó de su petición. Olvidó que esta estaba dispuesta a ayudarla, a pesar del trato que siempre había recibido de ella, y comenzó a gritarle improperios con la fuerza de su mente.

—¡Alejaos de mí, maldita!, ¡alejaos de mi hija también y de mi esposo!, ¡sois un alma del diablo!

Alba estaba horrorizada. Soltó la mano de la mujer, aunque continuó a su lado, mirando su rostro, que parecía dormido, y su cuerpo inmóvil, mientras escuchaba sus gritos de locura. Vio como abría ligeramente los labios y escupía los pétalos blancos con la punta de su lengua, mientras susurraba unas últimas palabras antes de languidecer.

—¡Maldita seáis, bruja! —musitó.

Los cascos de un caballo atravesaron el jardín en dirección a la casa. Alba corrió a la ventana. Don Álvaro regresaba con el frío del amanecer. Nunca se había alegrado tanto de su regreso.

Volvió presurosa junto a la cama. Cogió de nuevo la mano de la mujer, estaba helada.

—¡Despertad, Elena! —le dijo, mientras veía a la joven, que se desperezaba, incorporándose con rapidez.

Cogió su rostro entre las manos y la acarició dulcemente.

—Vuestra madre ha muerto, pero vuestro padre ha regresado al fin.

Don Álvaro de Abrantes abrió la puerta de la alcoba y entró, manchando el suelo alfombrado con el barro de sus botas. Su hija Elena corrió hacia él y lo abrazó descargando su llanto, antes de que pudiera acercarse a la cama.

Alba estaba junto a su esposa. Sostenía su mano fría entre las suyas delicadas. Le hubiera gustado sentir dolor, pero solo era capaz de sentir lástima. La claridad del amanecer entraba por la ventana y un leve rayo de sol brillaba sobre el pelo oscuro de Alba, que no había tenido tiempo de recogérselo y caía suelto sobre su cintura. El escote de su salto de cama estaba medio abierto y su rostro limpio y amable. Le pareció lo más bello que había visto en mucho tiempo.

Alba sintió la mirada del hombre sobre su cuerpo. Se ajustó la bata y se levantó de la cama dejando espacio para su esposo y su hija, que se acercaban. Elena se arrodilló a los pies de la cama mientras su padre se sentaba junto a la mujer. Le pareció que su rostro se había vuelto apacible, como si nunca hubiese tenido ningún padecimiento.

—Ha muerto tranquila —le dijo Alba, adivinando su pensamiento.

Se sintió consolado. Esta le dio unos pétalos de rosas blancas que depositó en el hueco de sus manos. Sintió sus dedos rozando el interior de sus manos. La siguió con la mirada, sin preguntarse por qué lo hacía. Ella fue tirando los pétalos sobre la cama alrededor del cuerpo de su esposa. Él hundió la nariz entre sus manos y percibió el aroma de las olorosas rosas.

Los pétalos embellecieron a su esposa muerta, cuyo rostro parecía sonreír con levedad. El ama admiró el espectáculo, pero en su pensamiento sabía que ni el más puro aroma de las flores podría matar el olor a podredumbre que la mujer había impregnado en la familia desde que enfermó.

Suspiró. Ahora que había muerto, el aire entraría por las ventanas y todos respirarían de nuevo. Sacó unas sábanas del baúl y se encargó de colgarlas sobre los espejos de la alcoba, tapándolos uno a uno, no fuera a ser que el alma de la señora pretendiera permanecer allí para el resto de sus días.

XVI

El escondite

Los libros desprendían tanto polvo que Álvaro estornudó un par de veces. Habían estado ocultos demasiado tiempo en el agujero bajo la alfombra. Estaban sucios y desprendían un fuerte olor a humedad. Había construido el pequeño sótano para no tener que sacarlos de la casa de nuevo, arriesgándose a perderlos como le había ocurrido la vez anterior. Pero ahora tenía la licencia firmada por el inquisidor sobre su mesa y ya podía volver a sacarlos, al menos aquellos que le gustaba releer.

El agujero no era muy espacioso. Una vela encendida sobre el primer escalón iluminaba la pila de libros envueltos en una antigua cortina. Escuchó unos golpes. Se alegró de haber colocado la mecedora junto a la puerta antes de bajar los escalones, para evitar que alguien pudiese abrirla. Asomó un poco la cabeza y gritó desde el frío y húmedo hueco en el suelo.

—¡Márchese, ama! —se quedó quieto para escuchar cualquier ruido que viniera del exterior.

Escuchó los pasos del ama, que se alejaba, aunque esta vez le parecieron distintos. No podía permitir que nadie viese aquel escondite. Él mismo lo había hecho durante el tiempo que su esposa había pasado en Alicante, con sus hijos y el ama, cuando su suegro había estado a punto de morir. Ni siquiera los criados lo conocían.

Había tenido que levantar el suelo y cavar durante horas,

acarrear agua para humedecer la tierra, colocar la escalera de madera en el interior, traer los libros, ocultarlos y colocar encima una madera barnizada como trampilla bajo la alfombra, para protegerlo de miradas ajenas.

Dejó algunos libros sobre la mesa. Dejó dentro los que no podían ver la luz aún. Se preguntó cuándo les llegaría su momento. Por ahora, nadie podía conocer su existencia. Subió sabiendo que tardaría mucho tiempo en volver a entrar en el angosto escondite.

Alba había ido a la biblioteca para hablar con él, pero la puerta estaba cerrada. Quizá debía haberlo dejado correr, pero desde que la señora había muerto sentía una gran desazón al no saber por qué permitía que continuara entre ellos ni cuál era ahora su función en la casa.

Regresó a su alcoba, mientras se le escapaba un bostezo. Comenzó a desvestirse, se dirigió a la jofaina y echó un poco de agua con la jarra para lavarse. Sintió una presencia. No se dio la vuelta pues, con el gesto, podría alertar a quien se escondía de su mirada. Metió un paño en el agua y lo escurrió mirando el espejo, intentando ver algún reflejo. Vio moverse la cortina y comenzó a lavarse con el paño, disimulando el terror que había empezado a apoderarse de ella.

No se sintió capaz de correr hasta la puerta y abrirla, ni siquiera sabía si tendría el tiempo suficiente para hacerlo, pero no podía quedarse eternamente frente al espejo. Quien estuviera en la habitación, actuaría tarde o temprano. Tenía que ser más rápida y astuta.

Se movió hacia atrás con lentitud, fingiendo que se lavaba la espalda, hasta que se sintió segura para echar a correr. Alcanzó la puerta y giró la llave mientras escuchaba unos fuertes pasos que corrían hacia ella. Solo necesitaba unos segundos más para abrirla, pero no había tiempo. Estaba a punto de alcanzarla. Entonces, miró hacia atrás y le vio.

Sintió un golpe en la boca del estómago y su cuerpo se dobló de dolor. Sus piernas temblaron y un frío intenso se apoderó de todo su ser, incluida su alma. La oscura vestimenta del hombre cubrió toda su visión. No pudo ver su rostro pues lo llevaba oculto. Le tenía casi encima cuando alzó su mano desplegando con fuerza todo su poder y el tiempo se detuvo.

La tela de las paredes escupió el polvo acumulado desde la última vez que se limpiaron. Los muebles chirriaron como si alguien los empujara, sin moverlos de su sitio. El espejo de la jofaina se partió en dos emitiendo un chirriante ruido y el agua se alzó como en una fuente, pero sin mojar nada a su paso. La alfombra del suelo se levantó dando aire, las ventanas se abrieron y un frío intenso entró en la habitación. Todos los colores a su alrededor parecieron invertirse. Los muebles de caoba se veían azules, la colcha blanca de la cama se oscureció, y todo encajaba perfectamente con su contrario.

El hombre estaba petrificado frente a ella. Alba se colocó tras él. Sintió deseos de arrancarle la capucha y ver de quién se trataba, pero lo pensó mejor. Regresó a la puerta, agarró el pomo con su mano, estaba ardiendo. Se levantó la falda y volvió a agarrarlo protegiéndose la mano con la tela. Salió al pasillo, quiso gritar y avisar a alguien, pero no podía permitir que nadie viera lo que había hecho. Algo que ni ella misma sabía de qué se trataba. Además, si el mundo se mostraba ante sus ojos como si se hubiera convertido en una piedra inmóvil, era probable que todo estuviese igual.

Era asombroso, pero no había tiempo para el regocijo. No sabía cuánto duraría el hechizo. Decidió consumarlo, mientras se ponía a salvo, a unos pocos metros del hombre, en el pasillo, y emitió un grito de socorro.

Vio como todo volvía a su ser. El polvo que se mantenía inerte en la densidad del espacio vacío regresó a las paredes, el aire penetró de nuevo en la nariz del hombre, que hizo una exhalación bajo la tela que le cubría el rostro. Vio como sus músculos volvían a moverse, primero lentamente, después más rápido, hasta que recobró su movimiento original y continuó persiguiéndola. Cuando el tiempo continuó su ritmo, ella ya había pedido auxilio con fuertes gritos y podía escuchar otros pasos que se acercaban ágiles en su ayuda.

Don Álvaro la alcanzó primero. Sus fuertes brazos la protegieron y la ocultaron tras él. Se quedó esperando la llegada del agresor, pero este retrocedió. Don Álvaro le siguió y le alcanzó junto a la cama. Lo lanzó sobre ella y le quitó el cuchillo que tenía en la mano, poniendo la hoja junto a su cuello.

—¿Quién sois? —preguntó, mientras le arrancaba de un solo tirón la tela que le cubría el rostro.

Se sintió decepcionado, su propio hijo se ocultaba como un vulgar asesino. Lo sacó de allí, pateando sus posaderas. Elena y el ama habían acudido al escuchar el alboroto, todos vieron como lo sacaba a empujones, mientras este se deshacía en lágrimas, comportándose como un niño.

Alba suspiró aliviada. Sabía lo que Vidal había ido a buscar aquella noche.

Intentó dormir, pero sus ojos no dejaban de mirar el espejo roto de la jofaina. Era la única prueba de una nueva demostración de su poder. A veces, temía no estar usando su poder correctamente, aunque, como le habían dicho sus maestras, no había una forma correcta de hacerlo. Cada mujer sabia era diferente y la vida le diría cómo debía utilizar sus dones.

De Yemalé había aprendido que era mejor no hacerse preguntas. De Alía, que, cuando buscara respuestas, solo tenía que mirar en su interior.

Escuchó unos leves golpes al otro lado de la puerta. Se levantó rápida, pensó que sería Elena o el ama, que venían a ver si se encontraba bien. Abrió la puerta.

—Solo quería saber si estáis bien —dijo Don Álvaro, con un tono protector que ella agradeció con una sonrisa. Pareció que iba a marcharse, pero frenó en seco sus pasos y volvió a hablar—. Estoy avergonzado —exclamó—. Es sangre de mi sangre.

—Vos no tenéis la culpa —aseguró—. Me habéis salvado y no es la primera vez —añadió.

—Entonces, quedaos siempre a mi lado para que nada malo

pueda ocurriros y, si algo os sucediera, pueda salvaros de nuevo —sonrió.

—Será como digáis, señor —sonrió ella también.

—No soy vuestro señor, sino vuestro amigo —bajó la vista consternado—. No quiero que os preocupéis más por él. Vidal no volverá a atacaros, os lo aseguro.

—Y yo os lo agradezco.

Se acercó a ella y se atrevió a tomar su mano entre las suyas. Alba sintió su piel áspera y rugosa, y la calidez de la sangre que recorría su cuerpo.

—Soy yo quien tiene que agradeceros todo lo que hacéis por mi familia. Desde que llegasteis a esta casa, solo habéis hecho el bien en ella y en todos nosotros. Sin embargo, ¿qué recibís vos a cambio? —se lamentó.

—He recibido mucho bien —respondió, permitiendo que él mantuviera su mano entre las suyas.

Durante un momento no supo si iba a marcharse o a quedarse bajo el dintel de su puerta para siempre. Deseó que fuera así, se sentía más cerca de él que nunca. Sintió una alegría interior, incomprensible tras haber pasado por aquella dura experiencia. Se preguntó si él sentiría lo mismo.

—Quiero que os quedéis en esta casa conmigo y con mi hija. Ni ella ni yo queremos que nos dejéis. Y si para ello tengo que alejar a mi hijo de vos, lo haré.

Sus palabras hicieron que se sintiera querida por los que ya consideraba como su familia. Pero significaban algo más, tras ellas pudo ver un sentimiento parecido al que ella sentía.

—Así será entonces —acertó a decir, mostrándose respetuosa y cortés, pero sin dar muestras de la felicidad que sentía.

Él soltó su mano y se marchó hacia las escaleras. Alba no quería que se marchase. Él sintió lo mismo. Intentó cerrar la puerta lentamente, mientras escuchaba sus pasos alejarse, pero no lo hizo. Esperó ansiosa que se diera la vuelta y corriera a su encuentro. Un interrogante silencio reinó entre los dos durante unos instantes. Después, ya no volvió a escucharle. Él no regresó.

Se dispuso a cerrar la puerta cuando sintió que la fuerza de una mano bloqueaba su intento. Abrió rápida y le vio frente a ella, con el rostro suplicante de un amor y un deseo que ninguno de los dos entendía. Entró en la habitación, se acercó tanto a ella que le era imposible respirar. Álvaro la levantó en sus brazos y cerró la puerta tras de sí con un fuerte golpe con el pie. La llevó a la cama y ella se dejó llevar sintiendo que, en su corazón, un nuevo sentimiento volvía a despertarse.

Los hechos de la vida no pueden forzarse. Lo supo cuando Álvaro la envolvió con sus palabras dulces y sus caricias, y la desnudó con la suavidad de sus manos, provocando que se le entregara sin ningún reparo, olvidando por completo el amor que sentía por Daniel. Y cuando entró en ella con la prisa de su instinto, pero con una dulzura y protección que nunca había sentido.

Mientras se amaban, la noche estrellada iluminaba la alcoba. Sus manos, de piel suave, acariciaban cada línea de su piel. Sintió su calor cuando él acogió sus pechos y los besó con ansia. La miraba como si estuviera descubriendo un secreto. Sus ojos se entornaron mientras sentía el gozo de entrar en ella despacio. Y ella le recibió, aspirando el aroma de su piel.

La miró a los ojos. Nunca la había visto tan bella. Se compenetraban tan perfectamente que su baile se convirtió en algo más que no acertó a comprender. Él la abrazaba y la besaba de forma tan ardiente que creyó que iba a desmayarse. Pero no fue así, sintió que su mente salía de sí misma y se escapaba sigilosa hacia las estrellas. Cuanto más expresaba el placer, más poderosa se sentía.

El gozo que le provocaba aquella experiencia le hizo comprender algo de lo que Alía había intentado hablarle muchas veces. *La alegría de vivir es la mejor gratitud*, solía decirle.

No se había preguntado si Álvaro la amaba. Se sentía atraída hacia él por algo mucho más fuerte que todos los sentimientos de amor. El tiempo vivido entre aquella familia parecía haber curado sus heridas y se sentía renovada, con el único deseo de vivir.

Era feliz en su compañía. Era un caballero, un hombre atractivo, y le deseaba. No con la total pérdida de razón con la que siempre había amado a Daniel, pero sí con todo el placer de su cuerpo y de su piel. Y él la trataba con la dulzura de su ímpetu, acomodado por los años y la experiencia, haciéndola sentir completamente feliz.

Por primera vez, se sintió afortunada y su corazón pareció ablandarse ante la vida y el destino que ella misma se había fijado. Quizá podría pasar unos años disfrutando de lo que significaba vivir y hasta era posible que sus pesadillas, en la profundidad de la noche, se lo permitieran.

Mientras se entregaba con deleite y una cierta fascinación a sus noches con Álvaro, a escondidas de todos, regresando a sus días de aparente normalidad familiar, Elena huía cada anochecer de luna llena hasta la playa de Cap Negret para participar también del gozo de expresar su libertad. Alba se alegraba al pensar que quizá aquellos encuentros con otras mujeres que se sabían libres la ayudarían a rebelarse contra su destino. Durante los plácidos meses posteriores a la muerte de la señora, intentó enseñarle sin que se diera cuenta a que tomara la fuerza que le faltaba del maravilloso jardín de palmeras y jacarandás que rodeaba la casa. Las flores caían en racimos malvas alegrando sus espíritus. Unos pequeños gatos habían nacido junto a las caballerizas, divirtiéndolas con sus juegos y sus mimos. Alba se ocupaba de alimentarlos, agradeciendo su presencia. Recordaba que un gato había salvado su vida y la de su hermana una vez, y se sentía inmensamente agradecida hacia aquellos animales. Animó a Elena a participar con ella recogiendo algunos frutos en el huerto al llegar el verano. El ama quiso ayudarlas y entre las tres descubrieron que a veces el trabajo resultaba muy gratificante y divertido. Se ocuparon de comprar unas cuantas semillas en el pueblo y sembraron hierbas para cocinar. Enseñó a las dos mujeres a preparar caldos para casi todos los males del cuerpo y del alma.

A veces se sentaban para que Elena le leyera uno de sus libros, junto a la fuente. Pero en realidad, la había llevado allí para que, mientras leyera las sabias palabras escritas, escuchara al mismo tiempo el rumor del agua que caía en un surtidor que llenaba su corazón de alborozo. Alba no necesitaba más algarabía que la que había en su corazón en aquel momento, enamorada como se sentía de Álvaro, con aquel amor oculto que lo hacía aún más sabroso. Pero Elena estaba triste. Había perdido a su madre y temía que el tiempo de luto pasara y tuviera que entregarse al hombre que su padre había buscado para ella. Desde que le conoció tenía el alma gélida. Alba la acostumbró a que pasearan por el jardín cada día, observando de cerca cada flor nueva que hubiera florecido, escuchando los secretos del agua al atardecer y meciéndose al sol, sentadas sobre la fresca hierba mientras las gaviotas volaban tranquilas sobre ellas, gritando historias de lugares lejanos y recordándoles lo cerca que estaban del mar. Vigilaban cuidadosamente las rosas y todas las flores del jardín, porque sus colores y sus aromas eran capaces de devolverle a cualquiera las ganas de vivir, a pesar de los males que le aquejaran o de los sufrimientos que tuviera. Elena aún no podía apreciar todo aquello en su totalidad. Para ella, el silencio de las rosas no era sino silencio. Para Alba, una mujer sabia con todo el poder de diosa en su interior, las flores le mostraban como acallar su mente y los pájaros le traían noticias de mundos desconocidos. En las mañanas más calurosas de los meses de verano, podían aspirar el aroma del océano desde el jardín, que se mezclaba con la dulzura de los frutos del huerto y de los higos dulces a punto de madurar.

Álvaro de Abrantes intentaba decidir qué debía hacer con el futuro de su hijo Vidal. La respuesta de Don Pedro tardó varias semanas, pero al final le mostraba su aceptación por el aplazamiento de la boda con Elena, tras la muerte de su madre y el consejo tácito de que a su hijo le ayudaría mucho el ingreso en la academia militar de Valencia, o bien en un seminario.

La mayoría de las familias querían tener un hijo que perteneciera al clero, pero Don Álvaro se resistía a esta última posibilidad. Su confianza en la Iglesia no sobrepasaba la propia ley a la que se veía sometido.

Ya que era un hombre de honor, la escuela militar le pareció un adecuado destino para su díscolo hijo, el cual necesitaba que le metieran en cintura. Por otro lado, estaba el deseo de alejarse de él. Era su hijo, pero había pretendido deshonrar a la mujer que amaba.

Ahora lo sabía. La amaba, cada día y cada noche con más fuerza y mayor seguridad. Recordó cómo se comportaba ella cuando estaba en sus brazos. Jamás habría podido ni sospechar siquiera que una mujer pudiera sentir el gozo como ella lo expresaba. Sabía que no fingía, pues era la persona más auténtica que había conocido, superando incluso a su hija en naturalidad y franqueza.

Él había sabido siempre cómo hacer feliz a una mujer, había tenido muchas amantes, desde que su esposa enfermó, pero Alba era diferente a todas las demás. La primera noche dudó de si lo que acababan de hacer pudiera ser malo, que la forma de expresar el placer de Alba pudiera tener que ver con el mismo demonio. Le habían enseñado que una mujer no siente, no gime, no grita. Solo las alegres hembras de la calle expresaban un deleite, que se sabía de antemano que era fingido, y lo hacían llevadas por la errónea creencia de que a todos los hombres les gustaba creer que eran capaces de hacer sentir a una mujer, pero no siempre era así. Él prefería un silencio sincero a los falsos gemidos de una prostituta.

Ahora ya no las visitaba. No lo necesitaba porque tenía a Alba y eso le hacía sentir también cierta pesadumbre al pensar si la estaba convirtiendo en una mujer perdida, que malgastaba su inocencia entre los brazos maduros de un hombre que, por edad y por experiencia, podría muy bien ser su padre. Se lamentaba, pero ya no había remedio para su enfermedad. Se sentía felizmente atrapado por todo lo que tenía que ver con ella.

Decidió enviar a Vidal con una carta de recomendación.

Al amanecer, le vio cabalgar sobre su negro caballo hacia Valencia. Antes de cruzar el umbral, hizo girar al animal con rabia. Sus miradas se encontraron desde lejos. Su hijo le miró con desprecio, con la envidia que siempre había vislumbrado en sus ojos. Movió sus labios y escupió contra el suelo frío.

Se sintió herido en lo más hondo de su alma. Vidal hizo cabalgar al animal, que se alejó con un relincho de dolor por las espuelas clavadas en su vientre.

Fue en la casa donde comenzó a escribir su historia. Durante la noche, se encerraba en su alcoba y escribía a la tímida luz de una vela las sensaciones y sentimientos que la embargaban. No sabía para quién lo hacía. Seguramente, mientras durase el tiempo de su vida, nadie leería sus palabras, pero dentro de sí, albergaba el presentimiento de que algún día su vida sería valiosa para alguna otra mujer.

Como si estuviera realizando el más maligno de los conjuros, como si su poder perteneciera a la hechicería que brota de la más negra oscuridad, su mano derecha dejaba correr la tinta describiendo cada lugar, cada hombre y cada mujer, cada palabra y experiencia vivida, con un enardecimiento en su pecho que, a veces, incluso le impedía respirar. Se preguntaba si aquello era lo que los artistas llamaban inspiración, lo que los místicos habían nombrado como exaltación, lo que sus maestras le habían contado que se sentía, al atravesar la barrera de su propio poder.

Escribía la historia de una mujer que, como todas las mujeres de su época, se veía obligada a recoger las migajas de libertad que tiraba el hombre que había a su lado. Quizá, el analfabetismo era capaz de convertir a un ser sin cultura en un ser sin necesidad de tenerla. Aún tenía que esconderse para leer un libro. A veces guardaba bajo el colchón alguno que había tomado prestado de la biblioteca de Álvaro y permitía que él la amara sin sospechar que la cultura o la ciencia yacía bajo sus cuerpos desnudos. Se veía obligada a ocultarse de todos para escribir una historia y sus ansias de hacerlo se acrecentaban, como ocurre con todas las cosas prohibidas, que se desean a pesar del miedo y de la culpa.

Había oído hablar a Alía y a Yemalé de los libros prohibidos. Ella había leído algunos y nunca había encontrado en ellos ni la insolencia ni la temeridad que había imaginado. La imaginación era un arma mucho más poderosa que cualquier escritura, era de hecho la mayor demostración de su poder de mujer sabia.

Pero la imaginación también podía ser la culpable de la falsedad de los hombres que se atrevían a prohibir lo que habían escrito otros hombres. Todos ellos competían por imaginar las peores cosas. Unos las exhortaban al escribirlas, otros las manipulaban al prohibirlas y la mayoría de ellos volvían a imaginarlas cuando las leían. Un libro no se escribía solo en el momento de su escritura, sino también cuando era leído.

Un gato maulló en el alféizar. Se levantó y abrió la contraventana, lo cogió y se lo llevó junto a su pecho, para calentarlo con su regazo. Lo acarició y el animal respondió, ronroneando cariñoso. Comenzó a acomodarse en silencio sobre las mantas.

Alba bostezó. Aquella noche, Álvaro no había acudido a su encuentro y ella lo agradeció porque así podía permitirse escribir durante su ausencia. Dejó la pluma en el tintero y guardó su historia tras el cabecero de la cama, como hacía siempre. Cuando la acabara tendría que encontrar un lugar mejor para esconderla. Recordó entonces el pensamiento que había tenido en la cueva en la que durmió junto a Ana, cuando eran pequeñas y habían huido de su pueblo, la noche antes de que Joan las encontrara en la playa. Entonces pensó que un día escribiría su historia. Cuando la acabara, acudiría a esconderla dentro de la cueva.

Por un momento temió que alguien la encontrara y al mismo tiempo temió que nunca unos ojos ajenos leyeran sus palabras. Se rio de la incoherencia de su pensamiento. El miedo y el deseo se entremezclaban en su mente como dos partes de un mismo todo. Confiaba en que su historia fuese leída algún día por alguien capaz de fundir su imaginación con sus palabras, para enlazar ambas vidas y aprender de ellas. Entre tanto, soñaba con un mundo y una época en la que esta privación de libertad no fuera posible.

Se metió entre las sábanas. El gato saltó y se acurrucó a su lado. Ella lo acarició de nuevo y cerró los ojos, permitiendo que la vida dispusiera lo que debía ocurrirle a su historia, porque una vez escrita, ya nunca sería suya.

XVII

La proposición

El ama no había visto una cena como aquella, desde que la señora se había casado con Don Álvaro y él la había traído a vivir a la casa de sus padres. La niña Elena estaba feliz junto a Alba, ayudando con los preparativos, como si ninguna fuese a participar después de la algazara junto a los invitados. Desde que la señora había muerto, le demostraban al ama todo su cariño cada día, y sobre todo su humildad y sencillez. Y ella estaba feliz de tenerlas a las dos a su lado. Una, porque siempre había sido su niña, la que había criado desde su nacimiento. La otra, porque tenía un alma angelical que parecía estar fuera de su cuerpo, en lugar de llevarla dentro como todas las personas.

El ama no sabía muy bien si las mujeres también tenían alma, no estaba segura ni de tener una de su propiedad, pero podía poner las manos en el fuego para gritar a los cuatro vientos que la niña Alba tenía el alma más grande que había visto nunca reflejada en el rostro de nadie, en todos los años que había vivido, que eran muchos.

A la cena, acudirían las mejores familias de los alrededores. Era junio y los criados habían preparado una larga mesa en el jardín, junto a la rosaleda. Su tierno perfume embargaría sus almas, jubilosas y alborozadas por el alcohol.

Don Álvaro le había asegurado que el motivo de la cena era muy importante; por ello, había sacado las mantelerías de los baúles y las había lavado con sus propias manos en el río, para después secarlas al sol. Había desempolvado la mejor de las vajillas de porcelana y limpiado la cubertería de plata. Las copas de cristal esperaban relucientes sobre la mesa a que el mejor vino, traído de las cosechas del viejo Al-Ándalus, las llenara de luz con su color y su aroma. Bandejas llenas de frutas frescas, salpicadas con flores de buganvilla y jazmines blancos y olorosos, adornaban el centro de las largas mesas dispuestas en el jardín.

Los músicos ensayaban el sonido de sus instrumentos. Los primeros invitados empezaban a llegar y los criados se encargaban ya del cuidado de sus caballos en el establo. Don Álvaro había mandado traer a dos muchachas del pueblo para ayudar al ama, y estas ya se habían presentado, aunque mal vestidas y con un olor pestilente. Les ordenó que se lavaran en la cocina y se pusieran las ropas que ella misma les prestó. Después, mandó a Elena y a Alba a que subieran a sus habitaciones. No tenían mucho tiempo para vestirse y las niñas la obedecieron a regañadientes, pues querían seguir participando de la alegría y de las prisas de los trabajadores abajo, en lugar de permanecer en sus silenciosas estancias.

El señor les había mandado confeccionar a ambas unos vestidos especialmente bellos para aquella noche, en unos colores un poco más alegres de los que estaban acostumbradas a llevar. Como siempre, esperaba las protestas de Elena al vestirse y ya tenía preparado el cesto de la costura por si había que retocar alguna parte del vestido. Alba, sin embargo, se sentiría más que satisfecha con las ropas y las joyas que luciría y que, por primera vez, no pertenecerían a ninguna otra mujer.

Se habían acabado los vestidos prestados y el ama sabía por qué. Todos debían intuirlo, si es que no lo sabían ya con seguridad; sin embargo, a nadie que viviera bajo el techo de la casa de Don Álvaro de Abrantes parecía importarle la razón que el señor tuviera para lograr lo que se había propuesto, convertir a la niña Alba en una mujer de su condición.

Elena parecía la más contenta de todos con la idea de su

padre y Alba se lo agradecía con la alegría de su vivir, cada día más feliz y más intenso. El ama había visto cómo había cambiado aquella muchacha. Cuando llegó por primera vez a la casa, era una niña desvalida, aunque se vislumbraba ya bajo su mirada de temor el fuerte dolor que sentía como mujer que apenas comenzaba a vivir. Ahora era distinta, como si aquel sufrimiento que entonces le embargara el alma se hubiera escapado para dejarla vivir en paz y disfrutar de lo que le otorgaba la vida y que todos sabían que tanto se merecía, por cómo era, buena y amable con todos, tranquila y cálida con las penas ajenas.

Alba se miró en el espejo, estaba distinta, bajo las gasas que protegían su escote y el color azul de su vestido. Las perlas que adornaban su cuello empezaban a calentarse sobre su piel. Un aire fresco entró por la ventana y ella comenzó a dar vueltas, girando sobre sí misma, para elevar el vuelo de su falda.

No sabía con seguridad por qué Álvaro quería presentarla a la sociedad que él creía tan importante, pero intuía que empezaba a tomarla en serio; quizá, con suerte, había considerado la posibilidad de hacerla su esposa. Nada podría hacerla más feliz que la idea de pertenecer siempre a su casa y a su familia. Se sentía una mujer nueva. Incluso se había olvidado de utilizar su poder porque ahora sentía que ya no necesitaba nada, salvo continuar con la magia de la vida, que existía por sí sola, sin necesitar que ella levantase su mano para crearla.

Amaba a Álvaro de una forma distinta a como había amado antes. Lo amaba siendo feliz, sin sufrir su marcha cuando tenía que viajar, ni sentir celos, ni padecer inseguridades. Sabía que él la correspondía con su amor, pero no se preguntaba de qué manera.

En las miradas de todos estaba la misma pregunta que él se hacía. ¿Era real la luz que iluminaba su rostro? No era solo belleza lo que Dios le había dado, sino también un fulgor que transmitía a todos los que estaban cerca. Le pareció que sus invitados podían notarlo también, pero ninguno de ellos se atrevería a decirle nada. A pesar de que él estaba acostumbrado a sentirse invadido por la presencia de Alba, aquella noche se sintió especialmente perturbado por su apariencia. El sabroso vino ayudaba a disimular la idea de que era una mujer muy diferente a todas las demás.

Los asistentes se entregaban gustosos al placer de sus paladares y a los sonidos que emitían los instrumentos musicales tras los rosales. Tras la cena, le pediría que fuera su esposa y estaba seguro de recibir un sí por respuesta. A veces se preguntaba cómo podía ella amarle. Hasta haberse entregado a su amor, se había sentido un hombre viejo, sin ánimo ya para recomenzar su vida. Pero amar a Alba le había infundido de un valor que creía perdido, y un deseo de vivir y de volver a amar la vida como no había sentido nunca.

No podría esperar a que acabara el tiempo de luto. Confiaba en que el nuevo inquisidor lo aprobara, cuando se lo comunicara en su próximo viaje a Valencia. No estaba obligado a hacerlo, pero prefería no desafiarle, renegando de las buenas costumbres. Le pediría a Alba que fuera su esposa esa misma noche y al amanecer partiría con la intención de no regresar a casa hasta que no obtuviera su bendición. Se la daría, si él mismo se encargaba de contarle a Fray Jaime cómo había sido en realidad su matrimonio con la madre de sus hijos, una farsa y una tortura. Una vida relegada al padecimiento de una esposa que ni enferma se olvidaba de su rígido carácter, con él y con toda su familia.

Miró a Alba, que le devolvió la mirada con una sonrisa en sus labios. Le sonreía con la misma plenitud e inocencia que le demostraba en su cama. Se preguntó qué habría hecho de bueno durante los años de su vida para recibir aquel regalo maravilloso, pero después se arrepintió de contemplar aquel gozo de su corazón como un regalo divino y le asaltó un nuevo pensamiento que se apoderó de él, robándole la paz que sentía. Quizá era el mismo diablo quien le daba aquellos dones para, en el día de su muerte, arrancarle a cambio su propia alma.

Si le hubieran dicho alguna vez que un hombre como él le pediría que fuera su esposa, nunca lo habría creído. Apenas recordaba la niña que había sido, dolorida y quejumbrosa, siempre con lágrimas de ira en los ojos, que abrazaba a Floreta en las noches de aterradores recuerdos. Vio como él colocaba la joya alrededor de su muñeca. El tacto de sus dedos la hizo estremecerse. Tres vueltas de perlas blancas que siempre le recordarían al mar que adoraba se engarzaban sobre el ancho oro de tonos rosados, para unirse en un broche, en el que dos rubíes sellaban el pacto que acababan de hacer. Brillaban con una luz fría pero intensa, mientras su corazón ardía de dicha.

Quiso correr a gritárselo a Elena y al ama, pero allí estaba, inmóvil frente al hombre que tan tímidamente le había declarado su amor. No echó de menos el ímpetu en las palabras jóvenes de Daniel. Al contrario, agradeció la sosegada voz de Álvaro y sus palabras firmes. Le juró que su amor sería imperecedero, como el amor que sentía y sentiría siempre por su hija Elena.

Alba no lo dudó y se sintió satisfecha. Se alegró de su suerte y se la agradeció a la diosa, que, como si hubiera querido compensarle de las pérdidas de las personas amadas que había perdido en el pasado, le daba un amor que deseaba que fuera para siempre.

Álvaro se marcharía al día siguiente, ansioso por comunicar la buena nueva a su hijo en Valencia. Deseaba que este recibiera la noticia con la misma alegría que sentía su padre, pero en su interior sabía que no sería así. Nadie más que Vidal de Abrantes habría querido entorpecer aquella felicidad.

Los invitados fueron marchándose despacio. Como en una procesión, en el jardín, junto a la puerta, fue despidiéndolos junto a su prometida, ahora señora de la casa, y su hija Elena, tras ellos. Se sentía orgulloso de haber elegido a la mejor mujer que había conocido jamás. Honrado de que ella le hubiera aceptado y de haber colocado el brazalete alrededor de su piel. Ni su brillo podía eclipsar su belleza.

Todos podían verlo porque su perfección interior traspasaba las fronteras de lo humano, acercándose a los dones desconocidos y misteriosos de la divinidad. No le importaba dejarla al día siguiente, porque quería volver con la gracia de adelantar el enlace. Y ambicionaba ese día como la tierra al agua, con la sed de su alma. Quizá la perfecta naturaleza interna de su futura esposa le hiciera cambiar todo aquello que no quería que formase parte de su vida. La ira por una vida pasada amarga e incluso el temor al porvenir. Ella le daría más hijos, más tiempo y más recuerdos nuevos que ensombrecerían lo vivido.

Don Álvaro no daba crédito. Nunca habría imaginado que su hijo le desobedecería de una forma tan clara y arrogante. Pero ya no había remedio, el mal estaba hecho. En lugar de acudir a la academia militar, Vidal había entrado al servicio personal del nuevo inquisidor, con la excusa de pretender tomar los hábitos en cuanto le fuera posible.

—No lo veáis como una afrenta, amigo mío, sino como una mano amiga que estará a vuestro servicio en las cercanías del clero.

—No deseo esa cercanía —respondió tajante a Don Pedro, que, por su sonrisa, no parecía darse cuenta de lo herido que se sentía en aquellos momentos—. No deseo que mi descendencia forme parte del clero.

—¿Y por qué no? ¿Acaso creéis que sería mejor que defendiera vuestro nombre en alguna batalla? ¿Es eso lo que deseáis para vuestro futuro sucesor?

Don Álvaro no pudo evitar clamar al cielo en su interior para que le diera un nuevo hijo que le sucediera. Si antes no le había tenido nunca confianza a su primogénito, menos lo haría ahora.

—Lamento vuestro disgusto, precisamente ahora que vais a celebrar nuevos esponsales muy pronto. Pero si os calmáis, os daréis cuenta de que vuestro hijo os puede servir para acercar esos días que tanto ansiáis.

Don Pedro tenía razón. Ya le debía la licencia de lectura a Fray Jaime y había ido hasta Valencia para pedirle que hiciera la vista gorda ante la violación del luto por su esposa muerta. ¿Qué le estaba ocurriendo? No se reconocía. Ahora era un hombre que corría tras sus deseos, sin pensar en lo que le exigirían después. ¿Es que no recordaba ya lo ocurrido hacía años, cuando sus hijos eran aún niños? Entonces se vio obligado a responder ante la Inquisición, personalmente. Y pasó mucho tiempo hasta que fue capaz de borrar aquel pasaje de su vida. Si hacía lo mismo con Jaime Bleda, estaba seguro de que el fraile le sangraría después.

Si su hijo Vidal había decidido vivir bajo el ala protectora de la Iglesia, poco podía hacer él para intentar convencerle de que se retractara de su decisión. Le conocía, sabía lo orgulloso que era y sabía también las razones que le habían llevado a hacerlo. En realidad, no deseaba pertenecer al clero, pero con tal de contradecir sus órdenes tras el incidente con Alba, Vidal era capaz de todo.

—Tenéis razón, Don Pedro. ¿Quién soy yo para evitar que se cumpla el deseo de mi propio hijo?

—Me agrada vuestra sabiduría repentina. Y lo mismo debéis hacer con vuestra hija Elena. Cuanto antes celebremos ambos matrimonios, mucho mejor. ¿No creéis vos lo mismo? —rio con una risa burlona y desagradable—. Supongo que ahora comprendéis mejor que nadie que un hombre tiene sus necesidades. Pues bien, yo también ansío como vos que llegue la hora de satisfacerlas con mi futura esposa.

Don Pedro le exigía que cumpliera su promesa. Se sintió contrariado. De nuevo le pareció no conocer al hombre que habitaba su cuerpo. Sintió una punzada de arrepentimiento por permitir que su hija, en plena juventud y lozanía, se entregara a un hombre viejo, veterano de intrigas y batallas, que además exigía su virtud con impertinencia. Algo le había cambiado desde dentro, de forma lenta pero firme. Ahora que amaba a una mujer, con todo su cuerpo y su alma, sentía que ya no era el mismo hombre que antes, capaz de decidir sin sentir compasión por sus rudas decisiones. Se avergonzó de sí mismo.

—Os pido paciencia nuevamente. Como sabéis, mi hija acaba de quedarse huérfana.

—Y vos, viudo. Y, sin embargo, vais a celebrar nuevos esponsales con gran rapidez.

—No es lo mismo. Mi matrimonio siempre fue una farsa y vos lo sabéis.

—Querido amigo, en nuestro mundo todos los matrimonios son una farsa. ¿O acaso creéis que el mío fue diferente? ¿Y ahora, no pensaréis que me caso con vuestra hija por amor? Conocéis muy bien las razones. Es un intercambio entre nuestras buenas relaciones comerciales. Por eso, os pido una vez más que no alarguéis más mi tiempo de espera.

—Esperad al menos hasta que celebre mi boda. Ella querrá estar presente.

—Que así sea. Desde la llegada de vuestro hijo y por la confianza que Fray Jaime cree que habéis puesto en él al entregarle su custodia, os tiene en gran estima. Y es probable que os conceda lo que venís a pedirle. Claro que he vuelto a interceder por vos, al llevar a vuestro hijo personalmente. Espero que esto sirva para engrandecer una vez más a nuestras unidas familias.

—Que así sea —respondió Don Álvaro.

Tras su boda, se encargaría personalmente de los preparativos para el traslado de Elena a la ciudad y ni los ruegos de Alba, ni su desasosiego, impedirían que cumpliera su promesa.

XVIII

El desafío

Tras la marcha de Álvaro había deseado entrar en la biblioteca muchas veces, pero Elena apenas la dejaba sola ni un momento. Alba tuvo que esperar a la noche, para sentarse de nuevo ante la mesa. A su alrededor descubrió que había libros nuevos y se preguntaba de dónde habrían salido. Reconoció algunos, eran los llamados prohibidos y supuso que Álvaro los habría tenido guardados todo este tiempo, aunque no podía saber qué razón le había llevado a colocarlos de nuevo, para que cualquiera pudiese verlos.

Se sentía en comunión con la diosa cuando comenzó a escribir aquellos versos. Por un momento, se detuvo, intentando abstraerse de la felicidad que la embargaba de una forma tan dulce. Casi no le era posible. Hubiera querido dejar la pluma y cerrar el tintero, pero una parte de sí misma quería estar segura de lo que iba a hacer, pues sería para el resto de su vida. Se preguntaba qué ocurriría si algún día volvía a despertarse en su corazón la llama que Daniel había dejado encendida tras su último encuentro.

Temía que volviese. Deseaba la vida que Álvaro le ofrecía. Quería acogerla y no volver a preocuparse por el dolor que había quedado dormido en su interior. Continuó escribiendo las palabras que brotaban de lo más recóndito de su corazón. El brazalete impedía la gracilidad de los movimientos de su mano. La caligrafía quedó removida y temblorosa. No quiso quitárselo, prefirió escribir mal, a pesar de la importancia del escrito.

...Que el futuro que me espera,
envuelto en una caja de oro, me sea revelado,
con la claridad inmensa de la sabiduría ancestral
de mis hermanas, de las vivas, de las muertas,
de las que fueron perdidas y de las nunca encontradas.
Que tus labios me hablen a través de mis ojos
para que yo pueda ver la auténtica realidad...

Las letras se cubrieron de oro como había ocurrido otras veces. Parecieron borrarse hasta desaparecer de su vista, para después regresar en pequeños pedazos que nadie hubiese sido capaz de leer, sobre el papel. Este sobrevoló la mesa balanceándose como una pluma, cayendo despacio al suelo. Alba temió que la alfombra pudiera mancharse y corrió a cogerlo.

El tacón de su zapato tropezó con un pliegue de la alfombra. La contraventana se abrió golpeando una y otra vez, dejando que entrara un aire gélido en la habitación. Fuera no hacía frío. No era un aire natural, no parecía pertenecer al mundo. Quiso levantarse para cerrarla, pero una intensa fuerza se lo impidió. Algo la atraía hacia abajo.

Retiró la alfombra y descubrió una trampilla. Tiró de las argollas, pero no consiguió abrirla. Bajo la mesa descubrió una llave oculta tras uno de los cajones. La alcanzó y la metió en la cerradura, que cedió fácilmente. De nuevo tiró de la argolla y la puerta se abrió.

Ahora lo entendía. Los libros prohibidos debían haber salido de aquel agujero, pero aún quedaban algunos. Metió la mano y alcanzó uno de ellos. Era un cuaderno grande y estaba anudado con un lazo dorado. Dentro había muchos documentos y contratos, con nombres y fechas que no comprendía. Le pareció aburrido y lo dejó.

Encontró otro cuaderno. Lo cogió y dejó que sus manos acariciaran el trozo de tela que lo cubría. La retiró y sintió en las yemas de sus dedos las pastas de piel. Despedía olor a polvo. Dejó que sus dedos la guiaran pues sintió que el libro deseaba que lo abriera. Había algo en él que debía leer. Con su dedo índice acarició el canto interior de las páginas hasta que la uña entró entre dos de ellas. Metió rápida el dedo y lo abrió.

Estaba escrito a mano. Era una lista de nombres que cubría casi las dos páginas. Comenzó a leerlos desde el primero, pero no reconoció ninguno. Continuó con los siguientes, mientras su corazón se agitaba. Sabía que el corazón posee una sabiduría que va por delante del pensamiento. Su intuición le hablaba a través de él, pidiéndole que continuara leyendo, pero cada nombre nuevo la hacía sentirse peor. Su estómago empezó a morderle desde dentro, como si un hambre terrible la devorara. Sus piernas y brazos, e incluso sus manos, se volvieron temblorosas y frágiles. Sintió resecos sus labios y su lengua, y de sus ojos comenzaron a brotar unas lágrimas incontenibles que no comprendía. Supo entonces que algo malo estaba escrito en ese libro. La verdad que había pedido que la diosa le revelara. Deseó no haberlo hecho, hubiera preferido continuar ciega ante una cruel realidad que había empezado a dolerle, antes incluso de conocerla.

Se sintió tan mareada que tuvo que dejar de leer. Se tumbó sobre el suelo para intentar recomponerse, pero se sintió morir. A pesar del terror que sentía, no podía continuar alargando el instante doloroso. Recuperó las pocas fuerzas que le quedaban y alcanzó de nuevo el libro. El siguiente nombre que leyera le haría conocer la verdad.

Ahí estaban, eran sus nombres. Primero el de su padre, después el de su madre. Miró el principio de la página, el título decía: «Condenados a Relajación».

Sabía lo que significaba esa palabra, la muerte. Leyó después los nombres que ya había leído y empezó a recordar. Eran los nombres de sus vecinos, de los amigos de sus padres, de las gentes del pueblo entre los que había crecido. Sin duda, en un primer momento su mente se había negado a reconocerlos.

Miró hacia abajo, el sello del Santo Oficio yacía con un resquemor olvidado pero latente. Bajo el sello había una fecha, el día en el que sus padres fueron asesinados, y debajo, un único nombre atenazaba con su crueldad... Don Álvaro de Abrantes.

Una punzada de dolor le atravesó el corazón y dejó brotar de su cuerpo un aullido espeluznante. Fue como si la desgarraran con un cuchillo desde dentro del pecho hacia fuera. Se retorció sobre el frío suelo, chillando como un animal en la matanza. No supo si su dolor provenía de sí misma o si un millón de almas ajenas se habían metido en su cuerpo, para hacerle padecer el sufrimiento de cada una de ellas.

Sintió aquella revelación como una barbarie. Toda su felicidad se escapaba entre sus dedos. No tenía nada a lo que aferrarse para continuar viviendo, ni en este mundo ni en el otro. Sus pensamientos se sucedieron uno tras otro, pero ninguno de ellos le dio el más mínimo consuelo. Sus emociones se desbordaron hasta el punto de convertirse en una víctima de sí misma. Sentía un dolor indescriptible, como un agujero de vacío que jamás pudiera volver a llenarse. Era un dolor tan cierto como las páginas del libro que yacía abierto junto a ella.

El ama corrió a la biblioteca al escuchar los gritos. Entró con rapidez seguida de Elena.

—¡Niña! ¿Qué os ocurre? —gritó agachándose, intentando atrapar el cuerpo de Alba con sus brazos, pero esta se movía con extrañas convulsiones que no podía controlar con su escasa fuerza femenina.

Le pidió a Elena que avisara a los criados para que la ayudaran, pero esta estaba petrificada de pie tras ella, mirando los movimientos de Alba. El ama decidió ir a buscar ayuda ella misma.

Elena creyó que Alba había caído enferma, víctima de alguna peste desconocida que la había vuelto loca. No se atrevió a acercarse siquiera, era como si un demonio estuviera ocupando su cuerpo. La vio acurrucarse, agarrando sus rodillas con los brazos. Sus manos sangraban por las heridas que ella misma se había hecho con sus uñas. No sabía qué era aquel agujero que había bajo la alfombra, ni qué decían los cuadernos que había en el suelo, pero pensó que quizá tenían algo que ver con el extraño comportamiento de su amiga, que ya no gritaba, sino que lloraba como un bebé, agarrándose a sí misma como si quisiera protegerse de algo terrible.

Al verla más calmada, se agachó y estiró su brazo intentando alcanzarla. Quería consolarla haciéndole saber de su presencia, pero al intentarlo, su cuerpo comenzó a saltar con las mismas convulsiones que antes.

—¡No os atreváis a tocarme! —gritó, con la peor rabia que había visto nunca en los ojos de alguien.

—¡Alba, soy yo, Elena! —exclamó.

—¡No os acerquéis a mí! —gritó de nuevo—. ¡Ni vos, ama! ¡Ni ninguno de vosotros! —Los dos criados y el ama frenaron sus pasos—. ¡Si os atrevéis a mirarme, haré que el tiempo de vuestras vidas se acabe en un momento!

Alba alzó su mano y los libros comenzaron a caer de las paredes. Los criados se taparon con los brazos para evitar que cayeran sobre sus cabezas y echaron a correr, aterrados. Solo Elena y el ama tuvieron el valor para quedarse, a pesar de lo que habían visto.

—¡No permitiré que nadie de esta familia vuelva a acercarse a mí jamás! ¡Os maldigo a todos y cada uno de vosotros! —gritó levantándose.

Las ventanas se abrieron y el aire se hizo más gélido aún. Unas voces se oyeron expresando improperios y blasfemias. Aunque no sabían de donde provenían, el ama y Elena pudieron oírlas con toda claridad.

—¡Niña! ¡Decidnos qué os ha ocurrido para que habléis así de nosotros, que tanto os queremos!

Alba no volvió a hablar. Se levantó y caminó con ligereza hasta la puerta. Salió de la casa bajando las escaleras con rapidez, ruidosamente.

Ambas se acercaron a mirar por la ventana. La vieron salir por el jardín hacia la playa y temieron que se alejara de ellas para siempre.

Elena se atrevió a mirar las páginas del libro que permanecía abierto. Leyó la lista de nombres, pero no comprendió nada. Miró al ama con los ojos llorosos.

—¡Alba sabe leer, ama! —exclamó sorprendida.

La mujer se agachó junto a ella y la abrazó. La hija de Don Álvaro de Abrantes se echó a llorar desconsolada, mientras el ama mecía su cuerpo como cuando era niña.

Anochecía. El ama se ocupó de colocarle una capa y de darle otra para Alba.

—Dádsela si la encontráis —le pidió, haciendo de madre una vez más.

—La encontraré, ama. Os lo prometo —respondió Elena, con el convencimiento de que lo haría.

Salió de la casa cuando el sol empezaba a ocultarse. No tenía miedo. El deseo de encontrar a su amiga y averiguar qué había ocurrido era más fuerte que cualquier otra emoción.

En la casa, todo había quedado en silencio. Ambas se ocuparon de volver a guardar los libros dentro del agujero bajo la alfombra, para que su padre no se percatara de que había sido profanado. El ama se ocupó de convencer a los criados para que no hablaran de aquel episodio con nadie. Temían que pudiera llegar a oídos de la ignorancia de los habitantes del pueblo y se empezara a correr la voz de que, en la casa, había una endemoniada. Los gritos y las sacudidas que habían visto en Alba así lo parecían, pero Elena estaba segura de que no había sido ningún demonio quien se había apoderado de su cuerpo.

Se sintió egoísta. Pensaba solo en su felicidad, sin darse cuenta que Alba sentía un dolor inmenso por alguna razón que ella desconocía. Corrió por el camino hasta la playa.

La encontró de pie sobre una roca en un lugar peligroso. La llamó, pero ni siquiera se dio la vuelta para mirarla.

Intentó acercarse. El mar estaba agitado, como no era normal en las noches de primavera. Parecía mirarlo como si quisiera lanzarse al agua desde la cima de la roca. Volvió a gritar su nombre, pero no contestó. Entonces, Alba alzó sus brazos al cielo, con elegancia. Estiró las manos y, abriendo los dedos, las colocó frente al mar, exclamando en voz alta y poderosa...

...Que las olas se confundan en su ritmo diario
y el mar olvide su único camino.
...Que en un instante se engañen las aguas
y no encuentren jamás el compás de su canción...

Sentía que todo el odio y el rencor de antaño habían regresado a su corazón, como una peste maldita. Su pensamiento daba vueltas alrededor de una única certeza, Álvaro de Abrantes había sido el encargado de cumplir la orden que había llevado a la muerte a sus padres. Miles de preguntas se agolpaban en su mente. Miles de lágrimas esperaban contenidas a que fuera capaz de desahogarse, pero no lo haría. Dejaría que todo el dolor y la rabia de su interior saliera de sus manos hasta el mar. Quería provocar a la diosa, que había vuelto a burlarse de su felicidad.

¿Es que no le estaba permitido ser feliz? Había perdido ya a demasiados seres amados. El amor había jugado con ella como si fuera un títere. Sus palabras escritas no eran una súplica. Ya no había tiempo ni lugar para peticiones. Eran un desafío a la diosa que la creó. La desafiaba por haberle robado, en tantas ocasiones, la felicidad que ella había alcanzado por sí misma.

Desafiaba a la diosa, a mostrar ambas sus poderes. Ella se los había otorgado, pero ahora estaban en sus manos y no dejaría que nadie se los quitara. Había tomado una decisión, se ocuparía de acrecentarlos y llegaría a ser más poderosa que la misma diosa, para que nunca pudiera volver a arrancarle del cuerpo la felicidad lograda.

Mantuvo sus manos abiertas frente al mar, con las palmas hacia el agua y los brazos extendidos en señal del uso de todo su poder, en una única orden poderosa. Alba le ordenó al mar que cesara su baile, que parase el movimiento de las olas. Sabía que no debía quebrantar la ley universal de la naturaleza, sin embargo, lo hizo, y fue como si hubiera sido llevada de la mano de otro ser que no era ella misma, pero al mismo tiempo lo era.

Hubo un insólito silencio. El mar, hasta aquel momento en calma, comenzó a mostrarse airado, formando olas cada vez más grandes. Durante un instante pareció que el agua de la última ola se mantuviera en el aire. Las gotas alargaron su caída de regreso y el sonido maravilloso del océano dejó de existir, en un momento que pareció que nunca acabaría.

Una barca se acercaba hasta la playa. Elena vio bajar a dos hombres y meter sus piernas en el agua. Se asustó y se alejó, corriendo hacia las altas retamas para ocultarse tras ellas. Hubiera querido proteger a Alba, pero no tuvo valor. Desde su escondite, vio como los hombres se acercaban a ella. No pudo entender lo que decían pues hablaban en un idioma desconocido. Alba se dejó agarrar por ellos y la llevaron hasta la barca, que se alejó de la playa, adentrándose en el mar.

Sintió que su corazón se le iba a salir por la boca. Temió que fueran piratas. Corrió hasta la casa para avisar al ama, pero sabía que ya era tarde. La había oído muchas veces contar historias que escuchaba en el mercado sobre las idas y venidas de los piratas a la playa, pero no imaginó que ocurriría tan cerca. Temió que regresaran y se acercaran a la casa. Pidió al ama que se ocupara de cerrar todas las puertas y ventanas y le ayudó a hacerlo. Cuando esta le preguntó por Alba, Elena se derrumbó sobre su cama y lloró mientras le narraba lo ocurrido.

—No sé qué es lo que ha visto en ese libro, ama, pero sabe leer. Y me lo había estado ocultando todo este tiempo. ¿Por qué?

El ama hizo un gesto que significaba que sabía muy bien por qué una mujer ocultaba su saber al mundo. Elena corrigió sus propias palabras.

—¡Tenéis razón, ama! ¡Qué estúpida he sido! Alba tenía miedo como la mayoría de las mujeres. —Pensó en ella misma, que también temía sincerarse sobre lo que sentía, a su propio padre—. ¡Alba temía decir la verdad, igual que yo! Yo también soy una mujer que tiene un destino que cumplir, y ese destino es tan cruel... ¿Qué voy a hacer ahora sin Alba? Decidme, ama, ¿qué voy a hacer?

El ama corrió junto a la cama para intentar consolar a su niña, pero sabía que nada de lo que le dijera podría cambiar su destino. Temió que Alba no regresara y le pidió al cielo que aquellos hombres no le hicieran ningún daño.

—¡Soy mala, ama! —sollozó Elena—. Soy una mala persona pues estoy llorando por mí, sabiendo que esos hombres se la han llevado. ¡Soy egoísta!

El ama no dijo nada. No era egoísta, sencillamente tenía miedo.

En las cuevas, Alía sintió una punzada de dolor en el bajo vientre. Era el lugar en el que albergaba el amor maternal que sentía por todas sus discípulas. A la primera punzada, le siguió otra y se repitieron, hasta convertirse en un dolor agudo que tardaría bastante tiempo en marcharse.

Supo entonces que no se trataba de cualquier discípula, sino de la única con poder suficiente como para provocar que el espacio materno de su cuerpo se revolviera contra sí misma por albergar por ella un amor de madre. Sintió un hilo de sangre que bajaba por su interior.

Agarrándose el vientre, salió de la cueva y se acercó a la orilla. Miró al horizonte, pero no vio nada que pudiera hacerle creer que le había ocurrido algo. Alía encorvó su cuerpo. Sentía un dolor intenso y un profundo miedo. Algo estaba ocurriendo y estaba segura de que era importante.

Entonces se dio cuenta, las olas del mar se arrastraban hacia adentro para después golpear hacia fuera. ¿Cómo podía haber ocurrido? Se estremeció. Su discípula había invertido el sentido de las olas del mar. Sabía que era algo imperceptible para cualquier ser humano, pero no para una mujer sabia.

Una lágrima le cruzó el rostro y la recogió sobre la palma de su mano. Quizá sus lágrimas podrían contener la ira de la diosa. Se agachó y la metió en el agua para que la sal de su cuerpo se uniera a la sal del océano y así terminar con la fuerza de aquel conjuro, pero no ocurrió nada, la diosa no había perdonado.

Se irguió de nuevo y miró hacia las islas invisibles ante sus ojos. El horizonte estaba en calma, por el momento. Era imposible saber cuánto tiempo pasaría hasta que la diosa quisiera responder, pero ella y sus discípulas estaban también en peligro.

Yemalé bailaba en solitario frente a su cama. Hacía tiempo que había regresado a África, para intentar encontrar a los que quedaran de su familia. De nuevo estaba sola, perdida y sin rumbo en un lugar que ya le parecía ajeno, tras tantos años alejada. Sin embargo, aquel era su sitio y debía encontrar a su familia perdida para sentir de nuevo que pertenecía a un lugar. Ansiaba tener un origen, pues sentía que, sin él, nada podría sujetarla al mundo.

El músico tocaba los tambores al ritmo de sus pasos. Su vientre se movía con gracilidad. Giraba sobre sí misma cada vez más rápido, sin perder el equilibrio, mirando al frente en cada uno de sus giros, sin perder la postura ni la posición de sus pies sobre el suelo. Más y más vueltas, haciendo que los cascabeles y las monedas que adornaban sus tobillos y muñecas sonaran haciendo música. La gasa de su túnica giraba con ella en una hermosa muestra de su libertad femenina, hasta que sintió una punzada de dolor en los pezones. Sus pechos se estremecieron y le pareció que se erguían aún más, escociéndole la piel de una forma dolorosa. Dejó de girar y cayó al suelo. Los tambores cesaron.

—¿Estáis bien? —preguntó el hombre.

—Sí —respondió—. ¡Dejadme sola!

El hombre se alejó, llevándose consigo su instrumento. Yemalé sintió que de uno de sus pechos brotó una gota de sangre que le manchó la túnica. Se levantó y se asomó a la ventana. Era casi de noche. Vestida con la leve túnica transparente, bajó las escaleras con rapidez y salió de la casa.

Miró al horizonte, el mar oscuro se extendía ante sus ojos cálidos. Sus oídos escucharon el rumor de las olas, que habían cambiado su sentido. El sonido de cada una de ellas había cambiado. Supo que se trataba de Alba. Ninguna otra mujer sabia tenía el poder para realizar un hechizo que intercambiara el sentido del movimiento del océano. Nadie, tampoco, se habría atrevido jamás a conjurar contra el mar.

Pensó en Alía, ella también se habría dado cuenta. Ambas habían formado parte de su enseñanza y habían contribuido a acrecentar el gran poder que la diosa le había otorgado desde el principio. Una vez más se preguntó por qué a ella. ¿Acaso la diosa era capaz de equivocarse? No podía estar segura, pero sí de que Alba le había fallado a la diosa. Y ahora, todas las mujeres sabias del mundo estaban a merced de la ira divina.

Sus dedos estaban manchados de sangre. Se metió en el agua y se limpió la mano, entregando al mar su propia sangre en señal de alianza con la naturaleza. No sabía de cuánto tiempo iba a tratarse, pero tarde o temprano Alba vería la ira de la diosa.

Las voces de todas las mujeres sabias de la Tierra se escucharon con palabras que volaron a través de los caminos, de los mapas y de los sueños de aquellos que dormían plácidos, hasta llegar a los oídos de todas las hermanas que vivían sobre el mundo. El mar había silenciado durante unos largos instantes su movimiento continuo. La brisa se había convertido en un gélido aire que devolvía remembranzas de los lugares más fríos de la Tierra. Lugares en los que el hielo era el suelo que la gente pisaba.

El descanso del mar había provocado una cadena de insólitos momentos que habían empezado a acontecer. El sol se había anclado en el horizonte y la luna perpetuaba su espera, oculta y expectante, antes de brillar con su luz en la negrura de la noche. Todas las flores y árboles, las hierbas y ramas, las selvas y bosques, los campos y montañas, sintieron que les faltaba el cálido abrigo del sol durante un largo instante.

Los animales del Norte y del Sur, las criaturas del Este y del Oeste, sintieron que su caminar o su sueño duraba un instante más de lo que ordenaba la ley natural, que marcaba el orden de las cosas vivas y muertas. Las piedras y la tierra sintieron que el silencio de su vida se perpetuaba. El aire y el viento experimentaron la desorientación, en el recorrido de su vuelo sobre el mundo.

Los hombres y las mujeres, los niños y las niñas de todos los confines del mundo, no percibieron nada, pero todas las mujeres sabias sufrieron el dolor y el temor de saber que se había roto su pacto con la divinidad. Una de sus hermanas había quebrantado la ley universal al provocar que el mar enloqueciera y, aunque solo había sido durante un momento, la consonancia del océano había sido profanada.

Las mujeres sabias del mundo entero sintieron miedo. La naturaleza había sido burlada, Alba había quebrantado la ley que regía el ritmo de la Tierra. Había desafiado a la diosa. Ninguna sabía lo que provocaría aquel segundo, creado de la nada por una mujer sabia de tierras lejanas, que poseía en su interior un enorme poder, pero todas eran fuertes y valientes. Estarían alertas...

Parte II

MAGIA Y VENGANZA

XIX

El albatros

Tenía la muñeca derecha magullada por haberse intentado arrancar el brazalete. El broche parecía muy seguro y tuvo que ser el capitán quien se lo quitara. Como les dijo a sus hombres, habían hecho bien en llevarla al barco. Desde entonces, él había cuidado de ella día y noche, pues temía que pudiera hacerse daño a sí misma.

—No sé qué os ha ocurrido, pero no dejaré que vuelvan a haceros daño —dijo, con un acento melódico que le devolvió a un tiempo anterior a todo el dolor que sentía.

Quizá fue aquella frase, o el hecho que había planeado mil veces en su mente. Esperaría a que alguno de los hombres se despistara y se lanzaría al agua para dejarse morir entre las olas. El capitán lo intuía y había dado orden de que jamás la dejaran sola, o pagarían con sus vidas.

Podría haber utilizado sus poderes, si no fuera porque había perdido la habilidad para manejarlos. Aún los sentía dentro de ella, pero se mantenían latentes, como si se hubieran atrofiado y ya no supiera qué hacer ni qué decir para utilizarlos. O quizá la diosa se los había negado, tras su demostración de poder sobre el mar. La naturaleza es sagrada y Alba la había embrujado, a pesar de saber que no le estaba permitido.

Nadie debía volver el ritmo de las olas del mar al revés. Sería como cambiar el lugar de las estrellas del cielo. Como hacer desaparecer la luna y su brillo nocturno. El mar le estaba negado para demostrar su poder y mucho menos su rabia. Sin embargo, ella lo había hecho. Pero no era eso lo que le provocaba aquella punzada insufrible en su vientre.

Se lamentó mil veces de que su corazón hubiese sido tan torpe, tan osado y tan estúpido para equivocarse tanto y desear ser su esposa. El cuaderno, la lista de nombres en la que estaban sus padres, el nombre del pueblo en el que había nacido, la firma de Álvaro sobre el sello de la Inquisición... Cientos de imágenes que la devolvían a una realidad terriblemente dolorosa de la que solo la muerte podría darle el anhelado descanso. Sentía asco de sí misma, de la piel que él había besado, de cada gemido de placer que había dejado salir de su boca.

Estaba recostada en el catre, mirando hacia la pared, como todas las noches desde que la rescataron. Joao se acercó y se sentó junto a ella, como la tarde lluviosa en casa de Yemalé, cuando apartó las sábanas para ver su cuerpo desnudo. La miró y acarició su brazo mientras se lamentaba de verla así, con un chasquido de su boca.

Hasta ese momento, Alba no había dicho una sola palabra, pero entonces se dio la vuelta, le miró con los ojos llenos de lágrimas y le hizo la temida pregunta.

—¿Daniel?

Tendría que decirle la verdad lo antes posible. Antes de contestar vio que tenía los ojos cerrados. Parecía insistir en alcanzar un sueño que nunca llegaba.

—Hubo un abordaje en alta mar. Perdimos a muchos hombres que cayeron al agua.

Al principio se resistió a entender sus palabras, pero él continuó hablándole hasta que sus párpados se agitaron y se vio desbordada por las lágrimas, y un grito amargo brotó de su interior. Él la cogió, abrazándola con fuerza. Su torso desnudo olía a sal y le trajo dolorosos recuerdos. Sentía el corazón como una porción de carne desgarrada. Quería morir. Correr hacia su madre.

El capitán intentó consolarla, pero nada era suficiente para acallar sus gemidos. Como un animal rabioso, su cuerpo se revolvió entre sus fuertes brazos. Comenzó a darle golpes con las manos y patadas con los pies, mientras su voz se desgarraba en un aullido insoportable.

Le oyó llamar a alguien. Uno de sus hombres acudió rápido con una manta. Se la dio y él se la colocó por encima. Sus brazos, hasta entonces libres para golpearle, se quedaron inmóviles bajo la gruesa tela que la rodeaba. Él atrajo su cuerpo, estrechándolo. Intentó escapar, pero pronto la tensión de sus músculos se relajó y cayó en un llanto pacífico, aunque con el mismo sabor amargo. Y escuchó su melódica voz en un susurro.

Después, su cuerpo se tranquilizó. Permaneció tendida sobre el camastro como si no le hubiera oído, pero lo había hecho.

Joao subió las escaleras y respiró al llegar a la cubierta. Sus hombres se afanaban en sus tareas sin percibir siquiera su presencia. Uno de ellos intentaba hacer música con un laúd, encontrado entre los muchos objetos inservibles del último botín. El ruido era espantoso. Le gritó para que parase. El hombre lo hizo sin decir nada.

Se sentía herido en lo más profundo de su alma. Las únicas palabras de Alba desde que sus hombres la trajeron al barco habían sido para preguntar por él.

Escupió sobre la madera de la cubierta, lamentándose de todas las mujeres que había conocido. Deseó ser lo suficientemente fuerte para no volver a entregar su amor a ninguna. Se rio de sí mismo. ¿Acaso no lo había hecho ya? Alba sabía que él la amaba, aunque quizá no sabía cuánto.

Se acercó al hombre que había dejado el laúd a su lado. Se agachó y cogió el instrumento, se lo entregó y le dijo:

—Volved a intentarlo. Quizá esta vez tengáis más suerte y consigáis hacer sonar algo de música.

Los hombres de alrededor le rieron la gracia. El capitán volvía a ser el mismo hombre con el rostro pintado al que sus hombres admiraban.

El dolor era peor que antes, en su interior crecía un vacío punzante que secaba su vida, día a día, segundo a segundo. Lo había perdido todo. Nada en la vida le importaba ya. A pesar del cuidado de Joao y de sus hombres, había conseguido permanecer ajena al mundo que ellos vivían, al aroma del mar, al movimiento del barco, a sus voces y risas, a las caricias del capitán y a su tierna mirada.

No podía soportar lo insoportable. No podía aguantar sus propias lágrimas por un hombre que no merecía ni que ella posara su mirada sobre su rostro. Se odiaba por haberle amado. Sentía asco de su propia existencia porque había disfrutado de sus caricias y de sus besos mientras su verdadero amor perdía la vida en las mismas aguas que ella había conjurado para cambiar su ritmo.

Un graznido desconocido para sus oídos le atravesó el alma. Sus ojos miraron por primera vez las paredes del camarote que la rodeaban. Su nariz aspiró el aroma de la madera, dañada por la humedad.

Escuchó unas fuertes risas y de nuevo aquel graznido, repetidas veces, hasta que no lo pudo soportar. Se tapó los oídos con las manos y gritó. Por un momento pareció que todo a su alrededor volvía a estar en silencio, pero enseguida el graznido volvió a repetirse y sintió que su corazón lloraba.

Abrió la puerta, sorprendiendo al hombre que la custodiaba, que estaba sentado sobre un barril, medio dormido. Fue más rápida que él subiendo las escaleras que llevaban a la cubierta.

Cuando llegó, vio que los hombres habían formado un círculo alrededor de algo que aún no podía ver. Se reían y gritaban, jaleando aquello que estaba en el medio. No vio a Joao, tampoco le buscó, avanzó entre los hombres que se apartaron al verla, golpeando incluso a los que no lo hacían, hasta que pudo ver al animal indefenso.

Un albatros caminaba sobre la cubierta. Ante las crueles risas de todos, intentaba, una y otra vez, alzar el vuelo sin conseguirlo. Le habían cortado las alas. El animal graznaba asustado mientras disfrutaban del espectáculo de su torpe caminar.

Se acercó a él e intentó atraparlo, pero fue inútil, caminó hacia atrás, abriendo sus alas y emitiendo aquel sonido insufrible de nuevo. Entonces Alba extendió su mano frente a sus ojos y, al verla, el ave se sintió invadida por una gran calma que la mantuvo quieta. Se agachó y la cogió.

Era grande, lo suficiente como para abarcar su cuerpo emplumado y suave con todo su pecho. Al notar su cuerpo caliente, sintió que la necesitaba. Se levantó con el ave entre los brazos y caminó, mientras los hombres se apartaban a su paso.

Joao temió que se lanzara al mar y se acercó rápido para evitarlo, pero Alba quería hacer otra cosa muy distinta. Levantó al animal y lo lanzó hacia abajo.

Todos pensaron que el ave caería al agua, pues no podía volar, pero el animal se alzó en el aire, rodeando el barco con un vuelo sobre sus cabezas, dos veces, hasta que lo vieron alejarse y no fue más que un punto en el horizonte.

Alba se dio la vuelta y caminó de nuevo entre ellos, sin siquiera mirarlos. Bajó las escaleras y se encerró de nuevo en el camarote.

Ninguno de los hombres habló de lo que vieron sus ojos. La mujer había dominado a un albatros con solo levantar su mano y mirarlo a los ojos. Solían sobrevolar al barco, en busca de comida, cuando se acercaban a la costa. Les resultaban graciosos sus movimientos cuando no podían volar y aquellos hombres estaban deseando volver a reírse de algo más que de sí mismos.

El capitán se había quedado perplejo como los demás. Le alentaba pensar que ella había sido capaz de salir del camarote por su propio pie, al menos para salvar a un animal herido en su orgullo. Y había ocurrido en el momento justo, cuando apenas faltaban un par de días para llegar a casa. En Madeira, él se ocuparía de hacer que ella volviese a vivir.

Se dio la vuelta y subió junto al timonel, para alejarse de ellos.

—¡Volved al trabajo! —ordenó—. Pronto llegaremos a casa.

Si había un lugar en el mundo donde la naturaleza se expresaba con toda su perfección era en la hacienda del capitán. En su isla, ni los caminos habían sido hechos por el hombre, pues habían surgido como prodigios de la naturaleza. Las flores se asomaban al paso, adornando los pies de los caminantes. El aire olía fresco y húmedo, y en el cielo solían coexistir, de forma completamente amistosa, un sol radiante con la sensación del principio de una tormenta. Era un lugar hermoso, donde cualquiera podía sentirse libre a pesar de su pasado.

No fue difícil abandonar la idea de morir. En un espacio dominado por animales ruidosos y coloridos, donde el aroma de las flores perfumaba los días y las noches, no le fue posible mantener su idea de abandonar este mundo, durante mucho tiempo.

Pero ya no necesitaba esperanzas. Todo cuanto podía haber anhelado antes de subir al barco del capitán era una quimera imposible. La tranquilidad, la paz, el amor junto a un hombre que le diera todo aquello, le habían sido negados. Sentir que formaba parte de una familia era un deseo que nunca más se permitiría volver a tener. No podía abandonar su odio, que torturaba sus noches y la mantenía despierta durante el día, para ser capaz de contemplar la belleza que la rodeaba.

Joao se ocupaba de intentar que la felicidad regresara a su rostro, acompañándola a dar largos paseos por la playa y por los caminos que llevaban a la montaña. A caballo o a pie, ambos recorrieron la isla varias veces, descubriendo nuevos lugares aún más bellos.

La casa era grande y se alzaba sola en la falda de la montaña, rodeada de campos verdes y floridos, de árboles grandes y llenos de frutos. Madeira parecía haber surgido de la idea más elevada que pudiese haber en la imaginación de un artista.

—Aquí soy capaz de olvidar las peores cosas de mi vida. Y vos también podréis —le aseguró el capitán.

Era extraño verle así, con el rostro limpio y el cabello recogido atrás, con un lazo sobre la nuca, elegantemente vestido y llevando un sombrero en su mano. Le sonrió pues le agradecía sus desvelos y su dulzura. Era maravilloso verle, al fin, sin nada que ocultara sus facciones ni el movimiento de sus gestos. Era como descubrirle de nuevo, después de tanto tiempo. Pero no podía creer lo que él le aseguraba con tanto agrado. Algo crecía en su corazón como una peste maldita, capaz de corroer cualquier emoción.

El portugués se debatía entre sus constantes desvelos por ella y el deseo de hacerla suya. La deseaba como nunca había deseado a otra mujer, con un anhelo inevitable que le golpeaba el pecho cada vez más fuerte. Cada día que pasaba a su lado y cada noche que estaba a pocos metros de ella, creía que le iba a ser imposible no acudir con rapidez a su alcoba.

Se imaginaba abriendo la puerta de un solo golpe y levantándola en sus brazos para después depositarla lentamente sobre el lecho. Anhelaba ver en sus ojos la mirada que le invitaría a poseerla. Todo su cuerpo se tensaba respondiendo ante la idea de pasar una noche junto a ella, o con el maravilloso final que siempre soñaba, convertirla en su esposa. Si así ocurriera, se decía, abandonaría el océano para siempre y se quedaría en la isla, porque no querría nada más del resto del mundo.

¿Qué podían ofrecerle ya otras costas? Había viajado tanto y había visto tantos lugares y culturas diferentes, que ya nada le sorprendía. Se había dejado amar por tantas mujeres que sentía que había llegado la hora de permitir a su corazón amar de verdad por vez primera. Y ya no había nada que impidiese que Alba le amase también, y llegaría a hacerlo, estaba seguro.

Daniel había perdido la vida en aquel abordaje. Él mismo le vio saltar por la borda. Y Álvaro de Abrantes estaba muerto para ella en su corazón. El único sentimiento que guardaba por él era un terrible odio. Eso le bastaba para albergar la esperanza de que fuese ella misma quien acudiese a su alcoba una noche y se entregase a él.

Sin embargo, un atardecer, Alba rompió su corazón.

—He de volver —le habló con la verdad en la mano, sin importarle si sería capaz de entenderla.

—¿Acaso creéis que la vida que teníais allí os estará esperando? —le preguntó él, levantándose alterado, recogiendo las riendas de su caballo, que mordisqueaba la hierba.

Había conocido a muchas mujeres hermosas, Yemalé había sido una de las más bellas, sin duda, pero la mujer que tenía ante sus ojos, sentada entre las flores bajo el sol que hacía brillar su cabello, era la mujer. Sin más adornos ni palabrería.

—Ya no deseo aquella vida —le respondió sin esforzarse en que la comprendiera.

—¿Y qué deseáis? —agarró su cintura, acercando su aliento a su cuello—. ¿Por qué no podéis amarme? Puedo tener un lugar en vuestro corazón, si me dais el tiempo necesario para convenceros.

Los ojos del capitán recorrían su rostro. Le gustó sentir tan cerca su calor y su cuerpo pareció despertar ante su dulce contacto.

—Lo sé, capitán —le dijo, sin intentar separar su cuerpo del suyo, disfrutando de su cercana presencia—. Desde que estoy aquí, he luchado muchas veces contra mi deseo de acudir a vuestra alcoba en la oscuridad de la noche —volvió a sincerarse con él—. Pero vos sois un hombre de mundo y sabéis que, aunque convencierais a mi cuerpo, nunca podríais convencer a mi corazón, pues está ocupado.

Su gesto se fue tornando triste y amargo. Sus ojos parecieron apagar su brillo y su tez morena palideció mientras la miraba.

—¿Por quién? ¿Por el morisco? Os dije que había muerto. ¿No os basta con mi palabra? —se mostró dolido y enojado, pero la abrazó aún más fuerte hasta hacerle sentir que podría poseerla allí mismo si quisiera.

Alba levantó su rostro y acercó sus labios a la boca carnosa del pirata.

—Que haya muerto no significa que no pueda amarle.

—¡Pero es absurdo que perdáis el tiempo de vuestra vida amando a un hombre muerto! —Se exasperó—. A no ser que estéis hablando de otro hombre... Álvaro de Abrantes.

Alba se retiró de su lado, librándose de sus brazos fuertes. Joao pudo ver su rostro demudado por el dolor y la ira que albergaba su corazón.

—¡No pronunciéis su nombre en mi presencia! —exclamó, alejándose con pasos rápidos.

—¡Esperad! —la siguió—. No quise agraviaros, pero es posible que haya dicho la verdad, aunque os duela.

—¿La verdad? —frenó sus pasos y se volvió para mirarle—. ¿Y qué sabéis vos cuál es la verdad? ¿Acaso me defendisteis con la verdad ante mi maestra, cuando me acusó de amaros?

Joao bajó la cabeza, arrepentido. Era cierto, no había movido un dedo por ella. Había dejado que Yemalé la creyera culpable y la echara de su lado para siempre.

—Tenéis razón, no os defendí. Pero no podéis pedirle al hombre que os ama que se trague los celos que siente por vos. ¡No podéis pedírmelo!

Le miró con lástima. Sabía que él la amaba, pero ella no podía amar a ningún hombre que se refugiara en las mentiras. Así había actuado Álvaro de Abrantes. Y ella sabía que su corazón solo podía amar a un hombre inocente.

—Nunca más volveré a amar a nadie, capitán.

—Habláis así porque hay dolor en vuestro corazón —exclamó, acercándose de nuevo a ella, pegando su cuerpo lentamente al suyo, haciéndole sentir su masculinidad y el deseo de cada línea de su piel. Besó su cuello con sus labios húmedos y le susurró al oído—: Dejad que os guíe... Confiad en mí y pronto seréis una mujer de nuevo.

Quiso dejarse llevar por el deseo de su cuerpo y caer en sus brazos para ser amada.

—Dejad que me marche —le rogó, sabiendo que no iba a ser capaz de aguantar mucho más tiempo entre sus brazos, sin dejarse amar por el pirata osado y salvaje—. Ha llegado el momento de mi regreso.

El capitán la miró a los ojos y lo que vio fue una gran oscuridad. Ella estaba en lo cierto, aunque consiguiera despertar el deseo en su piel, nunca sentiría el amor que él anhelaba de ella; por muy vehemente que se mostrara, jamás hallaría la paz de su amor en su corazón.

La soltó y se alejó unos pasos de ella. Regresó junto a los

caballos y volvió con ellos, dándole las bridas del suyo en la mano.

—Sé que ninguna de mis palabras hará que vuestro corazón vuelva a ser el mismo. No conozco a la mujer que sois ahora. La niña que conocí en Eivissa ha muerto. Si alguna vez la hacéis regresar, buscadme en esta isla.

Montó sobre su caballo y galopó con rapidez hacia la hacienda. Alba vio como se alejaba un hombre que, en cada viaje al mar, se convertía en algo muy distinto. Quizá el lugar del mundo en el que uno habitaba era capaz de cambiar el alma. Ella se sentía sin origen y eso le daba alas para volar, pero también la hacía sentirse muy sola, pues ya no formaba parte de ningún pedazo del mundo.

El capitán había escuchado decir a Yemalé que las almas podían conocerse una vez y volver a encontrarse en otras vidas.

«Hay almas que nacen para estar juntas y almas que nacen para encontrarse apenas unos momentos, pero estas últimas también son almas gemelas que han de vivir sus vidas por separado, hasta encontrar la idea que una sus corazones...»

Quizá esa era la verdad sobre la muerte. Quiso creerlo. Deseó ardientemente creer que, en otra vida, volverían a encontrarse y esta vez, Alba sería para él.

Mientras tanto, a ella ya solo le importaba una cosa en la vida, regresar.

Las rosas se habían marchitado. El comienzo del verano las había deshojado, y la tierra del jardín se cubrió de una alfombra de pétalos ajados y ocres que desprendían un aroma dulzón.

Al darse la vuelta para entrar en la casa, Elena se escurrió con la suela de sus zapatos nuevos. Juraría que había muchos más pétalos que rosas habían florecido. Tampoco era normal que se hubiesen marchitado tan pronto, pero ya nada era normal en aquella casa, desde que Alba se había ido. Aunque había visto a aquellos hombres llevársela con sus propios ojos, estaba segura de que no habría querido regresar. No entendió lo que había leído en el cuaderno ni lo que podían significar para Alba aquellos nombres.

Tampoco había preguntado a su padre porque temía descubrir lo que encerraban aquellos libros. Como si ya nadie más le importara, él se había olvidado de su hija, a la que tanto decía amar. Desde que regresó de Valencia, no había vuelto a dirigirle la palabra salvo para ordenarle que hiciera su equipaje, pues saldría para Valencia al amanecer.

Sintió un frío intenso al entrar en la biblioteca. Sabía que le encontraría allí, despierto tras una noche más en vela, vestido aún con la ropa del día anterior, con el rostro descuidado con una barba incipiente y los ojos rojos por haber llorado de rabia y de pena, a solas, durante toda la noche, como hacía desde que ella desapareció.

Dio unos breves golpecitos en la puerta. No recibió respuesta y entró. Le vio de espaldas, sentado frente a la ventana. Elena no conocía el amor carnal. En su corazón no se había despertado sentimiento alguno por un hombre, pero podía comprender lo que debía significar para los enamorados. Debía ser como beber agua cuando se tiene sed.

Hubiese querido borrar todo el dolor que veía en los ojos de su padre, si hubiese sabido cómo hacerlo. Pero nada de lo que ella hiciera podría calmar la tristeza que se había anclado en su corazón, en su mente y en todo su cuerpo. Una horrible tristeza que le hacía languidecer en aquel sillón, rodeado de los libros que tanto amaba, frente a la ventana desde la que podía ver la puerta del jardín, quizá con la esperanza de ver caminar a la mujer amada de nuevo hasta él.

Elena había decidido no enamorarse nunca. Si el amor era sufrir hasta morir por el ser amado, no quería sentir jamás amor por un hombre. Sería fácil, ahora que se marchaba a Valencia para casarse con su prometido. Realizaría, desde allí, los preparativos de la boda y en unas cuantas semanas sería una mujer casada con uno de los hombres más influyentes y adinerados de la ciudad.

No le importaba el dinero, pero quizá podría aprender a

disfrutar de sus beneficios cuando lo tuviera. Puesto que había decidido no amar, podría entonces vivir de la merced que le otorgara convertirse en una mujer rica. Se rio de sí misma. Ella no era así y lo sabía. Pero después, vio una pequeña luz al final del túnel, quizá podría aprender a serlo.

—Es la hora —dijo tras el sillón de su padre.

Este ni siquiera se levantó, ni hizo el menor movimiento para intentarlo. Se sintió herida y despreciada. Se acercó a él y le besó en la mejilla con dulzura. Sus labios se mojaron con sus lágrimas. No sabía si lloraba por su marcha o por la pérdida de Alba. Se apartó de él sin mirarle y corrió hasta la puerta.

El ama la esperaba junto al carruaje. Un criado le abrió la puerta. Los caballos relincharon impacientes. Abrazó al ama y subió. La mujer corrió unos metros tras ella por el camino que llevaba a la puerta de hierro del jardín.

—¡No nos olvidéis, niña! ¡Recordad que solo vos podéis devolver la vida a esta casa!

No los olvidaría, pero lo deseaba. No podía cargar con tanta tristeza. Asomó la cabeza fuera del carruaje y miró la casa hasta que se convirtió en un punto invisible. No sabía cuándo volvería, pero tampoco deseaba volver.

Álvaro de Abrantes escuchó los lamentos del ama a lo lejos. Percibió un aroma podrido a rosas marchitas y degustó un horrible sabor amargo en su boca.

XX

El abordaje

Aún podía escuchar los gritos de dolor y desolación, y el atronador estertor de los cañones. El crepitar del fuego le quemaba la piel y el humo le embotaba la garganta. Tragó saliva, en un intento de dejar atrás el sabor amargo de la humareda, masticado dentro de su boca. Su pecho se agitaba, arriba y abajo, intentando encontrar una bocanada de aire puro, como un pez fuera del agua.

Aún no había abierto los ojos y mantenía, como en un sueño, la visión de cientos de heridas abiertas, pieles quemadas, intestinos esparcidos, piernas sangrantes, ropas raídas, pies descalzos y sucios, cuerpos descompuestos sobre la cubierta, estómagos abiertos a punta de espada y miradas de terror. Gritos, aullidos y lamentos que provenían desde todos los rincones de la nave se mezclaban con las órdenes que daba el capitán. Su rostro pintado de rojo, salpicado de sangre de un rojo más oscuro, estaba preparado una vez más para el abordaje y todos sus hombres le seguían, dispuestos a morir o a ganar un nuevo botín con el saqueo de otra embarcación. Preparados para atacar, pero nunca para ser atacados.

Había sido una batalla perdida desde el principio. Ya conocían la crueldad y barbarie de los infieles, pero hasta ese día no lo habían sentido en carne propia. Daniel ya no sabía a dónde pertenecía, ninguna religión ni origen corría por sus venas. Había nacido cristiano y morisco, en un reino que le había expulsado y no le permitía regresar a su hogar. Y se sentía como un traidor. No era de unos ni de otros, se mantenía con vida solo por el deseo de regresar a sus brazos, algún día.

—Alba... —exclamó, entre susurros delirantes.

Solo ella y el amor que sentía hacia él fue capaz de hacerle esquivar aquella daga, lanzándose por la borda antes de que pudiera ser rozado por la punta brillante. El hombre, de ojos profundos y oscuros, se abalanzó sobre él, en un intento de sorprenderle por detrás, pero su mirada rápida y su cuerpo ágil y joven le daban cierta ventaja. Se dio la vuelta con rapidez y, antes de ser alcanzado, echó el cuerpo hacia atrás, zafándose de las intenciones de su atacante.

Su asesino le miró desorientado al verle caer hacia atrás, sin entender si era vencedor o vencido. Se asomó por la borda, al escuchar el ruido de su cuerpo al chocar contra las olas de un mar embravecido. Estaban cerca de la costa, pero no lo suficiente como para que un hombre herido se salvara. Y Daniel tenía una herida en la pierna del tamaño de su puñal.

El infiel vio como se daba en la cabeza contra los restos del barco que flotaban. Era imposible que un alma sobreviviera a tal caída. En sus ojos había visto su mirada de desolación y viviría con ese recuerdo para el resto de sus días. Aunque no serían muchos.

El infiel saltó de nuevo sobre la cubierta del barco para encontrar a un cristiano más al que arrancarle la vida, cuando sintió un tremendo vacío que le rasgaba el vientre. Un dolor inimaginable le sobresaltó. Se agarró y se rasgó las manos con la punta de una espada que le traspasaba por entero. Solo tuvo tiempo de mirar atrás y ver la mirada de un rostro pintado de rojo. Se sintió morir y se dejó caer sobre la madera, pero antes sintió un nuevo desgarro terrible cuando el pirata sacó su espada de su vientre, de un único empellón que le remataba.

Joao se asomó por la veranda, pero no vio su cuerpo. Él también había visto caer al morisco, no había podido llegar a tiempo de salvarle.

—¡Maldita sea! —exclamó, pensando en Alba.

Ella le había pedido que defendiera al muchacho con su

propia vida, si hacía falta, y ahora le odiaría por no haberlo hecho. Pero no era oficio de un capitán defender a uno de sus hombres por encima de los demás, y él había tenido que ayudar a muchos de ellos, durante la cruenta batalla. Apenas quedaban unos minutos para que todo acabara. Ya casi no escuchaba el rechinar de las espadas.

—¿Por qué no luchasteis, morisco? ¿Por qué habéis preferido esquivar una daga en lugar de luchar, como hacen los hombres? ¡Maldito seáis, vos y vuestra muerte! —repitió, haciendo rechinar sus dientes de la rabia que sentía.

Una gota de sangre le corrió desde la cara hasta los labios. La saboreó y le pareció que degustaba una amarga oportunidad. Ahora ya nada existía entre el amor que sentía por ella y la posibilidad de hacerla suya. Inspiró profundamente, mirando su barco tras la sangrienta lucha. Entre los restos de hombre degollados, yacía una esperanza.

Creyó que había llegado el momento de abandonar este mundo al sentir el vacío, al caer al agua. Recordó los días felices de su niñez, las visitas al río cercano con sus padres y sus familiares, y el agua fría rozando sus pies. Solo tenía que mover los brazos y las piernas de la misma forma que entonces, para que su cabeza se mantuviese a salvo en la superficie. Necesitaba un soplo de aire o moriría en la oscuridad que invadía todo su alrededor. Pero el dolor de su pierna era tan grande, tan desgarrador, que le impedía mover su cuerpo.

Primero fue la desesperación, la que invadió su alma mientras se inflaba su pecho, después, sintió un letargo que aliviaba su mente y su alma. Deseó dejarse llevar, mientras recordaba la mirada dulce de su amada. Alba le esperaría en algún rincón lejano, donde podrían vivir su amor para el resto de sus días. Solo a su lado encontraría su hogar.

El descanso llegó cuando su cuerpo se elevó en un baile tranquilo, al ritmo de las olas que golpeaban contra las rocas cercanas. Entonces sintió que alguien tiraba de él hacia arriba, hasta sacar su cabeza a la superficie. Sintió una bocanada de aire puro que le invadía el pecho y el áspero sabor de la sal en su boca.

No sabía dónde estaba, ni cómo había llegado hasta la casa, de una única sala, con una ventana por la que podía ver la playa cercana y escuchar a los hombres que se preparaban para faenar en el puerto. No entendía su lengua, pero era apacible escuchar el murmullo del despertar de aquellas gentes.

Una mujer le dio a beber un amargo brebaje. La misma que había cuidado de él durante las dos últimas noches, quizá más, pero él no podía recordarlo. La miró a los ojos mientras bebía y ella no apartó la mirada, como hacían la mayoría de las mujeres que había visto con una piel tan oscura como la suya.

Le había quitado sus ropas sucias y ensangrentadas. Estaba tapado solo por un lienzo que no le daba calor. Del techo colgaba una tela blanca que le rodeaba para evitar la picadura de los insectos. Con su mano fina, retiró la tela colgante primero y después apartó el lienzo, dejando su cuerpo desnudo ante su mirada. Estaba delgado, seguramente por tantos días como había estado sin comer desde que los pescadores lo rescataron.

La mujer había preparado un ungüento y lo untó despacio sobre la herida. Daniel se estremeció y emitió un gemido de dolor. Después, ella lo cubrió con hojas de palma y lo ató con un cordel, bien sujeto para que no se soltara.

Tras ocuparse de la herida, empapó un paño y, tras escurrirlo, lo dejó sobre su frente para bajar su temperatura. Con otro paño, empezó a limpiar su cuerpo de las impurezas de la guerra. Sus pezones se erizaron al contacto con la frescura del paño mojado. Limpió también sus brazos, su cuello y sus piernas hasta donde la herida abierta se lo impedía. Le refrescó las muñecas, eran unas manos curtidas pero bellas, demasiado para pertenecer a un pirata acostumbrado a matar.

La mujer metió sus manos en el agua y salpicó unas gotas sobre sus labios resecos. Daniel tragó el agua mientras continuaba medio dormido. Sintió el frescor de la brisa del mar que le acariciaba la piel mojada y dejó escapar un suspiro de alivio.

Cogió de nuevo el paño mojado y refrescó su pecho y su vientre, lavando su piel curtida por el sol, admirando la tersura de su vientre y la envergadura de su sexo contenido, que empezaba a crecer durante el sueño. El muchacho se estremeció reaccionando ante su contacto.

Después, le acarició con sus propias manos mientras admiraba la fortaleza y el vigor de su juventud. Se recreó en sus caricias para excitar su cuerpo y vio como se revitalizaba, a pesar de su inconsciencia. El muchacho tendría que recuperar las fuerzas, si quería seguir viviendo, y ella sabía que el mejor camino para revivir a un hombre es dándole placer. Continuó con sus caricias hasta que su miembro se tersó preparándose para el gozo y ella se estremeció, al escuchar sus débiles gemidos.

Los labios de Daniel estaban resecos y su garganta pedía a gritos algo con lo que saciar su sed, pero las caricias suaves y poderosas de la mujer le devolvieron poco a poco a la realidad. Abrió los ojos, al sentirse cada vez más excitado, despacio. Se sorprendió al admirar la oscura piel de las manos de largas uñas que recorrían todo su cuerpo.

Era muy bella y tenía la mirada insolente. Sus ojos le ataparon y ya no pudo dejar de mirarla. Se levantó de la silla y se desató la túnica roja, que cayó al suelo, desnudándose ante sus ojos. Sus pechos se erguían voluptuosos y firmes, con sus pezones grandes de aureolas oscuras. Su vientre plano y sus caderas comenzaron a contonearse lentamente, haciendo extraños movimientos que parecían imposibles. En su ombligo brillaba una piedra negra que colgaba de una cadena de plata que rodeaba su vientre. Alzó sus brazos y soltó su melena negra y rizada dejándola caer sobre sus pechos. Sus manos, adornadas con brazaletes de cuerdas y piedras, se apoderaron de nuevo del cuerpo desnudo de Daniel.

Se subió al catre, abriendo sus piernas, colocando una a cada lado de su cuerpo, manteniéndose erguida con su sexo libre y desnudo para él. Cogió una de sus manos y la colocó sobre su sexo ardiente y húmedo. Daniel se estremeció al sentir la suavidad de su interior, y de forma instintiva jugueteó con el vello rizado del sexo que ella le ofrecía. La mujer echó su cabeza hacia atrás, sintiendo el placer, y con sus propias manos comenzó a acariciar sus pezones, recogiéndolos entre dos dedos, con leves pellizcos que le daban mucho más placer.

Cuando vio que el sexo del hombre estaba preparado para ella, lo cogió con su mano derecha y bajó su cuerpo hasta rozarlo con la entrada de su sexo. Daniel se sentía cada vez más débil frente a aquel cuerpo perfecto y la piel brillante y suave, pero sacó las fuerzas suficientes para negarse.

Había estado a punto de morir y ahora que había despertado, solo quería volver junto a Isabel y recuperarla. No sería la primera oportunidad que habría tenido de olvidarla, en brazos de otra mujer, pero nunca se había visto tan cerca de la muerte y su corazón le hablaba ahora de otra manera. No quería entregarse al calor de otro cuerpo, quería recuperar las fuerzas solo para ella.

Dijo un no susurrado, aunque dudaba de si ella entendía su idioma. Intentó incorporarse, rompiendo toda la exaltación del momento. Vio como la mujer tornaba su rostro, antes demudado por el placer, ahora contrariado y serio. Sus grandes ojos oscuros le escudriñaron durante unos instantes.

Se levantó del catre y se acercó a la mesa donde había una jarra de barro. Vertió un poco del líquido en un vaso y se sentó al borde de la cama, aún desnuda. Le dio a beber y Daniel acogió el líquido dulce en su garganta, con el ansia de la sed. Su corazón estaba agitado, pero no se entregaría a ella.

Agarró su mano y bebió hasta saciarse, recuperando rápidamente las fuerzas. Se incorporó, apoyando la espalda en la fresca y blanca pared. La mujer se levantó y vertió un poco más del líquido de la jarra, pero esta vez no se lo dio a beber directamente en la boca. Volvió junto a él, levantó el vaso y dejó caer unas gotas sobre sus pezones femeninos.

Aquel gesto era más de lo que podía soportar un hombre, sin despertar su fuego interior. La mujer le cogió la mano, mojando su dedo en el pezón húmedo por el líquido y después lo llevó hasta su boca, haciendo que él lo probara. Daniel lo degustó, esta vez tenía un sabor más profundo, a piel y a calor humanos. Ella volvió a hacer lo mismo y fue él, esta vez, quien mojó su dedo en el pezón, sin que ella lo guiara. De nuevo lo saboreó, anhelando tumbarla bajo su cuerpo sobre el lecho, pero no lo hizo. Su corazón era más poderoso que su deseo y se negó a entregarse a ella.

—Lo siento, no quiero despreciaros —exclamó—, pero mi corazón está preso del amor de otra mujer y quiero serle fiel, a partir de ahora.

La mujer se levantó y volvió a subirse al lecho, abriendo sus piernas sobre él. No quería desistir de su empeño en poseerle. De nuevo vertió el líquido sobre su cuerpo, dejando que un hilillo cayera entre sus pechos hasta alcanzar su pubis. Gimió con satisfacción y quiso alcanzar la mano de Daniel para que hiciera lo mismo que antes había hecho con sus pezones, pero este se resistió una vez más.

Sus ojos le miraron tan poderosamente que se sintió intimidado. La piedra oscura que lucía en su ombligo había sido alcanzada por el líquido y empezaba a cambiar de color, tornándose de un verde tan brillante que casi cegaba sus ojos.

—¿Y ella? —exclamó en un perfecto español—. ¿La mujer que amáis también os es fiel a vos?

No supo qué contestar. Sus palabras le hicieron dudar. ¿Isabel estaría aguardando su vuelta o se habría entregado ya a otro hombre? Tampoco la juzgaría, si lo había hecho, pues la distancia no es buena compañera del amor.

No respondió. Se limitó a mirar a la mujer, esperando a que se diera por vencida. No quería echarla, pues gracias a sus cuidados había recuperado la salud. Un extraño sopor regresó a su mente y sus ojos se nublaron. Se sujetó la cabeza durante unos instantes hasta que sintió que su mirada se estabilizaba de nuevo, tras haber visto cómo todo a su alrededor daba vueltas irremediablemente.

La miró otra vez, allí estaba la mujer sobre él en el lecho, pero era distinta. La piedra verde resaltaba sobre su piel, que era tan blanca como el color de las perlas, y su cabello oscuro ya no era rizado, sino suave y liso. Estiró su brazo para acariciarlo y encontró el placer del fino tacto de su pelo brillante entre sus dedos. Sus manos pequeñas acogieron las suyas, enormes y rudas en comparación con la delicadeza de las femeninas. Su cintura era estrecha y sus caderas se redondeaban sin exageraciones, de una manera perfecta. Su sexo desnudo estaba cubierto por un vello suave y castaño.

Retiró un mechón de pelo de su rostro y le miró de la forma más dulce que él podía esperar. Sus labios rojos le sonrieron. Isabel estaba desnuda ante sus ojos, ardiendo en deseos de que él la poseyera. No se preguntó cómo, ni cuándo había llegado hasta allí, tan solo se incorporó, se agarró a su cintura, absorbiendo el perfume de sus pechos y hundió su rostro entre ellos. Después, los agarró con furia devorando sus pezones. Sabían al más dulce de los frutos.

Se levantó sobre el catre y su miembro erguido se acercó al sexo abierto de ella, penetrándola. Isabel se sentó sobre él y agarró su cintura, rodeándole con sus piernas mientras él se mecía en un baile sin freno. Echó su cuerpo hacia atrás sobre la cama y él se colocó sobre ella para poseerla con vehemencia hasta escuchar sus gemidos, y los suyos, unidos en un baile que parecía imperecedero, pero que llegó a su fin con el gozo consumado de ambos cuerpos.

No quería moverse de su posición sobre ella, no quería salir de su cuerpo, ni soltarla de su abrazo. Ahora que la había recuperado, nada más quería saber. Si la muerte hubiese venido a cobrarse su vida en aquel instante, no le habría importado, con tal de quedar unido a ella para siempre. Antes de calmarse, tras haber vivido aquel placer ilimitado, buscó con su mano el ombligo de la mujer que aún yacía bajo su cuerpo. Enganchó con sus dedos la cadena de plata y se la arrancó al dejar escapar su último suspiro. Después, sintió su cuerpo bajo el suyo, que le levantaba y se separaba de él, marchándose de su lado.

Se sintió muy cansado. Apenas podía moverse, en la posición que había quedado sobre la cama. Ella le levantó, apoyó su cabeza en el almohadón y le tapó con el lienzo blanco. Daniel cerró los ojos deseando que ella no le abandonara. No tenía fuerzas para hablar, pero su mente no dejaba de temer lo que ya empezaba a imaginar con desesperación.

Escuchó los pasos de Isabel, se sentó en el borde del lecho, vestía la túnica roja que antes había vestido la mujer africana. Antes de cerrar los ojos por última vez, vio su sonrisa de dientes blancos en su rostro de piel oscura.

Sintió una punzada en su corazón. Por alguna extraña razón, había creído que era a Isabel a quien poseía. Cerró los ojos y cayó en un profundo sueño, mientras escuchaba un exótico nombre que nunca había oído... Yemalé.

Cuando despertó, se incorporó sobre la cama y alcanzó las ropas cercanas que vio a su lado. Se vistió y se lavó en la jofaina, mientras miraba su torso magullado y la herida de su pierna, sanada pero aún muy dolorosa. Caminó como pudo, hasta la salida. La puerta estaba abierta, el calor del sol y la brisa del mar le devolvieron las ganas de seguir viviendo, una vez más, en un mundo lejano y desconocido. Dejó que los rayos del sol le calentaran y cerró sus párpados ante el dolor que la luz le provocaba.

Regresó al interior de la casa y decidió esperar el regreso de la mujer. Quería agradecerle sus cuidados antes de marcharse. Vio, con gratitud, que le había dejado comida y agua sobre la mesa. Cuando se acercó para disfrutar de los alimentos, encontró una bolsa de tela. Miró a su alrededor, pero no había nadie. Mientras comía, contempló la posibilidad de que la bolsa estuviera sobre la mesa por error. La abrió, estaba llena de monedas, las dejó caer sobre la mesa, pero algo más cayó sobre la madera. La cadena de plata con la piedra verde que él mismo había arrancado de su vientre.

Se guardó las monedas, bebió un poco de agua y recordó sus manos, adornadas con brazaletes dorados y piedras preciosas. Profundizó más aún en sus vagos recuerdos y la vio vestida con ropas de telas brillantes y bien elaboradas. Su cabello negro recogido con abalorios, que brillaban tanto como su piel. No era una mujer necesitada. Había dejado la bolsa para él.

Esperó a que volviera hasta que se hizo de noche, pero no

regresó. Guardó la bolsa enganchándola en su cinturón. Cogió la cadena y la guardó en un lugar seguro, junto a su corazón. La piedra se oscureció al no recibir su mirada, pero él nunca supo que, entre sus ropas, se había vuelto negra y brillante como un arándano.

XXI

Nadara

Joao le había dicho que, a su llegada a Valencia, vería la torre de la Catedral y quizá, si tenía suerte, escucharía también el sonido de la campana, repicando a su llegada. Pero Alba llegó de noche y no vio la torre ni escuchó la campana hasta el amanecer.

Había caminado un largo trecho desde la playa, alumbrada con recipientes de brea que ardían calentando más aún las densas noches de verano. Se encendían para guiar a los marineros y para avisar a los que trabajaban fuera de las murallas que había llegado la hora de recogerse.

Él la había acompañado en la barca junto a dos de sus hombres para protegerla, le dio una bolsa de monedas y le advirtió que se ocultara en las sombras de la noche hasta el amanecer. La levantó en sus brazos hasta la arena para evitar que se mojaran sus pies y el borde de su vestido.

Después, Alba alzó se puso de puntillas para llegar hasta sus labios y darle un beso como regalo de despedida. Los ojos oscuros del hombre se humedecieron durante la unión de sus bocas. La abrazó fuertemente, agarrándola por la cintura, apretándola contra su cuerpo.

La habría hecho suya en aquel lugar, en aquel mismo momento. La deseaba como nunca había deseado a ninguna otra mujer. Escuchó su agitado corazón galopar como lo hacía su caballo por las praderas de su isla. Completamente desbocado, besó sus labios sabiendo que quizá sería la última vez que lo hiciera. Quiso que aquel beso no acabara nunca.

No notó ningún intento de separarse por su parte, Alba también le deseaba. Sin embargo, la respetaba lo suficiente como para separarse de ella. Cogió sus manos finas y suaves, que le abrazaban, y se las arrancó de sí, mientras sentía que, al mismo tiempo, se arrancaba el alma de cuajo.

Alba se alejó en la oscuridad de la noche hacia un destino ignoto, y él no estaría a su lado.

La puerta de la muralla se abrió al despuntar el día. Cruzó tranquila el umbral en donde los guardias la miraron y saludaron. No le preguntaron de dónde venía, a pesar de ir a pie, en lugar de cabalgar sobre una montura o en un carruaje, como hacían las mujeres adineradas. Sin duda, la ropa que le había regalado el capitán la hacía parecer una auténtica dama.

Rodeó la Catedral, sobrecogida por su belleza, y apenas si se percató de la alta torre, por lo cerca que se encontraba. Olía a agua fresca, cerca se escuchaba el rumor de una fuente. Se acercó y bebió hasta calmar la gran sed que sentía. Aún no había comenzado el fuerte calor del verano, pero ya se vislumbraba su venida. Las calles estaban vacías, aunque pronto empezó a escuchar los ruidos de los comerciantes que se acercaban a la plaza con sus carros y sus asnos.

Vio a un grupo de monjes que iban tocando una campanilla y que se santiguaron al pasar junto a la puerta de la Catedral. Uno de ellos la miró de reojo a su paso, pero volvió la vista al suelo para evitar los malos pensamientos. A pesar de todo su dolor y su amargura, los demás solo eran capaces de ver en ella a una bella y joven mujer, sin advertir la negrura que sentía por dentro.

Ahora que al fin se encontraba en la ciudad, su mayor deseo hubiera sido encontrar a su hermana y a Joan, pero pronto apartó la idea de su mente porque sabía que lo deseaba como una última esperanza, antes de convertirse en lo que le exigía su destino. Siempre había sabido que ya estaba marcado, desde el amanecer en el que, de niña, había huido con la pequeña Ana de su mano. Cada vez que recordaba el olor a carne quemada, cubría su corazón de un dolor inmenso y de un gran odio que, de algún modo, tendría que agotar. Aún no sabía cómo, pero pronto hallaría su nuevo camino.

El saludador le había dado el nombre de una mujer, extraño e inusual en aquellas tierras, pero que le llevaría hasta él. Se acercó hasta los mercaderes que se afanaban en colocar su mercancía a la vista de todos los paseantes. Se fijó en lo que cada uno vendía, intentando averiguar cuál de ellos podría conocer a la mujer que buscaba. Pasó junto a un vendedor de jofainas y jarros de barro. Otro vendía frutos de los huertos y había también un librero. La lógica le hizo inclinarse por el último.

—¡Disculpad, señor! Soy nueva en la ciudad y apenas conozco a nadie.

—Os doy la bienvenida —le dijo el hombre antes de que terminara.

—Os lo agradezco —le contestó.

—¿Sabéis leer? —preguntó el hombre con osadía.

La pregunta le pareció una trampa. Temió decirle que sí, aunque quizá en la ciudad todo era distinto. Era posible que allí los hombres fueran un poco más abiertos con respecto a la adquisición del conocimiento en las mujeres.

—¿Es normal en Valencia que una mujer sepa leer? —le preguntó, evitando contestar.

El hombre sonrió, alabando su sabiduría al responderle.

—No es normal, señora. Pero algunas mujeres acuden al mercado al amanecer, cuando apenas hay gente en la plaza, para comprar algún libro sin ser vistas.

—No son los libros lo que me traen hasta vos, pero os lo agradezco. Busco a una mujer. ¿Podría ser que la conocierais? Su nombre es Nadara.

—La conozco. Es muy conocida en esta ciudad por su fama de sanadora. Es habitual que se acerque a comprar alguno de mis libros. Le diré al chico que os acompañe hasta su casa. No queda lejos de aquí.

Un niño salió de detrás del carro y levantó la palma de su mano, esperando una moneda. Alba sacó la bolsa y se dio la vuelta para que no pudieran ver su tamaño. Dio una al niño y otra al hombre.

—¡Dios os bendiga! —le dijo al marcharse—. ¡Y volved pronto por aquí!

El pequeño la dejó junto a una puerta protegida por una reja negra de hierro forjado que debía haber costado una fortuna. La fachada era estrecha y no muy alta, apenas un piso superior y la parte baja. Se encontraba en medio de una callejuela cercana a la plaza.

Con sus nudillos golpeó la puerta, metiendo la mano entre la reja. Pronto escuchó unos pasos que se acercaban y, tras ellos, una voz que preguntaba su nombre.

—Busco a Nadara —exclamó.

—¡Decidme antes vuestro nombre! —contestó la voz femenina tras la puerta.

Pensó en decirle que venía en nombre del saludador, pero no recordó cómo se llamaba. Decidió decir su nombre sin más, ya le explicaría después por qué la buscaba.

—Me llamo Alba —le dijo.

Escuchó el sonido de los cerrojos al abrirse y de una llave que dio dos vueltas a la cerradura. Una mujer de rostro afable apareció con una gran sonrisa en su rostro recién despierto. Abrió la reja y la invitó a pasar.

—Os estaba esperando —exclamó sonriente.

—¿A mí? —se extrañó Alba.

—A vos, querida. Hace tiempo que el saludador Julio Almirón me dijo que vendríais. —La mujer continuó hablando mientras volvía a cerrar la reja y la puerta—. Sabía que llegaría el día en que vendríais a Valencia. Y yo confío siempre en su sabiduría. Aunque os seré sincera, últimamente, no me gusta en lo que está trabajando. Pero sentaos, hija mía, debéis estar cansada. Os daré un tazón de leche caliente y un trozo de pan con miel para desayunar.

Estaba hambrienta. La mujer parecía tener una gran necesidad de hablar, así que no se lo impidió. Permitió que hablara y le dijera todo lo que aún desconocía del saludador.

—Ya conocéis su fama de hombre capaz de devolver la salud a todo el que se lo pide. Pero no es oro todo lo que reluce. Aquí donde me veis, en muchas ocasiones le he provisto de ciertos brebajes que han sido la causa directa de que al enfermo le regresara la salud, pero ya sabéis, en estos tiempos que corren, las mujeres aún no podemos vanagloriarnos de lo que hacemos.

—Entonces, ¿sois sanadora? —le preguntó.

—Así es. Y agradezco al cielo vuestra llegada porque desde hace años necesito una ayudante. No podré pagaros mucho, pero viviréis aquí y tendréis comida.

—Os ayudaré —respondió Alba.

No había otra cosa que pudiera hacer. Si tan pronto había encontrado un trabajo con el que valerse por sí misma, lo acogería de buen grado. La mujer dio un salto de alegría y comenzó a reír a carcajadas. Sin pretenderlo, Alba se vio a sí misma sonriendo también, ante su algarabía.

—¡Querida Alba! En cuanto descanséis, os enseñaré todo —dijo poniendo delante de ella el tazón de leche, una hogaza de pan y una jarra de miel—. ¡Todo está aquí! —exclamó mirando a su alrededor—. Todo está entre estas cuatro paredes que tanto esfuerzo y años de trabajo me han costado, pero ahora están a salvo, lo sé.

—¿Es aquí donde trabajáis?

—Siembro y recolecto en el jardín de atrás y arriba tengo todo lo necesario para lograr la salud. Pero comed tranquila, hay tiempo para todo.

—Necesito empeñar una alhaja —se confió a ella—. ¿Conocéis a un empeñador?

Solo el hecho de preguntarle a Nadara, le hizo recuperar en su boca el sabor amargo del recuerdo. Aún tenía el brazalete que le regaló su prometido y lo utilizaría para conseguir dinero.

—Os llevaré esta tarde. Ahora, si habéis terminado, os enseñaré mi lugar de trabajo antes de que empiecen a llegar las primeras visitas.

Alba la siguió al piso de arriba. La habitación estaba cerrada. Nadara sacó una llave de hierro negro y la abrió.

—Si os quedáis, mandaré hacer una llave para vos también, pero recordad —exclamó mirándola directamente a los ojos—: nadie más que vos debe tenerla.

Alba asintió con un gesto. La habitación era casi tan grande como la planta de abajo. Estaba oscura hasta que la mujer descorrió un poco las cortinas de la ventana. Había una gran colección de plantas y flores secas que colgaban de las vigas de madera del techo y, sobre un gran tablón de madera, otra de frascos pequeños tapados con pedazos de tela y cuerda.

—Pepitas de melón, sebo de cabrito, escarpias de hierro, vinagre de vino, algalia, ámbar negro, simiente de negrilla, cañamones...

El rostro de la mujer parecía iluminarse mientras le relataba su interior, como si fueran pequeños tesoros ocultos.

—Almidón, huesos de ave, alcaravea, beleño, mandrágora, flor de azufre, polvos de antimonio crudo, pedazos de piedra imán viva, papel con añil...

Beleño... ¡Cuántos recuerdos le traía aquella hierba con solo nombrarla!

En la habitación también había un jergón, unos troncos de leña y algunos libros repartidos por el suelo. Nadara se agachó y cogió uno de ellos.

—¿Sabéis leer? —le preguntó.

Alba estaba cansada de hacer que su vista se paseara por las cubiertas de los libros con la mirada perdida, intentando parecer que no entendía sus letras, ocultándole al mundo el conocimiento de su interior. Era difícil, además, disimular que sus ojos conocían el significado de las palabras y fingir que, para ella, eran indescifrables.

—Sí, sé leer y escribir —respondió por primera vez libremente.

Nadara no pareció sorprenderse. Más bien al contrario, hizo una mueca de aprobación que le resultó muy gratificante.

En las paredes, se extendían unos muebles oscuros y viejos sobre los que había jarras de barro. Alba le preguntó por ellos.

—Son mis bálsamos. Yo misma los elaboro —levantó la tapa de uno de ellos y se lo acercó para que pudiera olerlo—. Es bálsamo de romero para el dolor de piernas y brazos —explicó la mujer.

—¿Dormís aquí arriba? —preguntó al ver el jergón.

—Necesito aprovechar el tiempo por las noches y nunca he necesitado dormir mucho. Vos podéis hacerlo abajo —se acercó a la otra esquina de la habitación—. Y aquí está mi nueva receta. ¿Sabéis qué es? —le preguntó mostrándole donde la elaboraba.

—Parece un laboratorio de alquimia.

—¡Eso diría el Santo Oficio! —La mujer dejó salir una risotada—. Pero esto no es exactamente lo que, sin duda, habréis visto en un libro ilustrado. Es solamente jugo de hinojos y borrajas en destilación.

—¿Para qué sirve?

—Para curar todos los males del cuerpo. Cuando consiga destilarlo, me haré rica —le sonrió dejando entrever una boca en la que faltaban algunos dientes.

La mujer hizo un gesto con la lengua que terminó en un chasquido un tanto molesto. No había duda de que era una mujer culta, sin embargo, en algunas partes de la conversación, su voz se elevaba unos cuantos tonos, mostrando con ello su origen humilde. Había nacido en Elda y había vivido allí mucho tiempo, hasta que comprendió que necesitaba vivir en un lugar más amplio, donde hubiera gente que requiriese de sus servicios como sanadora.

Las visitas comenzaron a llegar en tropel, en cuanto se iluminó el día. Alba presenció la entrada de algunas personas que la sorprendieron por su profesión y condición, pues los había de clases muy bajas y de otras mucho más altas, y hasta un guardia de porte altivo se presentó en la puerta para confiar en las capacidades curativas de Nadara.

El empeñador era un hombre viejo que, con ojo avizor, limitaba sus palabras a afirmar o negar ante las joyas que le traían. Nadara le había advertido que tampoco ella debía hablar demasiado para no dar pistas de dónde provenía la alhaja, pues si el judío converso tenía la más mínima sospecha de que pudiera ser robada, no solo no la compraría, sino que avisaría a la guardia. El hombre compró la pulsera y le dio dos meses de tiempo para recuperarla.

Al regresar de la casa de empeño, Nadara le mostró la habitación donde dormiría y la ayudó a preparar un baño purificador en una gran cubeta de madera, para, según dijo, limpiar su cuerpo y su alma de su vida anterior al momento de su encuentro, con agua caliente y unas gotas de un elixir fortalecedor que había elaborado ella misma.

Después del baño, se acostó y durmió hasta el día siguiente. Se despertó con el ruido de las primeras voces que entraban en la casa. Se asomó a la ventana, que daba a un jardincillo interior, donde había múltiples hierbas y flores sembradas en pequeños parterres. Estaba muy cuidado y florido y desprendía un dulce aroma. En el suelo había unos jarros, llenos de agua con hierbas en su interior, que Nadara había recogido en el campo. Recordó los tiempos en los que Yemalé le había enseñado a encontrar las mejores hierbas para alimentarse y para utilizar en la sanación. Hinojos, cerrajas, chicorias, verdolagas... Una a una, fue diciendo sus nombres hasta reconocerlas todas. Sin duda, estaba preparada para ser la ayudante de Nadara, aunque ella no estaba allí por esa razón. La había buscado para encontrar al saludador pues sospechaba que él conocía las artes en las que deseaba instruirse.

No tardaría mucho en regresar a Valencia. Se quedaría con Nadara mientras le esperaba. Era la primera vez que Alba conocía a una mujer que no hubiera sido una de sus maestras, que estuviera segura de sí misma y de su trabajo. Su espíritu alegre y siempre en búsqueda de un nuevo aprendizaje le recordó a su madre.

—Julio Almirón vio algo especial en vos —la mujer apartó

la mirada como si un rastro de timidez le hubiera aparecido en el rostro—. Y yo también lo veo.

Como había hecho tantas mañanas desde que vivía en Valencia, Nadara salía al amanecer y se acercaba hasta el puesto ambulante del librero, con la ilusión de encontrar otro buen manual de recetas. La última vez, había tenido mucha suerte y algunas de ellas le habían servido para vender sus brebajes a sus clientes más fieles, que le pagaban un buen dinero a cambio de su saber. Ella siempre les daba su toque personal, a veces para endulzar su sabor o para cambiar el color o la textura. Sabía a quién se lo iba a recomendar y, dependiendo de si era hombre o mujer, rico o pobre, servidor o señor, se ocupaba de presentarlo de la forma más agradable posible.

Tenía varios tipos de botellitas con distintas medidas y formas, preparadas siempre para una nueva venta. No confiaba a nadie su mercancía para que la llevara hasta sus clientes, que sabían de su buen hacer y de su absoluta discreción.

Si la señora de Velázquez hubiera tenido la más mínima duda sobre su silencio, cuando le entregó su receta para devolver el vello a su parte más íntima, nunca se lo habría pedido.

Nadara no solo se encargaba de llevarlo y de cobrar por ello, sino también de echar el ungüento personalmente a la señora, oculta de todas las miradas, incluida la de sus sirvientas más fieles, para que la piel estuviera expuesta al aceite y a su aroma el tiempo justo y necesario.

A veces se trataba solo de eso, de saber contar los minutos y tener la paciencia necesaria, de extender el aceite con mucho mimo, sabiendo el lugar exacto. Otras veces, las visitas a sus clientes eran un poco más complicadas, como con el miembro de la guardia real por aquella cuestión tan delicada.

El hombre necesitaba desesperadamente que su esposa le devolviera su atención, tras haberla perdido, después de muchos años de matrimonio, por lo que Nadara debía hacerse pasar por una mujer interesada sentimentalmente en él y, así, crear las condiciones necesarias para que el brebaje que la esposa tomaría la cautivara con su influjo.

No estaba segura entonces de si había sido el brebaje o los celos, pero el guardia era ahora un hombre feliz, con su esposa de nuevo enamorada y pendiente de él hasta el hartazgo. Sin embargo, a él le gustaba sentir aquel acatamiento en ella y por eso le pagaba bien, cada vez que le pedía que infundiera nuevas fuerzas al interés de su esposa, el cual perdía rápidamente, en cuanto otro hombre más joven y más apuesto que él se paseaba ante sus ojos. La pobre padecía de un mal muy común en algunas mujeres. Era demasiado enamoradiza y soñadora.

Nadara prefería aprovechar el tiempo libre para estudiar y hojear los libros, cuando aún era temprano y apenas había nadie en la plaza, pero aquella mañana había sido distinta. Un hombre joven, alto y bien vestido, de aspecto cuidado, como de no haber utilizado nunca sus manos ni su fuerza física para el trabajo, empezó a hojear los mismos libros, tras dejarlos ella.

Nadara se asustó. Podría ser un enviado del Santo Oficio y empezó a hojear otro tipo de libros que, para ella, carecían de importancia, hasta que vio el momento de despistarle y correr hasta su casa. A pesar de mirar hacia ambos lados antes de entrar, no consiguió despistarle y vio al hombre, que la había seguido, en la entrada de la calle.

Echó la llave y atrancó la puerta con un madero.

—¡Alba, despertad! —le pidió, entrando en su habitación de forma repentina.

La mujer dejaba salir de su boca su perorata, entre respiraciones entrecortadas. Le habló del hombre que la había seguido y que había estado hojeando los mismos libros que ella.

Alba la escuchó paciente, esforzándose por entenderla. Se aseó rápidamente y se vistió pues vio su miedo en sus ojos asustados.

—¡Quizá no sea lo que teméis! —dijo, intentando calmarla.

—¿Y si lo es? —preguntó la mujer, cada vez más asustada.

Escucharon unos leves golpes en la puerta. Nadara se escondió mientras Alba se disponía a abrir. Con firmeza, respiró profundamente un par de veces mientras desatrancaba la puerta y daba vueltas a la llave. Un hombre joven estaba ante ella.

—¡Tened buenos días! —le dijo, haciendo uso de una gran educación—. ¿Podríais decirme si vive aquí una sanadora llamada Nadara?

Alba no supo qué contestar. Intentó ser cauta y averiguar primero lo que quería.

—¿Quién la busca?

El hombre aceptó su forma de conversar y se sinceró con ella. Metió las manos bajo su capa y sacó una caja de madera de tamaño mediano.

—Quiero entregarle esto de parte del estudiante Melchor Agramunt de Gandía, si ella quiere aceptarlo, pero debo hacerlo en mano, no puedo dárosla a vos.

Antes de que Alba pudiera decir nada, Nadara se acercó a la puerta.

—¿Melchor Agramunt?, ¿el alquimista? —miró al hombre con interés—. ¿Sois su sirviente?

—No, señora. Soy su hermano —respondió amable—. Algo tan importante como este envío no podía dejarlo en manos de alguien que no fuese de la familia.

—¿Y por qué me hace un envío a mí, el tan afamado señor Agramunt?

—Mi hermano fue detenido hace dos días por un tribunal de la Inquisición.

Nadara sintió que todo su cuerpo se estremecía de temor, pero al mismo tiempo ardía en deseos de saber lo que contenía la caja.

—¡Dios mío! —exclamó—. ¡Entrad! —le invitó abriendo más la puerta.

—¡No, señora! Cuanto menos sepa yo de todo esto, mucho mejor. No sé tampoco por qué mi hermano os eligió para entregaros este paquete, pero es su última voluntad y he querido cumplirla.

—¿Acaso ha muerto? —preguntó horrorizada.

—Aún no —respondió cabizbajo—. Morirá esta tarde, en la hoguera.

Nadara no pudo evitar hacer una mueca de horror ante su respuesta. Cogió la caja con una mano y con la otra agarró la mano del hombre en señal de acompañamiento.

—¡Cuidaos mucho, amigo mío! Lo lamento de veras. Quiero que lo sepáis.

—Os lo agradezco. Ahora, si me lo permitís, he de marcharme pues yo también corro peligro al estar aquí.

El hombre desapareció y Nadara entró en la casa. Cerró la puerta, atrancándola de nuevo con el madero.

—¡Hoy no recibiré visitas! Si viene alguien, decidle que estoy enferma. Acompañadme arriba —le dijo, subiendo las escaleras y acariciando la caja con la yema de sus dedos—. Esto debe ser muy importante. ¡Venid y os contaré la historia!

Melchor Agramunt era un muchacho de Gandía, de cierto renombre como alquimista entre los que, como ella, le respetaban y le admiraban. Y conocido como estudiante por aquellos a los que temía.

Nadara se sentó en el suelo sobre el entarimado.

—Esta tarde, rezaremos por el alma del muchacho. ¡Dios le tenga en su gloria! Por mucho que esos viles y crueles asesinos quieran que Dios le repudie, estoy segura de que no lo hará. Dios no puede ser como ellos dicen, ¿verdad que no? —miró a Alba esperando una respuesta.

No contestó. Estaba consternada, pero, sobre todo, se había dado cuenta que Nadara no creía en la diosa. Quizá no la conocía. Era también una mujer sabia, pero diferente a las que había conocido.

...Cuando os perdáis y no encontréis a la diosa, no temáis. Ella os encontrará a vos...

Aquella verdad que Alía le había dicho tantas veces se hacía visible ante sus ojos en Nadara, que aún creía en el dios que le enseñaron sus padres y, sin embargo, la diosa le había otorgado sus poderes y habilidades.

El estómago se le estremeció. Aún no se había reconciliado con la diosa, ni sabía cuándo lo haría. Por el momento, intentaba mantenerse alejada de su pasado, observando solamente lo que ocurría en su vida, sin decidirse por nada.

Regresó a Nadara y a su voz, cada vez más alta por el miedo y la curiosidad. Cuando abrió la caja, vio que en ella había tan solo un escrito firmado por Melchor Agramunt. Se volvió hacia ella y susurró.

—¡El elixir del sol! —sus ojos parecieron encenderse por su apasionamiento. Después, se echó a reír, como si hubiera olvidado la terrible noticia de su próxima muerte—. ¿Sabéis cuántos matarían por tener esta receta en sus manos? ¡Y la tengo yo! ¡Me eligió a mí! ¡A mí, a Nadara! ¡A una mujer! —volvió a reír con más fuerza—. ¡A una mujer entre todos ellos!

—¿De qué se trata? —preguntó Alba.

—Esto, querida mía, es la receta más importante de todas las que descubrió Melchor en su vida de estudiante. Muchos la quisieron e intentaron robársela, pero él nunca la escribió para que, así, nadie pudiera quitársela jamás, ni torturándole siquiera.

Se santiguó al recordar la condena que le esperaba al estudiante.

—Él nunca lo revelaría. ¡Estoy segura que esos hijos de su madre no lo conseguirán tampoco! Por eso, esta tarde, cuando muera, y Dios sabe lo mucho que lo lamento, nosotras seremos las únicas que la fabricaremos a partir de ahora. El elixir del sol... La receta que lo cura todo y previene todas las enfermedades del cuerpo y del alma. ¡No hay nada como esto! —dijo con absoluta certeza—. ¡Y lo haremos vos y yo, esta noche! —Nadara miró a su alrededor. Todo su trabajo de años la rodeaba. Tanto esfuerzo en vano, ahora por fin degustaría las mieles del éxito—. Ahora esta estancia sí será un laboratorio de alquimia. ¿Recordáis que os lo pareció cuando entrasteis por primera vez?

Alba asintió y sonrió al verla tan feliz.

—Os dije que no lo era, porque entonces prefería llamar ciencia a mi trabajo. No quiero que me acusen de brujería, claro está. Pero he de reconocer que la alquimia es el origen de ambas cosas, magia y ciencia —exclamó mirando de nuevo la receta del elixir del sol que mantenía entre sus manos como quien sostenía la joya más preciada de un tesoro recién hallado—. La alquimia, amiga mía, es lo que hace que dos caigan enamorados uno en brazos del otro, es lo que nos ocurre dentro del cuerpo, de la mente y, seguramente, también del alma. Todos los fluidos que exhalamos y los que se mueven dentro de cada uno son alquimia. Y también todos los que segregamos al caer en la trampa del amor. Gracias al arte de la alquimia cualquier hombre o mujer podría ser inmortal, o ser el más rico del reino, o sencillamente, alcanzar la iluminación. Y ahora, querida amiga, está en nuestras manos hacerlo realidad.

Apenas habían transcurrido unas semanas desde su llegada y la mujer confiaba en ella como si la hubiera visto nacer. En esos momentos en los que sentía su confianza, hubiera deseado quedarse con ella para siempre, sin preocuparse nunca más de su pasado ni de su futuro, viviendo el presente en cada momento.

Nadara no se sorprendería si el Santo Oficio llamaba a su puerta una madrugada. A los detenidos se los llevaban de noche, como hacían los que necesitaban ocultarse, porque en el fondo sabían que estaban haciendo un mal.

Pensaba cada día más en esa posibilidad, debido al gran éxito que el elixir del sol había tenido. Habían venido a buscarlo incluso enviados que viajaban hasta Valencia para llevarlo a tierras lejanas. También hubo quien intentó descifrar lo que contenía, pero nadie podría hacerlo. Si hubiera sido posible, haría muchos años que ella misma habría hallado la fórmula.

Pronto se vio con la suficiente confianza para narrarle sus aventuras pasadas. Le contó que había pasado mucho tiempo con el saludador Julio Almirón. Había sido invocadora de demonios, cosa que aún hacía, cuando se le presentaba un pedido como el de aquella tarde.

Un anciano conocido como el cristiano nuevo tenía una idea fija en su mente desde hacía años, descubrir el tesoro que, según le habían confesado sus antepasados, yacía bajo el suelo de alguna parte de su palacete. Era muy grande, por lo que era muy difícil la búsqueda. Tampoco le quedaba mucho tiempo pues intuía que, aunque converso, pronto le obligarían a marcharse. Era demasiado rico y conocido como para que el Santo Oficio no quisiera dar cuenta de sus bienes, en un tiempo próximo.

Cosme, que así se hacía llamar como cristiano, sabía que, si Fray Jaime Bleda no se lo llevaba, lo haría la muerte. Ni el elixir del sol había logrado que menguaran los dolores de su cuerpo. Como Nadara le dijo, no tenía ningún mal, era la propia vejez la que estaba llamando a su puerta con insistencia. El anciano no se daba cuenta de que no era ya un chiquillo, salvo cuando el lumbago le avisaba y su estómago sufría los retortijones de una mala digestión. Mientras tanto, se dejaba llevar por todos los placeres posibles, incluido el pecado de la gula y la lujuria con ciertas mujeres de mala reputación, que le habían sacado dinero de malas formas en muchas ocasiones.

—El dinero no sirve de nada si no compra los placeres del hombre.

Alba había acompañado a Nadara hasta su casa. Este las recibió como a dos nobles señoras. Ordenó que sus criados dispusieran una mesa con deliciosos manjares de la cocina árabe y las acompañó en todo momento, haciéndoles pasar una velada agradable entre risas y viejas historias que contaba alegremente.

Parecía completamente feliz. Le preguntó qué secreto contenía en su corazón, para que su rostro expresara siempre una sonrisa. El anciano pensó unos minutos su respuesta y, tras dar un par de bocados a un pastelillo, respondió.

—No lo sé bien, querida y bella dama, pero es posible que sea el mismo deseo de vivir que llevo en mi interior.

La miró más detenidamente que antes, si cabía, y entonces fue él quien le preguntó a ella.

—¿Y cuál es el secreto que lleváis en el corazón, para que

vuestro bellísimo rostro exprese siempre tan grande amargura?

Sintió que acababa de mirarse en un espejo.

—Alba ha sufrido mucho —respondió Nadara, en su lugar.

—Eso no importa —dijo el anciano, dirigiéndose de nuevo a la muchacha—. El pasado no existe. Luchad con uñas y dientes por ser feliz, y lo seréis.

Tras la sabrosa cena, el anciano enseñó a las dos mujeres cada una de las habitaciones de su casa. Todas estaban profusamente decoradas al estilo morisco. No había querido cambiar sus costumbres dentro de los muros que le protegían, donde vivía lo poco que le quedaba de su cultura.

Nadara paseó su mano abierta por las paredes y caminó con dos palos levantados en las manos, como hacían los zahoríes,[3] pero no encontró señal de tesoro alguno.

Invocó, con una pequeña vela que iluminaba únicamente su rostro, a los demonios conocedores de lo oculto para que guiaran sus pasos. No ocurrió nada durante un buen rato, hasta que la paciencia del anciano empezó a acabarse.

Alba también estaba impaciente. Casi sentía vergüenza ajena, al ver a Nadara invocando nombres que seguramente no pertenecían a ningún ser existente en este mundo, ni en el otro. Hizo un ademán de acercarse a ella para que terminara con lo que consideraba una farsa, pero entonces, la vela se apagó. Entre la oscuridad, la escuchó correr hacia otra de las habitaciones. La siguió junto al anciano y ambos la descubrieron tirada en el suelo.

—¡Aquí está! ¡Excavad bajo este suelo y hallaréis vuestro tesoro!

El anciano rompió su silencio, llamando a sus criados, riendo, mientras saltaba y bailaba con su cuerpo encorvado, feliz por el descubrimiento.

Alba tuvo miedo. ¿Y si Nadara se había equivocado? Se

---

3. Zahoríes. Sing. Zahorí. Persona a quien se atribuye la facultad de descubrir lo que está oculto, especialmente manantiales subterráneos.

agachó, preguntándole en voz baja para que nadie pudiera escucharlas.

—¿Cómo podéis estar tan segura?, ¿sabéis a lo que os arriesgáis?, ¿y si no hay nada bajo esta losa?

Nadara se levantó con el rostro serio. Se sentía herida por su desconfianza. Creía haberle dado buenas y numerosas razones para que creyera en ella.

—¿Por qué no creéis en mí? —le preguntó, al salir de la casa—. ¿Sois tan pretenciosa que pensáis que solo vos podéis hacer uso de la magia?

—¡No! —respondió—. Sencillamente, no creo en la magia negra.

Nadara frenó sus pasos, mostrando su enojo, en mitad de la calle.

—¿Y por qué no? ¿Acaso solo es buena la magia que vos usáis? ¡Es vuestro ego quien habla! —afirmó, caminando de nuevo hasta la casa.

—No es mi ego. ¡Así me lo enseñaron y así lo aprendí! Solo se puede crear magia desde el bien —replicó Alba, siguiendo a la mujer hasta la habitación de arriba.

—Y decidme, ¿es por ese motivo, por lo que vos ya no la utilizáis?

Se sintió atacada. Hacía mucho tiempo que no utilizaba la magia, pero no porque no creyera en ella, sino porque temía que la diosa le hubiese retirado su poder.

Bajó la cabeza. Quizá Nadara tenía razón.

—Veo que no tenéis respuesta o, si la tenéis, no queréis dármela. Quizá no confiáis en mí lo suficiente. ¡Os diré una cosa, hermana! —se acercó a ella, hasta que su rostro estuvo tan cerca que podía oler su aliento—. El poder de la magia es fuerte y difícil de dominar. Por eso, solo somos unos pocos los escogidos, pero no siempre es la diosa de la que habláis la que otorga ese poder. Hay otros mundos y hay otros dioses. No seáis tan dura como un inquisidor. No tenéis la verdad en vuestra mano. Hay muchas cosas que aún no conocéis, Alba. Será mejor que mantengáis la mente abierta para que algún día podáis volver a abrir vuestro corazón.

Eso era precisamente lo que intentaba evitar por todos los medios. Había decidido no abrir de nuevo su corazón hasta el mismo día de su muerte. Y cuando una mujer sabia toma una decisión, suele llevarla hasta el final de su vida.

Pensó en las palabras de Nadara durante la noche. Le fue difícil conciliar el sueño. Al amanecer, la despertaron unos gritos y risas que provenían de la entrada de la casa. Se levantó y abrió un poco la puerta para ver lo que ocurría en la cocina. El anciano Cosme estaba allí, y junto a él, dos de sus criados celebraban con Nadara el éxito de su descubrimiento.

Alba se acercó y contempló con asombro las bolsas llenas de monedas que el hombre le había entregado a la mujer como pago. Sus sirvientes habían trabajado toda la noche, cavando bajo el punto exacto que ella había señalado y allí habían encontrado un cofre, en el que su antepasado escondió algunas joyas que no tenían demasiado valor, salvo el sentimental.

No habían encontrado mucho dinero; sin embargo, ya no moriría sin ver lo que su familia había querido hallar durante toda su vida. Sus hijos y los hijos de sus hijos dormirían tranquilos, pues el tesoro de sus antepasados había sido descubierto. Estaba tan feliz que entregó a Nadara una cuantiosa cantidad de dinero por su gran trabajo. Era, según exclamaba una y otra vez, la única persona que había sido capaz de encontrarlo, tras los muchos farsantes que habían pasado por su casa con la misma intención.

—¡Vos lo habéis logrado, mujer! —le dijo con gran alegría.

—¿Lo ha conseguido? —preguntó Alba al anciano con la sorpresa en sus ojos.

—¡Claro que lo ha conseguido! ¡Y yo nunca lo dudé! ¡Eso es lo mejor de todo! ¡Sabía desde el primer momento que ella lo conseguiría!

Alba no daba crédito. Nadara la miraba feliz, aunque un tanto molesta aún, por su falta de fe. Se sintió tan equivocada que se sintió obligada a disculparse. La mujer olvidó rápidamente su enfado y compartió parte de su dinero con ella.

Alba lo rechazó pues no creía merecerlo y aprendió a despejar su mente, antes de juzgar aquello en lo que otros creían. Supo que no era dueña de ninguna certeza. La verdad única no existía.

Algunas visitas se quejaron del aumento en los precios que había fijado, tras haber sido elegida para poseer la receta del elixir del sol. En varias ocasiones, había escuchado las amenazas de algunos clientes de no volver a visitarla y acudir a un vendedor de aceites y esencias que había llegado al mercado. Le aseguraron que vendía todo tipo de lociones y ungüentos que hacía él mismo y que tenía gran fama de haber sofocado los dolores de muchas personas en los pueblos por los que había pasado antes.

Alba se acercó al mercado aquella mañana para mirar desde una prudente distancia al hombre del que hablaban las visitas de Nadara. Hacía tiempo que su corazón anhelante de amor verdadero soñaba con la posibilidad de recuperar a Joan y a su hermana. Imaginó a Ana como una mujer. Se preguntó si el gran perro negro habría muerto o aún les acompañaba. ¿Habría envejecido Joan? Si, algún día, la diosa decidía ser bondadosa con ella y devolverle su amor, esperaba que esta vez fuese para siempre.

Continuaba odiándose por haber entregado su corazón a un ser tan vil, capaz de ordenar el asesinato de sus padres. Le dolía el estómago y sentía ganas de vomitar cuando pensaba en ello.

Preguntó a la mujer que vendía frutas y verduras por el vendedor de elixires. Esta le indicó alzando su mano y su dedo índice, en dirección al puesto que buscaba. Se acercó, ansiosa de encontrarle. Quizá no le reconociera. Quizá él tampoco a ella. Le vio tras el puesto, colocando los pequeños frascos delante de él. No había ninguna mujer a su lado, ni tampoco un perro. No era Joan. Se acercó para asegurarse. El hombre la miró y le sonrió, ofreciéndole probar su mercancía. Alba negó con la cabeza y se alejó de allí con lágrimas en los ojos.

Corrió por las calles hacia la casa, secándose el llanto con el dorso de su mano. Los echaba de menos, pero si la vida no los traía a su lado, ella no los buscaría aún. Nunca lo había intentado, ni cuando había sido feliz, pues seguía temiendo por sus vidas. Confiaba en que hubiesen encontrado un lugar tranquilo en el que vivir sin temor. Además, no era digna de recuperarlos. No merecía compartir su vida y su amor con aquellos dos seres a los que consideraba inocentes y puros. En su corazón, no albergaba la pureza.

XXII

La ceremonia

Debía ir vestida como una señora. Gastó parte del dinero que Nadara insistía en ofrecerle y mandó al mejor sastre de la ciudad que le hiciera un vestido hermoso pero discreto, apropiado para una boda noble, pero con el que pudiera pasar desapercibida. El sastre eligió un color burdeos que resaltaría su belleza, pero no llamaría demasiado la atención, aunque, como aseguró, sería difícil no despertar miradas siendo tan bella.

Alba le agradeció el cumplido y le pidió que le hiciera también un tocado que ocultara su rostro. Se sintió segura tras el tul, que reservaba sus facciones femeninas y bien marcadas de los ojos ajenos y curiosos. El color del vestido resaltaba los suyos, verdes. Se ocupó en estar siempre cabizbaja para que su mirada no pudiera ser reconocida.

Acudió sola y se sentó en los últimos bancos, casi donde los adornos florales delimitaban a los invitados del populacho que había acudido a curiosear. No había sido invitada pero su aspecto demostraba que tenía derecho a estar allí y el lacayo retiró la cadeneta de ramas de hiedra para que pudiera sentarse.

No había entrado jamás en la Catedral, ni había visitado nunca una iglesia de tales dimensiones. No pudo evitar alzar su mirada para admirar el alto techo que parecía la misma puerta del cielo. Al fondo, un retablo de madera y pan de oro brillaba presidiendo el altar mayor. Se fijó en la imagen de una virgen, a la izquierda. Se preguntó por qué la Iglesia la representaba con un rostro tan inocente, incapaz de protegerles como ellos solían pedir a todas horas. ¿Acaso no era más fácil creer en la protección al ver un rostro poderoso?

Un coro anunciaba la llegada del hombre que iba a casarse. Se adelantó solo, caminando hasta el altar, donde el sacerdote le esperaba. Parecía nervioso, sacaba un pañuelo de su manga repetidas veces para secarse el sudor de la frente y de la nuca. Alba no le recordaba así, sino como un engreído y petulante noble que creía tener al mundo entero a sus pies. Pero era como todos los mortales y su cuerpo transpiraba como el de cualquiera. Sintió repulsión ante la visión de su traje vulgarmente brillante por la pedrería incrustada en la tela. Daba la impresión de querer atraer todas las miradas. De nuevo demostraba su prepotencia y la necesidad que sentía de ser admirado.

El canto cesó y los invitados miraron hacia atrás. El pueblo se silenció ante la llegada del Inquisidor Mayor y de su acompañante, que caminaron por el centro de la iglesia hasta ocupar un palco en el mismo altar. Alba sintió el aire que levantaron sus túnicas a su paso.

El pueblo estalló en un griterío ante la llegada de la novia y su padrino. Los recibieron con aplausos y vítores. Era una diversión acercarse, por un día, a lo que nunca podrían tener.

Deseó levantar sus ojos y mirar de frente al hombre por el que aún se retorcía su pecho. Toda su piel pareció querer rozar el dorso de la mano de Álvaro que, con su lento caminar junto a su hija, había tocado la guirnalda de flores que había junto a su hombro. Le tuvo tan cerca, que era posible que él hubiese sentido también su presencia. Casi lo deseó y al mismo tiempo se detestó por ello. Todo su cuerpo se revolvía de rabia y a la vez se derretía de deseo al verle. A su memoria llegaron las sensaciones de la última noche que estuvo en su cama. Sin duda, era el mismo demonio quien estaba detrás de aquellos viles sentimientos.

Vio su espalda enfundada en una chaqueta negra y, a su lado, la blancura del vestido de su hija. De nuevo su corazón, que siempre había sido espejo de las emociones de otros, sintió el miedo que sentía Elena y le dolió su angustia. Esta vez no necesitó preguntarse por qué su padre la vendía al viejo que esperaba en el altar. Ya sabía por qué. No había mucha diferencia entre uno y otro, salvo que el hombre que se casaba aquel día tenía probablemente un corazón más puro. Nadie en el mundo podía ser tan falso ni tan detestable como Álvaro de Abrantes.

No comprendía sus sensaciones y esto la entristecía tanto, que las lágrimas brotaron espontáneas de sus ojos. El hombre que estaba sentado a su lado la miró y sonrió al pensar que se había emocionado. Al fin y al cabo, las bodas emocionaban, a pesar de que el amor no solía ser invitado a casi ninguna de ellas.

Deseó gritar, levantarse de su banco y sobrevolar sus cabezas tocadas. Quiso evitar la unión que destrozaría la vida de Elena, pero ya no pertenecía a su mundo y no estaba dispuesta a involucrarse más. Nada de lo que pudieran hacer o deshacer las personas que conocía o que había conocido debía importarle. Ni sus sufrimientos ni sus alegrías, pues, a pesar de estar aún viva, se sentía muerta.

La ceremonia fue más rápida de lo esperado. Los novios caminaron hacia la salida, mientras ella mantuvo la mirada fija en la punta de su falda. Álvaro volvió a pasar, tan brevemente como el suspiro que se escapó de su pecho al sentirle cerca. Y después, el Inquisidor Mayor pasó cubierto por el halo de silencio que se formaba a su paso. Mientras se acercaban, las campanas repicaron por una alegría fantaseada y del todo inexistente.

Los invitados comenzaron a levantarse y Alba hizo lo mismo. Fue entonces cuando sus ojos se encontraron de frente con los ojos del pupilo del inquisidor, a quien reconoció al instante. Vidal de Abrantes pareció reconocerla también, en un primer momento, pero continuó caminando con la mirada puesta en el horizonte. Temió haber sido descubierta y volvió a sentarse, esperando un momento mejor para salir, cuando la mayoría de los invitados se hubiesen marchado. Después, se escurriría por entre las viejas calles de la ciudad para volver a ocultarse en su agujero, como hacían las ratas que se esconden de los gatos que las acechan hambrientos.

Una vez en su alcoba, se atrevió a escribir de nuevo. En un impulso de su instinto como mujer sabia, se dejó llevar por la inspiración y permitió que la tinta se desnudara sobre el espacio vacío para depositar en él todos sus anhelos.

No se había atrevido a comprobar si podía seguir canalizando su poder a través de la escritura. Temerosa de advertir que la diosa ya no se lo permitía, se sorprendió de su misericordia. De nuevo le hablaba con su silencio, pero Alba ya no se sentía capaz de escucharla. Había esperado su enojo y sus represalias. Había anhelado una respuesta a su desafío sobre las aguas del mar, pero la diosa se mantenía inerte. ¿Qué esperaba de ella entonces? ¿Acaso no había sido suficiente agravio lo que había hecho, como para merecer una respuesta? Al menos, así sabría a qué atenerse.

La diosa le parecía cada día más desconocida y, cada día, se desconocía más a sí misma también. Dudaba de si su vida tenía algún sentido, e ignoraba por qué su corazón continuaba latiendo.

La mano le tembló, pero se atrevió a dibujar las letras, que comenzaron su baile en solitario, olvidando que habían surgido de su pensamiento, como si no quisieran pertenecerle, pero poniendo toda la fuerza dirigida contra el hombre que le arrebató a sus padres.

... Me encontrarás cuando yo quiera que me encuentres,
aunque tu alma estará siempre esperándome.
Será para ti la vida una tortura
de dolor por los recuerdos que me honran
y, así como bebiste de la miel de mi pasión,
beberás ahora el veneno del olvido.
Me encontrarás cuando yo quiera que me encuentres,
ni un tiempo antes, ni un tiempo después...

Las palabras parecieron abrirse, separando las letras en búsqueda de otras con las que hermanarse y juntarse de nuevo. La tinta negra se volvió tornasolada y, a su alrededor, la alcoba dio un giro en dirección contraria al sol. El mundo pareció detenerse, pero ella sabía que continuaba.

Una mujer sabia nunca duda de sí misma, ni de su poder. A pesar de ello, renegó de su condición y de todo cuanto la identificaba, porque se odiaba a sí misma. Mientras en su corazón albergara siquiera una ínfima parte de algún sentimiento por él, por lo que había significado en su pasado o por lo que desearía que hubiese sido su futuro, no se aceptaría. Tenía que conseguir transformar su odio, salpicado de recuerdos amables, y la rabia de su pecho en un auténtico hueco en su corazón, pues necesitaba tener la sangre fría y no mirar nunca atrás, para poder llevar a cabo su misión.

No quería vivir, pero tampoco se marcharía del mundo sin haberse vengado de Álvaro de Abrantes.

Se despertó con la piel mojada. Las mantas pesaban sobre su cuerpo como sacos de harina. La luz de la luna iluminaba la estancia. Se levantó para refrescarse en la jofaina, la puerta se abrió y Nadara se acercó a ella con rapidez.

—¿Qué os ocurre? ¿Habéis tenido un mal sueño?

Durante la noche, algo muy poderoso había venido a visitarla. Una presencia vigorosa y maligna. Una sacudida la envolvió entre las mantas. Primero sintió que el calor la asfixiaba, después el aire se hizo gélido junto a su boca y su aliento se convirtió en la expresión de un temor frío. No dudó ni un instante. Alguien cuya fuerza podía estar a su altura la estaba llamando. No temió nada. El poder era grande, pero no tanto como el suyo. Era diferente y ansiaba conocerlo.

—Estoy bien —respondió.

Nadara se dejó caer sobre la cama. Pasó su mano por la ropa y exclamó:

—¡Estáis mojada, muchacha! Dejad que os vea, debéis tener muy alta la temperatura del cuerpo.

Había sufrido extrañas pesadillas. Se vio corriendo con la rapidez de un lobo y la agilidad de un gato, por entre las calles desiertas de la ciudad, por los campos oscuros que la recibían con los sonidos tenebrosos de la noche, por los muros de piedra que rodeaban a algunas casas, por los tejados, por los aires incluso, sin cansarse ni tropezarse nunca. Y cuánto más altas se alzaban sus piernas, más poderosa se sentía. Como si su sueño le estuviera mostrando una nueva Alba que ella aún no conocía. No era solo una mujer sabia, era perfecta, se sentía inmensa en su plenitud y libre como el viento, pero al mismo tiempo, era perseguida por unos seres horrendos a los que no había visto y a los que intuía en toda su monstruosidad. Corría cada vez más, pero nunca lograba alejarse lo suficiente.

—¡Dejadme! —exclamó, rechazándola.

Nadara se sobrecogió al verla. Su rostro parecía haber sufrido una transformación durante la noche. Sus ojos verdes y cálidos se le mostraban casi blancos. Su rostro bello y juvenil parecía el rostro arrugado de una anciana. Se levantó y encendió una vela. Se acercó a ella de nuevo. Sin duda había sido su imaginación y las sombras a la luz de la luna. Alba seguía siendo la misma mujer de siempre. Suspiró aliviada.

—Decidme lo que os ocurre. Desde que habéis regresado esta tarde, parecéis otra persona. ¿Adónde fuisteis, tan bien vestida?

—Os aseguro que sigo siendo la misma —sonrió, sin responder a su pregunta.

—Está bien, si no queréis contármelo, pero yo veo en vos algo distinto.

—Cada uno ve lo que quiere ver.

—Yo no y lo sabéis. Al igual que vos, no puedo confundirme con las personas. —Nadara bajó la cabeza sintiéndose triste—. Ya no sois la misma conmigo tampoco desde hace tiempo. ¿Por qué os mostráis tan enfadada?

—¿Y vos? —le inquirió Alba—. ¿Por qué no sois capaz de darme lo único que os he pedido desde que estoy aquí?

—¿A qué os referís?

—Llevo meses a vuestro lado y creo que soy una buena ayudante.

—La mejor que he tenido, sin dudarlo —afirmó Nadara.

—Os enseño mis conocimientos y vos compartís conmigo los vuestros; sin embargo, os pedí con auténtico afán que me enseñarais a invocar demonios. No esperaré mucho más y lo sabéis.

—Dejad que os explique. —Nadara intentó apaciguarla—. Yo no sé mucho de ese lado de la magia. La invocación es lo único que sé y siempre la uso para obtener resultados benignos, vos misma lo visteis el otro día.

—¡Tenéis escondido un exorcismo escrito en forma de cruz! —exclamó, alzando la voz—. Lo he visto. Podéis enseñarme a utilizarlo.

—Pero es que...

—¿Qué os ocurre?, ¿acaso dudáis de mi valía? —rio—. Os aseguro que, si es así, os estáis equivocando.

—No es eso, al contrario —respondió la mujer, con el rostro serio—. Temo que, si os enseño lo que sé de ese lado de la magia, el gran poder que tenéis os convierta en algo peligroso.

Alba la miró, descubriendo su engaño. No le decía la verdad. Estaba ocultando sus verdaderos temores. Solo pensaba en sí misma y en sus necesidades. Su deseo era seguir acumulando sus ganancias, que cada día eran mayores desde su llegada. Esa era la verdadera razón. Por eso no quería que ella la dejara.

—¡Estáis mintiendo! —le aseguró, echándola de la alcoba con un gesto de su mano—. ¡Marchaos! ¡No soporto la mentira!

—¿Por qué decís eso? ¡Os aseguro que estoy diciendo la verdad!

—¡Sois una majadera, si no os habéis dado cuenta aún de que nadie puede ocultarme nunca sus verdaderos sentimientos! El único motivo por el que teméis enseñarme lo que sabéis de esa parte de la magia sois vos misma. No queréis que me vaya, pues escuchadme bien. ¡Yo no he venido a Valencia para hacerme rica! Poco me importa el dinero porque ya lo tuve. Y lo dejé todo para ir en busca de algo que os aseguro que encontraré y ni vos ni vuestro afán de riqueza podrá retenerme.

Nadara salió de la habitación consternada. Se sentía ofendida, aunque sabía que, en el fondo, decía la verdad. Se retiró a su lugar de trabajo para intentar calmar su ánimo. Mientras, Alba metía en una bolsa sus pocas pertenencias. Las vendería en la casa de empeño y con ello tendría lo suficiente para continuar.

Debía encontrar al saludador, pues en su interior sabía que ya había regresado. Esperó a que amaneciera y se dibujaran los primeros brillos de la mañana. Sabía que Nadara se despertaría temprano como cada día e iría a hacer el desayuno. Como siempre, le ofreció un tazón de leche caliente y un pedazo de pan con miel.

Alba desayunó sin decir nada. Cuando acabó su tazón de leche, la mujer la miró mientras suspiraba, rindiéndose, y le habló de una vieja casa árabe, junto a la plaza del mercado.

—Pertenece a Julio Almirón. Llamad y él os abrirá. Hace una semana que regresó a Valencia.

Quiso preguntarle por qué no se lo había dicho, pero no hizo falta. Se levantó y cogió sus pertenencias. Nadara le abrió la puerta. Antes de salir, le extendió su mano despidiéndose.

—¡Tened mucho cuidado, Alba! —emitió un chasquido con la lengua entre sus dientes—. Es una pena, podríais haberos quedado aquí hasta que encontraseis vuestra felicidad.

Alba dejó entrever una media sonrisa.

—Podría haberme quedado en muchos sitios.

Nadara se preguntó si realmente aquella muchacha sabía lo poderosa que era. Sus ojos estaban cegados por el dolor y la rabia, y le impedían verse como la veía ella, una mujer grande y noble.

Ni siquiera Fray Jaime Bleda podía pedirle que cumpliera con todos sus votos, incluido el de castidad, al menos mientras fuese solamente un novicio y más adelante tampoco, pues se conocía. Además, se sentía con derecho a disfrutar de las mujeres igual que otros hombres, por ello no iba a mostrar ni el más mínimo esfuerzo en imponerse la castidad durante toda su vida. Si otros novicios querían hacerlo, no iba a ser él quien se lo impidiera, pero para Vidal de Abrantes, la vida sin las satisfacciones de la carne no era vida. Bastante tenía con haber sido repudiado por su propio padre, echado de su propia casa y alejado de su familia, la cual no era tampoco un dechado de virtudes y menos aún lo era el hombre que lo engendró, el cual se había puesto en boca de todos por su promesa incumplida de matrimonio, debido a la desaparición de aquella insidiosa mujer.

Desde la boda de su hermana, la cual celebró a su antojo en una de las muchas tabernas que rodeaban la casa de Don Pedro de Azaga, en la que se hospedó junto a Fray Jaime Bleda durante dos días, no había vuelto a sentir entre sus manos la piel de una mujer y ya echaba de menos mancillar con sus atrevidas y deshonrosas artes amatorias a una mujerzuela. Eran estas todas iguales. A pesar de haber vivido lo inimaginable con cientos de hombres, si no miles, solían escandalizarse y hasta asustarse de las prácticas a las que las sometía, cuando las tenía para sí. Todo era fruto de su imaginación y se jactaba de ello, aun en su silencio, pues nadie debía saber su verdadera identidad cuando pernoctaba y bebía hasta el amanecer. Tapaba su cabeza con un sombrero que solo destapaba en la intimidad de una alcoba, para que nadie pudiese advertir que su cabeza estaba tocada por la coronilla que indicaba que pronto consagraría su vida a Dios. Y era en la intimidad también donde mostraba los crueles placeres que llenaban de amargura a la mujer a quien le tocara compartirlos; por eso, no visitaba una taberna ni un burdel demasiadas veces, pues pronto se corría la voz entre ellas.

Vidal se debatía en la duda de no saber adónde dirigir sus pasos para gozar una vez más de una hembra, como solía llamarlas, pues para él no eran mejores que las hembras de los cerdos que los criados de su padre cebaban, para servir de manjar en su boca. Y ahora sentía una mayor necesidad de abarcar el cuerpo de una mujer, con la vileza que le caracterizaba, para descargar dentro de ella su ansia, pues desde que había visto aquellos ojos verdes envueltos en tul, que se habían atrevido a mirarle directamente a los suyos, a pesar de ir en compañía del Inquisidor Mayor, su mente no le permitía ni un momento de paz. Nada podía satisfacerle más que una mujer que se resistiera a su fuerza. Sentir la lucha incansable hasta el abandono y la rendición era para él el mejor beneficio, y después, deleitarse con su complacencia era su bien merecida recompensa. Y aquella mirada era la de una luchadora a la que ya podía imaginar peleando hasta arañarle el rostro. Desde que la vio, se hallaba día y noche con ganas de apoderarse de una hembra y gozarla hasta el final de su satisfacción y ya paladeaba su sabor.

Lamentó profundamente no saber su nombre. Por sus ropas, debía ser una mujer de alta cuna. Lástima que ya no podía acudir a las fiestas de los nobles como cuando era solamente el hijo de Don Álvaro de Abrantes. Ser novicio y acompañante de Fray Jaime Bleda tenía sus privilegios, pero acudir a celebraciones de los que no pertenecían a la Iglesia no era uno de ellos. De hecho, no había estado más de un par de horas en el convite nupcial de su hermana, lo cual ella había lamentado muchísimo y se ocupó de hacérselo saber, diciéndole que eso no habría ocurrido si hubiese obedecido las órdenes de su padre, de estudiar hasta incorporarse a la milicia. Él alegó que, de haber sido un hijo obediente, quizá ni siquiera habría acudido a su boda en la iglesia, pues era posible que estuviera muerto, tras haber perdido la vida en alguna guerra lejana y ajena.

Quizá su hermana, cuando afianzara un poco más su condición de esposa del hombre más privilegiado de Valencia, sabría decirle el nombre de aquella hembra de la que no podía olvidar sus ojos verdes, por mucho que insistiera en ello y que apenas le dejaba vivir en paz desde aquel día por su altiva y retadora mirada. Pero hasta entonces, decidió acudir a una taberna a las afueras de la ciudad que le recomendó en una ocasión su asistente de cámara, al cual aún mantenía a su lado, hasta que se ordenara y abandonara otro de los privilegios de su nacimiento, y que le aseguró que allí encontraría nuevas hembras jóvenes con las que satisfacer su ego y su lascivia.

No podía ser, sin duda su imaginación jugaba en su contra. Alba no podía haber vuelto. Ella estaba presente cuando los dos hombres la raptaron. Le había rogado al cielo muchas veces que volviese, y no lo hacía solo por su padre, el cual iba muriendo un poco cada día, sino por sí misma, por la vida que llevaba de tormento y martirio desde que se había casado con Don Pedro de Azaga.

Se sabía esclava y era tratada como tal. Su mejilla amoratada se lo recordaba. No era la primera vez y no cesaba de preguntarse las razones. ¿Acaso no cumplía con todos sus deberes de esposa, a pesar de que el estómago se le quería salir por la boca, cada vez que él se le acercaba? Aborrecía su propio cuerpo, tocado y mancillado por él cuando quería. Sentía asco de su vida porque, aunque caminara por los largos pasillos del palacio envuelta en seda y en joyas relucientes, había perdido el brillo de sus ojos.

Odiaba a todos con los que convivía, que cuidaban de ella y de su seguridad. ¿Pero quién de ellos se preocupaba cuando la escuchaban gritar y llorar, bajo la mano del señor de la casa? Por aquel sufrimiento, Elena soñaba anhelante con el regreso de su amiga, la única que sería capaz de devolver el color a su rostro.

Colocó alrededor de su muñeca el brazalete que había comprado en la casa de empeño. Lo vio al pasar, estaba dentro de una caja abierta para que pudiera verse. Lo reconoció y sintió que su corazón volvía a palpitar dentro de su pecho. Entró y pidió que se lo enseñaran.

No había duda. Las perlas y las piedras eran idénticas, y su padre no solía comprar una joya de la que pudiese haber ninguna otra parecida. Aquella alhaja era única y así se lo dijo el vendedor cuando le pidió un precio, mucho menor de lo que seguramente había pagado su padre.

Iba a ser un secreto. No le diría a nadie que lo tenía. Si Alba había vuelto, seguramente acudiría a ella en primer lugar. Y si no era así, si el brazalete había llegado a Valencia por mar, vendido por la mitad de su valor tras haber sido robado del brazo de Alba, nadie de su familia sufriría la incertidumbre.

XXIII

La tenebrosidad

En las calles más cercanas a la casa del saludador, escuchó unas voces que parecían lejanas y, al mismo tiempo, sonaban en su interior. Su mente empezó a sufrir un leve abandono, como si se desmayara o se dejara caer en una dulce ensoñación, placentera y al mismo tiempo desagradable. Su caminar se hizo más lento, tropezó con el camino empedrado, pues sus pies no se levantaban lo suficiente para caminar con gracilidad. Se sostuvo, apoyándose en una de las paredes.

Llegó hasta una puerta árabe con incrustaciones en madreperla. La puerta se abrió con pesadez y Julio Almirón salió. La recogió en sus brazos, antes de que su cuerpo cayera contra la calle empedrada. Entró con ella en los brazos y la dejó sobre el diván.

Todos la rodearon, sabían que estaba allí por deseo propio y guardaron un pasmoso silencio ante la presencia de la dama. El saludador estaba sorprendido. No era ni la sombra de la muchacha huidiza que conoció en la casa de Don Álvaro de Abrantes. Sin duda, la vida la había transformado.

Una dama se acercó con un gran abanico y comenzó a darle aire. Otra se atrevió a desabrocharle los primeros botones del vestido para que respirase libremente. Si antes se habían sentido presas de su belleza, ahora sintieron en sus cuerpos el estremecimiento del deseo, pero todos sabían que ella no estaba allí para gozar de su sabiduría en las artes sensuales.

Alba estaba ante ellos para algo más que para que expresaran su lujuria.

Ellos habían experimentado lo mismo a su llegada al mundo oculto, el éxtasis que se parecía a la embriaguez, pues provocaba el mismo olvido, mientras los atrapaba con un placer y un arrobamiento tan intensos como indescriptibles. Supieron que era el momento, cuando vieron que su pecho se levantaba y se quedaba sin respirar unos instantes. Después, dejó escapar de sus labios un primer aliento, antes de despertar. Había recibido al espíritu oscuro.

Sonriendo, se colocaron formando un círculo a su alrededor. Los criados la alzaron y la mantuvieron en pie, cogiéndola por los brazos. El resto de los asistentes derramaron el vino por el suelo, mojando sus pies. Otros, lanzaron directamente el contenido de sus copas sobre su pecho erecto, mientras exclamaban alabanzas a aquel que tiene más de mil nombres. Recibían así a la nueva invitada, ungiéndola con el vino de la lujuria y la confusión.

Al fin pudieron ver su mirada, que expresaba una sabiduría deslumbrante y casi aterradora. No los había visto nunca, solo reconoció la intensa mirada del saludador. Cuando fue capaz de mantenerse en pie por sí sola, comenzó una letanía de bienvenidas, de saludos y presentaciones de personas de las que no sería capaz de recordar el nombre, y haría bien, pues todos estaban allí de forma secreta. Una mujer la acompañó hasta sentarse alrededor de una gran mesa. Sobre ella, había dulces y panes, salsas y carnes, frutas y semillas, vino y licores, pero su estómago no era capaz de probar bocado. Las risas acompañaban su desconcertada asistencia al lujoso banquete.

Todos parecían mostrarse felices y Alba hubiera querido sentirse como ellos, pero sentía que algo había entrado en su cuerpo y aún la molestaba su presencia. Hizo una mueca de desazón que uno de los comensales advirtió.

—Intentad no esforzaros en demasía en admitirlo —le dijo, sin explicar a qué se refería—. Es mejor que hagáis como si no sintierais su presencia. Entonces, acabaréis por acostumbraros.

—Hacedle caso —le aconsejó la mujer que estaba a su lado—, es un gran médico.

Siguió su consejo y su estómago comenzó a aflojarse. El dolor menguó y se llenó de una tranquilidad que serenó su rostro. El hombre le sonrió satisfecho.

—Habéis sido rápida. No todos hemos sido capaces de aceptar a los espíritus oscuros en apenas un instante.

Los demás aplaudieron el comentario y la felicitaron por ello. La mujer que estaba a su lado le acarició la mejilla y la animó a probar un bocado de su mano. Alba abrió la boca y comió el pedazo de pastel que le ofrecía. Después, los criados le sirvieron vino y lo bebió con calma, mientras miraba a su alrededor.

Varios tapices colgaban vistosos en las paredes, con imágenes de hombres y mujeres que se torturaban entre ellos, y en sus rostros se expresaba el dolor que sentían. Le parecieron horribles y prefirió apartar la vista. Del alto techo, colgaba una lámpara de cobre y piezas de vidrio de varios colores. En las esquinas, había grandes cirios encendidos y, junto a la puerta, un incensario desprendía un aroma que embriagaba los sentidos. Una música tocada con instrumentos de cuerda, un tanto desconcertante, ambientaba el festejo, pero acrecentaba su inquietud.

—¿Sería posible que esa música dejara de sonar? —preguntó con timidez.

Un repentino silencio se perpetuó en boca de todos. Sintió que había pedido que se infringiera alguna norma importante, a juzgar por sus miradas.

—No es posible —respondió Julio con amabilidad, mirando a los demás, como si quisiera pedirles permiso para lo que iba a explicarle—. Es la frecuencia atemperada. Es necesario que suene durante nuestras reuniones.

—Cuando los sonidos se lanzan a distintas frecuencias, producen una expansión de nuestra conciencia. Es la puerta que se abre ante nosotros —explicó la mujer que estaba a su lado.

—Sois valiente y osada —exclamó el saludador.

Los demás asintieron con breves comentarios.

—¿Por qué? —preguntó ella.

El médico se apresuró a responder.

—Porque ninguno de nosotros se atrevió nunca a pedir algo así. Se han de respetar las normas. Sin embargo, los cambios en el mundo se producen gracias a los osados como vos.

Su único afán era cruzar el umbral de la magia oscura, aquella que ninguna de sus maestras ni sus hermanas le hubiera permitido jamás elegir y que le estaba prohibida por la diosa. Temía perder sus poderes; aun así, quería continuar.

—¿Así que sois médico? —preguntó.

—Así es. No os diré mi nombre porque no debemos saber demasiado el uno del otro, pero os contaré que también me dedico al estudio de las estrellas.

—¡Sois Astrónomo!

—¿Gustáis de la sabiduría del firmamento?

—Sé de las influencias que un cuerpo celeste puede causar en el mundo. Sé que el universo actúa sobre nosotros, del mismo modo que la luna transmite su fuerza al mar hasta crear mareas. Y sé también que, si conocéis la fecha y el momento exacto de una natividad, es posible averiguar las enfermedades y hechos futuros que ocurrirán en la vida de cualquiera de nosotros.

—¿Sabéis leer la posición de los astros?

—No, señor. No sé hacerlo, pero he leído mucho acerca de ello —respondió, sin querer mostrar su sabiduría. Ella no necesitaba de libros ni de números, con solo mirar a los ojos de un hombre, sabía si sería feliz o si caería en desgracia.

—Me alegra saber que no ocultáis vuestra cultura.

—No veo por qué tendría que ocultarla. ¿Acaso la condición de mujer no es la mejor de las condiciones que puede experimentar un ser humano? —respondió con orgullo.

Los comensales que habían estado escuchándola rieron ante su respuesta.

—Veo, señora, que el miedo no existe para vos —aseguró la mujer—, os alabo y levanto mi copa por ello. Estoy cansada de sentirme culpable de ser una mujer.

—¡No lo hagáis más, por favor! —le respondió Alba, ganándose su amistad con rapidez—. Ser mujer es un don y como tal lo debéis sentir.

Las demás mujeres aplaudieron sus palabras. Los rostros de todos sonreían ante su seguridad.

—Creo que seréis una magnífica discípula. Julio agradecerá vuestra inteligencia y vuestra sinceridad —afirmó el médico, advirtiendo la atención que la mujer producía en todos los presentes.

—Os equivocáis de nuevo, señor —aclaró Alba—. No soy ni seré la discípula de nadie, a partir de ahora —explicó, mirando directamente al saludador—. Estoy aquí para recibir nuevos conocimientos, pero también para entregar los míos a cambio, y estos son muy valiosos.

—No lo pongo en duda —aclaró el médico—. Si queréis, puedo consultar la posición que tenían los astros en el momento de vuestra natividad.

—Estaría encantada de que lo hicierais, pero lo desconozco, señor —respondió, no quería que conocieran su historia.

—¿Podéis preguntar a vuestros padres, quizá? —insistió el hombre.

—Mis padres murieron y soy hija única.

Supo, por la mujer sentada junto a ella, que se trataba de una comunidad secreta, dedicada a conocer los poderes de la magia oscura en la que practicaban rituales de conocimiento, el cual recibían a través de las legiones de demonios que existen en el mundo y debajo de él. Habían avanzado mucho desde que comenzaron, hacía ya casi diez años, y, a pesar del oscurantismo al que estaban obligados, del miedo a la persecución continua de la Iglesia y de las vidas disimuladas que cada uno se esforzaba en continuar llevando, su más importante sentido de vida estaba dirigido a acrecentar aquel aprendizaje en la sombra, al que llamaban la tenebrosidad.

—¿Qué ha sido el malestar que he sentido a mi llegada? —quiso saber.

—Habéis recibido a alguna de las muchas almas negras que existen y viven entre nosotros, y pronto empezaréis a recibir también su conocimiento. Como podéis ver, somos un grupo un tanto peculiar. Nada nos une hasta el punto de conocer las razones que cada uno ha tenido para llegar hasta aquí, pero aquí estamos. Y vos habéis venido para hacernos rejuvenecer —le sonrió agradecida.

La reunión se extendió hasta el amanecer. Mientras un grupo hablaba del valor, de la vida y de la muerte, se podían escuchar los gemidos de placer que algunos emitían desde lejos, como si el destino de aquellas reuniones fuese el goce de lo prohibido, de cualquiera de las formas que su imaginación era capaz de crear. Pero se reunían para mucho más, buscaban la sabiduría de la ciencia infusa,[4] llamada así por el Santo Oficio, que otorgaba honores, privilegios y éxito.

Cuando la velada se dio por terminada y todos se marcharon, la insistente música cesó al fin. El saludador la acompañó a una alcoba y se despidió para que durmiera. Antes de marcharse, le dedicó unas palabras.

—No parecéis la misma.

—Los años pasan para todos —respondió con tranquilidad.

—Sí, pero... —continuó mirándola con interés— no son las arrugas lo que han cambiado vuestro rostro. Quizá hayan sido los sufrimientos.

—Quizá... —respondió sin sentirse intimidada.

Julio sonrió, dejando el candil en el suelo junto al lecho.

—Continuáis siendo igual de hermosa. Os he escuchado en la cena. ¿Qué queréis a cambio de compartir con nosotros vuestros conocimientos? —preguntó.

—Quiero dos cosas. Que me ayudéis a encontrar a una persona y que me adentréis en los misterios del Arte Notoria.[5]

—Es mucho lo que pedís, pero sé que a cambio me daréis

4. Ciencia infusa. Conocimiento no adquirido mediante el estudio, sino atribuido en algunas tradiciones a factores sobrenaturales.

5. Arte Notoria. Medio por el que, supersticiosamente, se suponía que, por ayunos, confesiones y otras ceremonias podía adquirir el hombre la sabiduría por infusión.

mucho también —respondió el hombre, saboreando en su boca el placer, al imaginarse adentrandose en los nuevos discernimientos y prácticas que iba a transmitirle—. Para vuestro primer deseo, mañana mismo os guiaré hasta el hombre que puede ayudaros.

—¿Y para el segundo?

—Veo que tenéis prisa —sonrió—, pero, para entrar en el mundo de la oscuridad, se necesita algo más que vuestros poderes y los míos en comunión. Se necesita paciencia. ¿La conocéis?

Alba no contestó. Sabía que el saludador no era capaz de poseer aquellos dominios que tantos temían y solo unos pocos anhelaban. Sin embargo, se quedaría a su lado el tiempo suficiente para que le mostrase el comienzo del camino. Después, continuaría sola.

Tuvo que caminar desde el amanecer hasta el mediodía para llegar al poblado, muy alejado de la ciudad. Unos niños medio desnudos la recibieron, pidiéndole con sus gritos y exigencias una limosna. Pegó sus manos a su cuerpo y siguió caminando, intentando no mirar sus rostros, no fuera a ablandarse su alma.

Se adentró por entre los carros, esquivando a las gallinas y gallos, y a los caballos sueltos que trotaban alegremente, hasta llegar ante unas mujeres que la miraron con altivez e insolencia. Una de ellas cogió su mano.

—¡Dejad que os lea la buenaventura, señora!

—No —quiso zafarse, pero la gitana continuó con su perorata, acariciando su palma con las yemas de sus dedos, provocándole un agradable cosquilleo.

—Tendréis una larga vida. Veo a los hombres que os esperan y os anhelan. Os guía una fuerza poderosa...

La gitana calló ante la mirada atónita de sus compañeras. Su rostro se volvió rígido y soltó la mano de Alba como si le hubiese quemado sus propias manos. Era conocida por engañar a cualquiera con sus malas artes de echadora de la buenaventura y no era habitual verla asustada. Debía haber visto algo muy oscuro, pues sus ojos se abrieron brillantes y sus labios temblaron, como si quisieran decir algo que ni ella misma podía creer. Su rostro palideció, bajo su piel morena y sucia, y se apartó ante la recién venida para dejarla pasar, bajando la cabeza con la vista hacia el suelo, buscando la protección de quien no ha visto nada y no sabe nada tampoco.

—¿Realmente creéis que sois capaz de ver mi destino? —mostraba una sonrisa maliciosa con la que pretendía humillarla—. ¡Escuchadme, mujer! —acercó sus labios al oído de la gitana—. Lo que habéis visto, eso que os ha hecho temblar como una niña asustada, no ha de salir nunca de vuestra boca. Si así ocurriera, conoceríais en carne propia el inmenso poder de la oscuridad que habéis visto y que tanto os ha asustado.

La gitana sintió cómo sus piernas se humedecían por el orín que salió de su cuerpo. Se alegró de que, bajo las muchas capas de ropa, no fuera posible que las demás lo notaran.

—¡Busco al rey de los gitanos! ¿Quién de vosotras puede llevarme ante él?

—¿Y quién le busca? —preguntó una de ellas, con osadía.

—¡Callad! —inquirió la gitana que había leído su mano—. ¡Yo os llevaré! —exclamó servil.

La condujo hasta un espacio de campo yermo, donde un carro se ocultaba tras los demás, por lo que no podía ser visto desde ningún ángulo del poblado. La mujer abrió la puerta, gritó una frase en una lengua extranjera y esperó. Pronto se abrió la puerta desde dentro y un anciano asomó su cabeza. Miró a Alba y volvió a ocultarse en el interior.

La gitana le indicó que subiera, después se marchó, alejándose de ella para siempre. Nunca más volvería a leer la palma de ninguna mano. Nunca volvería a mentir y a fingir que adivinaba el futuro de nadie. Aquella había sido la primera y la única vez que de verdad lo había adivinado y lo que había visto era suficiente para acallar su voz durante toda su vida.

El anciano no necesitó más que una rápida mirada para reconocer el brillo de aquellos ojos que contenían la negrura de un espacio vacío tras su color verdoso. No le cabía duda, era ella. Dios le había permitido vivir hasta contemplarla de cerca. Se preguntó si ella sabía quién era.

Escuchó su voz, que le pedía algo que no supo descifrar. Conocía muy bien su lengua, pero su corazón latía más alto que la voz de la mujer. Tras su silencio, la mujer repitió su pregunta, alzando la voz. Se armó de valor y rogó para que la voz brotara de su cuerpo. Sacó fuerzas y, ante la magnífica visión de su belleza, le habló con respeto y con lástima, al mismo tiempo. Lamentaba que la mujer hubiese caído en el pozo negro que se la iba tragando, poco a poco, sin que ella se diera cuenta y que un día la haría desaparecer, si no hacía lo imposible por impedirlo. Trataría de hacerle comprender, de alejarla de su destino, sin embargo, sabía de antemano que no lo conseguiría.

—¿Sois el rey de los gitanos?

—Así es, y vos...

—Soy Alba. No puedo deciros más. ¿Conocéis al saludador Julio Almirón? —preguntó.

—Antes se contaba entre mis amigos. Ahora ya solo forma parte de un tiempo pasado —respondió el hombre.

—Dice que podéis encontrar a cualquiera que os pidan que encontréis.

—Si esa persona quiere ser encontrada... —dijo el anciano con su voz ronca.

—¿Usáis el péndulo?

—Entre otras cosas —asintió el anciano.

—Quiero que encontréis a unas personas. Os daré lo que me pidáis. El dinero no es problema.

Jamás se hubiese atrevido a pedirle dinero a ella, pero afirmó con un gesto, pues debía evitar todo lo que pudiera hacerle sospechar su temor. Debía mostrarse como quien era, el rey de los Gitanos, un hombre orgulloso de su origen y de su pueblo, y no el perro asustado que se sentía frente a su mirada.

No podía expresarle, como hubiese querido, que su linaje había buscado el linaje de su pueblo, porque estaban destinados a encontrarse en algún instante del camino de sus vidas. Él lo sabía, pero ella debía descubrirlo cuando llegara el momento. No podía interceder.

—Señora, sabéis como vive mi pueblo, en un constante caminar porque en ningún lugar nos está permitido quedarnos. Si alguien quisiera esconderse entre nosotros, este sería el mejor lugar para hacerlo.

—Puede que, en un futuro no muy lejano, estas personas sean perseguidas. Vuestro pueblo conoce la persecución, sabéis de lo que os hablo.

—No tengáis duda. Nos acusan de holgazanería, dicen que somos de naturaleza ociosa, mentirosa y ladrona. Nos llaman vagos, mendigos, zánganos y mangantes. Pero no es cierto todo lo que se dice, pues no todo mi pueblo vive del hurto y del mal vivir. Algunos malhechores se visten como mi pueblo y dicen pertenecer a él para hacer sus fechorías. Tendréis que decirme algo más, si queréis que encuentre a esas personas, pues bien podrían no ser dignas de ser encontradas.

—Os equivocáis. Ellos son mi hermana y el hombre que nos crió a ambas, como nuestro padre. No son malhechores, ni sobre ellos recae queja ni denuncia alguna, os lo aseguro. Temo que lleguen a ser perseguidos por mi culpa, por algo que me dispongo a hacer. Vuestro pueblo podría ser el mejor escondite para los que han de vivir ocultos.

—¿Y por qué les perseguirán?

—Solo necesitáis saber que son inocentes. Puedo confiar en vos, ¿verdad?

—Así es, señora. Vuestro pueblo manda a galeras a nuestros hijos y nietos menores de edad porque andan vagando, según dicen, pero no vagamos, sino que somos libres de ir donde queremos. Se quejan porque no tenemos casas, pero desconocen que nuestra casa es el mundo. Ignoran que hay más pueblos que viven como el mío, sin techo ni suelo de su propiedad. El mundo es de todos, también es vuestro —le sonrió—, pero no lo saben porque prefieren comprar un pedazo de tierra que les separe y proteja de sí mismos, así crean las fronteras. Mi pueblo y yo sabemos lo que es vivir perseguidos y lo que es el rechazo del vuestro.

—Ese no es mi pueblo. Os aseguro que no pertenezco a él, aunque en él haya nacido. Mi auténtico pueblo —dijo recordando a todas y cada una de sus hermanas— nunca os habría perseguido ni echado de su lado solo porque sois diferentes, pues ama y valora a los demás, precisamente por sus diferencias.

—¿Por qué no estáis con ellos, entonces?

—Porque ya no sería bien recibida. Hice algo que avergonzó su origen.

El anciano sintió lástima, no de ella, sino de lo que podía haber logrado. Vio su rostro, bello como el primer día que la luz del sol tocara su piel, pero con la oscuridad interior que tenían los corazones en donde solo moraba la amargura.

—¿Por qué queréis pertenecer a la comunidad secreta, señora? —preguntó, atreviéndose a averiguar las razones que habían llevado a alguien tan poderoso a rebajarse por un poder dudoso y siniestro—. Conozco a Julio Almirón desde hace mucho tiempo y sé de su gran poder de convicción.

—No ha sido ese saludador de tres al cuarto, os lo aseguro —respondió—. Deseo aprender.

—¿Y por qué alguien como vos querría aprender el arte oscuro? Si quisierais quedaros un tiempo entre mi pueblo, yo podría enseñaros...

—Conozco la magia gitana, pero no es lo que busco.

—¿Y qué buscáis? —preguntó—. ¿Qué queréis, que no poseáis ya?

—Necesito ser capaz de algo y no me preguntéis más, porque no os contestaré —dijo, matando toda posibilidad de que el anciano la convenciera.

—No es fácil sembrar la maldad en un corazón bondadoso —afirmó el anciano, desde la serenidad de sus muchos años vividos.

—Yo podré —respondió Alba—. No sigamos hablando. Cumplid con lo pactado y os daré la cantidad que me pidáis.

—No es dinero lo que os pediré a cambio —respondió el anciano.

—No puedo daros nada más.

—Sí podéis —rebatió, levantándose con gran esfuerzo de la silla. Se acercó y cogió la tierna y delicada mano entre las suyas—. Me estoy muriendo. ¿Podéis sanarme?

—Ya no me está permitido curar —respondió, retirando su mano.

El hombre no le permitió hacerlo y la retuvo con fuerza por la muñeca.

—¡No es cierto, lo sé! ¡Puedo sentirlo! ¡Decid que no queréis hacerlo porque habéis tomado otro camino más peligroso e incierto!

—¿Y si no pudiera? —preguntó al hombre—. ¿Entonces no llevaríais a cabo mi petición?

—La llevaría igualmente. No dudéis de mí, señora. Encontraré a vuestra hermana y al hombre que buscáis y les protegeré entre mi pueblo, hasta que vos misma me digáis que ya no es necesario.

—Yo no podré venir a deciros nada, pero sabréis cuando es el momento de dejarlos marchar. —Se soltó y tocó la frente del hombre. Estaba frío, pero quemaba por dentro. Supo enseguida donde yacía el mal, tocó el costado derecho—. Levantaos la ropa. —Intentó curarle, como había hecho en tantas ocasiones, equilibrando la energía de su cuerpo y la de su alma, pero supo que ya era tarde—. Lo siento —exclamó levantándose, mientras clavaba su mirada en los ojos profundos y oscuros del anciano—. No puedo hacer nada por vos.

Se acercó a la puerta y la abrió para marcharse, no sin antes dejar unas monedas sobre la mesa.

—¡Dejadme deciros una última cosa, señora, ya que ambos sabemos que moriré pronto!

Alba le dedicó su última mirada y esperó junto a la puerta para escucharle.

—Quizá no os habéis dado cuenta aún, pero ya os estáis oscureciendo. ¡Tened cuidado! El mal también desea tener lo mejor a su lado —exclamó el anciano, tras sentir su negativa como si le hubiese clavado un puñal en el corazón.

XXIV

El libro prohibido

Nunca hubiera imaginado que la vida le daría aquel hermoso regalo. Sus manos acariciaban las cubiertas que, según le dijo el saludador, estaban forradas con piel humana.

Llegar hasta allí no había sido fácil. Julio la había llevado porque la necesitaba, pues no daba nada sin esperar obtener algo a cambio. Al principio la cautivó con el relato, ambos iban a tener el privilegio que muchos querían. Podrían admirar, leer y adentrarse en los misterios del conocimiento de lo oscuro, leyendo las páginas que acariciaban sus dedos. La biblioteca monástica guardaba los más codiciados ejemplos de los libros prohibidos y los autores proscritos. Así se lo expresaba el fraile, mientras les guiaba hacia la estancia más alejada y oculta del convento.

—Aristóteles, Séneca, Platón. Libros de horas, de supersticiones, grimorios, libros arábigos y hebraicos. Libros sobre nigromancia —decía jadeante—. Y todos los libros anónimos, pues es proscrito también un autor del que se desconoce su nombre, ya que seguramente es el mismo diablo quien se lo ha dictado.

—¿Creéis realmente lo que acabáis de decir? —preguntó el saludador, sin disimular su sorpresa.

El rostro del fraile se volvió digno.

—Los padres de la Iglesia así lo dicen. Si ellos lo creen, ¿por qué no habría de creerlo yo?

La puerta estaba cerrada. Sacó un llavero de su bolsillo, del que colgaban las llaves de cada una de las cámaras.

Alba sintió el frío bajo el hábito de tela rugosa y de mala calidad que se había echado sobre el cuerpo. Debía parecer un novicio que acompañaba al saludador para ayudarle en la documentación que este había solicitado. No era lícita la presencia de una mujer en el convento. Tampoco la de Julio, pero el fraile prefería el riesgo de ser reprendido y quizá azotado por su superior a que el saludador le devolviera los humores malignos que le había curado falsamente, aumentados por la rabia y el poder de sus malas artes.

—Os dije que vinierais solo —exclamó al ver al novicio.

—Lo sé, pero necesito ayuda.

—¿Por qué os tapáis la cabeza? —preguntó el fraile, dirigiéndose a Alba.

No contestó. El saludador lo hizo por ella.

—Tiene una enfermedad en la piel.

El fraile se alejó rápidamente, temeroso.

—¡Seguidme! —ordenó.

Empujó la puerta, dejando que un aire casi irrespirable penetrara. Alba tosió un par de veces, intentando sin mucho éxito que su voz pareciera la de un muchacho. Mantenía la cabeza baja con el rostro y la mirada hacia el suelo. Podía verse los pies, pequeños y delicados, en unas sencillas sandalias de esparto.

Julio le ordenó que entrara. Después, él la siguió, advirtiendo que el fraile entraba tras él. Se sintió incómodo, no iban a tener ni un momento a solas. Gracias a que se habían imaginado que pasaría, planearon lo que tendrían que hacer y cómo lo harían, durante la semana anterior.

—No puedo dejaros mucho tiempo.

Julio quiso protestar, pero el fraile acalló su voz con un gesto de inocencia.

—Debéis agradecerme que al menos os haya dejado entrar, ¿no creéis?

El saludador no contestó. Supo que no habría forma de convencerlo.

—¿Qué libro queréis ver? —preguntó.

Julio respiró profundamente antes de contestar. Temía que su respuesta no fuera bien recibida.

—*Clavicula Salomonis.*[6]

—¿Cómo? —se alarmó el fraile—. ¿Es que no conocéis el peligro que corren los que se atreven a mirar las páginas de ese libro? ¡Nos excomulgarán a todos, si alguien llegara a enterarse! ¡Elegid otro! ¡Es pecado mortal mostrar ese libro, y pecaría yo también si os lo permitiera!

—Pero ese es el libro que deseo ver. No elegiré ningún otro. ¡Os pido que me lo mostréis!

—¡Pero está maldito! ¡Os arriesgáis a que se os aparezca el mismísimo Satanás! ¿Acaso estáis loco y habéis llevado a vuestra locura a este novicio inocente? ¡Quizá por eso está enfermo!

—¡Debéis ser justo! —exigió el saludador—. Prometisteis enseñarme el libro que os pidiera.

—¡Pero nunca imaginé que diríais ese!

—¡Hacedlo, por favor! ¡Os lo ruego!

—No lo haré —se negó.

Alba, hasta entonces con el rostro oculto, levantó la cabeza y clavó sus ojos en el fraile. Cuando su mirada verde oscura entró en su mente, este dejó de protestar y, en silencio, sacó otra llave, comportándose con una sorprendente obediencia. Se acercó a una esquina de la estancia donde había una reja de hierro, la abrió y separó las puertas de madera del armario, carcomido y corroído por el tiempo y la falta de aire. El mueble chirrió inoportuno. Ante ellos apareció el libro con dos gruesas cadenas a su alrededor. Una tercera llave abrió el candado y el libro se liberó al fin. El fraile se retiró, un tanto asustado, a un rincón de la sala.

—¡Cogedlo vos si os atrevéis! Yo no voy a tocarlo —inquirió al novicio.

6. *Clavicula Salomonis* (en español, *La llave menor de Salomón*), también conocido como *Lemegeton*, es un grimorio anónimo del siglo XVII y uno de los libros de demonología cristiana más populares.

No era un libro impreso, sino un conjunto de pergaminos manuscritos, cosidos unos a otros y contenidos en las sedosas cubiertas de piel muerta. Lo colocó en un atril, temerosa de que pudiera hacerse pedazos.

Ante ella se extendían las palabras impresas en una ciudad lejana de Europa, con toda su magnificencia. El dibujo del diablo apareció en una de las primeras páginas, con cabeza de cabra y una estrella de cinco puntas entre los ojos. Unas grandes alas negras le salían de la espalda y por delante le colgaban dos hermosos pechos de mujer. Sus manos eran humanas. La derecha se alzaba hacia una esquina y la izquierda miraba a la otra, donde había una media luna negra. En la esquina opuesta, estaba su reflejo, otra media luna dibujada con el vacío que había dejado la tinta a su alrededor. Los dedos de sus manos estaban colocados como lo hacían las imágenes de Cristo. Ante él, se hallaba un círculo con un báculo en el medio y dos serpientes enrollaban sus cuerpos alrededor.

—¡Las serpientes de la sabiduría! —exclamó en voz baja.

Se sorprendió al encontrar una imagen que expresaba el poder y la sabiduría de la diosa.

—Sin duda, el báculo es el poder de la tenebrosidad —expresó el saludador en un susurro, y pasó la página—. ¡No puede ser! ¡Está en francés! —se lamentó—. ¿Habláis francés? —le preguntó al fraile.

—No, señor, y aunque lo hiciera, no os lo diría. No me acercaría a ese libro ni aunque me pagarais con todo el oro del mundo.

—¿Y vos? —preguntó al novicio en segundo lugar.

Alba se alejó y buscó algo con lo que poder escribir.

—Debe estar seca —dijo el fraile, al ver que cogía un viejo tintero.

Lo sostuvo, calentándolo con sus manos poderosas hasta hacer que la tinta se volviese líquida y espesa. El fraile advirtió el prodigio con extrañeza y, aunque se sentía débilmente sometido a la situación y a la intensa mirada del novicio, habló como último intento; al fin y al cabo, era su pellejo lo que arriesgaba.

—¡No os está permitido copiar nada de ese libro, ni de ningún otro!

El novicio no contestó. El fraile no tuvo más remedio que conformarse con su silencio. El temor le atenazó y decidió que era más lógico esperar a que se fueran, y rezar después para no volver a verlos en toda su vida, si era posible.

... Que las lenguas no se confundan en mi mente
y se hagan una sola.
Que las palabras de este libro me sean reveladas sin límite,
y su sabiduría me sea manifiesta...

Vio como las palabras se estremecían hasta desaparecer, las arrugó entre sus manos y se las guardó bajo la ancha manga del hábito. Se acercó de nuevo al libro, que esta vez se mostró ante ella con todos sus caracteres ciertamente legibles. Las palabras escritas en una lengua antes desconocida eran ahora fáciles de entender.

Sintió como a su alrededor se estremecían de vida los libros que llevaban años, o quizá siglos, encarcelados entre los muros del convento. Escuchó el llanto de sus páginas, obligadas a permanecer calladas hasta la eternidad. Eran libros sometidos, subyugados y reducidos al demérito de vivir sepultados por culpa de la ignorancia y el miedo. Lisiados y mutilados la mayoría de ellos, gritaban desde sus estantes por su salvación.

No podía hacer nada por ayudarles. Tendría que permitir la fatalidad de que ninguno de ellos cumpliera su destino. Habían nacido para ser leídos y liberar su sabiduría, completando el ciclo de su vida perpetua y escuchó sus lamentos en su propio corazón. ¿Acaso no estaba hecha ella misma de tinta, tras tantos conjuros escritos, tras tanta magia perpetuada para siempre en el blanco amarillento del vacío? Sintió la energía sutil que emanaba de cada uno de ellos. Siempre se había sentido poderosa cuando se rodeaba de libros.

Devolvió sus ojos al libro abierto y empezó a pasar las páginas una a una con rapidez. Talismanes, invocaciones, ilusiones, oraciones, conjuros, exorcismos, horas propicias y días favorables, los signos de las estrellas, los ciclos lunares, piedras, metales y símbolos mágicos. El libro contenía una suerte de hechizos maravillosos que traían poder a quien se atreviera a consumarlos. Aparecían los muchos y diferentes nombres de Dios y del Diablo. Sus páginas eran capaces de mezclar lo divino con lo diabólico con tal naturalidad que su unión parecía posible. Era un libro poderoso, sentía su pulso bajo sus dedos, el calor que desprendía, la rigidez tras su lectura. Sintió que su cuerpo temblaba. Debía memorizar el conjuro que el saludador quería, pero había tantos que hubiera deseado llevárselo para no devolverlo jamás.

Para someter a una persona; a los espíritus, a ángeles o a demonios; para ser inmune ante la agresión verbal o física; para alejar el miedo... Mucha gente mataría por aquel último hechizo. Para salir airoso de los juicios y castigos; para la riqueza... El saludador ya era lo suficientemente rico como para saber crear más dinero por sí mismo. Para viajar velozmente, para alcanzar la invisibilidad...

No le hacía falta preguntarse por qué un hombre podría desear ser invisible a los ojos de los demás. Tener el poder de entrar y salir de cualquier hogar o situación, de cualquier conversación en la intimidad de cualquiera. Estar presente sin ser visto era la perfecta situación para un aspirante a brujo.

Memorizó el conjuro, pero no quiso conformarse, posó sus manos sobre él, dejando que cayeran sueltas y en descanso, como si no tuviera ninguna intención, y así permitió que fuera el libro quien le mostrara la página donde se encontraba el conjuro que ella necesitaba. El encabezamiento decía... Responso temible.

El fraile se impacientó. Julio intentó calmarle, pero cada minuto que pasaba era más difícil acallar su temor.

Alba cerró el libro, no necesitaba más tiempo. Volvió a ponerlo dentro del armario y cerró las puertas. Tembloroso y asustado, el fraile lo rodeó de nuevo con las cadenas, echando el candado. Después, la negra reja lo encarceló para siempre.

Alba escuchó el último grito de las páginas que ansiaban

vivir en libertad. El dolor de su corazón se hizo insoportable y una lágrima se escapó de sus ojos.

Era mediodía cuando atravesaron las calles empedradas de Valencia, bajo un calor abrasador. La tela del hábito le provocaba picores y tuvo la tentación de quitársela allí mismo, pero pronto llegaron a la plaza. Tuvieron que caminar despacio, entre los compradores y los vendedores. Intentaba seguir a Julio, que caminaba deprisa.

Ella no era tan rápida, hacía tiempo que no sentía ágil su cuerpo. No comía mucho. Desde que se interesó por la tenebrosidad, apenas había tenido hambre y la idea de parar para comer le parecía perder el tiempo. Tampoco descansaba, sus noches se habían convertido en un vaivén de sueños horrendos e incomprensibles que no era capaz de interpretar, como siempre había hecho. Se sentía débil, pero lo peor de todo era que hacía tiempo que intuía una presencia tras ella.

No importaba donde se dirigiera, siempre iba acompañada. Esta idea había empezado a obsesionarla, la exasperaba, acababa con su paciencia y, en más de una ocasión, caminó delante de la gente, dándose la vuelta repetidas veces para alcanzar desprevenido a su perseguidor, pero nunca consiguió ver quién iba tras ella. Al contrario, al darse la vuelta, sentía que la presencia continuaba pegada a su espalda. Si se paraba o frenaba sus pasos bruscamente, la presencia continuaba adherida a su cuerpo sin tregua.

Aquel mediodía, frenó sus pasos y miró hacia atrás, creyendo que esta vez sería lo suficientemente rápida como para ver al fin a la presencia acosadora, pero no fue así. En lugar de eso, advirtió cerca de ella la visión de una mujer que compraba fruta en el mercado.

Fue inevitable fijarse en su vestido y en su porte sencillo pero elegante. Se quedó mirando sus movimientos hasta que alzó el rostro, devolviéndole la mirada. Elena tenía los ojos tristes y una media sonrisa forzada que, seguramente, mantenía como único asidero al que agarrarse para no caer en la desesperación. En la parte inferior de la cara, junto a la boca, había un abultamiento morado que debía dolerle mucho. Alba supo a qué se debía. Siempre había intuido la maldad en su marido. Sintió tanta rabia que empezó a caminar hacia delante, dirigiéndose a ella. Necesitaba saber qué le había ocurrido. Sentía su dolor incluso en la distancia. Ansiaba gritarle... *¡Soy yo, tu hermana!*

Era una víctima más de la maldad de Don Álvaro de Abrantes, que no había tenido compasión ni de su propia hija. Sus deseos de venganza aumentaron. Mientras se acercaba, su pensamiento preparaba su encuentro. Se quitaría la capucha y Elena la reconocería enseguida. Confiaba en ella. Si le pedía que no le dijera a nadie que la había visto, no lo haría.

El saludador la sujetó del brazo, antes de que pudiera llegar hasta ella. Elena ni siquiera advirtió su presencia, continuó comprando en la tranquilidad de su vida triste y amarga.

—¿Acaso olvidáis que vestís un hábito de fraile? —la increpó.

Alba regresó a su presente. Aceptó continuar el camino juntos, no sin antes darse la vuelta una vez más para mirarla de nuevo. No sabía cuándo volvería a verla. Elena levantó la mano para entregar unas monedas al hombre que vendía la fruta. Alrededor de su muñeca brillaban los rubíes de su brazalete.

Se sintió unida a ella. De algún modo, en el fondo de su corazón aún cabía amor para una de sus hermanas. Lo apartó de su mente sin dilación, pues su destino continuaba esperándola.

Durante el resto del camino, ninguno volvió a hablar. Ni mucho después, cuando Alba se encerró en su alcoba para transcribir el conjuro para la invisibilidad y tantos otros que le ocultaría. El saludador nunca sabría que su memoria vomitó cada conjuro y hechizo, de la misma manera que después los guardó bajo su ropa íntima en el fondo de un cajón de la cómoda, donde sabía que nunca miraría, por temor a que cayera sobre él un maleficio.

Julio lo sospechó, pues no salió de la habitación en toda la noche. Pudo ver desde el jardín la tímida luz de la vela que alumbraba su mano escribiendo sin descanso, pero no se atrevió a reprenderla. Se tragó su orgullo y decidió conformarse si le entregaba la invisibilidad en la palma de su mano. Lo demás, podía quedárselo, no era tan codicioso. Solo esperaba que su avaricia no acabara lastimándola.

De nuevo recurrió a la escritura. Una vez más, tras plasmar lo que le dictaba su memoria, se vio ante un nuevo espacio en blanco. Decidió utilizarlo para liberar a Elena del abuso que estaba sufriendo por parte de su cruel esposo. Dudó de si sería capaz de dictarle al universo una maldición por primera vez en su vida.

Elena corría peligro y no quería permitirlo. Si había alguien a quien podía salvar de la rabia y el odio, que movían cada músculo de su cuerpo desde el amanecer hasta el descanso, era ella. Tenía que salvarla y, si no podía hacerlo acercándose a ella, lo haría desde lejos.

Pero debía tener cuidado, lo que más le había costado aprender había sido sanar, ahora debía invertir la sanación para provocar el efecto contrario. Imaginó a Don Pedro de Azaga con la piel cubierta de pústulas que no le permitieran descansar en la noche, ni vivir durante el día. Hirientes y sangrantes, que hervirían los líquidos de su cuerpo desde dentro, para hacerle desear perder la vida. Vería su rostro y su cuerpo cubierto con los mismos morados que habían dibujado sus manos en la piel clara y suave de su esposa. Todo el miedo y el dolor que él había infringido en ella le sobrevendría devuelto, siete veces. Las amargas lágrimas que había derramado por culpa de su violencia se le devolverían con el agrio temor de sentirse confuso y aterrado ante la visión de su propia imagen.

Sería justo que supiera que iba a morir para así acrecentar su sufrimiento. Que el infame gozara de una sorprendente lucidez hasta el fin de sus días, para así experimentar en carne propia lo que era vivir aterrado. Que no muriera y que sus días se alargaran hasta debilitarse tanto que fuera incapaz de dar una sola orden a su criado.

Alzó la pluma, tras haberla humedecido en el tintero, y escribió, dejando que las palabras se adueñaran del espacio vacío de la vida, para crear un nuevo hechizo que acaeciera sobre el hombre.

...Que el dolor que has infringido en mi hermana,
la más amada por mí, la más inocente y dulce,
forme cada uno de tus instantes
y que tu piel sea el reflejo de tu gozo de hacer el mal.
Que tu vida sea desde ahora
un paso más hacia la muerte, pero no mueras,
para que sea más dura, más horrenda e inhumana.
Que seas tratado por la vida como tú has tratado a los demás...

La tinta desapareció ante sus ojos impávidos, demostrándole de nuevo que su poder sobre la palabra escrita continuaría hasta cumplir sus órdenes. Entonces dudó. ¿Serviría la escritura para hacer el mal? Era el medio en el que siempre había encauzado el poder de la diosa.

Se lamentó. Si dudaba, aunque su deseo fuese irrevocable, el conjuro se invalidaría. La magia no permitía la vacilación.

Buscó entre los papeles recién escritos, entre los conjuros del libro prohibido hasta encontrar el elegido, el Responso Temible.

Encendió siete cirios a su alrededor, empezando por la izquierda como indicaba el conjuro. Debía haber empezado un sábado, pero no podía pararse en los detalles. Alterar el orden de las exhortaciones no cambiaba el resultado.

Apartó lo que acababa de escribir con un golpe rápido de su mano. Todos los objetos de la mesa cayeron al suelo con brusquedad. Entonces, comenzó a decir en voz alta el conjuro...

—¡Hombre o mujer! ¡Joven o viejo! —Antes de continuar, debía cambiar algunas palabras. Decidió empezar de nuevo pronunciando el nombre exacto de aquel a quien iba a conjurar—. ¡Pedro de Azaga! Vos que sois la mala persona que trata de dañar a mi hermana, directa o indirectamente, corporal o espiritualmente. *Maledictus aeternam est!*[7] ¡Por los cien sagrados nombres de Adonay, Elohim y Semáforas!*[8]* ¡Amén!

Se alarmó al descubrir que era un conjuro que usaba el nombre de Dios. ¿Cómo podían los nombres divinos ser capaces de conjurar una maldición? La desconcertaba la mezcla de lo sagrado y lo maligno, pero hizo la señal de la cruz sobre su frente y sobre su pecho, como indicaba el conjuro. Nunca antes había invocado el poder de Dios para encauzar el suyo propio.

Se acercó a la primera de las velas, se humedeció con la lengua la yema de sus dedos y la apagó. A pesar de sus dudas, decidió continuar.

—*Deus laudem anima mea tacueris!*[9] —gritó, sin conocer el significado de aquellas palabras, repitiéndolas cada vez que apagaba la llama de cada una de las siete velas.

Al acabar, tuvo miedo, pero no había marcha atrás. Si ambos conjuros tenían poder y no se eliminaban el uno al otro, ambos llevarían a cabo la maldición sobre aquel hombre. Su deseo era ya irrevocable. Lo que antes había contemplado como el presente de Don Pedro de Azaga se cumpliría en aquel mismo instante.

La diosa aún no había respondido a su infidelidad. Seguiría esperando pues temía, desde hacía mucho tiempo, el momento en que lo hiciera y se sintiera sola, de nuevo, en el universo. Aunque ya lo estaba. Se sentía única en el mundo, un alma perdida y alejada de sí misma, desencajada de su propio espíritu, acompañada solamente por la presencia que sentía tras ella, desde que decidiera acercarse a la tenebrosidad.

Alejó de su mente el miedo. Casi pudo escuchar en la lejanía los gritos de terror que Pedro de Azaga daría muy pronto, y se sorprendió a sí misma, sonriendo.

---

7. Del latín: ¡Maldito seas eternamente!
8. Nombres de Dios en hebreo.
9. Del latín: Dios es mi alma silenciosa.

XXV

La esmeralda

Daniel no era el primero ni el último hombre que casi había perdido la vida. Sin embargo, se sentía distinto. En su interior, algo más fuerte y poderoso que su propia voluntad le impulsaba a seguir viajando por lugares desconocidos, sin saber adónde se dirigía. No era posible regresar a España, pero Isabel estaba allí. ¿Cómo podía entonces seguir viviendo?

Regresó a Berbería, tras haber vivido de los trabajos en un galeón de carga, evitando así ser apresado por los piratas berberiscos, que le habrían considerado un traidor por haber sido corsario en el barco del portugués.

Llegó al amanecer cuando el sol despuntaba sobre el horizonte e iluminaba las paredes blancas de las casas del puerto. El corazón le dio un vuelco al pensar en sus padres. Se preguntó si sería bien recibido. Aún se sentía culpable por haberles abandonado en el peor momento de sus vidas.

Argel era una bulliciosa ciudad que despertaba a su paso, mientras caminaba por la *Qasbah*. Los artesanos abrían sus puertas al nuevo día y a los caminantes. Daniel era uno de ellos. Regresaba a la ciudad, pero era como si nunca la hubiese visto antes. Fue sorprendido por la alegría y el color, los aromas penetrantes de las especias, de la carne y el pescado, y de los perfumes elaborados con flores, excrementos de animales, y especias dulces y picantes. Su corazón volvió a latir deprisa cuando se paró ante la casa de un perfumista que le ofreció con amabilidad un frasco de cristal. Aspiró su aroma y recordó el día que la conoció, cuando vendía perfumes en el pueblo. Sonrió al recordar a la niña que fue y deseó ardientemente volver a encontrarse con la mujer que era ahora.

Escuchó unos golpes que salían del interior de una casa, le recordaron a los que solía hacer su padre cuando golpeaba la piel sobre la piedra para ablandarla. Miró por la ventana y vio a un anciano que daba forma a un metal precioso, golpeándolo. Se quedó mirándole, admirando su manejo del arte de la orfebrería. Trabajaba sobre un brazalete en el que incrustaba piedras tras haberlas pulido. Aquel hombre seguramente sabría crear un engarce nuevo para la piedra verde que llevaba oculta entre sus ropas.

—¿Necesitáis algo? —preguntó el hombre al verle entrar.

—Quizá podéis ayudarme. Poseo un colgante con una piedra, pero deseo sacarla de él para engarzarla en una alhaja mucho más bella —sonrió.

—No sois el primero que viene a mi casa con una joya robada.

—¡Me insultáis! —exclamó, intentando hacerse pasar por un hombre honesto.

—No pretendía insultaros, pero soy un hombre muy viejo y he visto muchas cosas.

—Esta joya no ha sido robada —dijo sacándola.

—Debe ser muy importante para vos, si la guardáis junto al corazón —sonrió el orfebre con picardía. Se sorprendió al ver la piedra y la cadena del más puro oro. La cogió entre sus manos mientras ofrecía asiento al muchacho—. ¡Es una pieza espectacular! ¡Nunca había visto un trabajo tan delicado! Pero no es de ninguna cultura que yo pueda haber conocido. ¿De dónde venís, muchacho?

—He viajado por lugares muy lejanos.

—Esta alhaja da fe de ello. Dejad que la vea más despacio —el viejo miró la joya con detenimiento—. Si la vista no me falla, yo diría que es plata, y la piedra... ¡Por Alá! ¡Es una esmeralda auténtica! ¡Y de un tamaño asombroso!

—¿Qué estáis diciendo? —preguntó Daniel, sobrecogido.

—Lo que oís. ¡Podríais ser muy rico si la vendierais! ¡Yo podría llevaros ante varios joyeros que pagarían un buen precio por ella!

—¡No deseo venderla! —se levantó y se la quitó de las manos.

—¿Y para quién la guardáis, si puede saberse? —preguntó el anciano, regresando a su labor—. Debe ser muy importante para vos.

—Lo es... —respondió.

—¿No vais a cambiar de opinión, ahora que sabéis que es una pieza tan valiosa? ¿No deseáis vivir sin ninguna preocupación, teniendo todo lo que un hombre puede desear, sabiendo que lo más valioso de este mundo está a vuestro alcance? Pues esta es vuestra oportunidad y la vida no da demasiadas oportunidades. Seréis un necio si no la vendéis.

—Os equivocáis. La vida da muchas oportunidades. Creí perder la vida y, sin embargo, estoy vivo. Vos me estáis viendo.

—Claro que os veo y digo que estáis loco si queréis regalar esa esmeralda. ¡Ninguna mujer vale tanto!

—Esta sí, os lo aseguro.

El viejo sacudió la cabeza, intentaba recordar cuándo fue la última vez que se había sentido tan enamorado y había sido tan majadero.

—Podríais comprarle muchas joyas a esa mujer, si os convertís en un hombre rico. No sé por qué os empeñáis en esa pieza. Es demasiado grande para una mano femenina.

—¡Eso es! —exclamó Daniel, acercándose al anciano—. Vos podéis hacer una sortija para engarzar la piedra, ¿verdad?

—¿Es que queréis prometeros? —dijo el viejo, cogiendo la pieza de nuevo.

—Con esta esmeralda deseo expresar el amor que siento y pedirle que sea mi esposa.

—Está bien, será como decís, pero el trabajo os costará caro. No es fácil trabajar una piedra tan valiosa. Aunque, por lo que veo, no hace falta pulirla y es curioso porque... de lejos parece una piedra en bruto, pero al acercarse, su brillo es tan deslumbrante que parece haber sido pulida por las manos más pequeñas y finas del mundo. Es una piedra extraña, hijo, y quizá demasiado pesada para la mano de una mujer.

—La mujer de la que os hablo es muy fuerte.

—Entonces quizá... pero ¿sabéis la medida de su dedo? Eso es lo más importante.

No había pensado en eso. Negó con la cabeza. El viejo escupió sobre el suelo lamentándose.

—No debería aceptar un trabajo como este, pero no sé por qué, vuestro rostro me es familiar y... ¡Esperad aquí un momento!

—¿Dónde vais? —se levantó, temiendo que le robase la piedra.

—¡Tened! —se la devolvió—. Voy a buscar manos de mujer, a ver si así aclaráis un poco vuestro recuerdo.

El anciano regresó con dos mujeres. Una era de edad madura, con un cuerpo fuerte y esbelto. La otra, casi una niña, más menuda y delicada. Llevaban el rostro destapado cuando entraron en el taller, pero al verle, se cubrieron rápidamente.

—Vamos a ver... ¿Sus manos se parecen a estas? —le preguntó cogiendo la mano de la más menuda y entregándosela a Daniel.

Este temió tocarla, no estaba permitido que un hombre tocara a una mujer en público, pero el viejo le puso la mano de ella sobre la suya. No pudo evitar sentir su piel y acariciar sus dedos para saber si se parecían al tamaño de los de Isabel.

Daniel sintió que la pequeña mano se estremecía ante su contacto, seguramente nunca había sido tocada por un hombre y no podía evitar temblar entre las de él, grandes y fuertes. La mujer sintió su mirada y bajó el rostro hacia el suelo, intimidada.

Sus manos no se parecían en nada a las de Isabel, que agarraban con decisión, sin dudar, sin temer a nada ni a nadie.

—No son así —le dijo al viejo, soltando la mano de la mujer, que regresó al interior de la casa, avergonzada.

—Es mi nieta pequeña —dijo el viejo—, sus manos son demasiado pequeñas todavía. Probemos con esta —exclamó, ofreciéndole la mano de la mujer más alta.

Daniel cogió la mano y la cubrió entre las suyas, la acarició, sintió su cálida sangre que recorría sus dedos y el calor que emanaba de ella. Era una mano suave pero fuerte, delicada, no se estremecía salvo cuando él la acariciaba y tampoco tembló. Sus dedos eran largos y finos; la mano, grande para ser la de una mujer, pero resultaba hermosa y femenina. Estaba en el límite justo en el que la fuerza se unía a la belleza. Daniel recordó la última vez que había besado los dedos de Isabel y había sentido su piel entre sus labios, lamiéndolos, llevado por el goce de sus cuerpos enlazados. Pensó que quizá sus labios recordaran la medida de sus dedos, mucho mejor que sus manos.

Miró a la mujer y esta no rechazó su mirada, al contrario, mantuvo sus ojos clavados en él, sin ningún atisbo de sentirse humillada.

—Debo hacer algo que no está bien visto, ni por Alá, ni por los hombres —le dijo Daniel al anciano, que le miró con sorpresa—. Debo sentir sus dedos entre mis labios para asegurarme de que son como los de ella. He besado muchas veces sus manos y necesito sentirlos para estar del todo seguro.

El anciano suspiró y miró a su nieta para ver cómo reaccionaba ante tal petición. Esta no se movió de su sitio y mantuvo su mano entre las suyas, sin temor.

El viejo cerró las contraventanas y la puerta para que nadie pudiera verles desde fuera. La casa quedó en penumbra, tan solo entraba la luz del sol débilmente por entre las ranuras de la celosía, iluminando el rostro oculto de la joven y su mirada fija sobre Daniel. Este se llevó la mano a sus labios, sintió primero su dedo corazón suavemente entre ellos, para después humedecerlo con su lengua e introducirlo en su boca, apretando sus labios en torno a él.

Le pareció escuchar un leve gemido en la mujer, que sintió una sensación muy placentera, cuando el dedo entró en su boca caliente y húmeda. Daniel apretó sus labios y sacó el dedo de su boca lentamente, para asegurar que tenía casi la misma medida.

Cuando hubo acabado, el viejo abrió la puerta y el día entró de nuevo en la casa, iluminándolo todo, pero, al darse la vuelta, se dio cuenta de que la mano de su nieta aún estaba entre las del hombre. Ninguno de los dos parecía querer separarse.

—Está bien —exclamó, empujándola para que entrara en la casa.

Antes de entrar, volvió el rostro hacia el muchacho y le miró por última vez, sin ningún reparo. Le pareció intuir una sonrisa bajo el velo que le cubría la boca y se la devolvió, casi sin darse cuenta de que lo había hecho.

—Es mi nieta la mayor, fuerte como una roca, por fuera y por dentro. Una mujer de armas tomar... Quien se case con ella tendrá que atarla corto. Aún no está prometida, pero pronto me encargaré de que así sea. No os preocupéis, muchacho, le tomaré medidas y os haré la sortija.

—¿Cuánto tiempo os llevará? —le preguntó, regresando a la realidad.

—Unos cuantos días.

No dijo nada, pero seguía sin fiarse del viejo. ¿Y si le robaba la piedra y desaparecía, para convertirse en un hombre rico? El anciano pareció leer sus pensamientos.

—No puedo hacer que confiéis en mí, ni tampoco yo puedo confiar en vos. Así que lo mejor será que viváis en mi casa mientras dure el trabajo, así podréis verme trabajar y me iréis diciendo si os gusta lo que veis. ¿Qué os parece?

—Es un trato justo —dijo, estrechando su mano, mientras recordaba la de su nieta, cálida y vigorosa, entre las suyas.

No todos los hombres que existían sobre la tierra eran capaces de admitir el poder de la diosa en sus almas. Julio comenzó a sentirse más frustrado, tras cada nuevo intento de adquirir las enseñanzas de Alba. La última había sido a las doce en punto de la noche, en el segundo que sirve de puente entre el día pasado y el día futuro. Un segundo mágico en el que cualquier ser que se atreviera podría sobrevolar el mundo sin necesidad de tener alas.

Ella había preparado la poción y él se la había tragado a pesar de su amargor, obediente y ávido de nuevas experiencias. Sin embargo, su ánimo, hasta entonces deseoso de comenzar el aprendizaje, había empezado a flaquear.

Vio a Alba sobre la azotea de la casa, bajo la luna en cuarto creciente. Durante un tiempo que no supo contar, ambos dejaron que sus ojos recorrieran la negrura del espacio infinito para que el cielo les sirviera como inspiración natural y divina, y para que el alma lo surcara en un nuevo viaje.

—El cielo es el espejo del alma humana y lo que creemos leer en los astros está escrito en nuestro corazón —exclamó Alba recordando las palabras de sus maestras.

Corría una gélida brisa nocturna y húmeda que calaba en los huesos. Su rostro sonreía ante la libertad que le proporcionaba aquella hora mágica. Bebió un trago antes que él y después le dio la copa. Él hizo lo mismo hasta acabar el líquido y la dejó en el suelo. Si por alguna fatalidad no regresaban, nadie podría encontrar ni un rastro de brujería en una copa vacía.

Alba subió al borde del muro que rodeaba la azotea con su cuerpo erguido. Estiró su mano derecha hacia él y Julio la alcanzó. Una vez arriba, con el vacío ante sus pies y la mano de ella como única sujeción, se sintió entre la vida y la muerte.

Sentía un peso enorme sobre sus hombros y su cabeza que le empujaba cada vez más adentro de sí mismo, como si pretendiera hundirle en el abismo del infierno. Vio que su rostro se volvía hacia él y le sonreía sin mover los labios, como desde el interior.

—Es el momento —le dijo, animándole a seguirla.

Se liberó de su mano, a pesar de que él no quería soltarla, pero se las arregló para que sus dedos pequeños y finos se escaparan entre el sudor de su palma. Estaba aterrado y ella lo sabía. Se aprovechó de eso y se lanzó al vacío ante sus ojos, descendiendo con gran rapidez. Cuando estaba a punto de chocar contra el suelo, se mantuvo en el aire, primero tumbada sobre un manto invisible y después de pie, con la falda de su vestido elevada por la rapidez de la caída. Se dio la vuelta con una esmerada tranquilidad y elevó su rostro para mirarle desde abajo.

Él aún estaba sujetándose a la nada, intentando mantener el equilibrio sobre el muro bajo sus empeines. Ella estaba a un palmo del suelo, esperándole. Podía ser ingrávida si quería. Era cierto entonces que todo era posible, pero le había repetido innumerables veces que había una gran condición para todo aquello.

—La magia es solo para los que creen en ella —repitió.

Era una frase que nunca olvidaría y durante aquellos interminables segundos se lo preguntaría a sí mismo muchas veces. La respuesta seguía siendo la misma, no creía. Su corazón aún pretendía aferrarse a lo humano. Era un hombre y, ante el riesgo de morir, sentía miedo y se aferraba a la vida.

La visión de la mujer, su mirada intensificada en la distancia y su cabello enredado por el aire le dieron pavor. Sus piernas flaquearon y sus tobillos se movieron, haciéndole resbalar peligrosamente. Supo que debía decidir en tan solo un instante, no quedaba mucho tiempo y, si lo hacía tarde, se mataría. Pretendió utilizar su inteligencia. Saltó hacia dentro de la azotea, dándose la vuelta en el salto, creyendo que serviría igualmente si se dejaba caer en un vacío de apenas dos pasos en el aire.

Alba supo desde abajo que había fallado. Volar era posible solo cuando la fe era la suficiente. No había sido capaz. Se sintió hundido, inútil, miedoso ante el sorprendente poder de una mujer. Se supo ridículo. Ahí estaba, golpeándose las rodillas contra el suelo en la noche silenciosa, sin haber alcanzado lo que ella era capaz de hacer con un simple gesto.

Escuchó el sonido que hizo su cuerpo al cortar el aire con su movimiento. Vio su imagen oscura, mientras la oyó emitir un chillido inhumano, como el de un animal. Sus delicados pies pisaron el suelo de la azotea.

—¡Así no lo conseguiréis nunca! ¡Os falta fe y, sobre todo, os falta confianza!

—¿En quién tengo que confiar?, ¿en vos? —le increpó él, más enfadado consigo mismo y con el mundo.

—¡Sí, en mí! ¿Es que no soy lo suficientemente válida? ¡Me trajisteis aquí para que os enseñara!

Julio se levantó limpiándose las rodillas. Se sentía humillado. La envidia le corroía. Se estaba convirtiendo en su rival.

—¡Sois una simple mujer, por Dios! ¿Acaso pretendéis saber más que un hombre? ¡No sé por qué sois capaz de tales prodigios, pero os aseguro que no es por vuestra condición de hembra!

Alba le miró con toda la rabia que fue capaz de mostrar. Él sintió su mirada clavarse en su piel.

—¿Eso creéis? —le preguntó, dándole una última oportunidad para retractarse.

Él no lo hizo. Se quedó callado mientras intentaba disimular su temor y esquivar su mirada. Los pies de ella se elevaron del suelo una vez más, acercándose a él sin necesidad de dar un solo paso.

—¡Mientras os creáis mejor que yo, que cualquier mujer, solo por haber nacido hombre, no conseguiréis dejar de serlo! ¡Eso sois y eso seréis para siempre! ¡Solo un hombre!

Escupió sobre el suelo y se dio un golpe en el pulgar izquierdo con la mano derecha para reafirmarse, y quizá para conjurarle también.

—La brujería no es dar por hecho aquello que vais a conjurar —le dijo en una ocasión, mientras le explicaba cómo debía entregarse a lo inesperado—. ¡Creer, osar, callar! Así estaba escrito en el libro —se refería a *Clavicula Salomonis*—. ¡Si creéis, sabréis! ¡Si sois osado, realizaréis! ¡Si calláis, conservaréis vuestro poder! —Posó sus pies lentamente sobre el suelo y se marchó caminando como una mujer.

Julio recordó las palabras de la Biblia... «Cualquiera que dijere a este monte: ¡Quítate de ahí y échate al mar! No vacilando en su corazón, sino creyendo que cuanto dijere se ha de hacer, así se hará.» *(Marcos 11,23)*

Tendría que luchar contra sí mismo, si quería ser capaz de hacer lo que sus ojos habían visto. Se preguntó si su mirada o aquel trago del brebaje le habían engañado, y empezó a dudar cada día más. Cuanto más aumentaba su frustración, más dudaba. Era posible que ella le estuviera haciendo ver lo inexistente, lo imposible.

A la mañana siguiente le preguntó quién le había enseñado a hacer tales prodigios.

—No voy a deciros el nombre de mis maestras —le respondió rotunda.

—¿Por qué? ¿Teméis que vaya a denunciarlas al Santo Oficio? ¿Es que vos tampoco confiáis en mí?

—No —respondió sincera—. No confío en vos, no confío en nadie. Menos aún lo haría en un hombre envidioso, temeroso y desconfiado que se siente tan inferior al resto, que no es capaz de reconocerse a sí mismo.

Él no dijo nada. Decidió esperar hasta realizar el conjuro para la invisibilidad. El libro prohibido sí era mágico. Había sido escrito por Salomón, un sabio que era hombre. Aunque ella podría haber mentido al recordarlo. Una vez más, se sintió indefenso. Sus pensamientos regresaron al mismo punto. Poco podía hacer, salvo confiar.

El pentáculo[10] había sido dibujado en el suelo. Dentro del círculo, habían sido escritas las palabras indicadas en latín. Cada uno de los miembros se hallaba en el lugar correcto alrededor del círculo, en su parte exterior. Alba estaba entre ellos, haría de guía, pero no entraría pues esta vez no conjuraría para sí misma. Julio estaba en el interior. Bajo sus pies, había dibujado un ojo que le otorgaría el don de la invisibilidad ante cualquier mirada humana y animal. De su cuello colgaba el talismán fascinador, dentro de un saquito de tela roja que Alba había elaborado días antes con manos expertas. Si le concedía su poder, tras el conjuro, no solo no sería visible su cuerpo,

10. Pentáculo. Signograma representativo de una estrella mágica de cinco puntas que contiene todos los nombres de Dios y encierra todas las fuerzas vitales del Universo. Su significado pitagórico simboliza el conocimiento, el saber oculto. Es sinónimo de pentagrama y se utiliza en las ceremonias esotéricas como elemento de protección mágica.

sino que sería capaz de ver a través de los muros e incluso en la distancia.

Era la hora del crepúsculo y en el cielo brillaba la luna nueva. Habían lavado sus cuerpos en agua exorcizada, echándosela por encima, mientras repetían los muchos nombres de los seres que habitaban la tenebrosidad. Uno tras otro, en el patio trasero, habían ido rellenando la palangana con nuevas aguas tras usarla, ayudados por los criados de la casa.

Cuando le tocó el turno a Alba, el criado comprobó con cierta desazón que el agua parecía hervir al contacto con su piel, e incluso creyó escuchar un leve chirrido, parecido al de la sopa que se hacía en la cocina.

En la estancia contigua, los músicos hacían sonar el tritono. El acorde siniestro era necesario para mantenerlos alertas durante el ritual. Cada uno de ellos tenía delante un cirio encendido que reflejaba sombras evocadoras, sobre sus siluetas desnudas y en penumbra. Sus voces se unieron para recitar una oración en latín, al revés. Con ello pretendían invocar a las fuerzas del mal, demostrándoles su renuncia a la fe en las religiones humanas. Sus cuerpos daban pasos inciertos hacia atrás y de nuevo hacia delante, mientras movían los brazos, haciendo círculos en el aire, convirtiendo el ritual en un extraño baile de figuras espectrales.

Apenas podían reconocerse unos a otros sin sus vestiduras. Era la primera vez que se encontraban frente a frente con sus partes íntimas indefensas. Así demostraban que eran capaces de entregarlo todo, a cambio de que uno de ellos lograra la invisibilidad.

—¡TETRAGRAMMATON...! —exclamaron al unísono, a una señal de la mano alzada de Alba.

Se atrevieron a pronunciar uno de los nombres más desconocidos de Dios.

A Alba la hastiaba dirigir aquella representación mágica de invocación de poderes extraordinarios. Ella no necesitaba pronunciar palabras en lenguas extranjeras y antiguas, ni respetar el orden de las exhortaciones, pues le eran innecesarios los ceremoniales. Habían sido escritos para los no iniciados.

No obstante, los aceptaba y cumplía a rajatabla con la representación. Había prometido guiar al saludador en aquellas artes, a cambio de que él le mostrase el camino hacia el inefable.

Julio se acercó al gran espejo enmarcado en brocados de oro que habían colocado en el centro del círculo y le quitó la sábana que lo cubría. Al destaparlo, vio reflejado el cuerpo de Alba. Le pareció más atrayente que nunca. Su mirada era enigmática, sus ojos verdes se habían oscurecido y le miraban con una seducción perturbadora, más carnal que antes.

A todos no les afectaba la tenebrosidad del mismo modo, ella tenía un poder tan grande que no podía evitar profundizar en todo. Vio los otros cuerpos que estaban a su lado, descubriendo su fealdad, y le pareció tan perfecta que creyó que podía ser de otro mundo. Por el día, envuelta en un decoroso vestido, no podía apreciar la realidad de su belleza, pero aquella noche, en su desnudez, con su cabello largo suelto sobre sus pechos desnudos y huidizos, se sintió tremendamente excitado.

Alba continuó con el ceremonial, diciendo en voz alta el conjuro.

—¡Oh, luna, reina eterna y celestial de la noche y el misterio! ¡Tú que dominas sobre las cosas que están por venir y eres sabedora de cuanto se oculta en las entrañas de la tierra, en el seno profundo de los mares y en las inmensidades del universo, dígnate conceder a este hombre el don de la mirada interna, del ojo espiritual que todo lo ve y haz que el ángel Azrael[11] se aparezca en el fondo de este espejo, en lugar de este hombre, concediéndole así el poderoso don de la invisibilidad!

Tras decir aquellas palabras, Julio se enfrentó de nuevo al espejo, esperando no ver su cuerpo. Temía lo que pudiera encontrarse, se preguntó si su mente lo soportaría. Quizá el ángel Azrael no fuera una visión agradable.

---

11. Azrael (en árabe عزرائيل) es uno de los nombres que recibe el ángel de la muerte entre los judíos y los musulmanes. Tiene por misión recibir las almas de los muertos y conducirlas para ser juzgadas.

Su corazón comenzó a palpitar tan rápidamente que podía oírlo en el silencio de la sala. Las llamas de los cirios encendidos parecieron removerse en la quietud del espacio. Sintió que se quedaba sin aire y empezó a sentirse aturdido y cansado. Intentó mantenerse en pie, pero se sintió desfallecer. Sus piernas se doblaron y cayó de rodillas. El ángel Azrael no había aparecido; en su lugar, una nube espesa le cubría los ojos. No vio nada más, antes de que su mente se escapara de sí mismo.

Todos pudieron ver con claridad como el cuerpo del saludador caía al suelo, pero ninguno se movió. Si rompían el círculo de poder, el gran conjuro no tendría efecto y podría resultar muy mal parado a su regreso. Se escucharon unos golpes bajo sus pies. Se asustaron, las respiraciones se hicieron más rápidas y sus pechos empezaron a subir y bajar. Alba también los escuchó y, aunque su corazón comenzó a latir más aprisa, no permitió que ninguno de ellos pudiera advertir ninguna diferencia en ella. Debía mantener al grupo unido hasta que el saludador regresara.

Los golpes se repitieron y una mujer exhaló un suspiro entrecortado, casi un grito, que alarmó a los que estaban a su lado. Alba no podía hablar. No le era posible dar una orden en aquel momento, debía esperar a que el efecto del conjuro se consumara. No faltaba mucho. Debían ser valientes y permanecer unidos. Si alguno de ellos se movía de su posición fuera del círculo, el poder sin dirigir aún se extendería por la faz de la tierra y en algún momento del porvenir regresaría para hacerles daño. El inmenso poder que habían desatado les pediría cuentas. Lo sabían, pero el miedo era superior a sus razonamientos.

Alba continuó mirándolos, intentando mantener la unión. Solo algunos podían mirar de frente al espejo. Pronto advirtieron que el cuerpo inerte del hombre no aparecía reflejado. Alba sonrió, el conjuro se había cumplido, pero aún era pronto para moverse. Julio debía despertarse solo.

De nuevo se sucedieron los golpes. El cuerpo del saludador apareció ante ellos de la misma tranquila forma en la que antes había desaparecido. Comenzó a toser, tras dar una intensa bocanada de aire. Pronto fue recuperándose, hasta que pudo ponerse en pie y su cuerpo se reflejó de nuevo en el espejo.

Los golpes que les habían atemorizado no volvieron a sucederse. Alba se sintió satisfecha, lo habían conseguido.

XXVI

La tentación

Desde que los piratas secuestraron a Alba, Álvaro de Abrantes estaba muerto en vida. El mundo a su alrededor se desmoronaba, incluida la vida de sus hijos. Elena sufría y Vidal acrecentaba su locura junto al gran inquisidor. Ninguno había vuelto a la casa desde entonces. Ninguno había querido verle, salvo en las escasas ocasiones en las que había acudido a Valencia.

Había tenido bastante con su última visita, en la que había comprobado el sufrimiento en el rostro de su hija y en su voz quebrada. Elena vivía al borde del llanto y a él le era insoportable contemplar su sufrimiento. En más de una ocasión, estuvo tentado de increpar a Don Pedro para averiguar qué era lo que provocaba tanto dolor a su hija, pero pronto cesaron sus intenciones cuando vio con sus propios ojos los moratones que esta ocultaba bajo el encaje de las mangas de su vestido, alrededor de las muñecas.

Quiso pedirle cuentas, pero había algo en él que le impedía regresar al mundo, ni para ayudar a su propia hija. Cada vez que en su cabeza aparecía la intención de atender algún asunto que requiriese su esfuerzo, una tremenda tristeza le asolaba, impidiéndole cualquier iniciativa. Hasta las palabras parecían escapársele de la boca, cuando pretendía interesarse por la vida de aquellos a los que amaba.

Tampoco era capaz de pasar mucho tiempo en la casa. Se

sentía encerrado, como si las paredes le oprimieran el pecho o como si el aire del interior fuese veneno para su piel. Aquella noche, se puso las botas de montar, ensilló su caballo y cabalgó por la playa, esperando ver una luz en el horizonte.

No quería imaginar el sufrimiento que aquellos hombres, malditos y malintencionados, habrían hecho pasar al amor de su vida, si habría sido violentada o vendida en un mercado de esclavos en África. Aunque también temía que otro hombre hubiese visto en ella la dulzura que él encontró y quisiera quedársela para siempre.

Cuando vio que el animal jadeaba, regresó a la casa, pero no entró. Se quedó dormido en los establos, sobre la paja. El silencio de los establos se vio roto cuando escuchó un gemido familiar. No supo de donde provenía, pero ya lo había oído antes.

Se incorporó, el caballo se levantó asustado por un segundo gemido que cruzó el espacio silencioso de las cuadras y comenzó a cocear, obligándole a salir. Miró hacia la puerta, el pasillo estaba vacío, iluminado apenas por la débil luz del anochecer que entraba por el tejado.

Caminó unos pasos y de nuevo escuchó un gemido que le estremeció la piel. Conocía aquella voz llena de amargura, el sonido gutural de dolor constante, la tristeza asfixiada en una garganta.

Siguió caminando en el silencio y de nuevo un gemido le sorprendió, esta vez tras su cuerpo. Con el vello erizado y el terror asediando su cuerpo, Álvaro se dio la vuelta y miró atrás.

Una mujer estaba frente a sus ojos, vestida con un largo camisón; le miraba de pie mientras le llamaba con sus manos. Un escalofrío le recorrió el centro de la espalda. Se adelantó y dio unos pasos hacia ella. Su rostro aparecía desdibujado. No podía estar seguro de quién era, pero ya intuía su nombre.

La mujer levantó su mano en señal de llamada o más bien de súplica. Él se acercó más rápido para ir a su encuentro y entonces, cuando casi había creído que aquel cuerpo esbelto se echaría en sus brazos para amarle, cuando sus labios comenzaban temblorosos a atreverse a pronunciar el nombre de Alba, el rostro de la mujer se recreó por sí mismo en el vacío.

El horror le atenazó la garganta. Se tapó la cara con sus grandes manos y gritó. ¡No podía ser! Sin duda su mente le estaba traicionando. Su esposa había muerto hacía mucho tiempo. ¿Por qué entonces sus ojos veían su rostro?

La mujer se acercó, él estaba paralizado en mitad del establo, arrodillado en el suelo, se tapó el rostro con las manos. Los caballos relincharon y se removieron en sus cuadras. Otras manos intentaron apartarlas de su rostro. Pidió al cielo que desapareciera el espectro y los sonidos que tanto dolor le causaban, pero se agudizaron, repitiéndose impertinentes con excesiva crueldad. Sintió los dedos arrugados de la mujer que intentaban separar los suyos, quietos sobre su cara. Apretó los párpados con fuerza. Los dedos del espectro le arañaban con sus uñas largas de muerta. Sintió el rozar de un cabello liso y despeinado, la imaginó cadavérica y sintió pánico.

Escuchaba los gemidos muy cerca. Rezó para que parasen, pero nadie atendió sus ruegos. Gritó. El horror se había apoderado de él. Entre los gemidos espeluznantes y sus propios gritos, escuchó una voz familiar que comenzó a calmar su corazón convulsionado.

—¡Señor, soy yo! ¡Levantaos!

Su criado le ayudó a sobreponerse. Se sintió avergonzado, de sus ojos caían lágrimas que intentó secar con sus manos.

El hombre le acompañó a la casa, le condujo hasta su alcoba, le desvistió y le acostó, arropándole. Se quedó en la habitación, sentado en una silla, de espaldas a su señor para no importunarle, pero manteniéndose alerta por si este le necesitaba.

El conjuro había funcionado y lo había comprobado por sí misma. Había viajado hasta la casa de Abrantes, había cruzado los muros y la verja del jardín, como si ninguno existiera y tan solo un espacio vacío ocupara su puesto. Había atravesado cada pared como un espectro.

Vio al ama en su lecho, junto a la cocina. Dormía tranquila. Se le dibujó una leve sonrisa al verla, pero la borró rápidamente al recordar por qué estaba allí.

Salió al jardín, vio los establos. Entró y sintió la densidad del silencio. Los animales apenas percibieron su presencia. Uno de ellos, tan solo, pareció alertarse. Alba alzó su mano para calmarle desde la distancia. El caballo de Álvaro se tranquilizó ante el tacto de su mano sobre su lomo, a pesar de que varios metros lo separaban de ella.

Continuó caminando, mirando por encima de las puertas de las cuadras. Se sorprendió al verle durmiendo en una de ellas. Preparó a su corazón para que no la sorprendiera con sentimientos no deseados. Un rencor incontrolado comenzó a devorarla por dentro.

Fue entonces cuando gimió. No pretendía hacerlo, pero no pudo evitarlo. Apenas podía soportar mirarle. Le odiaba y, como le había ocurrido tantas veces, había empezado a odiarse a sí misma por haberle amado en el pasado.

¿Cómo había podido ser tan ilusa? ¿De qué le habían servido su sabiduría interna y sus poderes? ¿Era acaso el corazón, tan torpe? Ella, que había sido amada y había amado a Daniel, noble e imperfecto pero bondadoso y fiel. Sin duda se había transformado durante el tiempo que había compartido con aquella familia, lo suficiente para que su corazón ya no supiera discernir lo que era digno de ser amado.

Un agudo dolor le punzó el pecho. Gimió de nuevo y se sorprendió al ver que le había despertado. Corrió hacia la parte trasera y frenó sus pasos, al escuchar que él se encaminaba hacia la puerta. No la había visto, aún. Se dio la vuelta y le miró mientras caminaba de espaldas.

Los caballos se alteraron de nuevo y esta vez no tuvo tiempo de calmarlos. Él sintió una presencia y se giró para mirarla. Era invisible, él no podía verla, a menos que ella lo permitiera. Se preguntó qué ocurriría.

Antes siquiera de que pudiera pensar en ello, ya lo había

hecho. Negó la invisibilidad y permitió que los ojos de Álvaro vieran su cuerpo frente a él, en el pasillo del establo. Se sintió fuerte y poderosa. Sabía que él correría hacia ella, desearía creer que había vuelto y entonces, cuando fuera más vulnerable, más daño le haría.

Sintió un sabor amargo en su boca y tragó saliva. Le vio acercarse, era el momento. Le miró fijamente y cambió su rostro por el de su esposa muerta. Él se asustó, corrió hacia la puerta. Ella le siguió rápida, sus pies parecían caminar sobre el aire. Le vio dejarse caer en el suelo, mientras se tapaba el rostro con sus manos y gritaba por el horror.

Tenía que actuar deprisa. Cualquier cosa que hiciera ahora le provocaría un pánico que sería incapaz de controlar y ella deseaba ver el sufrimiento en su rostro, el mismo que ella y las personas que amaba habían sentido. Sus padres, su hermana, Joan, Elena, Daniel... Todos parecieron animarla a continuar.

Le agarró para intentar despejar su cara, pero se resistía con sus manos grandes y fuertes. Rasgó sus dedos velludos con sus uñas fuertes y largas, tiró de ellos, pero no logró separarlos. El hombre se aferraba fuertemente a su ceguera. Vio al criado acercarse corriendo. Rápidamente, permitió que la invisibilidad la protegiera y se quedó junto a ellos, viendo como el anciano intentaba llevarse de allí a su señor. Le había hecho daño, pero no era suficiente. Quería más. Un nuevo dolor se había añadido a los que ya sentía. Le había visto, le había asustado, pero no estaba satisfecha. Sintió que él había ganado. No podría esperar mucho tiempo. Su inquietud había superado los límites de su paciencia. Debía prepararse. Había llegado el momento de regresar.

Tras haber hecho sus abluciones, se sintió un poco más fuerte para el reencuentro. Aún dudaba de si le encontraría en la mezquita, rezando como le había visto por última vez. Su padre había recuperado su fe en Alá y había dado la espalda al cristianismo.

Le brillaron los ojos al ver la mirada de su padre cuando le vio a su lado sobre la alfombra, haciendo sus inclinaciones. Esperó a terminar su rezo y se acercó a él. ¿Estaba allí realmente su primogénito o era una alucinación provocada por su ancianidad? No podía expresar su alegría en aquel lugar. Por eso, cogió de la mano a su hijo pequeño y salió de allí con rapidez, deseando que aquel hombre que llevaba un atuendo extraño y que apenas sabía cómo comportarse en un espacio sagrado le siguiera al verle marchar.

Así fue, Daniel siguió al anciano y al chico, que corrieron hasta salir de la Gran Mezquita. Se les acercó con temor, pero, al mismo tiempo, con una gran alegría al ver que su padre le había reconocido. ¿Le abriría sus brazos para acogerle o aún guardaría rencor en su corazón?

Frenó sus pasos, esperando un movimiento que le indicara que iba a ser bien recibido. El hombre abrió sus brazos y se arrodilló en el suelo, dando gracias al cielo por su regreso. Daniel recordaba bien su lengua, la había hablado en muchos lugares del mundo. Su padre agradeció a Alá que le hubiese devuelto a su primogénito. Se sintió culpable porque sabía que, en algún momento, volvería a marcharse.

Cuando su padre fue capaz de separarse de él, le presentó a su hermano, de unos seis o siete años. ¡Tanto tiempo había pasado desde que se marchó!

El niño le abrazó también, dejando entrever una sonrisa de pocos dientes, con agujeros entre ellos. Daniel acarició su cabeza y volvió a dejarse abrazar por su padre, que ya le había empezado a hablar en español de nuevo, y agarrados de sus manos, le llevaron a casa.

Su padre y su hermano entraron antes que él, en la pequeña casa de la calle del mercado. Habían regresado al negocio de alpargateros y parecían felices por haber recuperado aquella pequeña parte de su vida. La mujer cocinaba en el fuego, de espaldas a ellos, cuando escuchó unos pasos desconocidos y se dio la vuelta para ver quién era. Casi se desmayó de gozo al ver aquellos ojos claros que nunca olvidaría. Se agarró a él, creyendo que iba a caerse de bruces, pero sus brazos fuertes la sostuvieron. Lloró y rio de alegría, besando y acariciando el rostro bello de su hijo, al que pensaba que nunca más volvería a ver.

Su esposo daba gracias a Alá de nuevo, abriendo sus brazos al cielo, pero la mujer se santiguó, en un gesto inconsciente. Daniel arrancó el chador[12] que esta llevaba desde que habían vuelto al reino de los infieles. Quería ver de nuevo el rostro de su madre y acariciar sus cabellos oscuros, que ya no eran tan brillantes como los recordaba.

No les contó qué había sido de él en aquellos años. Nunca supieron que se había ganado la vida abordando naves y robando las mercancías que transportaban otros barcos. Tampoco supieron jamás que había arriesgado su vida en batallas con hombres desconocidos que, como él, servían a capitanes alejados de todos los reinos conocidos, como reyes coronados en su propio mundo, el océano. No se atrevió a contarle a su familia, recién recuperada, que era un pirata, por temor a ser aborrecido por ellos y dar un mal ejemplo a su hermano menor.

En ocasiones, la única manera de preservar el amor de los demás es manteniendo el silencio. Sabía que solo había una persona en el mundo a quien no le importara la vida que hubiera llevado. Pero ella seguía lejos de él, en un reino al que no podía regresar.

Tras pasar unos días en casa de sus padres, recibió un aviso del viejo orfebre. Había terminado el encargo anterior al suyo y era hora de acudir, con la esmeralda, para que comenzara su trabajo.

Decidió ocultar la verdad a sus padres, una vez más, y les dijo que trabajaría como ayudante, aprendiendo el oficio. Sus padres estaban felices, significaba que su hijo iba a quedarse en la ciudad. Daniel se alegraba de verlos felices y evitaba pensar en el momento en que volvieran a separarse.

12. Chador (del persa *chaddar*). 1. m. Velo con que las mujeres musulmanas se cubren la cabeza y parte del rostro.

Las nietas del orfebre le prepararon un camastro en el taller y le trataron como a un miembro más de la familia, y no como a un huésped. Especialmente la nieta mayor, que se deshacía en detalles con él. Pretendía endulzarle la vida, y lo hacía llevándoles, a él y a su abuelo, bandejas de dátiles frescos y pastelillos dulces recién hechos. Daniel se lo agradecía, mirándola a los ojos y viendo como ella le devolvía la mirada.

Al viejo no parecía molestarle la actitud de su nieta, al contrario, siempre era bien recibida en el taller, donde seguía usando su dedo anular como modelo para su trabajo. Su mirada le encandilaba y también el tacto de su mano, cuando le daba los pasteles o un vaso de té. Ambos se tocaban sin previo aviso, y era como si un rayo hubiese caído entre sus manos, haciéndoles estremecerse ante su contacto.

Daniel se sintió desconcertado con aquellas sensaciones. Por la noche, cuando se quedaba solo sobre su lecho, miraba la joya casi acabada, en la que pronto el orfebre engarzaría la piedra y la imaginaba en la mano de la mujer que amaba.

Pero cuando veía la sortija de oro rodeando el dedo de Lama, volvía a sentir sensaciones que no comprendía, directamente provocadas por la mirada osada y retadora de la muchacha.

—¡Esta alhaja podría ser para vos, Lama! —exclamó el viejo cuando la hubo terminado y se la probó, una vez más—. Claro que la joya ya tiene dueña.

—Así es —exclamó Daniel, cogiendo su mano para admirar la pieza—. ¿Cuánto tardaréis en engarzarla? —preguntó, deseando que fuera pronto.

Temía pasar más tiempo en la casa, junto a su nieta, por la que había empezado a tener sentimientos desconocidos. Esta le miró directamente a los ojos, como solía hacer, solo que, en esta ocasión, Daniel percibió unos ojos enfadados.

—No mucho, apenas tengo que pulir la esmeralda. ¡Muy pronto seréis libre, muchacho, y podréis marchaos en busca de vuestro amor perdido! —exclamó, mirando a su nieta, como si quisiera advertirla de lo que pasaría inevitablemente.

Esa noche, Lama se vistió con una túnica de gasa color púrpura, bajo la túnica negra que siempre llevaba, rodeó el contorno de sus ojos con *kohl*[13] y pintó sus labios de un rojo ocre. Una cadena de plata, con un colgante en madreperla, descendía sobre su frente hasta el centro de sus cejas, y tapó su cabeza con una gasa en azul noche.

Tras la opípara cena de despedida, en la que Lama y su hermana comieron en un rincón del taller, frente a su abuelo y a Daniel, que comían juntos y bebían vino, la muchacha abandonó su lecho y entró en el taller, despertándole con su inesperada presencia.

Este se levantó asustado, pues no la reconoció en la oscuridad, pero pronto la luz de la luna entró por las celosías y pudo verla. Se sorprendió al verla así vestida y se maravilló de la belleza que tenía ante sus ojos, aunque aún llevaba el rostro semicubierto por la gasa azul.

—¿Qué hacéis aquí? —exclamó—. Si vuestro abuelo se despierta, yo...

Lama cerró sus labios con los dedos de su mano y se acercó a él, tanto que a Daniel empezó a costarle un esfuerzo respirar. Aspiró un delicioso aroma a jazmín que emanaba de su cabello, cuando ella misma se quitó el velo que le cubría la cabeza y tapaba parte de su rostro.

Daniel anhelaba ver su cara, la cogió de la mano y la llevó junto a la ventana. La abrió un poco y pudo ver por fin el rostro de Lama, iluminado y anhelante, ante él. Era una absoluta belleza. Nunca hubiese imaginado que, bajo aquella mirada osada, existía la más pura de las estrellas brillando de tal forma. Se quedó perplejo. ¿Cómo podía haber pasado por alto una belleza así? El viejo tenía bien guardadas a sus nietas, casi era un sacrilegio mantener a una mujer de una belleza sin igual, oculta ante el resto del mundo.

13. El *kohl* es un cosmético a base de galena molida y otros ingredientes, usado principalmente por las mujeres de Oriente Medio, Norte de África, África subsahariana y Sur de Asia, y en menor medida por los hombres, para oscurecer los párpados y como máscara de ojos. Puede ser negro o gris, dependiendo de las mezclas utilizadas.

—Sois tan bella... —exclamó, sin poder evitar mirarla con lascivia.

Bajo la túnica púrpura se clareaban unas caderas insinuantes y unos pechos turgentes. La muchacha atrajo las manos de Daniel hasta su cuerpo y este comenzó a acariciarla sobre la fina tela. El calor que emanaba de las manos grandes del hombre la cubrió por entero y sintió que ardía en deseos de besarle.

—¿Estáis segura? —le preguntó él, en un susurro, acercando sus labios a su cuello, disfrutando del aroma a jazmín que desprendía su piel—. Sabéis que mi corazón pertenece a otra mujer que está en otro reino —dijo, sin dejar de acariciar los pezones erectos, que se deshacían de placer ante su contacto.

La muchacha no contestó, sus manos desanudaron la túnica, dejándola caer al suelo. Daniel se sintió impaciente cuando la vio desnuda ante él, de espaldas, con sus rizos negros cayendo en cascada sobre su espalda. Se colocó tras ella despacio y la abrazó, dejando que sus manos taparan sus pechos desde atrás. Escuchó sus gemidos y sintió que se acrecentaba su vehemencia. La deseaba tanto que le era imposible separarse de su cuerpo.

Mientras la acariciaba, desanudó su camisola y se colocó frente a ella. Lama sintió su pecho cálido y sus manos corrieron por el vello rubio, hasta alcanzar sus pezones pequeños. Ahora Daniel se sentía totalmente atrapado. Ni siquiera la semioscuridad que inundaba la habitación podía evitar que observara con frenesí la belleza de sus labios y sus ojos.

—Lama... —susurró, sintiendo que ella besaba su pecho—. No debemos... Si tu abuelo nos ve, tu vida estará arruinada —dijo, como última advertencia.

Pero la muchacha pareció sentirse más segura tras escucharle y le arrastró hasta el lecho. Se tumbó y abrió sus piernas para entregarle todo. Daniel se tumbó sobre ella y comenzó un tierno baile abrasador entre los dos.

—¿Sabéis qué significa mi nombre? —le preguntó.

Negó moviendo la cabeza, metiendo su rostro entre los tiernos pechos de Lama.

—De labios oscuros —respondió ella.

El muchacho levantó la cara para mirarlos. Carnosos y oscuros, tiernos y jóvenes, y nunca habían sido besados. Abrió los suyos y se fundieron con los de la joven, sus lenguas se anhelaron mutuamente. Tras el beso, Daniel empezó a mostrar su impaciencia y la atrajo hacia sí, con gran excitación.

Mientras se desvestía para volver a colocarse sobre ella, Lama pensaba que lo había logrado. Tendría un marido al que deseaba, un hombre que se quedaría con ella y con su abuelo, y que seguramente se haría cargo del negocio después de él, un musulmán como ella, pero con las maneras y delicadezas que tenían los extranjeros. Sonrió, sintiendo como él se deslizaba entre sus piernas y abrió sus brazos para rodearle.

Daniel no podía aguantar más. La belleza de Lama era tan arrebatadora que se había incrustado en sus ojos, como la esmeralda que iba a ser engarzada en la sortija fabricada por su abuelo. Y no solo era su belleza, también lo era la idea de sentirse amado y correspondido de nuevo. Se vio, disfrutando del día de su boda junto a aquella hermosa mujer, de unos hijos que pronto nacerían, de un negocio floreciente y honrado que acabaría siendo suyo, en una ciudad que crecía día a día, viviendo muy cerca de su familia. Disfrutaría de una vida pacífica, sin guerras que batallar, sin riesgos, sin tener que huir ni escapar de ningún sitio, sin sentirse avergonzado de robar, de asaltar y de abordar navíos. Se vio al fin como un hombre sencillo al que la vida le sonreía y la tentación fue tan grande que, prácticamente, se veía dentro del cuerpo de Lama, disfrutando del gozo que ella le regalaba. La deseó con tal fuerza y anheló aquella vida tranquila con todo su corazón.

Los ojos de Lama brillaron en la oscuridad, la besó en un beso profundo y supo lo fácil que sería quedarse en el lecho. Levantó su rostro para verla bien, levantó su cuerpo, preparándose para volver a posarse sobre su cuerpo cálido y adentrarse en su interior al fin.

Fue entonces cuando desvió sus ojos hacia la mesa de trabajo del orfebre. La esmeralda brillaba bajo la claridad de la luna como nunca lo había hecho. Parecía un faro en la noche más oscura.

Se incorporó sobre Lama, apartando su mirada. Esta intentó retenerle con sus largos dedos, pero no lo consiguió. Daniel se levantó y fue hacia la piedra. La cogió entre sus manos y le abrasó. Fue tan solo un segundo, pues la soltó rápidamente, pero el escozor fue tan fuerte que una pequeña marca se quedó grabada en la palma de su mano, como recordatorio de que la esmeralda le había guiado aquella noche.

Se acercó de nuevo a Lama y echó la túnica púrpura sobre su cuerpo.

—¡Vestíos, por favor! —le pidió.

Lama lo hizo con rapidez y con enfado. Se levantó del lecho y se acercó a él con desdén. Daniel vio en sus ojos y en sus labios temblorosos el dolor de la pasión que no llega a consumarse.

—Lo siento, Lama. Debéis perdonarme. He sido víctima de vuestra belleza, pero no voy a arruinar mi vida, ni la vuestra.

Lama miró la piedra y dijo algo en árabe que él no entendió. Después se acercó a él y, cuando creyó que iba a darle un beso de despedida, le escupió sobre el rostro, antes de desaparecer en el interior de la casa.

El muchacho suspiró aliviado. Había estado a punto de caer en sus redes, hermosas y deseables, pero que le hubieran enredado para vivir una vida que él no deseaba. Si le hubiera hecho el amor, habría tenido que casarse con ella.

La esmeralda le recordó una vez más y para siempre que solo había una mujer en la tierra con la que quería desposarse, pues solo existía una mujer con la que podría compartir su vida hasta la muerte.

Al día siguiente, esperó a que el viejo terminara de engarzar la esmeralda en la sortija. Esta vez, no permitió que la probara en el dedo de su nieta. Le pagó el precio convenido y se marchó sin despedirse de su nieta.

Días después, cuando sus padres ya se hubieron convencido de que la visita de su primogénito se acortaba, les dio parte del dinero que le quedaba y se despidió de ellos. Volvería, sin duda, ahora que sabía que era bien recibido, pero no sabía cuándo. Por el momento, solo una idea reinaba en su mente y hacía latir su corazón. Encontrar a Isabel, antes de que la vida quisiera volver a separarlos. Una vez más, había vencido a la tentación de la belleza de una mujer. Y en esta ocasión, ni la vida ni la muerte le ganarían la partida.

XXVII

La invocación

Desnuda parecía débil. Ante la luz de las velas, veía su cuerpo reflejado en el espejo, cada día más delgado, como si ya solo la piel le cubriera los huesos. Esta también había cambiado su color, tornándose mucho más pálida y agrietada. Se dijo que era normal, pues había días que olvidaba que necesitaba comer, a pesar de que nunca le faltaban nuevos manjares que paladear en casa de Julio. Apenas se acordaba de beber agua, como si ya nunca tuviera sed, o mejor, como si estuviera siempre tan sedienta que considerara inútil apagarla con agua fresca, pues pronto estaría sedienta de nuevo.

Sus labios estaban abultados y enrojecidos, como si cientos de hombres la hubieran besado una noche entera. Su cabello había perdido el brillo de antaño y se resquebrajaba fácilmente, como sus uñas. Al mirarse, temió lamentarse algún día del tiempo que había pasado en Valencia, en la comunidad secreta, participando de la magia oscura.

Quería seguir, a pesar de las advertencias que el saludador le daba, cuando ella le exigía que cumpliera su parte del trato, introducirla en el poder del mal, en el auténtico y más poderoso. Tras el amanecer en el que su espíritu se fugó hasta la casa de Álvaro, había tomado una decisión definitiva. Pactaría con el mismo diablo, dejando atrás a todos los seres malignos inmediatamente anteriores, que solo conseguían distraerla de lo que ya consideraba su misión en la vida y hacían que se sintiera cada día más cansada. No podía permitirse perder más tiempo.

—¡Lo haré con o sin vuestra ayuda, esta noche! ¡No esperaré ni un día más! He perdido ya demasiado tiempo a vuestro lado —le dijo con rotundidad a Julio, cuando él había intentado disuadirla por última vez, esa misma mañana.

—¡Pero si ya tenéis todos los poderes! ¡Sois capaz de hacer lo que nadie puede en este mundo! ¿Qué más queréis de mí? —replicó, irritado.

—¡Que cumpláis con lo pactado! Yo ya he cumplido mi parte. ¡Ahora os toca a vos cumplir! Estoy harta de vuestros ceremoniales, de demonios menores y mayores, de seres supracelestes, almas separadas del cuerpo y como sea que los queráis llamar. ¡Quiero ver al maligno cara a cara!

—Ni siquiera os atrevéis a pronunciar su nombre y hacéis bien, es mejor no tentar a la suerte —exclamó Julio.

—¡Satán! —gritó Alba, con osadía—. ¡Belcebú, Satanás, Lucifer, Leviatán, Luzbel, Metatrón![14] ¿Cuál de estos es su verdadero nombre? ¿Acaso vos lo conocéis?

El saludador comenzó a santiguarse repetidas veces, atemorizado.

—Cuando llegasteis a esta casa, erais aún una mujer. Ahora no sé qué sois. ¿Os habéis mirado? ¿Habéis visto vuestro rostro en un espejo? ¡Ese deterioro, ya sabéis por qué es! ¡Os habéis entregado demasiado! —le inquirió con desdén.

—¡No me importa lo que mi rostro y mi cuerpo puedan pareceros! ¡No me importa si mi cara se cae a trozos y os parezco un monstruo! Solo tengo un deseo y sabéis cuál es. ¡Guiadme esta noche, y mañana, si continúo viva, me marcharé para siempre y no volveré a molestaros! —le miró con los ojos brillantes, pero eran solo el reflejo de la tensión, pues ya tampoco era capaz de llorar.

Julio se sentó, rindiéndose a su insistencia. ¿Acaso podría él convencer a alguien cuya tenacidad sobrepasaba a sus propios poderes? Intentó recordar cómo hacerlo. Habían pasado

14. Distintos nombres del Diablo.

muchos años desde que él lo intentó y aún podía estremecerse al recordarlo.

—¡Dadme ese conocimiento secreto que guardáis tan celosamente en vuestra memoria! —le exigió. Sus ojos parecían de un color tornasolado—. ¿O queréis obligarme a quitároslo por la fuerza? —le amenazó, acercándose tanto a él, que tuvo que cerrar los ojos para no ver la rabia en su rostro.

—¡No me amenacéis! Si creyerais realmente que podéis despojarme de él por la fuerza, ya lo habríais hecho. Pero sabéis que al mal solo se puede acceder cuando habéis sido invitado.

Alba se alejó y golpeó fuertemente con su puño en la mesa donde estaba sentado. No podía perder la batalla.

—¡No es solo el hecho de acercaros al mal, lo que os está destruyendo! También lo está haciendo vuestra amargura —le dijo Julio, al verla mostrar su agresividad. Vio como se daba la vuelta y volvía a fijar sus ojos en los suyos, intimidante, retándole con la fuerza penetrante de su mirada—. ¿Queréis ver el mal de cerca? —le gritó, sin dejarse asustar por ella—. ¡Venid conmigo, entonces!

Se levantó y tiró de su brazo, obligándola a seguirle. Salieron al jardín de la casa. Tras el muro que la rodeaba, se escondía un pasillo estrecho y en él, una puerta alta y pesada, de madera oscura y ajada por el tiempo.

El hombre sacó una llave y la abrió. Daba a unas escaleras. Cuando la luz entró, iluminó la estancia que había bajo ellas. Alba bajó tras él los primeros escalones. Parecía una bodega, pero en lugar de tinajas y jofainas había unos cuantos jergones junto a la pared y alfombras en el suelo. Una pequeña ventana enrejada dejaba pasar una tímida luz y un poco de aire. Desprendía un olor desagradable.

El saludador bajó un poco más y Alba escuchó pasos que se arrastraban. No continuó siguiéndole. Al advertir la presencia de alguien, prefirió mirar desde arriba. Niños de distintas edades y alturas se le fueron acercando. Algunos tenían terribles deformidades en sus caras, otros apenas eran capaces de caminar y tenían que arrastrarse con la mitad de su cuerpo inmóvil. No parecían saber hablar pues expresaban su dicha al recibirle emitiendo escalofriantes sonidos guturales.

Intentó mirar hacia otro lado, horrorizada por la visión, pero el saludador censuró su cobardía y la obligó a continuar mirando. Vio como les acariciaba los cabellos mientras ellos se abrazaban a él, demostrándole cariño de la forma que sabían. El hombre parecía feliz entre el grupo de pequeños acólitos, enfermos e impedidos.

—¿Quieres ver el mal de cerca? —le gritó desde abajo—. ¡Aquí está el mal! ¡Negro y enfermo, con las más oscuras debilidades y perversiones! ¡Con seres detestables y grotescos como ellos, que ni siquiera son culpables de serlo, pues ya nacieron con sus propios males, acechándolos durante toda su vida! Aquí se sienten seguros porque bajo la luz del sol nadie los ama, o como tú, ni siquiera soportan la visión de sus rostros. ¡Son hijos del mal, sí! ¡Pero se ocultan de un mal muy superior al que tanto deseas acercarte! Un mal que se vive en los fríos corazones de los que se llaman a sí mismos normales. ¿A cuántos de estos niños mataría el Santo Oficio si los viera? —de nuevo los acarició con una extraña dulzura, mezcla de compasión y rabia—. ¡Bajad! —le dijo—. Mientras estéis conmigo no os harán ningún daño.

La horrorizaba lo que estaba viendo, pero intentó controlarse, solo eran niños, torturados y maltrechos por haber nacido diferentes. Se acercó y sintió el tacto de sus manos pequeñas y suaves. Al principio se mostraron correctos, cogiéndola para que se acercase, pero pronto se agarraron a su cintura y a su cuello, intentando doblegar su cuerpo a su altura para alcanzarla. Uno de ellos le arañó la mejilla en el intento. Quiso alejarlo, pero era demasiado fuerte.

Julio corrió en su ayuda y los separó. La alzó en sus brazos y subió las escaleras aprisa, sacándola de allí. Cerró de nuevo la puerta, fue horrible escuchar sus llantos de tristeza tras su marcha.

De nuevo en la casa, Alba no dijo nada. Él le limpió la herida con un paño mojado en agua tibia, mientras le daba una explicación para lo que acababa de mostrarle.

—Ahora ya sabéis de donde provienen los golpes nocturnos que tanto asustan a mis invitados. Nadie más que vos sabéis de su existencia y os ruego que me prometáis que guardaréis silencio. —Se alejó para volver a mojar el paño en la jofaina y regresó para continuar limpiándole la herida—. No debéis preocuparos. No están enfermos. Su único crimen fue nacer extraordinarios. —Cuando acabó se sentó, cansado, dispuesto a explicarle con sinceridad por qué estaban allí—. Al primero, lo encontré en la calle. Debía tener apenas cuatro años. Durante días lo vi sentado en un escalón, mientras la gente pasaba junto a él sin pararse siquiera a mirarlo. Todos giraban la cabeza ante su vista, como habéis hecho vos. ¡No os culpo! Yo también lo hice, hasta que un día una pizca de compasión se adueñó de mí y le dije a mi criado que lo trajera a casa. Durante años lo cuidé y lo alimenté como si fuera mi hijo. Por supuesto que no me preocupé de sus padres. Si habían sido capaces de abandonarlo, sabiendo que sus piernas no eran capaces de caminar, no debían quererle mucho. Intenté que tuviera una vida que mereciese la pena ser vivida, pero entonces llegaron aquellas absurdas leyes inquisitivas sobre los nacidos imperfectos, con sus ridículas creencias sobre sus almas innobles, y me vi obligado a ocultarle bajo la casa. Era fácil cuando solo era uno, pero pronto empecé a ver más y no fui capaz de dejarlos abandonados a su suerte. ¿Creéis que es posible ser padre o madre y realizar una acción como esa? Aún me cuesta comprenderlo y mucho menos aceptarlo. No me considero un hombre bondadoso, pero al lado de ellos, parezco santo.

Alba comenzó a doblegar su corazón ante la historia de aquellos niños. Aún la impresionaba que el saludador pudiera tener oculto un corazón noble bajo su actitud imperante y altiva. Pero para ella ya era tarde. No quería sentir más bondad en su interior. Rechazaba la compasión y las buenas intenciones. Si Julio pensaba que, por haberle mostrado su gran secreto, conseguiría convencerla de que abandonara sus pretensiones, estaba muy equivocado.

Le descubrió mirándola despacio, como si quisiera aprenderse de memoria cada detalle de su rostro.

—Sé que nunca sabré el dolor que ocultáis tras vuestros ojos, pero nada de lo que os haya ocurrido en la vida puede ser tan terrible como para que os torturéis de esta manera. Por eso os los he enseñado, para que comprendáis que son muchos los que sufren en este maldito mundo.

Volvió a sentirse herida. Quizá tenía razón, pero no le importaba. Solo quería una cosa de él y no le dejaría en paz hasta conseguirlo. Optó por el silencio. No había mejor arma que no decir nada, en el justo momento en que el adversario esperaba respuestas.

Julio continuó hablando.

—El conocimiento secreto al que os referís es peligroso. Puede traer la muerte a las personas que se hagan con ello, no a través de la iniciación o el estudio, sino robándolo, o apoderándose de él por la fuerza. Pero eso ya lo sabéis, no necesitáis que os lo diga —sonrió.

—¡Continuad, os lo ruego! —le pidió, en un tono mucho más suave que antes.

—No da la felicidad sino la destrucción. ¡Es la magia invertida! Es la energía primigenia que destruye y devora a los que osan cruzar la frontera de la oscuridad. Y ya os he introducido en ella, por eso os encontráis así, porque provoca una inmersión, un retroceso a aspectos muy primitivos y pasionales de la condición humana. ¡Fijaos, si no, en lo que os estáis convirtiendo! En un ser extremo, sin limitaciones de poder, pero también sin la habilidad de manejar vuestras emociones en absoluto. ¿Queréis abrir esa última puerta, cuando sabéis que se volverá contra vos misma y os destruirá? Es un viaje sin retorno. Una vez que la crucéis, no habrá vuelta atrás.

—¡Sí, deseo esa libertad! —exclamó con ansia.

—¿Libertad, decís? La libertad la tenéis aún en vuestras manos. La libertad de cambiar vuestra decisión y regresar al mundo.

—¡No hay mundo para mí! ¿Es que no lo comprendéis? —de nuevo se mostró imperativa y furiosa—. ¡Dadme lo que os pido! ¡Invitadme a cruzar la puerta, os lo ruego! —suplicó, sabiendo que, a un hombre como él, nada podía satisfacerle más que sus ruegos.

—Creéis que tendréis libertad porque sabéis que, si cruzáis esa puerta, podréis hacer lo que deseáis y no existirá nada, ni nadie, en el mundo que os lo impida. Salvo una cosa con la que no contáis, vuestra conciencia.

—¿Conciencia? —repitió con ironía—. ¿Y quién la tiene? O peor aún, ¿de qué le sirve a nadie tenerla?

Julio empezó a comprender que Alba, cada vez más frágil y al mismo tiempo más firme, nunca se echaría atrás. No tenía miedo y esto la hacía más poderosa y valiente que cualquier persona del mundo que hubiera conocido.

—Quien lo conoce —le explicó—, quien se atreve a mirar a la cara al verdadero mal y lo reta, ya no podrá vivir nunca tranquilo porque, sin duda, recibirá una respuesta. Tendréis la libertad de hacer lo que queráis, pero tened cuidado, porque no todo el mundo es capaz de sobrevivir a una libertad así, tan plena, que ni siquiera sois capaz de imaginarla.

Pretendía alertarla, al menos para que no olvidara que debía protegerse, pero dudaba de si realmente le estaba escuchando. Mientras hablaba y admiraba el porte altivo de su cuerpo, de espaldas a él, se sintió rendido.

—Os guiaré hasta la puerta, pero entraréis sola. Os mostraré cómo invocar al mal, pero yo no os acompañaré. Y no me importará si me creéis cobarde. Lo soy, es cierto. Pero también soy un hombre inteligente y no estoy poseído por el rencor, como vos. Prefiero la vida, vos habéis elegido la muerte.

—No voy a morir —rio— y si así fuera, no me importaría.

—Lo sé y lo lamento, pero eso es cosa vuestra. Yo no participaré en vuestra muerte. Solo os pido que recordéis una cosa y que no la olvidéis nunca.

—¡Hablad! —exigió.

—El nombre de Satán significa el adversario. ¡Si conseguís que os vea, ya nunca olvidará vuestro rostro, ni os dejará vivir en paz! Es un pago demasiado alto por la libertad que buscáis.

No se sintió atemorizada. Nada podía importarle si su

vida se convertía en una lucha eterna. Al contrario, lo que requería con todo su ser era una batalla interminable en la que poder desahogar su tormento, hasta agotar todo su poder y su fuerza. Se dio la vuelta para mirarle y, alzando el mentón, respondió:

—No busco la paz, sino la guerra. Si existe un ser capaz de enfrentarse a mí y ganar la batalla, ansío conocerle.

Julio Almirón no continuó hablando. Sabía que, una vez que el mal la mirase, se prendaría de ella. Un poder tan extremo como el suyo no podría pasarle desapercibido. Se encomendó a todos los entes oscuros y a todos los santos, por si necesitara de todas las fuerzas que conocía, incluso de las que pertenecían a la Iglesia. Se santiguó tres veces, como hacía al final de cada conjuro y exclamó:

—Será esta noche. ¡Más os vale estar preparada!

El Tritono. Deseó que no tuviese que ser tocado. El diabólico acorde alertaba de su disposición a recibir al mal en su interior. Anhelaba poseer aquel poder con toda su alma y no le importaba lo que tuviera que dar a cambio. Deseaba, sobre todo, perder la compasión y la capacidad para sentir lo que otros sentían. Estaba cansada de sufrir y vivir las angustias ajenas como si fueran suyas. Se sintió aliviada, al imaginarse libre de todas las emociones que pudieran seguir amarrándola al mundo.

Aquel sería el último ceremonial que hiciera. Una vez realizado, no necesitaría ya de conjuros ni hechizos, porque tendría el gran poder para hacer lo que quisiera, pero no como había hecho hasta entonces, con el poder de la diosa. Tenía miedo, pero estaba ansiosa por rendirse ante el maléfico.

Destapó el frasco. El aroma era denso y desagradable. Se sintió un poco mareada al respirarlo. Dejó caer un poco en la palma de su mano. Era espeso y rugoso, de un color castaño con tintes verdosos, como la bilis. Ella misma había ayudado al saludador a preparar la poción con restos de excrementos, sangre solidificada de trozos de venas de algún animal muerto comprado en el mercado; tierra de cementerio; óleo para dar la Extremaunción; vino agrio; aceite de oliva y pan mojado en sangre. Tuvo una arcada y se secó el sudor con un paño, en la frente, en el cuello y entre los pechos. Intentó respirar profundamente pero el olor era cada vez más fuerte. Una tos irritante la sorprendió. Escupió rastros de saliva sobre la mezcla de su mano.

Con sus dedos extendió un poco de la mezcla sobre sus brazos y debajo de ellos, rodeando después sus pezones, permitiendo que el placer de sus propias caricias la embargara, mientras susurraba una oración invocatoria. Se dejó caer sobre la cama, estaba preparada para la comunión con el inefable.

De cómo sería, apenas sabía nada. Temía que fuera un encuentro violento y al mismo tiempo necesitaba ardorosamente entregarse a un ser que la colmase con su fuerza, que doblegase su espíritu además de su cuerpo, pues quería dejar de ser ella misma para convertirse en alguien capaz de humillar, de hacer daño, de sacrificar y de hacer justicia.

Separó sus piernas y comenzó a untarse entre los muslos y en su parte íntima, que sintió abierta y húmeda. Dejó escapar un leve gemido de placer ante el contacto. Después, acercó las yemas de sus dedos para humedecer sus labios. Se limpió la mano con un paño y dejó que el ungüento hiciera su trabajo.

Sintió unas fuertes sacudidas de calor interno, como si alguien hubiese encendido una hoguera en su vientre. El dolor la satisfacía, le era placentero. Tenía miedo. Miró al espejo buscando un indicio de otra presencia. Aún estaba sola. Su cuerpo apestaba, apenas podía respirar y, cuando lo hacía, tragaba una bocanada del aire viciado de su alcoba. Hubiera querido salir a respirar, pero no debía hacerlo. Lo que había nacido entre aquellas cuatro paredes, entre ellas debía morir. Aún tendría que permanecer allí varias horas. Quizá hasta el amanecer. ¿Y si no era capaz de aguantar la espera?

Inmóvil sobre las sábanas mojadas bajo su espalda, tuvo la tentación de rezar, de pedir que acabase pronto, pero tampoco lo hizo. Sin soportar apenas la quemazón interior, gritó con fuerza. Sabía que nadie acudiría en su ayuda. Sentía algo que no podía llamar dolor, pero le hacía sentirse morir. Entre los gritos, tosió escupiendo saliva negra sobre la sábana. Su garganta pareció mermarse y comenzó a notar cada trago de su propia saliva grumosa. No podía dejar de tragar, aunque lo intentaba con todas sus fuerzas, era como si la alimentaran con un embudo. Un calor espeso le subió a la frente y se desmayó.

Cuando despertó, le pareció que no había pasado ausente ni un instante. Miró de nuevo al espejo y no vio nada, salvo su cuerpo rígido, desnudo y manchado. Tenía sed, pero tampoco le estaba permitido beber agua. No podía hacer nada que pudiera aliviarla de aquel tormento.

Intentó calmarse con sus propios pensamientos y comenzó a hablar. En voz baja, para sí misma, acunándose con cada palabra, como si fuera madre e hija al mismo tiempo, intentando imitar el recuerdo de la voz cálida de la mujer que le dio la vida, a la que apenas guardaba en su memoria. Pero de su boca solo brotaban medias palabras que no podía entender, retazos de expresiones obscenas que salían de su interior. Primero en voz muy baja y después, a gritos.

Las paredes se acercaron y volvieron a alejarse. El techo bajó hasta rozar su frente. Aterrada, gritó de nuevo y el techo volvió a levantarse. Escuchó los golpes que venían del sótano. Sin duda los niños habían oído sus gritos.

Se lamentó una y mil veces de haber invocado al diablo. Temió por su vida, deseando morir al mismo tiempo para que acabara todo. La cama empezó a temblar y sintió un gélido aire que invadió la alcoba. Miró de nuevo al espejo, su cuerpo ya no se reflejaba en él, ni la cama, ni la pared. En su lugar, había un espacio vacío.

Esperó ver el rostro del maligno. Siguió mirando mientras su cuerpo se elevaba del colchón, dejando un hueco entre ella y las sábanas. La puerta comenzó a abombarse y a ablandarse. Como si hubiera fuego tras ella, se doblegaba ante el calor. Esta vez el fuego no era un elemento benigno, sino un poderoso rival que pretendía que todo su cuerpo ardiera bajo unas llamas invisibles. Sintió el dolor de las quemaduras en su piel. Gritó de nuevo. Al acabar su grito miró al espejo y le vio.

Su rostro era espeluznante y osado. Había leído en los libros que el maligno podía presentarse ante aquellos que lo invocaran de formas muy distintas, según el interior de cada uno. Algunos habían visto a un hombre de belleza inigualable. Otros habían sufrido los tormentos del rostro del horror en sus miradas. Lo que ella estaba viendo sobrepasaba todo lo narrado.

Quiso volver la cara, pero una fuerza poderosa se lo impedía. Cerró los ojos, pero seguía viéndole a través de sus párpados. No era miedo lo que sentía, sino pavor. Estaba paralizada. No sentía calor ni frío, ni dolor ni malestar alguno, salvo el terror que la invadía por entero. Se sintió morir.

El rostro se movió despacio, mostrando sus rasgos atroces. Ningún Dios creador podría haber imaginado una figura más horrenda. Ni siquiera las deformidades que había visto en los rostros de los niños del saludador podían causarle una repulsión tan terrible. De su boca pareció querer salir un vómito, pero no lo logró. Ni uno solo de los líquidos de su cuerpo la ayudaría a expulsar un poco del horror que sentía. Supo que no podría seguir soportándolo. ¡No podría seguir mirándolo sin morir!

Unos huecos penetrantes, donde debía haber unos ojos, la miraron traspasándola y el espejo reventó en mil pedazos, emitiendo el peor de los sonidos que hubiese oído jamás. Peor aun que el llanto de su madre temiendo por su propia vida y la de sus hijas. Mucho peor que las lágrimas inocentes de su hermana, oculta bajo la caja de madera, la noche en que se los llevaron. Ningún sonido podía compararse con aquel del espejo al romperse, espantoso y salvaje, como si la más negra de las almas del mundo de los muertos saliera, avisando al mundo de los vivos de su presencia.

Los pedazos cayeron a su alrededor sobre la cama. Ninguno tocó su piel, ni la rozaron siquiera. Algo más fuerte que la unión de todos sus poderes la protegía y supo que había llegado el momento. Entonces, se rindió.

Despertó muy cansada, como si hubiese estado peleando la noche entera con cientos de lobos salvajes. No supo lo que había ocurrido tras romperse el espejo, pues ahora estaba intacto. Miró su cuerpo y estaba limpio. Recordó apenas la lengua rasposa de un ser infame que lamió con fruición el ungüento de su piel.

Sentía una languidez extraña e inmensa. Las imágenes de sí misma, participando en un tenso juego cuyas reglas no comprendía, la asaltaron. Se levantó despacio y se vistió con el camisón que aguardaba junto a la jofaina. Miró a su alrededor, todo parecía estar como siempre. Abrió la ventana, faltaba muy poco para el amanecer.

Salió de la alcoba y buscó al saludador o a alguno de los criados, pero no parecía haber nadie. Regresó y se cambió con rapidez, poniéndose un vestido. Cogió las monedas que guardaba bajo el colchón, cruzó el pasillo con la mirada hacia delante, la cabeza alta y una media sonrisa en sus labios. Se sentía llena de un inmenso poder que sobrepasaba el conocimiento de todas las mujeres sabias del mundo, pero no era el poder del mal únicamente, lo que la hacía ser tan poderosa. Había pasado lustros adquiriendo las fuerzas del mundo visible y del invisible. Llevaba en su seno una mezcla inconmensurable de sabidurías distintas que nadie sería capaz de igualar.

Se recordó de niña y no se reconoció. Había vuelto a nacer como le ocurrió al recibir a la diosa, pero esta vez el resultado no parecía tan agradable, pues solo esta daba sus poderes a cambio de nada. El mal le había robado algo, quizá el alma. Y ahora las dos fuerzas habitaban en ella, librando su propia guerra. Era como si dos personas tiraran desde dentro, cada una en una dirección.

Abrió la pesada puerta y salió. Se alegró de que no hubiera nadie de quien despedirse.

XXVIII

La cueva de la dona

Se había marchado por mar y por mar debía volver. Había comprado una vieja barca en el pueblo durante la noche. Pagó a dos hombres para que la llevaran hasta el agua y subió a ella, a pesar de sus advertencias.

—¡Moriréis, señora, si os hacéis a la mar en plena noche!

—No os preocupéis y mantened la boca cerrada. Si alguno de vosotros dice haberme visto, lo pagará caro.

Los hombres accedieron en silencio. Los ojos de la mujer no parecían humanos. Su voz entrecortada por el frío era severa y las monedas que había dejado caer en sus manos eran muchas y bienvenidas.

La ayudaron a subir, dejándola marchar en la oscuridad del mar en plena noche, tras hacer la promesa de que sus labios no se despegarían nunca para contar lo ocurrido. Ambos lo juraron en su presencia, viendo cómo después hacía un gesto con el que besaba su dedo pulgar. Cuando la barca se alejaba, escucharon su voz amenazante por última vez.

—¡No olvidaré vuestros rostros, lo juro! —gritó al alejarse.

Estaba hecho. No era mucho lo que la separaba de la playa a la que quería llegar. Recordó que allí también había una pequeña cueva, no demasiado profunda, pero con la oquedad suficiente para resguardarse durante la noche.

A pesar de haberlo conjurado, el mar continuó obedeciéndola y, entre el espeso vacío negro, sintió chocar la barca contra las rocas. No tenía mucho tiempo, pronto los pescadores regresarían en sus barcas y verían la suya vacía. Corrió hacia la cueva. Esperó hasta escuchar las primeras voces. La habían encontrado, ahora solo faltaba que se acercaran buscando.

Escuchó unos pasos. Entreabrió los ojos, mientras seguía tumbada, y vio las alpargatas de uno de ellos, acercándose.

—¡Mirad! —gritó el hombre—. ¡Ahí dentro hay una mujer!

Estaba hecho y consumado. Repitió en su interior el conjuro y un desvanecimiento la envolvió lentamente. Dormiría al menos una semana, su cuerpo y su mente descansarían apacibles mientras permitía que lo que debía suceder, sucediera. Cuando despertara, estaría preparada.

Se sintió cansada. Sus párpados cayeron y su mente corrió hacia una parte muy profunda de sí misma. Su último pensamiento fue para Álvaro de Abrantes. Pronto le tendría delante para escupir sobre su rostro, si así lo quería.

Unos hombres que regresaban de faenar al amanecer la encontraron. Dijeron que, a pesar del retroceso de las olas, común en aquel rincón de la costa y estando la luna nublada, la barca había atravesado un gran trecho del ancho mar hasta la playa. Dijeron también que la habían visto virar sin timón y avanzar sin remos, bajo la tenue luz del amanecer, como si alguien desde el fondo la guiara sabiamente. Y dentro, no había nada, cuando la hallaron.

Una hermosa figura languidecía, medio muerta, en el interior de la cueva. Cuando la encontraron, la tumbaron sobre las finas piedras y doblaron su cuerpo, varias veces, para que su pecho volviese a respirar. Estaba pálida y fría como la nieve, sus labios resecos por la sed, y su cuerpo delgado bajo un vestido sucio y raído. Pero, a pesar de su mal aspecto, enseguida supieron quién era. Nadie había sido capaz de olvidar su rostro. Los que la habían visto alguna vez, no lo habían hecho, y los que nunca la vieron, así la imaginaban. Tanto se había oído hablar en el pueblo y en los alrededores de la prometida del señor de Abrantes que todos coincidieron en que debía ser ella. Se alegraron pues quizá el hombre les recompensara por haberla encontrado viva.

—Nadie se explica cómo ha podido llegar hasta allí, señor, pero así ha sido. La barca es la prueba de que llegó por mar hasta la entrada de la cueva en la que se refugió durante la noche. Los hombres esperan que les recompenséis, pues están seguros de que es vuestra prometida. Dicen que es un milagro, incluso le han dado un nombre al lugar donde la encontraron, la cueva de la dona.

—¿Y cómo están tan seguros, si nunca vieron su rostro? ¡Decidme! —replicó Álvaro a su criado, mientras se vestía con la misma rapidez con la que intentaba bajar las escaleras de la casa, al mismo tiempo.

—Algunos aseguran que la vieron en el mercado con vuestra hija y dicen estar completamente seguros de que es ella. Dicen, además, que es un milagro que la barca llegara a la costa y encallara en la entrada de la cueva.

En el camino se cruzó con el ama, que le dirigió una intensa mirada de esperanza, al tiempo que se santiguaba, encomendándose a Dios y a todos los Santos. No quiso decirle nada, no fuese a alentar más su ánimo. No debía permitir sentirse embargado por aquel momento de incertidumbre.

¿Y si no era ella?, se preguntó Álvaro. No había vuelto a tener noticias desde su rapto y habían pasado casi dos años, intensos, horrendos y tremendamente largos. Su pensamiento se esforzaba en mantenerse incrédulo. ¡Alguien tenía que mantener la cordura! Pero su corazón saltaba dentro de su pecho y su respiración se había vuelto rápida y difícil.

El criado corrió a ensillar su caballo mientras él retenía durante unos segundos sus pasos. Miró al cielo grisáceo. Si realmente había llegado hasta la playa en una barca, debía haber pasado frío, sed, hambre y solo Dios sabía qué más cosas podían haberle ocurrido. Quiso entrar a pedirle al ama una manta, agua y comida, pero la mujer salió con todo aquello bajo sus brazos, haciendo de madre una vez más para todos. Le sonrió y sin decirle nada, echó a correr hacia el establo.

Cargó todo en el caballo y montó. El animal galopó rápido, como nunca lo había hecho. Al acercarse, Álvaro escuchó las campanas de la iglesia que repicaban, avisando a todos.

Cuando llegó, un hombre le salió al paso. Sujetó las riendas del animal y bajó de un salto.

—Está en la cueva, señor. El mar acoge todo lo que recibe, pero siempre lo devuelve —exclamó.

Álvaro corrió, haciéndose un hueco entre el grupo de hombres y mujeres que tapaban la entrada de la cueva. Se lamentó de que no se les hubiera ocurrido avisar al médico. ¿Y si necesitaba de sus rápidos cuidados? Intentó calmarse, con seguridad el ama y su fiel criado ya se habrían ocupado de hacerle llegar a la casa.

Descargó con rapidez la manta y el agua, y corrió al interior. Tres hombres la rodeaban. Uno de ellos sostenía la parte superior de su cuerpo, en un intento por mantenerla erguida, mientras el otro pretendía darle aire, agitando una tela cerca de su rostro.

Hubo un segundo en el que Álvaro lamentó haber acudido con tanta rapidez. Fue solo un instante en el que temió incluso por su vida. Si no era ella, el sufrimiento que había vivido durante los dos años se convertiría de golpe en cientos de añicos de esperanzas rotas en su corazón. Sería aún más horrible que lo ya vivido. Nunca había sentido tanto miedo. Le atenazaba el corazón como un puño cerrado, apretándoselo sin compasión desde dentro.

Pudo entrever su rostro, cuando el pescador apartó los mechones de su cabello.

—¡Apartaos! ¡Dejadla respirar! —exclamó.

Se agachó a su lado, sustituyendo al pescador que la sujetaba. A la vista de los tres hombres, dejó que sus palabras se ahogaran en lágrimas de felicidad que brotaban de sus ojos. Los hombres agacharon la cabeza como si no quisieran ver al señor del lugar llorando como lo haría un niño.

Álvaro echó el agua por el rostro de Alba y mojó sus labios secos, intentando que algunas gotas bajaran por su garganta. Acercó su oído a su pecho, el corazón latía, y el suyo lo hizo con mayor fuerza al escucharlo. Era ella y estaba viva. Nunca más clamaría al cielo por ninguna otra cosa en este mundo. Nada había, ni podía haber, que deseara con toda su alma, más que tenerla de nuevo en sus brazos.

Parecía respirar con normalidad. Cubrió su cuerpo con la manta y la levantó, llevándosela consigo. Los pescadores le ayudaron a subirla a lomos de su caballo y galopó con la mayor alegría, de regreso a casa.

Su criado le esperaba en las puertas del establo. Bajó de un salto mientras corría gritando, lleno de felicidad.

—¡Ama, ama! ¡Avisad al médico, rápido!

El ama no pudo contener su llanto. Lo supo en cuanto vio el rostro alegre, pero al mismo tiempo preocupado, de Don Álvaro. No lo dudó cuando le vio correr bajo la fina lluvia con ella en sus brazos. Le esperó con la puerta abierta y el corazón encendido de alegría. Le siguió, escaleras arriba, hasta su alcoba.

Álvaro abrió la puerta de una patada y entró. Dejó a Alba sobre la cama y comenzó a desnudarla para quitarle las ropas húmedas y frías.

—¡Dios del cielo! ¡Es la niña Alba! ¡Y está viva! —se santiguó.

—¡Ama! —exclamó Álvaro acercándose a ella y entregándole las ropas mojadas—. Llevaos esto. Necesito agua caliente y uno de vuestros caldos.

—¡Sí, señor! —salió de la alcoba—. ¡Gracias al cielo! ¡Ha vuelto con nosotros!

Álvaro la tuvo en sus brazos desnuda y sintió sus huesos puntiagudos, estaba muy delgada. La metió entre las mantas y apretó la ropa alrededor de su cuerpo como había hecho tantas noches con su hija Elena, al acostarla. No podía creerlo. Alba estaba allí.

El médico entró junto al ama y le pidió que se apartara. Tardó unos minutos en examinarla y le aseguró que estaba bien.

—Está desfallecida. Solo tenéis que velar por ella con mucha paciencia, Don Álvaro, pues tardará varias semanas en recuperarse.

—¿Y cuándo despertará?

—¿Quién podría decirlo? Unos días, una semana, tened paciencia. Mantenedla caliente y rezad por ella. Mientras tanto, dejadla dormir.

Don Álvaro asintió, sentándose a su lado, sobre el lecho. El ama despidió al hombre y entró de nuevo en la alcoba, contemplando la dulzura de su señor con la muchacha.

—¡Que Dios no haya permitido que os hayan hecho daño, niña! —rogó al cielo—. Señor, os prepararé la cama de vuestro hijo para que durmáis esta noche, ya que la habéis traído a vuestra alcoba.

—No hace falta, ama. Esta noche no me moveré de su lado.

Sintió las lágrimas de la mujer mojándole las mejillas, cuando se fundieron en un tierno abrazo.

—¡No sabéis lo que hemos pasado, niña! ¡Pero qué desconsiderada soy! ¿Acaso vos no habéis sufrido? —preguntó a la nada, tras arrepentirse de sus lamentos.

Alba no contestó. Esperó con una sonrisa a que descargase su llanto y sus miedos con sus palabras.

—¿Pero acaso hay alguien, algún miembro de esta casa y de esta familia que no haya sufrido vuestra ausencia? —se limpió bajo los ojos con la punta de su delantal—. ¡Niña, no podéis imaginar cuánto ha sufrido ese hombre! —exclamó, entre sollozos—. No ha habido una noche que haya dormido tranquilo, ni un día que haya vivido en paz. No saber dónde estabais, ni si os encontrabais bien, ha sido lo peor. Pero ahora estáis aquí y acabáis de despertar. ¡Gracias al cielo!

—¡Tranquilizaos, ama! No puedo decir que no haya sufrido, pero no por las horrendas experiencias que imagináis. Dejad de llorar, os lo ruego.

El ama sonrió y pareció tranquilizarse. Se levantó rápida, al ver entrar a Don Álvaro en la alcoba.

—¡Marchaos, ama! ¡Dejadnos a solas, por favor! —le pidió, al verla al fin despierta.

Alba dudó de su capacidad para fingir que no sentía el

odio que atenazaba su corazón. Esperó a que él se acercara. Vio como sus piernas temblaban al dar los pasos que les separaban.

Se acercó a la cama y alcanzó a coger su mano. La sintió cálida. Seguía siendo hermosa, aunque su rostro no parecía el mismo. Una extraña oscuridad le ensombrecía la piel. Sus ojos eran del mismo color verde que recordaba, pero su mirada era fría y distante.

La disculpó. Debía ser por culpa del sufrimiento que habría vivido. Se lamentó de no ser capaz de ayudarla a olvidar rápidamente. Sin duda pasaría un tiempo hasta que volviese a ser la maravillosa mujer que le había embrujado.

—Estáis despierta...

Álvaro se arrodilló junto a la cama y, acercando la mano de ella hasta su boca, la apretó contra sus labios. Alba se estremeció y no supo si era porque su corazón aún respondía ante su contacto, o porque se lamentaba de no poder quitarle la vida en ese mismo instante.

—Mi amor —susurró él.

Puso la cabeza sobre su pecho, aspiró el aroma de su piel y del camisón entre las sábanas. Rodeó su fino talle con sus brazos y susurró... *Mi esposa.*

Su habitación estaba como la había dejado. Sus peines, su espejo de mano recubierto de plata, los paños de encaje que cubrían los muebles...

—La he mantenido limpia y perfumada, niña —sonrió el ama, cogiendo su mano—. ¡Sabía que algún día el cielo os devolvería a esta casa y a esta familia, la vuestra! —le dijo con una amplia sonrisa—. Aún recuerdo la noche que llegasteis. Parecíais un conejillo asustado. Y el señor fue tan amable y bueno con vos... Lástima que después tuvieseis que soportar los desplantes de la señora. Nunca fue una buena mujer, ni cuando su cuerpo estaba sano.

—¿Qué ha hecho Don Álvaro durante este tiempo, ama? —preguntó Alba, sentándose sobre el colchón.

—No vivir, niña. Ha sido como un muerto. ¡Os lo juro! —exclamó, santiguándose—. Por eso la finca y las tierras no han dado mucho este año. Apenas tiene jornaleros desde la expulsión de los moriscos y él no se ha molestado en buscarlos. Se pasaba los días en la biblioteca y no salía ni para comer. ¿Es que no notáis su delgadez? Ha comido gracias a mi insistencia —el ama revisaba los rincones de la alcoba comprobando su limpieza— y por las noches salía a cabalgar y después dormía en los establos, como si no soportara su propio lecho. ¡Ha sido muy duro, niña! Pero seguro que ha sido mucho peor para vos.

—No tanto, ama. No sufráis por mí. ¿Y sus hijos?

—El señorito Vidal se enfrailó. ¿Quién lo iba a decir? Según se dice por ahí, es el ojo derecho del Inquisidor Mayor de Valencia. Y la niña Elena... ¡Dios la ayude a soportar su desgracia! No hizo bien el señor, casándola con ese hombre. No le dará más que disgustos, ese matrimonio. Pero no me pidáis que os cuente más de la pobre niña, porque el señor se sentiría molesto si yo...

—¿Qué ocurre, ama? A mí podéis decírmelo, ya lo sabéis.

Alba acarició la colcha con su mano, señalando el lugar que deseaba que la mujer ocupara a su lado. Esta corrió a sentarse y se limpió los ojos con la punta de su delantal.

—La niña Elena no es feliz. ¡Cómo va a serlo! Su marido no la trata con respeto, ya me entendéis.

—Sí, ama, os entiendo —dijo, mientras acariciaba el rostro avejentado de la mujer—. Desde que he vuelto no habéis dejado de llorar.

La mujer rio y le besó su mano repetidas veces en señal de agradecimiento. Se levantó y continuó revisando todos los rincones y muebles de la alcoba.

—El señor acudía a Valencia de vez en cuando, para verlos a ambos. Pero nunca hizo nada para ayudar a su hija. Ella regresó en una ocasión a esta casa. Fue cuando pude ver su rostro magullado y sus ojos tristes. No me hizo falta preguntarle, ni tampoco al señor. Una mujer de mi edad sabe y comprende esas cosas, sin necesitar que nadie se las explique.

No podía haber mayor oscuridad que la del alma de Álvaro de Abrantes. Su maldad era tal que era capaz de traspasar los muros y cruzar largas distancias. A pesar de que se mostraba dulce y amable, no podía borrar de su mente los nombres de sus padres, escritos en aquella lista que guardaba en un rincón oculto de la biblioteca y de su pasado.

—Ama, os importaría... Quiero quedarme sola un momento.

—Claro, niña. Iré a la cocina a preparar la cena. Ahora que estáis aquí, el señor ha vuelto a comer y vos también necesitáis alimentaros.

Cuando el ama salió, se levantó y miró tras el cabecero, en busca de las páginas emborronadas en las que había narrado su historia. No lo encontró. Temió que fuese Álvaro quien lo hubiera cogido y que, tras leerlo, supiera quién y qué era ella. No quiso ni imaginar lo que podría hacerle, tras recordar lo que había hecho con sus padres.

—No lo busquéis ahí, niña —el ama entró de nuevo, traía su viejo diario entre las manos—, yo lo rescaté en vuestra ausencia. Sabéis que no sé leer, ni tampoco sabía que vos podéis hacerlo —sonrió—. Creo que sois capaz de hacer muchas cosas que yo no comprendo. Aunque no me asusta saberlo, porque conozco la nobleza de vuestro corazón.

Alba se acercó y le dio un tierno abrazo de agradecimiento. Gracias al ama, su historia y ella misma estaban aún a salvo.

XXIX

Las serpientes

Las habían traído de Egipto. Una de ellas era una cobra negra. La otra lucía esplendorosamente su piel dorada.

—No os preocupéis. Les acaban de sacar el veneno. Podéis tocarlas, si queréis.

Colocó su mano de frente, juntando los dedos para dejar una pequeña oquedad bajo el dorso, hasta que tomó la forma de la cabeza de la serpiente. Comenzó a moverla, imitando su baile, hasta sentir que el animal aceptaba el reto de tenerla cerca. Entonces, solo tuvo que estirar su dedo índice y tocar su piel un instante, rugosa y sorprendentemente fría.

El animal expandió su cabeza en un gesto amenazador, pero a Alba le bastó un segundo para entrar en su mente. Era capaz de matar sin condiciones. Maestra en arrancar vidas sin rastro de compasión ni remordimiento. Un regusto a sangre caliente le vino a la boca, el recuerdo de su última víctima.

Si su corazón pudiera volverse tan frío como el de la serpiente, nunca más tendría dudas.

—¿Dónde está la tercera? —preguntó al mercader.

El hombre agarró con maestría ambas serpientes y las encerró en sus cestas. Se acercó a una mucho más angosta y alta que las otras, la abrió y metió su brazo hasta el fondo, sacando otra.

—Una cobra albina —explicó— de la India.

Era de una gran belleza. Su piel era completamente blanca, sin ninguna mancha que pudiera romper su níveo aspecto, con un ligero tono rosado que aparecía solo al contacto con la luz del sol. Su cuerpo era más largo que el de las otras y tenía unos ojos rojos que parecían ser capaces de lanzar veneno por sí solos.

La cobra expandió rápida su caperuza, demostrando que era la más agresiva de las tres. Sacó una lengua roja con la punta dividida en dos y emitió un chasquido, contoneándose.

—¡Parece el mismo diablo! —exclamó Alba divertida.

El hombre le lanzó una mirada de satisfacción.

—Estaréis de acuerdo en que es la más hermosa que habéis visto nunca —le dijo.

—Así es —dijo, mirándola fijamente—. Es hermosa y temible.

—Como vos —se atrevió a decir el hombre.

Con una sonrisa que podría cautivar al más fiero de los hombres, se acercó a él, dejando que el borde de su falda rozara la piel negra de su pierna desnuda, y susurró.

—Yo no guardo veneno en mi interior.

El hombre sintió un potente estremecimiento que le recorrió la espalda. Quizá no podía expulsar veneno como las serpientes, pero poseía un don extremadamente visible que la hacía capaz de atravesar la piel de cualquier hombre, únicamente con su mirada. Su belleza era casi insoportable, casi tanto como la extraña oscuridad que emanaba de su interior.

—Estad preparado hasta que os mande llamar. Las necesitaré esta noche, durante la fiesta —se dio la vuelta y caminó con altivez hacia donde la esperaba un criado que cuidaba de su montura.

Montó sobre su caballo y se dirigió hacia él, con paso tranquilo.

—Después de mi baile, un criado os pagará y nunca más volveré a veros.

Casi le dolía el corazón al pensar en no volver a ver su rostro. Quizá le había hechizado, como en los cuentos que relataban los hombres en las polvorientas calles de Alejandría, a cambio de una moneda.

Sin hacer ningún movimiento para invitar al animal a cabalgar, este lo hizo como si conociera los deseos de su jinete.

Tuvo que aprovechar un descuido de su esposo para poder acercarse a ella. Tras haber saludado cortésmente a su padre, subió las escaleras y se escondió en el pasillo esperando una oportunidad para entrar.

Alba la recibió con los brazos abiertos. Elena corrió a esconderse en su regazo. No pudo retener sus lágrimas, acompañadas de un llanto acongojado. Cuando se calmó, sacó del bolsillo de su vestido una tela azul que envolvía un secreto. Lo desenvolvió con ligereza, era el brazalete que su padre le había regalado cuando se prometieron.

El rostro de Alba se ensombreció al ver la joya. Estaba intacta.

—La encontré en la casa de empeño —explicó—. Enseguida supe que era la vuestra y no pude resistirme a comprarla. Sin duda, los piratas debieron venderla en el puerto.

—Sin duda —respondió Alba, sintiéndose complacida con su explicación.

—Podéis llevarla esta noche en la fiesta —le sonrió— y mañana en vuestra boda. Mi padre se alegrará mucho al verla de nuevo en vuestra muñeca.

El broche se cerró perfectamente y Alba se sintió presa de sus recuerdos. Elena le sonreía. Su rostro continuaba siendo inocente, aunque una gran tristeza la envolvía por entero.

—Ahora todo volverá a ser como antes, al menos en esta casa, ¿verdad? —preguntó, con un verdadero deseo de regresar al tiempo en el que habían sido hermanas.

—Así es —respondió, intentando disimular el ansia de su cuerpo y de su alma—. Todo volverá a ser como antes y también para vos.

Elena bajó la cabeza.

—Para mí ya no es posible, pero no me importa. Al menos vos y padre volveréis a ser felices.

—Ya lo somos —asintió—, pero no os preocupéis ni lloréis más, porque yo me ocuparé. ¡Dejadlo en mis manos! Os aseguro que no volveréis a sufrir más por culpa de vuestro esposo.

Los ojos de Vidal ni siquiera se cruzaron con los suyos. Su hermano dirigía su mirada solamente hacia la futura esposa de su padre. Elena no se sorprendió. Lo mismo le ocurría a la mayoría de los hombres que se cruzaban con ella. Si antes había sido bella, ahora era tan seductora que era casi imposible apartar sus ojos de su rostro delicado.

Don Álvaro volvió a maldecir por dentro a su hijo. Los recuerdos le atenazaron la garganta y una voz quebrada brotó de él, al mostrar sus respetos al inquisidor.

Alba también besó la mano del hombre. Le repugnó el contacto de la fina y avejentada piel, sobre sus labios carnosos y húmedos. Vidal intentó que besara también su mano y la levantó acercándosela al rostro, pero esta permaneció impasible ante su gesto, sin bajar ni un ápice su cabeza, mirándole a los ojos con osadía, hasta que se sintió humillado y dejó caer la mano. Todos fueron testigos del encuentro.

—Me alegro de conocer a vuestra futura esposa por fin —dijo el inquisidor, con educación.

—¡Os equivocáis, Fray Jaime! —exclamó Vidal, haciendo uso de su indigna condición de nobleza.

El inquisidor mostró una expresión de extrañeza, acompañada de la de todos los demás, que tampoco podían comprender por qué Vidal hablaba de aquel modo.

—¿Nos hemos visto antes, señora? —preguntó el inquisidor, dirigiéndose a ella.

—No recuerdo vuestro rostro —respondió Alba.

—Es posible que, en vuestro periplo por el ancho mundo, hayáis perdido los recuerdos —expresó Vidal, con una ácida sonrisa—. El inquisidor os vio en la boda de mi hermana. Si mal no recuerdo, vos estabais allí —dijo, saboreando su triunfo.

—Sois vos el errado —replicó con tosquedad, mientras su

rostro se tornaba serio—. Sin duda me confundís con otra persona.

—¿Podéis demostrar acaso que no erais vos, la mujer que vi sentada en los últimos bancos de la iglesia? —preguntó con sorna Vidal, ante la atenta y rígida mirada de su padre y de los demás invitados.

Don Álvaro se mostró sorprendido y lanzó una mirada agresiva a su hijo, que parecía querer crear un malestar común entre su esposa y los demás invitados. Se lamentó de haber permitido su regreso.

El rostro de Alba mostró una sonrisa de vencedora y sus palabras sonaron mucho más dulces que las anteriores, mostrándose relajada y segura.

—Es una lástima que no podáis preguntar, vos mismo, al corsario que me tenía retenida. Os aseguro que se habría mostrado solícito en daros detalles de mi secuestro.

Se oyeron unas tímidas risas ante el rostro impávido de Vidal, que había perdido la primera batalla. El inquisidor fue el primero en mostrarse irónico ante el error de su acólito y Álvaro animó al resto para que entraran en la casa, dando por acabado el incómodo momento.

—¡Si vais a decir majaderías —le dijo en voz baja a su hijo—, será mejor que os mordáis vuestra lengua! ¡No hagáis que tenga que avergonzarme otra vez de ser vuestro padre! —Cogió a su futura esposa de la mano, adelantándose para alcanzar a los invitados, mostrando una vez más la felicidad en su rostro—. ¡Que empiece la fiesta! —ordenó, tras besar su mano.

XXX

La venganza

El ama se ocupó de que todo estuviera listo para los comensales. Adornó las largas mesas con pétalos olorosos. El vino fue servido en copas de plata con pedrería y los mejores cubiertos de oro servirían para comer los ricos manjares. Mientras esperaban la carne, comieron jugosos higos negros. Grandes rebanadas de pan tierno con aceite y miel se sirvieron en cada uno de los platos, junto a pedazos de queso. Después, dieron buena cuenta del cordero, del conejo y del pavo. Todos ellos asados y sazonados con hierbas aromáticas. Y al final de la comida, maravillosos pasteles elaborados con confituras de naranja y níspero endulzaron sus paladares, que acompañaron con todo tipo de licores de hierbas de la destilería del pueblo.

Como era su costumbre, Fray Jaime Bleda comió poco y bebió menos aún. Mientras veía a los demás comer como si no lo hubieran hecho durante meses, se percató de que la anfitriona y prometida de Don Álvaro apenas probó bocado. Era cierto que su rostro y su presencia provocaban en la mayoría una constante mirada sobre ella. No era la mujer más bella que había visto, pero sí la más cautivadora. Mostraba una fortaleza y una seguridad que no había contemplado nunca en ninguna otra mujer, ni siquiera en la Corte. No parecía normal, tratándose de una vulgar campesina.

No era solo una fiesta para la familia de Don Álvaro, sino

para toda la comarca. Todos alegraron su espíritu cuando los músicos comenzaron a tocar sus instrumentos. Incluso Fray Jaime comenzó a sentir un ensimismamiento infantil, al acabar de comer. Miró a su alrededor. Todos se mostraban excepcionalmente alegres. Se preguntó si sería el efecto del vino, aunque él apenas había bebido una copa.

Los invitados comenzaban a mostrarse irreverentes. Algunas esposas e hijas bailaban como desvergonzadas mujerzuelas, y los demás comentaban, entre risas, las chocantes demostraciones de felicidad que rozaban el libertinaje. No quería permitirlo, pero algo le mantenía sentado, sin fuerzas para levantarse. Pensó que debía estar un poco mareado.

Desde su asiento, vio a una de las esposas que se abrió el escote ante las risas de su marido y dejó que este le echara vino por dentro de su vestido. La mujer se rio y gritó ante la frescura del líquido que caía sobre sus pechos. Nadie pareció percatarse de lo vergonzoso de la escena, salvo él. Una vez más, intentó levantarse de la silla; esta vez, le pidió ayuda a Vidal, que estaba sentado a su lado. El muchacho se levantó fácilmente y le ayudó a hacer lo mismo sin encontrar resistencia. Fray Jaime se alejó de la mesa, caminando con torpeza, hasta conseguir poner la distancia que requerían sus ojos.

Junto a la rosaleda, todo parecía tranquilo, aunque no duró mucho su apreciada soledad. Pronto descubrió a su lado a un criado que le rogaba que acompañara a los demás invitados a la otra parte del jardín, donde iban a sucederse los espectáculos que la prometida de Don Álvaro había elegido para celebrar su enlace. Fray Jaime declinó la invitación.

—Me quedaré aquí un rato. El vino ha debido afectarme. Decid a Don Álvaro que me reuniré con ellos más tarde.

El criado se retiró, mostrando sus respetos con una reverencia. Escuchó las ovaciones ante los fuegos de artificio que tronaban demasiado cerca. Se sintió molesto por el ruido y decidió acudir donde se sucedían los festejos pues no tenía más remedio que participar de ellos.

Se levantó despacio y, al darse la vuelta, vio a una figura que parecía mirarle, no solo a él, sino también dentro de él.

—¡Estáis aquí, Fray Jaime! He venido a petición de mi prometido, desea que me acompañéis.

Parecía más dulce y maravillosa aun que antes, si era posible. Se mostró cauto ante su voz susurrante y demoledora.

—Me dirigía hacia allí en este mismo momento, señora —intentó caminar, pero su cuerpo estaba terriblemente cansado.

—¿Qué os ocurre? —preguntó Alba, mostrando una escondida sonrisa tras sus palabras—. ¿Acaso el vino ha hecho mella en vuestro ánimo?

—Así ha debido ocurrir. Si no, no entiendo a qué se debe este cansancio repentino.

—¿Me permitís que os ayude? —dijo acercándose.

Fray Jaime sintió que su cansancio aumentaba, a medida que se acercaba. Cuando cogió su brazo para ayudarle, sintió como si un muro de piedra cayera sobre él y sus piernas se doblaron. La mujer evitó su caída.

—Sois muy fuerte —exclamó, admirado de la fortaleza de sus brazos femeninos.

Alba sonrió y continuó ayudándole. Poco a poco, Fray Jaime pareció ir acostumbrándose al cansancio y aprendió a dar pasos lentos hasta llegar a un confortable sillón en primera fila. Alba se sentó entre él y su prometido, a disfrutar de las representaciones.

Los entretenimientos y bailes comenzaron. Se sucedían unos frente a otros, sin dar tiempo a que las miradas de los invitados pudiesen captarlo todo. Era una nueva forma de representar distintas amenidades en un mismo momento.

Algunos de los invitados fueron elegidos como participantes para colaborar con los artistas y bailarines. Las inocentes voces de un coro infantil animaban junto a los músicos. Un forzudo competía contra sí mismo por doblar una barra de hierro, que sostenía entre sus grandes manos. Un hombre alto y fornido, que llevaba un turbante sobre su cabeza, contorsionaba su cuerpo hasta adoptar posturas imposibles. Dos hombres luchaban sin armas, ante las ovaciones del público, que apostaba con monedas. Otro hizo desaparecer unas palomas blancas bajo un manto dorado. Un gran número de halcones sobrevolaron la sala. El cuadro, desde las sillas principales que ocupaban los anfitriones y sus invitados más ilustres, era privilegiado, pues podían ver casi todo al mismo tiempo. Era deslumbrante.

La música y las voces infantiles atrajeron la mirada de los curiosos, que se acercaron al muro que rodeaba el jardín y se alzaron sobre él para mirar. Alba vio a algunos de los lugareños junto a la puerta y pidió a su marido que la abriera. La felicidad que Álvaro sentía era tan grande que no pudo negarse y ordenó a su criado que los invitase a entrar y a participar de la fiesta. Ordenó también que les diese las sobras de la cena y repartiera vino a todo el que quisiera. El pueblo agradeció su gesto y el de la futura señora, que lucía más bella que nunca junto a él.

Fray Jaime se sintió absolutamente incómodo cuando Don Álvaro dejó entrar a aquellos hombres, mujeres y niños, mal vestidos y hambrientos, que no eran capaces de comportarse educadamente. El barullo de sus voces y sus risas ante las representaciones se le hizo insoportable. No quiso marcharse, temiendo que la familia lo tomara como un insulto. Se habían tomado muchas molestias en lograr que aquella fuese la más ostentosa de las fiestas a las que había asistido y no quería despreciar ni uno de sus esfuerzos, pero la presencia del vulgar populacho se le hacía insufrible. Más aun cuando Don Álvaro y su prometida se mezclaron entre ellos, para recibir sus felicitaciones y sus humildes regalos.

Alba parecía sentirse completamente a gusto entre los sencillos y vulgares aldeanos. Su prometido recibió la mirada despectiva del inquisidor y se preguntó si se habían excedido. Durante unos minutos, la perdió de vista. La buscó, pero, al no encontrarla, regresó a su asiento junto a su familia. Su silla estaba vacía, preguntó a su hija, pero esta no sabía dónde había ido.

La música y el coro infantil cesaron, dejando paso al murmullo de los aldeanos y los invitados, durante unos instantes. Después, un ritmo acompasado invadió la estancia. Un hombre negro, de cuyo cuello colgaba una correa de cuero que sujetaba un timbal, entró en la sala y se sentó en el centro, doblando sus piernas sobre el suelo. Comenzó a tocar con energía, cerrando los ojos con sentimiento, como si sintiese cada golpe que daba sobre las tripas del animal con las que estaba fabricado el instrumento.

Tres criados entraron portando una cesta cada uno. Las dejaron junto a él y las destaparon, huyendo con rapidez. Por la boca de una de las cestas, asomó la cabeza de una cobra negra, brillante y repugnante, que causó un estallido de temor en todos los presentes, que se retiraron hacia los rincones. La serpiente rodeó al hombre que tocaba el timbal, despreocupado y ajeno al peligro que le acechaba.

Tras la aparición del primer animal, se sucedió una segunda cobra de piel dorada, más bella que la anterior. Era de una belleza sin igual. Cualquiera podía caer en la trampa de algo hermoso, sin percibir que el mal puede esconderse incluso tras la belleza. La segunda serpiente se movió y ambas se arrastraron sobre el suelo, rodeando al músico, sin que este mostrase señal alguna de temor.

Una tercera serpiente asomó su cabeza y sacudió su cuerpo antes de caer al suelo con fuerza y rapidez. Su piel era blanca, casi sonrosada y sus ojos rojos como rubíes. La muchedumbre se asustó y se arrellanó junto al muro del jardín, dispuestos a saltarlo si era necesario. Algunos invitados se levantaron de sus sillas y corrieron hacia fuera, ante la hermosa y terrible visión del animal.

Álvaro buscó a Alba, pero su silla permanecía vacía. La tercera serpiente se mostraba mucho más agresiva, emitiendo sonidos pavorosos mientras asomaba su lengua roja partida en dos. Los rostros de los invitados eran de temor y repulsión. Los demás artistas habían dejado de mostrar sus habilidades al público, para ocuparse también de contemplar a los tres animales, que parecían bailar al ritmo de la percusión.

Una mujer se deslizó entre las tres serpientes, saltando sobre ellas con los pies desnudos. Su rostro estaba oculto por un velo azul como una noche de estrellas y su melena negra caía tapando su espalda semidesnuda. Su piel era blanca y contrastaba con el brillo de la piel negra del músico. Una falda del mismo color que el velo y de igual sutileza ocultaba débilmente sus partes íntimas mientras sus pechos se alzaban gráciles, mientras bailaba.

Ninguno de los asistentes había visto nunca una danza igual, contoneaba sus caderas y movía su vientre de una forma inverosímil. En su ombligo sostenía una piedra de color rojo como los ojos de la serpiente blanca, que agitaba su cabeza intentando morder sus pies.

La gente dejaba escapar ovaciones de horror y de admiración por el baile de la muchacha, que llevaba tapados los ojos con una venda oscura. En alguna ocasión, pisó a alguna de las serpientes y estas respondieron con agresividad, intentando morderla.

Con un sutil y único movimiento, la mujer frenó sus pasos, dejándose caer entre las tres, con su cuerpo estirado boca arriba, asumiendo una quietud que era igual de admirable. Parecía imposible frenar aquel baile tan llamativo y apresurado de la forma en que lo hizo. Era una experta bailarina.

Mientras todos se preguntaban de dónde provenía su danza, Álvaro buscó a su prometida entre los invitados. No la encontró y lamentó que se perdiera el maravilloso espectáculo. Aunque, seguramente, ella misma lo había elegido, como había hecho con todos los demás.

El inquisidor no estaba cómodo, se mordía el puño mientras veía los movimientos de la mujer. Entre dientes, masculló una plegaria y Álvaro supo que el espectáculo no estaba siendo de su agrado. Le pareció escucharle decir que era indecoroso e incluso obsceno, pero decidió tomar más en cuenta la pasión con que la mayoría de los invitados admiraban la danza y a su creadora.

La mujer permanecía tumbada, agitando su vientre con maestría, subiéndolo y bajándolo, más rápidamente al principio, para ir frenándolo después, acortando la duración de cada subida y bajada, al mismo ritmo del timbal, hasta que este cesó y ella dejó de moverlo por completo. Solo su pecho respiraba agitado.

Se hizo un silencio atronador. Estiró sus brazos y separó sus piernas a ambos lados. Las serpientes continuaban su baile, se acercaron a ella y la rodearon para después abalanzarse rápidas, arrastrándose sobre su cuerpo. La negra se arrastró sobre su cuello, la dorada lo hizo sobre su vientre y la cobra albina se ocultó bajo su falda.

Una mujer lanzó un grito sofocado, tras imaginar lo que podría ocurrir y se desplomó sobre el suelo. Todos imaginaron que la serpiente sería capaz de penetrar a la muchacha, pero no ocurrió así, se arrastró sobre su pubis hasta salir sobre su ombligo. Durante unos instantes, parecieron encontrarse cómodamente, sintiendo el calor de una piel humana bajo sus pieles frías, pero entonces, la mujer comenzó a moverse de nuevo. Su vientre subía y bajaba como antes, moviendo a las serpientes con cada golpe, a ritmo del timbal, que sonaba una vez más. Todos pudieron ver con horror como las cobras se caían unas sobre otras a un lado de su cuerpo y, al sentirse, se revolvían mordiéndose entre ellas.

La mujer se levantó de un salto entre el espeluznante espectáculo y comenzó a mover sus pechos desnudos a ambos lados, haciendo círculos con ellos, lo que provocó la excitación de los asistentes. El inquisidor se levantó escandalizado por las demostraciones impúdicas y le gritó a Don Álvaro, que no fue capaz de oírle. Intentó marcharse, pero el cansancio le invadió y no pudo hacerlo tan aprisa como hubiese querido.

Vidal acudió en su ayuda en cuanto vio su rostro malhumorado y cuando estuvo cerca de su padre le lanzó una mirada de desprecio. Mientras intentaba ayudar a su protector, su hijo no podía evitar lanzar miradas lascivas a la muchacha, que agitaba sus pechos desnudos ante la gente. Sus ganas de continuar mirándola aumentaron cuando vio que se quitaba la falda, mostrando otra, más tenue y sutil, debajo de la anterior.

La mujer cogió la tela y la lanzó hacia Don Álvaro. Este la recogió avergonzado, sin saber si debía sonreír o sentirse molesto. Algunos rieron y otros mascullaron exclamaciones de disgusto por el gesto hacia el anfitrión. Solo el velo que ocultaba la mitad baja de su rostro tapaba un pequeño trozo de su piel. Se mostraba altiva, mostrando sus pechos con orgullo. Se paró ante los invitados, alzó a la serpiente albina con sus propias manos y la acogió entre sus pechos, acercándose después para asustarles. Los ojos rojos del animal se confundieron con los dos rubíes que brillaban alrededor de su muñeca. Álvaro reconoció enseguida el brazalete.

Algunos hombres corrieron y otros permanecieron quietos, intentando no mostrar el terror que sentían, luchando por demostrar su hombría. Las mujeres se arremolinaron al final del jardín, mezclándose con los aldeanos, sin considerar que su alta cuna les impedía juntarse con zafios y mendigos.

Tras divertirse un rato, la mujer regresó al centro de la sala. El músico dejó de tocar y recogió a las serpientes metiéndolas en sus cestas. Don Álvaro suspiró aliviado, parecía que el baile iba a terminar por fin. El inquisidor no hizo más esfuerzo por marcharse, en su interior quería saber cómo acabaría aquello.

Vidal tampoco insistió más en su ayuda. También él deseaba continuar mirando las partes íntimas y cautivadoras de aquella bella mujer. Contempló la silla vacía junto a su padre y empezó a atar cabos, aunque ya era tarde.

La mujer arrancó su velo de la cara, mostrando a todos su rostro. Los invitados se acercaron para verla porque no podían creerlo. Álvaro se sintió ultrajado, su futura esposa acababa de hacer aquella demostración de lujuria y lascivia con su danza, delante de todos sus amigos y conocidos, del inquisidor, de sus hijos y de su yerno, de sus criados y de los aldeanos del pueblo. No sabía que ella fuese capaz de bailar así. Se preguntó qué otra infamia habría aprendido.

El inquisidor no daba crédito, se dejó caer de nuevo sobre su sillón. Ahora no era el momento de marcharse. Todas las sospechas y conjuras que Vidal había hecho contra ella en su presencia eran ciertas. La mujer ocultaba secretos que empezaban a mostrarse. Vidal se quedó tras él, mirando el espectáculo, con una gran sonrisa en sus labios, sintiendo el dolor y la vergüenza de su padre como una batalla ganada.

Elena lamentó que Alba hiciera aquello. El ama sintió lo

mismo y acudió a su encuentro, para consolarla. No era la misma, lo había notado en su primer encuentro y ahora lo había corroborado con el bochornoso espectáculo.

La gente se arremolinó a su alrededor para contemplarla. Querían comprobar que era cierto lo que veían, el rostro de la futura señora de Abrantes envuelto en tules y gasas, tras haber bailado estoicamente con las tres bestias terribles. Algunos incluso se atrevieron a tocar sus brazos y sus pies desnudos con la punta de sus dedos para estar seguros de que no era una aparición, y Alba dejó que lo hicieran.

Esperó hasta estar segura de que su futuro esposo, su familia y sus invitados más allegados podían verla con facilidad y entonces arrancó su falda de un solo golpe, mostrando su cuerpo completamente desnudo. El vello de su pubis se entregaba húmedo a los ojos ajenos y en el centro de sus pechos se escurrían unas gotas de sudor. Levantó sus brazos y los pezones se alzaron mostrando toda su belleza, separó un poco sus piernas y sintió el aire que la refrescaba. Con sus manos, levantó su melena tras su cabeza y permaneció así, ante todos y ante la mirada de humillación de Álvaro. Se sintió satisfecha de consumar al fin su venganza. Nada podía hacerle más daño que la vergüenza.

El silencio lo invadió todo. El corazón de Álvaro quiso escapársele por la boca. El inquisidor le miró, exigiéndole que hiciera algo, pero él no fue capaz de realizar ningún movimiento.

El músico apartó los timbales a un lado y se marchó hacia donde había otro instrumento. Levantó la tapa que ocultaba las teclas y puso su dedo índice sobre una de ellas, dejando que sonara una única vez, con un sonido profundo que parecía venir de lo más recóndito de algún lugar inimaginable.

Alba dejó caer su melena sobre su espalda y comenzó a decir unas palabras en latín. El inquisidor pudo entender perfectamente su maldición.

—*MALEDICTUS AETERNAM EST!* —gritó, mirando fijamente a su futuro esposo. Acercó el pulgar a sus labios y lo besó con fuerza, dando por acabado su conjuro.

—¡Es una bruja! —gritó una mujer horrorizada.

Todos intentaron huir. Mientras el criado corría a abrir las puertas, algunos saltaron el muro del jardín, trepando sobre los que estaban a su lado, para ser los primeros en escapar. Incapaces de distinguirse los ilustres entre los pueblerinos, de ellos se había apoderado el mismo terror.

Álvaro sentía la mayor de las vergüenzas y una terrible tristeza había empezado a apoderarse de él, pero aún le quedaba la esperanza de creer que se había vuelto loca. Quizá había pasado por terribles experiencias y sufrimientos que le habían hecho perder la razón. Pero los demás no parecían pensar como él. En sus rostros podía ver el temor y la indignación. Sintió que debía hacer algo, pero su alma destrozada le impedía pensar con claridad. Tan solo tenía tiempo de anhelar que Alba tuviese una explicación a aquel ultraje.

Levantó su rostro, hasta entonces oculto entre sus manos, en un intento de atraer la comprensión a su razón, cuando sintió que Alba le estaba mirando. Sus ojos se mostraban amenazadores y brillantes. Se sintió aliviado, al pensar que quizá estuviera llorando, arrepentida. Se levantó acercándose, cogió la falda que yacía en el suelo, pues estaba dispuesto a tapar su cuerpo y llevársela de allí, antes de que a algún aldeano se le ocurriese atacarla. Podía escuchar sus gritos e insultos y entre ellos una palabra sonaba mucho más fuerte que las otras. Se horrorizó con solo pensarlo. ¿Y si el inquisidor tomaba en serio lo que la gente gritaba?

Mientras se acercaba, Alba estaba quieta en mitad de la sala, ya casi vacía. Parecía que algo más fuerte que ella se hubiese apoderado de su cuerpo rígido. No parecía el mismo que minutos antes se había movido de forma tan asombrosa. No pudo llegar hasta ella, la vio levantar su mano, haciendo una señal con sus dedos alzados y ocurrió algo que no supo cómo explicarse. Una fuerza poderosa e invisible le impedía seguir caminando hacia ella. Sentía todo su odio, como si una llama ardiera en su interior. Sintió que se quemaba, cayó al suelo y comenzó a retorcerse de dolor.

Don Pedro de Azaga y su hijo Vidal acudieron en su ayuda. Lo sacaron de allí, a pesar de que él no hubiese querido marcharse. Todos huyeron. El inquisidor fue ayudado también, porque su cuerpo continuaba débil, aunque aún no entendía por qué, pues siempre había sido ágil y fuerte.

El ama y los criados también salieron. Todos menos Elena se alejaron de la mujer, que ya no se parecía en nada a la que iba a formar parte de la familia. Corrieron hacia las puertas del jardín.

El criado ayudó a salir al inquisidor. Fueron los primeros y los únicos pues, cuando los miembros de la familia lo intentaron, la puerta se cerró de un golpe, sellándose con fuego. Todos pudieron ver el hecho extraordinario y ninguno se atrevió a tocar la reja. Intentaron saltar el muro, pero también ardía al contacto de sus manos.

Alba corrió hacia las escaleras, subió deprisa los escalones sin que las plantas de sus pies tocaran el suelo, sintió que volaba con cada paso. Se encerró en su alcoba y se acercó a la ventana. La abrió y, dirigiéndose a ellos, lanzó un alarido que no se parecía a ningún sonido que conocieran, y sintieron un pánico como jamás habían sentido.

Sonrió al ver sus rostros aterrorizados. Todos los que debían estar allí, allí estaban. Ni uno más ni uno menos. Su prometido y su hijo, Don Pedro de Azaga y Elena, a quien protegería mucho mejor si permanecía dentro de la casa. Ninguno saldría hasta haber recibido lo que sus almas negras merecían. No sabía cómo, pero el castigo que ellos habían infringido, les sería devuelto con creces.

XXXI

El linaje

La vio llegar desde lejos, con su caminar cadencioso, y su corazón se alegró. Su memoria la devolvió a los días entre sus hermanas. Ya no pertenecía a ellas, sentía que las había traicionado. Hacía tiempo que había roto la promesa que hiciera un día de no atentar jamás contra la naturaleza y ahora se había descubierto, poniéndolas en peligro a ellas también.

Alía se acercó a la puerta. Alba cerró los ojos y agudizó su oído. Las palabras de su maestra llegaron hasta la alcoba como tiernos susurros.

—No querrá veros —dijo Elena entre sollozos desde el otro lado de la reja—. Hace dos días que no deja que salga ni entre nadie, ni siquiera me atrevo a tocar esa puerta. Ayer provocó que cayera un rayo sobre mi hermano cuando intentaba saltar el muro para escapar. ¡Y el cielo estaba tan raso como esta tarde! ¡No había el menor signo de tormenta! Decidme, ¿cómo es Alba capaz de hacer tales prodigios? —le preguntó, ansiosa por comprender—. Desde la fiesta, hemos dormido en los establos. Ni siquiera sé cómo ha permitido que os acerquéis hasta aquí.

—A mí no puede negarme casi nada, ya veis que me ha dejado pasar. En el fondo —dijo mirando hacia la casa—, desea ser ayudada.

—¡No toquéis la puerta! —le advirtió Elena, antes de que se acercara demasiado al hierro—. Está sellada y quema como el fuego. Mi esposo se quemó las manos anoche, al intentar abrirla. Lo que vengáis a pedirle hoy, os lo negará. ¡Ya no es la misma! —se lamentó y bajó la cabeza—. Aunque, si conseguís acercaros a ella... ¿Querréis decirle que la quiero? Ella ha sido para mí como mi hermana mayor —dijo, con la voz entrecortada por las lágrimas.

Alía le acarició el rostro metiendo la mano entre la reja. Después, puso su mano sobre el picaporte e intentó abrir. Alba la miraba desde la ventana, alzó sus manos y el hierro se volvió frío por un instante, para que pudiera entrar. Después, el hierro volvió a calentarse hasta tornarse rojizo de nuevo.

Escuchó su voz que la llamaba. Apenas reconocía su nombre, no le respondió. Decidió esperarla en la biblioteca, el mejor lugar para sentirse protegida y embargada de todo su poder, pues ambas sabían que el poder de la palabra es el poder de la diosa en el mundo. Ahora podía sentir otro poder, igual de fuerte, aunque no igual de hermoso, oscuro y podrido, como el odio que crecía en su corazón.

Los libros, los lícitos y los prohibidos, la envolvieron con la energía de sus palabras. Ella había elegido la escritura como medio para transmitir su poder y ahora ellos le devolvían el favor. Por primera vez, aquellos libros se sentían también dueños del mundo y no fugitivos, ni perseguidos por la ignorancia. Se sintieron vivos, como lo hicieron mientras fueron escritos, antes de que cerrasen sus páginas para siempre y muriesen, al no volver a ser leídos.

La esperó de pie, vestida de negro. Escuchó sus pasos, el rozar del bajo de su vestido trajo hasta su nariz un aroma a mar que evocó miles de recuerdos de su infancia, provocando más dolor en su corazón. Solo si su madre hubiese entrado en la biblioteca, hubiese doblegado su voluntad de vengarse, pero no fue así.

Alía apareció ante la puerta. Alba estaba de espaldas, ante la mesa, en la que había una pluma en un tintero y un papel en blanco. No los utilizaría contra su maestra, pues no conocía hasta qué punto llegaba su poder. No arriesgaría su vida, a no ser que hiciese algo para interponerse en su camino.

Su maestra entró y se acercó poniéndose frente a ella. La luz de la tarde nublada entró por la ventana y Alba pudo ver de nuevo los colores del aura que rodeaban su cuerpo.

Alía le sonrió. Alba no le devolvió la sonrisa, sentía demasiada tristeza.

—No vengo a intentar convenceros —exclamó, adivinando sus pensamientos.

—¿Entonces... a qué habéis venido? —preguntó Alba.

—¡Nos habéis puesto en peligro! ¡Todos han visto el inmenso poder que tenéis! Si he venido es para hablaros de algo que ocurrirá inevitablemente, a no ser que os retractéis con la diosa y regreséis al lado de la luz.

—¿Y qué razones tengo para regresar a ese lado? —le preguntó, con sarcasmo.

—La razón es muy simple. Es el único lado verdadero. ¿Qué os ha ocurrido? Ahora imitáis a los hombres, como si vos también fueseis solamente humana.

—¡Ser humana sería mejor! Quisiera ser simplemente una mujer, así no necesitaría aspirar a un desagravio de tanta envergadura. Podría conformarme con matar.

—Ya sabes quién mató a vuestros padres, puedo verlo en vuestro rostro —dijo Alía, con la voz quebrada—. Yo también lo sé. ¡Todos lo hicieron! Cada uno de ellos, con su incomprensión y sus juicios de valor, los mataron. Con su ignorancia y su miedo a crecer y a cambiar. Pero si aún no habéis matado al culpable, es porque hay algo que os lo impide. El poder de la diosa está dentro de vos todavía, porque solo Ella es tan poderosa para convivir en la misma casa en la que vive el mal.

Se sintió llena de ira. ¿Acaso ella podía comprender el dolor que sentía? Aún podía recordar el amanecer que huyó con su hermana de la mano, el miedo, el aroma del fuego quemando la carne de su carne. Nadie podía comprender el horror que su mente se empeñaba en recordar, una y otra vez, como si solo ese momento hubiese sido vivido.

—¡No queda nada bueno en mí! ¡No insistáis, no lograréis apartarme del camino que he elegido!

La miró para ver lo que se ocultaba tras sus ojos y vio un intenso temor. Fue la primera vez que supo que Alía era capaz de sentir miedo. Aquel descubrimiento la llenó aún más de soberbia y vanidad. Su ego se vio fortalecido.

Se movió rápida entre la sala y, con cada movimiento de sus brazos, de sus piernas y de los pliegues de su vestido, los libros, la alfombra, los muebles y todo lo que estaba cerca, vibró ante su paso. Las paredes parecieron acercarse unas a otras y la habitación se convirtió en un escudo de protección contra Alía y sus palabras de bondad.

Los ojos de su maestra la miraban con horror, toda la belleza de su rostro desapareció. Se movía en una vibración distinta a la del mundo, de tal forma que, hasta su sombra, incluso su piel y sus huesos, se quedaron atrás, esperando el momento para volver a encontrarse con el resto de su cuerpo. La visión era espeluznante. Jamás había visto una demostración de poder semejante. El miedo había empezado a apoderarse de ella, estaba rígida, como si no pudiera moverse, pero aún era fuerte y encontró su fuerza en el amor que sentía por Alba.

Comenzó a hablarle, alzando su voz por encima del sonido estridente que provocaban las vibraciones de su influjo. Era un sonido pétreo, como si cientos de muros de piedra cayeran al mismo tiempo en distintos lugares del mundo. Eran los muros de la verdad, la que debía sobresalir por encima del odio de su discípula y de su propio miedo. Porque quizá la verdad era lo único que podría salvarla.

—¡Escuchadme, hermana! ¡A mí no podéis asustarme con las demostraciones del poder oscuro! ¡La diosa os ama todavía! —gritó con desesperación desde una esquina de la sala—. ¡Ha llegado el momento de que escuchéis la verdad! —sintió resecos sus labios y una tos molesta le brotó del pecho—. Juré no deciros nada y lo hice para intentar salvaros a vos y Ana, pero ahora es necesario que sea sincera, si con ello consigo que regreséis al lado de la sabiduría —tragó saliva para aliviar el picor de su garganta—. ¡Vos, Isabel, sois sangre de mi sangre!

—¡No puedo creeros!

—No queréis creerme, pero en el fondo de vuestro corazón conocéis la verdad desde hace mucho tiempo. Siempre sentisteis que algo muy fuerte os unía a mí. No os miento, Isabel, vuestra madre era mi hermana.

—¡Mentís! Si así fuera, ¿por qué no fue una mujer sabia?

—Lo fue, pero nunca tomó la decisión de desarrollar su poder, porque así debía ser su destino. Una de nosotras debe descubrir el poder de la sabiduría y entregarse a la diosa, mientras la otra debe ser el siguiente eslabón de la cadena. Vuestra madre trajo al mundo a dos mujeres sabias para que nuestro linaje continúe. Ana es el eslabón y vos continuaréis con mi legado, pues buscasteis la verdad dentro de vos. ¡Entregasteis vuestra vida a cambio de la sabiduría! ¿Comprendéis?

Todo empezaba a tener sentido. Sus palabras parecían ciertas; sin embargo, Alba no quería creerla.

—Aun si fuera cierto, no justifica...

—No justifica su muerte, lo sé —se adelantó Alía—, pero los hombres temen lo que es diferente, por eso hacen desaparecer aquello que les asusta. La educación y la cultura son nuestras mejores armas para enfrentarnos a los demás y saber defendernos, porque es más fácil engañar y someter a un ignorante. Pero solo unos pocos creen merecerla y se creen con derecho a negársela a los otros. Nadie debería morir por intentar transmitirla.

—¡No nos llaméis así!

—¿Y por qué no? ¡Son ellos los que hacen que esa palabra sea un insulto! Es un honor, pero como ocurre con todos los honores, hay que ganárselos. Vos lo habíais hecho, pero, con la rabia que sentís, no solo estáis perdiendo la confianza que la diosa puso en vos, también estáis deshonrando a nuestra familia y a todo nuestro linaje.

—¡Yo no tengo familia, ni pertenezco a linaje alguno!

—¡Tenéis una hermana a la que proteger!

—¡Y está protegida! Me ocupé de que fuera así, antes de regresar.

—¿Es eso lo que creéis? ¡Si hacéis daño a la familia Abrantes, nos buscarán hasta encontrarnos a todas, incluida Ana! ¡Volverá a ocurrir de nuevo! Y esta vez no podremos defendernos. Ninguna de nosotras tiene poder para hacer el mal —suspiró, ante lo que iba a decir—. ¡Solo vos sois capaz de hacerlo!

Sintió cierta satisfacción interior. Era cierto, era capaz de hacer el mal al fin. Se sentía poderosa. Estaba por encima de cualquier ser humano, incluso de aquellos que eran capaces de matar.

—¿Dónde estabais cuando mataron a mis padres? —le preguntó, con toda la rabia que podía guardar en su interior.

—En las cuevas. Siempre he estado allí. Mi historia es parecida a la vuestra, quise aprender la sabiduría tras sufrir una larga enfermedad que me mantuvo alejada de la vida y del mundo, durante mucho tiempo. Logré sanar por mi fuerza interior, y fue entonces cuando dejé mi casa y mi familia para convertirme en una mujer sabia. ¡Vuestro padre os envió a la playa, porque sabía que yo estaba allí y deseó que os encontrara!

—¡Pero no lo hicisteis! —gritó.

—¡No podía interceder! ¡Solo la diosa sabe quién ha de ser una mujer sabia! Pertenecéis al linaje más poderoso, nuestra familia se extiende en el pasado, hasta los orígenes del mundo. Por vuestras venas corre la sangre de muchas mujeres sabias, que eligieron este destino para descubrir su poder, honrando a la diosa como su creadora. En el futuro, será también nuestro linaje el que continuará, y otros muchos linajes que, como el nuestro, seguirán transmitiendo a otras mujeres sabias el poder femenino. Hasta que llegue un día en que el hombre no pueda someter nunca más a la mujer y esta sea libre para siempre. Somos aquellas que siempre se salen de la norma, en cualquier época. Injuriadas, vilipendiadas, envidiadas y odiadas por los que se aferran al pasado, impidiendo la evolución del mundo. Siempre hemos tenido que huir porque siempre hemos sido perseguidas. Pero no siempre han logrado destruirnos.

—Mis padres, ¡lo sabían!

—Por eso nunca os hablaron de mí, querían que estuvierais a salvo. Desconocer vuestro linaje era la forma más segura de manteneros con vida —los ojos de Alba se empañaron y la vista se le nubló. Apenas podía asimilar tanta injusticia—. Vuestra misión es muy importante —continuó Alía—. Lleváis dentro la savia que libera el poder femenino. No lo envilezcáis con vuestro rencor. No tenéis derecho, pues no es solo vuestro, pertenece a muchas otras mujeres sabias que están por venir. —Alba apenas podía asimilar lo que estaba oyendo. El resentimiento era la única sangre que corría por sus venas—. Mis poderes no fueron como los vuestros —continuó—, ni tampoco nunca tuve deseos de cruzar al otro lado, siempre me mantuve junto a la diosa porque a Ella le debo mi vida y mi alma. Algo que vos habéis olvidado, a pesar de mis enseñanzas. Vuestra hermana Ana garantiza la continuación de nuestro linaje —vio los ojos de Alba y como iba asumiendo, palabra a palabra, la historia de su familia—. Escuché que dos niñas habían huido del pueblo esa misma noche. Fue entonces cuando decidí quedarme en las cuevas hasta que una de ellas, la que la diosa eligiera, regresara a mí. Sabía que ocurriría, nuestro linaje tiende a unirse para que podamos transmitir la sabiduría de una generación a otra, pero vos habéis superado todo lo que yo era y lo que seré jamás. Enseguida me di cuenta de que erais especial y, seguramente, tendríais una misión más especial que la de ninguna otra mujer sabia. Por eso, os envié junto a Yemalé. Quise que desarrollarais un gran poder, pero nunca imaginé que desearíais aprender también los dones de la magia oscura —sus ojos se llenaron de lágrimas—. A partir de vos, las mujeres sabias serán mucho más poderosas.

—Yemalé me dijo que habíais sido su maestra —respondió Alba.

—Así fue, pero ella me superó en conocimientos, gracias a sus viajes y sus encuentros con magias de otras culturas, algo que yo no podía enseñaros.

—¿Por qué no me dijisteis antes que soy de vuestra propia sangre? —preguntó, airada.

—Porque debíais vivir vuestro propio destino y porque nunca quise que volvierais. Cuando vi vuestros ojos por primera vez, reconocí a mi hermana en ellos, pero también vi el odio que ya llevabais dentro. Al enviaros con Yemalé, pretendía que nunca regresarais aquí, necesitabais olvidar y comenzar de nuevo. Después, cuando escuché que os habían raptado los piratas, rogué a la diosa para que no sufrierais ningún daño, aunque sabía que vos misma podíais protegeros. Me alegré, al mismo tiempo, porque os marchabais. Pero regresasteis y lo hicisteis con una sola idea, la de resarciros. Entonces supe que ya no habría vuelta atrás, vuestro deseo de venganza era más poderoso que todo lo que habíais aprendido. Entré en vuestro pensamiento y supe por qué habíais huido. Vi la lista que encontrasteis y lo comprendí todo, pero no podía interceder. Solo la diosa puede hacerlo.

—¡Vos y la diosa! ¡Estoy cansada de escucharos decir que Ella lo sabe todo, que ve todo lo que hago, lo que pienso, y que dirige mi destino! ¿Por qué no me ha quitado mi poder, si tanto me conoce? ¿Por qué permite que lleve a cabo mi plan, si tanto me ama? ¿Y por qué me ha dado el amor tantas veces, para después arrancármelo sin compasión? ¿No soy su hija más amada y la más poderosa? —tras sus preguntas, brotó de sus labios una carcajada cargada de ironía.

—¡Sabéis que, si seguís con vuestra idea de usar vuestro poder para hacer el mal, me pondré en vuestro camino! —exclamó Alía, con solemnidad.

—¡Y vos sabéis que os apartaré con un solo gesto!

—Habéis cambiado tanto que ni la sangre que corre por vuestras venas podrá frenaros, pero no importa. Pronto llegará una mujer sabia cuyo poder, ni siquiera vos, podéis igualar.

Ambas sabían que a Alba le hubiera bastado escribir sobre el papel en blanco para acabar con ella para siempre. Podría haberla matado escribiendo una sencilla palabra negra que la destruyera. No obstante, Alía la amaba, su corazón solo podía sentir amor ante la imagen que estaba viendo. Era la belleza pura y sublime, nunca había visto un rostro como el suyo.

Ni siquiera cuando era una niña aún, la había visto tan bella. Sintió que deseaba doblegarse a sus deseos, actuar como ella quisiera. Su visión la embargó y la emocionó, hasta tal punto, que supo que no podría negarle nada. ¡Si le pidiera su alma, se la daría! Su propia vida, a cambio de que aquella belleza suya continuara.

Entonces, se dio cuenta. Alba le mostraba su imagen más elevada para controlar su voluntad. No podía permitirlo. Cerró los ojos y la belleza de su imagen desapareció.

Su discípula regresó a la vibración del principio, desde donde su imagen más negra cobraba vida de nuevo, mostrando el auténtico color oscuro de su alma. No había ganado esta vez, pero volvería a intentarlo.

Alía abrió los ojos y sintió el horror de ver en lo que se había convertido.

—¡No existe una mujer así! ¡Ambas sabemos que no existe nadie que pueda vencerme! —gritó.

—¡No es cierto! —insistió Alía—. ¡La que vendrá tiene tanto poder que no necesita de conjuros ni hechizos, ni de ningún medio humano o divino, para expresarse! Le basta un solo pensamiento para ejecutar todo el poder de la diosa, y esta le dará todo el que os dio antes a vos y que habéis rechazado al cruzar al otro lado.

—Yo tengo todo el poder ahora, el otro lado es mucho más poderoso en este mundo. Ninguna mujer sabia podrá evitar que cumpla mi destino. ¡Lucharé con la mujer de la que me habláis y venceré, de la misma forma que os venceré a vos, si intentáis detenerme! —respondió con arrogancia.

—¡Entonces, no os detendré! —Alía se mostró rendida—. No gastaré mi energía de luz en alguien que ha cruzado al otro lado, llevada por un deseo tan innoble como la venganza. Es demasiado humano. Pero recordad que también mataron a mi hermana, no solo vos sufristeis su muerte.

Cruzó despacio la sala hacia la puerta, pero antes de salir se volvió para hablarle de nuevo.

—Dejad que Elena acuda a la playa esta noche. Y venid vos también. ¡Olvidad todo esto y regresad con nosotras!

—No es buena idea que acudáis a la playa esta noche. Ahora corréis peligro —le respondió, advirtiéndola.

—Acudiremos, como cada plenilunio, pues no tenemos nada que temer. No hemos hecho ningún mal.

—¡Pero la gente no piensa así! Y después de la fiesta, es posible que estén esperando para prenderos.

—La diosa decidirá cuál es nuestro destino, como también decidirá el vuestro —respondió Alía—. La que vendrá es tan poderosa que ni siquiera necesita ser llamada. Un poder mucho mayor que cualquiera que podáis imaginar la traerá hasta vuestra presencia, y entonces, solo habrá dos caminos, el perdón si lo reclamáis, o vuestra destrucción.

—¡Me destruirá, entonces! —rio Alba.

—Así será —respondió, sin bajar la guardia.

Ya no podía estar segura de salir con vida de aquella habitación. Ya no confiaba en ella, pero se atrevió a darle la espalda. Cogió el picaporte, pero no pudo abrir. La puerta estaba cerrada de tal forma que parecía que la hubiesen sellado desde dentro. Sus piernas y sus manos temblaron. Su garganta era incapaz de tragar con normalidad su propia saliva. Temió que hubiese llegado el final. Rogó a la diosa que la ayudara. Reunió todo el valor que le quedaba y se dio de nuevo la vuelta para enfrentarse a ella, o a lo que fuera que vieran sus ojos. Quizá, el mismo demonio.

Alba estaba en el mismo lugar, con el rostro impasible y su oscuridad innoble. Sus labios estaban arqueados, dibujando una sonrisa de ganadora. A pesar de todo, Alía no iba a permitir que intuyese su temor. Se mantuvo firme, intentando respirar lo suficiente para no ahogarse.

Con un gesto de su mano, Alba abrió la puerta y la dejó marchar. Todo estaba dicho entre ellas. Sin utilizar palabras, le gritó, mientras se alejaba.

—¡No luchéis contra mí, maestra!

En el silencio, escuchó la muda respuesta de Alía.

—Ruego para que la diosa lo haga por mí.

—¡Vos sois la única que puede hablar con ella! —le gritó su esposo—. ¡Os ordeno que le roguéis, si hace falta!

—¡Ya lo he hecho y no ha querido escucharme! —respondió Elena.

—¡Pues haced algo para que os escuche! No puedo quedarme para siempre en este establo. Estoy enfermo y deseo regresar a mi casa.

—Egoísta hasta el fin, ¿verdad, Don Pedro? —rio Vidal, con rabia—. ¿Acaso no estamos todos atrapados entre el olor de los excrementos de los caballos? ¿Creéis que mi hermana debe arriesgar su vida por vos? —le censuró.

—¡La bruja no tiene nada contra mí! Yo no pertenezco a esta familia. ¿Es que no veis que me estoy muriendo?

Pedro de Azaga se sujetaba el vientre para intentar sofocar los dolores que sentía. Algo ardía en su interior, provocándole un dolor insoportable.

—¡Nadie va a morir! —exclamó Elena—. Conozco a Alba, no nos hará ningún daño.

—¿Decís que la conocéis? —Su padre se levantó del montón de paja en el que yacía junto a su caballo—. ¡Yo también creí conocerla! ¿Pero quién es esa mujer que me ha humillado y ha puesto en vergüenza a esta familia? ¡Decidme!

—Don Álvaro, tenéis razón —asintió Pedro de Azaga—. Es posible que se haya vuelto loca. Debemos hacer algo para salir de aquí.

—Sí, pero ¿qué? ¡Vos mismo habéis intentado tocar esa puerta! El fuego que emana de ella no parece de este mundo.

—La única forma es que Elena la convenza de que nos deje marchar. ¿Lo haréis por vuestro padre, querida? —preguntó, apelando a su bondadoso corazón.

—¿Nos ayudaréis, hija mía?

—Lo haré, como vos me ayudasteis cuando visteis la marca de los golpes en mi rostro —respondió con lágrimas en los ojos.

Don Pedro se sintió avergonzado. Ahora todos sabían que los golpes habían sido hechos por su mano.

Don Álvaro no escuchó nada que no supiera, pero el odio,

unido al temor que sentía, se apoderó de él y se abalanzo sobre su yerno, intentando reparar al fin el daño causado a su hija. Comenzó a golpearle, sin apenas fuerzas, deseando recibir los mismos golpes que él daba. Deseaba castigarle, pero también ser castigado, pues en silencio guardaba un secreto que no podía revelar y sentía latente dentro de su pecho.

Los dos hombres se golpearon inútilmente hasta caer rendidos. Elena intentó separarlos, ante la atenta mirada de Vidal, que disfrutaba del bochornoso espectáculo. El dolor en el vientre de Don Pedro se agudizó tras el forcejeo. Sin duda había sido hechizado.

Elena abrazó a su padre y se quedó junto a él, ayudándole a llevar su dolor. Ambos amaban a Alba.

Recordó las palabras de Alía antes de marcharse, le pedía que escapara a la playa, en cuanto viera aparecer la luna llena en el cielo. ¿Alba le permitiría marcharse? Y si ella escapaba, ¿qué ocurriría con su padre y su hermano? Tuvo miedo de dejarlos, pero apartó la desconfianza de su mente. No sabía por qué Alba se había vuelto en contra de su padre, pero debía tener una poderosa razón; no obstante, no les haría daño, porque sería como hacérselo a ella. Confiaba en su noble corazón.

Escuchó unos golpes en la puerta, levantó su mano y esta se abrió de repente, golpeando la pared. Elena se alarmó, pero entró, a pesar de que su miedo aumentaba cada vez que se encontraba frente a ella. La visión de su rostro, demacrado, serio, los ojos enrojecidos por el llanto, y la oscuridad que parecía emanar desde algún lugar invisible, la aterraban, pero se había armado de valor.

—¿Qué queréis? —preguntó, con insolencia.

—Deseo hablaros —respondió Elena con una voz temblorosa.

Alba advirtió su temor, pero no se sentía con fuerzas para consolar a nadie que no fuese ella misma.

—¡Hablad entonces! —gritó.

Elena caminó unos pasos acercándose. Tragó saliva y buscó su valentía en el fondo de su garganta.

—Esta noche hay luna llena. Quiero ir a la playa. Alía me lo pidió.

—Lo sé —respondió—. Iréis, si es lo que deseáis, pero os iréis sola. Y no se os ocurra intentar que vuestro padre, vuestro hermano o vuestro esposo escapen con vos, porque no lo permitiré.

Elena intentaba ordenar sus pensamientos. Era difícil ver el bondadoso corazón que recordaba en Alba. Sus palabras exigentes y su aspecto sombrío hacían que fuese casi imposible confiar en ella. No pudo aguantar más la desazón y la interrogó, para asegurarse de que iba a hacer lo más acertado.

—No queréis hacerles daño, ¿verdad? —le sonrió, intentando recobrar, aunque fuese un instante, a la hermana mayor a la que amaba—. Vos no seríais capaz...

—¿No lo sería? —preguntó irónica—. ¿Y qué sabéis vos de lo que soy capaz? Habéis vivido en una jaula de oro, segura y tranquila, mientras vuestro padre velaba por vuestra seguridad. Habéis tenido todo lo que podíais desear y solo ahora, que apenas podéis estar sin llorar un solo día, gracias al corazón frío de vuestro esposo, conocéis el sufrimiento —la miró, deseando haber sido ella. Hubiese querido ser la niña que había sido Elena, protegida, amada, sin miedo, pero su vida había sido muy distinta—. Vos no sabéis lo que es perder a vuestros padres, ardiendo en una hoguera, solo porque se ocupaban de que los niños no crecieran ignorantes. Solo unos pocos privilegiados como vos, no conocen la ignorancia.

—Siento que no pudierais estudiar de niña, pero...

—¡Os equivocáis! —Alba cogió un libro al azar y comenzó a leer un párrafo.

—¡Entonces, si sabéis leer y escribir, vos también sois una privilegiada!

—¿Es que no me habéis escuchado? —preguntó, enfadada—. ¡Vuestro padre quemó a los míos en la hoguera!

—¡No puedo creer lo que me decís! —respondió Elena, asustada de que pudiera estar diciendo la verdad.

Alba se agachó y levantó la alfombra, tiró de la trampilla y buscó entre los papeles que había visto antes de marcharse. Elena no daba crédito a lo que estaba viendo, no conocía aquel escondite. Le alcanzó el papel y le señaló con la punta de su dedo los nombres de sus padres en la lista.

—Tenía apenas diez años cuando ocurrió —dijo rendida, dejándose caer en la silla detrás de la mesa—, yo llevaba a mi hermana de la mano, era aún más pequeña. Salimos del pueblo al amanecer, tras escapar del almacén en el que mi padre nos había ocultado, bajo unas cajas de madera y unos sacos de harina. Recuerdo perfectamente sus últimas palabras, antes de que se los llevaran a los dos, arrastrándolos a la fuerza. Ve hacia el mar... me dijo, y así lo hice.

Los ojos de Elena se llenaron de lágrimas al ver el dolor en su mirada perdida. Aún tenía la lista en sus manos y miraba sin cesar la firma de su padre sobre ella.

—¿Tenéis una hermana?

—No he vuelto a verla —negó con la cabeza.

—¿Y no habéis tratado de buscarla?

—Encontrarla sería condenarla a vivir en el miedo y en un riesgo constante.

—No os entiendo. ¿Por qué habría de tener miedo?

Alba la miró y sintió en su propio corazón el dolor que Elena sentiría al escucharla.

—Porque siempre seré perseguida por hombres como vuestro padre, por eso no puedo amar a nadie, ni tener cerca a los que amo. La única forma de mantenerla con vida es que viva lejos de mí.

—Como puedo disculparme por... —Elena no podía parar de llorar.

—Vos no podéis disculparos. No sois Álvaro de Abrantes.

—Alba, sois la mejor persona que he conocido en mi vida. Siempre os he visto especial, pero no sé si sois otra cosa, además de una mujer maravillosa. Sin duda mi padre no sabe quién sois, si supiera que sois la hija, intentaría reparar el daño que hizo y...

—¿Cómo podéis siquiera pensar que podría perdonarle? ¿Acaso no me conocéis?

—Creía conoceros —respondió, cada vez más abatida—. Ahora ya no estoy segura.

La mirada de Alba la traspasó. Se levantó y le arrancó la lista de la mano, la dobló y se la guardó en el bolsillo de su vestido.

—Marchaos al anochecer, si queréis. ¡Pero no regreséis jamás! Quedaos con Alía, pero tened cuidado. Si huís con ellas, vos también estaréis en peligro, y yo ya no podré protegeros.

—No me iré hasta que no me prometáis que no haréis daño a mi padre y a mi hermano.

Hubiese querido tener el valor suficiente para prometerle lo que le pedía, pero estaba dispuesta a acabar con sus vidas, en cuanto ella estuviera lejos. Respiró fuertemente y le mintió.

—Os lo prometo. Ahora, marchaos.

De nuevo la protegía como hubiera hecho con su hermana. Deseaba que se alejara de todo lo que iba a ocurrir y, sobre todo, deseaba alejarla de su presencia. Sabía que llegaría un momento en que ya no podría discernir el bien del mal, ni se reconocería en los hechos que iba a provocar.

Vio como se marchaba y cerró la puerta dando un gran golpe, sellándola de nuevo, para que nadie pudiese acercarse. Cogió la pluma y la humedeció en el tintero. El papel esperaba un nuevo conjuro.

...Que el pasado regrese a las mentes culpables
y el poder del inframundo ejecute su venganza
hasta que el mal recaiga sobre el mal...

La maldición estaba echada. Pronto llegaría el momento en el que se consumaría.

Despertó al escuchar los gritos. Vio las antorchas que portaba un grupo de jinetes, acercándose al galope hacia la playa.

Su corazón le dijo lo que ocurría, antes de que sus ojos pudieran verlo. Los jinetes bajaron de sus caballos y persiguieron a sus hermanas. Algunas intentaron huir hacia las barcas, otras lo intentaron a nado, adentrándose en el mar, que seguía en calma. No podía distinguirlas, pero sabía que entre ellas estaban Alía y Elena, y las hermanas con las que compartió los días más felices de su vida. ¿Qué podía hacer, salvo correr hacia donde estaban? Pero si lo hacía, Álvaro de Abrantes y su familia escaparían.

Se sintió culpable. Alía había venido a avisarla, si no podían con ella, irían a por las demás, pues eran más débiles. Así había ocurrido y ella estaba quieta tras la ventana, mirando como la hoguera desaparecía, mientras las antorchas se alejaban despacio con mujeres retenidas con cuerdas alrededor de sus cuerpos, atadas a las cabalgaduras.

La otra parte de sí misma deseó dirigir su pensamiento hacia los establos y prenderles fuego, dejando que los tres hombres ardieran en su interior. Nadie podía igualar el poder que emanaba de sus manos a una orden suya. Pero la lucha de su interior era tan fuerte que no hizo nada. Ninguna de sus dos partes podía sobre la otra. Ambas luchaban en igualdad de condiciones, pues solo ella podía dar mayor poder a una de las dos, y su corazón aún no había decidido. Pero sabía que no podría aguantar mucho sin elegir un camino. Los dos poderes no podían coexistir dentro de un mismo ser.

No supo cuánto tiempo pasó frente a la ventana, amanecía cuando escuchó el galopar de unos caballos que se acercaban a la casa. Vio sus rostros bajo las primeras luces, el inquisidor venía acompañado de la guardia. Se rindió. Descansó, permitiendo que el fuego candente abandonara las puertas y el muro que rodeaba el jardín, devolviéndoles su aspecto natural de piedra y de hierro negro.

Alzó su mano, abriendo la puerta de la biblioteca y después la del jardín. Los caballos avanzaron. Alba bajó las escaleras despacio, llegó a la puerta de la casa y salió, abriéndola de la misma forma. Avanzó lentamente, sintiéndose derrotada, entregándose gustosa a la guardia, que la encadenó con unos gruesos eslabones alrededor de la cintura que le rasgaron la piel. Caminó, agarrando ella misma la cadena, tras uno de los caballos.

No miró a nadie. No habló. El inquisidor ordenó que abriesen las puertas del establo y liberaran a los hombres. Cuando se alejaba, sintió la mirada de Álvaro sobre su espalda, alcanzó el brazalete de su muñeca y se lo arrancó. Lo tiró al suelo con desprecio y continuó mirando hacia delante. Al hombre se le partió el corazón en pedazos tan pequeños que creyó que iba a morir.

Vidal se acercó y recogió la joya, la prueba del amor que su padre sentía por aquella mujer.

—¡Habéis sido un ingenuo, Álvaro de Abrantes! —gritó el inquisidor—. Y ahora soy yo quien ha de terminar este entuerto, pero os aseguro que pagaréis vuestro error. Me ocuparé personalmente de ello.

Vidal montó sobre un caballo. Antes de hacer galopar al animal de un salto, como solía hacer con gran maestría, le hizo caminar unos pasos hasta estar lo suficientemente cerca de su padre y ver desde arriba su rostro derrotado. Buscó saliva en el interior de su boca y escupió sobre su rostro con desdén, como hizo el día que le repudió, echándolo de la casa.

Álvaro ni siquiera se limpió. Aceptó, con la poca dignidad que le quedaba, el insulto de su hijo y después, le vio alejarse.

XXXII

El juicio

—¡Sabía que mis ojos no me engañaban! —exclamó Vidal.
Nada le satisfacía más que verla indefensa, entre las cuatro
paredes de la celda. El inquisidor le había cedido el privilegio
de ser el guía en el primer interrogatorio. Se acercó a ella despacio. Estaba sentada en el suelo, con el rostro hacia abajo. Se
había ocupado de encadenar sus manos, así no temería que
pudiera arañarle o golpearle el rostro.

Ni siquiera se había molestado en mirarle. Continuaba des-
preciándole, a pesar de todo. No parecía importarle su presencia, ni daba muestras de tener miedo. Era una mujer diferente, sin duda. Aún daba vueltas en su mente la imagen de su
cuerpo durante su danza, agitándose desnuda de forma casi
inhumana.

—¡Levantaos y miradme a los ojos! ¿Acaso no merezco lo
mismo que cualquier hombre? —le gritó, ansioso.

Alba se levantó, arrastrando la pesada cadena con sus muñecas.

—¡Acercaos! —le gritó de nuevo.

Su caminar aún era elegante, a pesar de la suciedad de su
vestido. Cuando estuvo lo suficientemente cerca de él, levantó su rostro y le miró con firmeza. Vidal sintió un estallido de
emociones. La deseaba y admiraba, pero la odiaba tanto como
a su padre. Se sentía destronado por ellos. Ambos le habían
desplazado y apartado de su casa y de su familia. No se sentía

culpable por desearla ni por haberlo hecho antes. ¿Es que no era siempre culpa de la mujer, cuando un hombre se debatía en semejante tribulación? No existía ninguna como ella, y si la había, sus ojos no habían tenido el inmenso placer de verla.

—Solo vos sois capaz de hacerme sentir así, capaz de olvidarme hasta de mí mismo, cuando siento vuestro aliento cerca —le dijo—. Besaría vuestros labios hasta hacerlos enrojecer, pero estoy seguro de que me morderéis si lo intento. Y eso es aún más excitante, saber que sois capaz de defenderos.

Echó a los guardias, que salieron gustosos cerrando la puerta. Todos la temían y agradecieron que los dejara alejarse de sus ojos amenazadores.

Vidal sonrió cuando se quedaron a solas, dio la vuelta y se colocó tras ella. Su aspecto por detrás tenía la misma belleza. Apartó su melena de su espalda y desabotonó su vestido hasta dejarlo caer a sus pies. Ella no se movió, le dejó hacer. Después, continuó quitándole el resto de la ropa. Cuando estuvo desnuda, de espaldas frente a él, sintió que su cuerpo iba a explotar. La rodeó despacio, escudriñando cada pliegue de su piel para encontrar la marca diabólica que, según decía el inquisidor, tenían todas las brujas. La rodeó y pudo ver los lunares que asomaban junto a uno de sus pechos. Deseó acariciarlos. Siguió rodeándola, cada vez más cerca, ansiando encontrar la señal que demostraba su adoración al maligno.

En su rostro no había expresión alguna, tan solo le seguía con su mirada, atenta a su actitud arrogante. Habría podido matarle en un instante. Con solo levantar sus dedos hacia arriba, le habría lanzado de espaldas contra el muro con tal fuerza, que le habría matado de un solo golpe. Nadie lo sabía, pero sentía tal ímpetu en su interior, insistente, irresistible, que a cada momento que pasaba, le costaba más dominarlo. Apretó su mandíbula y contuvo la respiración, mientras veía que él se ocultaba de nuevo tras ella. Esperó que se acercara, sentir el más leve roce para dejar que su fuerza se desbocara. Sintió que recogía su cabello con sus manos, dejando libre su nuca y supo que iba a encontrar la señal.

—Aquí está... —exclamó Vidal, con satisfacción.

Parecía una serpiente, el cuerpo se enroscaba bajo la nuca hacia la espina dorsal, pero no parecía tener principio ni fin. Buscó bajo el cabello, pero no encontró donde comenzaba, como si brotase desde dentro de la carne para mostrarse en la nuca y esconderse después bajo la espalda. Mientras la miraba, desapareció bajo la piel un par de veces, para aparecer de nuevo.

Vidal creyó que veía visiones. Pensó que quizá ella estuviera embrujándole. Quiso alejarse, pero ahora que había tocado su piel con la yema de sus dedos, no podía apartarlos de ella. Era como el terciopelo, una piel fresca y brillante, por la que sus manos corrían presas de un deseo irrefrenable de hacerla suya.

Continuó hacia la cabeza, enredando sus dedos entre los cabellos, sin encontrar el principio del dibujo, hasta darse por vencido. Tendrían que raparle la cabeza para encontrarlo. Con su mano, separó la melena en dos mitades y las dejó caer hacia delante, sobre sus pechos, mientras admiraba la tersa piel de su espalda desnuda. Las yemas de sus dedos lascivos acariciaron sus hombros. Sus manos se calentaron y sintió una sensación muy agradable, pero pronto el calor aumentó hasta sentir que se quemaba. Las palmas de sus manos empezaron a arder, después fueron los brazos, hasta que todo su cuerpo se convirtió en una llama ardiente.

Intentó separar las manos, pero estaban pegadas a la espalda. Vio cómo se volvió roja. Ahora empezaba a creer que era cierto. Estaba ante un ser extraordinario. Temió por su vida y agitó su cuerpo, que ardía cada vez más, intentando separar las manos, pero no lo logró. Una fuerza mayor que él se lo impedía. Sus dedos se diluían entre la piel, la carne y los huesos sangrientos.

—¡A mí! —gritó con todas sus fuerzas.

Cuando los guardias entraron, vieron a Vidal tras la mujer desnuda. Estaba tranquila y quieta, mientras él intentaba aprovecharse de su cuerpo. Le miraron con desprecio y él sintió sus miradas.

—¡Ha intentado matarme! —gritó, aún asustado—. ¡No

hay duda de que es una bruja! ¡Encadenadla a la pared! —les ordenó.

Los guardias le miraron asustados sin moverse. Temían acercarse a ella. Ninguno se atrevió a cumplir su orden y Vidal comprendió que no lo harían. Se habrían dejado matar por él, antes de acercarse siquiera.

Lo aceptó con desgana, se levantó y salió junto a ellos. Pero antes, la mirada de Alba le despidió con una media sonrisa.

Álvaro temía verla. Imaginarla indefensa y encerrada en una celda como si fuera una mujerzuela, le destrozaba el corazón. Entró con el inquisidor, tras los guardias atemorizados y atentos a ella, esperando que hiciera cualquier movimiento, para echar a correr.

Fray Jaime Bleda quería verla con sus propios ojos tras haber hecho tales prodigios. Él solo había visto a una mujer que bailaba una danza propia de los infieles y que había desnudado su cuerpo ante cientos de invitados para que recayera la vergüenza sobre Álvaro de Abrantes.

Estaba tumbada en el suelo, un tímido rayo de sol entraba por el ventanuco. No se movió al verlos, tenía los ojos cerrados como si durmiera. El inquisidor ordenó a un guardia que la despertara, pero este se negó, rogándole su perdón por atreverse a desobedecer una orden suya.

—¡Sois indigno de pertenecer a mi guardia! ¡Hacedlo vos! —le dio la misma orden a otro, pero este se negó también.

Fue Álvaro quien caminó hasta ella y se agachó a su lado. Intentó tocarla para despertarla, pero vio que levantaba sus párpados y le miraba llena de odio. Se contuvo y no fue capaz de tocarla, aunque se quedó a su lado.

El primero de los guardias que se había negado a cumplir la orden preparó su lanza, levantándola ante la atenta mirada de Don Álvaro, que estaba frente a él. Lanzó el arma y este sintió un dolor punzante en el costado. La lanza cayó a sus pies, apenas le había rozado la carne. Apretó su mano contra la herida y sintió la sangre caliente.

—¡Perdonadme, señor! —gritó el guardia, agachándose para ayudarle—. ¡Ella me obligó a hacerlo!

Fray Jaime no daba crédito a lo que había visto. Miró a la mujer, que seguía tumbada en el suelo, y descubrió su mirada fulminante. Temió que el otro guardia se viera obligado a matarle a él también. Salieron de la celda, cerrando la puerta tras de sí.

—¡Traed a un médico! ¡Rápido! —ordenó, para que Don Álvaro fuese atendido de inmediato.

El cansancio de su cuerpo había regresado, le costaba respirar y su corazón latía muy aprisa. Acababa de ver el poder que la mente de la mujer tenía sobre los hombres y se preguntó cómo se enfrentaría a ella la próxima vez.

Al día siguiente, Fray Jaime entró solo, pues no logró que los guardias dejaran de suplicar arrodillados, para evitar que les obligara a entrar en la celda. Se dijo que no necesitaba a nadie para enfrentarse a ella. ¿Acaso no era una mujer?

Había presenciado numerosos autos de fe y había oído cientos de historias sobre brujas, pero ninguna tan fascinadora. Muros de piedra que ardían, rejas de hierro candentes, las manos de su acólito entrando en la carne y los huesos femeninos... Sus ojos solo habían visto a uno de los guardias intentando matar a Don Álvaro de una lanzada. Era indudable que era capaz de inducir a algunos hombres a hacer cosas que no deseaban, pero los fuegos fatuos solo existían en el infierno.

A pesar de sentirse cada vez más cansado, arrastró la pesada mesa de madera hasta el muro. Después, trajo una silla y unos enseres que colocó lentamente. Un tintero, plumas y papel, un candil encendido, pues el interrogatorio podría alargarse hasta bien entrada la noche, y una manta para aliviar el frío y la humedad que le calaban los huesos. Trajo también una jarra de vino, una copa y unos almohadones para hacer más cómodo su asiento. Y, por supuesto, el libro.

Mientras ordenaba los objetos cuidadosamente, en su lugar exacto, sin que ninguno se tocara con el otro, lamentándose de tener que hacer él mismo el trabajo preparatorio, sintió la aguda mirada de la mujer.

Llenó la copa con el vino y lo derramó sobre el libro. Se levantó rápido e intentó secarlo con la manta. Se sintió torpe y estúpido, sabiendo que ella continuaba mirando sus movimientos sin apartar la mirada. Tosió un par de veces y mantuvo la postura, obligándose a permanecer incólume ante sus ojos insistentes. Llenó la copa de nuevo y bebió, mientras su mano temblaba al sostenerla. Dio un buen trago y una tos repentina le sorprendió, obligándole a escupir sobre el suelo parte del vino. Continuó tosiendo hasta que pudo volver a beber y refrescar su garganta. La tos se fue calmando, poco a poco.

La mujer no había apartado sus ojos de él ni un momento, ni cuando se deshacía entre la tos y la impericia de sus actos. Intentó respirar de forma más pausada y se atrevió a encontrar sus ojos con los suyos.

Apenas parpadeaba y una siniestra sonrisa daba vida a su rostro. Su melena caía lacia y una de sus cejas se alzaba ligeramente sobre la otra. Permanecía sentada en el suelo, con las piernas cruzadas bajo la falda de su vestido, medio desabrochado en el escote.

Mientras se miraban, él se acarició la barbilla, pues no podía quedarse quieto ante su imagen. Sus nervios empezaban a estar a flor de piel y su ira se acrecentaba por su altivez y condescendencia.

¿Quién era ella para atreverse a mirar así al Inquisidor Mayor de Valencia? Su nombramiento provenía del mismo Dios. Se merecía un respeto, sobre todo de una mujer de tan baja cuna. Tras sus pensamientos, le pareció menos intimidante. Se levantó con rabia y, acercándose a ella, le abofeteó la cara.

Alba no sintió dolor, tan solo su soberbia, y continuó mirándole con la misma obstinación. Fray Jaime no había conseguido su propósito. Golpear a una mujer era la acción de un hombre débil, más digna de su acólito Vidal. Se sintió frustrado.

Vio sus manos juntas, con la cadena alrededor de sus muñecas, pequeñas como las de un niño, y se sintió cobarde. Regresó a su asiento tras la mesa y cogió el libro entre las manos. Lo levantó y se lo mostró a la mujer.

—¿Lo conocéis? —le preguntó, con voz autoritaria.

Esta no contestó.

—¿Sabéis leer acaso? —preguntó de nuevo.

Vio cómo sacaba la lengua y se mojaba los labios resecos y agrietados. Llenó la copa de nuevo con vino y, levantándose, se la ofreció para que bebiera. La mujer la tomó en el hueco de sus manos y bebió sin parar hasta acabársela. El líquido le cayó por las comisuras de la boca, mojando su escote y tiñendo su vestido de rojo oscuro, como si de su pecho brotara sangre. Recogió la copa y regresó a su asiento. Iba a interrogarla de nuevo cuando escuchó su voz, tenue y susurrante.

—*Malleus Maleficarum*[15] —exclamó.

—Así que sabéis leer y, por lo que veo, no teméis que yo lo sepa.

—¿Por qué habría de temeros? —preguntó.

—Porque soy el Inquisidor Mayor de Valencia y estoy aquí para interrogaros por ciertas acusaciones. Se os acusa de solicitación; de inducir al asesinato; de alterar las mentes hasta hacer ver visiones y prodigios; de haber copulado con el diablo hasta lograr cambios y extravagancias en el cuerpo y en el vientre; de danzar con concupiscencia, voluptuosidad e impudicia; de someter a las fieras; de conjurar en nombre del maligno; y, sobre todo —la miró con osadía—, se os acusa de brujería.

Su rostro expresaba la misma apostura que antes de escuchar las acusaciones.

—Este no será un interrogatorio al uso —continuó Fray Jaime—, debería haber al menos un testigo, pero todos temen estar en vuestra presencia. Os temen incluso más que a mí —rio para sus adentros.

---

15. El *Malleus Maleficarum* (del latín: *Martillo de las Brujas*) es probablemente el tratado más importante que se haya publicado en el contexto de la persecución de brujas y la histeria brujeril del Renacimiento.

Alba miró el crucifijo de madera que colgaba sobre el pecho del fraile. Seguramente, se sentía seguro tras él, pero si ella alzara solo dos dedos de su mano e hiciera volar el crucifijo hasta hacerlo chocar contra el muro, su fe empezaría a tambalearse. Bastaría con hacer que sus ojos vieran lo inexistente y un hombre perdería la fe más rápido que si le hubiesen arrancado un hijo de sus propios brazos para asesinarlo delante de sus ojos.

Se preguntó por qué era tan importante para los hombres que el mundo mantuviera un equilibrio de realidades conocidas, sin que ninguna otra realidad perturbara su calma. Entornó sus ojos y vio los más tristes momentos de la vida del fraile. Había sido criado en una familia en la que el padre repartía su brutalidad con él y con su madre. Un joven humillado y despreciado por sus superiores, relegado a una parroquia, a la que solo acudían los moriscos que tanto le repugnaban por su falta de fe y su ignorancia sobre la palabra de Dios. Un hombre cuya soledad le era insoportable, mientras se empecinaba en alcanzar una perfección contra natura.

—Comenzaré con las preguntas. ¿Habéis copulado con el diablo? —Sintió vergüenza de sus propias palabras, que ni él mismo creía. Dio un trago a su copa y continuó preguntándole—. ¿Habéis hecho un pacto con el maligno a cambio de vuestra alma? ¿En qué forma se ha presentado ante vos? —Esperó, deseando verla mover sus labios para contestar—. Está bien. Os recitaré varias formas en las que suele aparecerse a sus acólitos y vos me diréis cuál de ellas se asemeja más a la que vistéis. Comenzó a leer... En forma humana o animal, como una bestia, con cuerpo de animal y rostro humano, o al revés; con forma de efebo, hermoso y joven; en forma de moco; en forma de objeto inanimado... —quiso continuar, pero se sintió tan ridículo que no pudo acabar la frase. Decidió cambiar de pregunta—. Decidme si habéis conjurado antes, como lo hicisteis en la fiesta en la casa de Don Álvaro de Abrantes. ¿Habéis provocado enfermedad o dolencia alguna en un hombre? —continuó.

Alba seguía mostrándose relajada, se le entregaba con la

intensidad de su mirada para que él leyera su mente y su corazón, abiertos ante sus ojos, deseosa de confesarlo todo. ¿Tendría ella que ayudarle a entender? Deseaba con todas sus fuerzas que alguien conociera a fondo sus secretos.

—He conjurado y puedo conjuraros ahora, para que seáis capaz de leer en mí lo que tanto deseáis saber.

Se sintió turbado. De nuevo dio un trago a su copa y, mientras bebía, pensó que acusaba de nuevo el cansancio. Su pecho se esforzaba en respirar otra vez como si, al estar en su presencia, el mismo aire le resultara difícil.

Nunca había interrogado a una heredera del maligno, pero sabía, porque así estaba escrito en el libro, que los inquisidores eran inmunes a su poder. Él era juez y médico en el interrogatorio. Estaba allí para tratar de curar el mal en su espíritu y la condenaría a la hoguera si era necesario, con tal de arrancar de ella al maligno y devolverlo a los infiernos. Ella era solo un medio para traer el mal a la tierra. Debía lograr que confesara su naturaleza maléfica pues él era un enviado de Dios, y estaba allí para amputar los miembros podridos y eliminar a las ovejas descarriadas. Recuperó su hombría y continuó preguntándole.

—¿Confesáis ante Dios y ante mí, su fiel guerrero, que sois una bruja, capaz de conjurar y hechizar a los hombres con el poder del diablo?

Los ojos de la mujer expresaron una claridad que no parecía de este mundo. Se levantó y una ráfaga de viento entró, pasando las páginas del libro con rapidez, una tras otra. La falda de su vestido se levantó y el fraile pudo ver que sus pies salían de sus zapatos y se despegaban del suelo lentamente. No volvió a bajar, escuchó el ruido de la cadena que la sujetaba a una argolla en el muro. Su cuerpo se elevó por encima del suelo hasta que la cadena no le permitió continuar ascendiendo y se quedó frente a él, impasible de nuevo, con sus pies desnudos en el aire.

Sintió que su corazón se paraba. El miedo le atenazó, no era capaz de pensar con claridad. Corrió a arrinconarse en una esquina. Pretendió asirse a sí mismo, se agarró sus piernas y se enroscó hasta alcanzar la postura que tenía en el vientre de su madre antes de nacer. El mundo entero cayó sobre él y sus creencias, con el peso de una piedra de varias toneladas. Ya nada tenía sentido. Sus ojos estaban viendo lo imposible.

—¡No temáis! —exclamó Alba—. ¡Lo que estáis viendo es solo una pequeña muestra de mi poder, pero el diablo nada tiene que ver en esto!

Lentamente, bajó y metió sus pies dentro de sus zapatos. Pasó bastante tiempo hasta que el hombre fue capaz de levantarse y regresar a la mesa. Bebió un nuevo trago de vino y balbuceó nervioso unas palabras.

—¡Sois una hechicera! ¡Y habéis hecho que yo también caiga en vuestra trampa y vea visiones! El mismo Vidal de Abrantes, a pesar de su aparente fuerza, salió de esta celda con el rostro pálido como la nieve, incapaz de formar una frase con cierta lógica. No pudo contar lo que vio, pero ahora sé que vos hicisteis que viera lo imposible como habéis hecho conmigo —se sentó—. ¡Pero a mí no me engañaréis, pues soy un enviado de Dios y Él me protegerá! —gritó.

Se sentía incapaz de mirarla de nuevo, pero su curiosidad le obligó con un deseo indomable y violento. Volvió a caer en la profundidad de sus ojos. Le pareció más bella que nunca y, al mismo tiempo, era el ser más horrible que había visto jamás. A su alrededor, le pareció ver una línea oscura que señalaba el contorno de su silueta, y algo muy poderoso y oscuro parecía ocultarse detrás. Llevado por el miedo, le gritó afirmando.

—¡Sois una bruja!

Escuchó su voz antes de que ella empezara a mover sus labios, sus palabras se fueron ajustando a ellos, como si vinieran desde lejos, tras haber viajado por cientos de lugares hasta encontrar su boca.

—Os tomáis la libertad de usar una palabra de la que no conocéis su significado —habló con voz armoniosa— y lo hacéis porque me habéis visto volar, pero se os escapa el verdadero motivo por el que vuestros labios pronuncian esa palabra. Soy bruja porque soy el único ser capaz de ver el color de vuestra alma y teméis que sea capaz de deciros cuál es.

—¡Sé perfectamente lo que sois! —respondió nervioso—. ¡Una adoradora del diablo!

Se dijo que no debía escucharla. Recordó la sabiduría del *Martillo de las brujas* y puso sus manos sobre la cubierta del libro, aferrándose a la sabiduría. Nadie podía ser tentado por el demonio sin el permiso de Dios.

—Vuestros prodigios y maleficios son provocados por vos y por el demonio, con el consentimiento divino —exclamó, advirtiendo al maligno.

—¿Cómo podéis ver el mal, entonces, en lo que Dios ha permitido? —respondió con otra pregunta, descolocando de nuevo su raciocinio.

Nunca había escuchado a ninguna mujer hablar de aquella forma, como si realmente el diablo le hubiese otorgado su sabiduría. Alcanzó la copa de vino e introdujo dos dedos en ella. Se santiguó con el líquido caliente y volvió a meter los dedos para lanzar las gotas hacia ella. Esperaba que el demonio reaccionara de forma visible ante su bendición, pero nada ocurrió. La bendijo y no hubo en ella ningún cambio evidente. Se lamentó de no haber traído agua, quizá el vino no era suficiente.

—¡Dios permite que el diablo se muestre a través de vos al mundo, para que yo pueda acabar con él, arrancándooslo!

—¿Y cómo pretendéis arrancármelo? —se rio de su ignorancia.

—¡Os mataré si es necesario!

—Tendrá que acudir el mismo Dios a matarme, si pretendéis sacar de mí el poder que me ha sido entregado. Os equivocáis, no es el diablo quien ha invadido mi alma, sino la diosa que da y recibe por igual a aquellos que la descubren dentro de sí mismos.

—¿La diosa, decís? ¡Blasfemáis! —gritó el fraile, con voz temblorosa—. ¡Nunca podría existir un dios con forma de mujer!

—¿Acaso es más divino y poderoso si tiene forma de hombre?

—¿Por qué me hacéis preguntas tan absurdas? —se apretó la cabeza con las manos, intentando estrujar su mente para hallar nuevas respuestas—. ¡Todo el mundo sabe cómo es Dios, pues hizo al hombre a su imagen y semejanza!

—¿A imagen y semejanza de los hombres solamente?

—Apenas si es válida vuestra existencia, pues Dios os formó defectuosamente de una costilla de Adán. Sois inferiores a los hombres. Habéis sido creadas para acompañarlos, para servirles. Dios os creó como regalo para su gran creación humana. ¡Nosotros somos sus únicos hijos! —gritó, cada vez más alterado. Buscó una página en el libro y comenzó a leer en voz alta—. A las mujeres les falta inteligencia; son casi como niños por la ligereza de sus pensamientos; tienen pasiones desordenadas; son débiles en las fuerzas del cuerpo y del alma; son más licenciosas que el varón, como se demuestra por sus múltiples torpezas carnales; poseen el defecto de no querer ser gobernadas por el hombre; tienen la boca de vulva insaciable —no pudo evitar admirar sus labios carnosos mientras decía aquella última frase—, de ahí que muchas se entreguen a los demonios para satisfacer sus pasiones; poseen un alma mucho más frágil e impresionable que los hombres.

—Ni vos mismo creéis en lo que está escrito en ese libro —Alba sonrió.

El fraile decidió continuar leyendo en voz alta para acallar sus palabras.

—Aunque fue el diablo quien condujo a Eva al pecado, fue Eva quien sedujo a Adán; el pecado de Eva no nos hubiese conducido a la muerte del alma y del cuerpo, si no le hubiese seguido la falta de Adán, a la cual le arrastró Eva y no el diablo —la miró y balbuceó nervioso, esforzándose en continuar hasta acabar el párrafo—. Fémina proviene de fe y de *minus*, porque las mujeres han tenido siempre menos fe que los hombres.

Alba dejó salir una gran carcajada de su garganta. Le pareció el hombre más ridículo y absurdo que había conocido, escudado tras aquel libro escrito por manos ignorantes y falsas.

No estaba prohibido, pero era un libro virulento que hacía un daño irreparable en las mentes que lo leían.

—¿Os creéis mejor que yo por haber nacido hombre? —se sintió humillado—. Entonces imaginad que existe una diosa que, al igual que vuestro dios, ha creado a sus hijas a su imagen y semejanza, para darles su divinidad y enseñarles el camino hacia su perfección.

—¡Eso es inimaginable! —gritó—. ¡Dejad de blasfemar en mi presencia o haré que os azoten! ¿Cómo podéis siquiera comparar al hombre y su naturaleza divina, con la mujer? ¿Acaso no creéis en el único Padre Todopoderoso y Verdadero?

—¡El único, sí! ¡Pero ni es Dios ni es diosa, sino ambos al mismo tiempo! Para cada uno de nosotros, es el reflejo de sí mismo.

De nuevo le costaba entender sus palabras y, al mismo tiempo, las admiraba pues bien podían estar a la altura de cualquier hombre versado en grandes conocimientos.

—Parecéis culta —dijo, disimulando su admiración—, pero tenéis demasiada imaginación. No podéis poner en el mismo lugar al hombre y a la mujer. Eso sería un error humano, pero nunca divino. Dios hizo al hombre por encima de la mujer y vuestras retorcidas ideas no podrán cambiar eso.

—¡No son ideas mías, son la verdad! ¡Una verdad que ningún hombre quiere ver, porque es más fácil sentirse superior en mente y corazón, cuando se sabe que solo se es superior en la fuerza de vuestro cuerpo! Pero algún día, esto cambiará y...

—¿Algún día? Quizá también sois capaz de ver el porvenir...

Alba calló, comprendiendo que era una mujer adelantada para el tiempo que le había tocado vivir.

—Es posible que creáis que podéis ver el tiempo que ha de llegar, pero ni vos ni yo veremos tal cosa —se santiguó el hombre, protegiéndose de tales ideas perniciosas—. Nunca una mujer podrá estar a la altura de un hombre, pues no es ni tan noble, ni tan valiosa, ante los ojos de Dios, y así nos lo hizo saber, a través de su hijo Jesucristo hecho hombre. Y si no, decidme, ¿por qué no hizo a su hijo mujer?

—Vos lo sabéis igual que yo. En el tiempo en que Jesús vivía, habría sido imposible ser mujer pues ni siquiera habría sido escuchado. Porque la verdad es más aterradora en los labios de una mujer que en los de un hombre.

—¡Seguid blasfemando y haré que os azoten! —gritó, como había decidido hacer cada vez que se sintiera perdedor ante ella y sus pensamientos, impropios de una mente femenina—. ¡Jesucristo es hombre y así lo afirma la Santa Madre Iglesia, a la que deberíais volver, en lugar de imaginar diosas que no existen, ni tienen poder alguno sobre los hombres!

—Me amenazáis, aunque sabéis que no podéis hacerme daño. ¿Acaso necesita vuestro miedo de amenazas?

—¿Mi miedo? Yo no os temo.

—Quizá a mí no, pero teméis lo que significo. A los demás, les basta con la idea que han forjado para odiarme. Pero vos, habéis visto que soy diferente y que represento a muchas mujeres que también lo son.

—Las otras que son como vos están encerradas en otras celdas. ¿Qué habría de temer entonces?

—¡Teméis equivocaros!

El rostro del inquisidor palideció. Ella parecía capaz de indagar en su interior más oculto y descubrir sus recelos. Era cierto que temía equivocarse y matar a la única persona que había conocido, capaz de mostrarle una nueva mirada sobre aquello en lo que creía. Como si conociera un camino diferente, más fácil, menos abrupto que aquel que eligió para su vida. Fray Jaime ansiaba la facilidad de las cosas. Se sentía cansado y viejo, y ella era la gran tentación. No por su cuerpo ni su rostro, a pesar de la extraña belleza que poseía, sino por su mente, que parecía clarificarlo todo.

—¡No temo errar, pues camino de la mano de Dios! —exclamó, cerrando con ello toda posibilidad de confesar sus emociones.

—Dios no os acompaña, podéis creerme. ¡Dios no puede acompañar al mal!

—¿Me acusáis a mí de maldad? —exclamó, irritado—. ¡Sois vos, la adoradora del diablo!

—¡Mi sabiduría no procede del mal! —respondió a las acusaciones, a pesar de saber que parte de su conocimiento lo había alcanzado en la tenebrosidad. Quería hacer entender al hombre que había un dios para cada corazón humano—. Nada malo puede provenir de la fuente que baña todo lo creado. Sois vos, y los miembros de vuestra Iglesia, los que mezcláis a Dios con el diablo. ¡Me pregunto si creéis que son la misma cosa!

—¡Ahora sois vos la errada! —se acercó hasta el libro y buscó entre las páginas. De nuevo comenzó a leer en voz alta—. Dios permite que el mal exista para lograr la perfección del universo, puesto que Dios puede sacar de los males particulares, varios bienes, no tiene necesidad de impedir todos los males, si quiere que no falten nuevos bienes al universo. Y porque las cosas buenas son más dignas de alabanza cuando se comparan con las malas.

Su visión era muy limitada, parecía imposible hacerle comprender ni un ápice de su sabiduría. Sin embargo, tras tanto tiempo de ocultar su saber al mundo, sentía cierto placer en descubrirse, en mostrarse ante un hombre que no la conocía, ni podía mirar en su corazón. Como si, a través de él, estuviese hablando a todos los hombres que vivían sobre la faz de la tierra, sentía que anhelaba dar a conocer la verdad del dios o diosa que cada hombre y cada mujer llevaba dentro.

—Con vuestras palabras aprendidas de memoria, con vuestras oraciones vacías y con los párrafos de los libros a los que otorgáis más credibilidad que a vuestro propio pensamiento, estáis acabando con lo más sagrado que Dios os ha dado, una mente para pensar por vos mismo, un corazón que os guía y una intuición que os muestra cada paso del camino. Es posible que os cueste entender lo que os digo —dijo al ver su rostro, de nuevo sorprendido ante su discurso—, pero vuestro corazón sí puede entenderme, solo tenéis que permitírselo. Sois un hombre de Iglesia, no de Dios. Y los hombres de Iglesia habéis olvidado que Dios os hizo igual que al resto de los animales, divino, para que habitéis en la tierra en paz, amando a todos por igual y respetando a los que son vuestra compañía y apoyo. ¿Cómo podéis creeros más o mejor que una mujer, que un animal, que un campo verde o un mar azul? ¿Acaso no estáis en el mundo para vivir igual que ellos y moriréis un día, de la misma manera que el sol se oculta tras el horizonte? ¡No sois más que yo por llevar ese hábito! —le miró, esta vez sin poder ocultar su burla—. ¡No sois más que nadie! Os creéis sabio, pero ocultáis a los hombres vuestro corazón tras un crucifijo de plata, como un lastre para vuestra libertad y la de todos. ¡Jesucristo vino al mundo para renovar las creencias y la fe! ¡Pero vos y los que se os asemejan os empeñáis en regresar a la ignorancia!

—¿Estáis diciendo que la Santa Madre Iglesia es ignorante, como lo sois las hembras?

—¡Vuestra Iglesia ignora que cada hombre y cada mujer ha de descubrir a Dios por sí mismo, en su corazón y no a través de normas construidas sobre el miedo, la envidia y la arrogancia! ¡La auténtica verdad que oculta vuestro pecho tras esa cruz es que os sentís inferior! ¡Teméis no ser capaz de entender mis palabras, igual que teméis permitir a cualquier mujer mostrar su intelecto! ¿Es que no son dignas de equivocarse y de dar sus propios pasos como los hombres? ¡No sois perfectos! ¡Habéis hecho las guerras! ¡No sois capaces de acabar con el hambre ni las enfermedades que asolan la tierra y, sin embargo, creéis que nadie puede infringir vuestras leyes, creadas para someter y humillar a los indefensos! ¡Sois débiles y tenéis miedo a ser superados! Con ese miedo os acostáis cada noche y con esa duda os levantáis cada mañana. Teméis no ser dignos de una perfección que nunca hallaréis, pues la perfección es de por sí imperfecta, y esa es su mayor belleza. No podéis ser perfecto ni aunque seáis fraile, porque solo sois un hombre. Podéis poseer mi cuerpo con la fuerza del vuestro, como hacen los que ansían someter, pero es el miedo quien los mueve a ello. ¿Quién es más débil entonces, vos o yo?

Se sintió cansada, tras dejar salir de su boca todo lo que durante tanto tiempo había pensado. Se lo había dicho a un hombre que no era capaz de entenderla. Se preguntó si valía la pena vivir en una época de tanto oscurantismo y barbarie.

Se dirigió de nuevo al fraile, su barbilla temblaba como si retuviese un llanto ahogado, como hacían los niños antes de romper a llorar.

—Creéis que todo lo ha creado Dios, pero, en contra de sus designios, os reveláis contra la naturaleza misma creada por Él, o por Ella. Os creéis con poder para decidir quiénes deben acceder a la sabiduría y el conocimiento, y quiénes deben permanecer anclados en la ignorancia. Os rodeáis de lujo, de bienes y de amistades útiles, mientras permitís que otros pasen hambre, desconsuelo y soledad. Decidís que el amor es sucio e indigno de vivirse en libertad, pero amañáis santos matrimonios a cambio de bienes y favores innobles, y olvidáis que fue Dios quien creó al hombre y a la mujer para que se amaran libremente. Y lo llamáis libertinaje, cuando el amor es sagrado. Preferís el dolor y la angustia de una virtud comprada, o robada, a la expresión de una mujer en la libertad de su deseo —le miró, con todo el desprecio que sentía hacia él y los hombres como él, hacia Álvaro y su hijo Vidal, hacia Pedro de Azaga y hacia todos los que se creían superiores—. Pero os olvidáis de la regla más importante que Dios os dio, el amor.

—¡No podréis hablar de amor cuando os derritáis en la hoguera! —la amenazó.

Alba sonrió.

—Sabéis que no podéis hacer nada que pueda dañarme. ¡Sois una insignificante hormiga ante mí! —le miró, como si pudiese destruirlo solo con su mirada—. ¡Intentad no olvidarlo nunca! Por vuestro bien, os lo digo.

Su comportamiento valiente y osado le atemorizaba, pero no podía permitir que ella volviese a ver a un hombre aterrado. Su mirada era tenue e inmensa, sus ojos sabios se acercaban cada vez más, escudriñando cada arruga y expresión de su rostro, y esta vez no se sintió cohibido ante sus ojos, sino acogido por un poder más grande que cualquiera que pudiera haber imaginado. Casi se había apoderado de él, cuando escuchó unos golpes en la puerta.

—¡Señor! ¡Os ruego que salgáis de la celda! —gritó uno de los guardias—. ¡Ha ocurrido una desgracia!

Se levantó rápido. Dios acudía de nuevo a su llamada, otorgándole una noble excusa para alejarse de ella y recuperar sus fuerzas. Salió rápido, sin mirar atrás, deseoso de hallarse lejos al fin.

—¿Qué ocurre? ¿Por qué interrumpís un interrogatorio? —preguntó, fingiendo su enojo.

—¡Es Don Álvaro de Abrantes, señor!

—¿Qué más queréis quitarme? —gritó este.

Tenía los ojos enrojecidos y el rostro colérico. Se acercó a la puerta de la celda y comenzó a golpearla con rabia.

—¿Qué os ocurre? —preguntó Fray Jaime.

—¡Mi hijo ha muerto! —gritó.

Por un instante, no supo a qué se refería, pero pronto empezó a atar cabos y recordó a Vidal de Abrantes, como si se hubiese vuelto loco, tras haber estado a solas con la mujer.

Hizo un gesto a los guardias para que apartasen a Don Álvaro de la puerta, pero no lo consiguieron. El hombre era fuerte.

—¡Abrid la celda! —gritó, exigiéndoles a los guardias.

Fray Jaime hizo un gesto con la cabeza y el guardia introdujo la llave en la cerradura. Álvaro entró a solas. El guardia volvió a cerrar la puerta y el fraile le pidió la llave. Después, le ordenó que se alejara. Agudizó el oído para escuchar tras la puerta.

Le pareció la mujer más horrible que había visto. No había ya belleza alguna en su mirada. Su corazón sentía que había muerto y con ella se había llevado todo cuanto él amaba. Ambos habían perdido el alma en el camino de sus vidas.

Alba le recibió de pie, quieta y callada. Se acercó a ella. No temía que intentase matarle, al contrario, lo deseaba. Ansiaba que le arrancase la vida, pues morir era más sencillo que vivir sin su aliento cercano.

—¿Qué más vais a quitarme? —le preguntó, con lágrimas en los ojos—. ¿Qué más vais a arrancarme del corazón? —puso la mano en su pecho izquierdo, como si con aquel gesto pudiera hacerle entender que ya era un muerto en vida—. ¡Matadme, os lo ruego! ¡Porque prefiero morir a ver como muere todo lo que amo!

Alba vio a un hombre destrozado caer al suelo entre el dolor de su llanto y revolcarse como si así pudiese aliviar el dolor que sentía.

—¡Mi hijo ha muerto! ¡Mi hija va a ser juzgada por brujería! —dijo con la voz quebrada—. ¡La mujer que amo, nunca existió! ¡Matadme, porque no puedo aguantar ya la vida! —suplicó, arrodillado a sus pies.

Si hubiera visto una paloma, habría entrado en ella para escapar entre las rejas y volar hasta los confines del mundo. Hubiera deseado ser el monstruo que anhelaba ser, para no sentir compasión por un hombre que, además, era padre y cuyo corazón desgarrado se lo entregaba sangrante entre sus manos. Su otra parte quiso agacharse a su lado y pasar sus brazos encadenados alrededor de su cuello, para intentar consolar su dolor, pero en su pecho no había ningún hueco vacío, pues lo había llenado de odio.

—¿Cómo ha muerto Vidal de Abrantes? —preguntó Fray Jaime al guardia.

—Lo encontraron al amanecer, se despeñó desde la cueva que llaman del enmascarado. Encontraron su cuerpo abajo ensangrentado, en sus manos tenía el brazalete que Don Álvaro había regalado a su prometida.

—¡Está bien, marchaos! —le ordenó.

El guardia se alejó rápido. El inquisidor acercó de nuevo el oído para escuchar mejor.

Álvaro sostenía algo en el hueco de sus manos. Las abrió y le mostró el brazalete, como si fuese su propio corazón, desgarrado y palpitante. Se levantó y se acercó a ella lo suficiente para escuchar su respiración entrecortada y sentir su aliento cerca de sus labios. Colocó el brazalete en la oquedad de sus manos finas y permaneció mirando sus ojos, hechizado. Deseó abrazarla, decirle que estaba vivo solo por ella. Abrió sus labios y susurró su perdón.

—¡Perdonadme, Isabel!

Escuchó su nombre, aquel que sus padres le dieron de niña. ¿Por qué él lo conocía? Su rabia salió de ella de una forma repentina y lanzó al hombre contra el muro, apartándolo de su lado.

—¡Perdonadme por haber arruinado vuestra vida y por haber matado a vuestros padres!

Apenas podía creerlo. Nunca había pensado que él supiera lo que ella había visto en aquel documento, el día de su marcha. Creía que él ni siquiera sospechaba a qué se había debido su huida.

—¡Hablad! —le ordenó. Necesitaba saber.

—Yo me llevé a vuestros padres. Pretendía ganarme los favores del Santo Oficio, pero he lamentado tanto aquella decisión... Todo el mundo había oído hablar de ellos, eran personas especiales que se diferenciaban de los demás por sus obras, buenas y solidarias. Había oído hablar de su afán por educar a los niños que vivían en la pobreza y en la ignorancia. Aseguraban que la educación podía salvar a un hombre o a una mujer de su cruel destino. Y yo, que había enseñado a leer y a escribir a mi hija Elena, estaba de acuerdo. Pero el Santo Oficio había oído hablar de ellos demasiadas veces y decidió detenerlos para interrogarlos —se agachó y se sentó en el suelo mientras tragaba saliva, buscando el valor suficiente para continuar el relato—. Llegué con la guardia en mitad de la noche. Los saqué de la casa e intenté llevármelos, pero las gentes del pueblo me impidieron el paso. Todos los querían, intentaron detener a los guardias y uno de ellos cayó sobre un carro de heno, encendiéndolo sin querer con la antorcha. El carro comenzó a arder y, entre el tumulto, los perdí. Alcancé a ver a vuestra madre, que intentaba ocultarse tras unas mujeres. La agarré por un brazo para que no escapara. Una mujer me escupió en el ojo, me limpié e impedí su huida, insistiendo en agarrar a ciegas su brazo con fuerza. Los guardias intentaban separar a la gente del pueblo de mí, pero eran demasiados. Escuchaba los insultos. Nadie me quería allí, todos pretendían detenerme, a mí y a mis guardias, para intentar salvarlos a ellos. Los envidié por ser tan queridos. No podía ver a vuestro padre, hacía tiempo que había escapado de mi vista. Arrastré a vuestra madre del brazo, a pesar de los arañazos y golpes que las mujeres me propinaban. Blandí mi espada para intentar apartarlas. Intenté hacerla subir a mi caballo, pero ella consiguió soltarse. Corrió hacia atrás y tropezó. ¡Aún siento horror cuando lo recuerdo! ¡Fue a caer directamente sobre el carro de heno que estaba ardiendo!

Alba sintió que su corazón se paraba, como si ya no formara parte de ella. El relato era aún peor que la ignorancia de tantos años sin conocer la verdad. Álvaro continuó.

—Monté a mi caballo con la única intención de alejarme de allí, cuando escuché unos gritos. Entre el gentío, pude ver que el fuego había empezado a correr hacia las casas. Mi caballo se desbocó, asustado por el fuego. Los caballos de los guardias corrieron a mi lado, golpeando al mío en su carrera. Entre los gritos y las llamaradas, vi a vuestro padre, que corría de nuevo hacia la casa. Quise seguirle, pero entonces me vio y frenó sus pasos, dándose la vuelta para distraerme. Se acercó al carro de heno en el que había caído vuestra madre y se arrojó. Seguramente pensó que así podría salvar al menos a sus hijas.

Alba creyó que iba a morir mientras escuchaba el relato desgarrador de labios de Álvaro.

—El fuego se extendió a las casas más cercanas. Muchos intentaron apagarlo, pero murieron en el intento. Y donde el fuego no llegó por sí solo, los guardias se encargaron de extenderlo con sus antorchas. Solo vuestra casa y las que estaban junto a ella se libraron de las llamas. Los que no murieron aquella noche fueron detenidos e interrogados, pero prefirieron morir a decir dónde estabais. Los más afortunados se marcharon de allí para siempre —hundió su rostro entre sus manos—. Yo también me marché, pero no pude apartar de mi mente la imagen de vuestro padre cuando quiso regresar a su casa. Me preguntaba qué había allí, que deseaba proteger. Antes de marchar, fui para comprobarlo, pero la casa estaba vacía. El caldo aún se calentaba en el fuego. Tras una cortina se escondía un almacén, escuché un ruido y entré. Un gato jugueteaba sobre unos sacos de harina. Días después, llegó a mis oídos que dos niñas habían huido del pueblo al amanecer.

Vio el rostro de Alba que brillaba por las lágrimas que corrían por sus mejillas. ¡Cuánto hubiera deseado ahorrarle el dolor de conocer la verdad! Pero no quería morir sin descargar su conciencia. Antes de abandonar el mundo, quería obtener su perdón.

—Desde entonces, estuve alerta. Quería encontrarlas. Debían ser muy importantes cuando todo un pueblo había luchado por protegerlas y un padre había preferido morir, con tal de que no os encontrara. Pasó mucho tiempo hasta que la dueña de la taberna me habló de vos. No conocía vuestro pasado y empecé a atar cabos. Os llevé a mi casa, estando casi seguro de que erais una de ellas. Os cuidé y os admití en mi familia para purgar mi pecado. Sentía que os debía una oportunidad de una vida mejor, a cambio de la vida que le robé a vuestros padres —se acercó de nuevo para estar cerca de ella, anhelaba tanto abrazarla, tocarla, acariciar sus manos y su rostro, que apenas podía soportar el dolor de sus brazos—. No podía imaginar entonces que me enamoraría de vos, como lo hice, que os amaría tanto, porque nunca había amado así a una mujer. Entonces, decidí callar para siempre y permitirme la felicidad que la vida me había regalado. ¡Qué ingenuo fui! —se lamentó—. ¡No se puede engañar a Dios! ¡Era solo cuestión de tiempo que me arrancara la felicidad!

Levantó su mano para acariciar su rostro, bello a pesar de su oscuridad. Un grito ensordecedor salió de la garganta de Alba. No parecía una voz de mujer, sino la de un animal herido. De nuevo, algo más impetuoso que su propia fuerza desplazó su cuerpo contra el muro. Álvaro cayó al suelo golpeándose la espalda. Fray Jaime abrió la puerta y los guardias entraron a ayudarle; le recogieron a pesar de sus forcejeos, pues quería quedarse junto a ella.

El inquisidor decidió que lo encerraran en su propia casa, donde permanecería custodiado, al cuidado de su hija Elena, liberada con la condición de estar junto a él, hasta su muerte.

Fray Jaime decidió ayunar para mantenerse limpio antes de estar de nuevo en su presencia. No podía permitirse ni un rastro de suciedad en su cuerpo para que el diablo no tuviera de dónde agarrarle. Se limitaría al interrogatorio del *Malleus Maleficarum* y no permitiría que ella le envolviese con sus palabras, que le enseñaban mundos en un porvenir que él jamás llegaría a ver. Si era cierto que algún día las mujeres llegarían a considerarse a sí mismas a la altura de los hombres, él no sería un eslabón en la cadena que transmitiría semejante enseñanza.

Había vivido demasiado tiempo en una eterna lucha por mantener la fe cristiana ante los infieles y desalmados moriscos. No iba a permitir ahora que una simple mujer le robara su fe ni sus normas. Salió de su celda murmurando una oración matutina mientras se preparaba para interrogarla de nuevo.

Cuando entró, estaba dormida. Se sentó en la silla y abrió el libro, esperando a que acabara su sueño. No se atrevió a despertarla. Debía estar cansada y era el mejor momento para mostrarse fuerte ante ella.

—De nuevo os escondéis tras ese libro —dijo, sorprendiéndole—. No podéis esconderos de mí. Soy capaz de ver en vuestro interior lo que no conocéis de vos mismo.

—Esta vez no podréis intimidarme con vuestras amenazas de prodigios y visiones. Tengo a Dios de mi lado pues represento a la Santa Madre Iglesia y nadie podrá hacerme olvidar lo que he venido a hacer. Estoy preparado para cumplir mi misión.

—He estado pensando —dijo—. Al igual que vos, yo tampoco he podido dormir esta noche.

Fray Jaime comenzó a alterarse. ¿Cómo podía saberlo? La mujer continuó hablando.

—Sois un hombre inteligente. No puedo creer que hayáis llegado a ser Inquisidor Mayor por creer, a pies juntillas, las absurdas palabras de ese libro. Os propongo algo, un pacto entre inquisidor y bruja —rio con sarcasmo.

—¿Qué pacto podría yo querer hacer con vos? La vida de muchas mujeres está en vuestras manos.

Encendió un candil y lo alzó para iluminar la estancia. Estaba mirándole con una sonrisa en sus labios. Intentó no mirarla directamente a los ojos. Después encendió seis velas, mientras recitaba un *ora pro nobis* con un cadencioso acento latinizado. Lo hizo despacio, con las manos temblorosas. Levantó una pesada Biblia sobre la mesa y la colocó en posición vertical para que ella pudiera verla. Junto al libro, colocó un gran crucifijo de plata, sobre un mantel de terciopelo negro. Apagó el candil y se sentó. La única luz era el movimiento de las velas encendidas. Sacó un capuchón y se lo colocó sobre la cabeza. Alzó su barbilla con orgullo y comenzó a hablar con una voz afectada.

—¡Juráis ante la Sagrada Biblia que responderéis a este interrogatorio con la verdad!

—No —respondió Alba, sin desdibujar la sonrisa de su rostro, bajo la gruesa tela.

Fray Jaime no esperaba aquella respuesta. Era la primera vez que se encontraba ante un acusado que no temía nada, ni siquiera la muerte. No podía recurrir a la tortura para lograr su confesión, los poseídos tenían atrofiados los sentidos y no podría notar en su cuerpo el tormento. Solo le quedaba una opción.

—¿Sabéis por qué habéis sido arrestada?

Alba no respondió.

—¿Cuál es vuestra diócesis? ¿Quién es vuestro confesor? ¿Cuándo os confesasteis por última vez? —preguntó, mientras fingía rellenar un documento. Continuó, sintiéndose valiente—. ¿Vuestro nombre verdadero es Isabel?

Alba asintió con la cabeza.

—¿Tenéis una hermana?

—No tengo familia.

—¡Mentís! —gritó, dando un golpe sobre la mesa, haciendo que la Biblia y el crucifijo saltaran con brusquedad—. Sé que tenéis una hermana y os aseguro que la encontraré, aunque no me digáis la verdad.

Alba suspiró aliviada. Por sus palabras supo que no la habían encontrado.

—¿Estáis dispuesta a reconciliaros con Dios y con la Santa Madre Iglesia?

—Nunca he pertenecido a vuestra Iglesia.

—¿Creéis en Dios?

—Esa pregunta ya os la contesté antes.

—¿Creéis en Cristo?

—Creo en sus palabras y os aseguro que las comprendo mucho mejor que vos.

Fray Jaime no respondió a su acusación. Había decidido limitarse a las preguntas y acabar cuanto antes.

—¿Habéis abrazado otras creencias que no sean la fe en Dios Padre y en su único hijo Jesucristo?

—Ya tenéis la respuesta.

—¿Creéis en el Padre Eterno, el Hijo y el Espíritu Santo?

Cansada ya de sus preguntas, exclamó.

—¡Dejad de preguntarme y poned vos mismo la respuesta que os asegure mi condena! ¡No me importa morir!

—Pero puedo condenaros a vivir durante años en esta celda de oscuridad, hasta que vuestra diosa tenga a bien otorgaros la muerte.

—Vos no podéis condenarme a nada que yo no quiera permitiros. No sois dueño de mi destino como tampoco lo sois del vuestro.

De nuevo su respuesta le hizo palidecer. Se alegró de que ella no pudiera ver su expresión, corrompida por el desasosiego. Se levantó y sus piernas flaquearon al igual que su ánimo. Alzó la voz y recitó su condena.

—¡Os acuso de brujería y, por la potestad que me es otorgada por Dios y por la Santa Madre Iglesia, os condeno a relajación en la hoguera, donde arderéis en el fuego divino, hasta que vuestra alma abandone vuestro cuerpo para vivir eternamente en las llamas del infierno!

Alba rio de nuevo. Sus carcajadas se hicieron mucho más sonoras en la estrechez silenciosa de la celda. El inquisidor se levantó con gran enojo y, tras apagar las velas con un único soplido, corrió a oscuras hacia la puerta. Sabía que ella no podía alcanzarle. Sin embargo, cuando estaba a punto de tocar el hierro frío del picaporte, escuchó su voz tan cerca de su oído que creyó que estaba a su lado.

—¡Esperad! —le susurró, con una voz insinuante y licenciosa—. Aún no habéis oído mi proposición.

Su voz le encandilaba. Su acento ardoroso y penetrante acariciaba sus oídos haciéndole caer en un dulce sopor, en el que se habría mostrado complaciente a cualquier petición que ella le hiciera. Intentó mantenerse firme en su primera idea, pero la imagen de sí mismo acariciando su cuerpo desnudo le sorprendió. Sintió que estaba sobre ella y su cuerpo respondió rápido ante la excitación. Cientos de imágenes licenciosas se alternaban en su mente en las que él poseía su cuerpo mientras ella se apoderaba de su alma. Aquella mujer era el lado más oscuro de la presencia femenina. Era la sombra.

Se arrepintió de su vileza descontrolada, en lucha con su ego masculino y con su idea de pureza.

—¡Apartaos de mí! —gritó, dando manotazos al aire espeso y vacío que le rodeaba.

—Escuchadme y os dejaré marchar —exclamó Alba en un tono mucho más rotundo—. No necesitáis torturarme para hacerme confesar. Soy una bruja, ya lo he dicho ante vos. Condenadme a la muerte en la hoguera y acudiré gustosa a la cita, pero antes dejad que os muestre la magia verdadera. Dadme la mano y os llevaré a conocer los secretos del mundo, secretos que jamás olvidaréis y que nadie más conoce. ¡Seréis único entre los hombres, como el mismo Jesucristo!

Fray Jaime estiró los dedos de su mano en la oscuridad. Su mente confundida anhelaba creer en sus palabras y lograr el conocimiento que ningún otro hombre antes que él había alcanzado. Fue insoportable la espera hasta sentir los dedos finos de su mano, que agarraron la suya de piel áspera y arrugada.

La oscuridad penetró en él de una forma inconcebible. Ninguna mente habría podido acercarse a imaginar la poderosísima fuerza que sintió entrar en su pecho, rellenando todos los huecos de su cuerpo, convirtiéndose en su propia sangre fluyendo, llevando la vida hasta los límites de su piel. No vio nada, pero supo que tenía el poder de hacerlo todo. Cualquier cosa que su mente imaginase era posible y, tras años de lucha interior, se encontró a sí mismo como nunca lo había hecho. Se halló frente a su alma desnuda. Se sintió indefenso y feliz como un niño en el vientre de su madre que esperaba el primer aliento del resto de su vida. Deseó permanecer allí para siempre y fue entonces cuando una dolorosa luz lo iluminó todo. Sus ojos ardían. Su garganta estaba seca como si no hubiese bebido hace días. Su corazón palpitaba con rapidez con latidos sonoros y dolorosos.

Escuchó voces que reconoció del pasado, palabras escapadas de bocas que no le eran ajenas, cuyo significado le estremeció, pues eran las quejas de los seres a los que había hecho daño durante su vida. Sintió su dolor con la misma intensidad que ellos lo sentían. No podía ver más que una claridad blanca y aguda, punzante. Su alma se encontraba vacía, ahuecada en un espacio que no parecía corresponderle, sin rumbo, sin destino, abandonada al vacío del olvido. Se sintió triste, como si una losa de pena cayera sobre su cuerpo. ¿Es que ningún Dios existía?

Era su misma muerte lo que estaba viviendo. Ni ángeles, ni coros celestiales, acudieron a recoger su alma. Se sintió morir cuando se miró y se vio por dentro, tenía el alma negra. Anheló que el infierno existiera con tal de no permanecer en ese estado vano por más tiempo.

Escuchó la voz de la mujer, que recitaba versos en una lengua desconocida, y su mundo giró en desorden. La luminosidad lo arrastraba todo a su paso, solo él parecía mantenerse firme en el caos del mundo y un conocimiento que no pudo soportar se adentró en su mente abarcándolo todo. Era demasiado grande, demasiado increíble para ser cierto. Su mente apenas había empezado a asimilar tanta sabiduría, cuando sintió que un nuevo saber penetraba en él, sin darle tiempo a avanzar. Se sentía indefenso ante una nueva conciencia. Era más que experiencia, era juicio, prudencia y compasión. Era cordura y locura a la vez. Era instrucción y fe. Disciplina y libertad. Y sus antiguas creencias luchaban por asimilar lo nuevo, con cimientos tan pobres y falsos que los muros caían uno tras otro. Podía escuchar el fragor de su caída, mientras otro nuevo comenzaba a levantarse hasta un número infinito.

La oscuridad total regresó inundando la estancia. Probó el sabor salado de sus lágrimas. Algo le indujo a mirar hacia atrás. Escuchó un leve soplido y las velas se encendieron sin que nadie las tocara.

Estaba vivo. Sintió el dolor en sus rodillas sobre el suelo. Sus manos vacías se agarraban a la nada. Aún estaba junto a la puerta. Recordó que había llegado hasta ella antes de que la mujer le hablara. Miró hacia atrás y la vio. Estaba de pie, con los grilletes de hierro que rodeaban sus muñecas enganchados a la pared con la cadena, y tan lejos de él que era imposible que hubiese agarrado su mano. El capuchón ya no cubría su rostro. Su mirada le penetraba. Se sintió ridículo y humillado. Se burlaba de él con una sonrisa en sus labios.

—Ahora podemos hacer ese pacto vos y yo —exclamó.

Ella había ganado. Fray Jaime quiso dejarlo todo en sus manos. No se sentía capaz de continuar. Reconoció que era distinta. Estaba por encima de todos los hombres y mujeres de la tierra.

—Dejad libres a mis hermanas —exigió—. Y a cambio, yo moriré por ellas.

No estaba todo perdido. Al menos no perdería su dignidad, ni su nombre caería en desgracia. Solo necesitaba recobrar fuerzas para continuar hasta el final. No faltaba mucho. Ella había decidido morir y él se lo permitiría.

Pero quedaba algo más por atar y solo él podía atarlo. No podía permitir que nadie supiera lo que él sabía. Nadie podía descubrir la sabiduría de la mujer porque entonces correría peligro su destino y el de todos los que eran como él. El clero y la Santa Madre Iglesia caerían ante el desaliento del mundo, si otros contemplaban el poder que tenía. No habría temor a Dios, ni a los hombres de Dios. No habría orden ni potestad para imponer las leyes y cuidar que se respetaran, pues la parte del mundo que estaba en pie caería bajo la que no lo estaba. El desorden sería el Dios que gobernara en el mundo. Sus leyes, sus reglas, su doctrina, carecerían de valor si vieran uno solo de sus prodigios. El pueblo era ignorante y no tendría en cuenta que varios poderes pueden coexistir. Pero solo un Dios hombre podía continuar causando temor en sus almas. Si la diosa de la que le había hablado se mostraba ante el mundo, la Iglesia entera perecería. Porque un libro escrito muchos siglos atrás no podía luchar y vencer a una diosa viva.

—Con una condición.

—He de reconocer que tenéis coraje, o quizá sois un insensato, o un pobre estúpido. Hablad, puesto que tenéis a mis hermanas, no tengo más remedio que escucharos.

—No os mostraréis como sois, ni permitiréis que el mundo vea vuestro poder. Y lo mismo harán aquellas que llamáis vuestras hermanas.

—¿Cómo sabré que no mentís?

—Las veréis libres frente a vos, el día de vuestra condena.

—Si no cumplís vuestra palabra, os juro que todos los ojos que me miren ese día verán lo que soy capaz de hacer.

—Serán liberadas ahora mismo, si aceptáis. Y con vuestra muerte, se borrará para siempre vuestro recuerdo. Yo apagaré las voces de los que hayan visto vuestros prodigios.

—Y dejaréis vivir en paz a las mujeres sabias, por siempre —continuó Alba, con sus condiciones.

—Y dejaré en paz por siempre a todas las brujas que vivan en este reino. Me ocuparé yo mismo de interrumpir su persecución —concluyó él, con la voz temblorosa aún.

—¡Amén! —respondió Alba, afianzando su sonrisa.

No había más que decir. Fray Jaime solo quería salir de allí. Se levantó con torpeza. Estiró el brazo y su mano encontró la manija. La movió y salió cerrando la puerta de un golpe tras él.

Corrió por el pasillo y subió las escaleras. En su huida, perdió una sandalia, pero no se paró a recogerla. Los guardias vieron su rostro al pasar, parecía que se le hubiese helado la sangre, pero no dijeron nada.

—¡Liberadlas a todas! —gritó el inquisidor—. ¡Sacad a las mujeres de las celdas y dejad que se marchen! ¡A todas, menos a ella! ¡Ahora mismo! —ordenó.

El fraile corrió cojeando con uno de sus pies descalzos por el patio mojado. Atravesó otro pasillo hasta llegar a su alcoba. Allí le esperaba su lecho vacío, se dejó caer sobre la colcha y lloró como un niño.

En la celda, Alba se sintió sola de nuevo. Un cálido y sutil aliento apagó las velas una a una y la oscuridad reapareció.

XXXIII

La hoguera

Las campanas tocaban alegres. La comitiva salió de la iglesia hacia la plaza del mercado. Fray Jaime Bleda caminaba el primero, llevando consigo la pesada Santa Cruz procesional, mientras rezaba en voz alta una letanía. Iba seguido por el clérigo y los monaguillos, que respondían a sus rezos.

—*Ora pro nobis...*

Tras ellos, iba Don Pedro de Azaga, seguido de Álvaro, que caminaba del brazo de su hija y arrastraba sus pies como un animal herido. Elena tampoco parecía querer caminar hacia delante. Hubiese deseado echar a correr en contra de todos los demás y escapar para siempre, para no verse obligada a presenciar su muerte.

Los acompañaban los secretarios y el alcalde, y otras personalidades respetables, ataviados con sus mejores galas y sus escudos decorando el pecho de sus ropas, como testigos de que se iba a ajusticiar fielmente a la procesada. Esta aún no había aparecido.

El sonido de las campanas había alertado a las gentes del pueblo, que acudieron al procesamiento. Habían abandonado sus quehaceres para unirse a la procesión. Unos caminaban, otros venían en sus carretas con la esposa y los hijos, todos dispuestos a presenciar su muerte.

Aunque no lo hubiesen deseado, debían estar allí. El nuevo inquisidor gustaba mucho de hacer respetar las leyes y acudir a la quema de un procesado era una de ellas. Si no, podían ser acusados de estar a favor del reo y ninguno de ellos lo estaba. Aunque muchos la habían conocido, prendados de su amabilidad y cortesía, de su dulzura y belleza, acudían a presenciar su muerte con la cabeza alta, fingiendo conocer con exactitud de qué se la acusaba.

La comitiva paró frente al Ayuntamiento. Un guardia abrió la puerta y la mujer salió sola. El hombre esperó a que estuviera lejos para volver a cerrar. El miedo se traslucía en sus rostros y con sus gestos lo transmitían al pueblo que, en lugar de vilipendiar a la mujer como habían hecho en otros autos de fe anteriores al suyo, estaba en silencio, para no delatar su presencia. Temían que el mismísimo Satanás viniese a liberarla.

La mujer llevaba un saco sobre su vestido y una capucha picuda, bajo la que asomaba su larga melena despeinada. Colgado del cuello, un cartel de madera en el que estaba escrito su mayor delito, en letras mayúsculas y grandes para que todos pudiesen verlas. La palabra bruja lucía refulgente, escrita en blanco sobre su pecho junto a una gran cruz, que quedaría colgada en la iglesia mucho tiempo después de su muerte, como recuerdo de lo que les ocurre a los que son diferentes.

Alba se alegró de ver tanta gente a su paso. Cuantos más vinieran, más rápido correría la voz de que en el mundo había una auténtica bruja. Recordó a las mujeres que la habían llevado de la mano por el camino de su propio descubrimiento. Ellas eran su auténtica familia. Pensó en Ana y la recordó como la niña que había dejado, tras su marcha. No habría deseado volver a verla antes de morir, aunque se lo hubiesen ofrecido. Prefería recordar sus risas infantiles y, sobre todo, deseaba que nunca sufriera ni una mínima parte de lo que ella había padecido.

Caminó orgullosa tras la comitiva, advirtiendo la presencia de Elena y su padre, a los que solo pudo ver de espaldas. Escuchó unas dulces voces a las que nadie reprimió, pues no hubo quien que se atreviese a hacerlo. Alía y sus hermanas estaban allí y extendían sus manos para alcanzar a tocarla a su paso. Eran libres.

Llegaron a la plaza del mercado. Una alta cruz esperaba que su cuerpo se uniera a ella para arder en un averno humano. Se colocó de frente, mirando el rostro de todos y cada uno de los presentes, que ignoraban que ella podía ver dentro de sus miradas e internarse en sus sentimientos. La tristeza comenzó a embargarles lentamente. Atrás, en las últimas filas, escondidos tras los asistentes, unos niños comenzaron a llorar. Algunas mujeres sacaban pañuelos y secaban sus ojos, y varios hombres fingían estornudos, ante unos ojos húmedos que apenas reconocían.

El mismo Fray Jaime, que de nuevo se sentía terriblemente cansado, se rascó con fruición su ojo derecho, que no paraba de lagrimear, mientras sentía como algo muy profundo se rompía en su interior.

Elena lloraba, pero ella ya se sentía triste desde antes que Alba removiese las emociones ajenas con su mirada. Haberse visto obligada a presenciar su muerte la angustiaba tanto que casi no se sostenía en pie. Se agarró al brazo de su padre, débil y frágil. Su familia se había roto por completo. Solo su esposo parecía disfrutar del espectáculo, tras haberse recuperado de los males extraños que le habían aquejado durante días.

Los ojos de Alba se toparon con Alía, a la que indujo a la alegría, contrariamente a lo que les ocurría a los demás. Y lo mismo hizo con el resto de sus hermanas y con Elena. Y esta comenzó a sentirse más serena y fuerte, e incluso le pareció que el día relucía brillante bajo el sol, como nunca lo había hecho. Se quitó la capucha y su melena brilló bajo el sol de la mañana.

Un guardia le quitó el cartel, subió las escaleras de la hoguera y lo colgó en la cima del palo más alto. Todos podían escuchar los gritos de gozo y los vítores de algunas mujeres que parecían celebrar su presencia. Se sentía feliz porque estaban a su lado y nunca la abandonarían. La habían perdonado y eso alegraba su corazón. Gracias a sus voces, se sintió preparada.

Temió, durante un instante, al pensar en la diosa, que esta le hubiese dado la espalda, después de haber abusado de tantos poderes oscuros y de haber recibido a la tenebrosidad en su seno. La había traicionado y aún no había visto su reacción. La diosa esperaba paciente la decisión de su hija más amada y no podía alargar mucho más el momento.

Frente a todos, el verdugo quiso liberar sus manos, pero ella no se lo permitió. Le alejó con un gesto y el hombre corrió a esconderse tras los guardias. Levantó sus manos juntas, abriendo sus dedos, capaces de extender su poder por cientos de caminos.

Los asistentes evitaron incluso respirar para permanecer completamente callados, temiendo que eligiese a alguno como blanco de sus hechizos. Otros se agacharon, tapándose el rostro para no ser vistos.

Las manos de la mujer se extendieron con forma de alas de mariposa con los pulgares juntos, abarcando la plaza desde su posición junto a la hoguera.

—¡Quemad a la bruja! ¡Daos prisa! —gritó alguien, en la lejanía.

El cielo se oscureció y un aire gélido y furioso inundó la plaza. Los carros de los vendedores volaron calle abajo, mientras estos corrían tras los pollos liberados y los libros abiertos en el suelo. Los niños corrieron a ocultarse bajo las faldas de sus madres.

Fray Jaime no pudo sostener más tiempo la gran cruz en sus brazos y la dejó caer, escuchando el golpe al dar contra el suelo. Los guardias huyeron atemorizados.

Elena se abrazaba a su padre mientras rezaba una oración que él le había enseñado de niña. Pedro de Azaga la cogió por el brazo e intentó llevársela con él en su huida, pero ella forcejeó hasta tirarlo al suelo. Corrió junto a Alía y las demás, que la acogieron alegres.

Álvaro se sintió solo, sin un brazo en el que apoyarse. Alzó su rostro y la vio con las llamas ardiendo tras ella y una expresión de ira en su rostro, mientras sus ojos le miraban atentos.

El viento azuzó las llamas acercándose. Parecía que el mismo cielo quisiera acortar la espera. Fray Jaime cogió el contrato y metió la pluma en el tintero. Se acercó y se lo entregó.

—¡Aún estáis a tiempo de retractaros! —gritó, para ser bien escuchado, tras el sonido del aire espeso que los amenazaba—. ¡Y recordad! ¡No me importa si morís o no, pero habéis de cumplir nuestro pacto!

Alba cogió la pluma.

—¡Podéis poner una cruz, si no sabéis escribir vuestro nombre! —le dijo.

Se asombró de la prepotencia del hombre, que a pesar de su conversación en la celda y de lo que le había hecho experimentar, del miedo sufrido y del descubrimiento de su propia ignorancia, continuaba sintiéndose por encima de una mujer.

Le habría bastado con escribir una sola palabra para que todo lo que veían sus ojos se destruyera y todos los presentes murieran en aquel mismo instante. Bastaba escribir la palabra muerte, en lugar de su nombre, para acabar para siempre con la ignorancia de todos y con sus vidas. Nunca había sido tan poderosa. Nada importaba ya, ni el antes ni el después, salvo aquel momento de liberación eterna. Una decisión, un instante, y el mundo estaría destinado a hallar la sabiduría o a seguir exprimiendo su propia sangre en la ignorancia.

El inquisidor sacó de su bolsillo unos granos de mostaza y comenzó a bendecir a las gentes atemorizadas que pedían al cielo clemencia. ¿Acaso no parecía él también un brujo? Se admiró de lo similar que parecían sus conjuros a las oraciones del fraile. Una única palabra, un único instante, y el mundo soberbio que había conocido perecería. Levantó sus ojos del papel para mirarlos por última vez. Un espeso sonido se le fue metiendo en sus oídos, un lamento triste y fuerte, lleno de vida. A lo lejos, una mujer se había subido a un carro y agitaba un brazo, haciéndole señales para llamar su atención. No veía bien su rostro. Tampoco podía escuchar su voz, que se perdía entre el fuerte sonido del viento.

—¡Escribid! —insistió el inquisidor.

Alba mantuvo sus ojos fijos en la mujer a la que no era capaz de escuchar, mientras el lamento vibraba tan cerca de ella, que casi sentía el retumbar de su vientre. Era el llanto de un niño, que sonaba amortiguado y opaco, un nonato. Muy cerca de ella, estaba Alía.

—La que vendrá es tan poderosa que no necesita ser llamada. Un poder mucho mayor que cualquiera que puedas imaginar la traerá hasta ti y entonces solo habrá dos caminos, el perdón si lo reclamas, o tu destrucción.

Leyó sus labios y no escuchó el sonido de las palabras que le decía de nuevo, solo aquel llanto incesante de un niño que aún tenía que nacer. Entonces comprendió. Era a ella misma, a quien estaba a punto de destruir, si escribía la palabra muerte. Una única palabra para cruzar para siempre al lado de la oscuridad y abandonar a la diosa. Un único sentimiento que se había apoderado de cada minuto de su vida, el rencor.

Miró de nuevo a la mujer lejana, que le hacía señales con su brazo alzado y vio su vientre abultado, que albergaba una nueva vida. Tras su propia muerte, su alma habría volado hacia aquel vientre en el que se habría guarecido dándole un nuevo aliento, porque así era como las almas seguían los rastros de sus vidas anteriores en ramas de familias perdidas desde el principio del mundo. Pero su alma arrastraría el mismo odio, hasta que la vida le diera una nueva oportunidad para liberarse.

La mujer se bajó del carro, agarrando su vientre con sus manos y corrió en medio de la gente, apartándola con sus brazos con gran esfuerzo, intentando llegar hasta ella. Alba sintió que su pecho se hinchaba de un amor inmenso e indescriptible. Sus deseos de venganza cayeron a un abismo infinito.

La sombra que hasta entonces había perpetuado sus días y noches, oculta tras su espalda, la misma que había seguido sus pasos, voló hacia espacios más oscuros donde se lamentaría para siempre de haberla perdido. Y un aliento sutil y mágico se acercó a su nuca, como la noche en que la diosa la recibió en su seno. Comprendió que hay varios mundos distintos viviendo en uno solo, y cada hombre o mujer decide el suyo. Había vuelto a cambiar su destino. Y mientras veía a la mujer desconocida que corría hacia ella, escuchó la palabra que brotó de sus labios... ¡Isabel!

El perdón inundó su espíritu. Nunca volvería a ser la misma. Levantó la pluma y dos líneas se cruzaron para formar una cruz sobre el espacio en blanco. Un instante después, el viento había desaparecido y el silencio dejaba escuchar el trino de los pájaros.

El inquisidor cogió el papel y se dirigió a los presentes, alabando al Señor porque la mujer había sido redimida y perdonada. Antes de desatar las cuerdas de sus manos, le recordó de nuevo.

—No volveré a perder mi tiempo en perseguir a una bruja y me ocuparé de que así actúen los que continúen mi labor, pero habéis de jurar por lo más sagrado que jamás haréis uso de vuestro poder, ni a solas, ni en presencia de nadie. Y vos, seréis olvidada.

Se subió a la escalera y descolgó el cartel. Una vez abajo, lo partió en dos sobre su rodilla, sellando sus labios para siempre.

La mujer preñada la alcanzó al fin y el llanto desesperado del alma no nacida cesó. Su tierno abrazo hizo desaparecer para siempre el tiempo que habían estado separadas. Alba separó los cabellos de su rostro con las manos, para mirar de cerca sus ojos y agradeció a la diosa su reencuentro. Abrazó su cuerpo con todo el amor del que era capaz, mientras sus labios se atrevían a pronunciar su nombre.

Ana...

Sus manos acariciaban el vientre de su hermana, mientras el sol se escondía. Tenía la misma expresión de la niñez, pero ya no era una niña llorosa y desconsolada, se había convertido en una joven fuerte y valiente que, junto a un muchacho, recomenzaba la vida.

Le habló de Joan, le dijo que había estado junto a ella, oculto entre las familias gitanas, hasta que sintió que ya no le necesitaba y decidió continuar su camino. Le añoraba, le hubiese gustado abrazarle a él también, pero Ana estaba a su lado y se sentía feliz, aunque sabía que debía marcharse muy pronto. Había sido condenada a la abjuración de Leví,[16] seis años de destierro en los que no podría pisar tierras españolas.

Se alegraron de poder recomponer su familia hecha pedazos. Alba se marcharía tranquila, pues Alía estaría cerca de su hermana, para protegerla y cuidar de la niña cuando naciera. También ella merecía vivir aquella felicidad. Ahora sabía por qué su vida había sido tan importante, por qué la diosa le había entregado su poder y había sido su elegida. Con ella, concluía el temor de las mujeres sabias. Ya nunca más temerían ser perseguidas ni encontradas.

Ana sacó del bolsillo una bolsa de tela y se la entregó.

—Una mujer, Nadara, me la dio para vos en Valencia. Dijo que era tan solo una parte de lo que habíais ganado con vuestro trabajo y esfuerzo —la abrió, estaba llena de monedas—. También me dijo que os diera las gracias.

Su sonrisa se hizo más grande recordando a Nadara. Como cada mujer sabia, ella también continuaba su camino.

—¡Quedáosla! —le dijo—. La necesitaréis para la pequeña.

—¿Cómo sabéis que será una niña?

Alba y Alía se miraron entre dulces sonrisas.

—No lo sé, pero me gustaría que así fuera —exclamó.

—Debéis prepararos —le recordó Alía.

La barca que la llevaría hasta el puerto esperaba. Abrazó a su hermana con fuerza y le prometió que muy pronto volverían a verse. Seis años no eran nada comparados con el tiempo que habían estado separadas. Se dio la vuelta para marcharse, pero una voz la llamó desde el otro lado de la playa. Elena corría con torpeza sobre las piedras. Alba corrió también a su encuentro, para fundirse con ella en un abrazo.

16. La abjuración en los procesos de la Inquisición española consistía en el reconocimiento por parte del acusado de los errores heréticos que había cometido y el consiguiente arrepentimiento, lo que constituía el paso previo, y la condición imprescindible, para su «reconciliación», es decir, para su reintegración en el seno de la Iglesia católica. Abjuración de Leví, para los que solo había una ligera sospecha de herejía; por ejemplo los bígamos, los blasfemos, los impostores, etc.

—¡No podía permitir que os fuerais sin llevaros esto! —dijo entregándole la historia que había escrito—. El ama me lo dio y me dio también todo su cariño para que os lo entregara.

Miró a los ojos de Elena, que se deshacían en lágrimas.

—Os quedaréis con ellas, ¿verdad? —le preguntó, anhelando que ella también pudiera ser libre.

—Aún no, Alba —respondió—, pero tampoco regresaré a Valencia con mi esposo.

—Vuestro padre... —asintió Alba, comprendiendo.

—Me quedaré con él como siempre quise, mientras pueda. Ahora me necesita más que nunca.

Se entristeció. Al menos, ahora había comprendido que era dueña de su destino. Alba miró la casa por última vez y su corazón se alegró de haber perdonado. Las lágrimas brotaron de sus ojos, al alejarse de sus hermanas. La isla de Madeira la esperaba.

Las flores perfumaban el aire. El mar parecía tranquilo, sus olas se movían de nuevo al ritmo que marcara la diosa al crear el mundo. Sintió la hierba húmeda bajo sus pies descalzos al caminar hacia la hacienda. Sentía un resquemor que no sabía discernir.

Vio la casa a lo lejos, le pareció más grande y hermosa. Se preguntó si Joao estaría dentro y si alguna vez sería capaz de amarle. La muerte de Daniel había dejado vacío su corazón. La vida le diría cuando debía llenarlo de nuevo.

Aceleró el paso al llegar a la puerta, esta se abrió. El capitán de cabello largo, vestido con ropas de montar y con el rostro limpio, sin pintura que le hiciera más temerario ante sus ojos, bajó los escalones que la separaban de ella. Alba le sonrió, pero la seriedad regresó a su rostro al ver que él parecía preocupado. Joao se agachó a sus pies, las lágrimas brotaron de sus ojos.

—¡Perdonadme! —le pidió, cogiendo su mano entre las suyas, acercándosela al rostro.

Sintió la piel áspera de su cara y la humedad de sus mejillas mojadas. Se agachó junto a él.

—¿Qué tengo que perdonaros? Me cuidasteis y me salvasteis la vida. ¿Es que lo habéis olvidado?

—¡Perdonadme por haberos amado tanto y tan mal, que os mentí una y mil veces sin preocuparme de haceros daño! ¡Solo quería que fuerais mía y no me importó lo que tuviera que hacer para conseguirlo!

—¿De qué estáis hablando? —preguntó, aturdida. No era aquel el recibimiento con el que había soñado durante su viaje. El resquemor de su corazón se hacía real.

—Sabía que algún día regresaríais a pedirme cuentas.

—¿De qué cuentas me habláis? He regresado porque es únicamente aquí donde mi corazón se siente libre.

—¡Venid! Demos un paseo por el prado antes de entrar —le pidió, levantándose del suelo, restituyendo su hombría.

Cogió su brazo y la invitó a que caminara junto a él, alejándola de la casa. Un latido de su corazón le indicó que debía entrar en la casa. Frenó sus pasos y miró atrás. Escuchó la voz de la brisa al atardecer. Su corazón palpitaba, ajeno a lo que el pirata pretendía decirle.

—¿Qué ocurre? —le preguntó.

—En el barco, os mentí —intentó explicarse con torpeza—. ¡Estabais más muerta que viva! ¿Qué importaba un sufrimiento más, si ya no había nada en la vida que os animara a seguir viviendo? —se sujetó la frente con las manos, arrepintiéndose—. Y yo, os amaba tanto... ¡Perdonadme! Siempre supe que algún día regresaríais a mi isla, y ahora que os tengo delante, lloro porque vuestro corazón nunca será mío.

—No os entiendo. ¡Explicaos! —le exigió, mientras continuaba mirando hacia la casa, que parecía llamarla.

—En el barco me preguntasteis por él, os dije que le habían matado y así lo creí entonces, pero nunca estuve seguro pues nunca llegué a verle muerto.

Sus pies parecieron volar, esta vez apenas rozaba la hierba fresca con las plantas desnudas. Subió los escalones de la entrada con agilidad y abrió. Parecía vacía, miró a todas las puertas y pasillos, intentando averiguar dónde estaba.

Las escaleras se erguían frente a ella, majestuosas. Subió

los escalones con toda la rapidez que le permitió su cuerpo. De nuevo, pasillos y puertas cerradas la separaban de él. Cerró los ojos y se permitió sentir, entonces escuchó unos fuertes latidos y una respiración profunda.

La puerta de la derecha escondía lo que su corazón anhelaba encontrar. Oyó la voz de Joao, que la llamaba desde abajo suplicando su perdón. Abrió la puerta, vio su cabello y sus manos tras el sillón, frente a la ventana. No necesitó hablar, ni una palabra salió de su boca.

La sintió, se levantó con debilidad y se dio la vuelta para mirarla. Parecía enfermo y cansado, quizá herido, pero vivía. Su sonrisa y sus ojos claros la miraron alegres. Se sujetó con la mano en el sillón y permaneció de pie, esperándola.

Alba se acercó despacio mientras sus manos ardían, ansiando tocar su piel. Cuando estuvo tan cerca que podría haberse echado en sus brazos, sus piernas flaquearon y creyó que iba a caer al suelo. Daniel la sujetó en sus brazos, sus labios se fundieron en el beso más apasionado y dulce que jamás habían saboreado. Sus pieles se encendían ante el contacto de sus cuerpos. Cogió el rostro de su amada entre sus manos. No podía creer que al fin estuviera entre sus brazos.

—Te creía muerto... —dijo en un débil susurro.

—Y así era. Estaba muerto sin vos.

Sus brazos seguían tan fuertes como ella los recordaba, pero su pierna le impedía levantarla en ellos y llevársela para siempre.

—Pero, ¿fuisteis herido? —preguntó ella.

—Tenía una herida que no podía cerrar, mi corazón —cogió sus manos y besó sus dedos. La amaba mucho más de lo que la había añorado—. He recorrido varios mundos a pie para regresar. Intenté volver a España, pero me lo impidieron. Sabéis que soy un proscrito en nuestra tierra.

—Ahora yo también lo soy, ya no importa. Lo único importante es que estáis vivo.

—Lo único importante es que os he encontrado —añadió Daniel.

Se dirigió a la puerta y la cerró de un solo golpe. Abajo

quedaron los gritos de súplica del capitán. Regresó junto a ella. Alba se entregó en sus brazos de nuevo, aspirando el aroma de su pecho bajo la camisola blanca. Se desabrochó las cuerdas de su vestido y lo aflojó dejando que él besara su escote. Cogió su mano y le invitó a acercarse al lecho que les esperaba.

Daniel se dejó desnudar por ella, despacio, como si la vida fuese eterna. Después, se tumbó y esperó mientras veía cómo dejaba caer al suelo su vestido. Se tumbó a su lado y él terminó de arrancarle la ropa blanca que cubría su piel.

Entró en ella de una forma complaciente, sabiendo que su cuerpo femenino le había esperado toda una vida. Nada más sentirse dentro, vio que ella exhalaba un suspiro y decía unas palabras que no entendió. Su rostro estaba demudado por el placer. Ambos podían escuchar el latir de sus corazones. Él se envolvió con su cuerpo y se dejó llevar por un gozo que no pudo resistir, mientras escuchaba de sus labios un gemido tan fuerte que casi lamentó haber oído, pues le anunciaba el fin del momento mágico de su reencuentro.

El capitán escuchó tras la puerta el gozo de los amantes. Su rabia era tan fuerte como el deseo que sentía, al imaginar que era él quien estaba dentro de Alba. Se lamentó de su suerte y juró que sería capaz de olvidarla. Había perdido aquella guerra, no lucharía por ella nunca más.

Desde el lecho, junto a Daniel, que la abrazaba con su rostro descansando sobre su pecho, Alba escuchó los pasos del capitán, que se retiraba. Acarició su cabello y lo sintió como si un pétalo de rosa acariciase sus manos. Era, sin duda, una hija adorada por la diosa, pues esta le devolvía el mayor de los regalos. Regresaba al punto donde había empezado su vida, a los brazos del hombre que siempre había amado.

Parte III
LA GUERRA DE LAS MUJERES SABIAS

XXXIV

El sueño oscuro

La mujer corría con dificultad sobre las piedras de la playa. La casa parecía alejarse más y más. Sus largos cabellos se movían agitados por el viento. Sabía que alguien la seguía, pero no quería mirar atrás. Gimió por las punzadas que sintió entre sus dedos y en el empeine, pero se mantuvo firme. Nada ni nadie podría impedir que alcanzara el lugar en el que quería estar.

Escuchó una voz a su espalda, un quejido que se adelantó a un susurro de palabras que no logró entender. El camino pareció acortarse, la casa pequeña y blanca estaba por fin a su alcance. Corrió con más arrojo que antes, sus pies parecieron volar.

Vio una pequeña hoguera junto a la que descansaba un gran perro negro, la miraba atento sin moverse del sitio en el que descansaba. Su pecho se llenó de un amor inconmensurable. Había llegado al lugar al que pertenecía su alma. El calor de la hoguera la recibió, haciéndole sentir un acogedor estremecimiento. Frenó sus pasos y caminó despacio por un tramo en el que comenzaba la arena. Sus heridas encontraron la calma en su frescor. Miró sus pies llenos de sangre, hundió sus plantas y se acercó despacio, mirando al animal, que la esperaba paciente.

Se agachó para acariciarlo, estiró su mano hacia él. Esperaba sentir un fino pelo, agradable al tacto, pero entonces, algo hirió su palma. Sintió un dolor agudo, como si cientos de puntas de cuchillos la traspasaran. El perro abrió la boca mostrando sus fauces y se abalanzó sobre ella, mordiéndola, rasgando su carne hasta arrancársela. Primero fue el rostro, se lanzó hacia su mejilla y su boca, como si quisiera masticar su carne. Notó cómo la desgarraba. Después, fueron sus pechos los devorados por los enormes dientes que la atravesaron como lanzas afiladas. Sintió que se los arrancaba y creyó que iba a morir. Y cuando ya creía que iba a cruzar al otro mundo, un último y desgarrador mordisco arrancó un pedazo de la carne de su cintura. El perro retiró la boca de su cuerpo con la carne de ella entre sus dientes. Ya no se parecía al perro negro que descansaba junto a la hoguera. Se había convertido en un monstruo temible que parecía haber surgido del averno.

La hoguera creció en un solo instante hasta hacerse tan alta como un árbol. Dentro de ella, otra mujer estaba atada a un alto tronco pelado. Bajo sus pies, las llamas se alzaban y ella se entregaba sin oponer resistencia.

Sentía un horrible dolor en todo su cuerpo, mientras permanecía tumbada sobre la arena, pero, al mismo tiempo, esperaba con temor el dolor que iba a sentir aquella otra mujer devorada por las llamas. Ya nada quedaba por hacer, salvo esperar...

Escuchó unos lentos pasos tras ella. Recordó entonces que había sido perseguida hasta llegar a la casa. Estaba aterrada y se sentía casi muerta, pero tuvo el valor de girar su cara hacia atrás, con mucho esfuerzo, y mirar a quien la había llevado hacia el más cruel de los horrores. Abrió sus ojos ante la visión de aquel desalmado. Supo de quién se trataba, al ver todas las emociones más negras de la humanidad en su rostro severo, de mirada insensible.

Escuchó un alarido, era ella misma clamando a la diosa por su ayuda y su perdón, mientras las llamas la consumían y se deshacía en pedazos sobre la arena. Estaba siendo torturada dos veces. Ningún mortal tendría que pasar jamás, llegada su hora, por una muerte doble como la suya. Pero ella no era como el resto de los mortales...

—¡Despertad, amor mío! —escuchó la dulce voz de Daniel. Con su mano la movía con timidez para despertarla—. ¡Habéis vuelto a tener ese sueño que no os deja dormir en paz ni una sola noche!

Alba se despertó envuelta en un sudor frío que la hacía tiritar. Sintió que él tapaba su cuerpo desnudo con la sábana cuidadosamente, pero ella sentía un calor insoportable. La luz del amanecer asomaba por la ventana abierta y podía escuchar el rumor de las olas del mar.

—¡Tranquilizaos! —susurró él, incorporándose a su lado—. Sea lo que sea por lo que habéis pasado, tendréis que contármelo algún día. Es un recuerdo demasiado pesado para que carguéis con ello, en soledad, sobre vuestras espaldas.

Respiró y un leve frescor de la brisa marina le acarició la cara. Se secó el rostro con la sábana y volvió a destapar su cuerpo, dejando sus pechos en libertad. Daniel no pudo evitar dejar escapar un suspiro. Ante sus ojos estaba la mujer que siempre había amado. El amanecer iluminaba la cara del morisco y los mechones de su cabello claro brillaban sobre su rostro, mientras la miraba de frente sobre la cama.

Alba se incorporó también, en un gesto rápido, y se abrazó a su cuerpo, que la esperaba vehemente. Ambos ardían por el deseo que sentían.

—Contadme de nuevo cómo conseguisteis salir vivo de aquel barco en llamas. Os lo ruego...

Daniel la abrazó para que no se cayera hacia atrás sobre la cama. Sentía sus pechos turgentes y cálidos pegados a su piel, acarició su largo y sedoso cabello, y retiró un poco su rostro para mirar sus ojos llenos de lágrimas, mientras besaba sus párpados pretendiendo aliviar su dolor.

—Fue en medio de un cruento abordaje en las costas de África. Me tiré al agua, en un descuido de mi atacante, al ver que el barco se envolvía de fuego. Todos íbamos a morir si nos quedábamos dentro, así que me lancé al vacío, pero caí sobre un trozo de madera y me golpeé en la sien. Perdí la noción del tiempo y... Ya no puedo contaros más, porque no recuerdo nada tras perder la consciencia.

—Habladme de la mujer que os salvó —susurró, mientras acariciaba su pecho y enredaba sus dedos en un mechón de su vello castaño—. Necesito oír de nuevo que estáis vivo.

—¡Claro que lo estoy! ¿Es que no sentís mi cuerpo cómo se despierta ante el calor del vuestro? —la miró sonriente—. ¿Acaso creéis que soy un espectro?

Alba besó su rostro y hundió su nariz en su cuello, aspirando su aroma a sudor y a sábanas húmedas.

—Contádmelo —volvió a susurrar—. Necesito oír de vuestros labios que la vida late aún bajo este corazón —acarició su terso pecho—. Así, cada vez que un sueño terrible me atrape en la oscuridad de la noche, recordaré que estáis durmiendo a mi lado —respondió, agarrándose con fuerza a su cintura, sintiendo sus pezones erizados rozando los suyos.

—Está bien —respondió él, ardiendo de deseo al sentir la suavidad de su piel—. Desperté en un lecho junto a un fuego. Una mujer de manos fuertes me curaba las heridas. Es todo lo que puedo deciros, pues al poco tiempo desapareció y nunca más regresó a la casa. Cuando recuperé las fuerzas, recogí mis ropas y me marché con la intención de regresar a Madeira.

—Pero ahora ya estáis bien —respondió, acariciando el muslo musculoso de su amado— y sois fuerte como un roble.

Daniel no pudo evitar una sonrisa ante el cosquilleo de sus dedos. Amaba a Alba más que a su propia vida y, a pesar de las últimas noches que habían pasado amándose en aquel bendito lecho, la deseaba como en el mismo momento de su reencuentro. Nada podía hacerle sentir saciado de sus labios, de sus pechos, ni de su vientre liso y suave como el pétalo de una rosa.

Sus manos corrieron sabias por la espalda de su amada y esta se echó hacia atrás, dejándole ver sus pechos rebosantes y preparados para entregarse a él. Agachó la cabeza, abrió sus labios y buscó uno de los pezones con su boca, hasta tocarlo con la punta de su lengua.

Alba sintió su cálida humedad y le deseó con todas sus fuerzas. Acarició el vello de su pecho, rubio como su cabello, y quiso ser suya. Él la levantó en sus brazos y la colocó sobre sus piernas. Sintió que su interior se abría para recibirle. Volvieron a fundirse en un profundo beso, en el que sus lenguas luchaban por el poder.

—¡Qué afortunada mujer, aquella que os tuvo dormido en su lecho durante tanto tiempo, sin que vos despertarais!

—¿No preferís tenerme despierto?

Alba rio. Sí, le prefería vivo. Prefería sentir su fuerza y su pasión por la vida tan cerca de ella.

—¿Cómo se llamaba? —le preguntó mientras apartaba su boca de la suya, sabiendo que así él desearía apoderarse de ella con más ansia que antes.

—Me lo dijo, pero apenas lo recuerdo, estaba casi inconsciente —le respondió apretando su boca contra la de ella con un deseo irrefrenable, mientras la mantenía sobre él entre sus brazos.

—Pero seguro que recordáis su belleza... —exclamó ella, apartándose, sintiendo unos repentinos celos de la mujer que le había salvado la vida—. La odio y le estoy agradecida, al mismo tiempo. Salvó vuestra vida, pero os tuvo a su merced, durante muchos días y muchas noches.

Daniel se rio de sus celos y se levantó, con ella en sus brazos, para después dejarla caer sobre la cama. La luz del amanecer iluminaba toda la estancia. Se tumbó a su lado, acercándose sigiloso a su cuerpo para apoderarse de él con toda su fuerza. No importaba si ambos tenían la piel húmeda por el sudor. No importaba si el calor del sol aturdía su pensamiento.

—Ninguna mujer es más bella, a mis ojos, que la que tengo ahora mismo a mi lado, esperándome abierta como una flor en primavera —acercó su mano a su sexo y lo acarició esperando escuchar sus gemidos.

—Así os espero, os anhelo... ¡Os ruego que no me hagáis esperar más! ¡Poseedme, sin demora! —le pidió.

Sintió que se derretía ante su voz dominante, que le rogaba y le ordenaba, a la vez, que entrase en ella para volver a perderse en su fuego. Le hubiera gustado hacerla esperar, para alargar su deseo y darle un placer mucho mayor, pero no se sentía con fuerzas. Ante el cuerpo de su amada, era el más débil de los hombres.

Se colocó sobre ella lentamente y se agarró a sus pechos

como a un trozo de madera en mitad del océano, y por fin, se dejó llevar entrando en ella, recibiendo la mayor felicidad que podía imaginarse.

Alba le sintió dentro y no pudo evitar que su pensamiento volara, como antaño, hacia el infinito. De nuevo viajó hasta un cielo poblado de estrellas mientras se fundía con él y con todos los hombres que había sido en vidas anteriores. Su cuerpo reaccionaba ante el placer, pero su alma también lo hacía, transitando el camino de regreso al origen del tiempo. Le vio en innumerables vidas, en inconstantes cuerpos, y tuvo la sensación de que se perdía para siempre en el mundo de los vivos. Le escuchó hablar, mientras ambos gemían y sentían que se deshacían, entregados a un placer que parecía inmarcesible.

Daniel cayó sobre ella, dejando su mejilla entre sus pechos. La sangre de Alba hervía por todo su cuerpo. Sus manos le acariciaron el cabello con la misma avidez que, un instante antes, le devoraba los labios.

Él levantó un dedo para acariciar la piel de su vientre, fina y delicada, dibujando una sinuosa curva imaginaria. Después, su mano descansó sobre la parte amada de su cuerpo, tan cercana a su ansiada flor.

—Cada vez que miraba a aquella mujer que curaba mis heridas, solo podía pensar en vos.

Sonrió feliz al escucharle, declarándole su amor.

—¿Y qué recordabais de mí? —preguntó curiosa.

—Que erais la mujer más hermosa del mundo. Que sois más bella que todas las mujeres que he visto en mis viajes a países exóticos. Aquella mujer era muy hermosa también, pero su belleza no se podía comparar a la vuestra. ¡Sois tan distintas!

—¿En qué somos distintas? ¿Acaso no somos las dos mujeres, con el mismo cuerpo para que vos gozarais de él?

—No lo hice, lo sabéis —levantó el rostro para que ella pudiera ver la seriedad en su mirada.

—Os creo, pero tampoco podría culparos si os dejasteis llevar por el placer en otros brazos —dijo, recordando que ella sí lo había hecho.

—Pero no fue así. No con aquella mujer —corrigió sus palabras, dando a entender que no se había mantenido célibe durante el tiempo que habían estado separados.

—¿Por qué no con ella? —le acarició el rostro con sus dedos delicados—. ¿No decís que era hermosa?

—Mucho. Y tan exótica como las flores que nacen frente a las playas africanas. Y su cuerpo era tan atrayente, que ningún hombre podría haberse resistido a poseerla.

—¿Entonces...? —le sonrió, deseando amarle de nuevo.

—Su mirada era fría e impenetrable y su cuerpo... No sabría explicaros, pero parecía ser de naturaleza animal, más que humana.

Escuchaba cada vez más atenta a su descripción. Él bajó de nuevo la cabeza para hundir su rostro entre sus pechos, pero ella le retuvo, poniendo las manos alrededor de su rostro.

—No... —le pidió—. Seguid contándome.

Daniel movió los ojos, intentando encontrar sus recuerdos en algún lugar, lejano a sus cuerpos unidos en aquel momento.

—Era una mujer diferente a todas las que he conocido. Me curaba las heridas con dulzura y protección, sabiendo lo que hacía, pero después, cuando me miraba fijamente, era capaz de hacer que se erizara el vello de mi cuerpo, y no precisamente de deseo. Ella era... —acarició la piel de su cuello con el dorso de su mano, admirando la dulzura de su rostro y de su mirada—. Era todo lo contrario a vos, a lo que amo de vos —la miró, admirándola—, vuestra inocencia, la luz que lleváis dentro, la alegría que veo en vuestros ojos... y esta piel clara y suave que amo por encima de todo —exclamó, besándola en la garganta.

—¿Mi piel clara, decís? —se incorporó para mirarle con extrañeza.

—Sí —respondió él, aún más absorto que ella—. La piel de esa mujer era la más oscura que he visto nunca —movió la cabeza a los lados, como negándose a recordar—. Su piel era tan negra como la oscuridad en la que yo me sentía sumergido entonces.

Alba irguió su cuerpo sobre la cama. Cogió la sábana y se levantó, cubriendo su cuerpo desnudo con ella. Miró por la ventana, había amanecido y el mar estaba en calma, pero su corazón ya no lo estaba.

—¿Qué os ocurre? —preguntó confuso—. ¿Qué he dicho para que abandonéis así el lecho?

—Nada —se sentó sobre la cama y besó sus carnosos labios—. Tenéis razón, no hay nada más importante que vos. Perdonadme que insista, amor mío, ¿estáis seguro de que no recordáis su nombre?

—Me lo dijo, durante los breves instantes en que regresó mi consciencia. Era un nombre tan extraño y desconocido para mí como su mirada. Creo recordarlo ahora, aunque no sé si me confundo. Pudiera ser... Yemalé.

Alba se escurrió entre sus brazos como un pez. Se levantó y se acercó al espejo. Echó agua en la jofaina para lavarse.

—¿Qué os pasa? ¿He dicho algo que haya podido molestaros?

—Vos no podríais decir nada que pudiera crearme ningún sufrimiento —le sonrió desde lejos—. Sabéis que os amo con toda mi alma, pero he recordado que he de hacer algo importante en este día —miró su rostro, que reflejaba la desazón que sentía.

—¿Qué puede ser más importante que amarme? —exclamó él con una sonrisa, sosteniendo su cabeza de lado sobre una mano, con el brazo apoyado sobre un almohadón—, ¿qué es para vos, más importante que vuestro amor por mí?

Le miró alegre, quizá era el momento de dejar de tener miedo, pero algo en su corazón le decía que debía estar alerta. Nada le habría gustado más que vivir una vida sencilla junto a él, criar a sus hijos en aquella isla lejana que cada día le regalaba el aroma del mar y de las flores del campo. Pero su intuición era algo de lo que no se podía desprender fácilmente.

—Nada es para mí más importante que vos ahora que la vida os ha devuelto a mis brazos. Tenéis razón, amor mío —le dijo, regresando al lecho y a sus brazos, que la esperaban abiertos para rodearla.

El morisco la abrazó, provocando que todos sus temores se desvanecieran, al menos durante el tiempo que el sol volviese a brillar, reinando sobre el mar y la tierra

Estaba cansado, no había dormido bien en la posada en la que había tenido que hacer noche. El lecho era incómodo y la estancia fría, además estaban aquellos sueños de los que había sido incapaz de librarse, desde que aquella infame mujer se apoderase de su entendimiento. Aquella noche, el mal sueño había sido mucho más repugnante y violento. La había visto morir entre las brutales fauces del maligno. Una monstruosa bestia la devoraba sin tregua delante de sus ojos. Y él había permanecido atento al cruento crimen, sin hacer nada por ayudarla.

Era un hombre de Dios y no había sido llamado a evitar su muerte, sino todo lo contrario, a purificarla. Si la mujer había tomado la decisión de retractarse, era una prueba más de que había ganado la batalla al mal. Ahora solo quedaba la última de sus peticiones y daría por cumplida su parte del pacto.

Ya podía ver a lo lejos la casa del Señor de Abrantes, en la colina sobre la playa. Los barrotes negros de la alta verja le recordaron el bochornoso espectáculo que había dado la mujer en los festejos de la pedida de mano. Y el posterior ridículo al que la familia había sido sometida, dejándose llevar por los sortilegios de aquella desgraciada.

Un criado abrió la puerta para que la comitiva del fraile pasara. Este no paró su caballo hasta estar cerca de la puerta y el criado tuvo que correr tras él para hacerse cargo de su montura. Fray Jaime dio con los pies en el suelo y sintió el dolor en el costado que acarreaba desde hacía horas.

Al entrar, el ama le recibió. Le hizo pasar a una sala en la que esperaba Doña Elena. Parecía que hubiese rejuvenecido desde la última vez que la vio en el auto de fe. En aquella ocasión, se había vestido de manera solemne, pero aquella tarde estaba sentada con una labor en sus manos, ataviada con un vestido en tonos claros y luminosos, demasiado vivos para estar en su presencia. Quizá, desde que vivía de nuevo con su padre, se había olvidado del recato que correspondía a una dama de su clase.

—¡Sed bienvenido, Fray Jaime! —se levantó al verle y le reverenció besándole la mano como era debido—. Confío en que vuestro viaje no haya sido demasiado cansado.

El ama entró rápida con una bandeja y una copa de vino para el fraile, que la cogió con sumo gusto, antes de sentarse frente a ella.

—¿No nos acompañará vuestro padre? —preguntó el fraile, no muy amigo de mantener conversaciones insulsas por pura educación.

—Hoy no nos acompañará —respondió Elena—. No se encuentra bien.

Fray Jaime no se sorprendió.

—Y decidme, señora. ¿Quién se ocupa ahora de la casa y de sus rentas, mientras vuestro padre sigue... trastornado? —le preguntó, sin importarle el daño que pudiera causarle con su incisiva pregunta.

Elena pareció dudar de su respuesta en un principio, pero rápidamente se vio con renovadas fuerzas para contestar al fraile como se merecía.

—Yo me ocupo de todo, por supuesto. ¿Acaso lo dudáis? —respondió, manteniéndose alerta, pero con una seguridad que el hombre nunca había visto en ella.

—No me opongo a que una mujer se encargue de la herencia de su padre, pero Don Álvaro aún está vivo, señora mía.

—Vos y yo, Fray Jaime, sabemos que mi padre no está en sus cabales desde lo ocurrido. Y mi hermano, que habría sido el único heredero, está muerto y enterrado, por lo que considero que me corresponde a mí ocuparme de mi herencia, aún en vida de mi padre.

—Tenéis razón, señora —respondió sin encontrar oposición ante sus firmes argumentos—. En ese caso, estoy seguro de que recibiréis con agrado el documento que os traigo —dijo extrayendo un sobre lacrado de la manga de su hábito.

Rompió el sello papal y se lo dio a leer a Doña Elena. Esta lo cogió y comprobó que eran las mismas palabras del Santo Padre las que aseguraban su libertad de por vida. Un suspiro se le atragantó en el pecho por la emoción al saberse libre del demonio que tenía por esposo.

—Solo tenéis que firmar debajo de vuestro nombre para hacer que este decreto sea absolutamente veraz. Claro que necesitaremos también la firma de vuestro padre.

—No os preocupéis, yo haré que firme hoy mismo y mañana os haré llegar el documento a donde os hospedéis. A no ser... que deseéis pasar aquí la noche, bajo nuestro techo. ¿Qué otro lugar podría ofreceros, donde halléis mayor comodidad, que en mi propia casa?

—Os lo agradezco, pero mucho me temo que prefiero pasar la noche en la venta. No quisiera importunar a vuestro padre.

Elena sonrió maliciosamente, al darse cuenta de que sentía cierto temor, ante la idea de dormir bajo el mismo techo en el que Alba había vivido. El fraile, por su parte, no iba a permitir que nadie pudiese escuchar sus lamentos nocturnos. Y no estaba seguro de cuándo iban a repetirse sus pesadillas.

—Está anocheciendo, será mejor que os apresuréis a solicitar un lecho en la posada. —Anhelaba que el hombre se marchara. No le gustaba estar en su presencia pues sentía que tenía que demostrar una seguridad en sí misma que, aunque ella sabía que la tenía desde la última vez que le vio, conseguía arrebatarle con sus observaciones malintencionadas—. ¡Decid que tenéis la amistad del Señor de Abrantes y no habrá nadie que os niegue un lugar de reposo! El nombre de mi padre es respetado aún entre las gentes del lugar.

—No lo dudo, señora. Nada tiene que ver su enajenación con el noble nombre de vuestra familia. No obstante, quisiera hablaros de algo más.

—Hablad, entonces... —le pidió.

—Reconozco que aún siento cierta premura ante los hechos acontecidos la última vez que estuve aquí. Ambos sabemos de los prodigios que ocurrieron ante nuestros ojos y, aunque ahora podemos estar seguros de que fueron artificios de índole imaginaria, deseo que lleguemos a un acuerdo... vos y yo.

Elena se quedó esperando, sin decir una palabra. Temía adelantarse al fraile, aunque sabía que le diría que sí a todo lo que quisiera con tal de perderle de vista para siempre, ahora que la libertad estaba entre sus manos. El hombre continuó hablando, tras beberse el líquido de la copa de un trago para reponer fuerzas, las que perdía siempre que recordaba lo acontecido.

—Mi deseo es que los hechos que acontecieron se mantengan en secreto y a salvo de gentes extrañas. No quisiera que llegase a oídos del Santo Padre, pues eso podría acarrear nuevas circunstancias que, ni vos ni yo, deseamos. Como, por ejemplo, que Su Santidad se preguntara por el auténtico motivo para anular vuestro matrimonio. Mañana me ocuparé de promulgar un decreto de silencio para las gentes del pueblo y los alrededores, pero es vuestro padre quien más me preocupa.

—No tenéis de qué preocuparos, Fray Jaime. Tanto mi padre como yo deseamos olvidar lo ocurrido y ninguno pensamos que haya nada de lo que arrepentirnos. Actuamos del modo en que supimos hacerlo, igual que vos. Y el único motivo para anular mi matrimonio lo llevo marcado en mi rostro. Vos mismo podéis verlo —dijo girando la cara para mostrar una pequeña cicatriz cerca de su ojo derecho.

—Por supuesto, no quería decir eso —empezaba a mostrarse nervioso—. Quería decir, más bien, que os ocupéis de que vuestro padre guarde silencio. Que no diga nada de cuanto pudimos ver, oír, o presenciar con esa... mujer —exclamó con displicencia.

—¿Queréis decir que olvidemos que ocurrieron ciertos hechos inexplicables? —preguntó Elena, disfrutando de un dulce sabor en su boca, al verle vacilar por los recuerdos que le atemorizaban.

—Sí, a eso me refiero exactamente. Os estoy pidiendo que seamos sabios, señora, y digamos que nada inexplicable ocurrió ante nuestros ojos, porque así fue. ¿O no estoy en lo cierto? —respondió, reponiéndose tras mucho esfuerzo—. Yo no vi nada que pudiera decirse que no perteneciera a la simple naturaleza humana. ¿Y vos? A no ser que queráis que el Santo Padre cambie de opinión sobre vuestra recién adquirida libertad... —la amenazó.

Elena tragó saliva ante la mirada inquisitiva del clérigo. Aquella conversación era una lucha entre la verdad y la falsedad más absoluta, pero no le quedaba más remedio que aceptar la propuesta, por su bien y por el de su padre.

—Tenéis mi palabra, Fray Jaime. Y la de mi padre también, yo misma me ocuparé de ello. Ninguno vimos, ni oímos, ni presenciamos nada que no fuese de la simple naturaleza humana, al igual que vos.

—Me alegra que estemos de acuerdo, señora. Ahora sí puedo marcharme tranquilo —dijo levantándose—. Despedidme de vuestro padre, os lo ruego.

—Así lo haré.

Vio salir al fraile acompañado por el ama. Cuando esta cerró la puerta de la casa, regresó corriendo a su lado.

—¿Sois libre ya, niña? —le preguntó con verdadero interés.

—¡Soy libre, ama! —exclamó con una amplia sonrisa agarrando las manos de la mujer.

—¡Al fin! —gritó la mujer—. Ya no tendré que ver más la mano de ese diablo que tenéis por marido señalada en vuestro rostro. —Se santiguó y dio las gracias al cielo mirando hacia arriba—. Si la niña Alba estuviese aquí, se pondría muy contenta.

—Claro que sí, ama. Ha sido gracias a ella, ya lo sabéis.

—No me olvido, niña. Nunca vi a una mujer tan valiente ni tan noble, ni siquiera cuando aquella oscuridad pareció apoderarse de su alma.

—Es cierto. Ni siquiera entonces... —dijo, recordando cuando recurrió a Alía para ayudarla—. Subiré a decírselo a mi padre. Estoy segura de que se alegrará —dijo mirando las escaleras que subían a sus habitaciones.

—No está, niña. No le encontraréis arriba.

Miró al ama, preguntándose si ella sabía dónde se habría marchado esta vez.

—Creo que ha vuelto al lugar donde la encontró —aclaró la mujer—. Aunque no estoy del todo segura. Salió en cuanto brilló la primera luz del día y aún no ha regresado. Vuestro padre sigue buscándola...

—No es a Alba, a quien busca, ama. No es eso.

—Entonces, ¿qué es? ¿Qué es aquello que se ha apoderado de su alma?

—Mi padre busca una pista, algo que le haga saber por dónde empezar.

—¿Empezar, a qué? —le preguntó el ama.

Se entristeció, de sus ojos brotaron unas lágrimas incómodas. A pesar de la congoja que sentía, le respondió...

— Su venganza.

XXXV

La pasión del corsario

Su atractivo rostro, de piel tostada por el sol, sin la pintura de color que le daba ese aspecto de ferocidad con el que siempre le había conocido, calmó su espíritu mientras se le acercaba. Ya le había visto así, tranquilo, sentado en un gran sillón, rodeado de algunos de sus hombres, con el cabello recogido. Le parecía diferente al hombre que conoció en Eivissa, aquel que la había desnudado de niña con su mirada.

Entró sin dilación, al ver la puerta abierta. El gran salón, en el que bebían y reían sus hombres, estaba tan solo iluminado por algunas velas medio gastadas. El olor a ron penetró vorazmente en su nariz y deseó saber disfrutar, como hacían ellos, de los momentos de libertad en los que nada en el mundo parecía preocuparlos.

Había preferido esperar a altas horas de la noche, mientras Daniel dormía, para encontrarse a solas con él. Pero el capitán nunca estaba solo. Vivía amparado por sus hombres, siempre acompañado de hermosas mujeres que le rodeaban, o se sentaban sobre sus rodillas para ganarse su confianza y sus generosos regalos.

Joao la vio avanzar en la penumbra, su corazón supo que se trataba de ella antes incluso de ver su rostro. Por fin se había atrevido a visitarle y lo hacía directamente en sus aposentos, sin haber sido llamada. Ninguna mujer tenía su valor. Ese que tanta atracción provocaba en él, que le seducía solo con el mirar de sus ojos.

Ninguno de sus hombres se le acercó para evitar que entrase, también temblaban excitados y temerosos, ante su mirada. El vestido de seda roja que había hecho comprar para ella lucía resplandeciente sobre su cuerpo. Era uno más de los muchos regalos con los que la agasajaba casi a diario. Las perlas negras de su cuello brillaban inertes con la luz de las velas.

Se preguntó por qué se había decidido a lucir sus presentes, precisamente esa noche. Estaba seguro de que no se los habría puesto, en todo el tiempo que había estado en su isla. ¿Con qué intenciones se acercaba a él después de tanto tiempo?

—¿Qué hecho extraordinario ha ocurrido en el mundo para que os hayáis dignado a visitarme y para que luzcáis los regalos que hice traer para vos? —preguntó, tras dar un último trago a su copa—. ¿Es que no veis que estoy ocupado? —le advirtió, deseando que su corazón sufriera de celos, al verle besar el cuello de la mujer que tenía sobre sus rodillas.

Alba no contestó a ninguna de sus preguntas. Se limitó a mirarle desde la puerta. La paciencia de esta le hizo sentirse incómodo. Apartó a la mujer de su regazo y se levantó para acercarse a ella. Mientras lo hacía, caminando con torpeza por la dulce embriaguez, la deseó con tanta fuerza que lanzó la copa contra la puerta, a su lado, evitando tocarla, pero haciéndole sentir toda la rabia que guardaba en lo más recóndito de su alma.

Alba respiró profundamente mientras él se acercaba. Era innegable que el hombre, mucho más maduro que cuando le conoció, era capaz de romper en pedazos el corazón de la mujer más impenetrable de la tierra. Incluso así, en la intimidad de su casa, resultaba tan atractivo que pocas mujeres podrían haberse resistido a entregarse a él. Pero ella no lo haría, sabía distinguir el amor del deseo, y esto último era lo único que su cuerpo podría sentir por él.

—Decid a vuestros hombres que se marchen. He de hablar a solas con vos.

El pirata sonrió ante su insensata respuesta y su, casi inhumana, osadía. ¿Quién, salvo ella, era capaz de decirle lo que debía ordenar a sus hombres?

—Sois valiente, de eso no hay duda —exclamó— ¡Marchaos! —gritó a sus hombres, que salieron con rapidez, llevándose consigo a las mujeres.

Cuando se quedaron solos, Joao cogió una vela y se acercó de nuevo a ella. Anhelaba ver su rostro de cerca.

—¡Entrad, señora! —hizo una reverencia burlona ante su paso.

Alba caminó unos pasos hasta acercarse a la ventana abierta. El mar embravecido estaba iluminado por el brillo de la luna y una agradable brisa le acarició el rostro.

Joao dejó la vela sobre la mesa y volvió a sentarse en el sillón.

—¿A qué debo el honor de vuestra visita? —exclamó con sorna—. No os habéis dignado a venir a visitarme desde que llegasteis, a pesar de que lleváis varias semanas en mi isla y ahora venís a mí, envuelta en terciopelo rojo y perlas negras. Decidme, ¿vuestro morisco es tan hombre que os acapara todo el tiempo libre?

—No he venido para veros celar por mí, capitán —respondió—. Si no vine antes fue precisamente porque os aprecio, vos lo sabéis, pero conozco vuestros sentimientos y no deseo que sufráis más con mi presencia.

Su rabia aumentó con sus palabras, pero sabía contenerse ante un rival peligroso, y eso haría. No se dejaría vencer, nada más recibirla en su alcoba. Si quería conseguir algo más que su fiera mirada, tendría que ocultar su ira.

—Está bien, señora. Decidme entonces a qué debo vuestra visita, la cual alegra mi corazón hasta un punto que desconocéis, sin duda —optó por sincerarse.

La sinceridad era una táctica muy apreciada por otras mujeres. Quizá su, aparentemente, duro corazón guardara aún algún parecido con el resto de las hembras del mundo.

—Vos habéis traído de nuevo a Daniel a mi vida, os lo recuerdo. Tuvisteis la oportunidad de hacerle marchar antes de que yo llegara a la isla. Estoy segura de que la noticia de mi inminente llegada no os era desconocida. Sin embargo, permitisteis que nos encontráramos de nuevo. Luego, entonces, no podéis sentiros celoso de vuestra decisión.

—Me sentía culpable, ya lo sabéis. ¿Por eso no habéis venido a verme en todo este tiempo? ¿Por eso no habéis dejado su alcoba hasta esta noche?

—Vos me quitasteis la vida cuando intentabais protegerme, pero me mentisteis, y no os importó hacerme daño. ¿Cómo creéis que puedo aceptar una obra así, por mucho que me salvarais después?

—¡Ya estabais muerta cuando mis hombres os encontraron en la playa!

—Tenéis razón, estaba muerta. Vuestros hombres me oyeron gritar y me llevaron con ellos al reconocerme. Y yo os lo agradecí. Sé que tardé mucho tiempo en darme cuenta del favor que me hacíais, pero os lo agradecí. Sin embargo, volvisteis a matarme al mentirme sobre su muerte.

—¡No se puede matar a un muerto! —la miró desafiándola, disfrutando de las palabras que iba a dirigirle—. Creí que el morisco había muerto. Habría sido lo más lógico. ¡Yo mismo le vi caer por la borda e intenté evitarlo, sin conseguirlo! ¡No pretendáis echar sobre mí toda la culpa! Sabéis que el asesino de vuestro corazón... es otro hombre.

El recuerdo de aquel a quien tanto odiaba le revolvió el estómago y el corazón le saltó en el pecho de dolor, al rememorar tiempos pasados que habían sido felices.

—Habláis con sabiduría, capitán. Fue otro hombre quien hizo que deseara morir.

—Un hombre al que quizá amáis todavía... —se atrevió a decir, no sin antes prestar mucha atención a su expresión cambiante. Necesitaba saber qué guardaba realmente en su corazón.

—Un hombre al que odio por encima de todo. ¡No os equivoquéis!

—El odio y el amor son dos caras de la misma moneda. Espero que la equivocada no seáis vos.

La mirada inerte de Alba pareció debilitarse ante sus ojos, e incluso su brillo se acrecentó. Las lágrimas embellecían su rostro.

—Vos sabéis quién es el hombre que recibe el único amor que alberga mi corazón. Ninguno más podría.

—Recordad que yo conozco vuestra historia, señora. A mí no podéis engañarme.

—¡No pretendo engañaros! —gritó.

¡Ni yo alteraros con mis palabras! ¡Solo deseo saber la verdad!

Por fin empezaba a mostrar debilidad, quizá aún podía comportarse ante él como la mujer que era y eso le satisfacía.

—¿No decís que ya conocéis mi historia? —preguntó irritada.

—Así es. Sé por qué estáis aquí y qué os retiene en esta isla. Y sé también que no podéis regresar a España.

—Vuestros hombres os han informado bien, pero no pretendo regresar —dijo acercándose a él hasta casi rozar sus botas con la punta de la falda de su vestido.

Permaneció sentado, intentando mostrarse impasible, pero deseaba levantarla entre sus brazos y llevarla a su lecho, para demostrarle lo que era capaz de hacer un hombre con la experiencia que le habían dado sus viajes hasta los confines del mundo.

—Entonces... ¿qué pretendéis de mí esta vez?

Alba estiró su mano hasta rozar su largo cabello y recoger un mechón que caía sobre su rostro viril. Lo apartó delicadamente, sabiendo que el gesto le desarmaría.

—Una vez más, capitán, necesito vuestra protección.

Joao no pudo resistirse ante el aroma que desprendía su mano. La cogió con fuerza, viendo como su cuerpo indefenso se tambaleaba. Podría haberla rodeado con sus brazos hasta ahogarla, si hubiera querido, pero solo anhelaba sentirse amado por ella. Siguió sujetando su mano, aspirando su dulce aroma, se llevó los dedos a su boca y los besó apasionado.

—No os acerquéis tanto a mí, Alba... Os lo suplico —le dijo soltando su mano con rapidez—. Sabéis que no soy un caballero y no soy tan leal a mis hombres como ellos lo son conmigo. Nada me impediría haceros mía, si quisiera.

—Lo sé, capitán. Conozco el riesgo que corro al venir a vuestra alcoba al anochecer, pero sé también que no lo haréis.

No sois del tipo de hombre que se divierte violentando a una mujer.

Joao se levantó, alejándose un poco de ella y dándole la espalda.

—Tratándose de vos, incluso podría cambiar eso. Todo es nuevo para mí cuando estoy a vuestro lado. Todo lo que siento, lo que me hacéis sentir... —vaciló al hablar—. No lo comprendo, ni sé lo que es, pero sé que ahora mismo podría convertirme en un hombre distinto al que soy —exclamó, apretando los puños, notando su propia fuerza contenida—. Por vos, podría convertirme hasta en un asesino.

Alba sintió lástima al escucharle. Su sinceridad la embargaba.

—Entonces no alargaré por más tiempo mi visita, ni el riesgo que corro a vuestro lado. Creo que Daniel y yo debemos marcharnos de esta casa cuanto antes.

—¡No! —gritó—. No lo hagáis. He mirado demasiadas noches hacia su ventana, sabiendo que pasáis la noche con él. ¡Cada noche, desde que llegasteis! Los muros de esta casa son anchos, pero más agudo es mi oído. No puedo vivir sabiendo que le pertenecéis y que nunca seréis mía, pero me moriría si volvierais a estar lejos de mí. Necesito saber que estáis bien, que estáis a salvo. ¿Podéis entender a este loco corazón? —se rio de sí mismo y de sus pensamientos incongruentes.

—Os entiendo, pero no deseo lastimaros.

—Calmaos y decid, ¿qué os ha traído hasta mi alcoba?

—Quiero pediros protección para... Daniel.

—¿Acaso no le he protegido ya bastante? —gritó enfadado, girándose hacia ella. Se rio de sí mismo y de su estupidez. De nuevo el morisco estaba el primero.

—¡Esta vez es distinto, capitán! ¡Hay una amenaza que solo yo podría impedir, pero mientras lo hago, necesito que le protejáis una vez más! ¡Hacedlo por mí!

—¡Por vos he hecho ya demasiadas cosas! —se dio la vuelta de nuevo.

—Lo sé y lamento tener que pedíroslo de nuevo —dijo acercándose a él por detrás—. Pero esta vez, os lo rogaré si hace falta. Podría incluso daros algo a cambio... —acarició su hombro, intentando persuadirle.

Él se dio la vuelta con rapidez acercándose a ella. La agarró de la cintura y la atrajo hacia su cuerpo con vehemencia, posando sus labios con fuerza sobre los suyos, que sintió dulces y amargos, al mismo tiempo. La besó con una pasión que le desbordaba y ella se dejó besar por él, incluso sintió cómo le devolvía el beso. Podría hacerla suya y no tendría que lamentarlo ante nadie. ¡Acababa de decirle que podría darle algo a cambio! ¿Qué iba a ser sino entregarse a él?

—¿Podríais darme vuestro cuerpo, a cambio de proteger a ese morisco con suerte? —le preguntó, aspirando el aroma tras hundir la nariz en su cuello—. ¿Podríais darme vuestro corazón, a cambio de salvar la vida de ese muchacho al que decís amar?

No deseaba que la soltara. La sensación de sus brazos fuertes sosteniéndola le provocaba el deseo de ser suya. En ellos podría olvidarse de todo. Él era lo suficientemente valiente y fuerte para protegerla a ella y a Daniel de todo lo que pudiera ocurrirles. Se sentiría tan segura y protegida en su lecho que quizá no desearía volver a salir de él.

—¡Podría daros hasta mi alma a cambio de su vida! —dijo, mirándole a los ojos con deseo y valentía—. No seríais el primer ser a quien se la he entregado.

Joao la soltó poco a poco. Tras su mirada oscura y su rostro lleno de inocencia pueril, se escondía algo que no podía entender, algo que le causaba un temor mucho más fuerte que su deseo por amarla.

—No quiero que me entreguéis el alma —dijo, liberándola de su abrazo—. Solo deseo vuestro corazón, como querría cualquier hombre —negó con la cabeza—, pero ya lo habéis regalado, y no precisamente al morisco, de eso estoy seguro. Quizá el señor de Abrantes sea quien lo posee...

Aquellas palabras hicieron crecer su ira. Se lanzó contra él, intentando arañarle como una gata furiosa. El pirata consiguió esquivarla y ella cayó al suelo. Desde la alfombra, le devolvió una pétrea mirada.

—¡No hay nadie en este mundo al que odie más que a Álvaro de Abrantes! Pero he prometido no dejarme llevar por mi deseo de venganza, a cambio de la vida de muchas de mis hermanas. Estoy segura de que eso también lo sabéis.

—Lo sé —Joao se agachó a su lado deseando que ella le diera a conocer sus verdaderos sentimientos— y sé también que sois algo más que lo que decís ser. ¿Por qué no queréis confiar en mí?

—No puedo confiar en vos, después de vuestra mentira.

—¡Pero yo os salvé la vida! ¿Es que lo habéis olvidado?

—Cuando mi deseo era la muerte. ¡Me visteis hundida y me mentisteis para hundirme más en mi desgracia!

—¡Sabéis que os amo, por eso lo hice! —agarró sus manos y las besó con ternura—. Estáis aquí bajo mi protección y vuestro morisco también, no lo dudéis. Sé que sois una mujer desterrada.

—No necesito que ningún hombre me proteja. Os he pedido protección para él, no para mí —retiró sus manos y se levantó.

—Ya no sois la misma —dijo Joao, siguiéndola hasta la ventana—. No os parecéis en nada a la mujer que erais antes de marchar a Valencia. Vuestra alma es oscura y aflora ante mis sentidos. Puedo ver algo sombrío en vos, algo que me aterra y me da escalofríos.

—Tenéis razón —respondió, aspirando el aroma de la noche cerrada—. Pero para él, soy la más luminosa de las mujeres. Esa es la diferencia entre su amor y el vuestro.

De nuevo le ganaba la batalla, pero esta vez no iba a quedarse callado ante lo que no le era desconocido.

—¿Creéis que no sé lo que sois? —le preguntó, mirándola de frente, como casi nunca solía atreverse a hacer—. He visto a Yemalé hacer prodigios que un hombre de mundo como yo no puede entender. Y ella fue vuestra maestra. ¿Pensáis que ese morisco, educado en la religión de sus ancestros, podrá entenderlo y aceptarlo como yo? ¿Creéis que podrá amar lo que sois, sin repudiaros? Ya os abandonó una vez, ¿no os acordáis? ¡Volverá a hacerlo!

—¿Por qué queréis asustarme? No he venido a hablaros de Daniel sino a pediros vuestra protección para él, porque la amenaza de la que os hablo se acercará a vos, sin duda.

—¿De quién me habláis? No os entiendo.

—Pero seguro que recordáis su nombre... Yemalé.

—¿Cómo osáis creer que ella le haría daño de alguna forma? ¿Es que no recordáis que fue vuestra maestra? —exclamó el pirata, aprovechando el momento para hacerla sentir culpable.

—Sí, fue mi maestra, y por vuestra culpa me echó de su lado. ¡Sois vos quien parece haber perdido la memoria, capitán! Ella salvó la vida a Daniel, tras la batalla en la que le creísteis muerto. Y lo hizo por alguna razón que desconozco, pero ya sabéis de su odio hacia mí desde que creyó en la mentira de mi amor por vos.

—Lamento que fuera una mentira —volvió a acercarse a ella, sincerándose con sus palabras—. No voy a negarlo más, ni a vos, ni a mí mismo. Ya sabéis que os amo... —su brazo volvió a retener su cuerpo junto al suyo. Se apoderó de su cintura con tal fuerza que Alba creyó que iba a dejar de respirar, y su pecho se agitó al sentirle tan cerca.

—Por ello, os ruego vuestra protección para él —exigió en un susurro—. ¡Me lo debéis a cambio de vuestras mentiras!

—¿Y si no quiero pagaros? —replicó él, acercando sus labios a los de ella—. ¿Y si dejo que muera para que seáis mía por fin?

—Si lo hicierais, jamás sería vuestra.

Joao sabía que era una mujer poderosa y también Yemalé. No deseaba verse envuelto en una lucha entre ambas.

—¡Liberadla, capitán! ¡Os lo ordeno! —Daniel apareció ante ellos, colocando la punta de su puñal, hábilmente, junto al cuello del pirata—. ¡Soltadla, si en algo valoráis vuestra vida...!

Joao no tuvo más remedio que liberar su brazo y dejarla marchar. Alba corrió al encuentro de su amado, llenando el corazón del corsario de dolor y de angustia, por los celos. El morisco la recibió, acogiéndola con su brazo libre, sin dejar de apuntarle con el puñal, que ya rasgaba su cuello.

—¡Dejadme en paz, morisco! ¡No seríais capaz de matar a vuestro capitán!

—¡Lo sería y vos lo sabéis! ¡Por ella, soy capaz de todo! —respondió con una seguridad en sí mismo que dejó casi sin aliento a Alba.

Era la primera vez que se sentía protegida por él y la sensación apaciguaba la soledad que siempre sentía ante un futuro incierto y los peligros del mundo. Se sintió conmovida y le amó con más fuerza que nunca. Daniel dejó alejarse al capitán y la abrazó para asegurarse de que estaba a salvo. Joao se limpió la gota de sangre que brotaba de su cuello con un pañuelo que sacó de su manga.

—No podéis volver, Alba, recordad la abjuración de Leví —dijo, mientras se reponía del ataque—. ¡Habéis sido desterrada por la misma Inquisición! No podéis obviar vuestro castigo —declaró, dejando entrever a Daniel los secretos que sabía que ella aún le mantenía ocultos.

—¿De qué habláis, capitán? —preguntó sorprendido.

—¡Callad! —Alba le instigó.

Daniel la miró en busca de respuestas, pero ella no le dio ninguna. Cogió su mano para que ambos salieran de allí, pero el morisco no estaba dispuesto a marcharse sin saber de qué hablaba el portugués.

—¿Por qué habéis sido desterrada? ¿Y por qué os llama Alba, en lugar de Isabel? ¿Acaso no es este último vuestro nombre? —le preguntó, inmerso en un mar de dudas que le asaltaban.

—¡Decídselo! —siguió hostigándola el corsario—. Si tanto le amáis, no podéis seguir ocultándole quién sois.

Alba no podía apartar su mirada acusadora del portugués. Una vez más, intentaba hacerle daño. A pesar del amor que decía sentir por ella, sus celos pesaban más. Se mantuvo en silencio, mientras sentía sobre ella la mirada inquisitiva de su amado. Quería respuestas.

—¡Salgamos de aquí! ¡Dejad que diga lo que quiera! No es más que un hombre despechado —insistió, agarrando su cintura para que la acompañara.

—¡No, hasta que me digáis de qué está hablando! —se mostró molesto e incrédulo ante su requerimiento.

—Os lo diré —le aseguró—, pero no aquí. Mi historia es muy larga. Necesitaremos varias horas para que la comprendáis en su totalidad —le explicó.

—¡Decidle por fin lo que sois, señora! —el capitán atacaba de nuevo—. No me gusta ver que uno de mis hombres está siendo engañado por una mujer —sonrió con cinismo.

En la mirada de Daniel, Alba pudo ver todas las dudas que inundaban su corazón.

—Decidle, al menos, que habéis sido desterrada por... brujería.

Alba temió lo peor. Daniel ya había huido de su vida en una ocasión por miedo y sufría pensando que podía volver a hacerlo. ¿Y si, como había hecho años atrás, era capaz de alejarse de ella por temor?

Él la miró con furia, se dio la vuelta, levantó el cuchillo de nuevo hacia el capitán, amenazante.

—¡No! —gritó Alba, adivinando sus intenciones—. ¡No le matéis!

El capitán no se amilanó. Desenvainó su espada y la levantó entre su cuerpo y el del morisco, evitando que pudiera acercarse.

—¡Antes me pillasteis desprevenido, pero ahora no dejaré que me hagáis ni un rasguño! Sigo siendo vuestro capitán, pero no dudaré en mataros.

Alba no pudo resistir más. Alzó sus manos en señal inequívoca de que debía dominar de nuevo la magia entre sus dedos y un extraño sonido pareció brotar del silencio. Algo rechinó con tal impertinencia que ambos hombres se vieron obligados a soltar sus armas y a taparse con fuerza los oídos. Duró apenas unos instantes, los suficientes para salvar la vida de ambos.

Cuando al fin bajó sus manos junto a su cuerpo, se sintió llena de culpa. Acababa de arriesgarlo todo con tal de salvar sus vidas. Había quebrantado el pacto con el inquisidor. Había usado su magia de nuevo y, aunque parecía ser un hecho aislado, de alguna forma llegaría a sus oídos. Se arrepintió, pero ya no había vuelta atrás.

Daniel y el capitán se retorcían de dolor en el suelo, apretando sus manos contra sus oídos. Alba se acercó a ellos y ayudó a Daniel a levantarse, obligándole a salir de allí. Antes de cerrar la puerta tras de sí, hizo un gesto con sus dedos para que el capitán dejara de sufrir aquel tormento. En unos instantes, todo su dolor pasaría y volvería a ser el mismo hombre fuerte que antes. Mientras se alejaban, pudo escuchar de nuevo sus gritos.

—¡Él os abandonará, Alba! ¡No podrá soportar lo que sois y os dejará sola de nuevo! ¡Y entonces vendréis a refugiaros en mis brazos!

XXXVI

El edicto de silencio

... A todas y cualesquiera personas de cualquier estado y condición, se les hace notar la promulgación de un edicto de silencio, por el que se les exige se abstengan y retraigan de hablar, pensar y difundir los hechos que supuestamente acaecieron en la ciudad de Altea y sus alrededores, sobre bruja y embrujados, ya que si alguno o alguna fuere testigo de estos hechos, sepa que solo provienen de su propio conjeturar y del adolecer de su pensamiento, pues solo a los Ministros y Comisarios del Santo Oficio les corresponde observar y divulgar la verdad. Y esta verdad no es otra que la que ordena el Inquisidor Mayor de Valencia, Fray Jaime Juan Bleda, designado para tal labor por el Santo Padre de Roma y Su Majestad el Rey.

Por ello, en su nombre se decreta este edicto de silencio en el que se reconoce que no hubo bruja, ni brujas, ni embrujados, hasta que se comenzó a departir y vulgarizar sobre ellos. Tal han sido las palabras de Su Eminencia el Inquisidor Mayor de Valencia, Fray Jaime Juan Bleda: «No he hallado certidumbre ni aun indicios de qué colegir algún acto de brujería que real y corporalmente haya ocurrido en esta comarca.»

Se ha de respetar este edicto silencioso por el que se decreta que quien no lo respetare, quien hablare de las imaginadas brujas y embrujados, o pensare siquiera en estos hechos que nunca ocurrieron en la evidencia ni realidad, será llevado a juicio de la Santa Inquisición y condenado si así lo dispusiera El Santo Oficio, de la mano de Su Eminencia el Inquisidor Mayor de Valencia, designado por el Santo Padre y Su Majestad para tal fin, so pena de relajación en la hoguera u horca, tras el interrogatorio con el martirio del cuerpo y del sentido, ratificada por la bula *Ad extirpanda*,[17] por la que pudiera el Inquisidor Mayor reclamar al Santo Padre que diera castigo a los que infringieren este edicto, a través de su santa mano y con la única voz de la Verdad...

El hombre que había colgado el edicto sobre la puerta del Ayuntamiento se quedó mirando a Ana y a Alía, que no se alejaron como habían hecho los demás, cuando terminó de leerlo.

—¿Qué queréis? —las inquirió.

Negaron con la cabeza y se alejaron. Habían intentado acercarse para leer las inefables y absurdas palabras, pues no podían creer que el inquisidor quisiera obligar a los habitantes de la comarca a olvidar a Alba y sus prodigios.

Ana ya conocía su historia y su linaje, y todo lo que su hermana había vivido desde que se separaron. Alía se había encargado de hacerla partícipe de cada detalle y acontecimiento. Además, había leído la historia que su hermana escribió a escondidas y que le entregó antes de marcharse. Al terminar de leerla, la escondió en la cueva en la que durmieron la noche que llegaron al mar, siendo niñas.

—Prometedme que esconderéis mi historia, tras haberla leído, en la cueva en la que dormimos la primera noche que

---

17. *Ad extirpanda.* La bula *Ad extirpanda* fue promulgada por el papa Inocencio IV el 15 de mayo de 1252, siendo posteriormente confirmada por Alejandro IV el 30 de noviembre de 1259, y por Clemente IV el 3 de noviembre de 1265. En ella, dado que desde tiempos de Inocencio III la herejía era considerada un crimen de lesa majestad, se autorizaba a la Inquisición pontificia el uso de la tortura como medio legítimo para obtener la confesión de los herejes.

llegamos al mar. ¡Juradlo por vuestra hija que va a nacer! —le había dicho, al entregársela.

—¿No sería mejor destruirla? —le preguntó—. ¡Correrías un gran peligro si alguien la encontrara!

—No hay mayor pecado que destruir las palabras y la verdad. ¿Cómo habríamos conocido entonces las verdades de vidas anteriores a las nuestras, si alguien las hubiese destruido? El miedo habla por ti, Ana —le dijo sonriente, mientras agarraba tiernamente sus manos—. ¡No lo permitáis! ¡Sed valiente!

—¡No soy como vos! ¡Ya lo sabéis!

—Es cierto que somos distintas —volvió a sonreír—, pero sois mi hermana y os pido que lo prometáis. Os valoro como sois, no importa si no nos parecemos.

Ana dejó escapar las lágrimas de sus ojos sin poder evitarlo, mientras se aferraba a las manos de su hermana, a la que iba a perder de nuevo.

—Padre y madre estarían muy orgullosos de vos —exclamó, abrazándola—. Y Joan, también.

—Pronto vendréis a visitarme —acarició su vientre, sintiendo al bebé que muy pronto nacería—. ¡Cuidaos, Ana! Y no me juzguéis cuando leáis mis palabras —le pidió antes de irse.

¿Cómo podría juzgarla? Había sido la mujer más valiente que había conocido y había hecho todo por vengar la muerte de sus padres. Esperaba impaciente el día del nacimiento porque sería el fin de su separación. No había querido arriesgarse a un viaje tan largo, pues estaba a punto de dar a luz, pero la seguiría cuando tuviera a la criatura en sus brazos.

—¡Ese hombre horrible pretende que todo el mundo olvide y que se borre todo el daño que ha sufrido nuestra familia a manos del señor de Abrantes! —exclamó Alía, enojada.

—Quizá sea mejor así para todos. Mi hermana hizo un pacto, recordadlo. Todas deberíamos olvidar y perdonar.

—He perdonado, querida sobrina, pero ningún inquisidor puede pretender que lo ocurrido desaparezca. Alba dio una lección a todos los que la vieron y la conocieron, y eso no debería borrarse jamás.

—Lo sé, pero ella hizo ese pacto para salvar nuestras vidas. ¡No debemos olvidarlo, pues la suya depende ahora de que mantengamos fresca nuestra memoria!

—Es cierto. Sois mucho más sabia que yo —sonrió—. Creí que os había perdido para siempre, desde el día de vuestro nacimiento, cuando me alejé de mi familia para convertirme en quien soy ahora.

Ana sintió un dolor agudo en su vientre, y notó algo caliente y denso entre sus piernas. Se levantó un poco la falda y vio sus tobillos mojados. Su corazón se alegró, al tiempo que un gran temor la invadía por entero.

—Alegraos también ahora entonces, porque vais a asistir a un nuevo nacimiento en la familia.

Alía corrió a ayudarla. Colocó su brazo sobre sus hombros y caminó junto a ella despacio, hasta llegar a la casa, en la que se habían refugiado desde el destierro.

—¡Vamos, hija mía! —le dijo, entre sonrisas y llantos de felicidad—. Hoy es el día.

Mientras cruzaba la plaza apoyada en su tía, le sobrevino un dolor desgarrador y profirió un grito. Sus piernas flaquearon y creyó que iba a perder la consciencia.

A poca distancia, un hombre vestido con ropas nobles y de porte altivo las miraba tras haber escuchado el grito. Alía sintió un escalofrío, el señor de Abrantes escudriñaba sus pasos. Temió por su vida y por la de su familia recuperada hacía tan poco tiempo. Solo había sufrimiento en su mirada.

Sujetó a su sobrina con más fuerza y siguieron caminando. No quedaba mucho para la casa. Cuando llegaron, abrió el portón y la ayudó a tumbarse sobre su camastro. No había tiempo. Debía prepararlo todo para el alumbramiento.

—Quiero estar con mi esposa —se negó.

—¡Escuchadme! Elena de Abrantes tiene los medios para ayudar a Ana en el parto. Corred a avisarla.

—¿A qué os referís? —preguntó desconcertado.

—¡Viene de nalgas! Elena asistió a varios partos cuando vivía en Valencia. Ella sabrá qué hemos de hacer.

—¿Estáis segura? —el muchacho desconfiaba, mientras miraba a Ana, que no paraba de llorar.

—¡Hacedle caso, por favor! —le pidió su esposa entre sollozos.

—¡No quiero dejaros sola! —le dijo, abrazándola.

—Por favor, haced caso a mi tía.

—Está bien. Iré —aceptó por fin, lamentando perderse el momento.

Alía abrió la puerta y le dejó salir. Cuando vio que estaba lo suficientemente lejos de la casa, volvió a cerrar y regresó junto a su sobrina.

—Creí que no le engañaríamos —sonrió—. ¿Cómo estáis?

—Mi hija clama por venir al mundo.

—Tranquilizaos. No es cierto que viene de nalgas. Será como cuando nació Isabel. Lo recuerdo, fue el día que me marché de casa de mi hermana, para nunca más volver.

—Contadme. ¿Cómo fue ese día? ¿Cómo estaba mi madre?

Alía sonrió. Se sentó en el borde de la cama, cogió la mano de su sobrina y la acarició para calmarla. Después, puso su mano sobre su corazón y sintió su latir agitado. Supo que necesitaba relajarse, la niña no nacería hasta que todo a su alrededor estuviera tranquilo.

—Vuestra madre llegaba del río. Me avisó con una sonrisa pues sabía a quién recibiríamos. Vuestro padre no estaba. Y así debía ser, las mujeres sabias vienen al mundo solo entre mujeres sabias.

Ana asintió y la instó a continuar con su relato.

—La luz en el rostro de vuestra madre era exactamente igual que la que vos tenéis ahora. Algo en su interior la estaba bendiciendo. Era la diosa, que anhelaba el nacimiento.

—¿Creéis que la diosa anhela el nacimiento de mi hija también... después de todo? —dudó.

—Por supuesto que sí. Si no, ahora os estaríais retorciendo de dolor y miraos, habéis gritado una vez y ha bastado para que ella os escuche.

—Es cierto —se sorprendió—. No siento dolor alguno.

—Entonces se acerca. Quedaos tranquila, pronto estará en vuestros brazos.

—Seguid contando...

—Como os decía, vuestra madre tenía la piel de las mejillas sonrosada por la emoción de su venida. Era su primer parto y no sabía que la diosa la bendeciría con otra hija dos años después —sonrió—. Para ella todo era nuevo y para mí también. Las hermanas fueron llegando una a una a casa. Poco a poco, se acercaron para asistir al nacimiento. Apenas había anochecido y la luna ya resplandecía. No nos preguntamos por qué. Lo sabíamos. Ella era especial y lo único que lamentábamos era saber que tendríamos que mantener el silencio hasta que ella misma nos eligiera.

—¿Haréis lo mismo con mi hija? ¿La esperaréis?

—Nadie la va a obligar, ya lo sabéis. Si es ella la que esperamos, un día vendrá hasta nosotras.

—¿Y si no lo es? ¿Y si mi hija es como yo y no como Isabel? —preguntó un poco aturdida.

—Entonces, se quedará con vos y no perderéis a una hija.

Ana sonrió. En el fondo de su corazón, eso era lo que más deseaba...

—Seguid contándome el nacimiento de mi hermana. Y después —dijo incorporándose un poco sobre la cama— me contaréis el mío.

Unos golpes se sucedieron en la puerta. Alía se levantó rápida y fue a abrir. Elena la abrazó en silencio.

—¿Todo va bien? —le preguntó impetuosa.

—Como ha de ir, paso a paso —se alejó de ella y se retiró para que viera a Ana sobre la cama.

Elena se acercó despacio, sonriendo al ver que su rostro resplandecía. Estaba tranquila y le recordó tanto a Alba que se emocionó y sus ojos se llenaron de lágrimas.

—¡Os parecéis tanto a ella! —exclamó—. ¿Cómo os encontráis?

—Muy bien, señora.

—No me llaméis señora, soy vuestra hermana. Alba fue la

única hermana que he tenido y vos lo seréis también ahora.

—Gracias —respondió cohibida, al ver a una mujer tan lujosamente vestida en su humilde casa.

No la había vuelto a ver desde que se despidieron de su hermana y le parecía más bella aún que el primer día. Era joven y tenía el rostro alegre. Alía le había hablado de sus penalidades, pero parecía tan feliz que era capaz de contagiar su felicidad a todo el que la miraba. Ana cogió su mano, la sintió fina y delicada.

—Gracias por todo lo que hacéis por mi familia.

—Ahora vos y vuestro esposo también sois mi familia. ¿No escucháis sus gritos? El ama está fuera con él, pero no logrará entretenerle mucho tiempo con sus palabras maternales.

—¡Debéis pedírselo vos, Ana! —le dijo Alía—. ¡Es a la única que escuchará!

—Pero ¿por qué no puede estar presente si así lo desea?

—¿Le habéis hablado ya de nuestro linaje?

—Solo en parte —confesó—. No es fácil decirle a un esposo que mi hermana es una bruja.

—¡No digáis eso! ¡Sabéis que no nos gusta que nos llamen así!

—Lo sé, perdonadme. Es el miedo de este momento que habla en mi lugar.

—Le haré entrar y le hablaréis. Pedidle que se mantenga alejado y proteja nuestra puerta. Sigo temiendo que alguien sospeche —le pidió Elena.

Ana le sonrió. Tanta amabilidad y cariño solo podía ser pagado con una verdadera sonrisa, pues ella no tenía bienes con que agradecerle su poderosa ayuda.

Elena abrió la puerta y dejó pasar al muchacho, que corrió junto a la cama. Mientras Ana intentaba convencerle de que estaba más cómoda sin su presencia, Alía y Elena se alejaron para hablar sin ser escuchadas.

—Ha estado aquí —exclamó Alía con rotundidad.

—Otra vez... —se lamentó Elena—. ¿Cuándo le habéis visto?

—Hace apenas una hora, cuando veníamos hacia la casa.

Ya había roto aguas y unos hombres nos ayudaron al oírla gritar. Él estaba en la plaza, seguramente leyendo el edicto de silencio que ha decretado el inquisidor.

—¿Edicto de silencio?

—Sí, la Iglesia pretende que mantengamos la boca cerrada, hombres, mujeres y niños, bajo amenaza de muerte, si alguno de nosotros habla de Alba o de sus prodigios. Nada le gustaría más que el mundo olvidara que ella existió.

—¿Y no es mejor eso para todas nosotras? ¿Por qué presiento que os duele?

—Porque mi sobrina vino al mundo para conseguir nuestra libertad, no para hacernos callar. ¿No os dais cuenta? Ese edicto solo conseguirá que tengamos que volver a escondernos.

—Es cierto. Perdonadme, no lo había pensado así. Estoy tan acostumbrada a vivir oculta que ya no recuerdo lo que es ser libre.

—Quizá debáis volver una noche a la playa con nosotras para recuperar vuestra libertad.

—¿Volveréis a reuniros?

—Lo haremos. Si no, ¿de qué habría servido todo el riesgo que corrimos, que corrió Alba por nosotras?

—Volvéis a hablar con sabiduría. Por algo sois y fuisteis nuestra maestra. ¿Teméis la presencia de mi padre?

—Me mantendré alerta. Sé que vuestro padre no puede hacernos daño, pues ya no tiene el poder en sus manos. El inquisidor es quien decide ahora y él nos protege. Alba hizo un pacto con él por nosotras. No sé qué le ofreció a cambio, pero sé que, por ahora, ha cumplido su palabra pues el fraile no ha vuelto por aquí.

—Os equivocáis. Hace unos días estuvo en casa de mi padre —Alía se sorprendió y temió estar equivocada.

—¿Y a qué se debió su presencia?

—Vino a traerme la libertad —aclaró—. La anulación de mi matrimonio.

—Entonces, he de felicitaros —la abrazó de nuevo—. Alba estará feliz por vos cuando sepa la noticia.

Elena sonrió. Por fin el muchacho pareció convencido y salió junto al ama. Alía acercó una silla a la cama para que Elena se sentara, pero esta declinó la invitación.

—Quiero estar junto a vos. Os ayudaré.

Esta se lo agradeció con un gesto, mientras veía cómo se remangaba.

—Aún es pronto —sonrió—, podéis sentaros mientras esperamos.

Aceptó la silla y se sentó junto a ellas, mientras Alía regresaba junto a su sobrina.

—Seguid contando, tía... por favor.

—Está bien —asintió sonriendo de nuevo—. Vuestra hermana Isabel, Alba, nació el mismo día que la luna tapaba el sol. Muchos sabios dijeron después que aquel atardecer había ocurrido algo que sin duda traería alguna desgracia. Se equivocaban. Era Alba quien venía y ella solo podía traer la libertad para todas las mujeres sabias del mundo.

Daniel montó su caballo con furia y cogió las riendas con la soltura de quien sabe manejar a un animal poderoso.

—¡No os alejéis de mí! —le pidió, acercándose al animal—. ¡Llevadme con vos y os lo contaré todo!

El morisco deseó atizar las riendas y cabalgar sobre el prado hasta algún lugar lejano, pero una isla siempre es una cárcel para los que no tienen hogar. Bajó su antebrazo y Alba se ayudó de su fuerza para montar tras él. Cabalgaron sin rumbo fijo hasta que supo calmar su cólera y se rindió ante la belleza del paisaje que les rodeaba. En la cima de una colina, hizo frenar al corcel, bajó de un salto y ayudó a bajar a Alba, levantándola en sus brazos con cuidado hasta dejarla de pie.

A lo lejos, la playa se extendía inmensa y el agua del mar parecía de plata. Amanecía y un frescor inundaba el ambiente, regalándoles el perfume de las montañas que les rodeaban. Le dio la espalda mirando el paisaje, intentando apaciguar su corazón, antes de volver a hablar. Alba le siguió, abrazó su cuerpo por detrás y sintió cómo él acariciaba sus manos sobre su pecho. Aún la amaba, esta vez no le había perdido.

—Sé que he de contaros mi historia, pero no sé siquiera por dónde empezar. Temo que vuestro corazón sienta miedo de nuevo y os alejéis de mí como hicisteis hace años.

Se dio la vuelta, la mujer que amaba más que a su vida temía perderle. Acarició su mejilla con sus dedos antes de abrazarla para hacerle sentir que no había nada en el mundo capaz de alejarle de ella.

Alba se dejó envolver por sus brazos, poniendo la mejilla en su pecho. La textura de su camisola blanca abierta y su vello claro hizo que todo su cuerpo ardiera en deseos de volver a ser suya, allí mismo, sobre la fresca y húmeda hierba.

—¿Es que aún no sabéis cuánto os amo? —le preguntó él mirándola a los ojos—. Nada en el mundo podría alejarme de vos.

—¿Y si no fuese algo de este mundo, lo que tengo que contaros?

—¡Hablad! —dijo separándose de ella, agarrando su mano y arrastrándola hacia un montículo sobre el que se sentó. Después, la colocó sobre sus rodillas y agarró su cintura para seguir sintiéndola cerca. Había algo en ella que le hacía incapaz de separarse durante mucho tiempo de su cuerpo—. Hablad con sinceridad y os prometo que intentaré comprenderos.

Os hablaré, pero si después de escucharme decidís que no debo seguir estando en vuestra vida, lo respetaré porque os amo.

Daniel la besó en los labios con enardecimiento.

—Hablad sin temor porque con este beso acabo de sellar lo que siento en mi corazón, y lo he hecho para siempre. Creedme. Nada, ni lo más oscuro del mundo podrá apartarme de vuestro lado.

—No puedo contaros toda mi historia, pero algún día os enseñaré a leer y podréis leerla vos mismo, pues la escribí hace tiempo. Aunque no tuve tiempo de hacer lo mismo con la última parte, por ahora solo debéis saber que las palabras del capitán son ciertas. He sido desterrada por la abjuración de

Leví. Fui juzgada por el Santo Oficio y mi cuerpo estuvo a punto de arder en una hoguera. —Alba podía ver el cambio que se iba produciendo en el rostro de su amado, el asombro y el dolor se mezclaban en la expresión de su mirada y el gesto de su boca—. Pero antes de estas calamidades, me entregué a un hombre al que estuve prometida. Un hombre que, como descubrí más tarde, fue quien asesinó a mis padres cuando era niña. Un hombre al que odio por encima de todo.

Los ojos de Daniel se oscurecían y su rostro enmudecía. ¿La inquisición? ¿Una hoguera? ¿Acaso había estado ella a punto de morir y él lo ignoraba? El morisco no podía entender y lo expresaba con la sorpresa de su rostro, pero Alba ya no podía parar de hablar. No debía hacerlo hasta contarle todo lo ocurrido.

Le habló de su tiempo con las mujeres sabias y de la isla de Eivissa, de sus maestras y de Alía, su tía carnal. Le contó también sobre su estancia en la casa de Abrantes y cómo creyó haber estado enamorada de Álvaro. Aunque ahora sabía que había sido el cariño porque él había cuidado de ella, por su protección y por su anhelo de sentirse amada y segura, en el seno de una familia. Le habló de su cariño hacia Elena y de la maldad de su hijo Vidal. Le habló del capitán y de lo que su deseo por ella había provocado. Y por supuesto, le contó su captura, su encuentro con el inquisidor y el pacto que ambos habían hecho, y que había prometido cumplirlo, pese a todo lo que ocurriese. Pero dejó para el final las experiencias vividas con el saludador en Valencia y su unión con la tenebrosidad.

—No es fácil lo que os voy a contar, amor mío. Y quizá nos lleve todo el día desde este amanecer hasta que el sol se ponga sobre el mar, pero no nos iremos de aquí hasta que no conozcáis toda mi historia, y hasta que no me aceptéis como soy y lo que soy.

—¿Y qué sois? —preguntó Daniel sin poder dejar de fundirse en sus ojos.

—Sabed que os amo por encima de las leyes que rigen la tierra, pero sabed también que soy algo más que una mujer —esta vez fue ella quien rodeó el rostro del morisco con sus manos—. Debéis hacer un esfuerzo por entender las palabras que vais a escuchar de mis labios... No solo soy la mujer que os ama. Soy algo más.

—¿Qué sois? ¡Decidme! —se alarmó, intuyendo las palabras que diría a continuación.

—Soy una mujer sabia. Aunque la mayoría me darían otro nombre... bruja.

Daniel se mesó los cabellos. Su entendimiento no llegaba a los límites de los que Alba le estaba hablando. ¿Cómo podía ella haber caído en semejante trampa? ¿Tan hondo era su deseo de venganza contra aquel hombre, que había sido capaz de regalarse a sí misma, a cambio de unos poderes indignos?

Hacía años que él no creía en nada que no fuese de este mundo y creer en una diosa, y en la existencia del mal, del modo en que ella lo narraba, era más de lo que su condición de mortal le permitía hacer.

Ella continuaba tras él, explicándole los detalles de sus encuentros con el maligno para conseguir unos poderes máximos que, según decía, aún creía poseer. Pero él solo podía ver el mar en calma ante sí y escuchaba sus palabras con dolor, temiendo que el gran amor de su vida hubiese perdido la razón.

—¡Parad! —gritó dándose la vuelta—. ¡No puedo seguir oyéndoos! ¿Acaso no os dais cuenta de lo que me estáis diciendo? ¿Cómo puedo creeros siquiera?

Le miró con desesperación. Ella luchaba por hacerse entender, pero no estaba logrando más que aumentar su furia y su incomprensión. Podía verlo en sus ojos.

—¡Por favor, creedme! ¡Sé que suena inconcebible, pero es real!

—¡Quizá es real porque vos lo creéis! —respondió furioso.

—Así es —asintió—. No os equivocáis. La magia es solo para los que creen en ella.

—¿Entonces? Si yo no creo... Porque Alá y Cristo saben que no soy capaz de creer en nada —exclamó mirando al cielo—, todo lo que me contáis es falso ante mis ojos.

—¡Pero no lo es! —se acercó para abrazarle. Quería hacerle sentir su desesperación para que su corazón confiara en ella.

Se retiró antes de que pudiera alcanzarle, huyendo de ella en un gesto instantáneo. Sintió su rechazo y un vacío se apoderó de su corazón.

—Está bien —dijo aceptando su desaire, a pesar del fuerte dolor que este le causaba—. No permitiré que me odiéis por esto.

—No podría odiaros... nunca —respondió— pero, si es verdad todo lo que me habéis contado, necesitaré algo más que vuestra palabra para creeros.

—¿No podéis simplemente confiar en mí? —preguntó en un último intento desesperado.

Daniel miró de nuevo al horizonte y suspiró antes de volver a hablar.

—Hace años, en un lejano puerto de las costas de África, escuché a unos piratas hablar de un animal tan poderoso y fuerte como bello. Decían que nunca habían visto nada igual, que sus ojos brillaban en la oscuridad de la noche y su piel negra era como una noche sin luna. Decían que era tan fiero que podía acabar con un hombre, o con varios, con sus uñas y sus dientes. Decían que era tan ágil y veloz que ningún hombre ni animal podía escapar de sus garras. Pero también decían que no podían entender aún cómo un animal así podía poseer una belleza tan deslumbrante que, cuando un hombre lo miraba, se quedaba prendado de sus ojos y ya no había forma alguna de escapar con vida —la miró, sintiéndose totalmente atrapado por su belleza—. Yo no creía que un animal así pudiera existir. Creía que aquellos piratas exageraban. Sin embargo, uno de ellos aseguró que un hombre acaudalado del lugar había logrado capturar a una de sus crías y, gracias a eso, consiguió hacer que la madre se acercase y pudiese también ser capturada. El hombre había vendido a ambos animales a un precio inigualable e iba a formar parte de nuestra carga en el barco hasta la próxima costa, donde su nuevo propietario se haría cargo de ellos. Cuando los animales llegaron al barco, encerrados en una jaula, con rejas de hierro fuertes y gruesas para que no pudieran escapar, pude ver por fin al fiero animal con mis propios ojos. Pero entonces no parecía tan fiero como habían dicho los piratas. Era más bien como un gran gato negro, tumbado en el suelo de la jaula, que mantenía en su regazo a su pequeño, que mamaba de sus pechos, ajeno a su mala suerte. Pero aquellos hombres tenían razón, era el más bello y fiero animal que mis ojos habían visto nunca. Sus uñas estaban escondidas, pero eran tan largas que podían rajar a un hombre de arriba abajo. Y sus dientes asomaron al dar un bostezo, tenía unos colmillos tan fuertes que podría clavarlos en el cuello de un hombre y matarlo de un solo mordisco.

Alba esperó a que acabara su relato. Quería entender lo que había detrás de sus palabras. Daniel siguió hablando.

—No fue hasta que vi al animal con mis propios ojos cuando creí realmente que existía algo tan bello y tan poderoso a la vez. Y al mismo tiempo, tan tierno e inocente, cuando el amor le embargaba. Vos sois así... Sois lo más dulce que existe en este mundo y ningún ser vivo podría no ver vuestra belleza, salvo un ciego. Pero temo que en el fondo seáis tan fiera como aquel animal. Y temo, sobre todo, no poder comprender vuestra auténtica naturaleza.

—Soy una mujer...

—Sí, pero habéis dicho que sois algo más. Os prometo que quiero comprenderos, pero es demasiado lo que me pedís. ¿No os dais cuenta? Queréis que confíe en vos, pero no queréis que vea vuestro verdadero interior. Si esto no ha de separarnos, sino que ha de unirnos más aún de lo que ya nos une nuestro amor, habré de compartir con vos vuestros secretos. Y no podré hacerlo si no os entiendo. ¡Dadme una prueba de que lo que decís es cierto! Una sola prueba, por pequeña que sea... —le pidió.

—Sabéis que no puedo romper el pacto que hice con el inquisidor. Si lo hago, mis hermanas volverán a estar en peligro.

—No creo que ese hombre, ni ningún otro hombre de este mundo, tenga ojos que lleguen hasta aquí —replicó con insistencia—. Nadie más que yo conocerá vuestro secreto. ¡Confiad vos en mí también! ¡Os lo juro!

Una lágrima recorrería su mejilla. Ella se acercó despacio,

recogió la lágrima con sus dedos y se descubrió a sí misma utilizando de nuevo sus poderes. Una vez más, la vida volvía a ponerla a prueba, pero esta vez, el riesgo merecía la pena, si con ello lograba recuperar su confianza.

—Está bien, os daré esa prueba porque no quiero perderos, una vez más —asintió, clavando sus ojos en él, con una fuerza y una profundidad que parecían traspasar su cuerpo hasta tocar su alma.

Se sintió enajenado. Todo a su alrededor parecía dar vueltas. Lo que antes había estado bajo sus pies, ahora parecía querer girar hacia el cielo. Se sintió terriblemente cansado y se dejó caer sobre la frescura del campo. Alba corrió hacia él y recogió su cabeza en su regazo. Cerró los ojos y acercó sus dedos a su boca para que la lágrima que antes había recogido de su rostro rozara sus labios.

Daniel casi no podía creer lo que estaba viendo. El alrededor se había convertido en una extensa llanura, de horizontes lejanos e inhóspitos. El silencio lo invadía todo, solo roto por el leve silbido del viento. Unas retamas rodaron por la tierra árida hasta llegar a sus pies. Se vio descalzo, sintió la sequedad bajo sus plantas. El sol en el cielo quemaba su piel. Se sentía desnudo, aunque no podía asegurar si lo estaba.

A lo lejos, vio una delgada sombra, bajo un pequeño arbusto que cubría una franja del suelo. Corrió hacia allí con desesperación y llegó a la cuenca de un pequeño río. Bebió agua de su cauce y se sintió recuperado. Entonces, decidió descansar tumbado bajo la sombra.

Pronto escuchó unas ramas que se partían tras él. Se levantó raudo, se dio la vuelta y la vio, una fiera negra de pelaje brillante, con ojos amarillos y embaucadores, le acechaba. Se movía con paso elegante, caminando con sus cuatro patas. Agachó la parte delantera para beber en el riachuelo. No parecía querer atacarle. Se atrevió a acercarse lentamente a ella y entonces fue cuando lo vio. Al caminar, ya no tenía dos pies sino cuatro patas, como la fiera que bebía en el río. Y todo su cuerpo estaba cubierto de pelaje negro y brillante.

Abrió su boca y emitió un rugido que alertó a la otra fiera.

Esta dejó de beber y se acercó, rodeándolo. Le acechaba, atrapándole con miradas furtivas para después tumbarse y revolcarse en la tierra, como si le esperase. Después, volvía a levantarse y a rodearle, emitiendo sonidos agradables, hasta que se volvía a tumbar, invitándole a acercarse.

Se sentía poderoso y fuerte. Nunca había tenido un cuerpo cuya potencia y velocidad fuesen tan extremas. Rugió para demostrar su poder ante aquella hembra solícita y de un salto se colocó a su lado. Ella le asestó un zarpazo, sin haber sacado sus uñas, lo cual entendió como una nueva invitación. Dejaba por sentado con aquel gesto que solo estaba a su lado porque ella se lo permitía. La visión de una hembra tan fuerte y poderosa como él era totalmente nueva y esto le producía una excitación que nunca había sentido.

Despertó sobre la hierba con la cabeza en su regazo. Sintió los labios tiernos y dulces de Alba que le besaban despacio. Se incorporó para abrazarla. Esta vez fue ella quien se entregó a su regazo. Sintió sus fuertes brazos rodeándola. Él la tumbó y comenzó a desabrochar su vestido.

Alba le desabotonó la camisola blanca y la sacó por encima de su cabeza. Su torso desnudo, tostado por el sol, se le antojaba el mejor lugar para perderse. Él la ayudó a deshacerse de su vestido y de las enaguas. Retiró la última tela blanca que cubría su cuerpo y sus pechos desnudos rozaron su piel.

Alba sentía la frescura de la hierba bajo su espalda, abrió sus piernas para recibirle y él se adentró en su cuerpo con complacencia, haciéndole sentir una fuerza y un poder indescriptibles.

Daniel regresó a la sequedad calurosa del ambiente que le rodeaba. De nuevo, la hembra salvaje se revolcaba sobre la arena, cegándole con la luminosidad de su mirada. Se acercó a ella por detrás, experimentando su fuerza en cada paso y en cada músculo. Estaba tumbada, olisqueando el suelo. Supo que le esperaba. Caminó lentamente, se acercó y olisqueó su pelaje. Abrió un poco su boca y dejó que sus fauces asomaran. Las encías sobre sus blancos colmillos se tensaron y los músculos se quedaron rígidos en una posición invariable. Se acercó lo suficiente como para retener un trozo de su piel en su boca y la mordió débilmente hasta retenerla debajo de él.

Escuchó un rugido voraz, la fiera expresaba el placer que su boca le proporcionaba. La abrió un poco más y volvió a retenerla, apretando más sobre su cuello hasta sentir su docilidad y la poseyó desde atrás. Todos los aromas de su carne y su pelaje se sucedían en su boca, mientras entraba en ella de una fuerte sacudida. Volvía a salir y a entrar en su cuerpo, mientras ella rugía. Aquella unión era un choque de fuerzas tan brutal, que le hacía sentirse más vivo que nunca. Podría haber desgarrado su cuello con solo apretar un poco, pero no iba a hacerlo. El sabor de la sangre en su boca no era tan placentero como sentir que ella estaba bajo su cuerpo, abierta para él.

Daniel volvió a sentir la brisa marina en su espalda. Era la primera vez que la poseía con aquella fuerza animal que sentía en su interior. No recordaba en qué momento le había dado la vuelta para penetrar en su sexo desde atrás, pero sintió el sabor de la piel de su espalda en su boca. Temió hacerle daño, pero vio el placer en su rostro y supo que ella era tan feroz como él. Ya no eran un hombre y una mujer amándose, eran dos bestias indómitas, pretendiendo subyugarse el uno al otro. Ninguno de los dos iba a ceder, al contrario, intentaban poseerse con más brutalidad a cada instante. Como si, además de seres humanos, fuesen animales.

Distintos sabores se mezclaban en su boca, el sabor tórrido de su pelaje mezclado con la dulzura de sus labios. Se agarraba a sus pechos desnudos, de pezones erguidos y generosos, y al mismo tiempo, estaba sobre una bestia que rugía acalorada y extendía sus uñas, arañando la tierra seca, por el placer.

Alba inclinó la cabeza para que él mordiese su cuello. Le obligó a frenar su baile y se levantó para sentarse de frente sobre él. Miró sus ojos claros y su rostro, que parecía adormilado. Todo lo contrario que su cuerpo, que nunca se había mostrado tan despierto. Entornó sus ojos y estos brillaron de una forma inesperada. Daniel pudo ver su color, que se tornó amarillento, lo cual provocó que fuera mucho más bella. Una vez más, su cuello blanco y despejado se le presentaba virgen para su boca. Separó sus dientes y paseó su lengua sobre ellos para calmar su sed interior.

—¿Qué me has hecho? —susurró, antes de volver a morder su cuello, convirtiéndose una vez más en una pantera hambrienta de placer.

Nunca se había sentido tan vigoroso. La poseyó sin parar, entrando y saliendo de su cuerpo, sin que ella se le resistiera, sintiendo la fuerza incontrolable de la mujer que se le entregaba. Se amaron y volvieron a desearse, antes incluso de haber expresado el último placer.

Su cuerpo rápido y ágil dio un salto, alejándose de su hembra. Esta se revolcó de nuevo en la tierra como última expresión de su gozo. Después, se levantó y se marchó rápida. Cuando despertó, sus dientes aún mordían su cuello y el aroma de su piel le embargó con tanta profundidad que su corazón latió con más fuerza. Aún estaba dentro de ella y no quiso salir nunca de su cuerpo. Alba volvió su rostro hacia él y le sonrió.

—Aquí está la prueba que demandaba vuestra razón —le susurró, con sus labios magullados y enrojecidos—. Las marcas de mis arañazos tardarán en borrarse de vuestra piel. Queríais que os mostrara mi naturaleza y habéis gozado de ella —le dirigió con una mirada llena de anhelos—. Ahora sabéis que puedo ser lo que quiera en este mundo. Y si me acompañáis en esta vida, desde ahora y para siempre, no habrá un solo día en que os arrepintáis de haber vivido.

Daniel supo entonces que todo el poder del que le había hablado era real y la amó más de lo que la amaba antes, porque era tan poderosa que había tomado la decisión de no volver a serlo, a cambio de salvar muchas vidas. Había roto aquel pacto porque él se lo había pedido. No podía recibir una prueba de amor mayor. Ahora estaba seguro, no había un lugar mejor que entre sus brazos. Y así sería para el resto de su vida.

XXXVII

El nacimiento

Un grito desgarrador había desatado la tempestad. El nacimiento no debía ser así. Alía se lo había contado muchas veces, con todo detalle, recordando fielmente el nacimiento de Alba. Y era así, desde tiempo inmemorial. Cuando venía al mundo una nueva mujer sabia, todo el universo se tranquilizaba para que naciera de la forma apropiada.

Alba había llegado al mundo de una forma que nunca se había vuelto a repetir. Había cogido su cabecita y había sacado a la niña tan fácilmente, que aún se sorprendía al recordarlo. Llegó al mundo rodeada por el manto de Venus, un delicado y sutil velo, protector de todo mal, que la cubría como una segunda piel y brillaba como si su cuerpecito estuviese rodeado por un trozo de cielo estrellado. Cuando Alía retiró el manto lentamente, la niña tampoco lloró. Empezó a respirar ella sola y le pareció que sonreía. Además, su cuerpo estaba casi limpio, sin restos de sangre ni de ningún otro fluido del interior del cuerpo de su madre. La cogió y la colocó sobre el pecho desnudo de su hermana, que le dio calor y todo el amor que necesitaba. Estaba tan calmada y serena que solo hubo felicidad, en aquel momento. Por la ventana, entró el brillo de la luna llena y cayó sobre el cuerpo de la pequeña como si todo el firmamento estuviese saludando a la recién llegada.

Por eso, no pudo entenderlo cuando vio la sangre que salía del cuerpo de su sobrina ni los gritos desgarradores que esta profirió. Se colocó con rapidez a los pies de Ana y alcanzó la cabeza para ayudarla a nacer, pero algo se lo impedía.

—¡Tenéis que empujar con más fuerza! —le dijo Elena, mientras limpiaba el sudor de su rostro.

Elena la miró con desesperación. Estaba tan débil que deseaba descansar, pero intentó encontrar fuerzas y empujó de nuevo. La cabeza pareció salir un poco más, pero no lo suficiente como para que Alía pudiera alcanzarla y tirar hacia fuera. La sangre no dejaba de manar y se le escurría entre los dedos.

Miró a Elena y negó con la cabeza. Si el bebé no salía en los minutos siguientes, debían pedir ayuda.

Elena volvió a coger la mano de Ana y le repitió con dulzura que hiciera un nuevo esfuerzo.

—Quiero ver a mi hermana... —susurró, con una voz casi inaudible.

—Haced un último esfuerzo y entonces podréis ir vos a verla a ella con vuestra hija en los brazos. ¡Intentadlo, una vez más!

Ana apretó su mano y sacó fuerzas de flaqueza para empujar una última vez. Se incorporó sobre la cama, intentando llevar la cabeza casi hasta su vientre para encontrar un punto de apoyo y respiró, llenando su pecho de aire para volver a empujar, entonces vio su sangre sobre la cama. Sintió un dolor tan agudo que creyó que iba a morir. Mientras sentía cómo se desgarraba por dentro, miró el rostro inquieto de su tía, que intentaba agarrar con su mano la cabecita. Pidió a la diosa que le permitiera ver a su hermana una vez más.

Ahora estaban más cerca que nunca el uno del otro y nada ni nadie les separaría. Alba supo leer en sus ojos lo que no decían sus labios. Ahora les unía la fuerza del poder de la diosa, pues él había experimentado junto a ella sus prodigios, entrando en su cuerpo y convirtiéndose en la fiera que anhelaba ser. Por fin le había confesado quién y qué era, y él la había aceptado. Su corazón ya siempre le pertenecería.

—Esta es la última noche que pasaremos en casa del capitán —le dijo sonriente—. Mañana me acercaré al pueblo y encontraré nuestra casa.

Nada podía hacerla más feliz que vivir a solas con él, sin que los ojos del capitán escudriñaran cada uno de sus pasos. Agarró la montura para subir a la grupa, pero él la retuvo. Sacó algo de su bolsillo y lo colocó despacio alrededor de su dedo. Era una sortija de oro labrado, con una luminosa esmeralda del color verde del mar.

—Esta joya no la robé, ni la encontré en un saqueo. He visto muchas, de lugares tan remotos que me sorprendieron por sus delicadas formas, por las distintas piedras preciosas y los curiosos metales. Y hubiese podido quedarme con la que hubiese querido, pero nunca vi ninguna que estuviera a la altura de vuestra belleza. Hasta que vi esta piedra engarzada en un colgante. La arranqué yo mismo de su cárcel de plata y la mantuve cerca de mi corazón, esperando que algún día la providencia nos reuniera de nuevo. La vida me ha concedido el mayor de los regalos, vuestro amor. Esta alhaja, sí es digna de vuestra belleza y del amor que quiero sellar con ella.

Los ojos de Alba estaban empañados en lágrimas. Miró la sortija, el color verde de la piedra resplandecía. Vio como ponía una rodilla sobre la hierba y cogía su mano entre las suyas.

—Isabel, Alba... No me importa cuál sea vuestro nombre pues yo os llamaré siempre amor mío. Deseo que seáis mi esposa. Y si me dais vuestra palabra, podréis estar segura de que nunca habrá un hombre más feliz sobre este mundo.

—Os amo —le susurró, antes de besarle de nuevo—. Nada puede hacerme más feliz que ser vuestra esposa.

Giraron varias veces, abrazados, mientras el mundo a su alrededor era solo parte de su existencia, pues tan solo vivían para estar unidos en ese instante.

La alegría se cortó de raíz, cuando Alba sintió una aguda punzada de dolor en su vientre. Gritó débilmente, con la voz entrecortada, y su rostro, que antes había estado enardecido de felicidad, se volvió pálido, como si la misma muerte hubiese llegado hasta ella.

Daniel dejó que sus pies tocaran el suelo y ella se desmayó en sus brazos, como si se rompiera.

—¿Qué os ocurre? ¡Habladme, por favor! —le exigió, atemorizado.

Alba levantó un poco sus párpados y dejó escapar su voz en un débil susurro...

—Ya viene. La hija de mi hermana... —tras decir aquellas palabras perdió la consciencia.

Daniel la levantó y subió al caballo, colocándola delante para sujetarla fuertemente. Galopó veloz, bajando por la ladera hasta la hacienda del capitán. Al llegar, desmontó y subió las escaleras de la casa con rapidez, con Alba entre sus brazos.

—¡Que alguien me ayude!

Alía giró suavemente la cabecita para que los hombros quedasen colocados verticalmente y tiró hacia fuera hasta que consiguió sacar a la recién nacida. Ansiaba ver su rostro, pero estaba empapada en sangre. La envolvió en una piel de cabra y le limpió la carita con un paño húmedo para que respirara. La niña no daba señales de vida y los instantes pasaban sin que oyera su llanto. Su instinto la ayudó a saber lo que debía hacer, la cogió por los pies, agitando un poco su cuerpo para que reaccionara. Escuchó un leve estornudo y la niña comenzó a llorar al fin, ante la atenta y expectante mirada de Elena, que aún tenía agarrada la mano de Ana. Esta se había desmayado y no había visto lo ocurrido. Alía volvió a cubrir a la niña y la dejó sobre la cama, a salvo. Después, corrió junto a Elena y la zarandeó para que respondiera a su requerimiento.

—¡Necesitamos ayuda, rápido! ¡Llamad al físico de vuestro padre!

—Pero... se enterará —balbuceó, temerosa—. ¿Y si se lo dice a mi padre?

—¡Ahora no importa eso! ¡Debemos salvar su vida!

Asintió y corrió hacia la calle, donde esperaba el muchacho y padre de la criatura. Este entró raudo, mientras ella corría hacia la casa del físico. Tardó apenas unos pocos minutos en convencerle de que la acompañara, sin decirle de qué se trataba la urgencia. Cuando el hombre entró en la habitación, enseguida vio la sangre que Ana había perdido. Colocó su mano sobre la frente y después acercó su oído al corazón para ver si aún latía.

—¡Está viva! —exclamó sorprendido, antes de pedirle a Alía todo lo que necesitaba. Esta respondió solícita y, entre ella y Elena, lo prepararon todo para ayudarle.

Fue muy largo el tiempo que el físico estuvo intentando parar el flujo de sangre de su cuerpo, pero lo logró y Ana empezó a recuperar el color, poco a poco. Cuando hubo terminado, se ocupó de ver también a la pequeña para comprobar que estaba sana. Después, se marchó sin hacer preguntas.

—Por ahora, he logrado que deje de sangrar, pero las próximas horas son clave, para saber si vivirá —le dijo a Elena desde la puerta—. Señora, no os preguntaré quién es la mujer que acaba de dar a luz, ni por qué estáis vos en esta casa —miró a su alrededor, extrañado de ver la humildad que le rodeaba.

—Será mejor para vos no saber nada —le dijo, al despedirle—. Podéis salir, ahora que ya ha anochecido. Mañana mandaré a mi criado a que os lleve una bolsa de monedas. No será solo para pagaros por vuestro trabajo, sino también por vuestro silencio.

El hombre asintió y salió de la casa, ocultándose bajo su capa. Conocía a Elena desde su nacimiento. Él la había traído al mundo y nada podía negarle, pero si su padre se enteraba de que había ayudado a salvar la vida de una mujer desconocida, en mitad de la noche, seguramente querría saber de quién se trataba y él no podría negarse a contestar lo poco que supiera. Se alegró de no saber apenas nada.

Elena cerró la puerta y se acercó a Alía, que permanecía de pie junto a la ventana, mirando la oscuridad de la noche.

—El físico no sabe si vivirá —dijo, era mejor no ocultarle nada.

—No debería haber ocurrido así —dijo consternada—. No ha habido ninguna señal, ningún signo...

—¡No os precipitéis, quizá sea pronto! —respondió Elena.

—Una mujer sabia lo es desde su nacimiento y el universo lo celebra dando señales de ello. Este ha sido un alumbramiento normal, ¿entendéis?

—No sé qué prodigios esperabais ver, pero ya me parece un milagro que esa niña y su madre estén vivas.

—¿Y si muere? —preguntó en voz alta, sabiendo que no obtendría respuesta.

—El físico ha hecho todo lo que ha podido...

—¿Y si no es suficiente? ¿Y si nunca despierta?

—¿Vos, no podéis curarla? —preguntó Elena, ansiosa.

—No tengo tanto poder. Mis poderes han ido menguando, a medida que se han ido acrecentando los de Alba. En nuestra familia, vamos dejando paso a la mujer sabia elegida y bendecida por la diosa. Solo ella podría salvar a su hermana.

—¿Y a qué esperáis para avisarla? —preguntó—. Debéis anticiparos a ese terrible final que teméis y hacer que sepa que Ana está entre la vida y la muerte.

—Eso significaría romper el pacto que hizo con el inquisidor, ¿no os dais cuenta? No le está permitido volver a utilizar la magia.

—¿Preferís que Ana muera?

—¡Sabéis que no! ¡Es mi sobrina! Pero si Alba regresa, todas volveríamos a estar en peligro. ¿Acaso no recordáis sus palabras antes de marcharse? ¡Estamos vivas gracias a ella y el juramento que hizo a ese hombre!

—Nunca nos perdonará si no la avisamos de que su hermana corre peligro de muerte.

El muchacho lloraba con desconsuelo, mientras sostenía la mano de su amada Ana entre las suyas. A su lado, la pequeña pronto empezaría a reclamar su alimento.

—Necesitamos también una nodriza —dijo Alía, reparando en que el tiempo no corría a su favor—. Pero volveremos a despertar sospechas si llamamos a alguna mujer del pueblo.

—No os preocupéis por eso. El ama encontrará a alguna, a la que pagaremos por su silencio. Vos, ocupaos de hacer llegar a Alba vuestro mensaje. ¡No tardéis mucho, os lo ruego!

Tiempo, era lo único que no tenía. Salió de la casa y corrió hasta la playa oculta en la oscuridad. La luna no brillaba como en las noches anteriores, otro signo de que la niña que acababa de nacer no había venido al mundo como una auténtica mujer sabia. Nada había sido lo esperado y, para aumentar más sus temores, su sobrina podía morir durante la noche. Debía llegar a la playa de las rocas antes del amanecer, si quería estar sola para hacer llegar a Alba su mensaje. Y solo conocía una forma de hacerlo.

El capitán había permanecido fuera de la habitación mientras ella había estado inconsciente. De buena gana, habría entrado y apretado su mano junto a la cama, pero el morisco nunca se lo habría permitido. Se sintió solo. Era un hombre que había perdido a su dama y miraba, desde fuera, cómo otro hombre ocupaba su lugar. Recordó entonces a la reina africana que años atrás había ocupado su corazón. Vinieron a su mente las palabras de Alba, sus dudas sobre si Yemalé habría empezado ya su venganza. Se preguntó si ella estaría detrás de todo aquello.

—¡Amor mío, estáis despierta! —exclamó Daniel, sosteniéndola en sus brazos.

El capitán no pudo aguantarlo más y entró raudo en la alcoba al oírle. Quería ver con sus propios ojos que la mujer que amaba había regresado al mundo, tras un desolador día de ausencia, con una noche aún más angustiosa. Vio como abrazaba al morisco y sintió unos celos irresistibles. Ardió en deseos de arrancarlo de su cuerpo y hundir su daga en su cuello, pero estaba seguro de que Alba sería capaz de mantener su alma en este mundo, con tal de no dejar que marchara hacia la muerte.

—¡Cómo he temido que me dejarais solo en este mundo, sin tiempo para haceros mi esposa!

—No os lamentéis más, amor mío. He vuelto...

El capitán vio brillar la magnífica gema en su dedo. Se había prometido a él. Se lamentó de su suerte y apretó fuertemente sus puños para contener su ira.

—Estáis aquí, vos también... —exclamó, con una sonrisa.

—¡Aquí me tenéis, señora! ¡Dispuesto a hacer lo que sea para ayudaros, una vez más!

Daniel miró hacia atrás, sorprendido al verle. Se apartó de su amada, pero sin retirarse de su lado.

—Él se ocupó de traer al físico que os ha devuelto a nosotros —le contó.

—¿Es que voy a estar en deuda con vos para siempre? —Alba le sonrió haciendo que se sintiera desarmado, una vez más—. Decidme, ¿cuánto tiempo he estado fuera de mí?

—Un día con su noche, señora —exclamó Joao, como si aún contara los minutos.

—¡Pero ahora estáis aquí! —dijo Daniel.

—¿Y qué es lo que me ha ocurrido? —preguntó.

—Habéis perdido la consciencia. Una pérdida inexplicable para el físico.

—¡Temimos perderos! —se lamentó Daniel.

Algo muy denso, que la oprimía desde dentro, la estaba avisando del peligro que corría su hermana. Había sufrido un dolor tan insoportable que su mente se había evadido. Había sentido el mismo dolor que Ana en aquel mismo instante. Ella lo sabía, pero ¿cómo explicárselo a ellos?

—Sé lo que me ha ocurrido, no os alarméis más. Ambos conocéis ya de sobra los prodigios que soy capaz de hacer y también aquellos que obran dentro de mí. Este ha sido tan solo un aviso, una súplica que viene de la sangre de mi sangre. Mi hermana corre peligro y yo no estoy a su lado. Ha dado a luz y está a punto de llevársela la muerte.

—¿Por qué decís eso? ¿Quién ha podido avisaros de tal cosa? —preguntó el capitán, sin comprender.

Daniel, sí comprendía. Se mantuvo en silencio, sospechando que quizá ella no podría decir absolutamente todo.

—Capitán, vos sabéis que no puedo haceros entender, pero confiad en mis palabras. Mi hermana me necesita y debo estar a su lado.

—¿Es que habéis perdido el juicio? ¡No podéis regresar!

Daniel se levantó y se enfrentó al hombre.

—Alba sabe lo que tiene que hacer, capitán, y también cuándo y cómo hacerlo. Y vos no sois quién para decirle...

—¡Acabad! —exclamó ella, con angustia—. ¡No quiero ver a los dos hombres que darían su vida por mí luchando como lobos hambrientos! ¡Cada uno sabe cuál es su lugar en mi corazón! Daniel tiene razón, capitán. Sé lo que debo hacer. Regresaré a España en cuanto salga el próximo barco.

—¡Sabe Dios qué razón se os ha metido en la cabeza para arriesgar así vuestra vida! ¡Aún estáis desterrada! —gritó el capitán, con el rostro enardecido por el temor a perderla—. ¡Pero si vuestro morisco es capaz de jurarme, aquí y ahora, que dará su vida por la vuestra si hiciera falta, aceptaré vuestra petición y os dejaré marchar!

—¡No dudéis de ello ni por un momento! ¡Daría mi vida ahora mismo, lo sabéis!

—Capitán... —dijo Alba, desde el lecho—. No es vuestra la decisión, sino mía. No podéis hacer nada para impedírmelo.

—Entonces, señora mía, no os lo impediré. Pero os juro, delante de este hombre que os ha robado el corazón, que, si os ocurre algo, yo mismo pagaré con él vuestra pérdida. Y no frenaré mis pasos ante mi daga, porque vos ya no estaréis aquí para pedirme que le proteja.

Alba bajó la mirada. El capitán estaba en pie de guerra de nuevo. Ella había sido la culpable de que él se convirtiera para siempre en su protector y lo lamentó de veras.

—Y vos sabéis, mi querido capitán, que si tocáis un solo cabello del hombre al que amo, no tendréis un instante más de vida en este mundo.

Su ira y sus celos crecían como su dolor. Alba no solo pretendía arriesgar estúpidamente su vida, sino que le recordaba que no le amaría jamás, pues su alma pertenecía al morisco.

—Así será entonces. No creáis que lamentaré mi muerte —dijo, con la intención de marcharse, llevándose con él su dolor y su amargura—. Pero os diré algo, señora. Aunque partierais mañana mismo a España, ¿habéis pensado que quizá no lleguéis a tiempo?

—Temo deciros esto, pero el capitán tiene razón. No llegaréis a tiempo de salvar a vuestra hermana. ¿No hay otra cosa que podáis hacer? —le preguntó Daniel, con dulzura.

Sí, había algo que ella podía hacer desde la distancia, pero si lo hacía, sería la tercera vez que rompiera el pacto con el inquisidor. No obstante, eran los benignos poderes de la diosa, los que había utilizado. Hasta ahora no se había visto obligada a utilizar los poderes del maligno. Pero... ¿Y si su hermana necesitaba de una fuerza oscura para sanar?

Estaba en una nueva encrucijada. Temía por la vida de Ana y también por la de sus otras hermanas, que seguirían protegidas mientras se mantuviera lejos y no usara ninguno de sus poderes. La brujería le estaba vetada y no había sido capaz de mantener su palabra. Temía que pudiese costarle muy caro e intuía que pronto se vería obligada a pagar.

Exigió quedarse sola. Si algo necesitaba para volver a utilizar los poderes de la diosa, era sentir que todo estaba en paz.

Se levantó de la cama, sintiendo los mismos dolores que estaba sintiendo su hermana, sin comprender por qué ocurría aquello pues su sobrina era la última mujer sabia nacida en este mundo. Se acercó a la mesa, la tinta esperaba para ser utilizada una vez más. Se sentó en la silla de madera y metió la pluma en el tintero. El papel esperaba vacío, como siempre que había estado dispuesta a crear una nueva idea, una nueva orden, un futuro que se convertiría en presente en cuanto ella lo escribiera. Levantó la mano, sintiendo todo el poder, acercó la pluma y rasgó el vacío, escuchando cómo sonaban sus trazos.

...Que la salud regrese a su cuerpo y se restablezca su alma.
Que su espíritu reciba la calma que anhela
y que ningún peligro vuelva a acecharla...

Las letras se comportaron de la misma manera que en anteriores ocasiones. Sin embargo, sintió que algo iba mal. Había salvado a su hermana de la muerte. Ningún pacto ni juramento con los hombres era tan importante como un pacto con la diosa y ella era su hija predilecta, no lo podía olvidar. La diosa le había otorgado su perdón y sus poderes habían permanecido dentro de ella.

Caminó despacio hasta la cama, se sentía cansada y aletargada. Se extrañó de sus sensaciones, nunca al invocar un conjuro había perdido su firmeza. Algo parecía impedir su unión con la diosa.

Al llegar al lecho, se sintió mareada y la asaltaron unas terribles náuseas. ¿Qué era aquel terror que, en tan solo un instante, era capaz de revolver su estómago de una forma tan feroz? Se dejó caer. Miró la sortija en su dedo y tuvo la certeza de que algo más grande que toda su sabiduría se acercaba. Antes de volver a perder la consciencia, supo lo que le ocurría. Ella también llevaba una nueva vida en su interior.

El esplendor verde de la esmeralda comenzó a oscurecerse hasta convertirse en una vulgar piedra negra, sin el fulgor que había tenido hasta aquel momento. Pero Alba no lo vio, había perdido la consciencia.

XXXVIII

La llamada de la sangre

Su alma no podía creer lo que veían sus ojos. Después de tanto tiempo, aquel rostro de mirada impenetrable y magna sabiduría volvía a estar frente a ella. Floreta se santiguó tres veces, como mandaba la tradición y los conocimientos de la brujería elemental.

—¡Por los clavos de Cristo! —exclamó, rememorando los dichos de su infancia—. ¡No me engañan mis ojos!

—Soy yo, mi amada Floreta. He regresado —Yemalé abrió sus brazos para recibirla.

—Si no estuviera escuchando vuestra voz, seguiría creyendo que esto en un sueño. ¡Creí que no volvería a veros! —la mujer se dejó abrazar por su maestra y, mientras los fuertes brazos de sus músculos apretaban sus fláccidas carnes, sentía que aquel gesto era mucho más que un simple abrazo.

—Seguís siéndome fiel, ¿verdad, Floreta? —le susurró la africana junto al oído—. ¿No habréis olvidado quién os acogió y os liberó de todos vuestros males del espíritu, cuando llegasteis desterrada a esta indómita isla?

—No lo he olvidado —respondió la mujer, sabiendo que aquel recordatorio era la prueba de algo importante.

—Y espero que nunca lo olvidéis —le dijo Yemalé, separándose de ella y mirándola con fiereza— porque os necesitaré, ahora que he regresado.

—Aquí me tenéis, querida maestra. ¡No seré yo quien ha

de fallaros! —exclamó, sabiendo que así calmaría su sed. ¿No confiaba en ella?—. Siempre os he servido fielmente. No debéis olvidarlo.

—No soy yo quien no ha de olvidar la importancia de nuestra unión, desde el mismo día en que nos conocimos. Somos hermanas, querida Floreta, y sé que vos nunca me traicionaríais. Sé que puedo contar con vos porque haréis todo lo que os pida, si os necesito.

—¡No lo dudéis!

—No lo hago, solo confirmo que vos no dudáis tampoco de que estáis a mi lado.

—¿Y por qué no habría de estarlo?

Floreta se sentía cada vez más incómoda, teniendo que hacer casi un juramento allí mismo, en la entrada de la casa. ¿Por qué necesitaba pruebas de su absoluta devoción hacia ella?

—Porque quizá tengáis a otra maestra en vuestro corazón... —escupió Yemalé con una sonrisa que más bien parecía la prueba palpable de que estaba pidiendo de la mujer algo que quizá no estaría dispuesta a darle.

—¡Jamás he servido a ninguna otra maestra y vos lo sabéis! ¡Pero entrad en vuestra casa, por la diosa! ¿Por qué seguís ahí? No comprendo...

—No entraré en esta casa, ni me quedaré en esta isla mucho tiempo. Tan solo he venido a buscaros.

—¿A mí? —se extrañó la mujer—. ¿Y qué podéis querer de vuestra servidora y discípula más humilde, después de tanto tiempo?

—Que abandonéis esta casa en este mismo instante y me sigáis adónde me dirijo.

Floreta intentaba averiguar qué podía ser tan apremiante para su maestra, que ni siquiera iba a entrar a ver a sus hermanas.

—¿Y dónde iremos? —preguntó en última instancia, al ver que su pensamiento era incapaz de entender lo que aquellos ojos oscuros le exigían.

—A España —respondió la maestra, sin demostrar la más mínima emoción ante su recelo—. Regreso al reino y vos vendréis conmigo. Os necesito para que mediéis entre vuestra maestra y la más traidora de todas las mujeres sabias. Y no dudo del amor que me profesáis. Por ello, sé que me acompañaréis —la miró más fijamente aún—, ¿verdad?

Floreta no podía resistirse, ni a sus palabras, ni a la fortaleza de sus ojos. Asintió torpemente con la cabeza. Empezaba a sospechar a lo que se enfrentaba, o más bien, a lo que Yemalé iba a obligarla a enfrentarse. Sabía a quién se refería...

Yemalé no había olvidado la traición de Alba al cruzar los límites de las leyes de la naturaleza. Y ninguna mujer sabia podía traicionar aquellas leyes. Alba había cambiado el curso de las olas del mar y eso era suficiente motivo para llevar a cabo el castigo que, según ella, Alba merecía.

—Pero yo —balbuceó la mujer— fui desterrada a esta isla. No puedo volver... Mis hijos corren peligro si regreso.

—No os preocupéis, querida hermana —exclamó la reina africana con un tono de voz cargado de condescendencia—. Yo cuidaré de vos, como he hecho siempre. Y también cuidaré de vuestros hijos. A no ser... que os neguéis a acompañarme. Entonces, no sé qué será de ellos.

Sus hijos... Solo había una respuesta posible para Yemalé. Debía acompañarla. Su maestra no era de las que perdonan una traición. Floreta nunca dudó de la inocencia de Alba y ahora tendría que luchar para que esta supiera que era inocente.

Había llegado el temido momento. La guerra se acercaba.

El físico intentó evitar a su perseguidor durante todo el trayecto. Llevaba una bolsa de monedas oculta entre su pecho y la tela de su abrigo, porque ya sabía de la existencia de bandidos que asaltaban a los viajeros por aquel camino. Temió que los cascos del caballo que escuchaba tras él pertenecieran a uno de los salteadores. Por más que agitó las riendas y golpeó al mulo con las botas en su vientre, el animal apenas podía correr por el fango del camino. Mientras rogaba al cielo por su salvación, se vio asaltado y obligado a frenar. El animal dio un respingo y rebuznó asustado. Ya no había salida para él.

—¿Qué queréis? —preguntó, atemorizado e impaciente.

Su asaltante llevaba el rostro tapado por una capucha para guarecerse de la lluvia.

—¿De dónde venís? —le preguntó oculto ante sus ojos.

—Vengo de sanar a un herido en la montaña.

—¿Y a quién sanasteis ayer? —preguntó para su sorpresa.

—A nadie —respondió el físico, intentando que su respuesta pareciese verdadera.

—¿A qué fuisteis al pueblo entonces? —insistió el desconocido.

—Y a vos, ¿qué puede importaros? ¿No venís a robarme?

—No vengo a robaros nada, sino a pagaros por vuestras palabras.

—No os entiendo —dijo confuso.

—Os daré una nueva oportunidad. Decidme a quién fuisteis a sanar ayer en la ciudad.

—Ya os he dicho que a nadie. ¿Qué más queréis de mí?

—Esa bolsa puede ser vuestra. Y tres más como esa que recibiréis en los próximos tres días, si me decís a quién fuisteis a sanar ayer en el pueblo.

Los ojos del físico se abrieron asombrados. Tres bolsas repletas de monedas podían significar una casa en propiedad en Valencia, tranquilidad para su familia y casar a su hija con un hombre acaudalado gracias a una buena dote. ¿Qué más podía pedir un hombre como él, que solo a veces cobraba por su trabajo pues la mayoría de ellas recibía una gallina o una docena de huevos por sus curaciones?

Pero era un hombre de bien y sabía guardar un secreto. Sobre todo, si quien se lo pedía era Elena de Abrantes.

—¿Tanto tiempo necesitáis para pensarlo? —insistió el desconocido.

—No es eso —replicó el físico—, es que, en realidad, no sé a quién sané ayer. Solo puedo deciros que era una mujer.

—Decidme su nombre.

—No me lo dijeron.

—¿Y qué le ocurría?

—Acababa de dar a luz y se estaba desangrando. A punto estuvo de morir, pero gracias a mi intervención, yo...

—Solo quiero saber quién os avisó para que fuerais a verla.

—Lo siento, pero no puedo decíroslo. ¡He dado mi palabra! —respondió dignamente.

El físico se asustó cuando vio que el hombre bajaba del caballo. Se acercó al mulo con rapidez, metiendo las botas en los charcos. Era bastante alto y de aspecto amenazador. Le agarró por las mangas y lo bajó del animal, tirándolo al suelo. El físico cayó sobre el fango y la bolsa de monedas junto a él. La cogió rápido, antes de sentir la mano fuerte del desconocido, que le apretaba el brazo, girándolo hacia donde más dolía.

—Sois físico. Sabéis que, si continúo tirando de vuestro brazo, acabaré por rompéroslo. ¿Queréis que lo haga? —gritó el hombre.

Contempló la posibilidad de arriesgarse a la rotura del hueso. Necesitaría varias lunas para que volviera a sanar. ¿Cuántos días tendría que estar en casa, sin poder visitar a ningún enfermo? Un físico no puede trabajar con un brazo roto.

—Tres bolsas como esa o un brazo roto. ¡Elegid! —escuchó que decía.

—¡Está bien, os lo diré! ¡Pero soltadme, os lo ruego! ¡Mi familia vive de mi trabajo, yo soy su sustento!

El desconocido le soltó y esperó unos instantes a que se levantara. El físico lo hizo cogiendo la bolsa empapada entre sus manos.

—Un muchacho vino a mi casa a buscarme. Dijo que venía para que salvara a una muchacha que acababa de dar a luz y...

—¡Decidme de una vez quién os mandó llamar! —dijo el hombre, caminando de un lado a otro, agitado y nervioso. El físico creyó reconocer la voz. Al menos, estaba seguro de haberla escuchado antes, aunque no de forma tan intimidante—. ¡Por Dios, me exasperáis! —gritó el hombre de nuevo, mientras la capucha se le escurría hacia atrás por la lluvia, dejando libre su rostro.

—¡Señor! ¡Sois vos, Don Álvaro! —¿Por qué no lo habéis

dicho?, pensó. Pero prefirió no preguntar, no fuera a ser que su señor pensara que, al reconocerle, ya no debía pagarle por sus palabras. Tan solo le preguntó—. ¿Qué necesidad teníais de amenazarme?

Don Álvaro no respondió. En su rostro se veía que estaba fuera de sí.

—¡Decidme de una vez quién os mandó llamar, o juro que acabaré con vos! —el físico se asustó, no comprendía el comportamiento de su señor.

Estaba irreconocible, como si estuviera poseído. Le había tratado muchas veces, debido a su reciente tristeza, pero nunca le había visto así, llevado por una rabia y una ira incontenibles.

—¡Fue vuestra hija Elena, señor! —dijo por fin el físico—. ¡Y me hizo prometer que nunca lo revelaría, ni a vos ni a nadie! Ahora, he roto mi promesa. Creo que merezco la recompensa...

Don Álvaro emitió un gemido airado, mientras regresaba junto a su caballo y montaba, al tiempo que agitaba las riendas para que el animal se moviese.

—El mismo criado que os pagó a cuenta de mi hija, os pagará mañana a cuenta mía —gritó Don Álvaro, antes de marcharse de su lado, galopando como alma que lleva el diablo.

La rabia que había visto en los ojos de su padre, al escuchar su nombre, le hicieron temer por Doña Elena. ¿Y si había cometido el mayor de los errores, al decir su nombre? Ahora, al menos, podría marcharse a Valencia y no volver jamás. Aquel lugar no era el mismo desde que Don Álvaro parecía haberse vuelto loco. Y por lo que acababa de ver, podría jurar que no había ya cura posible para su señor.

Floreta la encontró en la playa, la noche de luna llena. Tras la celebración del ritual mágico. Alía la condujo hasta la casa en la que vivía con su sobrina, el esposo de esta y la recién nacida. Estaban contentas de verse. Ella también la había conocido cuando ambas eran aún muy jóvenes y ahora, allí estaba la entrañable mujer, advirtiéndola del peligro que corría su otra sobrina. Todas sabían que para una mujer sabia había una ley inquebrantable, ir en contra de la naturaleza, pero ¿acaso no lo había hecho llevada por un dolor más grande que su propio corazón?

—Así se lo dije a Yemalé —repitió, una vez más, Floreta.

Si esta supiera que Alba, además de alterar el ritmo de las olas del océano, había cruzado la línea de la magia oscura, tendría un motivo mucho más poderoso para vengarse, pensó Alía.

—¿Y creéis que es esa la única razón que impulsa tanta ira en la maestra? —preguntó, sospechando que había algo más y deseando que no fuera lo que ella imaginaba.

—Sé que hay algo más, hermana —respondió sincera la mujer—. Yemalé puede perdonar que Alba quebrantase la ley de la diosa, pero nunca le perdonará su traición.

—¿De qué traición habláis?

Floreta se sentó sobre una roca, intentando descansar su cuerpo, aunque lo que más cansado sentía era su espíritu. Quería tanto a Alba como a su maestra y sufría por ambas.

—Yemalé mantenía relaciones con un corsario portugués. Este se enamoró de Alba cuando apenas era una niña que luchaba por hacerse mujer. Pero vuestra sobrina no tuvo nada que ver en aquello. ¡Fue solo él! Como hombre que era, pretendía lo que le estaba prohibido. ¡Ya conocéis a esas criaturas del diablo! —exclamó la mujer—. Aunque, he de reconocer que cualquier mujer en este mundo se habría encariñado de un hombre así. ¡Yo misma le quiero como a un hijo!

—¿Y decís que mi sobrina no tuvo nada que ver?

—Absolutamente nada, tan solo era una niña cuando le conoció. Pero Joao se quedó prendado de su tierna belleza y Yemalé lo supo. ¡Ningún secreto puede estar oculto a sus ojos! Y cuando lo supo, la rechazó y la expulsó de la isla. Y yo no volví a verla jamás. ¡No sabéis cuántas lágrimas he derramado por mi niña! —sollozó, secándose los ojos con el bajo de su vestido.

—¡No lloréis más! Alba está a salvo.

—Lo sé, pero ya no puedo confiar en la maestra y temo que quiera hacerle algún mal para vengar su corazón.

—Pero si, como decís, era una niña inocente, ¿por qué extiende su ira contra ella?

—Porque no puede extenderla contra él. Aún le ama. El suyo es un amor inmarcesible. Nada puede acabar con lo que está unido por el destino. Y os aseguro que esa pareja era una unión orquestada por el gran universo. ¡Uña y carne! Nada podía separarlos, ni siquiera la distancia.

—Nada, excepto... Alba.

—¡Ahí lo tenéis! ¡Es la encarnación de la misma diosa en el mundo! ¡Solo ella podía romper unos lazos de amor semejantes, y sin pretenderlo siquiera!

—¡No exageréis, Floreta! Mi sobrina tiene mucho poder, pero la diosa está muy por encima de todas nuestras almas. No obstante, es su hija más amada y lo ha demostrado con su perdón. Si Yemalé no quiere perdonarla, solo se me ocurre una solución. Tenemos que hacer que sepa que es inocente.

—De nada me sirvieron a mí las palabras. Cuando esa mujer cierra su corazón, ni la misma diosa podría abrirlo.

—Lo que acabáis de decir podría ser la llave que lo abriese de nuevo.

—¿Y cómo podríamos nosotras conseguir que la diosa le hiciera ver la luz de nuevo?

Alía sonrió antes de hablar...

—Nosotras, quizá no podamos, pero Alba puede hacer todo lo que desea. Tenemos que decírselo.

—¡Pero no sabemos dónde está! Como habéis dicho, ha sido desterrada del reino.

—Así es, pero yo conozco su paradero —se atrevió a decir, confiando en la mujer afable y bondadosa que tenía delante.

—Pues no perdamos más tiempo —replicó—. ¡Decidme dónde se encuentra e iré yo misma a avisarla!

Alía la miró, antes de pronunciar las palabras que podían sentenciar a su sobrina. Sospechaba que Floreta estaba allí para sacarle esa información, pero ella debía continuar fingiendo que no intuía nada. No obstante, sabía que la solución no estaba en seguir escondiéndola, sino en avisarla para que el enfrentamiento no fuera inesperado. Si conocía de antemano las intenciones oscuras de Yemalé, estaría preparada.

—Está en la isla de Madeira.

—Entonces, ya no hay salvación para mi niña —exclamó, sollozando de nuevo.

Alía se sorprendió. Sin duda, la mujer manejaba más información de la que creía.

—¿Por qué decís eso? —preguntó, deseando saberlo todo—. ¿Qué importa el lugar del mundo en el que se halle?

Floreta negó con la cabeza y se sentó afligida. Después, miró a los ojos de su hermana con verdadero temor, como si quisiera alertarla del peligro que todas corrían si comenzaba una guerra entre mujeres sabias. Y, sobre todo, porque Alba estaba en el hogar del hombre que Yemalé amaba.

—Importa, y mucho más de lo que creéis. Madeira es la casa de Joao, el pirata portugués. Si está con él en su isla, es muy posible que ella sea ahora su amante.

Alía cerró los ojos. ¿Qué había hecho? Ahora, ya no podría acallar la ira de Yemalé con su inocencia, sino que la acrecentaría aún más, si esta los hallaba juntos. Necesitaba encontrar una solución rápidamente.

—No importa —exclamó, acercándose para intentar convencerla—, solo vos y yo, y su hermana, conocemos su paradero. Yemalé no tiene por qué enterarse.

Floreta levantó el rostro con lágrimas en los ojos y su eterna y amable sonrisa.

—¿Estáis segura de eso, hermana? —Alía se retiró de su lado, adivinando lo que decían sus ojos, aunque sus labios no pudiesen pronunciarlo—. Vos conocéis mejor que yo el gran poder de la maestra —se atrevió a decir la mujer.

—Os ha conjurado, ¿verdad? —le preguntó. Alía lo entendió todo por fin—. ¿Ha hechizado vuestra mente para que le transmitáis el lugar exacto en donde se encuentra, no es así? Y ella está en España también, ¿verdad? ¡Ha venido con vos! ¿Es eso, Floreta? ¡Hablad, por la diosa! —gritó, agitándola por los hombros, aunque sabía que la mujer no le daría una respuesta.

—No le ha hecho falta utilizar la magia. Recordad que tengo hijos.

—¡Os ha amenazado! No hay escapatoria entonces para Alba

Floreta no contestó, tan solo la miró con lágrimas en los ojos. Alía se alejó velozmente, hacia la casa. Su familia corría peligro.

Yemalé caminó sobre el fango de las calles, siguiendo los pasos rápidos de la joven que había salido de su casa al amanecer, ocultándose bajo su manto. A su lado, caminaba su criada. Era Elena de Abrantes, la mujer más rica de la comarca. La vio pararse ante la puerta de una casa demasiado humilde para ella. La criada golpeó y rápidamente les abrieron. Elena entró, mientras el ama miraba hacia atrás, intentando ver si alguien las había seguido. ¿De quién se ocultaban? No podían saber de su presencia.

Dio unos pasos, acercándose, y vio dos sombras que se escondían. Regresó y se ocultó tras la esquina, esperando a que las sombras se asomaran. Dos hombres se acercaban, uno de ellos iba elegantemente vestido y el otro era un lacayo. Caminaron despacio, evitando hacer ruido, y cuando llegaron a la puerta, el criado llamó mientras el otro se escondía.

Abrieron pronto al lacayo y le hicieron pasar. El otro hombre esperó en la penumbra del amanecer. Su elegancia al moverse le hacía un hombre atractivo. Pasaron unos minutos de espera cuando el lacayo abrió la puerta, dejándole entrar. Una vez dentro, pudo acercarse lo suficiente para observar el interior por una pequeña ventana.

Junto a la chimenea había un lecho con una mujer joven, seguramente la hermana de Alba, como le había contado Floreta. Junto a ella, había una cuna con un bebé en su interior. Se alarmó. ¿Sería la mujer sabia de poderes ilimitados de la que se hablaba desde tiempo inmemorial? Se preguntó si el destino de nuevo hacía de las suyas y era la misma diosa, quien la había conducido hasta allí, pero apartó la idea de su pensamiento con rapidez. Tenía sus propias razones para encontrar a Alba y a su progenie, y ni la diosa ni el destino tenían nada que ver.

—Padre, ¿qué hacéis aquí? —preguntó Elena, asustada, al verle.

Álvaro no respondió. Se limitó a hacer un gesto con su mano y el criado se abalanzó sobre su hija, sujetándola. Ana intuyó qué ocurriría después, intentó levantarse para proteger a su hija, que dormía en una cesta de mimbre, pero Álvaro se le adelantó y la empujó, haciendo que cayera sobre el lecho de nuevo.

—¡Padre, no! —gritó Elena, al ver su rostro enfurecido.

—¿Es vuestra hija? —preguntó a Ana.

Esta no sabía si debía decir la verdad o callar, pero el miedo ante los gritos del hombre fue demasiado fuerte y asintió con la cabeza. Se acercó a ella, despacio, la cogió por el brazo y la levantó. Se puso a su lado, muy cerca de su oído, podía sentir su aliento. Sus fuertes brazos la retenían, rodeando su cintura.

—Y vos, ¿quién sois? —le preguntó en voz baja, mientras apretaba su cuerpo contra el suyo.

Ana no respondió. Se quedó quieta, mientras escuchaba los ruegos de Elena.

—¡Padre, por Dios! ¡Dejadla en paz! ¡Ella no tiene la culpa!

—Pero seguro que sabe dónde está ella —contestó colérico.

—¡Os equivocáis! ¡No sabe nada!

—Entonces, ¿por qué tembláis ante mi presencia?

Ana sintió cómo se le erizaba la piel. Un escalofrío recorrió su espina dorsal y miró con temor hacia su bebé. El hombre continuó apretando su cuerpo contra el suyo, acercando su rostro a su cuello, casi rozaba su piel con sus labios. Se sintió avergonzada y temió que quisiera abusar de su cuerpo y de su dignidad. Álvaro siguió acosándola, mientras le hablaba en un tono cada vez más bajo.

Levantó una mano y le acarició la mejilla. Ana sintió su

piel rugosa y se removió nerviosa, intentando soltarse. El hombre la empujó y la lanzó sobre el lecho. Se acercó sigiloso a la cesta de mimbre y, sacando un afilado cuchillo de sus ropas, lo colocó sobre la niña.

—¡Decidme quién sois y qué tenéis que ver con ella! —le exigió.

—¡No os atreveréis, padre! —gritó Elena, dando patadas al criado, para obligarle a que la soltara, pero el hombre la sujetaba cada vez más fuerte—. ¡No sois un asesino! ¡Es solo una recién nacida! ¡Dejadla!

—¿Qué tenéis que ver con Alba? —gritó, cada vez más rabioso—. ¿Por qué puedo verla a ella en vuestro rostro? —dijo, acercando más el cuchillo a la niña.

—¡Alba es mi hermana! —gritó Ana con desesperación—. ¡No la matéis, os lo ruego! —le suplicó, con un hilo de voz que brotaba de lo más hondo de su alma.

—¡Su hermana! —se sorprendió—. Sois... ¡la otra niña! He lamentado aquella noche durante toda mi vida. Entonces, esta niña es su sobrina... —se acercó al bebé, retirando el cuchillo de su cuerpo.

Elena se sacudió, intentando zafarse de las fuertes manos del criado, un perro fiel para su padre.

—¡Dádmela, por favor! —sollozó Ana, acercándose a él.

Álvaro se retiró, dejando que la mujer cayese al suelo. Envolvió a la niña bajo su capa y se colocó la capucha. Después, miró a su hija por última vez a los ojos, abrió la puerta y salió con la niña, dejando una estela de frustración y dolor.

Yemalé le vio salir con un bulto en los brazos. Antes de seguirle, escuchó los gritos desesperados de Elena y Ana. El criado había salido de la casa y había cerrado la puerta, sujetándola con su propio cuerpo, evitando así que las mujeres pudieran correr tras su padre.

Ella podría haber evitado todo aquel dolor. Con un simple gesto de su mano, habría empujado al criado hacia atrás, hasta hacerle caer al suelo y habría abierto la puerta, de par en par, para que las mujeres corrieran. Pero no lo hizo, quería ver hacia dónde se dirigía el hombre. Quizá el plan de este sirviera también a sus deseos. Seguramente, los dos querían lo mismo, que Alba regresara.

Álvaro corrió con la niña hasta salir del pueblo. Allí, donde el barro de las calles acababa y comenzaba la playa, otro hombre le esperaba con las riendas de un caballo negro entre sus manos. El animal se removió nervioso al ver llegar a su amo. Este montó, sin soltar al bebé en ningún momento. Con sus talones, hizo una señal al caballo, que galopó velozmente, alejándose como alma que lleva el diablo.

Yemalé no pudo seguirle, pero el hombre que le había esperado sabría adónde se dirigía. Comenzó a gritar como si sintiera un dolor agudo. Este la escuchó y corrió a su encuentro. Fingió estar herida hasta que llegó a su lado. Sus ojos se abrieron sorprendidos al ver su piel oscura y sus ojos amarillentos. Se vio amenazado por el filo de un cuchillo sobre su cuello.

—¿Sois el diablo? —preguntó, aturdido y asustado.

—No importa quién sea yo. Decidme quién sois vos —respondió con furia, apretando el filo del cuchillo contra su piel blanca, hasta que brotó una gota de sangre.

—Soy el físico —respondió, titubeante.

—¿Y quién era el hombre que se ha marchado a caballo? —volvió a preguntar.

—Mi señor, Don Álvaro de Abrantes.

—¿Adónde se dirigía? ¡Decidme! —apretó de nuevo el filo contra su cuello.

—¡No puedo decíroslo! —sollozó—. ¡Si lo hago, me matará!

—Y si no lo hacéis, os mataré yo, en este mismo instante. ¡Elegid cuándo queréis morir entonces!

—¡Está bien, os lo diré! —gritó—. ¡Por Dios, no apretéis más el filo! —el físico sabía que ya no quedaba apenas espacio entre el arma y la vena más importante de su cuerpo. Si la mujer volvía a apretar el filo del cuchillo contra su garganta, moriría desangrado.

—¡Hablad!

—Se dirige a Valencia.

—¿Adónde?

—¡No sé nada más! ¡Os lo juro!

—¡Seguro que sí! ¡Seguid hablando! —insistió.

—¡Está bien! —el físico vio los ojos encendidos de la mujer y decidió desistir de su instinto de intentar librarse de ella. Solo si le daba lo que ella quería, quizá tuviese una oportunidad de salir vivo—. Se dirige a la casa del inquisidor.

Podría haber apartado el cuchillo de su cuello, dejándole sollozar como un niño, pero su sed de sangre apenas había comenzado. Apretó el filo contra la piel hasta cortar la vena, lo que le provocaría la muerte. Rompió la regla más importante de la diosa, pero no le importaba. Matar a un inocente era solo un ensayo para saber qué sentiría, al arrancarle la vida a la auténtica culpable de su desdicha. Limpió de sangre el cuchillo en la arena y lo guardó, mientras veía cómo el hombre se tapaba el cuello con la mano, luchando inútilmente por salvar su vida.

No había tiempo de pararse a pensar en lo que había hecho. Tenía que regresar al pueblo y conseguir un caballo. No iba a permitir que Álvaro de Abrantes se vengase de Alba antes que ella.

Era casi de noche cuando llegó a la venta. Su caballo no podía continuar galopando, se le notaba el cansancio y la sed. Además, estaba la niña, que no había parado de llorar desde que dejaron atrás la ciudad de Gandía. Esperaba que en la venta hubiese una nodriza que pudiera amamantarla. No había pensado en ello, cuando se la llevó, tendría que haber sido más cauteloso y llevarse a la madre también. Pero ya no había vuelta atrás, tenía que llegar a Valencia al día siguiente.

Su mente era como una llama de fuego que ardía y quemaba su corazón. El dolor se mezclaba con una pasión que parecía ser inquebrantable y, al mismo tiempo, la rabia hacía que siguiera con vida.

Dejó al caballo en los establos y entró en la taberna. Temió que la oyeran llorar, la gente se sorprendería al ver a un hombre solo, viajando con un bebé en sus brazos. Se acercó raudo a la tabernera y le preguntó.

—No conozco a ninguna mujer que esté amamantando a su hijo —respondió, extrañada por la petición—, pero puedo preguntar, si así lo queréis.

Don Álvaro le dio una moneda. Después, solicitó una habitación, la mujer le llevó al piso de arriba, a una estancia descuidada y sucia. No se quejó, estaba acostumbrado a dormir en lugares mucho más siniestros.

—Os traeré una cesta para que podáis acostar a vuestro hijo —dijo la mujer.

Cuando se quedó a solas con la niña, la dejó sobre el colchón y la destapó. Pudo ver cómo agitaba sus bracitos y sus piernas. El hambre no cesaba, si no encontraba pronto a quien la amamantara, podría morir. Se sentía cada vez más culpable por habérsela llevado, pero así atraería a Alba, sin duda.

La tabernera entró con una cesta y una manta. La dejó sobre la mesa y volvió a marcharse.

—¡Esperad! ¿Habéis encontrado a alguien? —preguntó—. Mi hija tiene hambre. ¿No veis que su llanto no cesa? Os daré más dinero, si queréis, pero traed a alguien pronto.

—Me ocuparé, señor. No os preocupéis —dijo cerrando la puerta.

Álvaro cubrió a la niña con la manta y la colocó en la cesta. Se sentó sobre la cama, escuchando su llanto incesante y, sin poder evitarlo, dejó que unas lágrimas corrieran por sus mejillas.

XXXIX

In vulva infernum[18]

El llanto se escuchaba desde fuera. Yemalé dio su caballo al lacayo y corrió hacia la taberna. Una vez dentro, se dirigió a la tabernera con rapidez.

—Buscáis a una nodriza, ¿verdad?

La tabernera la miró con desdén. Era extranjera, su piel oscura y su belleza eran tan notables que no podía creer que se estuviese ofreciendo para amamantar a un niño cristiano.

—Así es. Busco una mujer, pero cristiana —respondió, enojada.

—¿Acaso tenéis tiempo para elegir? Su llanto se oye desde aquí, por eso he entrado. Mi hijo murió hace unos días y mis pechos aún rebosan de leche. ¿Queréis además desperdiciar la oportunidad de ganar unas monedas? —le enseñó la bolsa, antes de guardársela de nuevo.

—¿Y por qué querría una infiel pagar por amamantar a la hija de un cristiano? —la mujer pareció pensar durante unos momentos, mientras esperaba una respuesta.

—No estoy aquí para responderos, sino para alimentar a esa niña. ¿O creéis que encontraréis a una mujer blanca, en mitad de la noche?

La tabernera sacudió la cabeza antes de volver a hablar.

18. *In vulva infernum.* Del latín. Traducción: Infierno en el vientre.

—No creo que el padre acceda a que seáis vos.

—Si es un verdadero padre, accederá. Si no lo es, dejará que la niña se muera de hambre —respondió con tal sabiduría que la mujer no tuvo más remedio que aceptar.

—¡Seguidme!

La condujo al piso de arriba. La tabernera entró en primer lugar.

—Señor. Ha venido la nodriza.

Álvaro respiró. Por fin la niña dejaría de llorar. Necesitaba descansar y saber que no iba a morirse de hambre.

—¡Hacedla pasar! ¡Rápido!

—Hay un problema, señor. La mujer no es cristiana.

La tabernera abrió la puerta y dejó pasar a Yemalé, que entró con sigilo. Retiró la capa de su cabeza y dejó que él viera su bello rostro.

Álvaro no supo qué decir. La mujer tenía un color de piel tan oscuro que parecía una estatua de ébano, de las que adornaban su casa, traídas de África. Su belleza era tan espectacular que se quedó sin habla.

Yemalé se acercó a la niña y la cogió en sus brazos, como si no hubiese nadie más en la habitación. Ni le miró siquiera. La tabernera se marchó, dando por zanjado el asunto.

Álvaro se relajó al ver a la infiel con la niña en los brazos. Parecía saber lo que se hacía. Se sentó en la cama y comenzó a desabotonar su vestido, dejando su escote abierto ante su vista. Cogió a la niña y la colocó junto a su pecho. Después, con su mano se acarició el pezón derecho muy despacio y lo colocó en la boquita de la niña.

Álvaro estaba atrapado por su belleza y la elegancia de sus gestos. No parecía avergonzarse de mostrar su cuerpo en su presencia. Se sentó en una silla y no pudo dejar de mirarla mientras amamantaba a la niña, sin reparo alguno.

—¿De dónde sois? —preguntó.

—Nací en las costas de África.

—Sois muy bella —dijo sin pretenderlo, como si las palabras hubiesen volado solas de su boca. Se arrepintió—. ¡Disculpad, no quería importunaros!

—No lo habéis hecho. Vos también sois un hombre apuesto —dijo, mirándole a los ojos con audacia.

Álvaro quiso apartar su mirada, pero no lo logró. Su visión le tenía atrapado, no podía alejar sus ojos ni un segundo de su pecho desnudo, ni de su piel tersa y oscura. Vio como la niña soltaba el pezón, tranquila y medio dormida. La mujer se levantó con ella en brazos y la arropó, metiéndola dentro de la cesta. Entonces, se acercó a él.

—Habéis hecho bien en encender el fuego. La mantendrá caliente durante la noche y también a vos. Aunque, por lo que puedo ver en vuestros ojos, tenéis el corazón helado.

No supo qué decir. Se quedó sentado, dejó que ella cogiera su mano, acercándola a su pecho desnudo, haciendo que sus dedos le acariciaran el pezón húmedo de leche y de saliva. Ella echó la cabeza hacia atrás y gimió ante el contacto de sus dedos.

Álvaro se levantó y abrazó su cintura.

—Llevadme al lecho —le ordenó susurrante.

Le bajó el vestido, no llevaba ropa interior bajo sus faldas. Había visto a muchas mujeres africanas, pero ninguna tan esbelta y atrayente como ella. Le soltó el cabello, le llegaba hasta la cadera. Sus manos se perdieron acariciando su piel y su boca enmudeció, besándola. Escuchó sus gemidos y supo que nada le podría impedir hacerla suya aquella noche.

Cuando ambos estuvieron desnudos, la llevó hasta la cama en sus brazos, como hizo la primera vez con Alba. Su corazón recordó el momento y su cuerpo se despertó. Su pensamiento estaba poseído por la lujuria. Deseó que fueran la piel blanca y brillante de Alba, su cuerpo perfecto y delicado, pero en su lugar, las largas piernas de la mujer oscura le atraparon por la cintura y él bailó dentro de ella con un deseo incontrolable. Era la primera vez que sentía deseos por una mujer, desde que ella se marchó.

Salió de ella y volvió a entrar, varias veces, con rabia y desesperación, escuchando sus gemidos, que se convertían en gritos de placer. Se escuchó gritar él también y quiso dejarse caer sobre ella, pero algo mucho más fuerte que él mismo se lo impidió. Su miembro relajado volvió a ponerse en guardia con una extraña rapidez y la mujer le sonrió, esperándole de nuevo. No había tenido bastante, quería más de él. Era como si quisiera beberse su alma.

No se rindió y volvió a entrar en ella tantas veces como la mujer quiso aquella noche. Le hizo el amor de formas que nunca hubiera sospechado que existían. Ella fue guiándole con sus sabias manos, disfrutando de su cuerpo y de su hombría, anhelante de él y de cada beso suyo, como si le amara, pero era imposible, jamás se habían visto.

Parecía conocer cada uno de sus pensamientos. Si pensaba en besar algún rincón de su piel, ella le indicaba el lugar con sus dedos, acariciando su pezón o abriendo más sus piernas y rozando su interior, como si lo hubiese adivinado. Cada rincón en el que él deseaba ser tocado, ella lo acariciaba y lo arañaba con una pasión desmedida hasta sentirse tan saciado, que apenas podía moverse ni para respirar. Entonces, se quedó dormido, sintiendo el calor del fuego y su piel abrasada por el cuerpo de ella.

El día comenzó a despuntar y un terrible frío se apoderó de él. El fuego se había apagado y la luz del sol alumbraba la habitación con sus primeros rayos. Se dio la vuelta para abrazar el cuerpo cálido que había poseído sin descanso durante toda la noche, pero solo había un vacío entre las sábanas.

Se levantó de un salto y miró en la cesta, la niña tampoco estaba.

Retiró un mechón castaño de su frente, le acarició y le miró a los ojos, anhelando ver más allá de su iris. Necesitaba llegar a su alma.

—Tengo algo que deciros, amor mío. Algo que hará que comprendáis mi decisión. No regreso por mi hermana, sé que ella ya está a salvo, pero he de regresar por mí, por los dos.

—Ya sabéis que os seguiré adónde vayáis —dijo, atrapando su cuerpo entre sus brazos con la misma pasión de cada instante que pasaba a su lado.

Alba cogió una de sus manos y la puso sobre su vientre.

Notó sus dedos grandes que la acariciaban y sintió un alivio dentro de sí. No hizo falta hablar. Daniel supo enseguida lo que ella quería decirle. En un gesto repentino, la alzó en sus brazos y comenzó a girar, riendo, con los ojos brillantes por las lágrimas de emoción.

—¡Soltadme! —dijo alegre—. ¡Me voy a desmayar si seguís girando!

La dejó en el suelo dulcemente y se agachó a su lado, poniendo su mejilla sobre su vientre.

—¡Un hijo! —exclamó—. ¡Vais a darme un hijo! —miró hacia arriba hasta alcanzar su mirada tierna, también ella tenía los ojos brillantes—. ¡Me habéis hecho el hombre más feliz de la tierra, amor mío!

Ahora que al fin podría ser una mujer completamente feliz, un terror como el que nunca había sentido se había apoderado de ella. Guardó silencio mientras le devolvía una sonrisa encantadora que ocultaba la desazón que sentía. ¿Y si el hijo que llevaba en su seno no era del hombre al que amaba? Él no podía sospechar siquiera sus temores. ¿De quién más iba a ser aquella criatura, si ella le había jurado que no había vuelto a yacer con ningún hombre, desde Álvaro de Abrantes? Solo le había amado a él y a nadie más.

—Seremos una familia al fin —dijo su amado, levantándose del suelo y dándole un profundo beso. Volvió a alzarla en sus brazos, esta vez más cuidadosamente, y la llevó hasta el lecho que les esperaba vacío.

Alba se echó hacia atrás y rozó la tela de la ropa del lecho con sus dedos. Era fina y suave, de la mejor seda, traída de un lugar lejano y exótico, como todo lo que el capitán tenía en su casa. Se incorporó y comenzó a desnudarse, mirándole con todo el amor del que era capaz.

Él se limitó a observarla, quería ver cada detalle de su amada para no olvidar jamás aquel momento. Nunca había sido tan inmensamente feliz.

Ella se acercó a él y le desabrochó la camisola, acariciando sus pechos con sus hábiles dedos. Él cerró los ojos, al sentir el cosquilleo que sus manos le provocaban. Una mano bajó hasta alcanzar su miembro abultado y erecto. Se tumbó sobre la cama y permitió que ella hiciera lo que quisiera.

Se sacó el vestido y se desnudó, poco a poco, mirándole con deseo. Después, dejó sus pechos al aire y volvió a acariciarle. A él se le escapó un gemido de placer, puso su mano sobre la de ella y exigió con dulzura que continuara. Siguió acariciándole, hasta sentir que él ya no podía aguantar más. Levantó sus enaguas y se sentó sobre él. Fue fácil permitir que su miembro entrase en ella.

—Debemos tener cuidado —le dijo él, al sentir su pasión desbordante.

—No, no debemos —le contestó—. Debemos amarnos como siempre lo hemos hecho. Este niño debe saber cuánto se aman sus padres. Debe sentir nuestra pasión —dijo, cabalgando sobre él con más fuerza.

Quería que aquella criatura se sintiese tan amada que su peor temor no fuera posible. Ningún otro ser podría con el amor que sentían. No importaba si, al haber sido engendrada, la tenebrosidad aún seguía en su interior.

Daniel gimió y se incorporó, agarrándose a su cuerpo con ímpetu. Alba le recibió, dejando que sus pechos rozaran sus labios carnosos. Él los atrapó y los mordisqueó. Fue él entonces quién comenzó a cabalgar en su interior, sentado en el lecho. Era tan fuerte que podía elevar su miembro y entrar en ella tan profundamente, que Alba se deshizo de placer y dejó escapar un grito de satisfacción. Le vio sonreír, al escucharla. Ella también sonrió y ambos se dejaron llevar por el gozo al mismo tiempo, sintió el cálido líquido desbordándose dentro de ella.

Ningún ser maligno podría arrebatarle su felicidad, ni aunque hubiese sembrado su semilla antes que él. Era maravilloso pensar así, pero en el fondo sabía que no podía dejar al amor que se ocupara de ello. Necesitaba ayuda, debía regresar cuanto antes. Arriesgaría su vida y la de Daniel, pero nada importaba lo que sufrieran los padres, su hija era lo más importante.

Había decidido contárselo, pero le había visto tan feliz que no había tenido valor. Por el momento, guardaría silencio.

—¡No necesitaremos vuestra ayuda, capitán! —casi le exigió Daniel, mientras terminaba de cargar el barco junto a sus hombres.

—¡No os creáis tan importante, muchacho! No regreso para velar por vos, sino por vuestra dama.

—Pero yo me basto para cuidar de mi familia. ¡No os necesitamos!

Alba sujetó a Daniel por el brazo. Debía haberle advertido que quería que él también guardara silencio por ahora, pero no llegó a tiempo. En los ojos del capitán vio que le había entendido.

Joao se rindió ante la evidencia. Se sentó sobre uno de los barriles, cansado, pero no era el cansancio de su cuerpo el que más le pesaba, sino el de su corazón. La vida le daba un nuevo golpe. Iba a ser madre y no precisamente de su hijo. La suerte estaba echada y no había jugado de su parte esta vez.

Se levantó e hizo un gesto para dejarlos pasar al barco, casi como una reverencia.

—Podéis subir con vuestra prometida —le dijo— y podréis dormir en mi camarote. Es el más confortable. Una mujer encinta necesita un buen lecho durante una travesía.

Una vez a solas, dentro del camarote, Daniel le preguntó.

—¿Por qué pretendíais que callara? Es mejor que lo sepa cuanto antes, así os dejará en paz y no volverá a soñar con vos —la abrazó, sabiendo que él podía protegerla.

—Sé por qué lo habéis hecho y está bien, amor mío. Entiendo que queráis compartir vuestra felicidad, pero hay algo más que debo deciros —le respondió—. No voy a ocultároslo por más tiempo. Necesito ser sincera con vos.

—¿Le ocurre algo a nuestro hijo?

—¿Por qué estáis tan seguro de que será un hijo? —preguntó extrañada.

—No sé si nacerá varón o mujer. ¿Y vos, qué creéis, hermosa dama?

El rostro de Alba se contrajo. La seriedad que apareció en sus ojos le alarmó.

—Será una mujer sabia, como lo soy yo. Todas las mujeres

sabias saben que es una hembra lo que crece en su vientre y cuando esto ocurre, es un momento maravilloso. Yo también debía haber vivido ese momento con la emoción que conlleva, pero en mi caso, la alegría no puede ser posible.

—¡No os preocupéis por mí! ¡Seré feliz con lo que Dios quiera darnos! ¡Una hija! —se emocionó—. Será tan bella como vos. ¿Por qué sufrís entonces?

—Porque no sé si esta hija... es vuestra.

Los ojos de Daniel se llenaron de furia. Se levantó confundido por sus palabras. Alba casi cae al suelo por su prisa en levantarse.

—¡Esperad! ¡No es lo que estáis pensando! —exclamó, alarmada al verle así. Cogió su mano y le obligó a regresar al lecho. Daniel se sentó y ella de nuevo se colocó sobre sus rodillas, agarrándose a su cuello. Cogió su mano y la colocó sobre su vientre. Él sintió al ser que crecía en su vientre y pareció calmarse—. ¡Decidme! ¿Cuándo vais a confiar en mí? —le preguntó.

—¡Y decidme vos, cómo puedo confiar tras escucharos!

—¡No os alarméis! No estoy diciendo que el padre pueda ser otro hombre.

—¡Decidme entonces qué estáis intentando decir, por favor! —le rogó, alarmado mientras sus ojos seguían a sus dedos, que acariciaban el vientre.

—Os dije que no había amado a ningún hombre más que a vos y a Álvaro de Abrantes. Y a él nunca le amé como os amo. De eso podéis estar seguro. Fue más el deseo de sentirme amada lo que me llevó a sus brazos.

—Lo sé y os he creído.

—Pero también os conté que no solo me había entregado a vos y a él, os conté también que me había entregado a la tenebrosidad. ¡El maligno estuvo dentro de mí! —las lágrimas corrieron por sus mejillas—. Fue una sola noche, pero es suficiente para no saber si ese ser despreciable plantó su semilla en mi interior.

—¡Pero de eso hace mucho tiempo! ¡No podría ser!

—El maligno no entiende de tiempo ni de espacio. Temo

que su semilla haya estado en mi vientre esperando una semilla humana para renacer. Y si así fuera... este hijo no sería vuestro.

—¡Callad! —le pidió Daniel, acogiendo su vientre con ambas manos—. Este hijo es nuestro. ¿Cómo podéis dudarlo siquiera?

—Porque yo fui quien se entregó a él. Yo le sentí en mi interior y os aseguro que nunca había sentido tanta fuerza ni poder dentro de mí. Yo traicioné a la diosa y me entregué a su rival —se levantó y se alejó de él, intentando aplacar el malestar que sentía—. Solo yo sé lo que es capaz de hacer.

—¡Escuchadme! —Daniel se levantó y corrió hacia ella abrazándola—. ¡No debéis pensar eso nunca más! ¡No podéis dudar de nuestro hijo! —gritó, sujetándole la cara entre las manos—. ¿Lo entendéis? Así debéis aceptarlo.

—Quisiera tener vuestra fe... pero porque ya no la tengo, he decidido regresar a España. Debo encontrar a quien pueda ayudarme. Y he de hacerlo entre los que me guiaron hasta lograr pertenecer al mal, hasta convertirme en lo que soy hoy, un amasijo de poderes benignos y diabólicos que luchan entre sí por prevalecer.

—Entonces, vos misma podéis dejar que solo la diosa gane la batalla.

—La batalla sí, y así ha sido —agarró sus manos y las retiró de su rostro—, pero aún falta ganar la guerra. ¡Prometedme de nuevo que no me abandonaréis!

—¿Cómo podéis pensarlo siquiera? —Daniel la miró por entero, como si quisiera amarla en ese mismo momento.

—Os lo agradezco —suspiró con un leve aliento.

Se sentía cansada de nuevo. Podría desmayarse en cualquier momento y se acercó a él para caer en sus brazos. Daniel la recogió.

—¡Prometedme que no nos abandonaréis a vuestra hija y a mí! —le pidió, antes de desvanecerse.

—¡Nunca más, amor! ¡Siempre estaré a vuestro lado! —le escuchó decir, mientras perdía el sentido una vez más.

XL

La impetración

Don Álvaro había entrado en su casa amenazando a su guardia a punta de espada. Cuando le sorprendió en la biblioteca, temió por su vida, pero no venía a matarlo, sino a contarle lo que había hecho.

—¡Tenéis que ayudarme, eminencia!

Fray Jaime ni siquiera se levantó de su sillón color rojo cardenalicio. Fingió serenidad, a pesar de ver el sudor en sus mejillas y la locura en su mirada.

—¿Qué hacéis aquí, Don Álvaro? ¿Y por qué os presentáis ante mí, sin solicitar audiencia? ¿Acaso no ha frenado la guardia vuestro paso?

—¡Disculpad, eminencia! —pareció que intentaba calmarse—. Se trata de algo tan urgente que no podía esperar. Lamento si he importunado vuestra lectura.

—Vos sabéis, como yo, que la lectura de un buen libro es un momento extraordinario. Sobre todo, si se trata de un libro sagrado —exclamó, dejándolo sobre la mesa—. Y ahora que ya estáis aquí, tomad asiento y decidme qué deseáis. —El fraile levantó la campanilla que había sobre la mesa y llamó a su criado—. ¡Traed una copa de vino dulce para mi invitado! ¡Y decid a la guardia que serán destituidos mañana mismo por no haber hecho bien su trabajo!

—Ella va a volver —dijo Don Álvaro. Se bebió el vino de un trago.

Fray Jaime sintió un escalofrío, pero acalló la sensación para continuar aparentando la serenidad que requería el momento.

—Ella va a regresar, Fray Jaime. ¡Podéis estar seguro! Y cuando lo haga, la tendréis a vuestra merced para encarcelarla de nuevo.

—¿Y por qué tendría que hacer eso? —preguntó con osadía, desafiando su altivez.

—¡Porque os habrá desobedecido! ¡Vos sois el Inquisidor Mayor de esta ciudad! —gritó el hombre.

—¡No necesito que me recordéis mi cargo!

—¡Está desterrada! ¡Vos mismo la condenasteis a la Abjuración de Leví!

Por supuesto, Fray Jaime no le hablaría del pacto. Sería reconocer que, en algún fatídico momento, había creído que su magia era verdadera. De no ser así, ¿por qué habría aceptado pactar?

—Lo recuerdo más de lo que desearía —respondió—. Además, estáis vos aquí para evitar que lo olvide, ¿no es así?

—¿Por qué habláis de esa forma? ¿Es que no queréis detenerla? —se levantó alterado.

—Os ruego que os calméis, Don Álvaro. ¡Sentaos! —gritó el fraile—. Esa mujer ya fue juzgada y condenada, y solo vos os empeñáis en hacerla volver. Y lo hacéis llevado por vuestra ira de hombre despechado.

—¿Eso creéis?

—¡Eso es lo que veo!

—¡Pues os equivocáis! ¡Ella mató a mi hijo! ¡Y me quitó a mi hija, que ahora es una de ellas! ¿Tengo que recordároslo?

—Vuestro hijo se suicidó. De eso no hay la menor duda. Y vuestra hija... Hace poco que la visité en vuestra casa para entregarle en mano la anulación de su matrimonio y parece una mujer capaz de sacar adelante vuestra hacienda. Trabajo que deberíais estar haciendo vos.

—Ya no hay vuelta atrás, eminencia. Yo mismo me he ocupado de hacer algo que hará que ella regrese.

—¿Y qué es lo que habéis hecho? —Fray Jaime se preparó

para lo peor. El hombre que tenía ante sí se sentía tan humilla-do en su fuero interno, que podría haber sido capaz de cualquier estupidez.

—Me he llevado a la hija de su hermana.

Fray Jaime se limitó a mirarle con desprecio. Aquel hombre solo le traía problemas. En cuanto solucionara este, debería deshacerse se de él, de una vez por todas.

—¡Explicaos! —exclamó.

—Seguí a mi hija durante días y descubrí que Alba tiene una hermana y ha tenido una hija. Entré en la casa donde se refugiaban, cogí a la niña de la cuna y me la llevé.

—¿Y dónde está esa niña ahora? —preguntó el fraile, cada vez más alarmado.

—Eso es lo peor de todo esto, ya no la tengo —dijo Don Álvaro, con el rostro enrojecido—. De camino a Valencia tuve que parar en una posada. Busqué una nodriza y apareció una mujer africana. Entró para alimentar a la niña y entonces...

—¿Entonces? —insistió el fraile.

—Era una mujer muy bella, voluptuosa... y caí en sus redes de lascivia. ¡El deseo de poseerla pudo conmigo!

No estaba seguro de si podría volver a perdonar al hombre alguna vez. Con su facilidad para dejarse llevar por la lujuria, ya le había provocado el mayor desastre de su vida y su fe aún era débil después de lo sucedido, pero aquello era lo último que le quedaba por oír.

—¡Seguid! —insistió.

—Pasé la noche con ella, envuelto en su cuerpo...

—¡Ahorraos los detalles, Don Álvaro! ¡Estáis ante un siervo de Dios!

—¡Perdonadme! Es que no era una mujer normal, estoy seguro de que era una de ellas. Al día siguiente, desperté y la mujer ya no estaba en la habitación. Y la niña, tampoco.

—Por lo que deduzco que esa mujer se la llevó... —dijo. Don Álvaro asintió—. ¿Y qué pensabais hacer con la niña?

—Traerla aquí. Con vos estaría segura. Yo solo pretendo hacerla volver.

—¿Y para qué queréis que vuelva? —gritó el fraile, irritado—. ¡Decidme! ¿Acaso creéis que ella aún os ama? ¡No seáis estúpido! ¡Nunca os amó! Solo quería una cosa de vos. ¡VENGANZA!

Álvaro sintió que el fraile acababa de clavarle una puñalada en el corazón. ¿Era posible que estuviera en lo cierto? Pero no podía ser... Todo el amor que hubo entre ellos... Debía quedar algún rastro en el corazón de Alba.

—Solo deseo que vuelva para que vos mismo la juzguéis. Y esta vez, espero que le deis muerte. —Se retractó. Álvaro se debatía continuamente entre la pasión que sentía por ella y su odio.

—¡Eso solo le corresponde a Dios! ¡Vos no sois quién para reclamar justicia divina! ¡Sois el asesino de sus padres!

—¡Porque Dios me lo pidió! ¡Fue vuestra Iglesia la que me obligó a hacerlo!

—¡Es vuestra Iglesia, también! —replicó el fraile—. ¿O acaso ahora pertenecéis al maligno? —se santiguó con rapidez al nombrarle.

—¡No me amenacéis! —gritó el Señor de Abrantes—. ¡Podéis condenarme a la hoguera si queréis! No os impediré que me deis muerte.

Estaba completamente poseído por el despecho. No había salvación para él, pero tampoco podía asustarle, porque ya nada temía. Ni siquiera la muerte. Al contrario, sería un alivio para su desdeñado corazón y su alma rota.

—Está bien. Regresad a vuestra casa. Por lo que me contáis, ya no es nuestro problema. Ella sabrá por qué ha querido llevarse a la niña. Quizá ni siquiera sepa que es la sobrina de esa endemoniada...

Álvaro aceptó por compromiso, sabía que Alba regresaría para encontrar a la hija de su hermana y en el primero en quien pensaría, sería en él. Estaría esperándola.

Colocó el Cáliz sobre el Corporal con sumo cuidado, aquella era una Misa en la que no podía permitirse ni un error. Ya había escuchado rumores de algún que otro milagro, por culpa de una gota de vino derramada sobre el lienzo. La muchedumbre enseguida creía ver la sangre de Cristo. Era la incultura la que los volvía tan necios, pero él no estaba allí para menospreciar los milagros divinos. Él ya había visto muchas cosas. Y, sin embargo, tras la visita inesperada de Don Álvaro, sus manos habían vuelto a temblar como cuando ella estaba ante él y podía ver sus ojos. Aquella mirada diabólica que le arrebató la razón y el sentido común.

Él también había caído en sus redes. El diablo tenía unas capacidades desconocidas que él ignoraba. Era poderoso y había logrado hacerle perder la cordura durante unos días que jamás olvidaría. De nuevo, el miedo le atenazaba. ¿Y si ella volvía? Solo habría una forma de actuar, si regresaba de su destierro, dándole muerte. Aunque aún le quedaba una salida. Si ella rompía su pacto, él podría encargarse de las demás.

El Cáliz que mantenía entre sus manos trémulas era el auténtico Grial, el que tanto habían buscado los hombres de fe. Lo levantó y recitó su frase en latín, bien aprendida, debía poner toda la fe posible, pues quizá el maligno le estuviera rondando como cuando le acosaba con malos sueños en mitad de la noche.

Veni, sanctificator omnipotens aeterne Deus
et bene dic hoc sacrificium,
tuo sancto nomini benedice praeparatum...[19]

Evitaba la mirada de la mujer que estaba sentada frente a él pues había empezado a despertar sus sentidos, al ver su piel oscura y brillante, y al sentir cómo clavaba sus ojos en él, desafiándole y desafiando a Dios, al entrar en la iglesia. ¿Es que no sabía que la entrada al templo sagrado estaba prohibida a los infieles? ¿Y más aún, a las herederas de Satanás? Debía ser una de ellas.

---

19. *Veni, sanctificator omnipotens aeterne Deus et bene dic hoc sacrificium, tuo sancto nomini benedice praeparatum.* Ven, Dios todopoderoso y eterno, y bendice este sacrificio preparado para gloria de tu Santo nombre...

Se lamentó de haber nacido hombre, pues podía ser víctima de las adoradoras del diablo. Toda la brujería proviene del apetito venéreo, insaciable en las mujeres, se dijo. Ellas provocaban a los hombres, pobres víctimas de su vanidad diabólica, al pintar su rostro, al cuidar sus ropas, al usar fragancias... ¡Artes y usos del maligno! Desde los tiempos más ancestrales, cuando aún se contaban las narraciones judías, prohibidas por la Santa mano del catolicismo.

Las mismas que había escuchado durante su infancia... *Lilith, la auténtica mujer primera, hecha de barro, igual que Adán y destinada a ser su inseparable compañera...* No Eva, como había aprendido de niño, sino Lilith, el ejemplo de la mujer prohibida, la que no desea ser perdonada por Dios ni por los hombres. La rebelde, que se separó del primer hombre y pronunció la palabra que le permitió separarse de él. Ayudada por la sabiduría del maligno, que averiguó el nombre secreto del Hacedor, del Innombrable, y lo moduló. Por eso fue castigada como merecía, condenada a ser borrada de las Sagradas Escrituras, por ser la primera en usar la palabra para romper el lazo de opresión del hombre, que ejercía su derecho sobre ella, y por ser la hacedora de la lujuria femenina.

Recordó las oraciones que recitaba durante sus primeras noches en el seminario, cuando aún era un muchacho desvalido y quería librarse de la falsa idea del cuerpo femenino. Ahora se enfrentaba él a la imagen de la primera mujer, de Lilith, en aquel oscuro rostro, en el peor de los momentos.

Intentó apartar la mirada, pero sus ojos ocres parecían ordenarle que mantuviera su mirada sobre su cuerpo, como un mandato que viniera directamente del maligno. Las manos le temblaron y la bandeja de plata con el cuerpo de Cristo cayó sobre el copón, salpicando el vino, que enrojeció la blancura del altar sagrado.

Los feligreses enmudecieron. Una anciana dejó escapar un corto grito. Los monaguillos y los demás sacerdotes corrieron a subsanar el entuerto, pero la tela blanca ya estaba cubierta por la sangre de Cristo.

Fueron unos minutos eternos. Sintió vergüenza, jamás le

había ocurrido semejante falta de perfección en la Iglesia. Solo faltaba que los feligreses empezaran a creer que el diablo estaba entre las paredes de piedra de la Catedral. ¡No podía permitirlo! Si llegaba hasta el Vaticano o hasta el Rey, sería él quien pagase por ello.

Decidió dar orden a otro sacerdote para que continuase la Misa. Se escondió en la sacristía y cerró la puerta para que nadie le molestara. Se dejó caer sobre su sillón y cerró los ojos, necesitaba rezar para no volver a sentir que perdía la fe. No podía olvidar los ojos de esa mujer. Anheló con todas sus fuerzas que se marchara.

Echó la cabeza hacia atrás y respiró torpemente. Sintió una opresión en su pecho. Escuchó unos pasos, se extrañó pues no había oído abrir la puerta. Sintió una mano frente a sus ojos, los abrió y vio una copa de cristal llena de agua. Supuso que era uno de sus acólitos y la cogió, sosteniéndola con fuerza en su mano temblorosa. Bebió hasta saciarse, con los ojos cerrados, y después extendió el brazo para devolver la copa a quien se la había ofrecido.

El cristal se hizo añicos al chocar contra el suelo. Al intentar cubrirse el rostro, la vio. Estaba frente a él, de pie, en actitud altiva, como la había visto minutos antes en la iglesia. Vestida con las mismas ropas oscuras y el velo transparente sobre la cara. Se asustó y se levantó casi de un salto, agazapándose contra la pared.

—¿Quién sois? —gritó—. ¿Cómo habéis entrado? ¿Es que no sabéis que está prohibida la entrada a los infieles?

—Ninguna puerta está cerrada para mí —respondió con un extraño acento extranjero, retirándose el velo del rostro, con petulancia.

Su belleza penetró en sus sentidos, haciendo despertar a su cuerpo, como le habría ocurrido a un hombre cualquiera.

—¡Decidme quién sois, por Dios, o gritaré hasta que me escuchen y vengan a prenderos!

—Nadie os escuchará, os lo aseguro —respondió la mujer.

No parecía real, como si al mismo tiempo que su cuerpo

estaba allí, continuase aún en la iglesia. Creyó que el diablo estaba envolviendo su juicio.

—Tampoco nadie más que vos puede verme, porque en realidad no estoy aquí. Es vuestra imaginación y vuestro deseo quien me ha traído hasta vos.

—¿Qué decís? ¡Hablad claro! ¡No os entiendo!

—No hace falta que entendáis mis palabras, ya que seríais incapaz de hacerlo, debido a vuestra ignorancia, más allá de lo que conocéis. Tan solo os ordeno que escuchéis con atención lo que os voy a decir y no lo olvidéis, pues vuestra vida depende de ello. —La mujer levantó el dedo índice, en señal de silencio, y el fraile se tragó la respuesta que pretendía darle. Ella siguió hablando—. Sé que el Señor de Abrantes ha venido a veros y sé que no le habéis recibido como un hombre de su condición merece. Habéis de cambiar esa actitud con él. Hoy mismo, le haréis llegar un mensaje y le traeréis de vuelta. Le acogeréis en vuestra casa el tiempo necesario y también acogeréis a la niña que os dejaré en la puerta de esta iglesia. Los dos estarán bajo vuestra protección hasta que yo os diga.

—¿Y por qué tendría que hacer lo que me pedís? ¿Acaso no sabéis que Don Álvaro es un perturbado? ¿Y por qué tenéis vos a esa niña?

—No necesitáis saber mis razones. Tan solo haced lo que os digo y no acabaréis en una celda de vuestra Santa Inquisición.

—¡Eso nunca podría ocurrir! ¡Soy el Inquisidor Mayor de esta ciudad! ¡Yo soy el que ordena quien ha de estar en una celda!

—Estoy segura de que los errores que vais a cometer durante la Misa, en los próximos días, harán pensar a los creyentes que sois vos el endemoniado. La sangre de Cristo derramada, su cuerpo ensangrentado, ruidos y voces que surgirán de los rincones de piedra que os asustarán hasta robaros la razón, temblores que os harán palidecer, e incluso, quizá seáis capaz de vomitar el vino sobre el altar sagrado. ¿Creéis que no llegaría a oídos del Papa que en esta iglesia están ocurriendo prodigios, en apariencia diabólicos? —sonrió con sorna—. Vuestro temblor de hoy solo ha sido el principio. Si no hacéis lo que os digo, lo lamentaréis, pues la próxima vez que me veáis, será para veros arder en la hoguera. Pero, si me obedecéis, tendréis vuestra recompensa.

—No necesito recompensas. ¡Sois una adoradora del maligno! —gritó, asustado, pero sacando fuerzas de flaqueza.

—Os equivocáis de nuevo. Aunque un hombre como vos vive toda su vida errado. Vuestro error es creer que solo vos tenéis la sabiduría divina. Creéis que vuestro Dios es el único, pero yo os digo que, de donde vengo, existen hombres que piensan lo mismo. Cada uno de vosotros hacéis que el verdadero Dios se aleje cada día más de los hombres —le miró con desprecio—. Ignoráis la única y verdadera sabiduría... Dios se muestra ante cada uno de nosotros como nuestro reflejo.

—Ella no volverá. Por mucho que vos deseéis que así sea —respondió el fraile—. Hicimos un pacto y no será tan necia de romperlo.

—¿Qué clase de pacto? —inquirió la mujer, interesada.

—Un pacto entre los dos. Nadie tiene por qué saber en qué términos se hizo.

—¡Yo sí! —gritó. Fray Jaime tuvo que taparse los oídos para resistir el embate de la fuerte vibración que salió de su garganta—. ¡Hablad ahora mismo! —le ordenó, al tiempo que alzaba su mano derecha—. ¡Hablad! ¡Os juro que os arrepentiréis, si no lo hacéis!

—¡Está bien! —gritó el fraile, cada vez más asustado—. Hicimos un pacto, por el cual ella no volvería a utilizar su magia.

—Y vos, ¿qué haríais a cambio?

—Yo no volvería a perseguir a las otras mujeres. Están hermanadas entre ellas y esa mujer quería protegerlas. ¡Estaba dispuesta a dar su vida por ellas!

Estaba sorprendida. Algo en su interior comenzó a removerse y durante un brevísimo instante, sintió un ápice de culpabilidad.

—No lo olvidéis —exclamó, recuperándose—. Cuando ella venga hasta vos, decidle que la estoy esperando.

La mujer inspiró y desapareció ante sus ojos como si nunca hubiese estado allí.

—¡Pero no sé quién sois! —gritó de nuevo, mirando hacia el espacio vacío que ella había dejado.

Antes de que Fray Jaime pudiese recuperar su hombría, escuchó su voz rasgada en una última frase que parecía provenir de algún lugar oculto en el universo.

—Mi nombre es Yemalé...

Tardó unos minutos en recuperarse. Siguió respirando, a duras penas, con la espalda pegada a la pared, agachado su cuerpo como si se hubiese encogido, aterrado ante lo que acababa de ver y oír. Dio unos pasos hacia la puerta, que seguía cerrada. Se preguntó por dónde había entrado la infiel, o quizá era su mente que empezaba a mostrarse trastornada. Casi se había convencido de ello cuando su sandalia topó con un pedazo de cristal y se le hincó en un dedo. Vio como sangraba. Los pedazos eran la prueba de que había estado en su presencia y le había amenazado.

Sintió rabia, no era hombre que aceptara amenazas y menos de una mujer, de una infiel... Pero, ¿qué otra cosa podía hacer, sino obedecer sus órdenes? ¡Si no se sometía a sus deseos, sería él quien ardiera en el fuego divino!

Caminó, a pesar del dolor en el dedo y de su cuerpo tembloroso. Se sintió más débil aún cuando llegó hasta la puerta. Extendió su mano huesuda y cogió el picaporte. Abrió y gritó con desesperación...

—¡A mí, la guardia!

Dos hombres armados entraron para socorrerle. ¿Cómo era posible que, estando tan cerca, no hubiesen oído nada antes?

—¡Rápido! ¡Que uno de vosotros salga ahora mismo en busca del Señor de Abrantes! Decidle que tengo a la niña y detenedle, si hace falta, pero hacedle regresar. Y ahora, avisad a mi criado.

Volvió a dejarse caer sobre el sillón, cuando el criado entró e intentó ayudarle a frenar la hemorragia.

—¡Dejad eso! —exclamó, apartando la pierna—. ¡Escuchadme bien! —el criado asintió—. Corred hacia la puerta de la Catedral, antes de que termine la Misa, y coged a la niña que veréis metida en una cesta. Traedla aquí, lo más rápido posible. Y por supuesto, que no os vea nadie.

Vio salir al criado con rapidez. Fray Jaime volvió a echar la cabeza hacia atrás, se sentía completamente desvanecido.

XLI

La hija del mal

—¡Mi queridísima Floreta! —gritó el corsario girando con la rechoncha mujer en volandas.

—¡Bajadme, Capitán! ¿Es que queréis matar a esta anciana del susto?

—¿Anciana, decís? ¡Aún guardáis vuestra lozanía, mujer!

—¡Dejad vuestras lisonjas para quien os quiera creer! ¡Y bajadme os digo, o no respondo de mí! —decía riéndose.

Los hombres del capitán rieron con fuerza al escuchar a la mujer, que besaba al corsario en las mejillas y le abrazaba con gran cariño. Subió a bordo ayudada por el pirata y se fijó en un muchacho que la miraba, interesado.

—Lo olvidaba, Floreta. Aquí tenéis a Daniel, uno de mis hombres.

—Y el hombre de la niña Alba, porque sin duda... ¡Tenéis que ser vos!

¿Cómo podía saberlo?, se preguntó él, sonriéndole con amabilidad y sorpresa. Hizo una alegre reverencia y cogió su mano para besarla.

—¡Dejaos de tonterías, muchacho! ¡Dadme un achuchón como merezco! —dijo, y se apretó contra su cuerpo, mientras escuchaba las carcajadas del resto de los hombres—. ¡Por el cielo que sois hermoso! ¡No me extraña que tengáis su amor! Pero decidme, ¿dónde está? Quizá tuvo miedo de volver... —exclamó en voz alta sus pensamientos.

—¡Tranquilizaos, querida hermana! Ya estoy aquí...

La mujer se dio la vuelta y se abalanzó sobre ella. Se emocionó tanto que no supo reprimir el llanto.

—¡Habéis venido! ¡Sois la mujer más valiente que conozco! —se apartó para ver su rostro—. Y seguís siendo tan bella como entonces. No —rectificó—, ahora lo sois más que nunca. Sabéis lo ocurrido, ¿verdad?

—Alía me lo mostró con su pensamiento. Encontraré a la niña, aunque tenga que mover cielo y tierra, y nada podrá impedírmelo.

La mirada de la mujer se tornó seria. Su rostro enrojeció y balbuceó unas palabras.

—Nada, salvo... ella. —Alba comprendió—. Ha estado aquí. Quizá ha sido ella quien ha provocado todo esto...

—No os aventuréis al hablar, Floreta. Ha sido Álvaro de Abrantes. Pero esta vez no se saldrá con la suya. No dejaré que vuelva a hacernos daño.

Daniel y Joao agudizaron el oído al escuchar el nombre de su antiguo rival. Ninguno había sido capaz de olvidar que Alba había estado prometida a él, cuando aún no sabía que él había asesinado a sus padres.

—Yemalé me amenazó para que la ayudara a encontraros. Está dispuesta a todo con tal de vengarse del dolor que le causó ese hombre, al que tanto quiero, lo reconozco, pero que tantos disgustos os trajo a ambas.

—¿Vengarse? ¡Alba no hizo nada! —exclamó el capitán, alterado.

—¡Debíais habérselo dicho vos mismo! —le gritó Floreta con enfado, antes de arrepentirse de su proceder—. No puedo evitar quereros, capitán, pero vuestro encanto es capaz de provocar las peores tragedias. ¡Nunca le dijisteis la verdad a Yemalé!

—Dejadlo ahora, Floreta. Ya no podemos volver atrás. El capitán ha sido como un padre para nosotros —estiró su mano y Daniel acudió hacia ella—. Y ahora quiero que conozcáis al amor de mi vida —dijo, sabiendo que Joao recibiría la puñalada que merecía por no haber sabido obrar como debía.

Daniel había escuchado su nombre: Yemalé, repitió en su cabeza. El nombre de la mujer que le había salvado la vida y a la que se había entregado creyendo que era Alba. La mujer de cuyo vientre había arrancado la esmeralda que su prometida llevaba en su dedo.

Decidió callar aquel detalle. No quería que nada importunase su felicidad y ya había demasiados hechos que así lo hacían.

—¡Aquí fue donde os vi marchar, antes de que mi vida cambiara!

—¡Cuánto os he echado de menos, Elena! —se abrazaron.

El capitán bajó de la barca siguiendo a Alba y a Daniel, para ver de cerca a la hermosa joven, vestida con ropas fastuosas. Alba cogió la mano de su amiga y también la de Daniel, y las juntó para mostrar que eran dos de las personas que más amaba en el mundo.

—¡Cuánto le he hablado de vos a Daniel!

La joven se mostró alegre al recibir la mano del muchacho. Le gustó su mirada clara y pura, había bondad en su corazón. Daniel también le dio un tierno abrazo para agradecerle su cariño hacia la mujer que amaba. Elena miró tras él y vio bajar de la barca a un fornido pirata que se acercaba. Su porte era altivo y caminaba erguido con las piernas enfundadas en altas botas de la más fina piel. Nunca había estado cerca de un auténtico pirata. Se sintió intimidada por su figura y porque no dejaba de mirarla fijamente. Cuando estuvo lo suficientemente cerca, estiró su mano hacia ella, cogiendo la suya. Hizo una breve reverencia y acercó la mano a sus labios, besando su piel con la suavidad y carnosidad de los suyos.

—Soy el capitán que ha traído hasta aquí a vuestra amiga, señora. ¿Y vos, sois...?

—Ella es Elena de Abrantes, capitán —contestó Alba, contemplando la puesta en escena del hombre que, celoso de nuevo, pretendía hacerle sentir lo mismo a ella, utilizando a la joven.

—Imagino que vuestro padre es el hombre más orgulloso de la tierra por tener una hija como vos, señora. Hacía tiempo que no veía a una mujer tan bella y delicada.

Alba alzó la mirada al cielo, en señal de desaprobación.

—¡Dejaos de lisonjas! —gritó el ama, que se acercaba—. ¡Mi niña Alba! ¡Por fin puedo abrazaros de nuevo!

—¡Ama! —exclamó feliz—. ¡Cuánto os he añorado!

—Y yo a vos... ¡Si sois como mi hija!

—¡Creía que era yo, como vuestra madre, pero veo que me habéis sido infiel! —exclamó Floreta, divertida, pero tocada por la idea de no ser la única que entregaba a la muchacha su amor maternal.

—¡Qué hay mejor en el mundo, que tener dos madres como vosotras! ¡Soy una hija afortunada! —rio, cogiendo las manos de ambas.

—¡Parece que estáis celosa, Floreta! —exclamó el capitán—. No os culpo. ¿Quién no podría tener celos de vos, señora? —dijo, dirigiéndose a Alba.

Daniel le miró como si quisiera acabar con su vida, pero la alegría que reinaba entre las mujeres le detuvo.

—Capitán, os agradezco mucho vuestra protección, pero creo que ha llegado el momento de que nos separemos —dijo Alba, llevándose a Elena con ella.

—Aquí termina nuestro viaje en vuestra compañía, capitán —exigió Daniel, poniéndose delante, evitando que siguiera a las mujeres.

—Recordad, muchacho, que solo yo soy dueño de mi destino —le dijo en voz baja.

—Lo sé, y por eso os ruego que decidáis marcharos por voluntad propia.

—¡No sabéis con quién estáis hablando, muchacho! —dijo, mirándole fijamente—, pero quizá estáis pidiendo que os lo recuerde.

—No hace falta, señor. Os debo mi vida, lo sé. Sin vos, nunca hubiese vuelto a encontrarla. Pero no podéis seguir impidiendo nuestra felicidad. Ha llegado el momento de aceptar vuestra derrota.

El capitán apretó los labios hasta que se pusieron blancos. Aguantó su furia, agarrando el puño de su daga y exclamó.

—Un pirata nunca es derrotado. Siempre hay un barco al que abordar —respondió, subiendo a la barca.

Alba alzó su mano para despedirse. Siempre le estaría agradecida, pero necesitaba toda su fuerza para recuperar a la hija de su hermana. No podía estar pendiente de evitar que los dos hombres a los que más quería acabasen matándose el uno al otro.

—Está así desde que él se la llevó. No ha querido comer ni beber. ¡Es como si quisiera morir! —exclamó el muchacho, junto a la cama, con los ojos llorosos.

Alba apenas podía soportar ver la extrema delgadez de su hermana, que yacía sin moverse. Nada parecía devolverle las ganas de vivir, ni siquiera su llegada.

—¡La sacó de la cuna delante de nosotras, mientras su maldito criado me sujetaba! —Elena se deshacía en lágrimas recordándolo—. Ana intentó evitarlo, pero estaba muy débil.

Alba sintió una tremenda rabia. ¡Cuánto odiaba a Álvaro de Abrantes!

—Parece que ese hombre no va a parar nunca —dijo Alía, al entrar en la casa.

La escuchó y corrió hacia ella. Se entregó a sus brazos, esperando sentir algún consuelo de la mujer que era sangre de su sangre y guardiana de su linaje, pero ni siquiera su mirada cálida y su sonrisa pacificadora pudieron servir de bálsamo para sus heridas.

—Hija mía... —le dijo, besando su mejilla húmeda—. ¡Cuánto siento que esta desgracia haya sido el motivo de vuestro regreso! —la miró y fue como si atravesara su corazón—. Sé cuánto os arriesgáis al volver.

—Eso no importa.

—Lo sé. Ahora solo importa que esa niña no pierda la vida por culpa de la locura de un demente que os ama, más que odiaros. Tenedlo en cuenta, es un amor confundido el que le mueve.

Daniel tragó saliva, al escuchar las palabras de la mujer.

—Sé que vos daríais vuestra vida por ella —le susurró Alía junto al oído, abrazándole—, pero tened cuidado. El desamor puede ser más poderoso que el amor. Sobre todo, si va unido al odio.

Alba se sentó al lado derecho de su hermana y Alía en el lado izquierdo. Durante un tiempo, en el que ninguno supo qué decir, reinó el silencio. Un silencio roto solamente por los pensamientos de tía y sobrina, que se unían en algún lugar al que nadie más que ellas podía acceder.

...Tengo que sanarla...

...Ana no quiere ser sanada. Y ante su voluntad, nada podéis hacer...

...Lo intentaré de todas formas...

...Gastaréis parte de vuestro poder y será en vano. Ella no quiere vivir sin su hija y vos debéis respetarlo, pero podéis ir en busca de la niña...

...Sabéis que he venido para eso. Está en Valencia, puedo sentirla...

...Lo sé, hija mía. Y ya sabéis a quien habrá ido a buscar...

...Al inquisidor...

...Debéis tener mucho cuidado. Álvaro de Abrantes os ama y quizá, en algún momento, el amor que siente por vos prevalezca. Pero ese fraile es el mismo diablo...

...No temáis. No es la primera vez que me enfrento al maligno...

...Ni será la última, pues tendréis que volver a hacer uso de sus poderes...

...¡No sé si aún los llevo dentro de mí!...

...¡Lo sabéis! Quizá algún día podáis engañarme a mí, pero nunca os podréis engañar a vos misma...

...¿Por qué habláis así?

...¡Lo sabéis! ¿O acaso pensabais que podríais ocultarme lo que está creciendo en vuestro vientre?...

...Pero no podemos estar seguras de...

...Exacto. No podemos estar seguras de que sea hijo del amor y el maligno puede ser vuestro mayor aliado. ¿O creéis que un padre con tan gran poder abandonaría a su hijo?...

...No podéis creer eso...

...Sé que os duele, pero ahora es lo mejor que podría pasaros. Llevar dentro a la hija del mal os daría un poder ilimitado. ¡Podríais acabar con ese hombre para siempre!...

...¿Y si os equivocáis? Me siento más débil cada día, incapaz de expresar mi magia...

...¿Así lo creéis? ¿O es lo que deseáis?

...Deseo con todas mis fuerzas que estéis equivocada...

...Yo también lo deseo porque compartimos la sangre y sois la mujer sabia más importante de nuestro linaje, pero ya os avisé de lo que podría pasar por haberos entregado al maligno. No podéis decir que os sorprenda...

...Nada puedo hacer por evitar que esa mujer tan poderosa de la que me hablasteis se acerque...

...¡Pero vos dijisteis que lucharíais contra ella!

...¡Sí, y ahora lucharé contra Álvaro de Abrantes, contra el inquisidor y contra mi maestra, por protegerla! ¡Es la hija de mi hermana! ¡Si hace falta, daré mi vida por ella! Si ella es la mujer sabia más poderosa, incluso mis poderes oscuros estarán a su merced.

...Estáis equivocada, hija mía. No es a la hija de vuestra hermana, a quien habéis de proteger, sino a vos misma.

...¿A mí? Yo no necesito protección.

...La necesitáis, porque la mujer sabia más poderosa no es la hija de Ana. Vos la lleváis dentro, aunque no sepamos si viene a hacer el bien o el mal.

...¿Qué estáis diciendo?...

...Que vos sois su madre. Solo así podría la diosa seguir la continuidad de nuestro linaje. Siempre, las mujeres sabias de nuestra familia hemos sido las hermanas que protegían a la que había de engendrar un nuevo eslabón. Pero esta vez, la diosa ha decidido cambiar el curso de las cosas. Si no, ¿cómo podríais estar preñada?

...¡Pero la diosa sabe que me entregué al maligno!

...Y también sabe que en vos existe todo su poder...

...¡Pero también crece el poder oscuro, dentro de mí!...

...La diosa es sabia. Ella os ama, más de lo que amó a ninguna mujer sabia. Por ello, os ha bendecido.

...¿Y si estoy maldita?

...Entonces, tendréis que hacer lo que me dijisteis que haríais, enfrentaros a la que ha de venir y acabar con ella.

...¡Nunca haría eso! ¡Es mi hija!

...¡No estéis tan segura! Todo depende de quién la haya engendrado, si el hombre al que amáis, o la tenebrosidad. Si ha sido esta última, no es a vos a quien pertenece esa criatura, sino al maligno.

Valencia los recibió con sus calles embarradas y solitarias. Amanecía y los guardias que custodiaban la puerta de la ciudad los dejaron pasar, tras comprobar que no llevaran ningún cargamento. Un hombre y una mujer, cada uno en su propia montura, vestidos con ropas lujosas, no resultaban amenazadores. Elena les había prestado las ropas, un buen calzado para ambos y unas capas para protegerse del frío. Llevaban una bolsa de monedas por si necesitaban sobornar a los guardias, pero estos los dejaron entrar sin ningún reparo. Los cascos de los caballos resonaron sobre el suelo empedrado mientras avanzaban hacia el centro.

—¡Que Dios todopoderoso me ampare! —exclamó Nadara, al verla—. ¡Pensé que nunca volvería a veros y ahora estáis aquí, en mi puerta! —la abrazó con fuerza—. ¡Pasad! Haré que mi criado se encargue de los caballos. ¡Venís vestida como una reina! ¿Y quién es este apuesto galán que os acompaña?

Entraron y Nadara volvió a cerrar la puerta, echando los seis cerrojos que había hecho poner desde que ella se marchó.

—Es importante sentirse segura en la casa de una... —les sonrió—. Nunca se sabe quién va a presentarse en mitad de la noche.

—Aún tenéis miedo al Santo Oficio, querida Nadara —afirmó Alba, tras escucharla.

—¡Siempre se le ha de tener miedo! Puedo creer que se han

olvidado de mí, pero seguramente solo están esperando encontrar la prueba que me condene a relajación.

Alba sintió un pellizco en el estómago, al recordar que ella misma había estado a punto de morir quemada en una hoguera. Aunque, sin duda, también era por el hambre que sentía. Ahora debía alimentarse por dos.

—Necesitamos comer, Nadara.

—¡Por supuesto! Os traeré un buen desayuno. ¿Y me vais a decir por fin a quién tengo el gusto de conocer? —preguntó, extendiendo su mano con gracia hacia el muchacho.

—Daniel, querida señora —respondió con galantería, besando su mano.

—¡Por Satanás que sois bello! —se santiguó—. ¡Dios me perdone por pronunciar ese nombre! Pero vuestra belleza me ha encandilado —rio—. Aunque, por lo que veo, vuestro corazón ya está ocupado, muchacho.

Alba le mostró la deslumbrante sortija en su dedo.

—¡Os habéis prometido! —Nadara saltó y aplaudió emocionada—. ¡Sabía que encontraríais la felicidad, querida mía! —cogió su mano para ver la joya de cerca—. Sin duda esta piedra debió pertenecer a una reina. Tenéis buen gusto, amigo mío. Por la joya y por la mujer que habéis elegido. No hay otra mejor.

Alba sonrió agradecida, pero sabía que no tenía tiempo para celebraciones.

—Necesitamos tu ayuda, querida Nadara. No sabemos cuántos días tendremos que quedarnos en la ciudad, pero en algún lugar tenemos que pernoctar. No obstante, traemos dinero...

—¡Guardadlo! Lo necesitaréis para vuestra nueva vida. Y espero que recibierais el dinero que os envié, a través de vuestra hermana.

—Así fue y os lo agradezco. Aunque se lo di todo a ella, era quien más lo necesitaba. Pero si queréis, sentaos con nosotros y os contaré por qué he vuelto a Valencia. Si vais a ayudarme —dijo, cogiendo su mano con cariño—, tendréis que conocer toda la historia... Y no hay tiempo que perder.

—Empezad a contar, querida —dijo la mujer, apretando su mano—. Por supuesto que tenéis mi ayuda.

—Quizá sea peligroso... —dijo Alba, mirándola con sus ojos brillantes.

—¿Y qué no lo es en esta vida? Cada día me levanto pensando que puede ser el día en que me detengan y cada noche me acuesto creyendo que nunca más volveré a ver el sol. Así que, decidme. ¿Qué os ha traído de nuevo a esta ciudad?

XLII

El vino rojo de Madeira

Se habían aprovisionado de víveres en el puerto y habían comprado armas en el mercado negro. La carga estaba en el barco y los nuevos hombres, en su mayoría moriscos huidos de la expulsión, estaban ya bajo sus órdenes, listos para zarpar hacia otros horizontes. A punto de dar la orden, uno de sus hombres más fieles bajó a su camarote.

—Capitán, me dijisteis que os avisara si me enteraba de alguna novedad en el puerto.

—¡Hablad!

—Hemos visto esta mañana a Doña Elena de Abrantes. Intentaba comprar remedios en el mercado negro. Nosotros nos llevamos ayer todos los remedios.

—¿Y...? —preguntó el capitán, sin entender.

—Señor, esas medicinas son para la hermana de Alba, según nos dijo la misma Floreta, ayer por la tarde. Y sé que vos no querríais que muriera por no encontrar los remedios adecuados. Esa mujer está muy débil, capitán. Y es apenas una niña.

—Querido amigo —dijo el capitán, mirando a su hombre de aspecto más fiero—, siempre me sorprenderá vuestro noble corazón. Tenéis razón, no deseo que esa muera. Si queréis, podéis llevarle vos mismo los remedios.

—Me he permitido hacer otra cosa, capitán. La he traído para que ella misma recoja lo que necesite.

—¿Y a qué estáis esperando, amigo? —dijo, con el rostro enardecido—. ¡Traedla hasta mí! —le sonrió, agradecido.

Mientras la esperaba, intentó que la estancia no pareciese tan desordenada. Descorchó una botella de vino portugués y sirvió dos copas. Cuando la vio entrar, le ofreció una.

—Debéis estar sedienta, señora. El trayecto en barca hasta aquí puede ser muy desagradable si la mar está agitada.

—Así es —asintió Elena—. Y si me lo permitís, también necesito sentarme. Estoy un poco mareada.

Joao separó una silla de la mesa, invitándola a sentarse. Después, él se sentó a su lado. Era hermosa, con su cabello color miel y su limpia mirada. Sus ademanes elegantes y su forma de hablar, educada y pausada, eran dignos de una mujer de su clase.

—Así que... necesitáis remedios.

—Ana está muy débil y ya no puedo confiar en el físico de mi familia. El boticario tampoco tiene mi confianza —dijo la joven, dejando la copa sobre la mesa, tras beber un buen trago del vino dulce y sabroso. Y los remedios que han elaborado las mujeres...— se contuvo. No sabía si podía hablarle de ellas.

—Las mujeres como Alba y su tía —dijo, para tranquilizarla—. Podéis hablar con toda tranquilidad. Recordad que la conocí en la isla de Eivissa.

—Lo había olvidado —se alegró—. Ninguno de los remedios le ha servido. Es como si no quisiera vivir —se mostró apenada y una lágrima brotó de sus ojos.

Joao recogió la lágrima de su mejilla con su dedo. Elena no supo qué hacer, su cuerpo se estremeció como el de una niña que despertara por primera vez a su naturaleza humana.

—Quizá no quiere continuar con vida. Debe ser muy duro perder a una hija, nada más nacer.

Elena vio auténtico dolor en sus ojos. Su rostro parecía el de un hombre arisco e indomable, pero, por alguna extraña razón, se sentía a salvo junto a él.

—No me rendiré. Se lo debo a Alba. Todo lo que ella hizo por mí... —sacudió la cabeza a ambos lados—. No puedo dejar que su hermana pequeña muera. Menos aún, ahora, que ha tenido que volver por culpa de mi padre y su absoluta locura.

—Vuestro padre aún la ama...

—Algo así no puede llamarse amor. Es enfermizo. Si de verdad la amara, no le haría daño. Lo único que quiere es que vuelva, no sé si para vengarse o para llevársela como a la niña.

El rostro del capitán enrojeció. Elena se dio cuenta y decidió aprovechar la ocasión.

—¡Tenéis que ayudarla, capitán! —le rogó, acercando su mano delicada y frágil. No parecía la mano de una mujer que sacaba adelante, ella sola, una hacienda tan importante como su apellido—. Temo por su vida. Y no sé si Daniel será capaz de protegerla como lo haríais vos. No tiene vuestra experiencia.

—Os equivocáis. Daniel ha estado bajo mis órdenes y ha sobrevivido a la muerte. Además, ella no desea ser ayudada por mí. Ya la oísteis, dijo que había llegado el momento de separarnos. ¡Y por Dios que esta vez así será!

—¡Os lo ruego, capitán! Sé que sois un buen hombre. Floreta me ha hablado muy bien de vos.

—Seguro que no os lo ha contado todo, señora.

—Me dijo que tenéis el corazón fuerte y bondadoso, lleno de generosidad, a pesar de la vida que lleváis. Y que siempre habéis velado por Alba. Aunque también me advirtió de que vuestra reputación con respecto a las mujeres os precede.

—¿Qué os ha dicho esa mujer del demonio? —El capitán sonrió, mientras acariciaba su mano.

—Me habló de vuestro carácter embaucador y de vuestras artimañas de seducción —Elena la retiró con rapidez.

Joao acercó la silla y se sentó a su lado, rozando su vestido con su levita. Su mirada la atravesó y vio el rubor de sus mejillas.

—Os serviré otra copa —dijo, pasando el brazo junto a su pecho, para alcanzar la jarra de plata. Llenó las copas de nuevo y levantó la suya para brindar—. ¡Por la salud de vuestra amiga y porque seáis capaz de sanarla! —Ella levantó su copa y bebió un buen trago del vino oloroso. Creyó que el brindis había acabado, pero el capitán volvió a brindar—. ¡Y porque una mujer tan bella como vos encuentre muy pronto con quien compartir su vida!

Elena tragó saliva y bebió de nuevo, para aplacar la sequedad de su garganta. Tan cerca de él, se sentía de forma diferente, no acertaba a saber qué le ocurría. Observó el perfil marcado de su rostro, sus ojos negros de largas pestañas y su cabello, sujeto con un lazo. El capitán volvió a chocar su copa y le habló, acercándose aún más.

—No creáis los rumores que habéis oído sobre mí. Yo también busco el amor verdadero y aún no lo he encontrado.

—No os equivoquéis conmigo, capitán. Yo no creo en el amor. No soy de esas mujeres.

—¿Una mujer como vos?

—¿Cómo yo? —preguntó, azorada por su cercanía—. Estuve casada y sé que el amor se compra, como casi todo en esta vida.

—Perdonadme el atrevimiento, pero vuestro padre es un hombre egoísta. Él es capaz de enfermar por amor, pero vendió a su hija a un hombre rico.

—No ha enfermado de amor, sino de odio. A veces se pueden confundir los sentimientos. Y él también vivió un matrimonio concertado. Es la tradición en nuestra familia, como en tantas otras.

—Detesto las tradiciones —exclamó el pirata—. No hay nada más cruel que obligar a un corazón a amar.

—Algo imposible... en una mujer como yo, ¿verdad? —respondió, regresando al punto de partida de la conversación.

—Una mujer de una belleza increíble. Elegante, delicada y, seguramente, más ardiente de lo que sospecho.

Elena no aguantó más y se levantó de la silla, dirigiéndose a la puerta.

—Y ahora, si queréis indicarme dónde puedo conseguir los remedios que necesito... Me siento algo mareada.

—Quizá no estéis acostumbrada al vino de Madeira. —El capitán la siguió con rapidez y la alcanzó antes de que se cayera, cogiéndola en sus brazos.

—Por favor, no me soltéis. Podría desvanecerme.

—No os soltaré. Os lo prometo. —sonrió.

Elena vio sus dientes blancos y sus labios carnosos y deseó acogerlos con su boca. Él la sostenía, y podía sentir sus fuertes manos apretándola junto a su pecho. Quería quedarse entre sus brazos para siempre.

—Ese vino es peligroso, capitán.

—No me llaméis capitán. Mi nombre es Joao... —acercó sus labios a su cuello y hundió su nariz para oler el maravilloso perfume que desprendía.

—Y vos, no me llaméis señora. Llamadme Elena.

—Elena... —repitió. Atrapó sus labios.

Se dejó besar y le devolvió el beso con el mismo ardor y deseo. Abrieron sus bocas y se buscaron el uno al otro, en un desesperado intento de encontrarse. Sentía su cuerpo musculado y tenso pegado al suyo. Levantó su mano y acarició su largo cabello liso, le pareció hermoso que un hombre llevase el cabello tan largo, y le desató el lazo, dejándolo suelto. Su rostro se volvió más salvaje, tanto que despertó en ella el anhelo de sentir, por primera vez, lo que debía ser el placer.

Joao la levantó en sus brazos y la llevó hasta su lecho. Elena abrió los ojos para mirar cómo se desabrochaba la camisola y su pecho aparecía ante ella, con la piel tostada. Le deseó con todas sus fuerzas. No sabía por qué su cuerpo respondía así, ante un hombre que solo había visto una vez, pero anhelaba que la poseyera.

Joao se le acercó, desabrochó los cordones de su vestido y la liberó de él en apenas un momento. Sus manos eran tan sabias en el amor como ella había imaginado. Le arrancó la ropa interior y la dejó desnuda ante sus ojos. Se extrañó de sí misma y de su comportamiento, pues no sintió ningún pudor al mostrar sus partes más íntimas ante sus ojos, que la devoraban con fruición. Solo había estado con su esposo y lo recordaba como una auténtica tortura. Joao terminó de desnudarse, la abrazó, pegando su cuerpo al suyo.

—¡Esperad! Nunca me he entregado a un hombre.

—Pero, sois una mujer casada...

—Lo era, decís bien. Pero mi marido no era un hombre sabio en el amor.

—No os preocupéis. Os aseguro que solo os haré gritar de placer.

Tras escuchar sus palabras enloqueció, comenzó a besarle y a acariciar su cuerpo, como jamás pensó que se atrevería a hacer. Abrió sus piernas ligeramente y sintió el abultado centro del pirata. Hundió sus dedos en sus cabellos y se agarró a ellos para atenuar sus embestidas. Entraba en ella, provocándole un gozo que jamás había sentido. Sonrió ante el placer y ante la idea de vivir una aventura por fin, cuando aún era joven para experimentar y sentir la pasión con toda su plenitud.

Sujetó sus piernas alrededor de su cintura y comenzó a seguirle en aquel baile irracional. Sintió atropellados sus pechos por su cuerpo. Entonces, gritó y dejó exhalar fuera de ella todo el dolor y los malos recuerdos, los golpes infringidos sobre su piel y el miedo que la había atenazado cada noche. Chilló y lloró, al sentirse tan ligera bajo el peso de aquel cuerpo perfecto que la invadía por entero. Sus lágrimas cayeron por su rostro, se sentía viva de nuevo.

Joao gimió y se dejó caer sobre ella, sin salir de su interior. Elena recibió su cuerpo sudoroso, envolviéndolo con su propio sudor. Lo acogió con sus brazos y acarició su largo cabello, que se extendía sobre su espalda.

—Os agradezco que me hayáis hecho el amor.

—Soy yo quien debe daros las gracias —respondió él.

No supo a qué se refería, pero no mentía al decirlo. Él le sonrió y acarició su rostro, sin moverse, ni salir de ella. Elena tampoco se lo pidió, sentirle dentro la hacía sentirse feliz.

—Sois la primera mujer que me ha hecho sentir, después de mucho tiempo.

Despertó al atardecer y Joao no estaba a su lado. Se vio desnuda sobre el lecho, sin ninguna tela que cubriera su cuerpo, y el pudor regresó, haciéndola sentirse avergonzada. Descubrió sus ropas sobre la silla y se levantó para alcanzarlas. La cabeza le daba vueltas y aún se sentía mareada. Se sentó de nuevo, cuando escuchó que la puerta se abría. Se tumbó de espaldas para cubrirse.

—Ya os he visto desnuda. No tenéis que taparos ante mí —entró en el camarote con una bandeja de plata—. Comed algo o no podréis regresar a pie a vuestra casa.

Estaba completamente vestido y su cabello estaba peinado como si, minutos antes, no se hubiese deshecho de gozo entre sus brazos. Dejó la bandeja sobre la mesa. En ella había leche, pan, queso, uvas e higos. Elena intentó levantarse de nuevo, pero él le alcanzó las ropas para que no se moviera.

—No podría comer, aunque quisiera —se acarició el vientre, haciendo una mueca de angustia. Después, comenzó a vestirse.

—¿De verdad queréis marcharos tan pronto? —preguntó, jugueteando con el cordón del escote de su vestido, mientras ella intentaba anudarlo.

—Debo volver con los remedios. Espero no haber pasado demasiado tiempo aquí —sintió pena por el hombre, que la miraba con deseo—. No quería decir eso. Quería decir que Ana sigue en peligro y cada minuto que pase será peor.

—Yo mismo os acompañaré. Entiendo vuestra premura, aunque desearía que pasarais aquí la noche. —Se alejó para permitir que se vistiera y le sirvió un cuenco de leche—. Tomaos esto, al menos. Hacedme caso, sé de lo que hablo.

—Imagino que habéis estado achispado muchas veces...

El capitán rio a carcajadas.

—¿Achispado, decís? Supongo que así lo llama una dama de vuestra categoría. Cierto, he estado durante días sin poder levantarme por culpa del alcohol.

Se levantó, ya vestida y recompuesta, y aceptó de sus manos el cuenco de leche. Bebió un poco, pero su estómago lo rechazó y lo dejó sobre la mesa.

—Supongo que habéis llevado una vida disoluta, capitán.

—¿De nuevo me llamáis capitán? —preguntó extrañado, rozando sus labios sobre su piel—. Os pedí que me llamarais por mi nombre, querida Elena.

—Me temo que eso no será posible, capitán —se alejó con rapidez—. Lo que ha ocurrido ha sido maravilloso, pero entenderéis que no puede volver a repetirse.

Joao la miró con desdén. Se preguntaba a qué se debía aquel cambio repentino.

—¡Parecéis otra, cuando despertáis! —exclamó herido.

—Sin duda, ha sido el vino de Madeira, lo que me ha convertido en esa mujer... —titubeó— pecaminosa que se entregó a vos con tanta ligereza.

—¿Pecaminosa? —exclamó, con extrañeza—. Aquí no hay más pecado que en una iglesia.

—¡Os ruego que no blasfeméis, capitán! Y os ruego también que respetéis mis deseos. Vos mismo hablasteis ayer de mi condición. Soy una señora, no podéis esperar lo mismo de mí que de las otras mujeres con las que hayáis compartido el lecho.

—Ya veo... Os creéis mejor que ellas, ¿verdad? ¿Acaso pensáis que sois superior porque tenéis más dinero, un apellido, quizá? Porque habéis nacido entre algodones, cuando ellas han tenido que luchar cada día que han vivido, ¿no es eso?

—No he querido decir...

—No sois mejor que ellas, cuando me tratáis así, después de haberos entregado a mí con la ligereza que decís. Si acaso, sois peor que ninguna de ellas porque, a pesar de cuánto habéis sufrido, seguís creyendo que merecéis a un hombre de alta cuna.

—Capitán, en vuestro mundo, sin duda, podéis vivir según vuestros deseos, pero en el mío las cosas no se hacen así.

—¿Y cómo son? —exclamó, airado—. No vivís en un mundo tan diferente como creéis. Sois vos misma, la que os ocultáis bajo esa capa protectora que os envuelve mientras intentáis matar lo que sentís. Pero no podréis hacerlo durante mucho tiempo. ¡Sois una mujer, no podéis olvidarlo! Y en algún momento de vuestra vida, anhelaréis lo que anhela cualquier mujer, un hombre que os ame de verdad.

—Y vos pensáis que podéis ser ese hombre... —Elena sonrió, enojada.

—¡No, por los clavos de Cristo! ¡No creáis que podéis atarme con una sola noche de amor, señora! Una mujer distinta me espera en cada puerto.

—Entonces, lo que os molesta es que os haya rechazado...

—No señora, no me molesta vuestro rechazo, pero sí las razones que alegáis para ello.

—Por favor, decidme cómo puedo bajar a la bodega a conseguir los remedios —le pidió, al comprobar que había dañado a un hombre orgulloso—. Os pagaré bien, por supuesto —dijo, sacando una bolsa de monedas—; después me iré y ambos olvidaremos lo ocurrido esta noche.

—¡No necesito vuestro dinero! —exclamó, apartando la bolsa con su mano—. ¡Soy más rico que vos, o es que no lo sabéis!

—Os pido disculpas, entonces, pero por favor, no os lo toméis así.

En sus ojos había una tristeza que nunca había visto antes en una mujer. Se acercó a la puerta y la abrió para que saliera. Cuando pasó junto a él, ambos se miraron con deseo.

—Uno de mis hombres os acompañará y después os llevará hasta la playa.

—Os lo agradezco. Os rogaré por última vez que marchéis a Valencia a ayudar a Alba. Ella es como mi hermana y sé que vos también la amáis. Si no, no os lo pediría. Estará en casa de Nadara, recordad el nombre por si os decidís a marchar.

Elena extendió su mano para estrechar la suya, pero él se la negó. Entró de nuevo en el camarote y cerró de un portazo. Tras el ruido, se escuchó un ruido aún mayor en el interior. El capitán había lanzado la bandeja contra el suelo.

—¡Mujeres! —se lamentó, riéndose de sí mismo—. Se creen las reinas del mundo. ¿Quién podría confiar en ninguna de ellas?

XLIII

La vanidad diabólica

Gracias al cielo, estaba en sus manos. Aquella era la recompensa que la infiel le había dicho que le entregaría, a cambio de llevarse a la niña en el momento oportuno. Él era el único capaz de mantener la cordura, aunque desde que había empezado a leer las páginas que había encontrado escondidas en la cesta, bajo el cuerpo del bebé, su sentido común empezaba a agotarse.

Aquellas palabras describían, con todo lujo de detalles, la historia de la inefable mujer. No era Don Álvaro el artífice de haber matado a sus padres, sino la Iglesia que él representaba. Pero... ¿Acaso eran inocentes?

La orden de su antecesor había sido ejecutada con gran exactitud por Don Álvaro salvo por una cuestión, se habían salvado dos niñas. Como inquisidor, se veía en la obligación de cumplir con aquel mandato a la perfección. No podía permitir que hubiese otra. Si debía acabar con ella de una vez, tendría que hacerlo también con su hermana o, en su defecto, con la hija de esta.

A pesar de los riesgos que corría, podría inventar una excusa para no entregársela. Podría ocurrir una desgracia, algo de lo que culpar al Señor de Abrantes y que sería la salvaguarda de su inocencia. Sería como pescar dos peces en una misma red.

Devolvió la mirada a las letras, manchadas por el tiempo

que habían pasado escondidas. Agarró con las dos manos la cruz de plata que colgaba sobre su pecho. El sudor le caía en hilillos desde las sienes. No podía volver a pasar por aquel infierno. La historia y la niña se quedarían bajo su tutela como moneda de cambio para un nuevo pacto, si hacía falta. No dejaría ni un resquicio por el que pudiera volver a colarse el poder de aquellas hembras. Esta vez, acabaría con todas ellas.

¿Pero cómo engañar a la infiel? Un párrafo escrito por otra mano, al final, le amenazaba. Si no acataba sus órdenes, la historia sería publicada en forma de pasquín, expuesta en la puerta de la Catedral para que fuera vista y leída por todos los habitantes de la ciudad, y sería enviada una copia al secretario del Rey y a Roma, para que pudiera ser leída por el Santo Padre.

¡No podía permitirlo! Fray Jaime lanzó las páginas contra su mesa. Le iba a ser imposible escapar de su amenaza, salvo de una única forma, acabando con su vida.

—¿Estáis loca? ¿Es que habéis olvidado en qué os convertisteis cuando vivíais en su casa? —exclamó Nadara, como si quisiera gritar, pero en voz baja para no despertar a Daniel, que dormía en la habitación contigua—. ¿Y habéis esperado hasta la madrugada para decirme esto? Si lo hubierais hecho antes, yo misma le habría dicho al que va a ser vuestro esposo que no os permita regresar allí. ¡Ese hombre es un farsante!

—Como saludador, no os lo negaré. Pero... ¡Nadara, tenéis que entenderlo! ¡Julio Almirón es la única persona que puede ayudarme a regresar a la oscuridad! Ya lo hizo una vez y sé que, si se lo pido, volverá a hacerlo.

—¿Pero qué decís? ¿Acaso no tengo yo más sabiduría que él? ¡Puedo hacer que perdáis esa criatura, si queréis!

—¡Pero no es lo que quiero! —se agarró el vientre—. ¡Esta criatura es mía, también!

—Pero vos misma habéis dicho que os entregasteis a la tenebrosidad.

—¡Callad, por Dios! —dijo mirando hacia la estancia en la

que su amado dormía—. ¡No quiero que lo alarméis si no hay necesidad!

—¡Pero es que la hay! ¿No me digáis que aún no se lo habéis dicho?

—Sí, le conté la verdad, pero él cree que esta hija es fruto de nuestro amor.

—Y así debía haber sido, pero eso es imposible. El maligno no permite sustitutos. Si os entregasteis a él, tendréis que rendirle cuentas, llegado el momento. ¡Y no dudéis de que vendrá a haceros pagar lo que le debéis! —Nadara comenzó a lamentarse—. Nunca debí permitir que os acercaseis a esa gente. Pero vos, erais tan testaruda... ¡Y seguís siéndolo! ¡Haced caso de lo que os digo por una vez! Solo hay una solución —cogió un vaso de barro y se lo acercó—. Apenas notaréis nada. Un leve dolor y después, habrá salido de vos para siempre.

—¡No! —gritó Alba, tirando el vaso de barro al suelo—. ¡Jamás mataré a mi hija! ¡Al contrario, la protegeré de cualquiera que intente hacerle daño!

—¿Os habéis vuelto loca? ¡Será ella quien os haga daño a vos y a todos los que amáis! El maligno no engendra el bien, sino el mal. Y aprovechará la oportunidad que le disteis a cambio de sus poderes. Es posible que aún los llevéis dentro. ¿Es así?

—No puedo saberlo. Nunca he vuelto a intentar utilizarlos.

—Mejor así. Al menos, no llamaréis su atención antes de tiempo —replicó Nadara.

—No podéis evitar que vaya.

—Lo sé, pero sí puedo hacer que vuestro hombre os siga. Y eso evitará que volváis a cometer el mismo error.

—¡No lo hagáis, os lo ruego! ¡No le digáis nada! Será solo esta noche. Regresaré al amanecer. ¡Dejadle dormir tranquilo!

—¿Queréis que vuestro prometido duerma plácidamente, mientras os exponéis de nuevo al maligno y al Señor de Abrantes, un hombre que os odia con todo su corazón? —Nadara la miró enloquecida—. ¿Realmente creéis que podéis ganar esta batalla sola?

Alba no pudo contestar. Aunque perdiera, necesitaba intentarlo. Amaba tanto a Daniel que deseaba con todas sus fuerzas que aquella niña fuera su hija y haría todo lo que estuviera en su mano para conseguirlo. Y para lograrlo, necesitaba la ayuda de Julio Almirón, el único que sería capaz de llevarla de nuevo a las puertas del averno.

—No quiero arriesgar su vida. Es un morisco, no debería estar aquí.

—Ni vos tampoco. ¿O tengo que recordaros que fuisteis desterrada por la Inquisición? ¡Es vuestra vida, la que está en juego, y la de esa hija que lleváis dentro!

—Os lo ruego, hermana, solo tenéis que guardar silencio una noche y un día.

—No será fácil. Vuestro hombre me preguntará en cuanto vea que os habéis ido. ¿Y cómo podré ocultarle algo así? Corréis hacia el peligro por vuestro propio pie...

—Querida Nadara, para encontrar a mi sobrina también necesitaré a Julio Almirón. Él sabrá ayudarme a entrar en el convento. Ya lo hizo una vez. Rescataré a mi sobrina y saldré de allí. Los frailes no me verán y regresaré antes de que despunte el día. Por eso he de irme ahora. No hay tiempo que perder.

—Está bien, no puedo hacer nada por vos, si queréis ir con ese hombre de nuevo y enfrentaros al diablo, al hombre que desea mataros y al inquisidor. Demasiados enemigos para ir sola.

—Sabéis que puedo enfrentarme a ellos, querida Nadara. Pero no quiero arriesgar la vida de Daniel. Él sí correría peligro...

—Ya que no puedo convenceros, llevad esto colgado del cuello —le entregó un pequeño frasco de plata que colgaba de una cadena—. Su esencia os protegerá.

La abrazó y le agradeció su silencio. Sabía que le sería difícil mantener a salvo a Daniel, pero si lograba regresar antes de que él quisiera ir con ella, todo habría acabado.

—Si el mismo Satanás me hubiese dicho que volvería a veros en mi casa, sentada en el mismo sillón en el que recibisteis a la tenebrosidad por primera vez, no le habría creído. Solo la voz de Dios me habría hecho cambiar de opinión y, sin embargo, aquí estáis. Hermosa como siempre fuisteis, mirándome con el mismo valor que siempre hubo en vuestra mirada y sonriéndome con la misma ironía. ¿Acaso creéis que sigo estando a vuestros pies, después de todo este tiempo? No, querida Alba. Perdí toda esperanza de que fuerais mía cuando os entregasteis al maligno.

—Sé que me guardáis cariño —rio— y sé también que vos mismo os entregaríais al maligno, al que tanto adoráis y teméis, a cambio de un nuevo conjuro extraído del *Clavicula Salomonis*.

—¿Es eso lo que me ofrecéis esta vez? ¿Un nuevo conjuro?

—Vos no podéis leer ese libro.

—Ni vos podéis entrar en el convento sin mi ayuda.

—¿Creéis que he venido para eso? —rio sin levantarse del sillón, echada sobre él con la tela de su vestido cayendo sobre el suelo, dejando sus pantorrillas libres ante la mirada del saludador—. Podría hacer dormir durante horas a todos y cada uno de los monjes y entrar con la facilidad que el agua de un río arrastra las hojas de los árboles.

—Entonces, ¿por qué estáis aquí? ¡No me digáis que habéis venido a verme! Me abandonasteis en cuanto conseguisteis lo que queríais. ¿Creéis que lo he olvidado? —replicó Julio—. Solo atendéis a vuestros intereses.

—Como todos, saludador. ¿O no es el dinero y la fama lo que mueve vuestro corazón? Y decidme, ¿aún la mantenéis? ¿O tras vuestros últimos intentos fallidos por conseguir unos poderes que jamás tendréis, vuestros seguidores han perdido la fe en vos?

—Me traicionasteis, Alba. Me hicisteis creer que me enseñaríais vuestros poderes, pero os marchasteis a cumplir vuestra venganza.

—Intenté enseñaros, pero vuestro orgullo no os dejaba ver.

No soportabais tener que aprender de una mujer. Pero si ahora habéis aprendido la lección, quizá sea posible...

—Os equivocáis. Sigo siendo el mismo hombre maniático de siempre. Sigo creyendo que una mujer solo puede servir al maligno. Y vos fuisteis la prueba.

—Pero en vuestro corazón sabéis que no es así...

—En mi corazón, ya no hay lugar para creer en vos. Y, de todos modos, si no soy capaz de seguir vuestras enseñanzas, ¿de qué me serviría tener en mis manos un nuevo conjuro?

—Quizá pueda daros algo mucho más útil y que, sin duda, sí sabréis utilizar.

Julio la miró incrédulo. Cuando estuvo a su lado, cogió un mechón de su largo cabello y se lo acercó a la nariz para aspirar su aroma.

—¿Creéis que me dejaría comprar por vuestros encantos? No soy tan necio para dejarme engañar por una mujer, ni aunque os metierais en mi lecho.

Alba volvió a reír, esta vez con más fuerza que antes.

—No es mi cuerpo lo que os estoy ofreciendo. Os ofrezco algo por lo que vos entregaríais vuestro cuerpo si fuera necesario.

—¿Y qué es eso que tanto haría latir mi corazón? —preguntó, agarrándola por la cintura evitando que pudiera escapar.

—El elixir del sol, amigo mío. La fórmula alquímica por la que matarían y morirían muchos.

La soltó. Se retiró hacia su mesa, la luz de una vela titilaba sin descanso.

—Eso compraría mi ayuda. Pero, ¿acaso no pertenece a vuestra amiga y protectora? Sé que Nadara lo guarda bajo llave desde que lo recibió de su creador.

—Pero yo soy su única discípula. ¿O lo habéis olvidado? Es en su casa donde me hospedaré mientras esté en la ciudad. No sería difícil para mí encontrar su escondite. Además, ¿qué os dice que no lo conozco? Quizá podría recitároslo ahora mismo.

—No os creo.

—Es vuestra elección. Mientras tomáis la decisión de creerme, os diré lo que necesito.

—Hablad.

—Debéis hacerme entrar de nuevo en el convento y llevarme a las estancias del Inquisidor mayor.

—¿Estáis loca? ¡No haré eso! ¡No voy a arriesgar mi vida por una mujer! —gritó el saludador.

—No lo haréis por mí, sino por vos. Con el elixir del sol recuperaréis la fama perdida y vuestra reputación se acrecentará. ¡Seréis rico de nuevo! ¡Y esta casa volverá a ser visitada por los más ilustres, como antaño! —Alba sonreía—. Aunque tendréis que ayudarme con algo más.

Esperó a que terminara de hablar. Ya había empezado a pensar cómo podrían entrar en el convento. El elixir del sol era lo que más podía anhelar un hombre como él, muy importante debía ser lo que quería, para ser capaz de traicionar a Nadara por ello.

—Terminad —le exigió intrigado.

—Necesito que me ayudéis —se agarró el vientre con ambas manos—. Llevo en mi seno a la hija del amor, pero también es la hija del maligno.

—¡Os entregasteis a él! ¿Qué esperabais? El mal siempre exige algo a cambio de su poder.

—¡Lo sé! —respondió, airada—, pero necesito deshacer lo que hice.

—¿Creéis que he sido capaz de practicar la magia después de vuestra marcha? No, querida, vos acabasteis conmigo y con toda mi seguridad. No soy ya el hombre que conocisteis. Además, no existe una magia capaz de invertir el transcurso del mal.

—¡Pero debéis conocer una manera! —empezaba a mostrarse desesperada.

El saludador miró a ambos lados, como si quisiera hallar la fórmula para ayudarla, pero se negó en rotundo.

—No la hay. Al menos, yo no la conozco. Y no creo que exista en todo el reino.

—¿Me estáis diciendo que he de conformarme? —gritó

acercándose a él, con toda la rabia que era capaz de sentir—.
¡No puedo, ni lo haré! ¡Sabéis como soy y no pararé hasta
conseguir que esta hija sea realmente mía y del hombre que
amo! Y lo lograré, aunque tenga que viajar hasta los confines
del mundo.

—Pues os felicito, querida, porque será eso precisamente
lo que tengáis que hacer. Debéis navegar hasta Nueva España,[20] he oído hablar mucho de aquellas tierras. Allí existe una
magia que nosotros desconocemos, una magia ancestral como
la nuestra, pero tan nueva para nosotros que, si unierais ese
poder al vuestro, seríais tan poderosa que ni la tenebrosidad podría con vos. No lo dudéis, cruzad el océano. Allí aprenderéis
cómo revertir el efecto del mal en vuestro interior. El fin del
mundo os espera con una nueva sabiduría.

---

20. Nueva España. Entidad territorial integrante del Imperio estable-
cida en gran parte de América del norte por la Corona durante su dominio
en el Nuevo Mundo, entre los siglos XVI y XIX, etapa conocida como perío-
do colonial mexicano.

XLIV

El espíritu encontrado

Era el momento de huir. La infiel había avisado a Don Álvaro y él sabía que la bruja estaba a punto de llegar. Estaba seguro de que entre ellos habría mucho más que palabras. Alejarse de allí era lo más sensato y se llevaría a la niña consigo.

Ayudó al ama de cría a subir a la parte delantera del carruaje, junto al cochero. Cogió la cesta con la niña y subió atrás. Corrió las cortinas y dio un golpe con la mano. A su señal, el cochero se puso en camino, haciendo trotar a los caballos.

En su iglesia, con la guardia para protegerle, estaría a salvo de ambas mujeres y no tendría que ceder ante ninguna. Pretendía hacer que se encontraran, pues la africana odiaba a la otra. Su plan era infalible, nada podía salir mal mientras permaneciera junto a la niña en la Catedral. Después, escaparía. Pero antes las habría detenido a ambas. Por fin, sus ruegos iban a ser escuchados.

El coche paró frente a la puerta de la sacristía, un guardia le abrió la puerta y cogió la cesta para que pudiese bajar. Una vez más, se sintió débil. Se ayudó de su hombro, se colocó la capucha y atravesó la calle con rapidez, hasta estar a salvo de cualquier mirada furtiva.

—Llevad a la niña a la Catedral. Hoy no se abrirán las puertas.

La mujer entró en la iglesia, su mirada se perdió en la altura de los techos y en la majestad de sus vidrieras. Se santiguó al llegar al altar y dejar la cesta sobre él, bajo el gran crucifijo, como le había ordenado el fraile. Después, se sentó en una de las sillas de terciopelo rojo que había a la derecha y esperó a que el hombre regresara.

—¡Levantaos de esa silla, mujer! —gritó el fraile al llegar al altar—. ¿Os creéis tan ilustre como para aposentaros sobre terciopelo? Ese lugar está reservado a los de alta cuna.

—¡Disculpadme, señor! —respondió, levantándose con rapidez.

—Marchad, ya no os necesitaré. Pero quedaos cerca por si mis guardias vuelven a llamaros. Salid por la sacristía, mi criado os pagará.

La mujer agradeció con un gesto sus palabras y comenzó a caminar hacia la sacristía, pero antes, sintió temor por la niña, a la que había amamantado durante varios días con sus noches, y regresó sobre sus pasos.

—Perdonad —exclamó con voz temerosa—. ¿Qué vais a hacer con ella?

El fraile se le acercó con una mirada gélida.

—¿Y quién sois vos para preguntarme nada? ¿Acaso esta niña es vuestra hija? ¿No os he pagado bien por vuestros servicios?

—Sí, señor. Lo habéis hecho. Es solo que...

—¡Marchad ahora mismo! Y olvidaos de regresar nunca más a esta iglesia. No volveré a necesitaros.

—Pero señor...

El fraile levantó su mano derecha y a punto estuvo de descargar su ira sobre la mejilla de la mujer, pero esta corrió antes de que pudiese golpearla. La vio escabullirse por la sacristía y apretó fuertemente su mandíbula, intentando no gritar de rabia. El temor se había apoderado de él y solo sabía una manera de acallarlo, con furia.

Se preguntó de qué estaban hechas las mujeres para ser tan débiles de sentimiento. Esperaba que esta también sintiese en su corazón esa debilidad por su sobrina, así caería más fácilmente en su trampa. La infiel, sin embargo, parecía carecer de cualquier emoción humana. Lidiar con ella sería mucho más difícil.

Debía darse prisa. La vida de la niña era otro riesgo que no estaba dispuesto a correr. Aunque de apariencia inocente, llevaba al maligno en su interior. Quizá incluso había sido engendrada por el diablo.

Se acercó a la cesta y vio que movía sus bracitos con nerviosismo, quizá temerosa al ver su serio rostro y no el del ama, como cada día. Movió la cabeza a los lados, señal inequívoca de que, a pesar de su corta edad, sabía que se encontraba en una iglesia. Pero no estaba en un templo cualquiera, sino en el lugar más sagrado. Sus ojos se abrieron y miraron hacia arriba. Tras ella, el Crucificado yacía sangrante con la cabeza hacia abajo. Era imposible que el maligno permaneciese dentro de ella mucho tiempo, estando en tan sacro lugar. Por si el espacio que les rodeaba no fuera suficiente, él había traído consigo todo lo necesario para practicar el exorcismo, pues debía limpiar su alma de todo mal. Si era culpable de albergar el mal, se ocuparía de arrancárselo, aunque tuviese que utilizar la fuerza. No era inquisidor por casualidad. La mano de Dios le había entregado el poder para ejercerlo.

Daniel corrió más que en toda su vida. Le había prometido que no la abandonaría y no iba a hacerlo en manos del Señor de Abrantes. Aquel hombre la amaba y la odiaba al mismo tiempo, una combinación demasiado peligrosa.

Las calles, apenas iluminadas por el fuego de las antorchas, no le permitían ver más allá de sus pasos. Corrió hasta el final de la calle, como Nadara le indicó. Ya podía escuchar el rumor de las aguas del río y sentía la humedad atravesando sus ropas. Aminoró el paso, vio una luz dentro de la casa.

Esperó fuera, recuperando el aliento. Se acercó al portón y acercó su oído para intentar escuchar sus voces. Unos pasos se acercaban a la puerta y se escondió tras la pared. Vio salir a dos monjes, con las cabezas cubiertas. No hablaron, salieron y se adentraron en las calles con rapidez, dirigiéndose al centro de la ciudad.

Decidió seguirlos. Uno de ellos era alto y fornido, no había duda de su condición de varón. El otro, más pequeño y delgado, caminaba con la elegancia de una mujer. Se adentraron en el laberinto central, hasta llegar a un recodo. Entonces, volvieron sobre sus pasos y se abalanzaron sobre él. Sintió que el hombre le sujetaba por detrás, mientras ella se acercaba para ver su rostro.

—¿Qué hacéis aquí? —exclamó al reconocerle.

—¿Pensabais que os dejaría ir sola a enfrentaros con ese hombre? —respondió, intentando soltarse.

—¡Dejadle! —pidió al saludador, que soltó sus brazos y se colocó junto a ella.

—¿Quién sois? —exigió una respuesta.

—Es Daniel, mi prometido —respondió ella con rapidez.

—Así que... —balbuceó—. Si vais a venir con nosotros, tendréis que ocultaros el rostro.

Alba recordó su rostro oculto bajo la máscara cuando se reencontraron en la cueva por primera vez, después de mucho tiempo. Fue la primera vez que fue consciente del peligro que él corría estando a su lado. Ahora volvía a darse cuenta.

—No voy a abandonaros. No me pidáis que regrese.

—¡Podríais morir si os encuentran! ¡Sois morisco y también fuisteis expulsado! —replicó, sin dejarse convencer.

—Vos también corréis peligro. ¿Y él? —preguntó, señalando a Julio.

—Él es un brujo, como yo. Ambos tenemos suficiente poder para escapar de las garras de la Inquisición.

—Sí, pero... ¿podréis escapar de las garras de un hombre enamorado?

Su pecho se aceleró, al pensar en enfrentarse de nuevo al hombre que más odiaba en el mundo, pero lo único que deseaba era salvar a su sobrina.

—¡Podéis morir! —se resistió, ante sus ruegos—. ¿Y qué haría yo entonces? —preguntó suplicante, intentando que sus palabras la convencieran por fin—. ¿Pensáis que puedo, ni quiero, vivir sin vos? ¡Si os ocurre algo, mi vida se acaba, vos lo sabéis! —se acercó y la abrazó con insistencia. No iba a dejarla marchar. No, si él no la acompañaba—. No os dejaré ir, ¿lo entendéis? —susurró cerca de su oído, aspirando el aroma de su cuello—. No dejaré que os toque un pelo de la ropa. Sus manos no llegarán hasta vos. No conseguiréis convencerme.

Alba notó la espada que colgaba de su cinturón. Estaba dispuesto a arriesgar su vida por ella. Su pecho subía y bajaba, estaba emocionada por sus palabras y por el temor de que le ocurriese algo.

—No puedo permitíroslo... —le respondió con voz queda, intentando por última vez que la cordura venciera a la locura de su amor, que ya no tenía barreras ni límite alguno.

—Tendréis que hacerlo, no os queda más remedio, pues no os dejaré ir —le aseguró, atrapando su cuerpo contra el suyo, en presencia del saludador, que los apremiaba.

—¡Tenemos que marcharnos ya! ¡Debemos llegar antes de que amanezca! ¡Dejad que os acompañe si en tan poco valora su vida! —exigió.

Se separó de él, sin necesidad de utilizar sus brazos para soltarse. Su cuerpo apareció frente al suyo, a varios palmos de distancia, sin que él lo hubiese sentido.

—Sabéis que podría escabullirme incluso aunque estuvieseis dentro de mí, y no lo notaríais siquiera. ¿No os he mostrado ya cómo es mi poder?

Daniel se sintió perdido, ella era capaz de marcharse sin él, si así lo quería. Solo le quedaba una cosa por hacer, apelar a la pasión que ambos sentían, a la alquimia que les unía en cuerpo y alma.

—Solo la diosa podría separar nuestros espíritus, ahora que se han encontrado. No podréis detenerme. Si os marcháis sin mí, no pararé hasta encontraros, y quizá sean otros los que me encuentren antes a mí que yo a vos.

Se convenció al escucharle, no podía dejarle en manos de los inquisidores, o lo que era peor, en manos de Álvaro. Si estaba junto a ella, al menos podría intentar protegerle. La pasión que sentía estaba por encima de su magia.

—Está bien, amor mío. Vendréis conmigo, pero antes tenéis que prometerme que no os pondréis en peligro sin necesidad. Sabéis que yo puedo defenderme realizando los prodigios que ya habéis visto obrar en mí. Solo actuaréis si de verdad existe riesgo de perderme. ¡Prometedlo!

—¡Os lo prometo! Os dejaré actuar a vos.

—Entraremos por los sótanos del convento —dijo el saludador—. Un monje me debe un favor. Si Don Álvaro ha venido buscando la ayuda del inquisidor, estará dentro. Es un buen lugar para ocultar a un recién nacido.

Llegaron al cementerio, estaba tenebrosamente sombrío y tan solo la blancura de las lápidas refulgía en la oscuridad. Un gato maulló con desesperación en mitad de la noche y al momento, el silencio se convirtió en cientos de ruidos invisibles.

Caminaban deprisa bajo una débil e incesante lluvia. Alba y el saludador caminaban con rapidez, a pesar de usar sandalias de fraile. Incluso en algunos momentos le pareció que sus pies flotaban sobre el suelo. Atravesaron el camposanto hasta unas escaleras, bajaron los peldaños y, al llegar al final, Daniel resbaló con la suela de la bota. Una mano fuerte, aunque pequeña, le sostuvo. Alba evitó que cayera y se hiciera daño.

El saludador sacó una llave y abrió una reja de hierro. Al entrar, recogió una antorcha encendida de la pared. Sin duda, alguien sabía de su llegada. Bajo la antorcha, había un hatillo con una túnica de fraile.

—Esta es para vos —dijo, entregándosela—. No podéis entrar vestido de caballero. Tendréis que dejar también la espada.

—No lo haré.

—Entonces, escondedla bien bajo el hábito.

Un horizonte de arcos se extendía en un espacio laberíntico de entradas y salidas. Siguieron los pasos del hombre, que iba iluminando el camino. Daniel agarraba la mano de Alba con fuerza y esta le recibía con idéntico impulso. Otra reja de hierro cerrada les esperaba. El saludador sacó de nuevo la llave y abrió.

El convento estaba en silencio. Sin duda, los frailes aún dormían, aunque no tardarían mucho en llamar a maitines.[21] Aquel debía ser el momento para mezclarse entre ellos y encontrar la celda en la que descansaba Álvaro de Abrantes, donde esperaban encontrar a la niña. Julio entraría solo, la cogería y los tres regresarían a la ciudad. Un plan sencillo. A pesar de ello, Daniel mantenía la mano sobre su espada por si algo salía mal.

Esperaron en un pasillo oscuro a que las campanas irrumpieran en el mutismo del amanecer. El tiempo se hacía interminable.

—Esperad aquí —dijo Julio—, he de avisar de nuestra llegada —se adentró, caminando con paso lento, simulando pertenecer a la hermandad.

Daniel y Alba se quedaron solos. No podían verse, pero escuchaban su aliento agitado en la espera. Él apretó su mano y se movió hacia ella, llevado por el instinto de sentir su cuerpo. Ella le recibió en sus brazos. Las túnicas de ambos se juntaron, mientras las capuchas ocultaban su rostro. Si alguien les sorprendía, vería a dos frailes unidos en una extraña comunión que nadie tomaría por sagrada. No les importaba, el temor desaparecía cuando se encontraban respirando al mismo tiempo.

El pecho de Alba subía y bajaba, rozando con sus pezones erguidos la piel tersa del morisco. Hubiese deseado arrancarle la túnica en aquel instante. Ardía en deseos de hacerla suya, a pesar del frío, de la lluvia que había calado sus ropas y del temor a ser vistos.

La penumbra era su aliada. Alba se apretó contra él, buscando a tientas sus labios. Los encontró, fríos y húmedos, esperando los suyos. Su beso ardiente se encontró con la lengua

21. Maitines. Primera de las horas canónicas, rezadas antes de amanecer.

de Daniel, que anhelaba la suya. Sus cuerpos temblaban, no era por el frío, sino por la emoción de saber que iban a enfrentarse juntos al peligro. Por fin, ninguno se sentía solo ante el miedo.

Él se apretó contra ella, pudo sentir su miembro fuerte y erecto entre sus piernas. Sus manos corrieron por su cuerpo hasta alcanzar sus pechos, los acogió con ardor, anhelando saborearlos. El ruido de unos pasos evitó que se dejara llevar por la alquimia de la pasión que le llenaba por dentro. Se separó de ella con rapidez, al ver el reflejo de la antorcha en el rostro del saludador.

Este les hizo una indicación y corrieron hasta él. Mientras le seguían por el frío claustro, el tañido de las campanas les sorprendió. Algunos frailes aparecieron frente a ellos con premura, intentando acudir a la llamada del primer nocturno.[22] Ninguno se extrañó de ver a tres frailes más caminando por el claustro. Cuando los demás entraron en la capilla, Julio les guió hasta la celda indicada.

—Un hombre de alta cuna debe estar en la mejor de las celdas.

—¿Acaso hay unas mejores que otras? —preguntó Daniel con extrañeza.

—En todos los lugares hay favoritismos, amigo mío. Incluso en un lugar sagrado como este.

—No perdamos tiempo entonces. La niña debe estar allí.

El pasado era un dolor al que Alba no quería regresar. Daniel notó su angustia y de nuevo agarró su mano, apretándola con fuerza, pero ella la soltó para esconderla en los bolsillos de la túnica. No podían permitir que nadie supiera que no eran frailes, era mejor caminar separados.

Julio frenó en seco sus pasos al llegar a la puerta de la celda. Se acercó a la ventana y miró a través de la reja. Un hombre descansaba en el camastro. En la puerta había una vela, la encendió con la llama de la antorcha.

22. Nocturno. Cada una de las tres partes del oficio de maitines, compuesta de antífonas, salmos y lecciones.

—Mirad, vos le reconoceréis.

Alba acercó la vela y la estancia se iluminó. El cuerpo fornido de Álvaro se extendía sobre la cama. No estaba cubierto, tan solo por sus pomposas ropas negras, parecía dormido. Un crucifijo de madera colgaba del cabecero, vio una silla y una mesa, pero no había nada más.

—La niña no está aquí —exclamó, perturbada.

—¿Pero es él? —preguntó Julio.

Alba volvió a iluminar el catre para asegurarse, pero el cuerpo del hombre ya no estaba. Apenas tuvo tiempo de avisarles, cuando la puerta de la celda se abrió de un golpe y Don Álvaro apareció, la agarró por la cintura y alzó su espada frente a los hombres.

La vela cayó al suelo y se apagó. Julio iluminó con la antorcha y Daniel, al ver que su amada corría peligro, frenó sus pasos, dejando su mano sobre el puño de su espada, esperando el momento oportuno.

—¿Quiénes sois? —exclamó Don Álvaro, en voz alta, sin soltarla.

Alba pudo haberle paralizado si hubiese querido, pero necesitaba saber dónde estaba la niña. Sentir su cuerpo alto y hercúleo tras ella le devolvió el recuerdo de haberse entregado al asesino de sus padres. El ser que crecía dentro de ella se movió con brusquedad, al sentir la mano grande del hombre que la sujetaba.

El saludador se retiró la capucha, dejando ver su rostro para que le reconociera.

—¿Vos? —exclamó con sorpresa—. Os conozco. Habéis estado en mi casa.

—Por eso estoy aquí —respondió Julio con rapidez—. He venido a recuperar lo que es mío.

—¿Qué decís? ¿De qué estáis hablando?

—Mi dinero. Nunca me pagasteis por mi trabajo.

—¡No salvasteis a mi esposa! ¡Tan solo sois un vulgar farsante! ¿Cómo me habéis encontrado?

—No necesitáis saber nada más, solo que estáis a punto de matar a un inocente.

Álvaro miró hacia la capucha del cuerpo pequeño y delgado que sujetaba. Daniel aprovechó la oscuridad que le protegía para ocultarse, pegando su espalda a la pared.

—Ese fraile me ha traído hasta vos. Soltadle, tan solo es un siervo de Dios.

—No hasta que me digáis la verdad. ¿A qué habéis venido?

—Está bien —se rindió el saludador—. He sabido que habéis robado a una niña. La sobrina de una bruja de la que deseo vengarme más que nada en este mundo. Y vos tenéis la llave para mi venganza. ¿Dónde está esa niña?

—No está aquí. ¿Pensáis que voy a deciros dónde? ¿Acaso me tomáis por estúpido?

—Aceptaré que no lo hagáis, pero creo que vos tenéis los mismos deseos de venganza que yo y quizá pueda serviros de ayuda.

—¡No necesito vuestra ayuda, ni la de nadie!

—Sin embargo, aquí estáis. En un convento, al amparo del inquisidor. ¿Por qué?

—Porque no soy yo quien va a vengarse de ella, sino el Santo Oficio.

—Gracias a vuestra mano...

—Así es. Y por eso, no os necesito. ¡Marchaos!

Julio supo que era imposible engañarle. Era un perturbado. Daniel había llegado a la misma conclusión. Se quitó la túnica de la cabeza con rapidez, empuñó su espada y la desenvainó, apuntándole con el filo.

—¡Soltadle o moriréis!

Álvaro se vio sorprendido por su figura, la cual apenas vislumbraba. Su voz masculina le intimidó y le obligó a ponerse en guardia. Se enfrentó a Daniel, comenzando una lucha en la oscuridad con sus espadas, mientras seguía reteniendo a quien creía un fraile con su brazo izquierdo.

A pesar de la poca luz y del poco espacio del pasillo, ambos contendientes eran tan hábiles con la espada que la lucha era incesante. El choque del acero se mezclaba con las sacudidas y empujones que se propinaban, el uno al otro. Era una lucha a muerte.

—¡No lucháis como un caballero! —exclamó Álvaro, intentando rebajar la estima de su contrincante.

—¡No lo soy! —respondió el morisco, sin sentir la afrenta—. ¡Soltad a ese inocente y tendréis más libertad para luchar como el caballero que sois!

—¿Por qué os preocupa tanto la vida de un fraile? —inquirió, receloso por su interés.

—Es un inocente... Y vos sois un cobarde por no enfrentaros a mí sin que os sirva de escudo.

—¿Acaso sois su tutor? —preguntó, mientras manejaba su espada con la mano derecha—. Conozco todas las tretas de la lucha. Llevo años manejando la espada y no voy a caer en la trampa.

—No es una trampa, es la realidad. ¡Sois un cobarde!

Álvaro se sintió ofendido, abrió su brazo izquierdo y empujó al fraile contra su adversario. Alba chocó contra el cuerpo de Daniel, que la sujetó. La capucha de su hábito cayó, dejando a la vista su larga cabellera. Álvaro se sintió cegado por el primer sol de la mañana, arrugó sus ojos para agudizar su mirada y entonces la vio. ¡Alba era el fraile al que había tenido retenido junto a él!

Se sintió el más estúpido de los mortales. La había tenido pegada a su cuerpo y no la había sentido, como había imaginado mil veces que haría, al encontrarse con ella.

—¡Habéis venido! —gritó, intentando acercarse.

Daniel la apartó tras él y aprovechó la debilidad del hombre para apuntar con el filo de su espada a su pecho, pero nada parecía retener a Álvaro. Se abalanzó sobre él con tal rabia y destreza con su espada, que lanzó la de Daniel al suelo. Una vez que le desarmó, apunto a su cuello para matarle.

—¡No! —gritó Alba, con desesperación.

Álvaro frenó su avance. Retuvo al morisco contra la pared, pero no acabó con su vida.

—Estoy aquí —dijo ella, con un tono de voz melancólico y dulce—. He vuelto por vos. ¿Es que no os dais cuenta?

Sintió un dolor profundo. Un sentimiento de culpa se le atragantó y todas las razones por las que deseaba enfrentarse a ella cayeron al suelo, junto a su alma. Las lágrimas afloraron en sus ojos y su brazo fuerte se aflojó, dejando caer poco a poco la espada al suelo.

Daniel pudo respirar, al sentirse libre. Álvaro se agachó a los pies de su amada. Ahora sí podía verla con claridad, sus ojos, su mirada, su rostro angelical pero impasible... Esta le sonrió y extendió una mano para acariciarle.

—Estáis aquí, mi amor... —exclamó el hombre desde el suelo, agarrándose a sus piernas. Nunca más la volvería a soltar—. ¡Perdonadme, os lo ruego!

—Ya os perdoné una vez —respondió con calma.

—¿Me amáis? —preguntó el hombre, levantándose.

No quería contestar, pero supo que tenía que hacerlo. Necesitaba saber dónde estaba la niña. Daniel la miraba absorto, sin hacer ningún movimiento. A pesar del terrible dolor que le causaba presenciar la escena, sabía que era inevitable.

—¿Dónde tenéis a la niña? —exigió saber, antes de contestar a su pregunta—. Decidme. —Había empezado a sentirse débil desde que él la había retenido, aprisionándola contra su pecho.

—Decidme si me amáis —repitió, sacando de su bolsillo el brazalete de perlas y rubíes que un día le regaló, como promesa de hacerla su esposa.

Se lo colocó en la muñeca, anhelando que ella lo recibiera como la primera vez. Nada importaba el dolor del pasado. Su alma recordó lo que sentía antaño y deseó volver a sentirlo, una vez más.

La mano de Alba permaneció inerte ante sus movimientos. Los rubíes del brazalete brillaban con la luz del sol, pero la esmeralda que estaba en su dedo brilló aún con mayor intensidad.

—Y ahora decidme —insistió—. ¿Dónde tenéis a la niña?

—¿Es eso lo único que os interesa? —preguntó Álvaro en un susurro, dándose cuenta de la torpeza en la que había caído, al ver la sortija. Cogió su mano e intentó arrancarle la alhaja—. ¡Estáis prometida! —Gritó con furia, mientras retorcía su dedo para sacarla.

Se echó hacia atrás, era el momento de utilizar su magia, pues nada conseguiría con sus preguntas. Alzó su mano, exhausta. Algo le estaba impidiendo expresar su poder.

Álvaro vio cómo la piedra de la sortija se oscurecía hasta volverse negra. Después, cayó al suelo perdiendo el sentido.

Alba entró en una ensoñación en la que pudo encontrarse con la realidad de los pensamientos del hombre, pero le fue imposible averiguar nada. ¡Álvaro no sabía dónde estaba la niña!

—No lo sabe. ¡Marchémonos de aquí! —exclamó, mientras la piedra volvía a brillar con su esplendor verde agua.

Pero la obsesión que Álvaro sentía por ella era más fuerte incluso que él mismo. Se levantó recobrando la consciencia, cogió la espada que estaba en el suelo e hirió a Daniel. Este sintió un dolor desmedido en el costado y se dobló, arrastrando la espalda por la pared encalada.

Alba gritó. Quiso acudir en su ayuda, pero Álvaro la retuvo, agarrando su cuello con las manos, apretando cada vez más fuerte. La aprisionó contra la puerta de la celda hasta que esta cedió, permitiendo que ambos entraran. Siguió apretando su cuello hasta que logró tumbarla en el lecho. Se echó sobre ella y siguió apretando con fuerza.

Alba no podía respirar. La debilidad que sentía le impedía realizar prodigio alguno contra el hombre, que parecía fortalecido ante su extenuación. Álvaro alcanzó a encontrar sus labios y la besó, aprisionándola con los suyos. Luchó con su lengua hasta alcanzar la suya, mientras seguía ahogándola, sin hablar, mirando cómo se iban cerrando sus párpados lentamente.

El saludador, que había asistido a la escena oculto en la oscuridad, atenazado por el miedo, se levantó y corrió hasta el morisco. Parecía desmayado, le golpeó el rostro, pero no despertaba. Desde fuera, podía ver a Don Álvaro sobre Alba, apretando su cuello sin vacilar, mientras la besaba con furia y lloraba de rabia, al mismo tiempo.

El brillo del acero de la espada del morisco le cegó y tuvo fuerzas para empuñarla, aunque apenas podía sostenerla de tanto cómo pesaba. La arrastró y entró en la celda. La levantó sobre Álvaro, ayudándose de las dos manos, la colocó en el centro de su espalda y cerró los ojos, rogando a Dios, o al maligno, que le dieran fuerzas para acabar con su vida sin acabar también con la de Alba.

Daniel despertó, sintió el dolor en el costado y se tocó la herida. En el suelo había mucha sangre. Frente a él, estaba el lecho con Alba bajo del cuerpo de Don Álvaro y Julio, que apuntaba tembloroso con la espada sobre ambos. Temió que con su impericia atravesara también el cuerpo de su amada. Se recompuso, sacando fuerzas de flaqueza, y se levantó, arrastrándose hasta la celda. Caminó lento, pero con seguridad, rogando a un Dios en el que no creía, para que el saludador no se adelantara a sus movimientos. Por fin llegó a su altura, se colocó tras él y extendió sus fuertes brazos, agarrando las manos del hombre, que sostenían la espada. La empuñó con fuerza, pero con la destreza de saber hasta dónde debía empujar. La espada cedió, haciéndose paso en la espalda de Álvaro hasta que el filo rozó el vientre de Alba. Después, tiró de la espada hacia atrás y la sacó del cuerpo.

Álvaro sintió que le atravesaban. Siguió apretando sus labios contra los de Alba y luchando con su lengua, hasta que un hilo de sangre emanó de su boca, cayendo sobre los labios blanquecinos de ella.

Daniel tiró a Álvaro al suelo, quitándoselo de encima. Alba había perdido la consciencia, pero el aire empezaba a fluir por su pecho, que se infló al sentir el aliento de nuevo. Respiró y sintió que el peso del cuerpo del hombre sobre sí desaparecía.

Daniel se sentó y la obligó a incorporarse para que respirara. Comenzó a toser al sentir el aire que la hacía revivir. Antes de mirar a su amado, que acababa de salvarle la vida, saboreó el gusto amargo de la sangre del hombre que había marcado para siempre su vida.

XLV

El retorno de la reina

—¡Podían haberos descubierto a los tres! Os avisé, Alba, ¡os dije que sus métodos serían peligrosos! —exclamó, señalando al saludador, que le devolvió la mirada con recelo.

Nadara reñía a su discípula mientras miraba la herida del muchacho.

Había mucha sangre en sus ropas pero, una vez revisada la herida, pudo ver que no era cosa de importancia. No haría falta cauterizarla. Una infusión de clavo ayudaría a que el muchacho no sintiera dolor.

—Puedo ayudaros —dijo Julio, acercándose a ella.

—¿Vos? A mí no podéis engañarme. No podríais curar ni a un gato.

—¿Dudáis de mi reputación como saludador? —preguntó irritado.

—Así es. Dudo de vuestra notoriedad y de vuestros métodos. Os he visto trabajar aquí en Valencia y no me parecen acertados. ¡Son falacias, señor mío! Y no sé cómo os permito estar bajo mi techo. ¡No me gustan los embaucadores!

—¡Estáis insultándome! —inquirió—. Vos, que ni siquiera tenéis derecho a practicar vuestra magia.

—Y vos, ¿sí? ¿Solo porque tenéis un papel en el que se os da permiso para engañar a las buenas gentes? Tenéis razón, yo tengo que trabajar oculta y en silencio, pero os aseguro que no hago ningún mal a nadie y mi sanación es verdadera.

—No tenéis ningún derecho...

—¿A decir la verdad? Sí, lo tengo. Recordad que estáis en mi casa. Y dad gracias a que no os denuncio por vuestras prácticas oscuras.

—Yo también podría denunciaros, pero ¿qué sacaríamos con eso? ¡Moriríamos los dos!

—Ahora habéis hablado con sabiduría. No sabía que fuerais capaz, pero tenéis razón.

—¡Por favor, Nadara! —exigió Alba, nerviosa—. Dejad a un lado vuestras rencillas y ayudad a Daniel. El tiempo no juega en nuestro favor.

—Disculpadme, querida, enseguida estoy.

—Decidme qué he de hacer y os ayudaré. Dos manos ahorran tiempo —le dijo Julio, colocándose a su lado, levantándose las mangas del hábito para poder trabajar.

Nadara se sentó sobre la cama y empezó a limpiar la herida con ajenjo y manzanilla.

—No hace falta. Ya lo tengo todo preparado. Mejor haréis en alejaros de mi mesa —le respondió con desconfianza.

—Nadara, por favor —le pidió Alba—. Él nos ha ayudado. No podéis tratarle así ahora. Me ha salvado la vida.

—No he sido yo, sino vuestro amado —replicó Julio—. Yo... Apenas fui capaz de pensar en lo que podía hacer, fue él quien empujó mis manos la distancia justa para no acabar con vuestra vida. Y todo, a pesar de no tenerse casi en pie. Nunca debéis dudar de su amor.

Alba le dio las gracias y cogió la mano de Daniel. Estaba fría, temía por su vida.

—¿Y qué le habéis prometido a cambio de ayudaros? —le preguntó Nadara en voz baja—. Seguramente, algo que desea ardientemente y que nunca va a conseguir. ¿Me oís? —exclamó irritada—. ¡Nunca!

—Lo sé, Nadara, pero no tenía otra opción. Después, nos encargaremos de eso.

—Está bien. ¡Pero jamás lo tendrá! —susurró, con enojo.

El elixir del sol era demasiado importante para compartirlo con nadie, menos aún con un aliado del maligno. Se levantó para alcanzar la cataplasma. Alba colocó sus manos sobre la herida abierta, intentando cerrarla. Siempre había sido capaz de curar, pero ahora sus poderes fallaban sin tregua.

—Dejadlo —dijo Nadara al verla—. No es de importancia, dadle a beber la infusión, mientras cierro la herida. En unos días estará en pie.

El saludador miró con desdén a la mujer y se apartó para intentar encontrar lo que buscaba. Miró sobre la mesa, en la que se apilaban los remedios ya preparados y bien ordenados, pero no estaba allí. Debía estar guardado en un lugar seguro. Tendría que esperar a que Alba se la entregara.

—Contadme qué ha pasado —pidió Nadara—. Si este muchacho está así, es porque habéis encontrado a Don Álvaro. Decidme, ¿os ha dicho dónde está la niña?

Alba negó con la cabeza.

—Entonces, de nada ha servido tanto riesgo. Y si Don Álvaro os ha visto, ya sabe que estáis aquí y ahora mandará a la Inquisición a buscaros. ¡Corremos peligro!

—¡Tranquilizaos mujer! —dijo el saludador—. Don Álvaro está muerto. No creo que pueda avisar a nadie. Al menos hasta que alguien entre en su celda y le descubra.

—¿Lo habéis matado? —preguntó la mujer, levantándose de la cama y acercándose al saludador con rabia.

—¿Y qué otra cosa podía hacer?

—¡Sois el diablo en persona! —le gritó.

—¡Nadara! ¡Dejadle en paz! ¡Ya os he dicho que me ha salvado la vida! ¡Álvaro pretendía matarme!

—¿Habéis corrido peligro vos también? Esto ya nadie lo puede arreglar. No tardarán mucho en encontrarle y... ¡Vendrán a por nosotras!

—¡Calmaos! —gritó Alba.

La mujer estaba enloqueciendo por el miedo al Santo Oficio, pero ella no podía perder tiempo, necesitaba encontrar a su sobrina, curar a Daniel y salir de la ciudad. Nadara calló un instante. Cuando terminó con la herida, volvió a recitar su letanía de miedos y dudas.

—Ya le habrán hallado muerto. ¡Estoy segura! Si no han

encontrado aún esta casa es porque deben estar muy ocupados con algo importante, si no... ¡Eso es!

—Claro... —Alba sintió su mente despejada y clara, como hacía mucho tiempo—. ¡La niña está en manos del inquisidor!

—¡Cierto! —exclamó Julio—. Y ahora mismo debe estar...

—¿Por qué no suenan las campanas de la Catedral, hoy, como cada domingo? —preguntó Nadara, adivinando...

—Debo ir allí —dijo Alba—. No puedo permitir que...

—Os acompañaré —dijo Julio.

—Ya habéis hecho bastante, no puedo seguir poniéndoos en peligro. Habéis salvado mi vida, ahora cuidad la suya —le pidió, mirando a Nadara y a Daniel, que yacía sobre el lecho, completamente dormido.

—Pero, ¿y si os veis en peligro de nuevo? —replicó—. Algo os pasa, vuestros poderes no parecen ser como antes...

—Os prometo que no me arriesgaré tanto esta vez. Además, ese hombre ya conoce de lo que soy capaz y temerá incluso mi sola presencia. Me la entregará y os prometo que volveré antes del anochecer.

Ni Nadara ni Julio se sentían tranquilos al dejarla marchar, pero no estaba dispuesta a poner en riesgo sus vidas otra vez. Se enfrentaría ella sola al inquisidor. Al fin y al cabo, no sería la primera vez.

—Me dijeron que os buscara. Me dieron vuestro nombre.

—¿Quién os lo dio? —preguntó Nadara, admirando la poderosa presencia del hombre que estaba frente a sus ojos.

—Doña Elena de Abrantes, me lo dio. Soy amigo de Alba. ¡No debéis dudar de mí!

—Ella me habló de vos, capitán. No podría dudar. Pero, ya que estáis aquí, debo pediros vuestra ayuda. ¡Pasad!

Joao entró en la casa de la curandera. En una de las habitaciones, yacía Daniel herido.

—¿Qué ha ocurrido? —preguntó.

—El muchacho mató al Señor de Abrantes. No tardarán mucho en darse cuenta y vendrán a por él.

—¡Y a por nosotros! —exclamó Julio, cada vez más asustado.

—Y vos, ¿sois...?

—Soy el saludador Julio Almirón.

—Podéis considerarle amigo —aclaró Nadara—. Daniel y él mismo salvaron la vida de Alba.

—¡Así es! —replicó Julio—. Iba a morir a manos del Señor de Abrantes. Estaba sobre ella en su lecho y apretaba las manos alrededor de su cuello. ¡Pretendía ahogarla! Daniel estaba herido, tirado en el suelo y yo... —balbuceó—. Yo arrastré su espada y la coloqué sobre el cuerpo del Señor de Abrantes para atravesarle. Pero gracias al cielo, o al mismo infierno, este muchacho, que sabe manejar su espada como lo haría el más audaz caballero, retuvo mis manos y empujó la empuñadura hasta atravesar solo su cuerpo, sin que el filo del acero rozara apenas la piel de la muchacha. ¡Os juro que no he visto nunca a un hombre más valeroso! ¡Podía haber acabado también con su vida! Pero él sabía perfectamente hasta dónde debía empujar con sus manos y con su fuerza, a pesar de que no se tenía en pie por la herida y el dolor.

Joao quedó sorprendido con la explicación. Quizá le había infravalorado, no había visto que hacía tiempo que se había convertido en un hombre.

—No sabe luchar precisamente como un caballero, este valiente muchacho —exclamó, desdiciéndose de los pensamientos que siempre había tenido sobre él—, sino como un auténtico pirata.

—¡Sois un pirata! ¡Y ellos también! —dijo Julio, señalando a sus tres hombres—. ¡Y él! —miró esta vez a Daniel, alarmado.

—¡Saquémosle de aquí! —exigió Joao a sus corsarios. Sus hombres le obedecieron y cargaron con el morisco, cubriéndole antes el rostro con la capucha—. Todos debemos marcharnos. ¿Hay algún lugar al que podáis huir? —preguntó a la curandera.

—Lo hay, señor —asintió Julio—. Mi casa está exenta de

acechos, puesto que soy saludador reconocido por la Corte.

—¡Vamos, entonces! ¡No hay tiempo que perder!

Fue fácil hacer hablar al hombre del mercado. Le habló de una curandera llamada Nadara. No había necesitado cabalgar para acudir a su encuentro, tan solo había tenido que expresar su deseo de estar allí, para que así ocurriera. No había perdido ni uno de sus poderes. Era capaz de seguir haciendo los mismos prodigios que entonces y las aves eran mucho más veloces que los caballos.

Miró al cielo y una paloma voló sobre su cabeza. Cerró los ojos y entró en su cuerpo, dejándose llevar por el fuerte viento que le dificultaba el vuelo. Batió sus alas y sobrevoló a los jinetes hasta alcanzarlos.

Sintió una punzada en el vientre. Le reconoció por su caminar raudo y pujante. La paloma bajó al suelo y se quedó quieta delante de los caballos, deseando ser vista. Antes de que ninguno pudiese montar, Joao se dio la vuelta, como si hubiese escuchado el batir de sus alas. La miró, era tan blanca que hacía daño a su mirada, una mansa paloma que le causó un temor indescriptible. Instantes después, el ave había cambiado de aspecto y su blancura y su candor habían desaparecido.

Se asustó al ver su imponente figura, y enseguida la reconoció. ¿Cómo había podido seguirle? Recordó que era inútil preguntarse cómo era capaz Yemalé de realizar su magia. Quizá había llegado el momento de decirle las palabras que debió haber dicho entonces. Tenía prisa por encontrar a Alba, pero sabía aprovechar las oportunidades que le daba la vida. Quería ser perdonado al fin y esperar que su odio hacia Alba desapareciera para siempre.

Se quedó parado frente a ella, incapaz de mover ni un músculo de su cuerpo. Temía lo que pudiera hacerle, pero temía mucho más caer de nuevo en la profundidad de su mirada amarillenta. Sus ojos seguían siendo los mismos, aunque ahora estaban llenos de rencor. A pesar del temor, Joao no cedió ante su grandiosa presencia. Sus manos temblaron, arrancó la tela que ocultaba su rostro y dejó que sus miradas se cruzasen.

Debía actuar como siempre, sin demostrar su temor. Debía recordarle quién era, el pirata más valiente que ella había conocido. Ninguna hechicera podría negar eso. Y ella, que tanto había gemido de placer en sus brazos, podría negarlo menos que ninguna otra mujer.

Dio unos pasos, adelantándose hacia ella. Yemalé no cedió, se mantuvo quieta con su apariencia etérea, como si en realidad no estuviese allí. Con su rostro de piel oscura, su figura alta y hercúlea, su postura majestuosa y esa mirada que atravesaba el pensamiento. Tan solo había una forma de desarmarla y no era precisamente con la fuerza. Solo conocía una manera de dejarla desnuda y sin fuerzas ante él.

—¡Que me ahorquen, si es cierto lo que ven mis ojos! —exclamó, cuando ya estaba a casi un palmo de su cuerpo—. ¡Que me cuelguen, si no estoy viendo a la única mujer por la que mi corazón ha sido capaz de llorar...! —susurró, parándose ante ella.

Durante unos interminables instantes, Yemalé pareció que iba a reaccionar, abrazándole. Por un momento, recordó lo que era tenerle dentro, sus besos, sus abrazos, el aroma de su piel. Su voz y sus palabras, susurrándole su amor entre sus sábanas, su cuerpo fuerte y poderoso poseyéndola. Deseó que el mundo no existiese y anheló correr a sus brazos, pero el dolor en su pecho se volvió tan intenso que sus ojos dejaron caer las lágrimas.

Joao la vio llorar y dio el último paso que les separaba. Extendió su mano y vio que atravesaba su cuerpo. Yemalé no estaba allí. Escuchó su sonora risa tras él y su acento le desveló la realidad.

—¡Pensabais que caería en vuestra trampa! —rio desafiante—, pero os conozco demasiado. Sois un hombre por el que cualquier mujer perdería la cabeza, pero yo estoy por encima de vuestras maquinaciones. ¡No volveré a perder la cabeza por vos, os lo aseguro! ¡Ni tampoco creo ya en vuestro amor!

—Habéis vuelto por Alba, ¿verdad? —le preguntó, sospechándolo.

—No necesitáis mi respuesta —respondió ella—. Supongo que Floreta ya ha hablado con vos.

—No estáis en lo cierto sobre lo que pensáis que ocurrió entre nosotros. Vuestro error puede costaros muy caro pues yo soy el único culpable. Ella era apenas una niña desamparada, ¿es que no lo recordáis?

—¿Y ahora me lo decís? La palabra de un hombre enamorado no puede tomarse por verdadera.

—¡No estoy enamorado de ella! Acabáis de decir que me conocéis. Pues si es así, no podéis creer que mi corazón le pertenece.

—Ya no puedo creer en vos, ni en vuestras palabras. Llegan muy tarde.

—¡Eso es porque los celos os ciegan! Pero estáis celosa de quien os amó mucho más que yo. ¡Ella os quería! ¡Fuisteis su maestra! Y vos, la echasteis de vuestro lado como si fuese un animal sarnoso. No supisteis actuar con sabiduría. Os dejasteis llevar por el odio y eso solo demuestra una cosa. ¡No era auténtico amor lo que sentíais por mí! —siguió hablando, aprovechando el silencio de Yemalé. Se preguntó si estaría creyendo en su palabra—. Si así hubiera sido, si me hubierais amado realmente, me habríais preguntado a mí en primer lugar, antes de decidir por vos misma nuestro destino. ¿Acaso me preguntasteis si yo quería permanecer a vuestro lado? ¿Os importó si yo os amaba?

Se sintió herida en lo más profundo de su corazón. ¿Y si era cierto? ¿Y si ella había dado por hecho algo que nunca ocurrió? Alba podía ser inocente de todo lo que imaginó, envuelta en sospechas infundadas. No, no podía ser tan estúpida de creer de nuevo en ese hombre.

—Entre nosotros nunca hubo promesas —volvió a hablar él—. Nunca nos dijimos palabras de amor al oído. Nunca hubo un trato ni obligaciones. Éramos libres y por eso era tan maravilloso nuestro amor, porque era libre también. ¡Fuisteis vos quién lo destrozó todo! ¿No os dais cuenta?

—Solo estáis intentando salvarla. Queréis convencerme de que es inocente para que no cumpla mi venganza —respondió, sintiendo su corazón cada vez más débil, pero manteniéndose firme.

No podía venirse abajo. No ahora, cuando estaba a punto de encontrarse con ella cara a cara. Se ocuparía por fin de hacerle pagar todo el daño que había sufrido.

Joao se sintió inútil, no era capaz de hacerle conocer la verdad. Sus palabras no eran suficientes, necesitaba algo más fuerte que su propia voz. Se dio la vuelta y caminó en contra de ella. La verdadera Yemalé se escondía en algún lugar de la ciudad y él debía encontrarla.

—¡Estamos equivocados! ¡Ahora lo sé! —gritó, mientras se alejaba de ella—. ¡Vos, por amarme como si os perteneciera cuando soy un hombre libre! ¡Y yo, por desear aquello que no poseo y haber despreciado todo lo que me disteis! ¡Ninguno sabremos ya lo que es el amor! Ni vos, mi reina africana, con vuestro rencor, ni yo con mi petulancia. ¡Ninguno somos dignos de tener un amor verdadero! Pero antes de que me aleje de vos para siempre, habéis de saber que ella sí ama. Fue capaz de tomar la más dura decisión y lo hizo por amor. Fue capaz de dejarse matar por amor a todas las mujeres que, como vos, formasteis parte de su vida. Y no solo por vosotras, sino también por proteger a su hermana de sangre. Pero, ¿la sangre qué importa? Lo que importa está dentro del corazón.

El hombre más fiel de su tripulación sujetaba las bridas de su caballo y le miraba sorprendido, pues solo podía escuchar sus palabras, pero no la réplica de nadie, ya que solo veía a una paloma. El capitán continuó hablando.

—Antes de hacer un pacto con el inquisidor, se entregó a la muerte en la hoguera, para salvaros a todas —montó sobre su caballo. Antes de alejarse, exclamó—: ¡Os encontraré, mi reina africana! ¡Estéis donde estéis, os encontraré y os mataré, si hace falta, para salvarla! Porque ella no merece vuestro odio, como no merece mi amor. ¡Os alejaré de ella, aunque sea lo último que haga en esta vida! Y lo haré porque, por fin, he comprendido que solo el amor verdadero merece la pena, en este mundo.

Los caballos se alejaron al galope. Yemalé escuchó sus últimas palabras como la peor amenaza que nadie podría decirle. Su corazón pareció doblarse, había demasiado. Cuando el amor se mezcla con el odio, es una batalla perdida.

Joao se acercaba. Le conocía bien, era capaz de levantar las piedras de la calzada con tal de encontrarla. Buscaría hasta debajo del lecho de cada uno de los habitantes de la ciudad hasta dar con ella y arrancarle su último aliento.

XLVI

Exorcizamus te...

El fraile cargaba con la bandeja como cada mañana, el desayuno del invitado era lo primero que preparaba al despertar. Había hecho voto de silencio, en cuanto le fue asignado su cuidado, para no caer en la tentación de la curiosidad. ¿Qué importaba su identidad? El hombre estaría entre ellos solo temporalmente.

Como cada día, llamó con tres golpes. Esperaba a que el señor abriese la puerta y le dejase entrar, para colocar la bandeja sobre la mesa, pero aquella mañana no hubo respuesta. Pegó su oído a la puerta, pero solo acertó a escuchar un silencio inusual.

Dejó la bandeja en el suelo. Volvió a llamar y de nuevo esperó. Nadie le respondió. Quizá no le habían avisado de su marcha. Se acercó a la ventana con timidez, temeroso de que el Señor se molestara, si le veía husmeando a través de la reja. Pero, ¿qué otra cosa podía hacer si no le respondía?

Tosió un par de veces para hacerse notar, pero tampoco hubo respuesta. Se puso de puntillas y miró. El cuerpo del hombre yacía en el suelo junto a su espada ensangrentada. El fraile se horrorizó. No podía abrir, pues solo el prior podía tener las llaves de las celdas.

Tropezó con la bandeja y derramó la leche recién ordeñada. Corrió lo más deprisa que pudo, aunque su carrera le pareció eterna, pues le parecía que nunca iba a alcanzar el final del pasillo. Viéndose obligado a romper su voto de silencio, llegó al claustro y gritó con todas sus fuerzas...

—¡Ayuda!

—¡Bajad, no temáis! Aquí estaremos a salvo.

—¿Por qué ocultáis aquí a estos desgraciados? —preguntó Nadara con pena, al ver a los niños.

—¿Y qué queréis? No pueden estar a la vista de los que me visitan. No os harán daño, ¡creedme! —los niños le rodearon y abrazaron, felices—. Son hijos de la calle, pero no puedo permitir que mueran de hambre y de frío. ¿Acaso no tienen alma, como todos nosotros?

El espectáculo era grotesco, pero había cierta ternura y humanidad. Nadara empezaba a sospechar que, dentro de aquel farsante pendenciero, había más humanidad de la que él mismo era capaz de reconocer. Se armó de valor y terminó de bajar las escaleras, guiando a los hombres que llevaban a Daniel herido. Lo tumbaron en un catre y se sentaron en las escaleras a esperar. Os entiendo, buen hombre —dijo uno de ellos—. He visto muchos miembros arrancados y no me alegra que nadie tenga que vivir como medio hombre.

—Perder una pierna o un brazo... ¡Debe ser horrible! —apuntaló el otro.

—Y que, además de esa desgracia, os marquen con el hierro candente del odio y del miedo, por nacer tullido, mudo, sordo o deformado —dijo acariciando la barbilla del que provocaba mayor recelo por su fealdad—. ¿No tienen ya bastante sufrimiento?

Nadara sentía compasión por los niños lisiados y empezaba a sentirla también por Julio. Quizá se había equivocado con él, quizá sí era merecedor de conocer la fórmula más deseada por los saludadores del mundo. Además, había salvado la vida de Alba.

Se acercó a Daniel y le cubrió con las mantas. Aún estaba inconsciente por el brebaje, pero era lo mejor, necesitaba descanso. No era el morisco quien le preocupaba, se preguntó si

Alba estaría corriendo algún peligro. No sabía rezar, lo había olvidado, pero rogó para que el capitán la encontrara. Temía por su vida.

Ya había amanecido, los rayos del sol entraban por las vidrieras, acariciando el retablo de plata. Los ángeles músicos del ábside la acompañaron con su silencio de melodías imaginadas. Fray Jaime enmudecía al admirar tanta belleza. Se había confesado la noche anterior para enfrentarse al maligno con pureza de espíritu, limpio de todo pecado. Había ayunado, vestía roquete[23] y estola,[24] se protegía con la gran cruz, con el sagrado Cáliz y con agua bendecida por su propia mano. No podía conducirse con temor al maligno, si quería exorcizar[25] a la niña, antes que las tentaciones y lacras humanas se apoderasen de su inocente espíritu.

A la espera de que su acólito hiciera sonar las campanas, estaba arrodillado frente al Altar Mayor, mirando de frente al Santísimo, como no hacía nunca en la celebración de la Eucaristía. Se arrodilló sobre el mármol, encendió el cirio pascual y dos velas más.

¿Cuántas veces había imaginado su muerte?, pensó Alba. Muchas, desde que supo que las manos que la llevaron a tan lejanos límites del placer eran las mismas que habían hecho cumplir la sentencia sobre sus padres. Jamás pensó que Daniel le quitaría la vida, sino ella misma. No podía dejar de ver su mirada de odio, mientras caminaba con paso firme hacia la

23. Roquete. Llamado en la Edad Media en latín *camisia, alba romana* o *subta* o en Alemania *sarcos* o *sarcotium*, es una derivación del alba que generalmente usaban los eclesiásticos en el medioevo como vestido cotidiano y por encima de la cual endosaban el alba de lino propiamente dicha, para el servicio litúrgico.

24. Estola. Ornamento sagrado que consiste en una banda de tela de dos metros aproximadamente de largo y unos siete centímetros de ancho, con tres cruces, una en el medio y otra en cada extremo, los cuales se ensanchan gradualmente hasta medir en los bordes doce centímetros.

25. Exorcizar. Usar oraciones y exorcismos contra el espíritu maligno.

Catedral. Al final, se había cumplido su venganza, pero no sentía su sabor dulce en la boca, sino su amargura. El sabor de la última gota de su sangre, en aquel último beso que casi le arranca el aliento de vida.

Se paró frente a la puerta de l'Almoina.[26] Sintió el aire frío en sus mejillas. Se había quitado la túnica y se había vuelto a vestir como una mujer. Echó hacia atrás la capucha aterciopelada y levantó el rostro, el sol la acariciaba. No había tiempo para pensar en el pasado. Si no era Álvaro, solo había otro hombre capaz de retener a una criatura inocente.

La puerta estaba cerrada. Buscó entre las pocas fuerzas que le quedaban, pero sus poderes no le respondían. Sin ellos, estaba indefensa, pero tenía que entrar. Si no podía llevarse a la niña como una bruja, se la llevaría como una mujer.

Empujó, pero la puerta no se abrió. Escuchó el batir de unas alas tras ella, se dio la vuelta y vio a una paloma blanca que se posaba en el suelo. Se miraron y se reconocieron; en los pequeños ojos del ave, se topó con la mirada felina de Yemalé. Se agachó para acariciar su plumaje suave. El ave graznó como un cuervo y aleteó sobre su cabeza, dio varias vueltas hasta golpearse contra la puerta, pero no pareció perder su fuerza. Al contrario, voló de nuevo hasta esconderse entre las ramas verdes de un naranjo.

Volvió a insistir empujando la puerta, esta vez cedió gracias a los poderes de la que había sido su maestra. La paloma le allanaba el camino. Sobrevoló el pasillo hasta llegar al altar. Allí se posó, junto a una cesta. Su corazón dio un vuelco, la niña estaba allí. La Catedral parecía vacía. Cuando estaba a punto de llegar al altar, una sombra corrió entre dos columnas cercanas al retablo. Una túnica de fraile se escondió. Supo que era él, antes incluso de ver su rostro.

Escuchó los gemidos de la pequeña y su respiración se agitó. Su vientre aún no estaba demasiado abultado, pero lo sintió como si llevase a un niño a punto de nacer. Sus piernas

26. Puerta de l'Almoina. Puerta de la limosna. Catedral de Valencia. La puerta oriental, de estilo románico (siglo XIII).

flaquearon y se tuvo que agarrar a uno de los bancos. A cada paso que daba, se sentía desfallecer, pero nada iba a mermar su voluntad. Siguió caminando, intuyendo el peligro que le esperaba.

Las campanas tañeron a tentenublo,[27] conjurando a los cielos y a la Tierra para que no descargase la tormenta sobre la ciudad y para que el pueblo se refugiara en sus casas. Pero para Fray Jaime, el repicar de las campanas era el sonido que había estado esperando y le alertaba de que debía comenzar. Había escuchado el sonido de la puerta al abrirse, había visto a una paloma blanca ir delante. Su fe volvía a tambalearse, pero ahora lo hacía también su juicio.

Vio su silueta lejana, mientras permanecía escondido, con el cuerpo tembloroso, al pensar en volver a enfrentarse a su mirada. Pegó su espalda a la frialdad de la columna e intentó respirar mientras se aferraba a su cruz de plata. Era el momento, pero no era a él, a quien le correspondía ocuparse de ella. La infiel se encargaría de que la otra no pudiera interferir en su exorcismo. Así se lo había jurado. Él solo debía ocuparse de practicar su ritual.

La paloma revoloteó hasta posarse sobre el cuerpecito de la niña y, tras mirarla con sus ojos rojos, picoteó sobre su frente hasta hacer que rompiera a llorar. Alba no podía alcanzar a ver el cuerpo de la pequeña desde donde estaba, pero apenas le quedaban unos pasos para llegar. Sintió dentro de sí, el dolor que la pequeña sentía en su frente y aceleró sus pasos hasta llegar a los escalones del altar. Una vez allí, su cuerpo se desplomó sobre la alfombra.

El fraile corrió hasta ella. Allí estaba, rendida e indefensa,

---

27. Tentenublo. Toque de campana para parar una mala nube, disolviendo en agua la piedra o el granizo. «Este no es un simple tañido de campanas, tampoco es uno más de los cientos y miles de variaciones de los mismos que conocemos, sino es lo más cercano a un conjuro, un hechizo, donde el hombre una vez más con la intercesión del elemento sonoro más sagrado, intenta vencer, desafiar y modificar a la madre naturaleza», Diario Aragonés.

como si fuese inocente de practicar el mal. La paloma voló hasta ellos, la niña lloraba con desesperación. De su frente brotaba una gota de sangre, gran señal de que el maligno rondaba su cuerpo y su alma. Las campanas seguían repicando, era el momento. Alzó la cruz de plata sobre la cesta. El *Sacerdotale Romanum*[28] estaba abierto por la página indicada y empezó a recitar con voz trémula...

> *Vade retro, Satana!*
> *Exorcizamus te...*[29]

Introdujo dos dedos temblorosos en el agua bendita e hizo la señal de la cruz en la frente de la niña, mezclando el agua con la sangre.

> *Omnis immunde spiritus,*
> *omnis satanica potestas,*
> *omnis incursio infernalis adversarii,*
> *omnis legio,*
> *omnis congregatio et secta diabolica...*[30]

Alba escuchaba la oración entre sueños, como si sus palabras proviniesen de otro mundo. Intentó moverse, pero su cuerpo no le respondió. Sus ojos estaban cerrados, pero no estaba ausente del todo. Sentía el frío mármol bajo su cuerpo y el salpicar del agua bendita que el fraile se empeñaba en de-

---

28. *Sacerdotale Romanum. Liber Sacerdotalis.* Autor: Alberto Castellani. Libro publicado en Venecia en 1523 con la aprobación de León X y reeditado bajo el título de *Sacerdotale Romanum* en 1597, fue impuesto como la norma oficial a seguir en la Iglesia para los rituales de exorcismo. Texto extraído de la obra *Libros Malditos* (EDaf), Mar Rey Bueno.

29. *Vade Retro, Satana. Exorcizamus te.* Del latín. Traducción: ¡Apártate, Satanás! Te exorcizamos.

30. *Omnis immunde spiritus, omnis satanica potestas, omnis incursio infernalis adversarii, omnis legio, omnis congregatio et secta diabolica.* Del latín. Traducción: Todo espíritu inmundo, todo poder satánico, toda incursión del enemigo infernal, toda legión, toda asamblea y secta diabólica.

jar caer sobre la niña y sobre ella, mientras recitaba en voz alta la oración de exorcismo.

Vade retro, Satana!
Exorcizamus te...

La paloma revoloteó y se posó sobre su mano extendida. Una gota de sangre cayó de su pico y se escurrió entre sus dedos frágiles. Alba sintió la sangre caliente de su sobrina y el corazón se le heló. Se sintió vencida. El hombre le estaba practicando a la niña un ritual de exorcismo para librarla del maligno, pero en realidad era Yemalé quien conjuraba al maligno para que se la llevara.

La Catedral se abrió como si sus puertas no pesaran, el aire frío entró, llevando consigo hojas y ramas de árboles, polvo del camino e insectos vivos y muertos, en un remolino que solo se frenó hasta llegar al altar. El cáliz cayó, tiñéndolo de rojo.

El fraile enmudeció ante el espectáculo. Hubo una gran vibración que le provocó tal dolor en los oídos y en la cabeza, que tuvo que soltar la cruz para poner sus manos sobre ellos. Las vidrieras se hicieron añicos y cayeron sobre su cuerpo como armas punzantes. Todo parecía vibrar con igual fuerza, incluso sus ojos parecieron salirse de sus órbitas. El fraile se agachó en el suelo, junto a la mujer, que estaba despertándose. Quiso alejarse, pero el suelo se había convertido en un abismo. Sintió que volaba y al mismo tiempo que nada ni nadie en este mundo podría moverle de su sitio, como si fuera una estatua inerte. Ante sus ojos, la paloma se convirtió en un cuervo que graznó enloquecido hasta transformarse en la infiel. Sus ojos amarillentos le devolvieron una mirada que parecía quemarle.

Alba consiguió levantarse, tenía que alcanzar al inquisidor y quitarle la cruz. Solo si estaba en su poder podría hacer frente a la fuerza maligna que su maestra había invocado.

El fraile vio que ella se le acercaba y gritó horrorizado. La mujer oscura continuaba frente a él, arañándole con su gélida mirada, y la otra avanzaba por el suelo para alcanzarle. Debía escapar de ellas.

Alba agarró el borde de su túnica, apretó su vientre hacia dentro para encontrar la fuerza perdida pero no cedió, recordó entonces que una nueva vida crecía dentro de ella. Su brazo pareció que iba a partirse de la tensión con la que agarró la tela, mientras el fraile intentaba zafarse. Empezó a gritar, llamando a su guardia. No supo de dónde sacó la fuerza, pero le arrastró hasta ella, haciéndole caer a su lado. Su cuerpo menudo se doblegó y dobló sus rodillas sobre el mármol, mirándola aterrado.

Alba pudo coger la cruz, la sujetó con sus dos manos mientras se levantaba, enfrentándose a su maestra. Esta emitió un alarido y el viento arremolinó la suciedad y los insectos a su alrededor. Los trozos de cristal de las vidrieras se levantaron del suelo como lanzas dirigidas contra ella. Sostuvo la cruz, a la altura de su rostro, cerró los ojos e invocó todos sus poderes benignos.

El alarido de su maestra se fue haciendo más lejano, mientras volvía a convertirse en un cuervo que levantó el vuelo hasta salir por la puerta. El mal frenó sus pasos y retrocedió, llevándose consigo la suciedad y la inmundicia que había traído.

El fraile no daba crédito a lo que había visto. De nuevo, su fe necesitaba ser restablecida. Se quedó tirado en el suelo, a sus pies. Alba dejó caer la cruz sobre su pecho y al sentir el golpe, el fraile revivió.

No había tiempo. El alarido de Yemalé y los gritos del fraile debían haber alertado a la guardia. Alba subió los escalones hasta el altar, miró dentro de la cesta y vio a la niña. Estaba helada, pero seguía viva y aún inocente. La cogió en brazos y la apoyó contra su pecho, para que sintiera su calor. La niña pareció revivir ante su contacto y su llanto cesó.

Alba caminó despacio hacia la puerta, debía salir de allí cuanto antes. Mientras se alejaba, el fraile comenzó a gritar de nuevo.

—¡A mí, la guardia! ¡Detenedla!

XLVII

La guerra de la sabiduría

Los dos jinetes frenaron su galopar al llegar a la Catedral. El capitán bajó de su caballo y cruzó la plaza con rapidez, deteniéndose ante las pesadas puertas, abiertas de par en par. Miró alrededor, algo extraño ocurría. Una paloma salió de la iglesia y a punto estuvo de chocar contra él. Supo enseguida que se trataba de ella, temió lo peor y entró, seguido por su mejor hombre. Sus sospechas no eran infundadas, Alba intentaba escapar de la guardia del inquisidor. Tenía a la niña en sus brazos y no podía liberarse de los hombres que la sujetaban.

El capitán no tardó ni un instante en ir hacia ellos. Empuñó su espada y dio una orden a su hombre para que hiciera lo mismo. El ruido del acero que chocaba se mezcló con los gritos del fraile, que seguía pidiendo ayuda.

—¡Corred! —le exigió, al liberarla—. ¡Salvaos vos y la niña!

Alba no lo dudó. Mientras los guardias intentaban rodear a Joao y a su hombre, huyó. Corrió lo más deprisa que pudo, pero su cuerpo apenas le respondía. Había logrado hacer frente al maligno y su acción la había debilitado más. Solo podía hacer una cosa, correr hacia las calles más escondidas de la ciudad.

Fuera de la iglesia, pudo doblar una esquina y se adentró en el laberíntico centro. Escuchó unos pasos fuertes tras ella, sobre el suelo empedrado. No podía parar, seguramente fuesen más guardias del inquisidor. Corrió sin parar y sin descanso, su corazón se agitó y la respiración se le hizo casi imposible. La niña lloraba, pesaba más de lo que imaginaba y su vientre le estaba provocando náuseas. A pesar de todo, continuó corriendo hasta tropezar con un saliente, casi cae al suelo de bruces. Temió que pudiese aplastar al bebé, aflojó su caminar un poco, intentando recuperar el aliento, pero los pasos tras ella se hicieron más fuertes, y más numerosos y rápidos. Sintió que la alcanzaban.

Se vio asediada por tres hombres que la apuntaban con sus lanzas. Al verles, cayó derrotada, golpeándose las rodillas sobre el suelo. La niña seguía llorando entre sus brazos. Uno de los hombres se acercó y se la quitó a la fuerza. Sintió sus brazos vacíos, mientras veía cómo se la llevaba. Los otros dos la ayudaron a levantarse y la guiaron, en volandas, de nuevo hacia la plaza.

Se sintió derrotada. Sus poderes continuaban en su interior. ¿Por qué podía enfrentarse a lo sobrenatural, mientras algo le impedía utilizar su poder contra los hombres? Cerró los ojos y dejó caer unas lágrimas. Había luchado por su familia, pero había perdido.

Joao y su hombre lucharon con la fuerza y la maña en el manejo de sus espadas en una mano y de sus puñales en la otra. Acabaron con los primeros tres hombres en cuestión de minutos, pero pronto entraron más y les atacaron por detrás. No había escapatoria para ninguno de los dos, pero el capitán no iba a dejar que el hombre que tantas veces había dado su vida por la suya cayera en manos de los guardias.

—¡Escapad! —exigió, con dureza, temiendo que se resistiera a cumplir su orden.

—No, capitán. No os dejaré aquí —respondió, sin obedecer.

—¡Escapad, os digo! ¡Avisad a los demás!

Al ver que no obedecía, el capitán se lanzó sobre los guardias, haciendo que todos cayeran al suelo. Clavó su puñal en el vientre de uno de ellos y gritó de nuevo la orden, mientras intentaba evitar que los demás se levantaran.

—¡Escapad! ¡Ahora!

Vio correr a su hombre y, al poco tiempo, escuchó el galopar de los caballos. Se había puesto a salvo, pronto vendría con refuerzos, pero mientras, la guardia le había desarmado, lanzando al suelo su espada. Sin nada con lo que defenderse, salvo su fuerza, se arregló golpeándoles con los puños. Uno de ellos le agarró por detrás y Joao le dio una patada que lanzó su cuerpo contra la columna, pero no duró mucho su resistencia. Los guardias parecían brotar de las piedras, tres más aparecieron y le asediaron, hasta que se rindió. Era la primera vez que se sentía solo en mucho tiempo.

—¡Despertad, Alba! —gritó Joao, agitando su cuerpo para ver si reaccionaba.

—¿Qué ocurre? —respondió, al volver en sí.

—¡Nos han encerrado! —exclamó levantándose, dejando que se repusiera. Se agarró a los barrotes de la mazmorra y maldijo su mala suerte—. ¡No os preocupéis! Mis hombres nos sacarán de aquí.

—¿Y la niña? —preguntó ella, temiéndose lo peor.

—Aquí la tenéis —le alcanzó a la criatura—. Por fin se ha calmado; cuando os trajeron a ambas, su llanto era incesante.

—Debe tener hambre —la cogió y la sostuvo contra su pecho, calentándola.

Joao se quedó mirándola. Era bella, incluso demacrada como estaba, cansada y débil, sucia por haber estado tirada en el suelo de la mazmorra y tras haber luchado contra los guardias. Cuando la trajeron junto a él, estaba desmayada; la sujetó, a ella y a la pequeña, mientras esperaba que regresara a la realidad. Y mientras la tenía en sus brazos, recordó cuánto la había amado.

Sin embargo, ahora, con la niña junto a su pecho, la vio como madre al fin y se dio cuenta de que ya no era la misma. Y la criatura que crecía en su interior era del morisco. La vida le había negado muchas cosas y el corazón de Alba era una de ellas. Pero él ya había empezado a conformarse.

—Es la primera vez que os veo así, como madre.

—Aún no lo soy.

—Pero lo seréis y será un hijo del hombre al que siempre habéis amado.

Deseó con todo su corazón que así fuera. Pero el hecho de que no hubiese podido a realizar su magia con la supremacía de todos sus poderes era la prueba innegable de que el ser que tenía dentro no era lo que esperaba.

—Aún no puedo decir que no os amo, pero sí que he aprendido a perderos. ¡Ese morisco tiene toda la suerte del mundo!

—Encontraréis una mujer que os ame como merecéis...

—No necesito vuestras palabras de consuelo —volvió a mirar hacia la reja de hierro—. ¡Ahora tengo que pensar en cómo puedo sacaros de aquí, a las dos!

—Haríais mejor en pensar en cómo salir vos. Apenas puedo levantarme del suelo, ¿no lo veis?

Joao se agachó a su lado, pasó el brazo por detrás de ella e hizo que apoyara su cabeza sobre su pecho.

—Descansad en mí. Estáis agotada.

—Es más que eso. Mis poderes ya no me responden —le susurró, sabiendo que él ya conocía su naturaleza mágica—. He gastado la última de mis fuerzas en evitar que Yemalé entregase a mi sobrina al maligno.

—¿Yemalé? ¿Os ha encontrado? —preguntó, antes de sincerarse con ella—. Le dije la verdad, le conté todo, pero no quiso escucharme. Le aseguré que vos no erais culpable de nada y sois inocente de todo... —le acarició el rostro con ternura.

—Os lo agradezco, pero creo que ya es tarde. Conseguí salvar a la niña de ella, pero después, no pude escapar de los guardias, pues no tengo fuerzas para crear mi magia. ¿Lo entendéis?

—Sí. Vi a Yemalé hacer prodigios asombrosos y sé que vos también podéis hacerlos. No me pregunto cómo ni por qué, pues mi mundo es otro, pero sé que no mentís. Al encontrarme con ella supe que necesitabais mi ayuda, aunque ya estaba en Valencia. Alguien más me pidió que os ayudara.

—¿Quién? —preguntó, con un hilo de voz.

—Otra hermana vuestra que os ama como si fuera una hermana de sangre, Elena de Abrantes.

—Imagino que pronto dejará de quererme. Soy la culpable de que Daniel matase a su padre.

—Lo sé todo. Yo mismo llevé a esa curandera y a él a la casa de ese estrafalario hombre que también os conoce. Están a salvo, no debéis preocuparos. Por fin ese morisco ha conseguido convertirse en vuestro héroe.

—No seáis malvado... —replicó, con una leve sonrisa, mirándole a los ojos. Su rostro aparecía tan fuerte y despierto que nadie podría haber dicho que había mantenido una lucha encarnizada con varios guardias de la Inquisición—. Sois mejor hombre de lo que creéis vos mismo. Y si no amara a Daniel como le amo, seríais vos... —se humedeció los labios—. Ningún otro, siempre seríais vos.

Joao deseó besar sus labios una vez más, quizá la última, pero contuvo sus deseos. Estaba tan desvalida e indefensa que solo podía pensar en sacarla de allí. Un instante después, se había lamentado de su decisión. Una oportunidad perdida nunca regresa...

—Escuchadme —le pidió—. Vos sois tan fuerte que nadie podrá reteneros. Tenéis que salir de aquí y llevaros a la niña hasta Altea. —Vio como él negaba con la cabeza y puso su dedo índice sobre sus labios para que no hablara. Joao la cogió y la besó con dulzura—. Entregadla a su madre, mi hermana, y llevad a todas las mujeres sabias que podáis lejos de allí, a Eivissa, o donde creáis que están a salvo, quizá al nuevo mundo. ¡Prometedme que lo haréis! Será la última vez que os pida...

—¡No es cierto! —exclamó él, negándose una vez más—. Siempre acabáis necesitando mi ayuda y sé que esta no será la última vez que me pidáis que os asista. —Sonrió—. Os prometo algo mejor, saldremos de aquí los dos con la niña y vos misma se la entregaréis a su madre. Después, nos iremos todos en mi nave hasta Eivissa, o a mi isla, Madeira, y allí viviréis por siempre feliz con vuestra nueva familia.

—Sois el mejor de los hombres... —le sonrió, devolviéndole la caricia sobre la piel rugosa de su barba incipiente—. Habéis de encontrar entonces a la mejor de las mujeres. Hay algo más que me preocupa y que aún no sabéis —le dijo, con los ojos casi cerrados por el cansancio.

—Siempre hay algo más, ¿verdad? —volvió a sonreír—. Decidme qué es y yo lo destruiré para vos.

—Esta vez no podéis ayudarme. Si estoy tan débil y soy de nuevo una mujer indefensa es por la criatura que llevo dentro de mí. Cuando estuve en Valencia, aprendiendo alquimia con Nadara, entré en el mundo de la oscuridad, de manos del saludador. Estaba cegada por mi deseo de venganza, quería hacer pagar a Álvaro de Abrantes que hubiese asesinado a mis padres y hubiese perseguido a Daniel, y... me entregué al maligno para adquirir sus poderes.

—¿Qué queréis decir? —preguntó confuso.

—El ser que crece dentro de mí es quien me está debilitando. Y solo existe una magia que puede ayudarme, pero es demasiado lejana...

—Pero ¿entonces? —se alarmó—. No podéis dejar que...

—No hay absolutamente nada que pueda hacer —de nuevo, puso su dedo sobre sus labios—. Es mi hija. Si hoy muero, todo habrá acabado, pero si vivo, iré al nuevo mundo. Allí, existen hombres y mujeres diferentes a nosotros que conocen una magia que nosotros aún ignoramos. Quizá sus poderes puedan ayudarme.

—¿Y vos, no podéis? Os conocí siendo poderosa...

—Lo sé, pero ya me veis. He perdido toda mi fuerza y apenas soy capaz de realizar algún prodigio para evitar males mayores, nada más —explicó, con una voz débil y casi inaudible—. Y ahora, perdonadme, necesito dormir...

Joao no rompió su silencio, acarició su cabello hasta que cerró sus ojos y descansó sobre su pecho, ella y la niña, que aún seguía en sus brazos. Él colocó su capa sobre las dos y las protegió del frío, del temor y de un futuro de tinieblas.

—Dormid, querida mía... Descansad. Yo velaré por vos y por la pequeña.

Abrió los ojos al oír el arrullo de una paloma. Al verla, se estremeció y apretó a la niña para protegerla. Joao se había rendido al sueño a su lado, se sintió indefensa de nuevo. Quiso despertarle, pero se arrepintió, había vuelto a arriesgar su vida por ella, no se merecía arriesgarla ante Yemalé.

Se levantó y dejó a la niña en el suelo, junto a él. Se acercó con temor a la paloma y esta voló hacia la estrecha ventana de la pared. Una luz cegadora inundó la celda, se tapó los ojos y esperó a que pasara. Cuando retiró su brazo, su maestra estaba allí.

—Sois solo una visión —exclamó, poniéndose en guardia frente a ella. Yemalé se paseó por la celda como si realmente estuviese dentro.

—Vos conocéis mejor que yo el conjuro para hacer ver el cuerpo, sin que esté presente el alma.

—¿A qué habéis venido? —le inquirió.

—Tengo que deciros algo.

—No quiero escuchar nada que venga de vuestros labios. No sois la mujer que yo creí conocer.

—Vos tampoco sois la niña que yo instruí en la magia.

—No os perdonaré lo que quisisteis hacer con mi sobrina.

—Tampoco yo os he perdonado lo que me hicisteis.

—¡No os hice nada! ¡Ya os lo ha contado él! —dijo, señalando al pirata, que dormía con la espalda recostada en la pared.

—Sí, él me habló de vuestra inocencia —dijo la maestra, mirándole con nostalgia—, pero aquí está, arriesgando su vida por salvar la vuestra, en lugar de estar en mi lecho.

Alba no supo qué decir. Ambas sabían a quién amaba el pirata.

—¿Qué queréis decirme? Si habéis venido hasta aquí para eso, hablad y marchaos.

Yemalé dio unos leves pasos y se acercó. Se miraron frente a frente, aunque solo una de ellas estaba realmente allí.

—La criatura que lleváis en vuestro seno... —calló durante unos instantes antes de continuar, como si paladease cada palabra que pensaba decir— es fruto del maligno.

—Vos no podéis saberlo. Si habéis venido a asustarme, podéis regresar porque no lo conseguiréis. —Alba se hizo la fuerte, aunque, en el fondo, ella también creía y temía lo mismo.

—¡No seáis estúpida! No hay lugar a dudas. Yo misma me ocupé de que así fuera.

—Que vos... —el rostro de Alba se oscureció—. ¿Qué queréis decir? No os creo, solo pretendéis asustarme para cumplir vuestra venganza. ¡Mi hija es fruto del amor! —se agarró el vientre con ambas manos, como si así pudiera cambiar realmente sus temores.

—¿Vuestro amado no os habló de mí? —Yemalé sonrió.

—Lo hizo. Me dijo que vos cuidasteis de él hasta salvar su vida. Pero aún no me habéis dado la oportunidad de daros las gracias.

—No las merezco, os lo aseguro. Hice algo más con vuestro amado de lo que él os dijo.

—No os entiendo...

—¡Quizá no queréis entenderme! —gritó—. Porque teméis la verdad, pero os aseguro que os hice lo mismo que vos me hicisteis a mí.

Se tapó el rostro con las manos, no lo podía creer. No podía ni imaginar que Daniel hubiese...

—Yo no hice nada con él —dijo mirando a Joao—. ¡Yo no me entregué a él nunca, a pesar de que lo deseé! —gritó enfadada y dolida.

—Pero Daniel sí se entregó a mí... —su maestra sonrió maliciosamente.

Alba levantó sus brazos y cayó sobre ella llena de ira, pero atravesó la visión de su cuerpo y cayó al suelo. Joao despertó y fue a ayudarla, vio a Yemalé y escuchó sus carcajadas. Un eco salía de la visión de su figura. Yemalé continuó hablando.

—Me poseyó y lo hizo como lo haría un salvaje, con la pasión de un pirata —la miró, restregándole su rabia—, y os aseguro que me sorprendí de su destreza con una mujer.

—¡Si creéis que podéis hacerle daño con vuestras mentiras, perdéis el tiempo! —gritó Joao, al escucharla—. No he visto nunca a un hombre más enamorado que ese morisco y solo ama a una mujer. Jamás os habría poseído a vos, a no ser que le engañarais con vuestra magia.

Se sintió aliviada al escucharle. Tenía razón, seguramente ella le había engañado, haciéndole ver lo que no era en realidad.

—Si así fuera, no tendría motivos para ocultaros nuestro secreto, pero lo ha hecho. No os lo ha contado, ¿verdad?

No supo qué contestar. Daniel no le había contado que se había entregado a ella, ni que hubiese sido engañado para hacerlo.

—No sé de qué forma lo hicisteis, pero estoy seguro de que fue un engaño —repitió el pirata, seguro de lo que decía—. ¡Alba, no debéis creerla!

—No sé por qué me lo ha ocultado, pero tiene que haber una razón —asintió.

—La hay, y muy poderosa, además. Él es el culpable de que ese ser que lleváis dentro pertenezca al maligno. Y ya conocéis a Satanás. Si os da algo, quiere recibir algo a cambio —dijo Yemalé, segura de lo que decía—. Vos misma habéis impedido que se llevara a vuestra sobrina. ¿Y qué habéis conseguido con ello? Que cuando vuestra hija nazca, se la lleve a ella, en su lugar.

—¡No! —gritó Alba.

—Sí, yo me ocupé de hacer que vuestro hombre me poseyera, para que el maligno entrara en él y el mal germinara en su semilla. Y decidme, ¿cuántas veces habéis disfrutado de su cuerpo desde vuestro reencuentro? ¿Cuántas veces habéis creído que era él quien os amaba, cuando en realidad era el maligno quien lo hacía?

—¡No os creo! —gritó de nuevo, aunque su temor aumentaba con cada frase que decía su maestra.

—¡Es cierto! Yo metí en su cuerpo todo el mal que pude y él os poseyó una vez y otra, y otra, hasta haceros un hijo. ¡El hijo de Lucifer! ¡Ya no podéis escapar! Él os atrapará, aunque yo no lo haga.

—¡No! —gritaba, agarrándose a sí misma, como si así pudiese proteger a su hija, o arrancársela. Ya no sabía qué debía hacer.

La niña rompió a llorar y Alba se agachó en un rincón, sintiéndose hundida. Yemalé había ganado. Ya no había dudas, su hija era la hija del mal. Tendría que deshacerse de ella, antes de que hubiese visto la luz. Y la sola idea le causaba un dolor insoportable.

—No podéis ser tan horrible como os estoy viendo —exclamó el pirata, mirando a la mujer que tantas veces había tenido en sus brazos—. No podéis odiarla tanto sabiendo que es inocente.

—Haré algo por vos, ya que os empeñáis en defenderla. Aún podéis salvar su vida si así lo queréis, y la de esa niña hambrienta.

—¡Decidme ahora mismo qué he de hacer! —dijo resuelto, mientras escuchaba el llanto de Alba y el de la criatura. Yemalé sintió una punzada en su corazón, al ver que Joao se prestaba con tanta rapidez a salvarla. Solo sintió un poco de alivio cuando él terminó de hablar—. Pero habéis de saber que habría hecho lo mismo por salvaros a vos.

El corazón de la reina africana se ablandó por unos instantes en los que deseó creerle. El sentimiento que la envolvió al escucharle le hizo cambiar de estrategia y cambió la idea que la había traído hasta allí.

—Puedo cambiarme por ella. Los guardias no lo notarán y yo me ocuparé de que no la vean salir. Puede marcharse con la niña, pero... —había pensado en hacer que él se quedara. Quería terminar con su venganza, aunque, al escuchar lo que él le dijo, su corazón dio un vuelco y dejó de desearle ningún mal.— Y vos también podéis huir con ella. Sola no podría arrastrarse ni a sí misma.

Joao apenas podía creer lo que estaba oyendo. Se agachó junto a Alba e intentó calmar su llanto.

—¡Podéis salvarla, escuchadme! Podemos salir de aquí y salvar a la hija de vuestra hermana. Vos misma se la entregaréis.

Alba reaccionó. Su hermana, al menos, sería una madre feliz. Se levantó y se arrastró hasta la niña. Pasó junto a la imagen de Yemalé, protegida por el brazo fuerte de Joao, que la ayudaba a caminar. Su maestra volvió a convertirse en una paloma y voló entre las rejas para llamar la atención de uno de los guardias que, al intentar cogerla, cayó en un sueño profundo, dejando caer su cuerpo lo suficientemente cerca como para que el pirata alcanzara a coger la llave. Cuando el capitán abrió, ambos salieron y la paloma quedó en el interior de la mazmorra.

Las palabras del pirata habían rozado el borde de su alma y habían calado hondo en su corazón. Por eso, salvó la vida de Alba, que ya llevaba su venganza cumplida dentro de ella y deseaba que viviera para cumplirla. Los salvó a ambos pues lo que le escuchó decir había traspasado su corazón.

Cuando el inquisidor bajó a la mazmorra, solo encontró a un guardia muerto, la reja abierta y una paloma en el interior. Blanca y pulcra, brillaba como una señal divina, pero sabía que era diabólica. Tembló al verla, avisó a un guardia para que la espantara y este lo hizo, agitando su capa, pero la paloma no se movió. Seguía mirándole con sus ojos rojos y haciendo un sonido gutural increíblemente molesto que le alteraba el ánimo. Decidió hacerlo él mismo. No podía permitir que se convirtiera en la mujer de piel negra delante de nadie. No estaba seguro de volver a recuperar la fe, pero de eso ya se ocuparía más tarde.

—¡Marchaos! ¡Dejadme solo y dadme vuestra capa!

El guardia aceptó, tendiéndole la prenda, y se alejó, subiendo las escaleras. Cuando Fray Jaime se quedó solo, lanzó la capa hacia la paloma y se abalanzó sobre ella, para no dejarla escapar. Cuando sintió que el ave estaba bajo la tela, supo que por fin dominaba la situación, buscó su cuello tanteando sobre la tela y apretó hasta retorcérselo. Cuando escuchó el sonido del cuello de la paloma al quebrarse, sonrió. Creyó que, al matar al ave, mataría también a la mujer. Quitó de encima la capa, esperando ver al animal muerto entre sus manos, pero pronto se oscureció su gesto al descubrir que, bajo la tela, no había absolutamente nada.

Había fallado al Todopoderoso. Había sucumbido de nuevo ante las visiones que aquellas mujeres maléficas le habían provocado y lo había hecho en su propia iglesia. Sin embargo, aún tenía la esperanza de mantener su reputación como inquisidor. Nadie había visto nada. Además, la muerte de Don Álvaro de Abrantes alejaba todos los rumores sobre brujería que pudiesen cernirse sobre su cabeza. La muerte de un hombre acechado por los celos de un amor desmedido le había devuelto al peligro y a una situación que nunca debió permitir.

No obstante, la que él desterró había vuelto. Había roto el pacto y quebrantado su condena por la Abjuración de Leví, y ahora él debía actuar en consecuencia. Pero su lucha podía ser inútil, pues nada de lo que había planeado le había resultado favorable. Quizá era mejor olvidar.

Se levantó y salió de la fría y silenciosa mazmorra. Subió las escaleras, agarrándose a la pared para no perder el equilibrio. Cuando llegó arriba, la guardia le estaba esperando con una expresión expectante. Fray Jaime se recompuso, les miró con desdén y exclamó:

—Escuchadme bien porque no lo repetiré. Ninguno de vosotros detuvo a nadie esta mañana. Ninguno vio a mujer alguna, ni a ningún hombre defendiéndola. Si alguno cambiase esta verdad, no habría Dios, ni maligno, que os librase de la muerte, pues yo mismo me ocuparía de arrancaros la vida con mis propias manos —les miró con los ojos inyectados en sangre.

Los hombres se miraron entre ellos, para después devolver sus miradas temerosas al inquisidor. Asintieron con la cabeza y se colocaron tras él para escoltarle.

—Bien, entonces, escoltadme hasta el convento. Debo orar por un difunto.

XLVIII

Los sabrosos labios

Al verla con vida, cuando creía que estaba muerta, la emoción de su corazón fue casi irresistible. Alba dio la niña a Nadara para que se ocupara de proporcionarle alimento y, al verle apoyado en la pared, esperándola en el sótano, pareció que su cuerpo debilitado recuperaba sus fuerzas. Sus ojos se entrecerraron, corrió hacia él tan rápido como pudo y se entregó a sus brazos, dejándose abrazar por los suyos, fuertes y poderosos aún. Sintió que estaba a salvo.

Daniel levantó su cabeza, sosteniéndola por la barbilla, y la besó tan profunda y lentamente que sus pieles se erizaron y sus cuerpos se estremecieron, al sentirse de nuevo uno junto al otro. Después, apartó su boca y siguió besando su rostro, sus párpados, sus mejillas, sus manos, su cuello, su escote...

Ella quería entregarse a él, mil veces más, todo su cuerpo se lo pedía, a pesar de sentirse tan cansada y rendida. La vida que crecía en su interior le pesaba tanto que parecía que ya fuese a nacer. Y a pesar de ello, hubiese querido yacer con él y sentir su cuerpo entrar en el suyo. Pensó que nunca más volvería a verle, a escuchar su voz grave y profunda, a sentir sus carnosos labios entre los suyos, a dejarse acariciar y tocar con deleite por sus manos grandes y fuertes. Le amaba y ni siquiera su enojo con él y su silencio podían evitarlo.

—¡Creí que os había perdido! —exclamó Daniel, dejando escapar sus lágrimas.

—¡Y yo creí que nunca más volvería a estar entre tus brazos! —le respondió ella, abrazándole y dejándose abarcar por entero por su cuerpo vigoroso.

—¡Cuánto os amo! ¡No podéis ni imaginar! —dijo él, entre sollozos.

—Y yo os amé desde siempre, desde el día que os vi por primera vez en el mercado, ¿recordáis?

—¡Y lo estúpido y cobarde que fui entonces! —volvió a besar su rostro mientras la apretaba contra él con más fuerza—. ¡Nunca me lo perdonaré!

—¡Callad! —exigió ella, besando su boca para que no siguiera culpándose por el ayer—. Solo importa que estáis vivo —le susurró entre besos—. Nunca más me separaré de vos.

—Nunca permitiré que lo hagáis. Os lo prometo.

Joao abrazó a sus hombres, como solían hacer entre compañeros. Los encontraron al salir, dispuestos para luchar por salvar a su capitán y a la mujer que amaba. Mientras se regocijaba de estar de nuevo entre ellos, vio al morisco y a Alba entregada a su cuerpo y a sus besos. Se amaban y se amarían para el resto de sus días y ni él, ni ningún otro hombre o mujer, podría interponerse. Recibió de buen grado el abrazo de agradecimiento que Daniel le dio y aceptó su gratitud con entereza.

—Vos salvasteis su vida, al librarla de una muerte segura, a manos de ese perturbado —dijo refiriéndose a Álvaro de Abrantes—. Yo no he hecho nada, esta vez.

—La habéis traído de nuevo a mis brazos, capitán —replicó el muchacho, agradecido—. ¿Os parece poco? Una vez más os debo mi vida.

—No, muchacho, esta vez no he sido yo quien ha salvado nuestras almas, sino la mujer que me amaba y que yo amé también, hace mucho tiempo —exclamó, con cierta nostalgia.

—La que fue mi maestra nos ha salvado —asintió Alba, esperando que, en cuanto dijera su nombre, Daniel fuese capaz de ser sincero y contarle todo.

—¿Vuestra maestra? —preguntó él, sin comprender del todo.

—Así es —respondió Joao, que había escuchado el final de la charla entre maestra y discípula, tiempo suficiente para saber que el morisco le había ocultado algo muy importante a su amada—. Mi reina africana, Yemalé.

Daniel no supo qué decir, en su rostro se reflejó la cobardía que aún sentía al pensar en ello. Alba se lamentó porque no escuchó la verdad de sus labios, pero decidió darle una oportunidad, porque su corazón no podía cerrarse a su amor ni por un instante. Ahora, debían marchar.

—¡No hay tiempo que perder! —dijo mirando a Joao.

—No, no hay tiempo —le confirmó él, preparando a sus hombres—. Debemos partir en nuestras naves lo más pronto posible.

—¿Vais a hacer caso de mis recomendaciones? —preguntó Julio, que seguía rodeado por los niños que él había salvado y cuidado, y que tanto le querían.

—Así es —le dijo Alba, acercándose—. No tengo más remedio que encontrar una magia que yo no poseo. Si quiero salvar a nuestra hija —puso sus manos sobre su vientre—, debo cruzar el océano.

—Os seguiré donde haga falta —aseguró Daniel, que regresó junto a ella, abrazándola por detrás. Sintió su pecho apretado contra el suyo. Hundió su rostro en su nuca, aspiró su aroma, sintió sus mejillas acariciadas por sus finos cabellos, no quería dejarla marchar—. No hace falta que me digáis adónde os dirigís. ¡Iré con vos y con nuestra hija donde sea! —colocó su mano sobre las de Alba, pequeñas y frías.

Ella atendió su ruego, se dio la vuelta y le dio el beso más apasionado que nunca le había dado.

—Iremos juntos —le dijo— porque necesito vuestro amor para librar a mi familia del maligno. Y porque el fin del mundo está demasiado lejos.

Joao no quería seguir contemplando la escena. Su corazón seguía latiendo, a pesar de haber perdido la esperanza con Alba para siempre, pero su cuerpo vibró al recordar lo que sintió en los brazos de otra mujer, Elena de Abrantes.

Nadara, al fin, había calmado el hambre de la niña con una

poción hecha con miel y unas hierbas calmantes. Alba la cogió en sus brazos de nuevo. La sintió cálida y tranquila, su rostro pequeño tenía una expresión de paz.

—Ana no aguantará mucho más tiempo sin saber que su hija está a salvo. Debo volver enseguida —suplicó al capitán.

—¡Preparad los caballos! Debemos irnos —gritó este a sus hombres, con una sonrisa. Su corazón también anhelaba su regreso—. Y cuando lleguemos, ¡preparad enseguida las naves para zarpar! El nuevo mundo espera nuestra llegada.

Ana no despertaba. Seguía tendida en su lecho, sin abrir los ojos, y sin que apenas se notase su aliento, pero estaba viva. Como si esperase el regreso de su hermana, se mantenía con vida esperándola.

Elena había traído nuevos remedios, pero dárselos solo había servido para alargar su angustia.

—Quizá fuese mejor dejarla marchar...

—¡No digáis eso, Alía! Debemos mantener la esperanza —dijo Elena, con el semblante serio y las mejillas húmedas, por el llanto silencioso que brotaba de sus ojos.

—Tenéis razón y me reprendo a mí misma por pensar así, pero es tan hondo su pesar que quisiera cortar de raíz su sufrimiento.

—Confiad. Alba lo logrará, no lo dudéis.

—No dudo de mi sobrina. ¡Cómo podría tener dudas de la mujer sabia más poderosa de todos los tiempos! —sonrió—. De lo que dudo es de la fuerza de Ana, creo que es demasiado el dolor que tiene que soportar y temo que, al final, no sirvan de nada todos nuestros esfuerzos.

—Debemos mantenerla con vida, aunque solo sea un día más. ¡Unas horas más! —exclamó Elena, cogiendo sus manos—. Si Alba vuelve y ve que no hemos conservado su vida, yo...

—¡No penséis en eso! Es cierto que pensar en lo que no deseamos lo atrae a nuestras vidas. ¡Olvidad mi debilidad, os lo suplico! Seguiremos con nuestros remedios y mantendremos al menos su cuerpo con vida, aunque no sé si lograremos lo mismo con su alma.

Elena también tenía miedo. Sus hermanas estaban en peligro y todo era culpa de su padre. No podía sentir mayor horror; si él era el culpable de la muerte de Ana, nada podría reparar nunca el maltrecho corazón de su amiga.

—Hacedlo por mí, Alía. Necesito hacer algo que compense todo el dolor que está causando mi padre —Elena rompió a llorar.

—No, querida mía. No os culpéis, nada tenéis que ver en todo esto. A veces, solo a veces, nace una delicada y preciosa flor en un jardín, cuya belleza y aroma es muy superior al resto de las flores —acarició sus cabellos para calmar su pesar—. Vos sois esa flor y habéis nacido en el seno de vuestra familia, a la que solo pertenecéis en este mundo, pero no en el otro. Vuestra alma no les pertenece porque no es como la suya, no lo olvidéis, por favor.

—Pero es mi padre, Alía. Y mi hermano. Es demasiado. ¡Su maldad podía haber matado a Alba y ahora puede ocurrir lo mismo con su hermana y su sobrina!

Nada que Alía pudiese llegar a decir podría consolar el corazón herido de Elena de Abrantes. La incoherencia de sus sentimientos estaba acabando con su resistencia. ¿Cómo podía temer que Alba y su hermana murieran, sabiendo que, si se salvaban, sería seguramente a cambio de la vida de su padre?

El ama entró corriendo, con el rostro lívido por el frío, pero alegre. Elena sintió sus frías manos que apretaban las suyas, entre sus palmas, mientras le decía las maravillosas palabras que tantos días habían esperado oír.

—Se acercan unos caballos, niña. Los he visto y escuchado al llegar aquí con las viandas. ¡Las he perdido por el camino! —rio la mujer, al darse cuenta de su osadía—. Pero no importa, ya vienen.

—¿Estáis segura, ama? —preguntó, dejando que su corazón saltara de alegría.

—¡Alba! —gritó Alía, saliendo fuera de la casa y fundiéndose en un fuerte abrazo con su sobrina.

Los vio entrar, los ojos de Alba se toparon con los suyos. Se fundieron en un largo y verdadero abrazo.

—Estáis aquí, habéis vuelto —dijo Elena, con una voz mermada por el llanto.

—Estoy aquí, a vuestro lado. Aunque os tenga que arrancar el alma de cuajo con la terrible noticia que os traigo, no soltaré vuestro cuerpo. No dejaré de abrazaros, aunque lo que escuchéis de mis labios os rompa el alma.

Intentó separarse para mirarla de nuevo a los ojos, pero Alba la retuvo, gastando sus últimas fuerzas en su abrazo.

—Vuestro padre ha muerto —le dijo al oído, mientras se aferraba a ella—. Os juro que su muerte no me hace feliz, pues fue a cambio de la mía. El amor de Daniel tuvo que elegir y me eligió a mí. Mi corazón está roto porque el vuestro también lo está.

Elena asumió la noticia en el fondo de su corazón. Su sufrimiento fue tan grande que sus piernas flaquearon ante el abrazo resistente de su amiga, que no pudo sostenerla. Antes de que sus rodillas tocaran el suelo, sintió unos brazos fuertes que la mantenían en pie y que no la dejarían caer.

—Yo la sostendré. Haced lo que habéis venido a hacer, no nos queda mucho tiempo —dijo el capitán, apretando el cuerpo frágil de Elena junto al suyo, mirándola con delicadeza, pero con una pasión que ninguna muerte podía ensombrecer.

Elena se dejó sostener por él, mientras le devolvía la mirada, envuelta en lágrimas. La expresión poderosa y tenaz del pirata calmó por unos instantes su dolor, al recordar lo que sintió cuando pasó la noche en su camarote. Quizá, después de la muerte, había lugar para volver a la vida...

Alba corrió junto al lecho de su hermana. Su esposo puso al bebé junto a ella, después de besar a la criatura, feliz por tenerla en casa. Ana no parecía darse cuenta, seguía perdida en una nube de dolor de la que no parecía saber salir. A Alba no le importó que el muchacho pudiera ver lo que iba a hacer, la vida de su hermana era lo único importante. Colocó su mano derecha sobre su frente, levantó la mirada buscando un cielo que no podía ver y cerró los ojos para sentirse arropada del silencio que necesitaba. Invocó a la diosa, sabiendo que, con cada nuevo uso de sus poderes, debilitaba más su cuerpo extenuado.

—Necesito algo para escribir.

—No hay nada, hija mía. Tendrás que buscar otra manera.

Su vientre se resintió, como si no quisiera que su espíritu conectara con el poder de la diosa. Por un momento, hubo una lucha dolorosamente física entre ella y el ser que albergaba en su seno, le provocó dolores y angustia, pero siguió adelante, sin dejarse vencer. Abrió sus labios y esbozó unas palabras inaudibles para los demás, pero no para ella, ni para el alma de su hermana, que habitaba ya entre dos mundos.

...Que tu espíritu regrese a mí
para que pueda recibirte con mis brazos
y tu alma expulse el temor,
pues solo la alegría te espera en este mundo...

Los ojos de Ana comenzaron a moverse bajo sus párpados cerrados. Movió la cabeza de un lado a otro y susurró palabras sin sentido. Alba mantuvo su mano sobre su frente. Puso todo su empeño en hacerla regresar, firme, hasta que su cuerpo se quedó quieto y abrió los ojos.

Su esposo comenzó a llorar de alegría, acercó el bebé a su madre y esta lo acogió con amor, mientras lloraba también, al verla sana y salva. Los esposos se besaron felices de volver a ser una familia. Alba sonrió al verles, había logrado devolver la niña a su madre y hacer que su hermana regresara del viaje que su alma, rota por el dolor, había iniciado para marcharse del mundo.

Miró a su alrededor, también los ojos de Alía estaban húmedos. Incluso Elena había cambiado su rostro de amargura por una sonrisa apacible, al sentir que la paz había regresado. Daniel se acercó a ella con decisión. Él también debía hacer algo antes de marchar. El capitán se puso serio al verle, temió que no fuese el mejor momento.

—Os ruego que me perdonéis, señora, por haber dado

muerte a vuestro padre —dijo el morisco—. Apelo a vuestra sensatez, pues tuve que elegir con rapidez. Era su vida... o la de Alba.

Elena asintió con su barbilla y dejó que el morisco cogiese su mano y la besara en señal de cariño y gratitud, mientras su amada le miraba de lejos, orgullosa de su honor y valentía. Daniel se dio la vuelta para alejarse, pero antes de que lo hiciera, Elena se acercó a él y le dio un corto abrazo.

—Os perdono. Mi dolor aún es grande, pero el tiempo hará el resto. Hicisteis bien eligiéndola a ella, pues tampoco yo habría podido soportar la culpa por su muerte, ni su ausencia.

Se sintió reconfortado. Cuando se separó de él, regresó junto al capitán, que la esperaba, ansioso de acogerla de nuevo en sus brazos. Ella se dejó abrazar, pues con la calidez de su abrazo sentía que revivía. El capitán depositó un beso en su mejilla y acarició su cabello, mientras agarraba su cintura. Ya no estaba sola, un gran hombre se empeñaba en cuidar de ella en aquel momento tan doloroso.

Alba se percató del cuidadoso trato que Joao le procuraba a su amiga y sonrió al ver que, entre ellos, había algo más que una amistad nueva, ante un momento desesperado. El ama la abrazó también, cuando al fin llegó el momento de darle su cariño por su regreso.

—Querida ama...

—Ya estáis aquí, mi niña. Seguís estando igual de hermosa, pero debéis comer algo más, os estáis quedando muy débil.

—Lo sé, ama.

Había conseguido mucho más que salvar las vidas de su familia, había salvado a su linaje. Se sintió feliz y orgullosa. La niña estaba a salvo junto a su madre y ya nada impediría que las mujeres sabias continuaran su compromiso con el mundo. Todo era absolutamente perfecto, salvo el miedo que aún existía en su interior.

Agarró la mano fuerte de Daniel para llamar su atención. Sus ojos se cerraron lentamente, su cuerpo se dobló y se desplomó. El morisco tuvo tiempo de alzarla en volandas, antes de que cayera al suelo. El capitán respondió a la llamada de sus ojos.

—¡Rápido! —exclamó el pirata—. ¡Debemos irnos! Un día más de demora podría significar su muerte.

El sol brillaba al atardecer, mientras refrescaba sus pies en los escalones que se adentraban en el mar. El puerto de Cartagena bullía, los comerciantes descargaban víveres, telas y otros objetos de necesidad. Llegaban viajeros de lugares lejanos del mundo, casi cada día, y solían pernoctar en la ciudad buscando descanso o diversión. Las mujeres que iban a proporcionársela esperaban sentadas bajo el dintel de sus puertas, con las faldas remangadas, abanicando sus escotes pronunciados, confiando en que algún viajero picara el anzuelo y entrase con ellas a dejarse llevar por la lujuria. Aquellas mujeres también eran una fuente constante de ingresos para él, que les vendía sus aguas olorosas y sus tratamientos para prevenir nacimientos o enfermedades.

Levantó el balde lleno de agua, la destilaría en casa para venderla. Una ola alcanzó el borde de sus ropas, cuando escuchó un grito agudo y desesperado. Sostuvo el balde mientras intentaba saber de dónde provenía. Miró hacia las casas del puerto, hacia la suya propia, y no vio nada. Dejó caer el balde y salió del agua, subiendo los escalones. Cuando llegó arriba, un nuevo grito, más fuerte que el anterior, le sacudió el cuerpo. Vio a unos hombres salir de unos grandes cajones que acababan de descargar. Llevaban puñales en sus manos que hincaban a los hombres a su paso con osadía y destreza.

Corrió, alejándose de la masacre que había comenzado en el puerto. Cuando llegó a las casas de las mujeres, algunas eran raptadas por extranjeros de piel oscura que gritaban en una lengua desconocida. Les ataron las manos con cintas de cuero, unas a otras, para llevárselas como mercancía. Por más que gritaban e intentaban defenderse, la fuerza de los hombres era mayor y no dudaban en golpearlas para hacerlas callar.

Se escondió tras una casa y vio como las llevaban en barcas, alejándose de la costa, hacia el barco que los esperaba. Llegaron nuevas barcas al puerto, repletas de hombres armados con mosquetones que disparaban provocando un ruido espantoso.

Escuchó gritar a un hombre que aseguró que eran corsarios berberiscos[31] que venían de Argel.[32] Se quedó escondido, viendo la ofensiva demostración de fuerza de los extranjeros, que no se frenaban a la hora de dar muerte a hombre, mujer o niño. Los lamentos eran más numerosos, el horror se cernía sobre la ciudad, a medida que la barbarie se adentraba en sus calles. ¿Qué podía hacer, completamente desarmado? Decidió adentrarse por una callejuela e intentar llegar a la iglesia. Caminó despacio, los gritos se alternaban con sus propios pasos, venían de las calles paralelas.

Apenas le quedaban unos metros hasta una de las puertas laterales, seguramente ocultas ante la mirada de los asesinos. Hacía tiempo que habían comenzado a sonar las campanas, intentando avisar del peligro, pero pronto pararon su fuerte y cercano tañido, y el silencio fue precedido por nuevos disparos, otro grito aterrador y el golpe fuerte de un cuerpo que cayó desde el campanario. Uno de los corsarios había disparado al sacristán y yacía aplastado en el suelo. Joan se tapó la boca con las manos.

La puerta de la iglesia se abrió y un pequeño grupo de personas entraron. Corrió a su encuentro y se introdujo por la estrecha abertura, instantes antes de cerrarse. Después, ayudó a cerrarla y a apuntalarla con cualquier cosa pesada que, entre todos, encontraron. Los clérigos los ayudaron, acercando vasijas llenas de vino para poner detrás de la puerta. Las mujeres, protegiendo a los niños, entraron. Todos corrieron hacia el altar. Allí los esperaba un clérigo que acababa de levantar una piedra del suelo, bajo la que aparecieron unas esca-

---

31. Berberiscos. Los piratas berberiscos fueron piratas y corsarios musulmanes que actuaron desde el Norte de África (la «costa berberisca»), donde tenían sus bases.

32. Argel. Capital y ciudad más grande de Argelia.

leras. El grupo bajó con rapidez, penetrando en la oscura frialdad de una cueva que, en aquel momento, les parecía el camino de la salvación.

Corrieron, a trompicones, chocándose entre ellos. Apenas veían, no habían tenido tiempo de encender una tea para iluminar el camino y, cuanto más se adentraban en el túnel, más absoluta era la oscuridad. Los niños lloraban asustados.

—¡Sería mejor quedarse aquí y esperar! —exclamó un hombre, al que los ojos de Joan no alcanzaban a ver.

—¡No! —respondió rápido—. ¡Podrían encontrar la puerta y perseguirnos!

—¿Y si nos están esperando? —replicó el hombre.

—Habrá que arriesgarse. No podemos quedarnos aquí. ¡No tenemos armas, ni luz! ¡No podremos luchar!

Una mujer se horrorizó al escucharle y se agarró fuertemente a su cuerpo, abrazando su cintura, intentando sentirse protegida. Joan la sintió y, aunque en un principio no supo qué hacer, bajó sus brazos para abrazarla también e intentar darle consuelo. Su cuerpo temblaba, era pequeña y delgada, tenía el cabello suelto y suave, se lo acarició un par de veces en señal de protección. Estaba dispuesto a protegerla, ya que ella lo había solicitado con aquel gesto, aunque no sabía hasta dónde tendría que llegar para lograrlo. La mujer se deshizo en llanto al sentirse entre sus brazos, pero él no intentó enjugar sus lágrimas, no había tiempo. Agarró su cuerpo para ayudarla a caminar y continuó, apremiando al grupo desde atrás.

Tras casi una hora de caminar, rasgándose las ropas en la rugosidad de las paredes de la cueva, de pisarse unos a otros, de golpearse con las piedras que encontraban a su paso y de una tensión insoportable, una luz les indicó que llegaban a la salida. Escucharon voces cercanas y se quedaron quietos antes de llegar al final; por fin pudieron verse los unos a los otros y cada cual se agarró a aquellos a los que quería proteger.

Joan apretó fuertemente los brazos rodeando a la mujer, que seguía agarrada a su cintura. El rostro de ella se hundió en su pecho y sintió su aliento cálido. Le acarició la cabeza, sintiendo entre sus dedos la suavidad de sus cabellos. Ella separó un brazo y le agarró la mano, entrelazando sus dedos con los suyos, anhelando encontrar la fuerza de su mano grande y poderosa. Joan la apretó y se mantuvo así unos instantes, pegada su espalda a la fresca pared, sin moverse. Pidió silencio a los demás. Necesitaba saber si era capaz de entender la lengua de aquellas voces, para salir de allí o permanecer escondidos.

Las voces se alejaron y no las volvieron a escuchar. Uno de los hombres se impacientó y adelantó el paso, llegando a la salida de la cueva.

—¡No hay nadie! ¡Corred! —gritó a su familia y a los demás.

Todos le obedecieron, pero Joan no se movió, ni tampoco la mujer, agarrada a su cuerpo. Pronto oyeron un grito y después muchos más, el grupo fue cayendo uno a uno al salir, bajo las fauces de los corsarios que esperaban agazapados tras unas piedras. Joan pudo ver cómo se llevaban a los niños y a las mujeres, tras cortarles el cuello a los hombres. El llanto y la desesperación se hicieron insoportables. No había escapatoria para ninguno.

Intentó volver atrás, pero temía que los berberiscos escucharan sus pasos. Se dio la vuelta y puso a la mujer pegada a la pared, se colocó delante de ella, apretándose contra su cuerpo, sintiendo una gran excitación entre el terror. No había tiempo para preguntarse por qué su cuerpo era capaz de reaccionar así, cuando sus vidas pendían de un hilo. La mujer soltó su mano, levantó el rostro para acercar sus labios a su boca, ambos sintieron el aliento cálido del otro, le acarició la mejilla rugosa y encontró sus labios en un intento desesperado. Los saboreó como si nunca hubiera besado a una mujer. Los bárbaros entraron en la cueva, buscando a las últimas víctimas. Mientras se acercaban, Joan apretó su cuerpo contra ella, evitando que la vieran, mientras la desconocida le arrastraba con sus labios y su lengua a un deseo mucho mayor. Era el último aliento de vida, encontrado en los labios de una mujer.

Un hombre tiró de sus brazos hasta arrancarlos del cuerpo femenino. Intentó luchar, pero había más hombres con él. A ella, se la llevaron en silencio. A él, le obligaron a arrodillarse con tal fuerza que sus rodillas se hicieron heridas al caer. Uno de ellos le hizo bajar la cabeza, golpeándole, pero no lo consiguió. Podían matarle, pero no impedirían que viera su rostro. Levantó los ojos y miró al hombre que se la llevaba, ella se volvió para hacer lo mismo. Apenas un instante de luz, antes de separarse, fue suficiente para que sus miradas se encontraran. Unos ojos oscuros acompañaron a una dulce sonrisa de agradecimiento y despedida. Le dio un último adiós y él le devolvió la sonrisa, recordando su cuerpo, su respiración, su aroma y sus sabrosos labios.

La pestilencia era insoportable. Una tos convulsiva le sobrevino, antes incluso de abrir los ojos. Le dolía la espalda, la sentía sobre la dureza del suelo, notó el rostro hinchado y los labios rotos. Una mano le secó la sangre con un paño y le acarició la mejilla. Cuando abrió los ojos, la volvió a ver.

Su rostro fue lo último que vio, antes de que los hombres le golpearan hasta hacerle perder el sentido. Le dolía todo el cuerpo, era probable que tuviese algo roto, pero eso ya lo vería después. Ahora solo quería mirarla. Ella le sonrió como si nada malo les hubiese ocurrido, pero no estaban en un lugar seguro.

Se incorporó. A su alrededor había mucha gente, familias enteras, hacinadas como mercancía, seguramente iban a ser vendidos en algún mercado lejano. Al recibir su caricia, retiró su mano, no podía permitir que su corazón se uniera al de ninguna mujer. Pero todo cambió cuando escuchó su voz dulce.

—No es bueno que os mováis. Podríais tener algo roto por dentro.

—Lo sé. Me dieron demasiados golpes.

—No pude hacer nada por evitarlo. Me alejaron de vos con tanta rapidez que creí que nunca volvería a veros. Pero aquí estáis —le sonrió.

—¿No tenéis miedo? —se sorprendió Joan.

—Claro que lo tengo. Pero soy una mujer marcada. Ya me

han hecho daño muchas veces pues he dedicado mi vida a satisfacer el deseo de los hombres.

Le gustó que le dijera, sin ninguna vergüenza, que había salido de un burdel.

—Sois muy valiosa —exclamó, cogiendo de nuevo su mano— y, si por mí fuera, no permitiría que os tocaran ni un cabello, pero sabéis que no podré ayudaros pues no me lo permitirán.

—Ya me habéis ayudado bastante. Tuve miedo y me cobijasteis bajo vuestro cuerpo. Y me besasteis —añadió—, y yo os devolví el beso. Y nada me gustaría más en este instante que volver a besaros, pero no lo haré porque no quiero amaros más de lo que ya lo hago.

La mujer bajó el rostro y retiró su mano de entre las suyas. Su rostro se enrojeció.

—A pesar de todas vuestras experiencias, aún os sonrojáis ante la inesperada ventura de un amor verdadero.

—Así es. Nunca me han amado. Jamás había dado un beso como el que nos dimos. Me entregué a vos en un momento, cuando creí que era el último de mi vida. Por eso, yo también os amo y os deseo, y lo mejor que podemos hacer es alejarnos el uno del otro.

—Tenéis razón. Sois una mujer sabia. Pero recordadme al menos como el único hombre que os amó con todo su corazón.

—¿Por qué sois tan bueno, tan diferente a todos los demás hombres que he conocido? —le miró, intentando comprender, acarició sus cabellos y sus ojos se llenaron de lágrimas—. ¿Por qué no os he conocido antes?

—Este es nuestro destino. —Joan cogió su mano y abrió la palma para besarla—. No debemos lamentarlo porque no sabemos adónde nos llevará. Simplemente, digamos adiós ahora.

La mujer intentó retirar la mano y marcharse, pero él la retuvo y volvió a besarla, esta vez en su muñeca.

—Si queréis que me marche de vuestro lado, no sigáis besándome con tanta dulzura, por favor. No podré marcharme entonces.

—Os aseguro que no es dulzura lo que siento ahora mismo por vos, sino un inevitable deseo de haceros mía —ambos se estremecieron ante sus palabras, susurradas para que nadie más que ella pudiera escucharlas—. Decidme antes vuestro nombre.

—Desconozco mi nombre verdadero, pero me llaman Eva.

—Eva, la primera mujer de mi corazón —dijo él.

La agarró por la cintura, sintió dolor en un costado, pero alcanzó a besar sus labios apasionadamente. Los saboreó, los degustó y supo que nunca se sentiría colmado de sus besos. Ella quiso separarse de él, pero no lo hizo. Le besó como jamás había besado a un hombre. Después, cuando sus labios se separaron casi sin pretenderlo, le miró a los ojos y exclamó, antes de marcharse.

—Ya soy vuestra.

—¡Esperad! —volvió a acogerla entre sus brazos—. No os separéis de mí. Si el destino nos ha unido, no deberíamos despreciar este milagro —la vio sonreír y su rostro pareció florecer de alegría—. Quedaos junto a mí. Haré lo que esté en mi mano por defenderos como si fuerais mi esposa. Y si la vida vuelve a separarnos, al menos me sentiré orgulloso de haberos protegido y amado.

La abrazó tan fuerte que le hizo daño, lloraba y reía al mismo tiempo, no podía creer que la vida le regalase tanto amor en medio de la adversidad. Volvieron a besarse, no había mayor felicidad que la suya en aquel navío cargado de esclavos.

XLIX

En el nuevo mundo

Olía a flores... Su mirada casi se cegó por la vista que tuvo delante cuando Daniel la llevó a cubierta. Entre el capitán y él, la subieron a la barca, adentrándose en una playa de aguas tan azules que podrían ser turquesas. La arena parecía de azúcar. Se preguntó si estaba soñando.

Las mujeres sonreían como si regresaran de pronto a su infancia. Elena y Alía, y las mujeres que quisieron marcharse con ellos, saltaron de la barca y dejaron que sus piernas y las faldas de sus vestidos se mojaran en el agua cálida y tranquila. Ana bañaba a su bebé, riendo contenta. Alba no pudo evitar dejar escapar una leve risa al verlas, hasta que se agarró a su vientre, que se movió con brutalidad y le provocó una náusea tan impetuosa que pensó que vomitaría sangre.

Daniel la miró preocupado, le sonrió y apretó su mano. El capitán los miró a ambos, su preocupación aumentaba: el rostro demacrado de Alba, su extrema delgadez y su sonora dificultad al respirar no presagiaban un buen desenlace.

Alía se dio cuenta y corrió a su encuentro, pero Daniel ya la había levantado en sus brazos para bajarla de la barca. Cuando dejó que sus pies tocaran la suave y densa arena, pareció revivir. Se agarró a sus brazos, mientras miraba a su alrededor queriendo absorber cada rayo de sol, cada canto de un pájaro lejano, el aroma que penetró por su nariz y la sensación de sus dedos entre la arena.

Caminó lentamente, agarrada a su brazo, había llegado al lugar más bello que jamás podría haber imaginado y, sin embargo, nada le era nuevo. Recordó una de las primeras veces que había volado por el mundo en el interior de un pájaro. Ya había visto aquel lugar, había sobrevolado la extensa playa y aspirado el dulce olor de la densa selva que veía tras la arena. No habían sido sus ojos, ni su cuerpo, pero su alma ya había visitado el paraíso.

—La llaman Costa Esmeralda[33] —le dijo Daniel, cogiendo su mano y acariciando con sus dedos la piedra de la sortija. Le sonrió con la sonrisa más dulce y apasionada que nunca le había dirigido—. Aquí os convertiréis en mi esposa.

—No tenemos mucho tiempo —dijo, cuando el capitán se les acercó para ver cómo estaba.

—Lo sé. Mis hombres buscarán a ese brujo cuando lleguemos a Veracruz,[34] el saludador ya nos dio su nombre. Mientras, encontraremos un lugar donde podáis descansar.

—Llamadle chamán[35] si queréis, capitán, pero no le llaméis brujo, pues es una palabra que usan algunos para desprestigiar a los hombres y mujeres que somos capaces de realizar prodigios. En su lengua, se le llama nahual.[36] Según nos dijeron, es un sanador muy apreciado y querido por su pue-

33. Costa esmeralda. Playa de Tecolutla, municipio costero del estado mexicano de Veracruz, localizado en la región del Totonacapan, en el norte de la entidad veracruzana.

34. Veracruz. Ciudad de México fundada por Hernán Cortés, encontrándose en la región por la que los españoles desembarcaron para emprender la conquista de Tenochtitlán.

35. Chamán. El chamán es un individuo al que se le atribuye la capacidad de modificar la realidad o la percepción colectiva de esta, de manera que no responden a una lógica causal. Esto se puede expresar finalmente, por ejemplo, en la facultad de curar, de comunicarse con los espíritus y de presentar habilidades visionarias y adivinatorias.

36. Nahual o nagual, incluso nawal. Dentro de las creencias mesoamericanas, es una especie de brujo o ser sobrenatural que tiene la capacidad de tomar forma animal. El término refiere tanto a la persona que tiene esa capacidad como al animal mismo que hace las veces de su *alter ego* o animal tutelar.

blo —asintió Alía—. Aunque tenéis razón en lo que decís, no falta mucho para el alumbramiento.

—¡No puede ser! —exclamó Alba mirándola con temor—. Aún faltan casi dos meses.

—No lo sabemos, querida —respondió—. Por la apariencia que tiene vuestro vientre, parece que vuestra hija está deseando nacer —sonrió, para que su sobrina se sintiera un poco más aliviada.

Se lo agradeció y le devolvió el gesto, pero sabía que lo hacía para calmar sus temores. Tardaron varias horas en llegar a la ciudad, pues caminaban despacio, por la debilidad de Alba y el cansancio del resto, tras un viaje tan largo. El comercio de frutas, de pescado, de telas y alhajas, creadas al agrado de aquellas tierras, sorprendía a su paso en el mercado de la plaza. No esperaban que Veracruz estuviese tan concurrida y alegre. Sorprendía al compararla con la inmensa playa a la que habían arribado.

—Dicen que, bajo sus calles y casas nuevas, bajo las iglesias, las escuelas y el suelo empedrado, existían templos dedicados a un dios desconocido, tan altos que podían tocar el cielo y que aún quedan algunos, escondidos entre la frondosidad de la selva —le explicó el capitán a su llegada.

Elena le escuchó mientras caminaba con pasos cortos bajo la suntuosa falda de su vestido, protegiéndose del ardiente sol con una sombrilla.

El corsario caminaba detrás, observando su talle delgado y su delicada forma de moverse. Sonrió al recordar cuando la había hizo suya, pero rápidamente su gesto se volvió serio. Durante el viaje, no había querido quedarse a solas con él en ninguna ocasión. Y no porque él no la hubiera buscado. Era una mujer obstinada y asustada, tras haber vivido un matrimonio lleno de sufrimiento, y ahora que iba a ser una mujer libre en Nueva España, donde los hombres solteros abundaban, sería difícil recuperar su atención.

Encontraron pronto una casa en la que pudieron instalarse temporalmente. Elena ya sabía que volvería a vivir sola, no quería interferir en la vida de nadie y tampoco pensaba permitir que nadie lo hiciera en la suya, pero no se olvidaba de sus hermanas y se ocupó de todos los gastos.

El capitán ya sabía donde quedarse. Como en casi todas las playas del mundo que había visitado, también en Veracruz había un lugar en el que era bien recibido por una mujer hermosa, pero esta vez no sentía la necesidad de hallar refugio en brazos ajenos. Mientras Alía y Ana ayudaban a Alba a tumbarse sobre un amplio lecho, vestido con las mejores ropas que Elena pudo encontrar en la ciudad, esta pidió que las dejaran a solas. Ansiaba hablar con Elena del amor que ambas sintieron una vez por su padre, y, sobre todo, deseaba volver a escuchar su perdón para convencerse de que no la odiaba.

—Sentaos junto a mí —le pidió, cuando la puerta de la alcoba se cerró.

—No temáis —le dijo Elena obedeciéndola, mientras cogía su mano y acariciaba con la otra el vientre abultado—. No me alejaré de vos nunca más. ¡Somos familia!

Los ojos de Alba se empañaron de lágrimas. ¡No albergaba odio ni ira contra ella, sino al contrario, el amor que siempre le había tenido!

—Durante días temí que pudierais odiarme.

—¡Jamás podría odiaros! ¡Salvasteis mi vida librándome de mi cruel destino! ¿O acaso lo habéis olvidado?

—Yo también le amé, quiero que lo sepáis —respondió a su amiga, refiriéndose a su padre.

—Lo sé. No necesitáis decírmelo. Recuerdo perfectamente aquellos días en los que los tres fuimos tan felices.

—El destino es muy cruel a veces. Nos enfrenta a los hechos del pasado para que podamos volver a nacer.

Elena asintió al escucharla. Bajó la mirada mientras sostenía su mano entre las suyas.

—¿Y vos? —insistió Alba—. ¿Cuál queréis que sea vuestro destino?

—¿Acaso puedo elegir? —preguntó irónica—. Nunca he sido dueña de mi destino.

—Ahora lo sois. Habéis vendido vuestra hacienda y habéis cruzado un océano para encontrar por fin la libertad.

—Solo si vivo en soledad, como Alía, podría ser libre.

—Os equivocáis. No tiene por qué ser como decís. El amor también libera.

—Ya sabéis que no creo en el amor —aseguró, con más ironía aún.

—Vuestras palabras vienen del dolor, no de vuestro corazón. Aún tenéis mucho que perdonar y que olvidar. Sé de lo que os hablo, ya pasé por esto yo también. Pero llegado el momento, volverá a abrirse una puerta aquí —señaló con su dedo el corazón de Elena— y el amor entrará. Antes nunca le dejasteis entrar, ¿recordáis? Tan solo obedecíais a vuestro padre.

—Lo sé, pero no quiero volver a arriesgar mi vida.

—¡Pero vos deseáis tener una familia de nuevo!

—No, si es a costa de mi integridad. —Elena levantó la vista y dejó que sus ojos se perdieran escapando por la ventana que iluminaba la estancia—. Solo ha existido un hombre que me ha hecho sentir que mi corazón seguía latiendo, pero es imposible.

—¿Imposible, decís? Nada lo es, os lo aseguro.

—Esto sí, Alba. Yo no podría —se arrepintió y cambió la frase—. Si supierais de quién os hablo, vos también os daríais cuenta de...

—Sé de quién habláis, querida niña. A mí no podéis engañarme. Y si acaso vos lo consiguierais, sería la mirada atenta e insistente de él, quien revelaría el secreto que ambos guardáis.

—¿Sabéis quién es? —preguntó sorprendida.

—El capitán es un libro abierto para mí. Y reconozco la misma mirada que él tiene, en vos también. He visto cómo le miráis cuando creéis que él no os mira, pero os lo aseguro, sí lo hace —se rio—. Es un hombre experimentado, no podéis ocultarle vuestro deseo.

—Y él parece saberlo —Elena se ruborizó—, sus ojos me persiguen en cuanto me despisto y me olvido de evitar fijarme en él.

—¡No podéis seguir con este juego! Contadme qué os ocurre, confiad en mí como vuestra amiga, más que vuestra hermana. Quizá mi breve experiencia pueda serviros.

—Jamás había sentido lo que siento ahora. —Elena soltó su mano y se llevó las suyas hacia el rostro, con la intención de tapar la vergüenza que sentía, pero sacó valor de donde creía que no había y exclamó—: Me entregué a él. —Elena esperó una reacción censuradora en su amiga, pero esta mantenía su sonrisa y la miraba con cierta picardía y diversión en su rostro—. Fue en el barco, cuando fui a buscar los remedios para Ana y a rogarle que os encontrara y os protegiera en Valencia.

—¿Hicisteis eso por mí? —Alba enmudeció. El valor de su amiga era digno de su admiración continua.

—No pude evitarlo. Él es tan... No había sentido esto jamás. ¡No puedo dejar de pensar en él!

—No perdáis más tiempo entonces. Daos cuenta de cómo es ese hombre, muy pronto habrá otra mujer en sus brazos, y no precisamente porque él la busque, sino porque cualquier mujer desearía ser suya.

—Y entonces, ¿cómo él va a estar pensando en mí?

—Sus ojos lo dicen cada día. Estoy segura de que vos también os habéis dado cuenta.

—Sí, pero...

—Tenéis miedo.

—No lo niego. ¡Es un pirata! ¿Cómo podría yo ser la esposa de un hombre que ha matado, robado y no sé cuántos horrores más?

—Escuchadme, querida. —Alba cogió la mano de su amiga y la apretó con fuerza—. La época que nos ha tocado vivir es difícil. Seguramente habrá otras mejores en el porvenir, pero por ahora, un hombre se considera hombre cuando es capaz de defenderse y de luchar por sobrevivir. ¿Creéis que me hace feliz saber que Daniel acabó con la vida de vuestro padre? —sus ojos brillaron húmedos—. No, Elena. Me destroza el corazón, pero sé que fue una elección que hizo entre su vida o la mía. El capitán es un buen hombre, os lo aseguro. ¡Cuántas veces ha arriesgado su vida por salvar la mía y la de aquellos que amo! Siempre ha sido mi protector. Un hombre así no es capaz de matar por maldad, solo por sobrevivir.

—Si un hombre volviera a pegarme, yo...

—¡Jamás, hermana! ¡El capitán jamás os tocaría ni un solo cabello, si no es para amaros! ¡Os lo juro! Conozco lo que hay dentro de su corazón y de su alma, y hay más bondad incluso de la que él imagina.

—¡Pero él os amó a vos! ¿Y si aún os ama? —preguntó Elena, temiendo que fuera así todavía.

Alba suspiró. Guardaba un secreto que no podía seguir ocultando, a pesar de que el capitán le había pedido que así lo hiciera. Pero se trataba de su felicidad y los amaba. No podía permitir que un estúpido secreto las separase.

—El capitán no me ama. Creyó hacerlo, como yo creí amar a vuestro padre. A veces es muy fácil confundir el deseo y la pasión con el verdadero amor, pero este se demuestra con hechos que os sorprenderían. Él me pidió que callara, porque vos no parecíais sentir lo mismo que él siente por vos, pero yo ya no puedo silenciarme por más tiempo. ¡Vuestra felicidad depende de que os lo cuente!

—¡Hablad! —le rogó Elena.

—El capitán compró vuestra hacienda.

—¿Qué? Su nombre era...

—Lo hizo con otro nombre. Tiene tanto dinero que puede comprar el silencio de cualquier hombre de leyes, y así lo hizo. Pero fue él quien pagó un precio mucho mayor que el que vos habíais pedido y con la rapidez que necesitabais. Él quería que tuvierais al fin vuestra libertad e hicierais buen uso de ella. —Los ojos de Elena apenas podían aguantar las lágrimas que surgieron de repente. Su expresión era de sorpresa y de alegría al mismo tiempo—. Me pidió que no os lo dijera. Debo pediros perdón también por habéroslo ocultado hasta llegar a Nueva España.

—¿Y por qué lo hizo? ¿Para qué quería que yo fuese libre? ¿Para alejarme de él? —su mente seguía confundida.

—Todo lo contrario, lo hizo porque os ama, y temía que algún día os arrepintierais y quisierais regresar a España. Sus palabras fueron... «Por si algún día decide volver y necesita recuperar sus raíces.» Quizá lo hizo porque él también las tiene en su isla y sabe lo importante que es sentir el origen del que venimos, sobre todo cuando se trata de familias como la vuestra.

—Apenas puedo creerlo... —Elena enmudeció.

—Él quería que fuerais libre para elegir vuestro destino. —Alba sonrió—. Pero en el fondo de su corazón, anhela que le elijáis a él. ¿Qué mayor prueba de su amor queréis?

Los ojos de Elena se movieron agitados y se levantó con rapidez. Una amplia sonrisa le adornaba el rostro y su belleza era tan deslumbrante que ni las joyas que llevaba podían eclipsar el brillo de sus ojos.

—He de irme...

—Lo sé. —Sonrió—. Corred a buscarle antes de que se marche. Os aseguro que otros brazos le esperan y, aunque él no desee refugiarse en ellos, se dejará llevar, porque es lo que acostumbra a hacer, ir de unos brazos a otros buscando que su corazón salte de alegría, como lo hace por vos.

—¿Cómo puedo daros las gracias una vez más? —le dijo, besándola en la mejilla.

—Ya lo habéis hecho. ¡Corred, rápido!

Alba dejó escapar una carcajada al verla abrir la puerta con tanta prisa y escuchar sus pasos que bajaban la escalera. Echó la cabeza hacia atrás y acarició su vientre, sintiéndose feliz. Por unos instantes había olvidado el verdadero motivo por el que estaba en Nueva España.

—Alía dice que, por el abultamiento de su vientre, no tardará en nacer —dijo Daniel, expresando en su rostro la inquietud.

—Confío en mis hombres, no tardarán en volver.

—Así lo espero. Sabéis que yo también confío en ellos... y en vos —se atrevió a decir el morisco, para demostrarle una vez más su agradecimiento.

—Lo sé y agradezco vuestra confianza. Haría cualquier cosa por ella...

Daniel bajó la cabeza. Su absoluta sinceridad seguía apuñalando su corazón. Elena llegó justo en el momento en que el capitán hablaba, pero ellos no la vieron. Se escondió tras la puerta del salón, donde los hombres compartían una copa de licor. Sintió que le faltaba el aire, al escuchar a Joao hablar de su amiga, como si su corazón aún le perteneciese.

—No me juzguéis mal —explicó el capitán al morisco—. Sé que ella os pertenece y vos le pertenecéis, y ya nunca haría nada para romper ese lazo, el más fuerte que vi jamás entre dos personas.

—¿Aún la amáis?

—Cuando se ha amado como yo lo he hecho, nunca se deja de amar.

Elena sintió que tenía un hierro candente en su vientre.

—Habéis aceptado entonces que Isabel y yo nunca nos separaremos.

—Para vos sigue siendo Isabel, la niña que ambos conocimos. Pero ella ya no es la misma. Alba es madre ahora, la madre de vuestra hija. Por eso, mi papel debe limitarse únicamente a proteger a vuestra familia como si...

—¿Cómo si fuera la vuestra? —preguntó Daniel—. No lo es, capitán. Vos debéis encontrar vuestro propio camino.

—Tenéis razón y decidido estoy a conseguirlo. Pero la mujer de la que me he quedado prendado no parece desear lo mismo.

—¿Prendado, decís? —inquirió Daniel con una gran carcajada—. Yo diría que estáis preso de ella y daría mil monedas de oro, si las tuviera. ¡Que me aspen si no estáis loco por su sombra!

—¿Y qué sabéis vos? Ni siquiera... —el capitán sonrió dándose cuenta. Alba ya debía haberse fijado y seguramente lo había hablado con él.

—No hace falta que habléis. Vuestra mirada habla por vos.

—¿Sabéis entonces de quién os hablo?

—Mal pirata sería si no pudiera ver en la mirada de un hombre sus debilidades. Vos habéis enloquecido con esa mujer, no podéis negarlo.

Elena sintió que dejaba de respirar por unos instantes que se hicieron eternos. ¿Estarían hablando ahora de ella? ¿Significaban sus palabras que ya no amaba a Alba?

—No puedo pensar en otra cosa desde que...

—Pues no penséis más, amigo —dijo Daniel, poniendo una mano sobre su hombro, sintiendo que ya podía tratarle de hombre a hombre, con la tranquilidad de saber que ya no era su rival—. Hablad con ella, confesadle vuestros sentimientos.

—Ella no me ama.

—Os ama, Alba así me lo ha confirmado. Y ya sabéis que ningún secreto, por oculto que esté, puede esconderse ante sus ojos.

—Entonces, ¿por qué...?

—Porque tiene miedo. Sufrió mucho y está asustada. La idea de amar a un pirata no debe ser fácil para una mujer de su clase. ¡Debéis entenderlo! —Joao asintió, claro que lo entendía, pero le causaba un gran dolor, a pesar de aceptarlo—. Sé lo que habéis hecho por ella. Comprar su hacienda es un noble gesto.

Escuchó unos delicados pasos y el rozar de una falda. Se giró, bebiendo un trago de su copa, pero no consiguió tragar ni una gota del líquido embriagador. La dejó sobre la mesa y se quedó paralizado, al reparar en su mirada brillante, como si algo malo hubiese ocurrido, o como si pudiera ocurrir todo lo contrario, algo tan bueno que cambiaría para siempre sus vidas.

Daniel tosió divertido un par de veces, se bebió su copa de un trago y se marchó, dejándolos a solas y cerrando las puertas para que nadie pudiera molestarlos.

—¿Por qué comprasteis mi hacienda? —preguntó Elena, acercándose lentamente a él.

Joao se quedó paralizado al escucharla. No sabía qué decir.

—No podéis negarlo. Acabo de oíros —confesó—. Estaba oculta tras la puerta.

—¿Y quién os da derecho a escuchar conversaciones ajenas? —preguntó el capitán, con cierto sarcasmo.

Nunca le había visto tan apuesto, tan noble y señor. Las ropas que llevaba le hacían parecer un auténtico caballero. Se había recogido el pelo con un lazo de terciopelo y su rostro, tostado por el sol, estaba limpio sin la pintura que revelaba su condición de pirata. La miraba de frente, con gallardía, y en sus ojos se veía la nobleza de su corazón.

Elena tampoco había estado nunca tan bella. El escote de su vestido mostraba el principio de unos pechos que subían y bajaban, a medida que se acercaba a él, pues le faltaba el aire, en su presencia. Su cintura era la más fina que había visto y deseó rodearla con sus brazos. Su cabello estaba adornado con peinetas de brillantes que realzaban su piel sonrosada.

—Mis sentimientos por vos me dan ese derecho —respondió, atreviéndose por fin a ser sincera con él y con ella misma.

Caminó despacio, su cuerpo se movió como si flotara por el suelo y, al llegar junto a él, se paró cuando casi podía tocarle sin necesidad de extender su brazo. Se limitó a devolverle la mirada y entreabrió sus labios esperando un beso.

Joao no desaprovechó la oportunidad. No dejaron de mirarse ni un instante, hasta que sus ojos estuvieron demasiado cerca como para poder verse. Inclinó su rostro hacia abajo, acercó sus labios y rozó los de ella sin llegar a besarla.

—¿Cuáles son esos sentimientos, señora? —quiso saber, antes de demostrarle los suyos.

—Os amo, capitán... Por encima del miedo que aún me inspira vuestra forma de vivir y por encima de mi pasado, de mi origen y de un porvenir que desconozco.

Joao acercó sus labios de nuevo, cuando ella pretendía volver a hablar, pero él ya no quería escuchar con sus oídos, sino con su corazón.

Elena rodeó su cuello con sus brazos y se fundieron en un beso único, ardiente y largo, no se separarían ni aunque el cielo se abriera sobre sus cabezas. No había nada ni nadie, más allá de aquel beso. Cuando Elena sintió su lengua que se adentraba buscando la suya, la recibió ansiosa, se estremeció y sintió cómo él se estremecía también. Metió sus dedos entre su cabello y deshizo el lazo.

Fue la señal que Joao esperaba, la levantó y la sacó de allí, buscando una alcoba donde hacerla suya. Mientras caminaba deprisa por el pasillo, llevándola en sus brazos, ella le señaló el camino. Su habitación estaba esperando para que él la llenara con su presencia. Antes de entrar, volvió a besarla y sintió como si fuera la primera vez que iba a hacerla suya.

—¡Esperad! —pidió ella, intentando bajarse—. Esta vez no. No voy a entregarme a vos como lo hice antes.

—¿Por qué? —preguntó, loco de deseo, sin entender.

—Soy una mujer de alta cuna, capitán. Y merezco un cortejo que pueda compararse a mi condición.

—Está bien —rio él, un tanto desesperado en la puerta, mirando al lecho acogedor que les esperaba e imaginando lo que podría haberle demostrado entre sus pomposas sábanas—. Si eso es lo que queréis, tendréis vuestro cortejo. Pero dejad que me recomponga —acarició su mejilla y dejó que sus dedos se deslizaran por su cuello hasta llegar a su escote, donde acarició uno de sus pechos sobre la tela del pomposo vestido, parándose en un encaje, donde jugueteó con él haciéndole cosquillas y provocando que esta se estremeciera y dejara escapar un aliento de deseo—. Y vos, también debéis recomponeros, pues vuestra boca me dice algo con lo que vuestro cuerpo no está de acuerdo.

—Tenéis razón, mi capitán —dijo, alcanzando la mano que cubría su pecho—. No puedo negar que os deseo con todas mis fuerzas y que, si seguís tocándome, no podré evitar que me poseáis, pero...

—Pero no lo haré —se retiró, dándose la vuelta—. Si queréis esperar, esperaremos. Y os cortejaré como merece vuestro rango y vuestra belleza. Y mientras tanto, lo mejor que puedo hacer es alejarme de vos —se dio de nuevo la vuelta— pues sois tan increíblemente bella que no respondo de mí, si volvéis a acercaros.

Elena se sintió contrariada con su propia petición. Su mirada se perdió de nuevo en la suya, fundiéndose, sin que ninguno de los dos pudiera dejar de mirar al otro. Entreabrió sus labios, sintió su pezón erizado y recorrió la distancia que les separaba, dando un solo paso.

—Tenéis razón. Amadme ahora y cortejadme después —le exigió.

El capitán se lanzó hacia ella, apretando su cuerpo contra el suyo, que contenía la pared. Supo que no podría escapar de él, sintió su miembro sobre su falda y abrió sus piernas para sentirle más aún. Joao comenzó a besar su escote, dejando que su lengua jugara entre la unión de sus pechos. Ni siquiera entraron en la alcoba, él ya quería poseerla en el pasillo vacío y silencioso. Levantó su falda y sus manos corrieron enloquecidas entre sus piernas, encontrando más ropa a su paso. Si algo odiaba de su noble origen era la riqueza de sus ropas, las cuales eran ahora el único impedimento para entrar en ella y darle el mayor placer que nunca le había dado a una mujer. Porque había una gran diferencia entre todas las veces que había hecho sentir gozo. Ahora se entregaría con amor.

La separó de la pared y la empujó débilmente dentro de la alcoba. Elena le esperó con una sonrisa, recordó cómo había disfrutado de placer en su camarote y deseó que esta vez fuese aún mayor su deleite. Abrió los brazos y le recibió apasionada, él le dio la vuelta y empezó a desnudarla, desatando el corsé del vestido por su espalda, con los dedos sabios de una sola mano, mientras con la otra recorría sus pechos una vez más y los sacaba fuera al aflojar la tela.

Elena estaba a punto de estallar y dejó escapar un gemido que él escuchó con satisfacción. Se dejaba hacer porque sabía que a él le gustaba, pero esperaba el momento para darse la vuelta y comenzar a acariciar su cuerpo. Quería tocarle, sentir su calor en las palmas de sus manos, deseaba admirar su cuerpo esbelto y musculado. Joao se dio la vuelta y comenzó a besar sus pechos, primero uno, deleitándose en recorrer con su lengua el pezón erizado. Después el otro, besándolo con pasión y vehemencia. Elena volvió a gemir e hizo el gesto de caerse, no podía aguantar más, pero él la sostuvo con sus fuertes brazos.

—Llevadme al lecho, no tardéis más —le pidió, le exigió, le suplicó, con voz queda.

Unos fuertes golpes en la puerta de la alcoba los alertaron, antes de escuchar la voz de Daniel, que reclamaba su presencia.

—No me lo puedo creer —se lamentó el capitán con desgana.

La ayudó a vestirse y se acercó a abrir, esperando a que ella estuviese lista. El gesto risueño del morisco no le hizo ninguna gracia.

—Lamento tener que importunaros en un momento tan esperado —dijo, entre risas—, pero vuestros hombres acaban de llegar. Han encontrado al chamán. Debemos prepararnos.

El corazón de Elena se alegró y salió rápida, alejándose de la alcoba. Tenía que ayudar a las demás para que Alba pudiera hacer el corto, pero peligroso, viaje. Ni siquiera se despidió del capitán, que se quedó pensativo al verla. Hacía unos instantes estaba a punto de hacerla suya y ahora desaparecía sin decirle ni adiós.

Miró a Daniel con desconcierto y este le devolvió una risita incómoda.

—¡Mujeres! Pero... ¿qué haríamos sin ellas? —exclamó, antes de darse la vuelta y marcharse riendo.

L

El nahual

El camino hasta la pequeña aldea en mitad de la selva había sido duro y tedioso. Mientras miraba las piedras, las cuerdas con nudos y el pequeño tronco de caña en el que el nahual tomaba el brebaje oloroso y denso, dudó. Alba solo confiaba en su propia magia. No obstante, tenía que confiar. Julio le había indicado que no había nadie en su mundo conocido que pudiese ayudarla, pero sí existía una gran sabiduría ancestral en el nuevo mundo. Y allí estaba el hombre, que vestía un disfraz con hermosas plumas de ave, usaba piedras preciosas para la adivinación y tarareaba una extraña melodía.

El capitán y sus hombres permanecían fuera de la cabaña, prestos a cualquier petición de ayuda, pero solo Alía, mujer sabia, sangre de su sangre, y Daniel, el amor de su vida, podían estar presentes. Aunque no eran los únicos, una mujer blanca, muy bella y de cabello rojizo se ocupaba de ordenar los elementos que el nahual iba a utilizar. Extendió sobre el suelo las piedras y huesos, y, cuando se hubo bebido el brebaje, llenó otra vez el vaso de caña.

El nahual rodeó a Alba, tumbada en el suelo. Daniel la sostenía, sentado a su lado, y ella apoyaba la cabeza en su torso, para ver cada movimiento del hechicero. Cuando el nahual acabó su baile, la mujer salió de la choza y trajo a otro hombre con ella. Llevaba el rostro cubierto por una máscara también de extraño plumaje, pero su cuerpo era de piel blanca, también. Entró y se sentó de espaldas a ellos, sin querer mirar el rostro del nahual, que había puesto los ojos en blanco y dejaba escapar espuma por la boca. Este cogió las piedras, las retuvo en su mano, haciéndolas sonar unas contra otras. Se metió en la boca los huesos y pareció querer masticarlos, después de juguetear con ellos con la lengua. Quizá por eso le faltaban varios dientes dentro de la boca. Ninguno de ellos habló, hasta que el brujo empezó a mascullar algunas palabras inaudibles. Entonces, el hombre de piel blanca comenzó a traducir lo que decía.

—Sois diferente. No sois como las demás mujeres del mundo —exclamó, desde su posición de espaldas a ellos, con la voz un poco apagada tras la máscara que le ocultaba el rostro—. Y dentro de vos, crece la criatura más poderosa sobre la tierra —continuó el nahual—, pero hay algo que os está matando y vuestra muerte es segura.

El brujo gritó y se tapó la cara con las manos, dejando caer las piedras al suelo, delante de ella. Entonces se agachó y comenzó a leer la posición en la que habían caído. Estiró sus dedos, colocando las manos sobre las piedras, y escupió los huesos de su boca. Volvió a poner los ojos en blanco y comenzó a leer su predicción, traducida por el hombre de piel blanca.

—Veo un nacimiento triunfal. Uno de los dos, el bien o el mal, prevalecerán cuando la criatura nazca y tendrá tanto poder que ni su misma madre podrá protegerla.

Alba estaba cada vez más desesperada. ¿Acaso las palabras del nahual no indicaban que su hija era el fruto del mal?

—¡Esperad! —exclamó Alía, adivinando su inquietud—. Dadle un poco más de tiempo —le dijo, esforzándose ella misma por creer que así el brujo sabría darles una solución.

El brujo bajó la mirada y la miró tan profundamente que hasta Daniel se estremeció. Gateó como un niño por encima de las piedras para alcanzarla, agarró su mano con fuerza y le arrancó la esmeralda del dedo, de un tirón.

—¿Qué hacéis? —exclamó Daniel, intentando evitarlo, aunque no pudo, al no querer soltar el cuerpo de su amada.

—¿Antes de hacer el bien, ya queréis vuestro pago? —gritó Alía, airada, acercándose al brujo para quitarle la sortija.

—¡No! —gritó Alba, evitándolo.

El color verde de la piedra se había tornado completamente negra en la mano del brujo. Alía también lo vio y frenó sus pasos. El nahual se puso la oscura esmeralda en su dedo meñique.

—Vos sois mucho más sabia que yo y solo podréis salvar vuestra vida si regresáis al principio —tradujo el hombre, que continuaba sentado de espaldas, sin ver nada de lo que estaba ocurriendo—, pero yo puedo salvaros. Esta piedra os está arrancando la vida. Alejaos de ella y recuperaréis la salud.

Daniel no sabía qué pensar, se sentía herido. Aquella era la joya que él había elegido para ella y que había llevado siempre en su corazón, incluso cuando creyó que ya nunca más volverían a encontrarse. Y ahora, la piedra era negra en la mano del brujo y había perdido todo su brillo. Era la piedra la que estaba dejando a Alba sin fuerzas. Esta no entendía por qué, pero sintió un enorme alivio al quitársela, como si el gran peso que había estado sobrellevando todo ese tiempo desapareciera.

Daniel no quiso comprender en un principio, miró a su prometida sorprendido, pero pronto sus ojos se cerraron al recordar de dónde provenía su regalo. Sus ojos vieron la esmeralda brillar en el vientre de la mujer que le había salvado la vida. Abrió los ojos horrorizado, la joya que él creía la más preciada que había encontrado jamás había estado a punto de quitarle la vida al ser que más amaba. Se irguió mirando a Alba a los ojos, consternado y asustado. Se lamentó; si le hubiese contado todo el mismo día de su reencuentro, habría podido evitarle todo aquel sufrimiento. Se levantó, dejando a Alba en el suelo, capaz ya de sostenerse sola. Salió de la cabaña, pasó con rapidez junto al capitán y sus hombres, y se alejó hacia el mar. Antes de marcharse, dejó escapar de su boca un nombre que, tanto Alía como Alba, reconocieron al instante. Entre sus labios, Daniel pronunció débilmente... Yemalé.

—¿Qué ocurre? —el capitán entró para asegurarse de que no le había ocurrido nada malo a Alba.

Se sorprendió al ver que esta se levantaba por su propio

pie y se acercaba al brujo, que seguía con la piedra en su dedo meñique, tarareando de nuevo su canción. Alía sacó una bolsa de monedas y se la entregó a la mujer; esta la recibió con una sonrisa.

El brujo se quitó la piedra del dedo, dejando caer la sortija sobre las demás piedras. Alba dejó que se la quedara, cogió la mano de su tía y, junto al capitán, salieron de la choza.

—¿Alguien va a decirme qué está ocurriendo? —preguntó el capitán, al verla ir hacia Daniel, que había caído de rodillas sobre la arena y se cubría el rostro con las manos, lleno de rabia contra sí mismo por su estupidez.

—Dejadlos a solas ahora, capitán —le pidió Alía—. Necesitarán uno del otro para volver a ser los mismos amantes que fueron.

Joao no comprendió, pero confió en la sabiduría de la mujer.

—Está bien. Esperaremos —respondió, calmando a sus hombres con una de sus órdenes, como siempre había hecho.

Se descalzó y sintió la calidez de la arena bajo las plantas de sus pies, hasta que una ola la alcanzó refrescándola. Se sentía como si hubiese renacido, su cuerpo era capaz de sentir cada uno de sus pasos, como un bebé aprendiendo a caminar. Estaba relajada y acariciaba su vientre con las manos, mientras llegaba hasta Daniel. Se arrodilló a su lado y retiró sus fuertes manos de su rostro, obligándole a mirarla. Él no quería hacerlo, bajó la mirada angustiado. Cogió su rostro con las manos y le besó. Daniel respondió, abrazándose a su cuerpo con fuerza, reteniéndola contra él. Disfrutó de su beso como si pensara que era el último, pues no se sentía merecedor de ninguno de sus besos. Apartó sus labios y le dijo al oído...

—Podría haberos matado con mis mentiras. ¡No merezco vuestro amor! —sus ojos se llenaron de lágrimas—. Me entregué a ella. ¡Lo hice creyendo que erais vos! ¡Jamás lo hubiera hecho de no haber visto vuestro rostro en el suyo! ¿Podréis creerme?

—¡Ya os creo! —exclamó Alba, abrazándole—. Sé de todo su poder, conozco los prodigios que ella es capaz de hacer y he sufrido su odio y sus deseos de venganza. Pero también sé que esta es la última vez que nos hará daño.

—¿Podréis perdonarme alguna vez? —preguntó, besando sus manos.

—Ya lo he hecho. Yo ya lo sabía.

—¡Qué estúpido fui! ¡Cuándo aprenderé que no puedo ocultaros nada!

Alba sonrió.

—Fue ella misma quien me lo contó, antes de ayudarnos al capitán y a mí a salir de nuestro encierro. Deseaba que yo lo supiera, quería hacerme daño, pero reconozco que me dolió más que vos me lo ocultarais.

—No debí dejarme llevar, pero... ¡os deseaba tanto! ¡Había soñado tantas noches con vos!

—Cuando el deseo por el otro nos invade, de forma tan fuerte como nos ocurre a nosotros, es imposible resistir la tentación. Pero dejad de lamentaros. ¡No os entregasteis a ella!

Se acercó tanto a ella que pareció que iba a besarla de nuevo, pero antes puso su mano en su vientre y abrió sus dedos para sentir una vez más a su hija.

—No... Yo me entregué a vos.

Daniel sintió que se le escapaba de entre sus brazos. Sus ojos se cerraron y su pensamiento se desvaneció como las olas del mar cuando regresan. La sostuvo, algo iba mal. Gritó llamando a Alía. Esta y el capitán corrieron a su encuentro, pero él ya la había levantado y se acercaba a ellos, corriendo por la arena. Al llegar a la puerta de la choza, la mujer que estaba dentro les hizo pasar.

—¡Rápido! ¡Ha llegado el momento! —exclamó Alía, sabiendo con certeza que era así.

Daniel la dejó sobre unas pieles que la mujer colocó para que estuviese cómoda. El nahual la miró, entendió lo que ocurría y decidió alejarse, dejando a las mujeres que se ocuparan, pero antes de salir, dijo unas palabras que ninguno pudo entender. El hombre blanco las repitió.

—Debe regresar al principio antes de dar a luz.

—Lo sé. Debemos despertarla —respondió Alía.

—Esto servirá. —La mujer acercó un frasco de barro a su nariz y Alba recuperó rápidamente la consciencia.

El hombre se quedó mirándola muy quieto en el centro de la choza, como si la belleza de la muchacha le hubiese traspasado.

—¿Qué ocurre? —le preguntó la mujer.

—No estoy seguro —respondió él en voz baja.

A Alía no se le escaparon sus palabras. ¿Qué estaba viendo el hombre que quizá debía haber visto ella también? No podía alejarse de Alba, pidió al capitán y a sus hombres que salieran, pero permitió que Daniel se quedara. Alba apretaba con fuerza su mano tras despertar.

—Va a nacer ya, ¿verdad? —le preguntó a su tía para tener su confirmación.

—Aún no, querida, pero no queda mucho. Todavía no ha anochecido, pero la luna llena ya ha salido.

—¿Creéis que es ella? —preguntó Alba, ante la expresión de sorpresa de su amado al escucharla.

—Así es —respondió Alía.

—¿Por qué estáis tan segura?

—Porque no fue la hija de vuestra hermana. Luego, tiene que ser ella, no hay nadie más.

—Quisiera que estuvierais equivocada. No quiero que mi hija sea como yo.

—No será como vos, será mucho más poderosa. No lo lamentéis. Agradecedlo, más bien, porque nunca ha ocurrido así. Nunca la hija de una mujer sabia ha sido otra mujer sabia. La diosa os ama, querida niña, más de lo que nunca amó a ninguna otra y os lo demuestra una vez más.

—Y si no es así, y si es hija del mal...

—Solo vos podéis evitarlo. Ya os lo ha dicho el nahual, tenéis que regresar al principio de los principios y revertir lo vivido.

—¿Y cómo podría hacer eso?

El hombre que traducía las escuchó y se acercó a ellas.

Aún no se había quitado la máscara, se arrodilló a su lado, agarró la mano de Alba y ella le devolvió la misma fuerza con la suya, sintiendo que algo les unía. Era como si se conocieran, quizá de otra vida.

—Escuchadme. Yo os guiaré, si confiáis en mí.

Asintió, ante la atenta mirada de Alía, que le dejó hacer con cierta desconfianza.

—Él puede guiaros, señora —exclamó la mujer, de pie, a su lado—. Es un hombre sabio, también.

Apretó su mano y cerró los ojos, mientras escuchaba sus palabras.

—No hay tiempo que perder. Debéis librar a vuestra hija del mal antes de que vea el mundo por primera vez. Cerrad los ojos y seguidme.

Fue como si sus mentes se unieran, como si se reconocieran sin verse. Alba sintió que el hombre la conducía de regreso a su propia vida. Vio un camino oscuro y estrecho que parecía estrecharse más a cada paso que daba. Al fondo, una mujer ardía en una hoguera mientras un hombre que vestía un hábito la miraba inerte y un perro negro yacía en el suelo. Recordó aquellas imágenes, formaban parte de un sueño que había tenido muchas noches. Se dio la vuelta y sintió la mano del hombre, que la apretaba con fuerza.

—Más atrás —exclamó, al mirarla, moviendo los labios bajo la máscara.

El camino oscuro, como un túnel sin fin, comenzó a estrecharse de nuevo. Caminó hasta llegar a la hacienda de la familia Abrantes. Las escaleras del interior se presentaron ante ella. Sintió el frío que recogían sus paredes vacías, como si nunca hubiese existido vida entre ellas. Adelantó un pie para subir, cuando sintió de nuevo la mano fuerte del hombre, que le susurraba...

—No es aquí. Debéis ir más atrás.

Volvió a verse en el túnel estrecho. Sus paredes casi apretaban su cuerpo y empezó a sentir que se ahogaba. Le costaba respirar y tosió un par de veces. Se quedó fría, su cuerpo no parecía responder a la vida.

—¿Qué le ocurre? —gritó Daniel, al sentir su otra mano helada.

—Shhh... —dijo el hombre—. Ya ha llegado. Su sangre se congela ante el tiempo y el espacio. Pero no temáis, lo logrará.

Se escurrió entre las paredes del túnel, que parecían querer retenerla. Gracias a la delgadez de su cuerpo consiguió escapar y salir de él, pero al hacerlo, se sintió de nuevo entre cuatro paredes. Estaba agachada, tumbada de lado sobre un suelo frío. Un techo de madera olorosa la cobijaba en un agujero que apenas dejaba espacio para su menudo cuerpo. Algo le rozó la cara, se sintió asqueada, era una cucaracha. Supo dónde estaba y quién era, una niña escondida bajo una caja. Había llegado al momento que necesitaba revivir. El silencio la conmovió, hasta que unos pasos fuertes se acercaron y sintió un gran temor.

—Habéis llegado, Isabel —exclamó el hombre, apretando su mano con fuerza—. ¡Salid de dónde estéis! ¡Entregaos de nuevo a vuestra vida!

No se preguntó por qué el hombre conocía su verdadero nombre, pero Daniel y Alía sí se alarmaron, aunque no era el momento de hacer preguntas. Ambos continuaron a su lado para protegerla, si era necesario.

Alba tenía un miedo atroz, sabía lo que le esperaba fuera de la caja que la protegía. Aún así, la vida de su hija le importaba más que la suya propia y debía darle una existencia libre de oscuridad. Levantó su cuerpo y la caja cedió sobre su espalda, aspiró el aroma a cerrado. Se acercó a la puerta, caminando casi a ciegas entre los bultos y abrió, entrando en la casa. El caldero aún hervía en el fuego, no había nadie. Sus padres ya habían desaparecido, se lamentó, quizá debía haber vuelto más atrás, se había impacientado.

Recordó a su hermana, que aún seguía bajo otra caja, y quiso volver, pero ya era tarde. La puerta de la casa se abrió y un hombre entró con rapidez, dejando pasar un aire gélido al interior. Cerró tras de sí y frenó sus pasos al descubrir a la niña. Se quedó mirándola ella a él. Sus ojos eran oscuros y brillantes, su cuerpo fuerte y alto, su porte distinguido y apuesto. No habló, no le dijo nada, pero ella supo lo que guardaba su pensamiento.

Aunque era una niña, todo el poder de la diosa estaba contenido en su interior. Con solo haber alzado una mano, le habría bastado para acabar con la vida de Álvaro de Abrantes. No necesitó abrir los labios para expresar lo que él sentía en su corazón. No necesitó oírle hablar para conocer todos sus secretos. Estaba allí con la intención de encontrarla, a ella y a su hermana, para acabar con sus vidas como había hecho con sus padres.

Álvaro desenvainó su espada y la levantó frente a la niña, esperó que se echase hacia atrás asustada, o que corriese para escapar, pero, en lugar de lo esperado, la niña se quedó muy quieta, mirándole fijamente. Sintió que la conocía, su corazón comenzó a latir con fuerza y algo muy hondo se le clavó, como si esa niña formase parte de su vida o como si fuese a ocurrir en algún momento del porvenir. Su mano bajó la espada y la dejó caer al suelo. La niña le miró con sus ojos despiertos y brillantes, sin mostrar ningún temor ante su presencia. Continuó quieta como si hubiese estado esperando ver cómo actuaba él.

Isabel sintió paz en su corazón. Ya no había rencor ni miedo, ya no había deseos de venganza. Tampoco quedaba ya nada del amor carnal que había sentido por el hombre. Tan solo había una gran esperanza en su corazón. Movió lentamente sus labios, le sonrió y dijo... Gracias. El hombre sintió que su vida empezaba en aquel preciso instante. Se dio la vuelta, abrió de nuevo la puerta y se marchó.

Se vio de nuevo en el túnel, pero esta vez la salida estaba oscura y cerrada, las paredes rozaban su cuerpo y ella ya no podía salir. Sintió la desesperación y entonces volvió a notar la mano fuerte del hombre, escuchó su voz y la reconoció al instante. Era la voz de su padre, repitió la última frase que le dijo antes de morir...

—Ve hacia el mar...

Alba abrió los ojos. Daniel y Alía estaban a su lado; a su derecha, la mano del hombre aún sostenía la suya. Este le sonrió, bajo la máscara que todavía ocultaba su rostro.

—Lo habéis conseguido —exclamó, al ver que despertaba—. Habéis librado a vuestra hija de todo mal, gracias a la paz
que ha alcanzado vuestro corazón.

Alía suspiró aliviada. Ya no se veía obligada a deshacerse
de la niña. Dio gracias a la Diosa por no haberla obligado a
hacer algo tan doloroso. Daniel sonrió, el color había regresado a sus mejillas y parecía mucho más fuerte que antes. Alba
soltó su mano e irguió su cuerpo, acercándose al hombre de la
máscara. Para sorpresa de todos los presentes, ambos se fundieron en un tierno y esperado abrazo.

—Padre... —exclamó ella—. Habéis vuelto a mi vida.

Joan supo que la Diosa también le había bendecido, devolviéndole a su hija perdida. Se arrancó la máscara del rostro
y todos pudieron ver su sonrisa. Su querida hija Isabel estaba
por fin entre sus brazos.

LI

La última mujer sabia

Joan no podía creer que la vida le devolviera tanta felicidad. Mientras sentía su abrazo, pensaba en el tiempo que tendrían para hablar largo y tendido de lo que habían sido sus vidas. Quería saberlo todo de ella, conocer cada momento que pasó lejos de él y de su hermana.

Ella sonreía tímidamente, tampoco podía creer que el hombre que había sido como su padre fuese quien la ayudara a salvar a su hija del maligno. Y la sonrisa de Alía, al descubrir su reencuentro, dignificaba la llegada de la mujer sabia más poderosa de la historia. Ahora, su hija sí podía nacer.

Daniel los miraba sin comprender, Alba cogió su mano para unirla también a la de Joan.

—Estos son los hombres de mi vida, los que siempre estuvieron y los que se quedarán. Ya os conocéis —les sonrió—, pero ahora lo harán vuestros corazones.

Alía se acercó también y abrazó a Joan, y este le devolvió su abrazo, adivinando que también era parte de la familia. Aunque no importaba la sangre, pues el amor unía las almas con más resistencia que ninguna sangre humana. No hicieron falta las palabras entre ellos. Quizá, ninguno lo sabía, pero dudaba de que hubiese sido solo la casualidad la que había unido sus vidas.

Joan le presentó a su esposa, la mujer que ayudaba al nahual, era perfecta para su padre. Una mujer de mundo que bendecía cada momento a su lado. Ambos habían llegado hasta allí, luchando contra la injusticia de ser esclavos, unidas sus suertes y sus destinos.

La luna ya regía en el cielo, el sonido de las olas había aumentado su fuerza y un leve viento se escuchaba a través de las cañas de la choza. Alía ayudó a la mujer de Joan, ellas se ocuparían de traer al mundo a la criatura. Ella misma la acogería con sus manos y la entregaría a la vida.

Las señales del universo fueron sustituyendo a la incertidumbre. En otro momento, habría pedido a los hombres que salieran, pues las mujeres sabias vienen al mundo solo entre mujeres sabias, pero las demás no estaban allí. Solo ellas dos podían arropar la llegada al mundo de la niña y necesitaba más fuerza y más amor, a su lado.

Cuando el camino de la luna se dibujó sobre el agua, la niña se abrió paso sin hacer padecer a su madre. No hubo sangre cubriéndola, solo un velo de estrellas que Alía retiró de su piel con suavidad para permitir que su cuerpo recibiera su primer aliento de vida. No hubo llanto, tan solo las lágrimas de felicidad de todos los que la esperaban. Abrió los ojos y miró a Alía, que la sostenía en sus manos poderosas y fuertes. Esta le devolvió la sonrisa y se la entregó a su madre, que la acogió en su seno, alimentándola con la leche de su amor. La niña tomó su alimento tan pronto, que todos tuvieron la certeza de que se arraigaba en el mundo con un vigor y una resistencia inquebrantables. Quería vivir y experimentar como la mujer sabia que era, la más poderosa que existió jamás.

Alía salió de la cabaña para admirar el cielo y el mar, que habían cobrado el tono azul de la profundidad. Las estrellas brillaban, envolviéndolo todo de una majestuosa luminosidad. Todo estaba consumado, su linaje estaba a salvo. Y esta vez, todo sería de otra manera. La niña crecería junto a su madre y aprendería a canalizar su poder, desde el principio de sus días, solo con ver su ejemplo. Y por primera vez, vivirían en libertad.

Un grito desgarrador alertó su corazón y su razón. Su sobrina gritaba inesperadamente. Corrió a la cabaña, creyendo que la niña había muerto. Quizá el maligno había podido con ella después de todo. Alía imaginó lo peor. Al entrar vio a la mujer de Joan que sostenía a la niña en sus brazos. La miró y le dijo que la criatura estaba bien, pero Joan y Daniel intentaban, sin lograrlo, calmar el dolor de su sobrina, que se deshacía entre llantos en el suelo, arqueando su cuerpo, abriendo sus piernas, sangrando como si se desgarrase. Se agachó y palpó su interior, intentando encontrar la razón de tanto dolor después de haber alumbrado a su hija. Fue entonces cuando notó que la recién llegada no era la única.

—¡No os asustéis, querida! Hay otra criatura dispuesta a nacer.

Los ojos de Alba se abrieron sin comprender y volvió a dejar escapar otro grito mientras sentía que algo la rompía por dentro.

—Sé que ninguna lo esperábamos, pero la diosa vuelve a sorprendernos con su gracia. Vais a tener otra hija. ¡Empujad! —le pidió, sin comprender por qué su sobrina sufría tanto dolor ahora, cuando antes la niña había nacido como nacen las mujeres sabias, sin dañar a sus madres.

—¡No soy capaz! ¡Moriré si lo intento! —dijo Alba. Nunca había sentido un dolor tan fuerte.

—¡No moriréis, hija mía! ¡Estáis aquí para dar vida y vida es lo único que habrá esta noche! ¡Empujad, os lo ruego!

De nuevo Alía se preguntó por qué había tanto dolor y por qué había otra niña queriendo nacer. Nunca una mujer sabia había nacido ocupando el tiempo de otra. Jamás se habían unido dos almas sabias para empezar a vivir el mismo día.

Intentó calmarse, ya había visto cómo la diosa hacía y deshacía a su antojo. Y esta vez sería igual, les daría una lección que aprender, aunque nunca supieran sus razones.

—¡Gritad cuanto queráis, pero empujad una última vez, con fuerza! —le pidió a su sobrina, al sentir la cabeza de la criatura que se acercaba y rozaba sus dedos.

Alba gritó, empujó y sintió que se partía en dos, pero permitió que la criatura se abriese camino hacia el mundo. La sangre de su cuerpo cayó sobre el suelo, la niña llegó envuelta en sangre y fluidos, como cualquier otro ser humano. Su nacimiento había sido doloroso, y tan pegajoso y espeso como el de cualquiera. Las dudas se agolparon en el corazón de Alía, la criatura que sostenía en sus manos, escurridiza y mojada, no era una mujer sabia.

Joan le acercó el agua para lavarla, limpió su carita, pero no parecía querer respirar. Tenía los ojos cerrados y estaba inerte. El hombre se la quitó con rapidez de las manos, agarrándola de los estrechos tobillos para sacudirla hasta lograr que respirara. Tras unos instantes, todos escucharon un llanto.

Daniel ayudó a Alba a reponerse, mientras Joan entregó la criatura a Alía de nuevo para que la limpiara. Esta lo hizo, en un alarmante silencio. Cuando por fin Alba fue capaz de regresar a la realidad, pidió ver a su segunda hija. Estiró sus brazos para acoger su cuerpecito desnudo. Alía se la entregó destapándola.

—Aquí está tu hijo —exclamó.

Ana sostenía en sus brazos a su hija, feliz de asistir a la ceremonia de unión de su hermana con el hombre al que había amado siempre. Joan y su esposa estaban tras ella, con la niña recién nacida en sus brazos. El niño estaba al cuidado de Alía, quien parecía querer protegerle desde su nacimiento.

Elena se acurrucó bajo el brazo fuerte del capitán, mientras Alba y Daniel unían sus manos bajo la del nahual, que rodeaba sus muñecas con una cadena de flores. Daniel casi se sintió cegado por su belleza, su piel era la más luminosa bajo el ardiente sol del atardecer. Anheló que llegase el momento de poseerla, esta vez, como su esposa. Pronunció su auténtico nombre saboreándolo en su boca...

—Isabel... Os amo como jamás habría podido amar a ninguna otra mujer. Os amo porque vos me habéis dado una vida, pues sin vos, solo la muerte habría sido mi camino.

Cuando llegó su turno, a Alba se le atragantaron las palabras y un nudo de emoción le sobrevino. Sus ojos se empañaron, su lengua se secó y se sintió tan vulnerable que creyó que volvía a ser solamente una mujer. Le miró, ansiando estar entre sus brazos, uniendo piel con piel, saboreando la sal en su cuerpo como la primera vez que se entregaron, el uno al otro, en su playa. Daniel la atrajo hacia él y la besó tan profunda y largamente que les dio tiempo a escuchar la alegría de los presentes. Sus manos continuaban unidas, sus dedos, aún entrelazados, aunque ninguna alhaja brillaba en ellos. No las necesitaban, pues nada brillaba más que su amor.

Tras las danzas y alegría que se sucedieron, avanzada la noche, se despidieron de todos para encerrarse en una cabaña para pasar su primera noche como esposos. Cuando solo la brisa del mar llegaba hasta sus oídos, Daniel se acercó a ella despacio. Alba se estremeció al ver el deseo en sus ojos. No había nada que ninguno anhelara más que entregarse a la pasión de sus cuerpos y sus almas, como los amantes y esposos que eran. Les había costado mucho llegar hasta este momento, pero nunca imaginaron que sería tan sabrosa la recompensa.

Daniel se desnudó despacio, dejando que ella pudiera ver cada línea de su piel. Alba hizo lo mismo y se deshizo de su vestido poco a poco, prenda a prenda, quedándose desnuda ante él, mientras su cuerpo pedía abrazarle, pero sus ojos deseaban seguir mirando sus movimientos.

Una vez que estuvieron desnudos frente a frente, él se acercó, la levantó en sus brazos y le susurró al oído. Alba le abrazó, rodeando su cuello, exigiéndole que la amara.

—Aquí no. Hoy serás mía como la primera vez.

Con ella en brazos, salió de la cabaña y caminó por la playa, bajo la luna que brillaba con plenitud. Sintió el agua fresca que cubría sus pies y se adentró en el mar, hasta que llegó a sus rodillas. Entonces, la dejó en el suelo. Alba se refrescó y se agachó para cubrir todo su cuerpo. Él hizo lo mismo. Se abrazaron, abrió sus piernas y le pidió que entrara en ella, y él lo hizo bajo el agua, mientras la besaba y saboreaba la sal en su piel.

Sus cuerpos se unieron en un baile sin fin entre las olas y el jadeo de su respiración. Sintieron en la alquimia de la pasión que sentían y la expresaron entre besos, abrazos, caricias y anhelos. Él se movía en su interior, haciendo que se sintiera inundada de placer. Escuchó sus propios gemidos y se abrazó a él, mordiendo su hombro, mientras sentía cómo se desbordaba dentro de ella. Después, se dejaron caer sobre la arena, mientras las olas cubrían sus cuerpos aún unidos.

Alba acariciaba su cabello, mientras él caía en un profundo sopor, con la cabeza apoyada en su vientre. Su respiración se hizo más lenta y se durmió. Se sintió a solas y miró al cielo, las estrellas y la luna brillaban, haciendo que todo se reflejara sobre el agua. Ni siquiera en su playa había disfrutado de tan magnífica belleza.

Apartó con cuidado la cabeza de Daniel y le dejó descansar sobre la arena. Se levantó y caminó adentrándose en el mar, refrescando su cuerpo, sintiéndose renovada. Metió la cabeza y salió, aspirando el aroma del mar y de la selva que les rodeaba. Aquel era el mejor lugar para experimentar por fin la libertad. Alía tenía razón, la diosa la amaba como a su hija favorita.

Se levantó, dejando que las olas cubrieran solo su vientre, retiró su cabello hacia atrás, dejando su nuca al descubierto, cerró los ojos y se dejó sentir. Fue entonces cuando un aliento llegó hasta su nuca, besó el dibujo que había marcado en su piel como señal inequívoca de su sabiduría y, como ya le ocurriera la primera vez que fue bendecida por la diosa, se sintió la mujer más poderosa sobre la faz de la Tierra. Sonrió, la diosa había acudido a celebrar su unión y su despertar a una vida nueva. Dejó caer su cabello y caminó al encuentro de su esposo; le despertaría y le llevaría al interior de la cabaña, donde se amarían sin descanso hasta el amanecer.

Mientras caminaba y escuchaba el rumor de las olas, escuchó una voz a su espalda. Frenó sus pasos y se dio la vuelta. La figura de una mujer, de belleza incomparable a ninguna que existiese sobre la Tierra, se adentraba en el agua. Su cuerpo era transparente, casi podía ver el horizonte a través de ella. De su cabello, surgían rayos como de luna y su rostro parecía cubierto de plata.

Alba dejó caer su cuerpo y se arrodilló ante ella.

—No —escuchó una voz tan dulce que jamás habría podido imaginarla—. Levantaos. No os arrodilléis ante mí. No me debéis devoción, sino la unión de vuestra alma con la mía. Recordadlo siempre y decídselo a todos aquellos que deseen escuchar vuestras palabras. Vos y yo, y todos ellos, somos una, uno, o como quieran llamarme.

La mujer sonrió, Alba le devolvió la sonrisa, dejando que sus lágrimas corrieran por sus mejillas, pues nunca, ni cuando nacieron sus hijos, ni cuando se entregó a Daniel por primera vez, se había sentido tan emocionada.

—Tu hija seguirá nuestros pasos y acrecentará la sabiduría. Tu hijo equilibrará su poder, así el maligno no volverá a formar parte de nosotras. Enseñadles el camino y recordad esto siempre, hija mía. Ni el hombre ni la mujer importan —exclamó desde su lejanía, haciendo que la escuchara como si estuviese a su lado—, lo único importante es la sabiduría que está en sus corazones.

La mujer desapareció lentamente ante sus ojos, las estrellas y la luna cobraron su brillo refulgiendo sobre el mar. Alba se limpió las lágrimas de su rostro, había sido bendecida una vez más. Había sentido la alquimia del inicio de la vida, del origen del alma, de un tiempo muy anterior a cuando se crean los cuerpos y los pensamientos, incluso a la pasión que une a los seres en una unión casi inconcebible. Ahora sabía cuál era su verdadero poder, el amor.

FIN

Nota de la autora

Dos años antes de empezar a escribir esta novela, escuché por primera vez una historia de la que algunos hablaban en Altea. En una playa del Levante español, algunas mujeres se reunían por la noche, bajo la luna llena, para llevar a cabo un ritual ancestral y prohibido. En aquellos encuentros, se introducían en la vagina una hierba llamada *beleño* que crece entre las piedras y que les provocaba la apasionante sensación de volar. Aquella playa, hoy se llama Cap Negret y está en un pueblo de Alicante llamado Altea.

Esta imagen enraizó en mi mente durante esos dos años, en los que tomé notas incansablemente y tuve cientos de ideas para escribir esta historia. Para hablar de estas mujeres, creé un personaje ficticio, Alba, que vivió durante una época en la que, entre otros hechos, comenzó la mayor expulsión de moriscos de la Historia, desde el puerto de Denia, en el año 1609, instigada por el Inquisidor Mayor de Valencia, Fray Jaime Bleda. El personaje principal masculino, Daniel, también inventado, forma parte de esta comunidad de moriscos a los que tanto les costó dejar la que ya era su tierra, España.

Antes de escribir una sola letra, llevé a cabo una larga investigación y documentación, en la que encontré otras leyendas que aparecen en el libro, como *La cueva de la dona*, situada en la playa de L'Albir, en Alfaz del Pi; o El enmascarado, en las cuevas de *Mascarat*. Estas historias me parecieron tan bellas que quise incluirlas en la novela para que dejaran de ser leyendas y, así, convertirlas en realidad con mis propias descripciones.

Gracias a Alba, la protagonista, he podido narrar la existencia de estas mujeres que vivieron en Valencia, Alicante e Ibiza a principios del siglo XVII. Entre ellas, se hacían llamar «mujeres sabias», porque poseían una gran sabiduría ancestral, como la capacidad de comunicarse con la naturaleza, la sanación, la alquimia y una gran amistad y hermandad entre ellas que, a veces, podía considerarse peligrosa. Y, sobre todo, una amplitud mental que chocaba con la cerrazón de los hombres de la época. De ahí que ellos llamaran a todo este compendio brujería.

No sabemos realmente cuando surge este nombre, pues la palabra española «bruja» es de etimología dudosa, posiblemente prerromana, del mismo origen que el portugués, el gallego *bruxa* y el catalán *bruixa*. Pero la primera aparición documentada de la palabra, en su forma *bruxa*, data de finales del siglo XIII. Por eso, cuando imaginé cómo podrían nombrarse entre ellas, e incluso a sí mismas, estas mujeres capaces de creer en una diosa mujer, con la que se identificaban, y con ciertas habilidades que no tenían miedo de descubrir, comprendí que solo podía existir una forma de llamar a la gran sabiduría que todas poseían. Por eso, para crear a Alba, tuve que partir de cero, dejando a un lado cualquier idea preconcebida que hubiese en mi mente sobre la brujería.

Me gusta empezar a escribir una novela sabiendo lo que voy a contar de antemano, aunque siempre doy espacio para la improvisación, aquella que siempre me sorprende. Y en esta ocasión, lo hizo a través de mis sueños nocturnos en los que algunos nombres de personajes se me aparecieron como por arte de magia. Como el de Yemalé, difícil de conocer por mí con anterioridad, puesto que no pertenece a ninguna de las culturas que conozco, y cuyo personaje me asaltó con fuerza entre sueños, hasta imponerse con su propia historia.

Quiero mencionar la gran importancia que tienen los nombres para las personas desde que la historia existe, y muy especialmente para las brujas. Según Alejandro Jodorowsky, «el nombre tiene un impacto muy potente sobre la mente, pues puede ser un fuerte identificador simbólico de la personalidad, un talismán, o una prisión que nos impide ser y crecer».

Cuando a un niño se le da un nombre para ser conocido por el resto del mundo hasta el día de su muerte, viene acompañado de un poder que ejercerá sobre él, para bien o para mal, durante toda su vida. En la antigüedad, los padres otorgaban los nombres a sus hijos de acuerdo a los atributos que veían o según el destino que ellos esperaban que sus hijos tuvieran. Quizá por eso «Alejandro» significa «el gran protector». Y no dudo de que sea más fácil comerse el mundo con un nombre positivo que engrandece, que con un nombre que quisieras borrar, si pudieras hacerlo.

Si el nombre es importante para nosotros, es enorme la importancia que tenía para las brujas, pues se creía que en el nombre iba gran parte del poder mental y espiritual de una persona. En brujería, se utilizan los nombres como herramientas de poder. Los nombres del diablo, por ejemplo, contienen un poder inmenso, aunque no supera nunca a los nombres de Dios, aquellos que, en muchas culturas y religiones, son innombrables.

En el caso del personaje de Daniel, el morisco, quiero explicarlo por si el nombre pudiera sorprender. Lleva un nombre judío, precisamente porque los moriscos solían poner a sus hijos nombres judíos, ya utilizados por los cristianos, precisamente por su condición de conversos, aunque muchos lo hacían para ocultar el verdadero nombre, que seguía siendo musulmán.

Las mujeres sabias practicaban la onomancia, una ciencia antiquísima que se encarga del estudio del significado de los nombres, que es el conocimiento del destino que corre una persona, según el significado de su nombre. Es también una técnica que detecta la energía de que disponemos, con solo analizar la inicial de nuestro nombre. Por eso, se daban a sí mismas la opción de cambiarse sus propios nombres cuando, por la razón que fuese, este no las identificaba, o simplemente ya no querían relacionar su poder con aquella palabra que les habían impuesto sus progenitores.

Entre las prácticas que realizaban las mujeres sabias, estaba la danza, con la que eran capaces de crear ciertos prodigios. En el caso de Alba, la danza oriental o danza del vientre, llena de sensualidad, erotismo, amor y expresión femenina como una llamada a la libertad de la mujer.

Cada mujer sabia debía encontrar su herramienta de poder a lo largo de su vida. Alba expresa su poder a través de la escritura, en una época en la que muy pocas mujeres sabían leer y escribir, y que, sin embargo, tuvieron tanta importancia los libros. Prohibidos o sagrados, merecen una mención especial los libros de brujería. El más conocido es la *Clavícula de Salomón* (*Clavicula Salomonis*), que, aunque es anterior al siglo XVII, es un ejemplo del gran poder que ha tenido siempre la escritura en el conocimiento y en la ignorancia de los hombres.

Durante mi documentación, descubrí un hecho que aún sigue causándome una gran curiosidad, y es que la Inquisición española, a principios del siglo XVII, fuera un tanto relajada con la persecución de las brujas, mientras en Europa se las perseguía con dureza.

Otro hecho curioso es la estupidez de los inquisidores en cuanto a las creencias sobre la brujería, que se muestra ampliamente en algunos libros, de los que he creído que merecía la pena exponer algunas muestras en la novela, como El *Malleus Maleficarum*, llamado también *Martillo de las brujas*. En el interior de este libro encontré los interrogatorios que los inquisidores realizaban, cuya torpeza está reflejada fielmente.

En mi búsqueda y documentación previas a la escritura de esta novela, encontré también personajes que existieron a principios del siglo XVII y que participaron directamente en los cambios que se produjeron en aquella época. Como Floreta, un ejemplo real de las mujeres que fueron exiliadas a la isla de Ibiza tras ser torturadas y acusadas de brujería. Y algunos personajes que aparecen en la segunda parte, como Nadara, curandera, hechicera, vidente, y sabia; o el universitario Melchor Agramunt, acusado de alquimista y condenado por la Inquisición a morir en la hoguera. Estos últimos vivieron en la ciudad de Valencia.

También quiero hacer notar la importancia de las joyas en el siglo XVII; dos de ellas, un brazalete y un anillo, ambos como símbolos del amor y del compromiso, cumplen una misión importante en la novela y tienen un significado muy especial, pues no solo contienen todo el poder que les han transmitido sus dueños, sino que también sirven como imanes para atraer tanto lo bueno como lo malo, sirviendo como enlaces con los que puede influir una persona para crear un destino marcado con anterioridad.

La idea que nosotros, los actuales habitantes del siglo XXI, podemos tener sobre la joyería no puede ser la misma. Seguramente, el significado de estas no pase de ser, bien sentimental, bien económico. Sin embargo, en aquella época, una joya podía también contener un gran poder. Si pertenecía a una bruja, mucho más, pero también era poderosa una alhaja si contenía en ella el tiempo pasado y las vidas de aquellas personas que la hubieran llevado en años anteriores.

Quiero hablar también de la importancia del sexo entre las mujeres sabias como símbolo de su femineidad y de su libertad. Precisamente por no ser libres, las mujeres han estado reprimidas sexualmente en la Historia, e incluso en nuestro siglo XXI sigue dándose esta represión en muchas culturas. En la España de comienzos del siglo XVII, el sexo era premeditado, reprimido y limitado al matrimonio, al menos por parte de la mujer. Pero existía una sexualidad escondida tras las absurdas y nocivas normas de la sociedad y la religión que las mujeres sabias conocían, como también sabían de la alquimia que se producía en la relación sexual, haciendo aumentar la energía, la creatividad, la autoestima y, sobre todo, la libertad del ser humano. Para ellas el sexo era sagrado, alquímico, como expresión de sus sentimientos y como un camino en el que integrarse con la diosa en la que creían.

Otra cuestión que creo que es realmente importante es la devoción a la diosa que se practicaba desde la antigüedad, y que las religiones más modernas y el patriarcado hicieron desaparecer. Ya en la prehistoria, las primeras representaciones de culto se refieren siempre a una mujer. Más adelante, aparecen diosas madre como Astarté, también llamada Ishtar, o la diosa de las serpientes de la civilización minoica. Nombro esta última, precisamente porque las serpientes también aparecen en la novela como símbolo de sabiduría, que era el significado que se le dio en la antigüedad. De ahí, el símbolo actual de la medicina y la farmacia, por ejemplo, una serpiente que se enrosca alrededor de una vara, o la serpiente del Génesis que habla con Eva en el árbol de la vida.

Por tanto, creo necesario informar de que las mujeres sabias creían en la diosa ancestral, con la que podían identificarse plenamente siendo mujeres, sin represión en cuanto a su condición de hembras entre los seres humanos. Y su devoción a la diosa era una razón más para ser perseguidas, ya que una mujer que se sabe amada, cuidada y protegida por una diosa que entiende perfectamente su condición femenina, y que, además, valora y no subestima en ningún caso esta condición, podía resultar muy peligrosa para los hombres, que se sentían ciertamente inferiores.

Tras adentrarme en la vida de Alba, siento que, más que creadora, he participado como testigo de su historia y ya no estoy segura de si es un personaje inventado por mí o existió realmente. Mientras escribía, sentía que estaba siendo guiada por una mujer que, seguramente, vivió en otros tiempos junto a mi amado Mediterráneo y cuya sabiduría sigue enseñándome a caminar cada paso, pues, a pesar de sus errores y emociones humanos, es la expresión de lo que debió ser una bruja en aquellos tiempos.

Por eso, no he intentado hacer de este libro una novela histórica solamente. Considero que este intento debe quedar para los historiadores. Como escritora, solo me he trasladado a un tiempo pasado, con la ilusión de conocer un poco mejor a las mujeres que vivieron en aquellos años. Alba me ha proporcionado esto y mucho más, ha ido atrapándome en cada capítulo, en cada escena. Me ha hecho aprender de mí misma como mujer y me ha ayudado a descubrir mi sabiduría interior, aquella que la mayoría tenemos olvidada y que se despierta en cuanto le damos la oportunidad.

Alba ha sido una guía y acompañante en mundos ajenos y distantes, a veces incomprensibles para mí, salvo por mi inconsciente. Me ha mostrado un camino que, tras recorrerlo, tengo la impresión de haberlo caminado antes, y me ha enseñado que el amor es la mayor virtud que puede poseer una persona.

Y para acabar, puedo decir que del mismo modo que yo comprendo y acepto el gran poder que tiene la escritura como herramienta de transmisión de sabiduría, Alba ha sido mi descubridora de uno de los mejores y más eficaces secretos: La escritura tiene el poder que le transmite quien escribe.

MAR CANTERO SÁNCHEZ

Agradecimientos

A María Jesús Romero, de la Agencia Literaria MJR. Eres una mujer sabia, ¿lo sabías? Lo vi claramente en tus palabras la primera vez que hablamos. Tienes una visión amplia de las cosas y de la vida, pues sabes crear nuevos caminos, pero, sobre todo, tienes la intuición necesaria para saber que los sueños son realidades en cuanto los miramos como tal.

A Mar Rey Bueno, por la gran información sobre literatura antigua y mágica que contiene su libro *Inferno*. Por su amabilidad, su tiempo y su apoyo. Eres una gran persona y una mujer sabia, también, por supuesto.

A Enrique Echazarra, por los múltiples datos sobre brujas de su libro *Crónicas de brujería*, y a *La encantadora de Florencia*, de Salman Rushdie. Ambos libros han sido tremendamente inspiradores para mí.

Al programa «Cuarto Milenio», por enseñarme misterios de la edad más oscura de España, y a Iker Jiménez, por su amabilidad, su tiempo y su apoyo. Tu *feedback* conmigo es siempre valioso. Eres un hombre sabio, sin duda.

A Javier Sierra, por su amabilidad al responder todas mis preguntas sobre arte en la Edad Media. Tus respuestas han sido grandes lecciones para mí.

Y como siempre, a Luigi, por hacer que todas y cada una de las esperas, fracasos, golpes y tristezas de la vida sean como olas de un mar en calma. También existen los hombres sabios y tú eres uno de ellos.

Dramatis personae

Históricos:

FRAY JAIME BLEDA: Inquisidor Mayor de Valencia, nacido en Algemesí, autor de *Crónica de los moros en España* (Valencia, 1618), artífice de la expulsión de moriscos de Denia y de Murcia, dos de las más grandes expulsiones del reino.

NADARA: Bruja, sanadora e invocadora de demonios, nacida en Elda y habitante de Valencia.

MELCHOR AGRAMUNT: Estudiante universitario de Gandía, procesado y condenado a la hoguera por el Santo Oficio en Valencia.

FLORETA: Bruja, sentenciada por el Santo Oficio de Mallorca a 200 azotes y destierro perpetuo en la isla de Ibiza.

De ficción:

ALBA: La última mujer sabia, escritora y bruja, llamada también Isabel.

DANIEL: Morisco, amante de Alba.

JOAO: Corsario portugués, enamorado de Alba y amante de Yemalé.

DON ÁLVARO DE ABRANTES: Señor de la comarca y prometido de Alba.

YEMALÉ: Princesa del reino de Taif, bruja y maestra de Alba.

ELENA DE ABRANTES: Hija del señor de Abrantes y amiga de Alba.

ALÍA: Bruja y tía de Alba.

JULIO ALMIRÓN: Saludador y conocedor de brujas, maestro de magia satánica y tenebrosidad.

VIDAL: Hijo del Señor de Abrantes.

JOAN: Sanador que acoge en su casa a Isabel y a su hermana Ana cuando son pequeñas y huyen para salvar sus vidas.

PEDRO DE AZAGA: Amigo del Señor de Abrantes, desposado con su hija, Elena de Abrantes.

ÍNDICE

Parte I
AMOR INVENCIBLE

Parte II
MAGIA Y VENGANZA

Parte III
LA GUERRA DE LAS MUJERES SABIAS